이헌구
선집

이헌구
선집

김준현 엮음

현대문학

이헌구

『모색의 도정』 표지

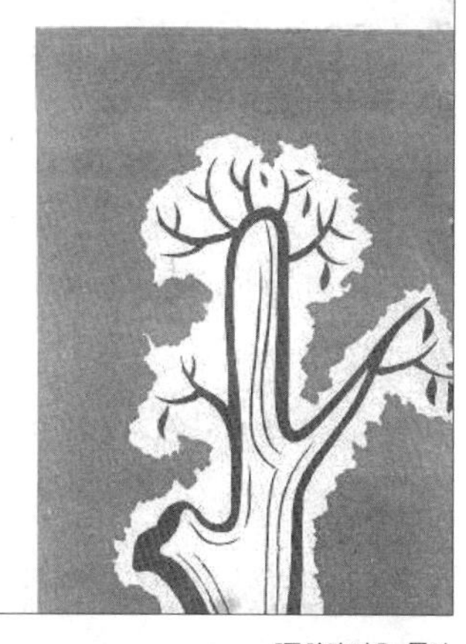

『문화와 자유』 표지

이헌구(왼쪽)와 김광섭(오른쪽)

〈한국문학의 재발견-작고문인선집〉을 펴내며

한국현대문학은 지난 백여 년 동안 상당한 문학적 축적을 이루었다. 한국의 근대사는 새로운 문학의 씨가 싹을 틔워 성장하고 좋은 결실을 맺기에는 너무나 가혹한 난세였지만, 한국현대문학은 많은 꽃을 피웠고 괄목할 만한 결실을 축적했다. 뿐만 아니라 스스로의 힘으로 시대정신과 문화의 중심에 서서 한편으로 시대의 어둠에 항거했고 또 한편으로는 시대의 아픔을 위무해왔다.

이제 한국현대문학사는 한눈으로 대중할 수 없는 당당하고 커다란 흐름이 되었다. 백여 년의 세월은 그것을 뒤돌아보는 것조차 점점 어렵게 만들며, 엄청난 양적인 팽창은 보존과 기억의 영역 밖으로 넘쳐나고 있다. 그리하여 문학사의 주류를 형성하는 일부 시인 · 작가들의 작품을 제외한 나머지 많은 문학적 유산은 자칫 일실의 위험에 처해 있는 것처럼 보인다.

물론 문학사적 선택의 폭은 세월이 흐르면서 점점 좁아질 수밖에 없고, 보편적 의의를 지니지 못한 작품들은 망각의 뒤편으로 사라지는 것이 순리다. 그러나 아주 없어져서는 안 된다. 그것들은 그것들 나름대로 소중한 문학적 유물이다. 그것들은 미래의 새로운 문학의 씨앗을 품고 있을 수도 있고, 새로운 창조의 촉매 기능을 숨기고 있을 수도 있다. 단지 유의미한 과거라는 차원에서 그것들은 잘 정리되고 보존되어야 한다. 월북 작가들의 작품도 마찬가지다. 기존 문학사에서 상대적으로 소외된 작가들을 주목하다보니 자연히 월북 작가들이 다수 포함되었다. 그러나 월북 작가들의 월북 후 작품들은 그것을 산출한 특수한 시대적 상황의 고려 위에서 분별 있게 이해되어야 할 것이다.

이러한 당위적 인식이 2006년 한국문화예술위원회의 문학소위원회에서 정식으로 논의되었다. 그 결과 한국의 문화예술의 바탕을 공고히 하기 위한 공적 작업의 일환으로, 문학사의 변두리에 방치되어 있다시피 한 한국문학의 유산들을 체계적으로 정리, 보존하기로 결정되었다. 그리고 작업의 과정에서 새로운 의미나 새로운 자료가 재발견될 가능성도 예측되었다. 그러나 방대한 문학적 유산을 정리하고 보존하는 것은 시간과 경비와 품이 많이 드는 어려운 일이다. 최초로 이 선집을 구상하고 기획하고 실천에 옮겼던 한국문화예술위원회의 위원들과 담당자들, 그리고 문학적 안목과 학문적 성실성을 갖고 참여해준 연구자들, 또 문학출판의 권위와 경륜을 바탕으로 출판을 맡아준 현대문학사가 있었기에 이 어려운 일이 가능하게 되었다. 이런 사업을 해낼 수 있을 만큼 우리의 문화적 역량이 성장했다는 뿌듯함도 느낀다.

〈한국문학의 재발견-작고문인선집〉은 한국현대문학의 내일을 위해서 한국현대문학의 어제를 잘 보관해둘 수 있는 공간으로서 마련된 것이다. 문인이나 문학연구자들뿐만 아니라 더 많은 사람이 이 공간에서 시대를 달리하며 새로운 의미와 가치를 발견하기를 기대해본다.

2011년 2월

출판위원 김인환, 이숭원, 강진호, 김동식

| 책머리에 |

1905년 함경북도에서 출생한 소천宵泉 이헌구李軒求는 중동학교, 보성보통고등학교를 거쳐 와세다 대학 불문과를 졸업한 학자이자 문인이다. 한국 비평사, 문단사에서 이헌구가 차지하는 위치가 사소한 것이 아님에도 불구하고 지금까지 그의 문학 세계에 대한 논의가 본격적으로 진행되지 못했고, 작품의 정리조차 제대로 이루어지지 않았었다.

이헌구는 '해외문학파' 문인으로 분류되는데, 1930년대에는 임화, 백철 등의 카프 문인들과 논쟁을 벌였고, 해방기와 1950년대에는 문학이 민족의 위기를 극복하는 중요한 방편임을 강조하여 순수문학론이 주류를 이루던 당시의 문단에서 독자적인 문학관을 구축하였다. 이헌구의 문학관과 그의 비평이 중요한 이유는 그것이 민족문학/사회주의 문학, 혹은 우파＝순수문학/좌파＝정치주의 문학과 같이 당대 비평 담론을 이분법적으로 구분하는 기존 관점의 한계를 드러내어 반성할 여지를 제공한다는 데 있다.

그는 와세다 대학 재학 중 프랑스 혁명이 문학에 끼친 영향 연구에 몰두하였으며, 졸업논문으로 에밀 졸라에 관한 연구를 제출하고, 귀국 후 「사회학적 예술비평의 발전」을 비롯한 다수의 글을 발표하는 등 문학·예술의 사회적 역할에 대해 지속적인 관심을 보였다. 그는 초기부터 문학이 사회적·현실적 문제를 해결하는 중요한 경로가 될 수 있다는 입장을 분명히 했다. 따라서 그가 프롤레타리아 문학을 주창하는 임화 등의 문인들과 논쟁을 벌였던 이론적 기반은 순수문학을 전제로 한 민족주의 문인들의 그것과는 분명히 구분되는 것이었다. 해외문학파를 '소小부르주아지'라고 비판한 임화에 대한 반박에서도 사회주의 이론 자체를 부정하는 것이 아니라 마르크스 등의 원전에 대한 카프 문인들의 이해가 부족하다는 객관적인 논지를 펼친 바 있다. 문학의 정치성 자체를 문제 삼지 않고 구체적인 한국의 현실에 기반을 둔 정치성을 갖기를 요구한 것이다.

그는 '순수'가 문학의 중요한 요소임을 인정하면서도 문학의 순수성만을 지나치게 강조할 때 문학이 현실도피로 전락할 수 있음을 경계한 바 있다. 문학의 정치적 도구성이나 문학의 순수성 모두 극단으로 치달으면 위험할 수 있음을 지적한 것이다. 이헌구의 경우 대립되는 두 이론 사이에서 단순히 형식적인 중용의 태도를 보인 것이 아니라, 각 이론의 전제를 인정하면서 그 정합성을 고려하고 있다. 해외문학 연구를 통해 구축된 구체적 이론에 기반을 두고 당대의 이론들과 차별성을 확보하는 데 성공한 이헌구의 문학관은 당시의 비평과 논쟁 수준에 입각해볼 때 괄목할 만한 것이다.

이헌구의 문학관과 비평에 대한 논의가 활성화되지 못했던 것은 기존의 이분법적 잣대로 접근하여 그를 '좌파 문인에 맞서 순수문학을 주장한 문인'으로 규정한 데에서도 원인을 찾을 수 있다. '프로문학'과도, 그리고 우파 민족주의 문학과도 구분되는 그의 문학관을 대립적 이원 구조 안에 끼워 맞추는 시각이나 태도를 통해서는 이헌구 비평이 가지고 있는 구체적인 면모를 파악하기 힘들다.

또 이헌구는 해외문학 전공자이면서도 해외 문학 이론에 함몰되지 않고 어디까지나 한국문학의 발전을 위해 해외문학의 유산을 활용하려

했다는 점에서 주목할 만하다. 《동아일보》에 게재한 「조선문학은 어데로」에서 조선어의 사용과 보호를 강조하다가 전문 삭제를 당한 일은 그의 한국어와 한국문학에 대한 뚜렷한 인식과 열정을 보여주는 좋은 예이다. 일본을 통해서 서구 문학을 받아들이면 끝내 일본문학을 추수追隨하는 결과가 될 수밖에 없다는 점을 지적하면서 서구 문학의 직접적 수용이 한국문학 발전의 밑거름이 될 수 있다고 역설했다. 한국문학의 발전을 전제로 한 외국문학의 적극적 수입을 강조한 초기의 이론가였다는 점에서 이헌구의 위치는 확고하다.

이헌구의 해외문학 도입은 단순히 문학 작품이나 문학 이론의 수입에 그치지 않았다. 그는 아동문학, 극문학 등 다양한 예술 장르에 두루 관심을 보였으며, 극예술연구회, 아동 모임 등을 창설 · 운영하는 실천력을 보이기도 하였다. 그는 한국문화 전반에서 문화의 풍요를 위해 노력한 활동가이기도 하였다.

이헌구는 시인과 수필가로도 활발하게 활동하였다. 일반적으로 비평가로서의 면모가 강조되어왔으나 사실 이헌구는 1925년 《동아일보》 창간 기념 현상문예에서 동시 · 동요 부문 '갑'으로 당선하여 문단에 등장하였다. 이후 《어린이》와 《신생》 등에 지속적으로 동요나 시 작품을 발표하였고, 해방 후 《백민》, 《문예》 등의 문예지로 지면을 옮겨 시를 게재하였다. 또한 《중앙》, 《신여성》 등 다양한 지면에 활발하게 단상을 게재하였다. 그러나 이헌구의 시 작품이나 단상은 한 번도 시집이나 선집으로 묶인 바 없기 때문에 발굴과 연구를 기다리는 상태에 머물러 있다.

이헌구는 이와 같이 비평사뿐 아니라 한국문학의 저변 확대에도 많은 기여를 하였다. 비평 활동이 그의 문학 세계에서 큰 비중을 차지하는 것은 엄연한 사실이나 수필문학과 시문학 등을 포함하여 고르게 글을 선별해야 하는 이유가 여기에 있다. 그의 비평문 수는 기존에 발굴 · 정리되지 않았던 것을 합하면 기획된 분량으로는 묶을 수 없을 만큼 많다. 또한 비평문 중에는 내용이 중복되는 것도 있고 중요도의 경중이 나뉘는 것도 있기 때문에 비평 전집보다는 다른 성격의 글들과 묶어 선집의 형태로 발간하는 것이 최선의 선택으로 보인다.

이 책의 체계를 설명하면 다음과 같다.

1~3부는 평론과 문학론으로 구성되어 있다. 지금까지 이헌구의 평론 및 논문은 『문화와 자유』, 『모색의 도정』 등 두 권의 평론집으로 묶인 바 있으나 두 책에 중복 수록된 글이 많을 뿐 아니라 임화 등과 논쟁하는 과정에서 생산된 글의 경우처럼 많은 평문이 높은 비평사적 가치에도 불구하고 제대로 정리되지 못한 채 남아 있다. 이 책에서는 두 권의 평론집에 수록된 작품과 미처 정리되지 못한 작품을 모두 발굴 · 정리한 후, 내용이 중복되는 것들을 간추리고 중요도에 따라 평론과 논문의 수록 여부를 결정하였다. 이헌구가 워낙 다양한 관심사를 가진 문인이었기 때문에 그의 평론도 여러 종류로 나뉠 수 있다. 이에 따라 선별된 평론을 세 가지로 구분하여 정리하였다.

1부에서는 문학 · 예술론을 묶었다. 이헌구는 1920년대와 1930년대에 주로 《조선일보》와 《동아일보》를 통해 글을 발표하였다. 그리고 해방 이후에는 각종 문예지를 주된 발표 지면으로 삼았다. 이 글들은 수로 볼 때 이헌구 평론의 주류를 차지하는 유형이다. 문학과 예술의 일반론이 구체적인 작품평이나 작가평의 수를 압도하는 것은 당대 평론가들이 공통적으로 보여주는 경향이기도 하다. 이 책에서는 중복되는 내용의 평론을 추리고 중요도를 기준으로 작품을 선정하였다.

2부에서는 해외문학론을 모았다. 불문학 전공자로서 이헌구는 해외문학에 대한 해설을 지속적으로 발표하였고, 해외문학을 번역하여 소개하는 데 힘썼다. 이헌구 문학관의 근간을 살필 수 있는 글들이기에 그 중요도가 높아 두 번째 순서로 정리하였다.

3부에서는 작가론 · 작품론 및 시평을 묶었다. 시와 수필에 대한 관심 탓으로 이헌구의 작가론 · 작품론의 대상은 대개 시나 시인들이었다. 이 작가론 · 작품론은 특히 기존에 간행되었던 평론집에 활발하게 수록되지 못했다. 신문과 각종 문예지에 게재하였던 시평을 발굴 · 수집하였다.

4부에서는 수필, 시, 단상 등의 문학 작품들을 묶었다. 전술한 것처럼 이헌구는 《동아일보》 창간 1,000호 기념 현상공모에 동시 「별」이 당선되어 문단으로 나왔다. 평론가의 면모 외에도 시인이나 수필가로서의 면모도 무시할 수 없는 이유 중 하나다. 특히 해방 이전에 시와 단상을 여러 지면에 발표하였으나 단행본으로 묶인 적이 한 번도 없어 시 작품들은 모두 발굴을 기다리는 상태에 처해 있다고 해도 과언이 아니다. 이헌구는 수필집 『미명을 가는 길손』을 1973년 간행한 바 있다. 그러나 그 책의 서문에서 직접 밝히고 있는 것처럼 한국전쟁 이전 작품은 수록 대상에서 제외되어 많은 수필 작품이 발굴을 기다리고 있는 상태다. 이번 작업을 통해 다수의 작품을 정리할 수 있었으나 지면 관계로 많은 작품을 수록하지는 못했다.

5부는 문단 회고와 문단사로 구성되었다. 지금까지 문단의 회고는 주로 '문협정통파'라고 불리는 조연현 등의 문인들에 의해 구성된 것이 정전으로 받아들여졌다. 그러나 1950년대 이후 청문협('조선청년문학가협회'의 약칭) 계열의 문인들과 중앙문화인협회 회원들 사이의 대립과 반목이 심해졌기 때문에 어느 한 측에 의해 이루어진 회고는 객관성의 한계를 드러내었던 것이 사실이다. 이헌구의 문단 회고와 문단사는 현재까지 정전으로 받아들여지던 문단 회고 및 문단사의 객관성을 검증하고 균형 잡힌 시각을 되찾을 실마리가 될 수 있다는 점에서 매우 귀중한 자료다. 「산주편편」은 이헌구가 1968년 《사상계》 지면에 연재한 글로서, 그 전까지는 제대로 서술되지 않았던 1930년대 문단의 면면을 확인해볼 수 있는 귀중한 자료이다. 이 중 「산주편편 3」은 박용철과 관련된 일화에 집중되어 있고, 다른 글들과 중복되는 내용도 많기 때문에 지면 관계상 싣지 않았다. 「산주편편 5」도 비슷한 이유로 생략했다.

6부에는 위의 기준으로 묶을 수 없는 글들을 실었다. 이헌구가 다양한 관심사를 가지고 다방면으로 활동한 문인이었던 만큼 여러 방면에 대한 심도 있는 시각을 드러내는 글들로 이루어져 있다. 반공주의 문화운동의 최전선에서 작성한 문건들과 친일 문건으로 분류되는 글도 여기에 포함하였다.

이상과 같이 이헌구의 작품을 여섯 가지 유형으로 나누어 정리하였다. 여기에 기존의 작가 연보를 종합하고 보완하여 새로 완성하였으며, 기존에 정리된 바 없는 작품 목록과 연구 목록을 추가하였다.

작품 수의 방대함 때문에 이번에는 선집의 형식으로 만족할 수밖에 없다. 특히 앞서 발행되었던 『김동석 비평 선집』의 예처럼 이헌구의 문학 세계에서 상대적으로 중요도가 높은 비평문만을 정리 대상으로 하여 『이헌구 비평 선집』 형식으로 편집할 것인지에 대해 작업 내내 고민해야 했다. 그러나 제한된 지면에 그의 비평문 모두를 싣는 것이 어차피 불가능할 뿐 아니라, 이헌구가 '비평가'라는 명칭으로 제한하기에는 워낙 다방면으로 활발하게 활동한 문인인 만큼 다양한 글을 골고루 소개하는 편이 더 좋겠다는 판단에서 제한적이나마 여러 가지 글을 한데 모으는 『이헌구 선집』의 형식을 취했다. 이 작업이 이헌구의 문학 세계에 대한 다각적 논의를 불러일으키는 데 조금이나마 도움이 되기를 바란다.

기존에 정리되지 않았던 이헌구의 작품 수가 방대하고, 많은 텍스트의 보존 상태가 좋지 못한 데다 한자의 비중이 높아 목록 정리와 본문 입력에 당초 예상보다 많은 시간을 소비해버렸다. 특히 1930년대에 간행된 《조광》이나 《중앙》 등과 같은 잡지의 경우 이헌구의 글이 실린 호보다 그렇지 않은 호를 찾는 것이 더 힘들 정도로 활발한 활동을 보였다는 데 새삼 놀라기도 했다. 도서관에서 잡지와 신문을 뒤지며 목록을 보완했으나 여전히 찾지 못한 글들이 남아 있을 것 같아 마음이 편치 않다. 실제로 잡지나 텍스트를 구할 수 없어 작품의 존재 여부를 미처 확인하지 못한 예도 있어 안타깝다. 이후의 숙제로 남긴다. 소중한 기회를 주고 더딘 작업을 기다려주신 한국문화예술위원회와 현대문학에 감사를 드린다.

2011년 2월

김준현

* 일러두기

1. 이 책은 이헌구의 저작 중 중요도가 높다고 판단되는 글을 추려 묶은 문학 선집이다.
2. 1부는 문학 · 예술론, 2부는 해외문학론, 3부는 작가 · 작품론, 4부는 시 · 수필 · 단상, 5부는 문단 회고 · 문단사, 6부는 앞의 범주에 편입되지 않은 글들을 실었다. 작품 배열은 각 장르마다 발표순을 원칙으로 하였다.
3. 본문은 작가의 문체를 손상하지 않는 한도에서 현대어로 바꾸었다. 특히 한자가 섞인 구식 표현은 다음과 같이 고쳤다. 가령 '亘한'은 '걸친'으로, '如何한'은 '어떠한'으로, '吾人'은 '우리', '及'은 문맥에 따라 '및'이나 '~와/과'로 바꾸었다.
4. 한자는 가능한 한 줄이고 해독의 편리를 위해 필요하다고 판단되는 경우에만 병기하였다. 한자로 표기된 숫자는 특별한 경우를 제외하고 아라비아 숫자로 바꾸었다.
5. 오식이 명백한 경우에는 바로잡은 뒤에 주석을 통해 밝혔다. 또한 원문의 판독이 어려운 글자는 부득이 □로 표기하였다. 원문 자체가 검열 · 삭제된 경우에는 ×로 표기하였다.
6. 탈고일이 작가에 의해 명기된 경우 그대로 살려 옮겼다.
7. 처음 발표된 원고를 옮기는 것을 원칙으로 하되, 원문이 유실되거나 해독이 어려운 경우는 부득이 『문화와 자유』(1952), 『모색의 도정』(1965), 『미명을 가는 길손』(1975)에 실린 원고를 이용했다.

차례

제1부_문학 · 예술론

제2부_해외문학론

제3부_작가 · 작품론

제4부_시 · 수필 · 단상

제5부_문단 회고 · 문단사

제6부_기타

제 1 부 문학 · 예술론

사회학적 예술비평의 발전

서언

해마다* 급속도로 전회轉廻되어가는 일반 사회의 경제적 공황과 정치적 압박으로 인하여, 조선 문단은 그 현실의 여실한 반영으로 극도의 침체와 고민기에 달하고 있다. 거기에는 한낱 주목될 만한 이론의 제창도 엿보기 어려우며, 이렇다 할 작품의 출현도 목도할 수 없는 현상을 제시하여, 문단 존재의 사회적 의의를 거의 포기하려는 위험까지를 일반에게 감지케 한다. 이러한 혼란된 침통의 분위기의 적극적 만회의 비책을 강구하며, 따라서 다시 일보의 전진을 위하여는 많은 노력과 충실한 의도의 발현에 대한 실천이 있어야 할 것은 갱론更論할 것도 없거니와, 현재 문단인은 어떻게** 행동하며, 이론하며, 창작할까의 근본적으로 적확한 파악과 인식의 부족 또는 불명료를 감지하고 있지 않은가?

조선신문예운동의 20여 년 역사를 회고하건대, 그는 서양 문예 조류의 장구한 연월年月에 걸쳐, 필연적으로 그 현실 사회와 공히 변천한 과정을, 다시 신흥 일본의 급격한 수입 전파의 여세를 그대로 이식한 사실은,

* 원문에는 '年年히'로 표기되어 있다.
** 원문에는 '如何히'로 표기되어 있다.

누구나 부인 못 할 한 엄연한 사실이다. 그리하여 한 개의 문예 사상의 유파와 제창이 정당하게 그 사회 전반에 침투되지 못하였으며, 또는 소화될 기일을 갖지 못했다. 이러한 조선신문예운동 그 자체가, 적지 않은 기형적인 추종과 모방으로 시종始終된 현상을 역시 수긍치 않을 수 없다. 어찌해서 그러한 사실과 현상을 제시적提示的 발달사를 연구하며 파악치 않고는 다른 방도가 없다.

그러나 필자는 여기에서 그 근본적 중대한 해답을 독자에게 명시하기에는 좀 더 충분한 시일을 허여許與하기를 바란다. 하지만 일반적으로, 그의 윤곽만은 누구나 부분적으로 파악하고 있을 줄 안다. 다만 필자는 적어도 금년(1931)에 있어서는, 다시 새로운 문예 이론에서 그 출발점을 발견하며, 주관적 특수 사정과 객관적 세계 정세에 대한 명확한 파악이 있어야 하겠으며, 과거의 추종적 모방에 기울기 쉬운 기분적氣分的 또는 맹목적 문예 행동이 여실히 우리 현실에서 규정되며 반영되어, 새로운 진행을 개시하지 않으면 안 될 줄 안다.

선구자적 테느

이폴리트 테느는 불란서 자연주의의 이론적 체계를 확립한 평론가이다. 씨가 그의 명저 『영문학사』의 서론에서, 문예 발생의 원인을 종족·환경·시대의 삼자三者에 있다고 하여, 문예를 다만 위대한 예술가의 신비적 독창력에만 의존치 않는다는 것을 그의 실험철학으로써 제창한 것은 이미 주지의 상식이다. 씨는 다시 그의 명저 『예술철학』에서 다음과 같이 문예작가의 사회적 제약을 논파하였다.

"그(독자 또는 평론가)의 경험이 꽤 크며, 감각이 꽤 예민한 때에는 제군諸君이 제출한 예술 작품이 그 예술가의 일생의 어느 때 것이며, 발달된 어느 시대에 의속依屬한 것을 알 수 있다."고 하여, 일개의 예술 작품에서 능히 작가의 독자獨自의 양식과 그 독자의 양식 수법이 결코 독립된 미지의 세계에서 창작되지 않고, 반드시 그 어느 시대에 그 작가는 의존하여 그를 초월할 수 없음을 말하였다.

다시 제2단으로 씨는 "그(예술가)를 이해함에는 그의 주위에—그가 탁월한 주간主幹이나—일군의 재능 있는 사람들, 즉 그를 가장 현명한 대표로 한 일집단一集團의 예술가들을 이해해야만 한다."라고 하여, 한낱 위대한 예술가(예컨대 셰익스피어)를 산출함에는 반드시 그 당시 그를 포위한 무수한 미지의 예술가의 전체적 영향을 힘입고 있음을 명언하였다. 즉 예술가는 독자의 신비 세계에 농거籠居하여, 그 예술 작품을 창작함이 아니라, 모든 주위의 영향을 가장 민활하게 흡수함으로써 그의 예술 활동이 행사됨을 지적하였다. 더 나아가 테느가 가장 중요시한 점은, "한 개의 예술 작품, 한 예술가, 일군의 예술가를 이해함에는, 그들이 의존하는 시대의 사상 · 기풍의 총체를 정확히 염두에 두지 않고서는 안 된다."고 하여, 예술가와 예술 작품의 이해는 그 시대의 정신문화의 전체를 충분히 파악함에서 비로소 가능함을 설파하였다. 그리하여 씨는 그 예를 고대 희랍, 문예부흥기의 이태리 및 17세기의 화란和蘭 예술을, 그 시대정신에 비추어 그 상호 관계의 밀접을 논증하였다. 다시 씨는 예술과 시대정신의 관계를 식물과 지대와의 관계에 비유하여, "인간 정신의 산물은 생기 있는 자연과 같아서, 그 환경에 의존하지 않고는 도저히 설명할 수가 없다."고 하여, 열대지방에는 열대식물이 있으며, 한대에는 한대식물이 있음과 같이, 문예 자체도 그 환경에 따라 그 성질을 달리함을 말하였다.

이상과 같이 테느는 과거의 문예비평가와 같은 형이상학적 · 관념적 해석에서 일보一步를 비약하여, 자연과학과 정신과학의 접근을 의도하였으며, 그로 하여금 예술비평의 척도를 삼으려 하였다. 즉 씨는 자연과학이 그 전성을 제시한 19세기 후반기에 있어서의 그의 이론은 이 과학과 호응하여 그의 일치를 달성코자 한 것이다. 그러나 프리체 교수가 『예술사회학』의 권두에서 지적함과 같이, "씨(테느)가 말하는 사상기풍思想氣風의 상태가 결코 다른 모든 것을 결정하며, 또는 설명하는 제일 원인이 아니다."라고 하였으며, 프리체 교수의 결론으로 그의 선배인 플레하노프가 『예술론』 중에서 구체적으로 테느의 결함을 설명하였다. "인간의 심리는 그네들의 상태(환경)의 변천에 따라 변화한다고 테느가 논하였을 때 그는 유물론자였다. 그러나 그 같은 일一의 인간의 상태는 그네들의 심리에 따라 제정制定된다고 논급할 때 그는 18세기의 관념론적 견해를 반복한 것이다…… 모든 부여된 민족의 예술은 그네들에 따라 규정된다. 그 심리는 그 상태(사회 상태 또는 환경)에 의하여 창조된다. 그러나 그 상태는 궁극에 있어서는 그 생산력과 생산 관계에 의하여 조건 짓게 되는 것이다." 유물사관—경제가 모든 정신문화의 기초가 된다는—의 입장에서, 즉 사회과학적 입장에서 예술을 평가하는 플레하노프의 견해는 가장 정당하게 테느를 논위論爲하였다. 그러므로 테느는 완전히 유물론적 견해를 파기하지 못한 부르주아 비평가의 일인一人이었으나, 그가 남긴 사회적 비평의 입장은 그 후에 창설된 유물사관적 예술 평가에 다대한 공헌을 제공한 것이다. 즉 문예 작품에 있어서 졸라의 실험적 방법으로서의 문예가 프롤레타리아 문학에 남긴 공적과 상반되는 것이다.

2대 창설자 플레하노프와 하우젠슈타인

1. 플레하노프—러시아의 가장 현명한 맑스주의 이론가인 플레하노

프가 남긴 공적의 하나는, 그의 예술 이론이 가장 정확한 사회학적—유물사관적—입장에서 파악되고 전개되어 오늘의 프롤레타리아 문학의 이론적 체계를 수립한 데 있다. 그는 현대 예술의 특수한, 또는 중대한 역할을 다음과 같이 말하였다.

> 예술은 인생을 반영하며 재현한다…… 예술이 인간 생활의 반영이란 말은 정확하나, 불분명한 사상을 표백함을 의미한다고도 할 수 있다. 어떻게* 예술이 생활을 반영하느냐 하는 것을 이해함에는 후자(생활)의 기관機關을 이해하지 않고서는 안 된다. 그리하여 문명한 국민에 있어서는 계급 투쟁은 이 기관에 있어서 가장 중요한 발동체發動體의 하나를 구성하는 것이다. 다만 이 발동체를 보며 계급 투쟁을 주의하여 그 투쟁의 종류상의 변화를 연구하는 데에서만 우리는 문명한 사회의 정신적 역사를 다소 만족히 설명할 수 있다. 그 사회의 사상의 보조步調는 그 자신이 그 계급과 계급과의 상호 간의 투쟁의 역사를 반영하는 것이다.

이상과 같이 그는 예술은 계급 투쟁의 역사를 반영함에서 비로소 생활의 반영이란 의미를 구체적으로 표시할 수 있다는 것을 말하였다. 그러나 씨의 예술의 근본적 원리, 즉 예술은 무엇으로 해서 발생하며 발전하는가를 논할 때 그는 『맑스주의 근본 문제』의 소저小著 중에서 경제와 그 상부구조인 이데올로기의 관계를 다음과 같이** 설명하였다.

> (1) 생산력의 상태
>
> (2) 전자(생산력)에 의하여 제약된 경제 관계

* 원문에는 '如何히'라고 표기되어 있다.
** 원문에는 '左와 如'라고 되어 있다.

(3) 일정한 경제적 기초 위에 발생한 사회적 조직

(4) 일부는 직접 경제에 의하여, 일부는 경제 위에 발생된 사회적 정치적 조직에 의하여 규정된 사회인의 심리

(5) 이 심리(사회인의)를 반영하는 다종다양多種多樣의 이데올로기

이러한 경제와의 관계 밑에서 그의 상부구조인 정치 · 법률 · 종교 · 철학 · 예술 등의 여러 가지 이데올로기, 즉 정신문화가 발생하는바, 그중의 하나인 예술도 역시 이러한 복잡한 관계 밑에서 발생한다. 환언하면 예술 발생의 직접 원인은 그 사회적 · 정치적 조직에 의하여 규정되는 사회인의 심리요, 경제적 기초는 그 궁극적 원인이 된다는 것이다. 그리하여 그는 모든 원시 사회와 같이 생산과 비생산의 계급적 구별이 없는 시대와, 이 양 계급이 엄존하는 시대에 있어서는, 경제적 기초는 전자前者에 있어서 직접 원인이 되며, 후자에 있어서는 간접 원인을 형성한다. 즉 예술은 어떠한 사회에 있어서나 그 종국적 원인, 최대의 또는 제일 원인을 경제적 기초 위에 둔다는 것을 논증함에 불과하다.

다음 그는 비평가의 임무에 대하여 "관념론자 헤겔류의 철학적 비평의 임무는, 예술가가 그 작품 중에 표현한 사상을, 예술로서의 언어를 철학적 발로로 형상의 언어를 논리학적 언어로 번역하는 데 있다." 그러나 유물론적 세계관에 입각한 그(플레하노프)는 이렇게 말하고 있다. "비평가의 제일第一 되는 임무는 부여된 예술 작품의 사상을, 예술로서의 언어를 사회학적 언어로 번역하여 과여課與된 문학 현상의 사회학적 등가라고 칭할 만한 자를 발견함에 있다."고 하여, 예술 작품의 사상을 사회학적 평가로써 시험하려 하며, 더 나아가 씨는 사회학적 평가와 예술 가치와의 관계를 다음과 같이 논하였다.

> 과여된 문학 현상의 사회학적 등가를 발견하기 위하여 노력하면서, 이 비평(유물론적 비평)은 이 등가의 발견에 한정되지 말 일—즉 사회학은 미학과 등져, 그 앞에 굳게 문을 닫으려고 하는 것이 아니요, 반대로 그 앞에 그 문을 개방함을 이해 못 한다면, 그는 그 자신의 본성을 배반하는 것이다. 자기 자신에 충실한 유물론적 비평의 제2단적 행동으로—관념론자들도 그러함과 같이—비평가는 심사하는 작품의 미학적 가치의 평가를 하지 않으면 안 된다. 만일 비평가—유물론자—가 자기에게 과여된 작품의 사회학적 등가를 발견하였다는 이유하에서 이와 같은 평가(미학적)를 거부한다면, 그는 거기에 따라 자기가 수립하려는 견지에 대한 몰이해를 폭로함에 불과하다. 모든 과여된 시대의 예술적 창작의 특수성은 항상 그중에 표현된 사회적 기분과의 가장 긴밀한 인과관계 중에서 발견된다. 모든 과여된 시대의 사회적 기분은 그 시대의 특유한 사회관계에 의하여 결정된다는 것은 예술 및 문학의 모든 역사가 무엇보다 가장 잘 명시하고 있다. 이야말로 모든 과여된 문학 작품의 사회학적 등가의 결정이, 만일 비평가가 그 예술적 가치의 평가에서 이반하는 경우에는 불완전한, 따라서 부정확한 것이 되고 만다는 소치이다. 다른 말로 환언한다면 유물론적 비평의 제1단은 다만 제2단(예술적 가치)의 필요를 제거 안 할 뿐 아니라, 도리어 그 필요와 보충을 전제로 하는 것이다.

이상의 인용문에서 명확히 설명됨과 같이, 예술 작품의 평가에 대한 이원론 또는 예술 가치 무시론無視論을 철저히 배격하는 동시에 사회학적 등가와 예술적 가치의 합일성 이원론을 제창하여, 그리함으로 해서 그는 예술의 사회학적 비평을 창설하려는 것이다.

그는 다시 이 비평의 곤란을 다음과 같이 설명하였다.—"한 원칙을 철저히 고집하여 역사적 과정을 설명함은 비상非常히 곤란한 일이다……

심리는 경제에 적응한다. 그러나 이 적응은 복잡한 과정이어서, 그전 행로를 이해하여 어떻게 행사되어 있는가를 자기와 남에게 알기 쉽도록 묘사함에는 극히 종종 예술가의 재능을 필요로 한다. 예컨대 발자크(플레하노프는 입센도 지칭하였다)는 자기와 동시대의 사회에 있는 다종다양한 계급의 심리를 설명함에 위대한 공헌을 제공하였다." 하여 특히 프롤레타리아 예술의 창작을 위하여는 적어도 사회인의 심리를 경제 상태에 적응시킴에 위대한 재능의 필요를 여실히 명시하였다.

2. 하우젠슈타인—다음 빌헬름 하우젠슈타인의 사회학적 예술비평의 대의大意를 구명究明하자. 그는 그의 해박한 독일인 특수의 이론적 명확을 예술 양식, 즉 형식미에 주안을 두어, 사회학적 고찰 내지 시대와 시대*의 사회경제적 발달과 적합適合시키려 하였다. 그는 『예술과 유물사관』의 권두에서 그의 이론의 전 체계를 요약하여 말하되—"예술은 세계사의 표현이다. 예술사상의 사실을 세계사의 부분적 표현으로서 고찰하려는 것이 본서의 기도이다. 문화적 사상을 움직이는 궁극 원인은 사회경제적 사물이다. 과학적으로 인식할 수 있는—정신으로 이해할 수 있는 제諸 관계의 궁극점에까지 돌입하려는 예술사적 사회적 생활 문제와 예술적 문화 문제와의 사이에 존재하는 연락聯絡에 대하여 연구하지 않을 수 없다. 우리가 이 사회에 편재한 인간적 존재의 제 요소를 하등 질서도 없이 잡연雜然한 혼합물로 보지 말고, 상호의 관계가 심절한 제 역소力素의 우주적 결합이라고 보는 이상, 이러한 연락의 존재는 불가피의 사실이다."라고 하여 먼저 예술과 사회경제와의 인과관계의 법칙하에서 그를 연구하려 하는 것이다. 플레하노프는 주로 사회 심리를 논하여 그 궁극 원인을 경제

* 원문은 '시대 시대의'라고 되어 있다.

위에 두려는 의도를 하우젠슈타인은 좀 더 그 본체를 사회경제 내에 두려는 공통되는 입장에서 그 분야를 다소 별개로 하여왔다.

더 나아가 그는 예술 양식 문제의 고찰에 있어서 다음과 같이 논하였다.

> 그러나 예술 양식 문제의 사회학적 고찰에 당하여, 우리는 다만 추상적 탐구의 흥미에 의하여 인도되어서는 안 된다. 실제적 흥미가 이에 부가되는 것이다. 실제적 흥미란 우리 현대 생활 문제에 대하여 과거에 소유한 의의를 발견하려는 열망, 가급적 주의주도하게 장래의 방향을 지시하며, 생생한 현대 투쟁의 생명력을 이미 지나간 먼 과거의 제諸 시대에 대한 이면 합치로 해서 고조시키려는 열정이다. 그러므로 역사도 우리의 절실함에 대하여 직접적 존재의 시야를 연장할 가능성을 부여할 것이다. 즉 역사는 투쟁하는 시대인의 첨예한 생활 감정에 대하여 무릇 인간적인 궁극의 한계에까지 침입하여, 거기에서 다시 자기 자신을 발견할 기회가 되는 것이다.

이와 같이 그의 양식의 고찰, 예술의 연구는 결국 현대인의 생활에 그 투쟁적 생명력을 고조시킴에 있다는 것을 역설하였다. 플레하노프의 계급 투쟁에서만 진실한 생활 반영을 엿볼 수 있다는 말과 이언동설異言同說이다.

그는 다시 예술의 사회적 의의를 천명하여—"사회적이란 것은 우리 시대의 준척準尺이며, 미래에 대한 이즘이다. 그것은 마치 천계天啓의 사상이 종교인의 사고를 결정함과 같이* 불가항력으로 우리를 결정하는, 그러지 않을 수 없는 것이다. 우리를 강제하는 것은 생명력의 법칙이다.

| * 원문에는 '如히'라고 표기되어 있다.

그렇다면 우리의 생명력이란 무엇인가? 그것은 그 근원이 프롤레타리아의 생존 본능의 조직된 역량 속에 있어, 지구의 양상을 변혁할 신흥 계급의 융륭隆隆한 불가지의 발전과 함께 성장하는 것이다. 우리가 지금 제출한 양식사회학은 모든 시대를 통해서 미학의 최오最奧의 형식은 아니라 할지라도 그는 현재 또는 미래에 그리될 것이다."라 하여, 양식사회학의 건설에 노력하였으나, 그는 그로 해서 사회학적 비평학으로서의 건설이 완비된다고는 주장하지 않았다. 그는 그중의 하나—특히 각 시대 및 민족예술상의 나체에 대해서—그 일부분의 완성에 집중적 노력을 제공한 것이다.

그는 다시 예술의 관념론적 또는 형이상학적 해석에 대하여 반박을 선언하였다.

> 지금 우리에 대하여 문제 되는 것은 문화의 모든 관념적 요소를 인간의 원시적 존재 형식과의 관계 속에 지래持來하는 것이다. 그것은 역사적으로나 실제적으로나 마찬가지로 필요하다. 모든 인류 생활은 먼저 동물적 생존의 주장이며, 보다 더 고급이며, 최고급의 생존 획득을 목적으로 한 경제적 사실 조직이요, 이 생존 조건을 위한 투쟁 간의 사회군단의 분해였었다. 인간의 정력의 일부분이 인간 생활의 근본적 전제를 위한 싸움에서 해방되어 원시적 생존 감정의 예술적 고조가 자유스럽게 되었을 때 거기에 원시적 생존 경쟁의 형식이 항상 예술적인 그 속에 반영되는 것이다. 인간의 대다수의 정력이 동물적 생존의 유지를 위한 투쟁에서 멀어져 모든 여력餘力으로 생활 감정을 예술적으로 충실한 자유로운 활동에 순수히 제공한다는 것은 그 사실을 명료히 인정할 수 없으나, 반대로 예술적인 것이 아직도 강하게 동물적 생존 조건, 의류 식료 및 생존의 근본적 확보를 위한 투쟁과 결합될 때에는 그 출현은 더욱 명료하다. 그러나 거의

> 어떠한 의미로서나 응용예술이라고 인정할 수 없는 예술이라도 엄정한 관찰자가 되면, 그 본질로서의 사회경제적 의거성依據性을 명시하게 된다. 응용적 사회적 접촉을 지래하는 예술 창조의 모든 제약에서 전연 해방되었다고 보는 인상파적 스케치 예술도 또한 사회적으로 결정된 것이다. 왜냐하면 인상파적 형식은 그 운동 법칙이 자기의 힘의 원자론적 붕괴 속에 존재하는 어떤 사회 전체의 자연사自然史를 포함한 까닭이다.

이리하여 예술의 사회적 제약, 경제적 의존을 주장하는 동시, 그는 예술의 영구적 가치, 절대적 미의 존재를 필연적으로 거부하여 다음과 같이 결론하였다.

> 어떠한 형태양식이나 그것이 사회적 생명력의 반영이라면, 그 형태양식은 모두 가치가 있는 것이다. 모든 강력한 생명력이 가치 있는 것임은 재론할 것도 없다. 그러하면 무릇 예술적이라고 규율할 절대적 표준법칙이란 것은 존재할 수 없으며, 또한 이 사회의 어디든지 미적 가치를 가진 나체의 완전한 전형도 있을 수 없다. 어떠한 문화가 나체로 해서 흡취吸取하려는 형태감은 요컨대 최초부터 이 문화의 사회적 생명력에 의하여 결정되는 것이다. 그러한 생명력은 말하자면 형태감에 방향을 부여하며, 거기에 일정한 탐시력探試力을 과여課與하는 바 선험적인 것이다.

그러나 그는 그의 사회학적 척도를 모든 예술 부문 위에 시련을 내리지 못했으며, 또한 프리체 교수가 지적한바, "사회학적으로 건설된 예술적 양식의 역사관이 있다…… 이 사회학적 종합(조직적 사회와 개인주의적 사회와의)은 한 문제, 즉 양식의 보편적 역사적 연구 속에 용해되어" 완전한 예술사회학의 건설에까지 이르지 못했다.

조직자로서의 프리체

프리체 교수는 원래 독일 태생이나 그의 활동의 전 노력은 혁명 전후의 러시아에 있어서 광범한 문예에 대한 새로운 건설을* 제공함에 있다. 그는 『예술사회학』과 『구주歐洲 문학 발달사』에 있어서, 그의 사회학적 예술비평의 수립과 그 기초를 제시하였다. 그가 『예술사회학』의 서문에서 "아직 너무나 어린 과학이며, 적확히 말하면 아직 존재해 있지 않은 겨우 태생기에 들어간 과학"이라고 말함과 같이 예술사회학은 완전한, 또는 견고한 기반 위에 선 예술과학이 아니다. 그러나 씨의 노력은 전기의 누구보다도 가장 과감하게 유물론적 세계관에 입각하여 플레하노프의 이른바 "한 가지 원칙"으로써 예술의 기원 · 발생 · 과정 · 양식을 설명하려 하였다.

그는 그의 입장 내지 연구 태도를 다음과 같이 서술하였다.

> 우리의 임무는 일찍이 마카엘(19세기 화란 미술비평가)이 제출한 문제 즉 '어떠한 예술이 인간 사회의 발달사에 있어서 개개의 시대에 적합한가?'에 답변할 일이다. 그러나 우리는 지금까지 변천해온 개개의 사회경제적 형체에 어떠한 예술이 합법적으로 적합한가를 설명할 수 있는 역사적 관점을 어디까지든지 고지固持하려는 자가 아니다. 개개의 사회경제적 형체의 다수는 인류 발달의 과정에 있어서 반복되어 있다. 예컨대 석기시대의 수렵 제도는 현대의 아프리카나 호주의 엽인獵人들께도 있고, 신석기 시대의 원시적 농업은 현대의 만인蠻人들께도 있다. 애급埃及에 있는 봉건적 · 농업적 · 신관적神官的 사회조직은 고대 희랍에나 중세기의 서구에

* 원문에는 '건설에'로 되어 있다.

도 있었고, 헬레니즘 시대의 전제주의적 사회는 16, 17, 18세기의 구라파에도 있었다. 최후로 고전기 희랍의 부르주아 사회는 15세기로부터 17세기까지의 이태리, 화란 및 19세기 후반의 구라파에도 있었다. 그리하여 동일한 혹은 유사한 예술 전형을 생산하는 것이므로, 그것이 지리적 요건 연대기적 부호에 의하여 구별됨에도 불구하고, 우리는 이러한 반복적 사회경제적 조직을 동시에 연구한다. 이와 같은 연구 방법에 의하면 동일한, 혹은 유사한 사회 사정에 있는 예술상의 전형 · 종류 · 주제 · 양식의 반복성을 확립하기는 용이한 일이다. 인류의 역사에 있어서 재삼 반복된 이러한 사회적 형체의 예술을 연구하면서, 우리는 개개의 경우의 예술, 그것을 각 방면으로부터 그 모든 발견에 대하여 관찰하려는 것은 아니다. 그러나 그것이 사회 발달의 종종種種의 계단에 있어서 어떠한 표현과 해결을 얻었는가를 명시하기 위하여 예술의 개개의 방면으로부터 출발하려 한다.

고 하여 그는 하우젠슈타인의 개개의 시대에 대하여 예술과 사회경제적 조직과의 관계를 연구함에서 일보를 더 나아가, 먼저 동일한 또는 유사한 경제조직을 가진 국가 사회에는 동일하거나 유사한 예술을 발생시킨다는 보편적 사실을 명시하려 하였다. 그리하여 플레하노프의 사회학적 내지 유물사관적 예술관은 과학적으로 인류의 역사를 통하여 한 가지 원칙과 원리의 발견에 노력하였다.

그는 다시 자기 연구의 순서에 대하여

먼저 예술의 사회적 기능은 사회 심리 및 사회생활의 어떤 구성 수단으로서 본질로는 항상 동일하나, 사회 진화의 종종種種의 계단에 따라 기분 간의 변화가 있음을 제시하려 한다. 다음 사회 발달의 종종의 계단에

> 있어서 예술적 생산 형식 및 그에 따라 고귀한 예술품 제작자의 지위가 지배적 경제 형식에 종속되어 어떻게 변화하는가를 연구하며, 더 나아가 18세기 수도원장 듀보가 처음 제출한 문제, 즉 전 역사를 통해서 출현되는 예술의 성쇠 과정의 합법적 특질에 대한 문제를 연구한다.

라고 하여 어디까지든지 예술을 경제조직의 기초 위에 수립된 이데올로기적 상부기구의 일 부문으로 하여, 그에 관한 종합적 법칙을 설정하려고 노력하였다.

그는 다시 예술의 사회적 기능에 대하여, "조형예술—모든 예술도 동양同樣이지만—은 일정한 사회적 기능을 수행하는 것이다. 형상의 매개에 의하여, 감정과 상상에 작용하며, 또 이를 통하여 개인의 사상에도 작용되면서 조형미술은 사회적 집단, 혹은 그의 일부, 즉 사회가 계급적 분리가 있는 때에는 그 사회 계급의 흥미에 맞도록 이러한 감정 · 상상 · 사상을 조직하며, 통일하여 방향을 지정하는 것이다." 즉 예술은 그 발생을 사회적 경제 제도에 의하여 제약되며, 따라서 그 어느 계급에 봉사하여 그 기능을 행사한다는 것을 제시하였다. 테느에 있어서는 그 환경에 따라 예술은 발생한다 하면서, 그것이 어느 계급에 봉사하며 어떻게 쇠멸되는가를 확언 못 하였다. 그의 일례를 든다면, "희랍 비극은…… 문명 세계의 선조 될 지위를 설득하려는 대노력 시대에 출현되어, 그것이 성격 타락과 마케도니아의 정복이 희랍을 외국인에게 위임케 되었을 때 그(희랍) 독립과 정력과 구멸俱滅된 것을 인지할 수 있다."고 했으나, 어찌하여 예술이 생멸되는가의 최대 원인—경제적 압력의 중대한 작용을 충분히 인식치 못하였다.

우리는 프리체 교수의 이와 같은 과감한 학적 수립의 적극적 노력의 이면에도 모든 새로운 건설을 위하여 획시대적 절륜한 분투를 감행한 소비에트 러시아의 사회적 압력을 동시에 직감치 않을 수 없다.

실행자로서의 캘버튼

캘버튼*은 사회학적 예술비평의 역사적 역할을 이행하였다고는 단언할 수 없으나, 그가 현재 아메리카 문단에서 가장 과감한 도전을 기성 문단의 진부한 관념론자에 감행하고 있으며, 특히 문학의 사회학적 비평을 위하여 헌신적 노력을 다하고 있는 점에서, 여기 그를 등장인물의 한 사람으로 취급하려 한다. 그는 프리체와 같은 학구적 입장에 서서 연구적 태도를 취하려는 자는 아니다. 그는 그의 공정한 사회학적 공안으로써 문예의 분위기 속에 직접 돌입하는 한 도전자요 일– 문학적 투사이다.

그는 그의 명저 『문학의 사회학적 비판』의 권두에서 아래와 같이 문학의 정체를 논하였다.

> 문학을 초자연적 영감이라거나 정신 및 충동의 특수한 자산의 소산이라고 생각하던 시대는 이미 지나갔다…… 과학의 진보와 거기에 따르는 천지양계天地兩界의 활동의 개명開明, 거기에 기인하는 비현세적 관념의 쇠멸, 연역적 방법의 귀납적 방법에의 전이—이러한 사실은 인간과 그 소산에 대하여 종전과는 상이한 태도로써 군림함을 요구했다. 사상 및 과학상의 변화와 발전은 현대 및 과거 기세기幾世紀의 부단한 변화의 물질적 제조건의 불가피적 반영에 불과했다. 창작과 비평은 공히 사회적 진화의 추이에 따라 그 양식과 내용에 있어서 변화해왔다.

* V. F. Calverton(1900~1940).

이상의 설명을 그는 다시 요약하여 "미학의 혁명은 관념에 의존하는 것이나, 관념의 일체의 혁명은 일반적 물질적 조건이 생산한 사회구조 그 자체의 혁명의 결과인 것이다." 즉 그는 문학은 관념(이데올로기)과 함께 변화하며, 그 관념은 일반적 물질적 조건(경제적 조건)에 의하여 결정된다는 전기 삼씨三氏와의 설과 동일한 귀착을 보게 되는 것이다.

그는 이러한 비판적 태도에 입각하여 그는 한 작가(셔우드 앤더슨)의 연구에 있어서, 그 방법론, 그 비판의 태도를 명확히 선언하였다.

> 우리는 우리 이전의 비평가 및 현대 비평가의 대부분이 의뢰해오던 우원迂遠하고 천박한 방법을 기피하여 비판의 대상이 될 작품 중에 구현된 바 미적美的 경향과 미적 관념, 그를 형성시킨 사회적 환경 내의 제諸 세력에 직접 육박할 것이다.
>
> 우리의 분석은 역사적인 동시에 직접적이어야 한다. 문학 특히 앤더슨 씨의 소설 및 시에 파급된 이러한 사회적 변화의 영향을 추적할 뿐만 아니라, 다시 그의 끊임없는 조류(과정)를 구명하는 것이 우리 할 일의 주요한 목적이 될 것이다. 우리들이 이제부터 행하려는 비판에서 모든 예술가는 그 시대의 관념에 좌우되어 있다는 것, 작품은 그것을 한 격리된 현상으로 취급하는 한에 있어서 결코 정당히 연구할 수 없다는 것, 또는 예술의 성질을 결정하는 이러한 관념의 성질, 그것은 명확한 계급 투쟁을 하고 있는 사회학적 소인素因의 결과라는 것, 이러한 사실이 우리의 비판의 결론으로서 명확히 나타날 것이다.

이리하여 그는 참으로의 예술 연구는 사회학적 비판이 아니고는 다른 방도가 없으며, 그리하는 데서만 예술은 새로운 생명과 의의를 가질 수 있다는 것을 극히 간명하게, 솔직하게 서술하였다. 즉 예술 또는 문학은, 인류 역사의 과정에서 모든 사회적 환경의 제 세력으로 해서 발생되며, 그리하여 그는 인류 역사의 필연적 과정에 합류된다는 것을 의미한다. 그러나 그는 확실한 유물론적 견지 내지 맑스주의 변증법을 논위하지 않으나, 그의 사회학적 방법론은 다분히 새로운 입장을 파악하여 그의 독자의 이론 체계를 형성하고 있다.

결론

이상에 있어서 극히 조잡하게 사회학적 예술비평의 발전의 일면을 소개하였다. 좀 더 자세한 구체적 설명을 결여함에는 필자 자신도 불만을 느낀다. 그러나 원체 문제가 광범하고 크므로, 그를 일일이 상론하려면 지면의 관계도 있겠고, 또한 독자에게 권태를 드릴 염려도 불무不無하므로, 모든 사족적蛇足的, 또는 천착적穿鑿的 자상仔詳과 번쇄煩瑣를 피하고, 다만 새로운 입장에서 조선문학의 사적史的 고찰과, 금일에 있어서의 예술문제가 좀 더 활발하게 논위되어가기를 기대하여, 문단인의 총체적 노력이 비약적으로 새 국면의 타개가 있기를 빌면서 이 고稿를 마치려 한다.

—《동아일보》, 1931. 3. 29~4. 8.

해외문학과 조선에 있어서 해외문학인의 임무와 장래

1. 외국문학과 조선 문단

사적으로 외국문학과 조선 문단과의 교섭을 개관한다면 우리는 이것을 3기에 나누어볼 수 있을까 한다.

그 제1기는 최남선 이광수 씨 등이 《소년》 잡지 시대를 지나 1910년* 의 민족적 대변동을 치른 뒤 잡지 《청춘》을 통하여 신문학 수립의 계몽운동을 행사하여 3·1 운동 전야에 이르기까지를 말한다. 이 제1기에 있어서의 외국문학은 하등 관계를 가지고 조선 문단에 반영된 것은 아니었다. 다만 이 《청춘》 지상에 외국 명작 경개梗概 소개도 밀턴의 『실락원』, 빅토르 위고의 『레 미제라블』 같은 것을 게재하였을 뿐이요 이렇다 할 계속繼續적 번역 행동이나 소개가 없었다. 즉 외국 문예를 전문적으로 연구하는 이가 없었고 또 조선문학의 초기 시대인 것만큼 그 운동이 심히 미미하다고도 하겠으나 당시의 문단인에게 영향된 외국문학의 감화는 물론 절대라고 보아도 과언이 아닐까 한다. 그리고 번역 작품으로는 아메리카의 스토 부인 작 『엉클 톰스 캐빈』, 『검둥의 설음』과 『불상한 동

* 원문에 1930년으로 되어 있으나 문맥상 1910년의 오류로 보인다.

무』와 같은 눈물겹고 외로우며 학대받고 의지할 곳 없는 소년문학 같은 것이 그 역시 완역이 아니고 초역으로 출판되었다.

이와 같이 아직도 유년기라고 볼 수 있는 제1기의 외국문학은 조선문예사상의 낭만 초창 시대에 있어서 막연하게 그러나 거의 맹목적 정세로써 심취케 하였다. 마치 불란서 낭만파가 괴테, 실러, 바이런, 스콧, 워즈워스 등의 외국 낭만파 작가에 경도함과 같은 그러나 질로나 양으로나 편협한 경역境域에서 이를 감수하였다. 비로소 이러한 외국 작품을 통하여 젊은 청춘의 가슴속에는 자유를 동경하는 열정과 더 나아가 봉건적 모든 진부陳腐된 인습에 대항하여 인간으로의 자유와 자유연애를 부르짖게 되었다. 즉 한편으로는 민족적으로 위압을 당하면서도 어질러진 사회와 가정에 향해서 반역의 기를 들었다.

이러한 외국문학과의 교섭은 그 경역이 외국 낭만주의 작가에 국한된 경향이 많았으며 역시 당시의 문인들이 일본의 자연주의 운동의 치열熾熱을 목도하였다 하더라도 주의主義를 생장시킬 만한 지반을 닦지 못하고 있었다. 즉 조선 문단은 처녀지요 낭만적 감격만이 그네의 가슴을 지배하였던 것이다. 그러므로 이광수 씨의 『무정』이 제1기의 조선인으로의 최초의 문예 작품의 거룩한 지위를 가지게 되는 것도 이러한 당시 사회의 여실한 반영에 불과하다.

그러나 역사는 꾸준히 진전되고 있었고 인류의 운명은 다시 새로운 코스를 밟게 되었으니 그것이 조선에 있어서는 민족적 ××운동*이 경향의 청년 지식층의 중간 분자를 ×성시켜 민족적 대동××의 기치를 들고

* 이 글은 평론집 『모색의 도정』에 「외국문학과 조선 문단」으로 개제되어 실렸는데, 이 지면에서는 검열로 삭제되었던 글자가 다음과 같이 복구되어 있다. “그것이 조선에 있어서는 민족적 독립운동이 경향의 청년 지식층을 각성시켜 민족적 단결의 기치를 들고, 오래 침묵되었던 조선 사회에 위대한 충격을 주었던 것이다. 그네들은 ‘독립’—이것은 결국 개인주의적 자유의 요구에 불과하다—라는 크고 거룩한 감격에 넘치는 새로운 사회를 동경하였다.”

오래 침묵되었던 조선 사회에 위대한 충격을 주었던 것이다. 그네들은 '××!'—이것은 결국 개인주의적 자유의 요구에 불과하다—이라는 커다란 거룩한 나래 밑에 감격에 넘치는 새로운 사회를 동경하였다. 그리하여 조선은 새로운 문화적 건설을 향하여 일로약진하게 되었던 것이다. 이것이 조선민족 갱생의 운동이었으며—민족적 부르주아지—의 신흥 세력이었다. 이러한 조선의 현실은 다만 가공적架空的 몽상적 수탄愁嘆의 시기가 아닌 행동적 실천적 의지의 시기였다. 실로 조선 문단인(창작가)은 자연주의 시대를 출현케 되었으며 당시의 문단인들은 역시 외국 자연주의 문학의 감화를 가슴 깊이 명각銘刻하고 있었던 것이다. 즉 일본을 통하여 러시아 불란서를 주로 한 자연주의 작가의 문학적 기분과 감정을 섭취하여가지고 조선의 자연주의 시대를 형성하게 된 것이다.

이 제2기에 있어서 외국문학의 영향은 주로 작가 중심이었다. 즉 모파상, 투르게네프 등의 실천적 경향이 농후하였다. 그러므로 이렇다 할 외국 문예 조류의 체계적 학구적 연구 소개가 없었고 다만 외국문학이란 창작가의 한 독자의 탐상耽賞 세계에 불과하였다. 그 속에서 자기도취를 느끼며 또는 거기에서 자기의 호흡을 발견하였던 것이다. 이리하여 한낱 외국문학 연구가의 출현을 볼 수 없었으며 문단인(창작가)이 곧 외국 문예통이었다. 이렇게 제2기가 1924년경까지 지속되어와서 염상섭, 김동인, 현빙허* 등의 자연주의 작가들을 배출시켰다.

그뿐 아니라 시단에 있어서도 새로운 외국 시단의 소개와 번역이 김안서의 『오뇌의 무도』를 통하여 낭만파 내지 상징파 시인의 시 소개가 있어 조선신시운동에 적지 않은 충격을 주었다. 그리고 양주동 군이 《금성》 잡지를 통해서 외국 시인 또는 문학을 전공적으로 체계적으로 섭렵

* '현진건'을 지칭한다.

하지 않고는 위대한 창작가가 될 수 없다는 다소 독단적—그는 조선 문단인의 해외문학을 경시 또는 등한해가지고 대가로 하는 데 대한 반항이었다—용감을 보여주었으나 그 역시 하등 구체적 중심을 가진 집단적 행동이 아니고 개인적 낭만적 일개一個 화화火花에 불과한 감이 있어 곧 명멸하고 말았다.

이상을 통해서 제2기까지도 외국문학은 조선 문단 수립 또는 진전을 위하여 다소의 교섭과 교통을 가지고 왔을 뿐이요 외국문학 연구가를 조선 문단의 엄연한 존재 사실로 보아오지는 않았던 것이다.

이 길지 않은 역사적 시간은 비상히 ××한 것으로 전전戰前 ××주의에 평화적 조직적 발전의 10년 혹은 20년간도 지당止當치 못할 만큼 본질적으로 상이한 수많은 변화를 국제적 정치政治에 □여하고 노동자 계급의 생활과 투쟁의 역사에도 산적한 □□을 쌓게 하였다. 불과 1년 전에 토론하고 결정한 제題는 이제 와서는 그 구체적 적용의 장면에 있어 비상非常한 변화를 받지 않으면 아니 될 ××한 정세의 진행 속에서 우리는 생활하고 있는 것이다.*

조선문학의 진흥과 세계적 접촉 또는 조선문학의 내용을 풍부히 하며 그 호흡을 왕성케 하기 위하여 이 운동의 구체화 조직화를 보여준 것이 세칭 해외문학파(주: 《중앙일보》 12월 7일 지상 1931년의 출판계 소칭)였다. 그리고 이 해외문학파의 그룹은 6년 전 동경에 유학하는 우익적 문학인들(12월 23일 《조선일보》 지상의 송영 씨 소칭)로 구성되었던 것이다(송영 씨의 외국문학파에 대한 논위의 착오는 다음 다시 논술하려 한다). 그리하여 외국문학연구회에서는 《해외문학》을 통하여 주로 영 · 불 · 독 · 로의 문학 소개 및 번역을 세상에 내놓게 되었다. 이때의 외국문학연구회

* 이 문단은 『모색의 도정』에 수록될 때 삭제되었다.

(세칭 해외문학파와 외국문학연구회를 혼동시하는 이가 많으나 요컨대 해외문학파란 말은 외국문학을 전공한 사람을 가리키는 것이요 결코 외국문학연구회 동인을 지칭함은 아닐 것이다)는 이렇다 할 자기네의 주의주장을 세간에 공표한 것은 아니다. 다만 학구적 입장에서 또는 자유주의적 입장에서 외국 문예를 조선 사회에 제공하는 것이요 이러함으로써 조선문학은 좀 더 활발하고 또 건전한 진전을 볼 수 있으리라는 것이었다. 그러나 그때의 조선은 신흥 프로문학이 대두하여 제일보의 출발점을 향하여 가장 힘 있는 운동을 전개시키고 있었던 것이다. 그러므로 이러한 해외문학의 소개는 그 당시에 있어서는 그렇게 커다란 문단적 주의의 초점과 중심 논제가 되지는 못하였다. 하나 결코 조선 문단이 외국문학의 필요를 가지지 않은 것도 아니며 또는 송영 씨의 말과 같이 프로문학에 대립하여 우익적 문학인으로 결성된 반동 단체도 물론 아니었다.

오히려 그보다도 조선 문단은 조선문학 자신을 위하여서라도 진정한 외국문학의 조류의 체계적 연구 소개와 또는 외국문학과 그 사회와의 관계를 충실히 과학적 입장에서 검토 논증하여 조선문학의 진로와 특수성을 지적 · 경고하는 절실한 필요를 다른 어느 나라 문단보다도 더 강렬히 요구하게 된 것이다. 따라서 조선 문단은 이 외국문학 연구인으로 하여금 조선문학 발전상 자체의 성장을 위하여 최대의 임무를 거행케 되었으니 이것이 곧 외국문학이 다만 어떤 창작가의 소세계小世界에만 공급되는 종속적 지위만을 가지지 아니하고 문단적으로 또는 사회적으로 널리 조선문화운동상의 일익을 구성케 되었으며 이것이 곧 해외문학과 조선 문단과의 제3기적 교섭이라고 보겠다.

2. 해외문학 연구인의 임무

조선 문단에 있어서 해외문학 연구인의 임무와 존재는 오늘과 같이 문학운동이 극도로 불안을 느끼며 다소 침체된 때에 있어서 그 활동에 대한 기대가 적지 아니하다. 그러면 해외문학 연구인은 어떠한 입장에서 그 임무를 행사하려 하는가?

연이然而 해외문학 연구인은 그 자신은 인텔리겐치아이다. 즉 조선을 대표할 만한 지식 계급이다. 이러한 지식 계급인으로서 대사회적 활동을 어떠한 태도와 입장으로 행사할 것인가? 이것을 우리는 다음에 4종으로 분류해볼 수 있는가 한다.

(1) 지배 세력과 일치 행동—이 말은 곧 자본주의 국가 사회에 있어서 그 지배 계급과 동일한 운명을 가지고 행동하는 자 그가 문학인일 때에는 자본주의 사회를 옹호 · 지지하는 사람으로서 자본주의 찬미의 또는 자본주의 사회가 소영환호笑迎歡呼하는 문학자가 될 것이다. 이러한 기성 문단 내지 부르주아 문단 측에서 활약하는 작가 내지 연구인은 적지 않다.* 그러나 우리 조선 내에 있는 외국문학 연구자 가운데 몇 사람이나 이러한 가운데 내포되어 있을까? 우리는 다만 외국의 고전문학만에 도취되어 현대사회와 몰간섭인 어떤 인간의 존재를 상상할 수는 있으나 우리는 그를 지적할 아무도 모르고 있다.

(2) 다음 사회 현상 내지 현실을 여실히 반영하여 논위하는 자—즉 현실과 타협하며 현실과 부동附同 또는 야유(자유주의 입장은 늘 이러한 카테고리 속에 든다)하는 사람들이다. 즉 그 사회(자본주의 사회)의 현상을 그대로 방관 · 정관靜觀, 또는 풍자하면서 그 속에 뛰어들지 아니하고 그

* 원문에는 '不少하다'로 표기되어 있다.

모순을 적발하여 정면으로 반항하려 하지 않는 자, 그리하여 독자의 예술 세계를 그려서 그 속에서 유유자락悠悠自樂하는 인간(전형적 부르주아 자유주의자)이다. 즉 사회와 무관심하며 혹은 사회에 관심한다 하여도 그 사회의 산물—특히 오늘과 같이 첨예화, 퇴폐화한 말소적 · 통속적 오락—속에서 향락하는 인간군이 있다. 이러한 카테고리에 속하는 해외문학 연구인이 있다면 그네들은 자기의 전공한 외국문학의 데카다니즘의 소개 또는 거기에 심취할 것이다.

그러나 우리는 조선에서 이러한 도락적 외국문학 연구의 존재를 확실히 알 길이 없다. 아니 이러한 무관심한 난센스적 연구자를 진정한 의미에서 배격하지 않으면 안 되거니와 또는 그러한 사람을 우리는 아직도 과문寡聞인 까닭인지는 모르나 기억 속에 남아 있지 아니하다.

(3)에는 항상 사회주의 모순과 사회의 부정 즉 ××주의 사회의 병폐病弊 ××을 정면으로 적발하여서 새로운 ××*를 위한 새로운 문화 건설을 위한 일인으로서 행동하려는 자들일 것이다. 그리하여 이러한 부문에 속하는 해외문학 연구인이 있다면 그는 늘 불타는 정의감과 계급인으로의 열정에 끓는 가슴을 가지고 나날이 미래를 향하여 또는 새로운 건설을 위하여 심신을 희생시키고 있는 문학운동을 소개하여 또는 번역하여서 조선 문단의 진로에 대해서 항상 부절不絶하는 격동激動과 편달을 줄 것이다. 이러한 임무를 각오한 외국문학 연구인이 또 얼마나 될 것인가? 아니 이러한 임무를 행사하려면서 조선의 특수한 객관적 정세로 인하여 정당한 주장을 충화 또는 평범화 상징화하여 레닌의 이른바 "자본주의 사회에서는 노예의 말과 글로써 쓰라."는 그러한 태도를 취하며 또 취하려는 이도 적지 않을 것이다.

* 『모색의 도정』에는 세 ××가 모두 '사회'로 표기되어 있다.

(4)로는 이 모순된 사회에 대해서 극도로 증오와 분개를 느끼면서도 인텔리겐치아로의 육체적 유약과 정신적 불안으로 인하여 남모르는 침통과 고독과 고통과 고난명인苦難嗚咽 가운데 지내는 소위 인텔리의 비애 세절아世絶兒의 영탄에 묻히는 거짓 없는 그리고 강한 감수성과 반발성을 가지고도 정면으로 나서서 그 현실과 싸울 수 없는 인간이 적지 않음을 우리는 잘 알거니와 역시 외국문학 연구인에도 이러한 고난 속에서 괴로움을 받는 이가 또한 많이 있음을 우리는 추측할 수 있고 목도하고도 있다.

이상의 네 가지 카테고리를 다시 요약하자면 1은 지배 계급을 궁극적으로 지지하는 자요 2는 소극적으로 지배 계급의 동반적 찬동자가 될 것이다. 그리고 3은 ××에 ××*하는 적극적 행동일 것이요 4는 마음만으로는 적극적으로 그 사회에 ××**하면서 그 행동에 있어서는 소극적 태도를 취하는 자이다.

다시 이를 문학상의 조류에 따라 구분한다면 (가)는 민족주의 문학과 부르주아 문학(일칭一稱 애국적 파쇼가 된 문학), (나)는 부르주아 리얼리즘 중에도 대중문학 통속문학, (다)는 프롤레타리아 문학, (라)는 데카다니즘 모더니즘, 슈르레알리즘 등이다.

이제 외국문학 연구인의 임무는 이상의 제諸 입장을 가진 온갖 주의를 개괄하여 소개하는 거기에만 그칠 것인가? 그러한 객관적 소개 또는 번역이 전연 가능할 수 있을까? 만일 무입장(즉 공허한 심흉을 가지고)에서 즉 백지로써 외국문학을 소개한다는 것은 일종 언어의 유희에 불과할 것이다. 무입장적 입장은 곧 현실도피적 또는 현실 타협 추종 그것일 것이다. 그러므로 연구 소개하는 그 자신이 그 어떤 입장에서 한 가지 문학 현상 또는 그 경향을 소개 논평할 것이다. 그렇다면 특히 조선에 있어서 외

* 『모색의 도정』에는 '기성 사회에 반항하는'으로 표기되어 있다.
** 『모색의 도정』에는 '반발'로 표기되어 있다.

국문학을 연구, 소개하는 자의 임무는 어디 있을까? 조선과 같이 신문학 운동이 극히 연천年淺하고 또 전통을 가지지 못한 사회에 있어서는 외국 문예의 사적 조류와 그 대표적 작품을 감상하지 않으면 안 되고 이에 대한 체계적 논평을 절대로 필요로 한다. 이러한 의미에서 외국문학을 전적으로 소개하는 번역과 연구가 □전함을 필요로 한다. 즉 외국문학(그 자신이 역시 조선 문예 발달과 밀접한 관계가 있어왔다)을 정확히 자국 내에 소개 또는 번역하는 것은 인류의 문학 유산을 정당히 감수하는 필요한 인간 자체의 요구다. 그러나 우리가 여기에서 특히 관심하며 주의하는 바는 어떠한 태도와 입장에서 과거의 외국문학(자국 문학에 있어서도 동일하다)을 감상, 비판할 것인가이다. 다만 막연하게 문학은 인생 생활의 그 어느 반영이라거나 그 어느 계급인의 심리 묘사라는 외부적 감상만을 통해서 될 것이 아니요 더 깊이 그 속에 구현된 인간 심리의 편물編物한 묘사, 호소, '엑스터시'와 또는 그때 사회 인간의 대외부적(지배 계급 또는 피지배 계급) 활동 경향을 감수할 수 있는 예술적 감흥의 소지자인 동시 그 자신이 그 작품 또는 그 사조를 감상 비평하는 데 있어서 항상 자기의 생활하는 사회와의 관련을 망각하지 않는 인간이어야 할 것이다. 즉 과거의 어떤 문학에서 자기의 은둔 세계를 발견하는 것이 아니요 그 속에서 새로운 무엇을 찾아낼 수 있는 사회인(계급인)이 되어야 한다는 것이다.

그러므로 외국문학을 연구 소개하는 중에도 고전을 소개 논평할 때 연구인 그 자신이 충분히 현대 감정을 이해하며 그리하여 과거의 문학 전통을 통해서 새로운 무엇을 알게 할 만한 구체적 설명이 필요하다. 그러므로 조선에 있어서 단순한 '아카데믹'적 태도는 외국 문예를 전 사회에 침투시키는 데 극소의 반영밖에는 남기지 못할 것이다. 이것이 외국 문예 중에서도 고전을 연구 소개하는 데 가장 절실한 문제일 줄 안다. 다시 요약한다면 한 작품 내지 사조를 사적으로 고구비판考究批判하는 동시 우리의 생활하는 사회와 관계시키는 사회학적(이는 물론 예술적 입장을 무시함이 아니다) 입장을 필요로 한다는 것이다.

다음 현대 문학 조류, 경향, 작품을 소개 비평할 때 그 연구 소개 또는 번역 비평이 외국문학의 동향을 주로 하는 경우와 조선 내의 현실과 상호 관련시켜서 논위하는 두 가지가 있을 것이다. 그런데 조선에 소개된 최근까지의 경향은 주로 그 전자였다. 즉 외국문학 동향 내지 사조를 충실하게 또는 그대로 소개 논평하였을 뿐이요 그 동향 내지 작품과 조선의 관계와를 등한시한다는 것이다. 물론 이것은 비상히 곤란한 일이며 충실한 소개 번역 거기에서 독자가 그를 조선 현실과 비교 감상하며 비판하여야 할 것이다. 아 조선의 일반 대중이 과연 그 정도까지의 식안識眼을 가지고 있는 것일까? 즉 조선의 문화 수준이 그러한 '레테르'를 가지고 있는가? 여기에서 당연히 외국문학 연구인은 조선문화계몽운동의 중대한 일익을 수행하지 않으면 안 되는 것이다. 따라서 외국 문예 조류의 그대로의 소개가 아니요 반드시 그 이면과 그 중심에는 조선이라는 객체를 두어가지고 조선에 필요한 문학으로부터 시작하지 않으면 안 된다. 그러한 조선과 깊은 인과를 맺을 수 있는 외국문학이란 무엇일까. 그는 갱론更論할 것도 없이 가능한 한도에서 외국 문예의 새로운 위대한 발전과 외국으로의 고민과 투쟁과 건설의 굽이치는 파도를 여실히 소개 번역하는 데 있을 것이다.

3. 해외문학 연구가의 장래

1931년의 조선 문단을 회고할 때 창작계와 평론계가 예년보다 더 활기를 띠었다고 보기 어려우나 해외문학파의 소개와 평론 번역이 엄연 우세하였음은 그 이유 여하는 제2문제로 하더라도 프로파의 임화 송영 이 씨二氏의 지적과 이하윤 군의 《중앙일보》 지상의 「1931년 평론계의 감상」에서도 한 가지로 논제된 바이요 《혜성》, 《시대공론》 신년호에 있어서도 이 점을 승인하고 있다. 그러하면 어떠한 문학적 이유와 또는 사회적 요구가 있어서 해외문학이 조선 사회와 문단에 적극적 진출을 보게 되었는가? 여기에 대하여 각 신문과 잡지는 여러 가지로 그 출현에 대하여 자못 경이적 내지 도전적 입장에서 이를 논구하고 있다. 그러나 필자는 이러한 논구에 대하여 일일이 변명하려 하지 않는다. 오히려 금후의 해외문학 연구가의 장래에 대하여 좀 더 진지한 토의와 논위가 필요할 줄 안다.

하나 일반 문단인이 이 해외문학파에 대하여 가지는 선입견 또는 독단적 억측에 대해서 간단히 그 비非를 논위하지 않을 수 없으며 이리하는 데서 비로소 해외문학인의 금후의 행동을 충분히 규정할 수 있는 것이요 따라서 해외문학 연구가에 대한 세계의 오해를 일축할 수 있을까 한다.

먼저 임화 씨는 《중앙일보》의 1931년 11월 12일의 「1931년간의 카프 문예운동의 정황」이라는 논문에 있어서 "소부르적 크룹(그룹의 오식인 듯?)—소위 해외문학의 일파—의 왕성한 극항極項(극항이란 의미가 불명료하나)"이란 일언一言으로 해외문학파를 소부르 그룹이라는 단안斷案을 내리었다.

그리고 《혜성》 신년호에서 백세철 군이 해외문학파의 활동이 컸음은 신문사 학예부 중에 같은 해외문학파의 동지를 가졌기 때문에 발전의 자유를 가지게 되었고 프로문예에 대한 탄압이 격심한 시기를 이용하여 해외문학파는 상당히 진출되었고 1932년도 진출하리라고 추상推想하였다. 그러나 우리는 백 군의 이러한 추측적 해석에 대하여 반드시 수긍할 만한 하등 이유적 근거를 가지지 못한다.

또 송영 씨는 1931년 12월 25일의 《조선일보》 지상의 「1931년 조선

문단 개관」에 있어서 "동경 유학생 중의 우익적 문학인들이 수삼 년 전 '외국문학연구회'라는 문학 단체를 조직."이라거나 "해외문학파는 조선의 좌우를 다 비난하였으나 실은 우익에 입각하여 있다."라거나 "1931년은 비교적 해외문학 크룹(그룹의 오식인 듯?)이 활동이 있으나 그 번역 행동은 소부르적 행동에 그치고 말았다. 기실 번역해놓은 시가와 소설은 소산 계급 이상의 소시민과 인텔리층을 표준한 것이었다 또는 소설파를 중심으로 해서 예술파의 형성 □□하려는 운동이 연말에 와서는 더욱 주의할 사실의 하나이다."라는 독단적 내지 사측적 억단臆斷을 내리어서 해외문학파를 간단히 조선 문단에서 규정짓고 소멸시키려는 의도가 역력히 보인다. 그러면 이러한 논지가 충분한 이론적 근거와 또는 정당한 검토에 의한 처단이라고 볼 수 있을 것인가? 우리는 상기의 이 소설에서 해외문학파의 임무가 어디 있으며 그네들이 어떠한 '카테고리' 속에 속할 것인가를 간단히 설명해왔거니와 결코 해외문학파는 어떤 중심을 가진 한 조직체라고 보기보담도 자유로운 각자의 입장에서 외국문학을 사적으로 또는 학구적으로 또는 조선 현실 문단에 가장 현대적인 가장 진보된 문학의 소개를 목적으로 하는 우의友誼적 그룹이라고 볼 것이다. 그렇다면 그 가운데는 여러 가지 문학적 유파와 주의를 가지고 있는 것은 물론이다. 이러함에도 불구하고 어떠한 이론적 근거를 가지고 그저 '소부르'니 '우익적 문학인이니' 하는 단안을 내릴 수 있는가? 또 더욱 문학을 국제화하여야 한다 하면서 조선의 새로운 국제화된 문학의 소개를 다만 소시민적이요 '부르 인텔리'라고 지적하고 말았으니 그러면 프로문학은 어느 정도까지 문학의 국제화와 현대적인 진보된 문학을 소개하여왔는가? 역 의문이다. 그렇다면 문제는 단순히 확실한 논증도 없이 다만 정진섭 씨의 1931년도 신년호의 「조선 현 문단에 소訴함」이라는 일문을 공적 테제와 같이 취급하는 것은 진실로 진정한 조선 문단 중에도 프로

문단의 진전을 위하여 가장 정당한 태도라고 볼 수 없다. 우리는 절대로 정 군의 해該 논문을 지지하는 것도 아니요 또 반대하는 것도 아니다. 문제는 우리의 정당한 주장을 제창하여 조선 문단의 일보적 전진을 촉성促成함에 불과하다.

그럼에도 불구하고 이것을 해외문학파의 공적 테제라고 보거나 또는 그것이 전적 해외문학파의 의사로 보는 것은 너무나 경솔한 단안이 아닐까? 그 반증은 1931년도에 있어서 해외문학 소개에 있어서 적지 아니한 프로문학의 소개와 연구가 있었으며 또는 새로운 외국 문예 제창의 소개가 있었음을 우리는 똑똑히 기억하고 있는 바이다.

그러므로 문제는 다만 세칭 해외문학파라고 하여 그곳을 '소부르 그룹'이니 '우익적 문학인'이라고 만매慢罵할 것이 아니요 좀 더 금후의 해외문학파의 소개와 연구에 대한 더 적절한 연구 내지 간고懇告가 필요할 것이다. 더군다나 조선과 같이 온갖 객관적인 구속과 억압을 받는 사회에서 그저 관념적으로 파벌 행동과 비판을 행사한다는 것은 좀 더 심중히 논위할 문제의 하나인데 동시에, (이하의 □□이 매일 임화 씨의 논문 말단에 오식되었기 □□함이다) 더 나아가 가능한 한도에 있어서 새로운 동반자 내지 동지의 획득은 고립된 조선문예운동에 있어서는 특히 필요한 전술이며 그리되지 아니하면 새로운 문학운동의 전면적 계몽 역할을 감행하지 못할 줄 안다.

뿐만 아니라 해외문학파 중에는 적지 않은 새로운 문예운동의 열렬한 애찬자, 지지자가 있으며 좀 더 새로운 운동의 전개를 자체 내부에서 필연적으로 요구하게 되어오는 것이요 결코 예술파의 형성 조직은 아니다. 이러한 허구적 단안으로 말미암아 해외문학파와 유기적 관련이 없는 《문예월간》과 《시문학》을 흡사히 해외문학파의 기관지시하는 것을 더욱 우리는 유감으로 생각하는 바이며 좀 더 이러한 사물에 대한 관찰이 주도하며 공정하여 조선문학의 건전한 발전을 위하여 진심으로써 노력과 토의가 있어야 할 것이다.

물론 2대 신문(《동아》·《조선》)에 해외문학파의 연구가 2, 3인이 관계하고 있다. 그러나 이를 이용하여 해외문학파의 세력을 신장하려는 그러한 계획적 의도가 없는 것은 이 두 신문의 학예란을 읽는 사람은 누구나 넉넉히 그 진위를 식별할 것이다. 그리고 어떤 문학운동이 그 사회의 요구와 일치되어 발전되는 것은 결코 일개 신문(또는 잡지)의 의도만에 의하는 것이 아니요 그 사회 전체의 요구를 반영하여 발전케 되는 것이다. 왜요? 사회의 요구하지 않는 또는 사회의 현실과 일치되지 않는 운동이란 결코 대중의 지지를 받을 수 없는 것이요, 또 긴 생명을 지속해나갈 수 없는 것이다. 다만 한 사실을 현실적으로 취급하여 단안한다는 것은 왕왕 그릇된 비판이 되기 쉬우며 또는 중상中傷이 되고 마는 것이다.

그러나 우리로서 다시 깊이 생각케 되는 것은 어찌해서 조선 문단이 이렇게 해외문학파를 문제시하게 되며 또는 중대시하게 되었는가에 있다. 우리는 송영 씨의 소론과 같이 '문학의 국제화'와 '가장 현대적인 가장 진보된 학문의 소개'가 절대로 필요하게 됨은 벌써부터 같이 잘 알고 있는 것이며 더 나아가 어떻게 이러한 소개와 연구를 조선 문단에 구체화시킬까에 대하여 노력하고 고심하는 것이다.

그러므로 해외문학을 소개 연구하는 사회적 임무는 날이 갈수록 그 세력이 박약해질 것이 아니요 조선 신흥 문예의 완미한 발전을 위하여는 더욱더욱 필요를 느끼게 될 것이다. 이러한 조선문학의 성장을 위하여 중대한 임무와 미래를 가진 해외문학 연구가는 좀 더 깊은 자아의 반성이 있어야 하며 또는 조선문예운동에 대한 충분한 이해와 인식을 절대 필요로 하는 것이다.

그러므로 금후의 조선문예운동은 결코 프로문학과 부르문학 해외문학의 세 분야로 구별하여 해외문학을 그 중간적 소시민 인텔리층의 그룹이라고 결정짓는 데 있는 것이 아니요 마땅히 해외문학은 유기적으로 조선 문단과 적극적으로 교섭하고 제□하여 늘 새로운 제창을 하는 동시 문학의 국제성 더 나아가 조선문학운동의 획기적 발전을 위한 선구적 역할을 행사하여야 할 것이다.

끝으로 우리는 다시 제창한다. 진정한 신문예의 수립 확대, 강대를 위하여 해외문학의 연구 소개 비평은 절대 필요하며 그리하는 데서 조선의 문예운동은 자체 자국 내의 성장에만 그치지 아니하고 세계적 문학 조류와 공통되는 보조步調를 밟아 조선 문예의 국제적 진출을 보게 될 것이다. 그리하여 새로운 세계의 전 인류적 호흡을 호흡하는 위대한 문화의 꽃이 피게 될 것이다. 우리는 모름지기 불굴의 노력과 제□하에서 1932년도의 새로운 문학운동을 전개시킬 것이다. (1932. 1. 1.)

—《조선일보》, 1932. 1. 1~13.

비과학적 이론

—철우鐵友 씨에 대한 일 답변

〔상략〕* 대체 평론이라거나 이론이라는 것이 결코 어떤 대중을 기만하는 고의적 명구冥句로서 성립되는 것이 아니요 또 아무렇게나 되는 소리 안 되는 소리를 집어대임으로써 비판적 문장이 성립되는 것도 아니다. 더군다나 대중을 지도하려 하며 자기만이 가장 프롤레타리아를 이해한다는 현명하고도 과감한 동지(투사)인 철우 씨가 적어도 유물론적 과학적 변증법적 입장에서 사무를 시찰 비평하여야 될 어른이 쓰신 「소위 해외문학파의 임무와 정체」라는 일문(《조선지광》 2월호)은 너무도 비과학적이요 비변증법임에는 자못 경이하여 마지않는다. 필자는 이 일문을 구구자자句句字字를 검토하려는 자칭 과학자의 취하는 현미경적 관찰을 피하려 하거니와 이러한 태도에는 진심으로 개탄하기 전에 홍소를 불소한다. 왜요? 먼저 우리는 얼마나 이 철우 씨가 대중 앞에서 자기기만적 폭로를 감행하였는가를 엿보리라.

철우 씨는 일 다망多忙한 동지로 〔중략〕 (임화 씨의 우의적 변론에 의하

* 이 글은 원문 자체에서 '상략', '중략' 등으로 여러 부분이 생략되어 있다.

면) 또는 예술과는 직접 관계가 없는 일 문외한으로 등장하였다. 철우 씨가 어떻게 다망한 어른인지는 도련님 그룹(그들은 그룹이라고 정당하게 지적해주어도 그대로 크룹을 완강하게 고집 사용하려는 전통적 의식적 편집자이다*)에 소속된 일 문학광인 나로서는 도저히 알아볼 길이 없거니와 이 다망한 현명하신 씨의 지적한 바 "그들은 '선출된 사람'에게 가면을 씌우고 노동복을 입히어 노력 대중 가운데에 침투하여 노동자식 사투리로 말하게 한다. 하물며 지상에서 사으로(?) 자본가의 앞잡이가 아니고 따라서 노력 대중의 편이고 아주 노력 대중을 위하여 싸우는 듯이 거짓말하고 가장하기 쯤이야."라는 태도는 각모角帽를 갓 벗은 도련님 그룹 해외문학파에서 하는 것인지, 씨여 아니 (카프)파의 제씨여! 당신들의 가슴에 손을 얹고 □적 양심에서 비추어 생각해보라. 〔중략〕 진실로 프롤레타리아를 위하여 싸운다는 씨들의 모든 언변과 행동이 어느 정도까지 노동자 대중과 일치 또는 전면적 행동을 감행하고 있는가? 〔중략〕

철우 씨는 또 이런 어구로써 자기네의 정체를 만족시키려 하였다. 즉 "이같이 말하면 영웅주의자인 그들은 일방 자기네의 정체가 폭로된 것을 부끄러워하는 동시에 시방 자기네가 이같이 과대히 문제 삼아진 것을 저으기 만족할지도 모른다."고. 누가 영웅주의자였는고? 프롤레타리아 히로이즘은 프롤레타리아 그네들 중에서도 커다란 문젯거리의 하나이다. 〔중략〕 적은 □□적 야심에서 항상 갈등과 알력을 생生하고 있는 사실이 씨등의 그룹에는 전연 없는가? 씨여 정말 해외문학 연구하는 도련님들이 씨를 이렇게 과대하게 문제 삼는 데 만족과 광영을 가지고 있는 줄 아는가?

* 원문에는 모두 '크룹'이라고 표기되어 있는데 이러면 문맥의 의미를 잡기가 어려워진다. '그들은 그룹이라고 정당하게 지적해주어도 그대로 크룹을 완강하게 고집 사용하려는'의 의미인 듯하나 확실치 않다.

씨들이 지금 논□, □□의 대상을 찾지 못해서 애쓰다가 붙잡아 걸린 것이 소위 해외문학파에서 이것을 놓칠까 보아 그야말로 펜만 잡으면 해외문학파 모모인의 이름을 열거하지 않고는 못 견디는 씨들이 아닌가? 이렇게까지 자기 폭로를 한 씨들은 '토담분개吐談憤慨'뿐만 아니고 또 온갖 변증으로써 변명만 할 것이 아니요 다시 폭로적 언사로써 이에 대항하리라. 그러나 우리는 구태여 남의 정체 폭로를 일삼는 한가로운 처세인이 아닐 뿐 아니라 오직 꾸준한 정당한 불휴의 노력에서만 생활하는 자들이다. 즉 철우 씨와 같이 일부러 도전하기 위하여 우연히 병으로 드러누웠다가 심심해서 들여다보는 신문지를 안고 일어나 아픔을 참고 읽는 그런 짓은 하지 않는다(물론 씨의 그 우연히 필자의 논문을 송영 씨에게 논박한 그 장만 보게 되었다는 신부적神符的 일치를 지적함은 너무 씨에 대한 사측邪測이기에 그만은 특기하려고 않는다).

그러나 이러한 불순한 동기와 기만적 의식적 도전에서 지적된 씨의 논점은 어느 정도까지 정당한 것인가는 이상의 이 졸문을 읽으시는 분은 대개 어떠한 의설과 오□를 내포하였음을 추상할 줄 아나 다시 그 2, 3의 모순을 다시 칭견코자 한다.

1. 해외문학파에 대한 인식 착오. 이 구실을 발견하기 위하여 필자의 6회에 걸친 논문 중에서 거두절미하고 그 어느 한편 귀퉁이의 적은 단편일 골자를 집어다가 억지로 그 문구를 주□곡해하노라고, 아프시고 이로우신 병석에서 애쓰신 그 용기에 대해서는 경외의 감을 불금한다. 하나 이 일린一鱗이 정말 이 일문의 전 골자였는가 아닌가는 이 논을 읽어보신 이는 대개 짐작하시리라. 먼저 필자는 이 세칭 해외문학파가 하등 □일한 주의와 주장을 가지고 형성된 것이 아니고 각기 자유로운 자기의 입장에서 자기의 전공한 외국문학을 소개 연구하는 데 있다고 하였다.

그러므로 이것이 어떤 엄밀한 조직을 가진 하등 유기체가 아닌 것은 연년이 나오는 다수한 외국문학 전공한 이들이 다 각각 다른 분야에서 활동하고 있는 것으로 보아도 알 것이다. 그러나 이 자유로운 □□*이란 것이 철우 씨의 귀에 대단히 거슬리었던 모양이다. 하나 여기에 씨의 비인텔리적 무식을 폭로했으니 그러면 씨들은 자유를 절대로 부정하는 것인가? 또는 씨등은 밤낮 어떤 구속되고 억압된 그 밑에서만 행동함을 만족으로 생각하는가? 그보다도 자유롭다는 말과 자유 주장이라는 말을 혼동하는 데는 실로 한심타고 할 뿐이다. 말이란 해석에 따라 □하게도 취급하고 □하게도 취급되지 않는가? 만일 ABC라는 입장과 ABC라는 사람이 있다고 하자. 그러나 이 사람들은 마음대로 그 어느 입장을 택할 수 있는 것이다. 그렇다면 씨등은 말하리라. 오늘과 같이 양 파□의 대립한 사회에서 입장은 둘밖에 없다고. 그렇다. 그러나 그러한 상식적 어구를 새삼스럽게 들추어내어 크게 떠벌여 놓는 것은 그야말로 자기네의 너무나 조직적이고 계획적으로 해외문학파라는 가상적을 철저하게 분쇄하려는 그 행동을 카무플라주(씨등은 캄후라—쥬 또는 비판에서는 컴푸라—지라는 비인텔리적 신조어를 창작했다**)하려는 계책임에 자□실색이라!

2. 문학의 사적 과학적 연구 소개란 의의—맑스주의란 환언하면 역사적 세계관이다—대체 역사적 고찰 연구를 무시하는 맑스주의자가 어디있을까? 맑스는 오직 인류의 산 역사의 연구에서 새로운 ×회를 제출하지 않았는가? 파리코뮌은 맑스주의자—중에도 노동××의 지도자의 유일의 전감이 아니었던가? 어디서 역사적 연구란 말이 골동품과 같이 이리 뒤척 저리 뒤척 한다는 새로운 발견을 해내는가? 오! 비인텔리적

* '조직'인 듯하나 보존 상태가 좋지 않아 확신할 수 없다.
** '카무플라주' 등은 '위장'으로 바꾸어 표기할 수 있으나, 이 부분에서는 작자의 의도를 살리기 위해 그대로 옮겼다.

위대한 문학관이여 비맑스주의자의 골동품적 이상이여!

—《조선일보》, 1932. 3. 10~11.

문학 유산에 대한 맑스주의자의 견해

1

우리는 여기서 다만 어찌해서 우리가 해외문학(이것은 비단 해외문학뿐 아니요 국내 문학에 있어서도 그러하다)을 사적으로 연구 소개해야 되며 어떠한 문학만을 우리는 논위 연구해야 된다는 그 한계와 견해에 대해서 맑스주의의 이론을 논고함으로써 근일에 자주 나오는 비맑스주의적 비과학적 폭론暴論과 미망迷妄에 답하려 한다.

칼 맑스가 일생을 통해서 애호한 작가가 셰익스피어와 괴테와 희랍 비극 작가인 것은 새삼스럽게 논위할 것도 없거니와 맑스의 괴테에 대한 견해를 일독하자—

> 괴테는 어떤 경우에는 그는 사회에 대하여 적대적이다—이피게니, 프로메테우스, 파우스트, 메피스토펠레스로 하여금 혹열酷熱한 조소를 사회에 보내었다. 그러나 어떤 경우에는 반대로 그는 사회와 친근하여 온화한 풍시諷詩를 쓰고 있다. 그러므로 그는 반역적 조소적인 세상을 모멸侮蔑하는 천재이며 그 어느 때는 용의주도한 협량한 속인이었다.

이것이 괴테에 대한 맑스의 견해다. 유물적 변증법적 입장에서 모든 세계를 설명하며 더 나아가 어떻게 변혁할까를 역사적 세계관에서 출발한 맑스 그는 결코 편협한 입장에서 예술을 부정하거나 부르주아 문학이라거나 고전문학이라고 논박하지 않았다. 그뿐만 아니라 문예가의 태도에 대해서도 이렇게 보았다—

> 괴테에 대해서도 우리는 그가 자유주의가 아니라고 비난하는 것이 아니요 그가 속인이었다는 이유이며 또는 그가 독일의 해방을 위해서 열광하지 않았다는 것을 비난하는 것이 아니요 모든 현존한 커다란 역사적 운동에 대해서 속인적 위기危機로 말미암아 그의 수희隨戲(주: 다른 문학 작품)에 나타나는바 더 정당하고도 미적인 감정을 희생하였다는 것 또 그가 궁정인이라는 점에서 비난하는 것이 아니요 나폴레옹이 독일에 대혼란을 야기하였을 때에 가장 적은 문제와 가장 적은 독일 궁정의 적은 쾌락을 진지하게 행사하였다는 것.

이러한 점에서 괴테의 입장과 그 행동을 규정 비난하였다. 즉 역사적 운동에 대해서 항상 반역적 미적 감정을 여실히 더 힘 있게 표현하라는 것이었다.

이러한 맑스의 견해에 대해서 현재 카프 동인들은 어떤 견해를 가지고 있는가? 독일의 유명한 맑스주의자요 동시에 예술비평가인 프란츠 메링이 그 일생을 독일의 고전작가와 프롤레타리아를 접근시키는 데 최대의 노력을 다하여왔던 것이다. 그리하여 사회주의 사회에서만 괴테는 정당하게 이해되고 평가되리라고 확론하였다. 이와 같은 견해는 클라라 체트킨에 있어서도 동일하였다. 그러면 1932년의 세계적으로 괴테 사후 백년제百年祭에 대한 축의祝儀를 카프 동인은 어떻게 보고 있는 것인가? 다만 우리는 이 급박한 현실에서 그러한 부르주아적 회고적 유희에 관심할 여유가 없다고 항답抗答하려는가?

《조선지광》 2월호에 「소위 해외문학파의 임무와 정체」라는 일 허구적 폭론을 발표한 '철우'라는 가명자假名者〔이는 임화 씨가 동지적 우의友誼로 가명(?)한 모양이다〕의 문학(고전이든 현대이든)에 대한 사적 연구 소개를 그저 소부르 인텔리의 하는 짓이라고 규정하는 바 맑스주의적 현명한 견해는 어디서 나온 것인가? 문제는 고전이라거나 과거의 문학 유산을 어떻게 계승·비판할 것인가에 있는 것이요 결코 과거 문예를 연구·소개하는 것이 비현대적이며 비진보적이라는 이유를 발견할 수 없는 것일까 한다. 물론 오늘과 같은 이 현실에서는 그러한 일은 유한자의 소위라고만 돌려보낼 것인가? 그러나 실지 대중이 이러한 고전문학에 대해서 진일眞釖한 문학 취미를 가진다면 어떻게 할 것인가?

2

일본에 있어서 프롤레타리아 소설작가로 세계적으로 유명하여진 도쿠나가 스나오〔德永直〕 씨가 최근 프로대중소설의 출현에 대해서 역설한 한 이유는 프롤레타리아 순회도서관이 노동자 대중에게 대여한 독물讀物 중에 최고위를 점령한 것이 고단샤〔講談社〕의 《킹》 이외의 통속오락잡지요 그다음 부르주아 대중소설, 3위로 프로 전위 분자가 필요로 하는 좌익 이론 잡지, 4위가 프로소설이라고 하였다. 필자는 여기서 대중의 고전문학에 대한 취미와 저급한 통속물에 대한 도락 심리를 혼동하려는 것은 아니나 진실로 대중을 문예를 통해서 움직일 수 있게 하기 위해서는 그 가운데 다만 천편일률적 프로이데올로기의 설교만으로 되는 것이 아니요, 그 가운데 생생한 반역적 의식과 감정을 고조함에 있으며 이러한 중대한 역할은 그가 다만 프로 문학 내지 이론은 저작咀嚼하는 데서만 생기는 것이 아니요 비상한 기술과 노력과 체험이 필요하다. 그뿐 아니라 그는 정당한 문학 유산에 대한 맑스주의적 견해를 가져야 할 것이다. 더군다나 조선과 같이 카프파의 활동이 그네들의 주창과 같이 항상 전투적이며 혁명적이며 가장 조선 무산대중을 이해 · 지도한다는 그들이 얼마만큼의 문학 작품을 가지고 이 무산대중의 절실한 예술적 감정을 만족시켜 드렸는가? 다시 레닌의 문학에 대한 일부를 논증해보자. 그는 이렇게 말하였다—

> 인류의 일체一切의 발달에 의하여 창조된 문화의 정확한 지식을 가져야만, 그 문화의 개조를 가져야만 프롤레타리아 문화를 건설할 수 있다는 이 명료한 이해가 없다면 우리는 이 문제를 해결할 수 없는 것이다.

프롤레타리아 문화는 어딘지도 모르는 곳에서 뛰어나온 것도 아니요, 프롤레타리아 문화 전문가라고 자칭하는 사람들의 생각해낸 것도 아니다. 모든 이러한 생각은 진부하다. 프롤레타리아 문학은 인류가 자본주의 사회, 지주사회, 관리사회의 압박하에서 완성된 바 그 지식의 축적의 계획적 발달로 출현된 것이다. 이러한 견해를 가진 위대한 레닌이므로 해서 "푸시킨을 이해하며 네크라소프도 승인하나 마야콥스키는 인정할 수 없다."고 단정한 것이다. 그러나 이러한 레닌의 견해는 타당치 않은가? 아니 레닌은 혁명가, 사상가, 정치가이지만 문예를 이해 못 하는 자였던가? 그러나 막심 고리키는 그의 유일의 친우요, 소비에트 러시아 문예 정책이 다분히 레닌의 의견을 중심으로 하지 않았는가?

그러므로 우리는 공식적으로 일률적으로 소부르니 소시민이니 세계적 경제공황이니 하는 이런 상식적 수사의 나열로만 즉 철우 씨의 지적한 바 "프로 어의語義를 안다고" 또는 그런 어구를 사용한다고 해서 진정한 맑스주의자가 되는 것이 아니요, 또는 내가 자칭 맑스주의자로라고 과만誇慢한 자임自任으로도 되는 것이 아님을 잘 아시고 카프의 지지자요 □하여 문예에 대해서는 문외한인(그야말로 문예의 ABC도 모르는 조선의 유명한 '동지'인) 철우 씨도 잘 알고 계실 줄 안다.

레닌의 문화유산에 대한 견해에서 더 나아가 트로츠키가 러시아 공산당 중앙위원회 출판부 문학 회합에서 레닌이 애호하는 푸시킨에 대해서 이렇게 말했다—"어떠한 의미에서 우리는 노동자에게 푸시킨을 소개할 수 있을까? 계급적 프롤레타리아적 견지는 푸시킨에게는 없다. 더군다나 공산주의적 기분의 전일적 표현은 전연 없다. 물론 푸시킨에게는 무엇보담도 훌륭한 언어가 있다…… 어떻게 해서 농노 소유자이며 지주인 귀족이 봄을 맞이하고 가을을 보내었는가 하는 것을 이해하기 위해서 푸시킨을 읽으라고 노동자에게 권고할 것인가? 물론 이러한 요소는 푸시킨에게도 있다. 왜 그러냐 하면 푸시킨은 일정한 사회적 근원 위에서 생장하였기 때문이다. 그러나 푸시킨이 자기 기분에 부여한 표현은 각 시대의 예술적 또는 일반으로 심리적 경험이 충분하고 종합되어 있으므로 그는 현대에 있어서도 사용하기에 충분하다." 이것은 레닌이 푸시킨을 이해할 그 심리의 구체적 설명이다. 즉 문예는 기계와 같이 또는 도구와 같이 어떤 일정한 운동과 일정한 분□을 유형적으로 표현하고 담아내는 것이 아니요 적어도 그 가운데 인간과 사회의 산 감정과 예술적 기분의 표현이 있음으로써 우리는 그를 감수 또는 이해하는 것이다.

다시 철우 씨에게 반문하노니 씨들은 이렇게 말하리라. 그러나 우리는 과거의 문학 유산을 무조건으로 공격하지 않는다고. 그러나 씨등은 어느 정도까지 넓은 도량을 가지고 또는 진지한 문예연구가의 입장에서 모든 문예 유산의 교양을 맡고 또는 청산해왔는가? 씨등이 참다운 문예 표현을 습득하기 위하여는 단순히 노동자 생활을 체험하고 그를 어떻게 표현 반영하여서 다시 노동 대중에게 그를 애독시키는 데 있다면 좀 더 씨등의 문예적 천분을 풍부히 하기 위하여 좀 더 인텔리적 교양을 필요로 할 줄 안다. 적어도 맑스주의자가 무지한 저급한 노동자의 문화 수준으로 인하되는 것이 아니요 노동 대중으로 하여금 고상한 문화 수준으로 인상하는 것이라면 씨등의 좀 더 냉정한 객관적 충실한 자아 교양과 반성의 필요를 절대로 느낄 것이다.

3

끝으로 독일이 나은 세계적 여류혁명가 클라라 체트킨의 문학 유산 및 예술에 대한 현명한 탁론을 소개하자—

> 노동 계급은 고전철학의 계승자이다, 라고 호언한 이는 프리드리히 엥겔스이다. 이와 같은 의미에 있어서 프롤레타리아는 같은 자국의 고전 예술의 계승자라고 보아질 것이다. 예술의 르네상스는 사회적 르네상스와 같이 허무에서 창출될 수 없는 것이다. 신흥 계급의 예술에 있어서 역사적으로 몰락하는 계급의 예술은 지지점으로나 추형雛形으로서도 소명되지 못한다. 예술의 역사가 이를 확증한다. 모든 신흥 계급은 그에 선행한 시대의 발달의 최고점에서 예술적 표징을 구한다. 예컨대 문예부흥기의 출발점은 희랍, 라마의 예술이며 독일의 고전예술의 출발점은 고대 및 문예부흥기의 예술이었다. 우리는 현대의 예술 유파가 시대의 예술적 유산을 풍부히 한 예술적 동기와 표현 수단에 대하여 당연히 할 바 일을 행

하면서 어쨌든 고전적 부르주아 예술이 미래의 예술에 대하여 도표로서 필요함을 인식하지 않으면 안 된다…… 괴테의 '부활제의 산보'(『파우스트』의 한 장면)에는 순일한 생기 있는 예술적 진미가 부동해 있지 않은가? 그 진실미에 있어서 봉건사회의 편협한 패반覇絆에서 이탈하려는 요구가 예술적으로 완성된 구현을 발견하지 않았는가? 혹은 전 인류적 동포애에 향하여 영감적으로 부르짖은 "포옹하라 수백만의 민중이여!"이라는 실러의 규성叫聲은 무엇인가? 또는 베토벤의 제9교향곡에 나타나는 그의 해방된 인류의 총체를 포옹하는 듯한 환호—그 종곡終曲의 합창에 있어서 불가항적으로 힘차게 넘쳐나는 환호는 무엇인가?

이 열렬한 정렬에 넘치는 체트킨 여사의 예술관은 근본적으로 □□될 모순성을 내포하였는가? 우리는 곡해된 이데올로기—의 그릇 인식으로 말미암아 우리의 정단한 예술적 운동과 감정을 죽여가리라는 폭력적 이데올로그에 적극적 공분과 증오를 느끼는 자이다. 협소한 주관적 선입견적 □□을 가지고 모든 주□의 존재를 일격에 소멸시킬 듯한 기백을 가진 타도적 관념론만을 농락하는 철우 씨의 격증激憎에 우리는 □□하여 숨이 다 죽어가는 것이 아니요 이러한 무지한 우소愚笑할 만한 폭론에 이러한 속정적 조선의 맑스주의자의 모든 행동과 언사에 너무도 비인간적 비계급적 비양심적 환멸을 느끼며 따라 이러한 이론으로써 조선 무산대중이 새로운 미래 사회의 건설의 유일의 호위대가 되리라는 것에 상도하고는 실로 최대의 한심과 통분을 철우 씨와 함께 다시 느끼고 싶다. 레닌은 맑스에 대해서 이렇게 말하지 않았는가?

맑스에 있어서는 '새로운 사회'를 고안하거나 공상한다는 의미의 공상주의의 편영片影조차 인식할 수 없다. 아니 그는 구사회에서 신사회의 생성 전자에서 후자에의 과도적 형태를 자연사적 과정으로서 연구하였다. 그는 대중적 프롤레타리아 운동의 사실상 경험을 취재하여 그중에서 실제적 교훈을 추출하려고 노력하였다. 그는 다른 위대한 운동의 경험을 배웠고 결코 그를 현학적 이론학과 관계시키지 않음과 같이 코뮌에서 배운 것이다.

라고.

그러므로 마땅히 이 현실 조선에서 한 새로운 운동을 제창함에 있어서는 결코 타도적 야만 기분과 고의적 폭력 이론 유희에서 전개되는 것이 아니요 실로 역사적 과정에서 모든 사실과 운동을 과학적으로 정확하게 비판 파악함에 있다. 우리는 진심으로 철우 씨와 카프파의 획기적 노력과 실천을 빌어 마지않는 바이다. 그러나 그리하기 위하여는 그네들의 일체의 편견과 불순한 당파적 언사와 소화 못 된 번역적 이론자 열에서 완전히 이탈함에 있는 줄 믿는다.

—《동아일보》, 1932. 3. 10~13.

평론계의 부진과 그 당위

최근 조선의 평론계는 극도로 부진하고 있다. 그것이 정치거나 경제계거나 사회사상이거나, 또는 여기 특별히 논위하려는 문예계에 있어서나, 극히 무력한 또는 무위의 침체 상태를 연출하고 있다. 그래서 그 어떠한 언론 기관임을 물론하고 우리의 기대하는 바, 또 사회의 요구하는 바 한 개의 계발적啓發的 평론을 발견하기 어렵다. 신문 사설이 그러하며, 잡지나 신문 문예면의 평론, 그 어느 것을 물론하고 새로운 예각적 준척準尺으로써 명석한 이론의 용철鎔鐵을 보여주는 통쾌한 논리가 태무殆無하다고 보아도 과언이 아닐 것이다. 그러면 무엇이 최근 평론계로 하여금 이와 같은 침체를 초치招致케 하였을까? 우리는 여기서 몇 개의 조선으로서의 평론적 결핍의 이유를 들기로 한다.

첫째, 조선에 있어서는 역사적으로 전 사회를 움직이는 뛰어난 평론사상가를 가지지 못하였다. 이것은 조선의 역사가 장구한 시일을 두고 다만 외국 문화나 문명의 모방 내지 그 문화의 소화불량으로 말미암아 생기는 민족적 폐단에서 기인한 것이다. 환언하면 조선이 조선 독자의 문화를 아직도 완성 수립치 못해왔으며, 그러한 문화 수립을 위한 창조적 내지 독창적 두뇌를 가진 그 시대 그 사회를 대표하는 평론가를 가져오지 못하였다는 사실이다. 그래서 이러한 민족적 사실이 최근에 와서는 더욱 악화하여 2, 3의 논필을 시험함으로 말미암아 속성적速成的 자칭 평론가의 족출簇出을 보게 된 것이다.

그러나 그들의 원래 평론가로서의 심오한 사색과 사상의 온축蘊蓄이 없어왔고, 또 그 시대 그 사회의 현실을 통찰하여 예견하는 평론가적 독창성과 예안銳眼이 없었으므로, 흔히 일본을 위시한 외국 평론을 표절하는 비양심적 문자 유희를 상습으로 하여, 실로 분매憤罵할 불상사를 시시로 연출하게 되는 기현상을 우리는 항상 목도하고 있다.

그러나 그렇다고 해서 이 사이비적 평론가에 대한 사회로서의 준열한 논박이 없다는 것은, 그 사회 자체가 비양심적이라는 것을 말하며, 모든 문화 표절을 묵인 또는 조장하는 것이 되고 있다.

실로 조선은 한 사람의 뛰어난 평론가를 가지지 못했다는 민족적 치욕보다도 이러한 군소의 평론에 자기 자신을 기만시킨다는 것이 더욱 무섭고 놀랄 만한, 동일한 문화 범죄의 방조자라는 사실을 그대로 은닉하고 마는 것이다. 한 개의 공평한 여론과 평론이 없다는 것은 그 사회의 모든 문화적 사실이 그 호흡과 심장의 동계動悸를 단절시켰다는 증좌證左이다. 그러나 현재 조선은 한낮 침통한 도정적道程的 혼수상태에 빠져 있는 것이다. 여기서 우리는 사이비 평론가의 일소一掃를 감행하지 않으면 안 될 절박한 현실에 직면하고 있다.

다음으로는, 조선의 일반 문화가 점차로 보급되어감에 따라, 조선인의 지적知的 두뇌가 상당한 수준에 달하였다는 사실이다. 그래서 좀처럼 이 민중을 단순한 어구의 나열만으로는 지배할 수 없게 되었다.

이미 그들로서도 그 어떠한 비평의 척도를 가지고 있는 것이다. 그러므로 가령 조선에서 처음 일어난 계급적 사상에 흥분된 고취와 같은 맹목적 정열에만 좌우되지 아니한 비통한 현실 가운데, 그들은 생의 분위기를 짓고 있는 것이다. 그러므로 상식적 어구의 반복은 그들에게 하등 관심을 가지지 못하게 한다.

여기에 평론가로서의 특수한 재능과 노력을 요하게 된다. 즉 좀 더 사회의 운명—문예 자체 역시—을 탁견卓見하려는 노력과 그러한 재능을 가져야 하는 것이다. 그러나 조선 사회 전체는 지금 노력의 광범한 항상적恒常的 노력이 결여되어 있다. 환언하면 좁아지는 것 같은, 그러면서도 사실 아무것도 똑똑하게 체득한 것으로 생각되나, 그러나 평론가 자신이 역시 이러한 가운데 시종始終된다는 것은, 평론가로서의 사명을 전혀 망각한 것이다. 노력이 없고 재능이 없는 그 속에서 민중의 심안을 계발할 독창력이 나올 수 없는 것이다. 위대한 노력은 새로운 재능을 형성시키는 것이요, 나아가서는 재능뿐 아니라, 위대한 사회의 원동력을 창성創成할 수 있는 것이다.

셋째로, 평론가로서의 재능과 노력을 결여한 내재적 주관적 사실 위에 사회의 객관적 자세가 낳아주는 모든 조건은, 논필의 생명을 그대로 분방시키지 못하고, 지대한 경계와 용의 가운데서 평론을 전개시키지 않으면 안 될 외재적 운명에 억눌리게 된 것이다. 이것이 난해의 문구 나열을 일삼게 하고, 또 항례恒例로 복자伏字를 남용케 하며, 그렇지 않기 위하여는 가장 미온적 논조를 일삼을 수밖에 없이 된 것이다. 이것이 평론이 가지는 바 생명과 매력을 추실墜失시킨 것이다. 따라서 평론이 하등 긴장미 내지 흥미조차 가지지 못하게 되어, 평론에 대한 관심을 잃어버리게 되고, 평론이 평론으로서의 권위를 가지지 못하게 된 것이다.

넷째로, 평론 그 자체가 이상에서 열거한 이유와 그 밖에 독자층과 격리된 독자적 진영을 가지려 하기 때문이다.

그 어떤 희생적 정신의 결합에서 형성되는 평론이, 차츰 그 형자形姿

를 감추어버리고, 환언하면 평론이 민중의 대변으로 또 당래當來할 경중적警重的 역할에서 떠나, 자기의 극히 적은 진영과 그릇된 오평誤評 속에서 서로 피상적 격칭激稱 만매慢罵를 가지고 위주하려는 가증할 추태를 연출하고 있다는 것이다.

요컨대 현재 조선 사회는 비평적 · 평론적 정신에서 괴리되고 배반되는 온갖 잡평이 출몰하는 과정에 있는 것이다.

이상에서 말한 이외의 제 조건은 지면 관계로 번거롭게 여기에 열기列記하지 않거니와, 다시 붓을 돌려 최근 논단의 동향을 살펴보기로 하자.

일반으로 조선인이 조로早老하다는 것은 봉건적 안타安惰 관념의 해독도 있거니와, 정치적 · 경제적 이유는 물론, 더 나아가 그 자신으로의 노력과 생에 대한 강렬한 투쟁력이 희박하다는 데 기인할 것이다.

이 사실은 평론계—일반 문학계까지—에서도 여실히 나타나고 있으니, 1933년 시대에 활약하던 평론가들을 보라, 그야말로 그들은 아직 미숙한 신진들뿐이 아닌가.

1919년 이래 1930년까지 논단의 대장과 같이 활발한 활동을 전개시키던 민족주의를 대표한 양주동 씨라거나, 프로문학의 평론을 대표한 김기진, 박영희 등의 영자影姿는 벌써 평론을 통하여 우리의 기억에서 사라진 지 이미 여러 해를 경유하였다.

그러면 그들은 새로이 평론할 소재와 탁견을 저실沮失하였는가? 불연不然이면 그들은 평론가로서의 소질과 식견을 모조리 소모해버리고 말았는가? 아니 그도 아니요, 귀치 않은 평필評筆로 말미암아 때 아닌 조매嘲罵와 반박을 일삼기가 시끄러워서였던가? 그 어느 것임을 불구하고 그들은 이미 은퇴해버리고 조로한 것만은 뚜렷한 사실이다. 그러나 우리는 이 사실의 최대의 원인으로, 그들의 정신적 양식의 결핍과 생리적 활동력의 지둔遲鈍이라는 2대 조건을 들고자 한다.

즉 그들은 평론가로서의 심원한 온축에 노력할 시간적 여유가 없이, 조선이라는 값싼 문단에 진출하게 되었다. 평론적 전통도 없고, 문예적 분위기도 없고, 더군다나 문학사적으로 논위할 문예 작품도 없는 사회에서 평필을 들게 되었으니, 거기에서 논위되는 평론이란 실로 추상적 관념적인 동시에 비과학적 경향을 다분히 내포하였던 것이다. 씨를 뿌리기 전에 먼저 익은 과실의 양부良否와 분배를 논하는 격이다. 1830년 러시아의 유명한 평론가 벨린스키가 당시 노문학露文學의 미성숙을 우려하여 우리에게는 아직 작품다운 작품이 없다, 오직 문제는 좀 더 공부하는 데 있다, 공부하라, 노력하라, 하는 의미의 격려를 당시 문단 및 청년에게, 보낸 것은 노露 문단의 그 후 성장을 위해서는 생명 이상의 의의를 가졌던 것이다.

그러나 조선은 불행히 이 지반을 닦으려는 총체적 공부와 노력이 부족하였던 것이다. 아니 그러한 획기적 전 사회적 항구한 노력 이전에 군소의 분열과 파쟁派爭과 논란만이 그 중심 경향을 형성하는 편이었다. 물론 그렇다고 그 당시의 그러한 평론이 모두 다 무의미하고 해로웠다는 것은 아니다.

그러나 무엇보다도 두고두고 유감인 것은, 이러한 평론에는 일본이나 다른 선진 제국의 추종적 모방 행위가 다분히 있었다는 점은 지적치 않는다 치더라도, 이러한 평론이 반드시 가져와야 할 새로운 문예 작업으로서의 사회적 보급, 이 사실이 극히 부분적으로, 부수적으로만 실행되었다는 것이다. 그래서 그 평론이 그 동기로 보아서는 필연적 사실인 것 같으면서도, 결과적으로는 평론을 위한 평론이었다는 것 이외에 아무것도 아니었다. 그래서 조그마한, 극히 짧은 분위기와 파쟁만을 양출釀出하는 평론이, 금일에 와서는 어떠한 현상을 제시하고 있는가. 조로에 따르는 교체가 자심한 평론계, 금일의 평론계에서 우리는 두 가지 사실을 발견한다.

그 하나는 정책적 파쟁적 평론이요, 또 하나는 수필적 평론이다. 정책적 평론이라는 것은 무엇인가? 즉 문학 작품인 경우에 있어서 사회 인간을 논위 또는 논증할 때, 항상 선입견적 입장에서 공식적 이론가들이다. 과거의 프로평론가들은 그래도 문제의 초점이거나 사건의 중요성을 그 어떤 문예 수립과 성장 위에 두어왔다. 거기에는 다소의 과오가 있더라도 약동하는 생명의 움직임을 느낄 수 있었다. 그러나 현재 그 평론은 실로 천편일률로 동일한 또 유사한 어구의 앵무적鸚鵡的 반복밖에는 없다. 실로 인간으로서의 평론가의 양심을 가진 평론가, 이러한 진정한 평론가를 우리는 얼마나 갈망하고 있는가. 그리고 우리는 인간으로서의 결점인 단처短處만을 들추기를 일삼고 싶지 않건만, 그러나 현실에 있어서는 그러한 단처 이외의 정상正常한 평론을 발견할 수 없음을 어찌하랴? 예컨대 민○휘 씨는 《신동아》 7월호에서 "조선의 젊은 인텔리들은 다방면(정치 · 경제 · 학예 등)으로 쓰고 있다."고 하면서 한 사람이 이, 김, 최, 박, A, B, C 등의 변명變名을 가지고 쓰는 그들의 발표욕을 타매唾罵했다. 그러나 사실 이러한 발표욕에 불타는 사람은 민 씨가 소속한 프로문인 가운데 더욱 많지 아니한가? 민 씨가 '아직까지 꾸준히 계급적으로, 또는 전문적 분야적으로 대중을 위하여 행동하여오는'바 임화에 있어서는 민 씨의 이 지적과 정반대의 사실을 발견하지 않은가.

더군다나 최근 《조선일보》 지상에 박승극 씨가 논박한 임화론은, 같은 진영에 있어서도 상호칭폄相互稱貶의 도가 다르고 있으니, 이것이 순전히 자파 옹호 또는 적발하려는 정책평론의 아류 이외에 그 무엇이랴!

우리는 백철 씨의 작년 이래 다방면적 활동에 그 정력의 풍부함을 자못 감탄하거니와, 그러나 그 잡다한 예월평藝月評, 문예시평文藝時評, 또는 새로운 세계적 문단 동향에 대한 비평—나치스 분서焚書와 투르게네프

등에 관한—에 있어서 얼마나 우리가 기대하는 바 계몽이 있어왔던가?

여기서 그를 일일이 예증할 지면을 가지지 못했거니와, 「최근의 인간 묘사 시대」—《조선일보》 지상—와 같은 우론愚論은 오히려 씨의 해박한 문예 지식의 선전보다 오히려 그 반대의 결과를 초래하지 않았을까?

만일 씨가 프로문학을 인간 묘사의 최고 수준에 놓는다면, 씨는 한 걸음 더 나아가 프로문학에 있어서 가장 중대한 유일의 생명이 되어야 할 집단 묘사와 군중 묘사를 고조하여 프로문학의 개인적 인간 심리 묘사에서 비약한 군중과 집단의 약동적 사실의 우월성을 논하여야 할 것이다.

결코 막연한 인간 묘사 운운으로써 프로문학을 심리 묘사 경향에서 분리하려는 것은 인간의 정신적 · 지적 · 감정적 부면部面을 의식적으로 말소하려는 정책론밖에는 안 될 것이다.

결코 프로문학이 군중 심리와 사회 심리를 거부하지 않는 한, 그중의 개인의 심리도 역시 무시하지 못할 것이다.

그리고 임화 씨와 윤형중尹亨重 씨 사이에서 논쟁된 가톨리시즘에 있어서 논단, 즉 평론이 조사된 정밀을 갖지 못한 소루疏漏가 있다고 하더라도, 윤 씨의 논論은 결과에 가서 가톨리시즘 만능적 기염을 보여주고 만 것은 논전의 본분을 떠나 이 기회를 이용한 자기파 선전밖에는 안 되었다.

우리는 이 논전論戰 여하를 논하기 전에 이 가톨리시즘이 새로운 신추新秋의 조선평론단을 움직일 커다란 의의를 가졌는가에 대해서 누구나 한 번 의아할, 또는 해괴하게 생각할 것이다.

평론에 있어서 시평적時評的인 것과 세계관 · 인생관으로서의 문명비평과를 혼일하려는 것은 그 어느 점도 충실하지 못하고, 독자의 혼란을 일으키는 폐해가 있는 경우가 많다. 더욱 문화적 비판력이 부족한 조선에서는 더욱 삼갈 일일 것이다.

―《동아일보》, 1933. 9. 15~19.

조선문학은 어데로*

우리는 왜 문학을 논하는가? 우리는 왜 하필 조선문학을 논하여야 되는가? 이 평범하면서도 어려운 과제에 대하여 나는 가장 솔직한, 그러면서 지극히 단순한 사견을 감히 쓰려고 한다. 우리는 문학이라는 것을 어렴풋이 한 개의 상식으로써 이해하고 있다. 뿐만 아니라, 모든 문화 가운데에서 넉넉히 문학이라는 특수한 영역을 식별할 만한 총명도 역시 가지고 있다고 믿어진다. 그것이 정치와 법률의 경제와 또 과학과 구별되는 어떠한 독자적 세계를 우리는 판단하는 것이다.

그리고 더 나아가, 희랍의 3대 극작가의 작품도 읽으며, 셰익스피어도 읽고, 단테도 읽으며, 몰리에르, 괴테, 루소, 발자크 등의 수다數多한 고금의 문호의 작품을 우리는 읽을 수 있다. 또는 그러한 작품을 읽으면서, 그 어떠한 예술적 감흥을 느낀다. 이렇게 우리에게는 무수한 세계적 명작을 두고도, 왜 하필 30년밖에 안 되는 조선의 빈약한 문학에서 그 무엇을 찾으려 하며, 또 조선문학에 그 무엇을 기여하려는가?

* 이 글은 《동아일보》 신춘 지면을 위해 투고되었으나 일제에 의해 전문 삭제당했다. 여기서는 『모색의 도정』에 실린 원고를 옮겼다.

조선문학—이와 같이 빈약한, 무력한 명사는 없을 것이다. 세계의 어느 민족 어느 사회에서나, 거기에 문화가 있는 곳이라면, 조선과 같이 문학을 가지지 못하고 문학다운 포근한 요람을 소유 못한 불행은 가지지 못했을 것이다. 문학을 가지지 못한 불행, 생활을 가지지 못한 불행, 이러한 불행에서도 우리의 눈물겨운 정경은 문학을 찾고 있다는 것이다. 또 문학의 문으로 가려는 열정과 포부를 가지고 있다는 것이다.

왜 그들은 문학을 찾는가? 생활다운 생활을 가지지 못한 그들이 왜 문학을 운위云謂하는가? 그러다가 우리가 조선의 현실에서 불행과 고민과 불안밖에 찾지 못함과 같이, 조선문학에서도, 결국은 불행과 고민과 불안, 그리고 실망밖에 가질 수 없다. 이것이 드디어 우리로 하여금 조선에 있어서는 욕소필석지설欲燒筆碩之說을 충정衷情으로써 외치지 않으면 아니 될 비참한 경역境域에 이르게 한 것이 아닐까? 그러나 이러한 실망과 이러한 불행과 이러한 의분은, 이 빈약한 조선이 가지는 문단 현상에서 체험하고 목도하는 거기에서 생기는 비극이다. 즉, 환언하면 우리가 느끼는, 그리고 우리가 보는 그 불만과 그 실망은 조선문학 그것보다는 실로 조선 문단 그 자체이다.

나는 여기서 엄연히 문학과 문단을, 더욱 조선과 같은 사회에서는 구별하여 논할 필요를 절감한다. 문학이란, 결코 문단의 결과는 아니다. 문학은 영원한 생명을 가진 인간의 문화 소산이요, 문단은 그때그때의 그 사회 현상의 반영에 불과하다. 예를 들면, 1933년의 조선 문단을 대표한 어떤 사실이 있었다고, 그것이 반드시 조선문학의 정통적 발견이라고는 보기 어려운 것이다. 그러므로 우리가 조선 문단을 경멸할지언정, 조선문학은 경멸할 수 없는 것이다. 우리가 마치 이李가라거나 김金가라는 개인을 사원私寃한다고, 조선인 전체를 원망할 수 없는 것과 마찬가지이다. 그러면 조선문학의 중요성은 어디 있느냐? 우리는 잠깐 조선의 그 어느 현실을 보자. 조선에서 나날이 구축당하고 천대받는 것이 그 무엇인가? 우리의 일제 생활에서 조선 의복이 불필요되는 것과 동일한 의미로서, 조선의 문학을 불필요하다고 논단할 수 있는가? 또 조선의 가옥 제도가 현대 생활에 불편하다고, 새로운 양식의 문화주택을 건축함과 여일히, 조선의 말과 글을 다 포기하고 양식의 어느 글만을 사용하려고 하는가?

우리가 조선의 옷과 집과 음식을 다 고치고, 또 거의 버리게 된다고 하여도, 우리 육신과 심혼에서 우러나오는 우리의 말과 글을 뜯어고치고, 또는 버릴 수 없는 거기에 실로 조선문학의 현재적 의의와 또는 본래적 의의가 존재하는 것이다. 우리가 조선 말, 글을 가장 잘 세련시키고, 문화의 유일한 실용 도구로 형상화하려면, 이것은 오로지 문학의 힘이 아니고는 도저히 불가능하다. 그러므로 조선문학은, 그것이 문학의 사적史的, 또는 세계적 지위에 있어서는 가장 유치하고 완전히 발달되지 못하였다고 하더라도, 그는 그만큼 조선 문화의 분야에 있어서 조선문학으로서의 중요한 지위를 가졌다고 보지 않을 수 없다. 즉, 나날이 우리의 교육에서, 또 우리의 생활에서, 조선 말과 글이 구축당하고 학대받고, 더 나아가 그 존재의 상실까지도 염려되는 때, 우리가 문학을 통해서 잘되었건 못되었건, 우리의 사상감정을 조선 민중에게 전달하며, 동시에 그것이 필연적으로 또는 무의식적으로 그 글과 말의 친밀성과 관용성을 길러준다는 그만큼 광범한 의미로서의 조선문학의 객관적 존재 의의의 극히 근본적 또 평범한 중대성이 내포되는 것이다.

그러므로 조선문학운동은 다른 고유한 자국 문화를 가진 민족과 달라, '조선문학' 운동이라는 광범한 계몽적 보급의 중대한 특수 사명이 있는 것이다. 우리가 신문을 읽고, 또 잡지를 읽고 또는 친우親友의 서신을 읽을 때, 그것이 조선말로 씌어 있다는 것은, 우리가 의식 못 하는 동안에 나날이 없어지려는 운명에 있는 조선말, 또는 조선글의 생명을 연장시키고 보호하며, 또는 그를 애무하는 의미가 포함되어 있는 것이다. 그러나 이렇게 반대하는 이가 있으리라. 언어나 문자라는 것은 우리의 사상감정을 대변하는 것이라고. 나는 결코 이 사실을 부정하는 자는 아니다. 그러나, 그 어떤 A라는 자가 조선 민중에게—중국이나 영국이 아니요—자기의, 또는 그 어느 시대를 대표하는 사상과 감정을 전달하며, 또는 선전하기 위하여는, 조선말을 조선 문자를 제일착으로 중대시하지 않으면 안 된다.

그러므로 가톨릭교*가, 또는 기독교가 조선에 전파될 때, 그들의 소위 복음인 성경을 조선말로, 조선 문자로 번역하여, 일반 민중에게 읽히지 않으면 안 되는 것이다. 또 경술년 전의 민족적 위기에 있어서, 새로운 전체적 결심과 희생적 분발을 고취하기 위해서는, 단순한 조선의 순한문은 물론, 다소라도 언어의 형식을 갖춘 문학도 고쳐야 되는 것이다. 나는 이러한 극히 상식적 견해를 장황하게 열기列記하는 우둔을 가진 것이 자괴도 된다. 그러나 오늘 조선의 언론 기관이나 문화 기관은, 이 중대한 관점에 대해서 퍽이나 등한시하는 경향이 보인다. 조선의 학교교육은 나날이 이 현역에서 떠난, 비조선어로의 교화에 침윤되어간다. 이러한 현실에 있어서, 조선의 문화운동, 또는 문학운동은, 마땅히 이 조선 문자 계몽운동이라는 인식을 더 일층 고조하여, 더 일층 강조하는 것은, 우리로서의 극히 당연한 필연지사인 것이다. 그러나 이상에 말함과 같이, 조선문학은 조선 문자 보급화의 절대한 공리적 일면을 가졌다는 사실만에 만족하여야 할 것인가? 거기에만 그친다면, 하필 문학만을 논위할 필요가 없을 것이다. 그러한 역할은 소위 문필노동하는 현대 조선 민중 전체의 사명이요 의무인 것이다. 여기서 나는 새삼스럽게 선진 문명의 제 국

* 원문에는 '加特力敎'로 표기되어 있다.

민이, 어떠한 문학적 전통을 가졌고 역사를 가졌다는 사실을 열거하지 않으려 하거니와, 대체로 보아서 현재의 조선문학은 조선문학을 건설하려는 전야의, 또는 그 지반의 모색에 불과하다. 여기 어떠한 창작가나 번역가를 물론하고, 그들은 다 같이 조선어의 부족과 표현할 적절한 어휘의 채택에 대한 곤란으로 고통을 받고 있는 것이다.

영국에 있어서, 셰익스피어의 명작에 나타난, 수십만 어語의 자유로운 예술적 행사와 치구가, 얼마나 영국문학의 생장 발전을 위해서 그 발육의 묘상苗床이 되었는가는 그만두고라도, 우리가 일본말을 볼 때 어떠한 말을 어떻게* 사용하더라도 그것은 훌륭한 한 개의 보통적 언어, 또는 새 어휘를 형성함에 조금도 부자연스러움을 느끼지 않는 우리 자신으로서의 경험을 가지고 있다. 그러나 조선말은 아직도 거기에까지 이르지 못하였다. 조선의 작가가 이 표현어의 군색에 얼마나 두뇌를 앓는가를 우리는 잘 안다. 때로는 이러한 표현어의 부족으로 말미암아 자기 자신이 문필 생활에 부적하다고 생각하고, 회오와 자폭에까지 이르는 작가가 적지 않을 줄 안다. 만일 그런 감을 느끼지 않는 조선 작가가 있다면, 그는 기형적 망상광이나, 일개의 초월한 천재아일 것이다. 다시 말하거니와, 우리는 지금 작문하는 과정에 있는 것이다. 우리는 문학적 구상이거나, 문학 작품에 담을 사상적 용해 이전에, 조선어로써의 정확한 표현 어구의 모색 시대에 처하였다고 나는 어느 일면에서 솔직히 관찰하고 있다. 외국에 있어서는, 소학교를 마치지 아니하더라도, 그들은 자유로운 훌륭한 사상 표시의 문장을 가지고 있다.

그러나 보라! 조선에서 중학은 그만두고, 전문학교, 문학을 마치고도, 자유롭게 가장 평이하게, 또는 간결하게 자기 사상과 감정을 표시한

* 원문에는 '如何한 말을 如何히'로 표기되어 있다.

다는 자긍을 가진 사람이 얼마나 되는가? 이런 의미에서, 나는 조선에서 창작하거나, 또는 번역하거나 하는 이들의 문장 구성에 대한 고심을 진심으로 경모하는 한 사람이다. 그만큼이라도 조선어로써, 불완전하나마 우리의 사상감정을 발표하였다는 데 감탄하는 바이며, 그들의 애쓰는 공로에 감복하는 바이다. 그러므로 덮어놓고 조선 작가를 비난하는 일부의 소위 평론가에 적지 아니한 불만과 불평을 갖고 있으며, 동시에 조선 작가가 지금 이러한 시험적 과정에 있는 자기 자신의 정도를 인식치 못하고, 스스로 대가연하는 데 대하여 불쾌를 다분히 가지는 한 사람이다. 물론 우리는 위대한 작가의 출현을 갈망하는 자이다. 그러나 우리는 외국문학에 있어서 한 사람의 셰익스피어와 한 사람의 단테와 한 사람의 괴테와 한 사람의 몰리에르와 한 사람의 푸시킨이 적어도 3, 4세기 내지 2, 3세기라는 역사적 동력과, 그 축적 가운데서 태어난 것이요, 결코 천재는 우연한 돌발적 출현이 아니었다는 것을 상식으로 가장 잘 알고 있지 않는가. 그렇다면, 지금 30년이라는 역사밖에 안 되는 조선의 신문학에서, 위대한 작가가 금시로 출현하리라고, 또는 자기 자신으로 자처하려는 졸렬과 우매를 가졌다면, 분반噴飯하고도 오히려 남을 여분이 있을 것이요, 만일 그렇지 아니하고, 그야말로 아직 일본에도 세계에 자랑할 만한 작가를 갖지 못한 데서, 조선만이 그런 천운에 힘입을 수 있다면 그야말로 문학이라는 신이 조선을 망각함이 너무도 오래였고, 조선을 총애함이 너무도 급작스럽다고 하지 않을 수 없다. 그러나 우리는 나날이, 또 다달이 조선 작가의 작품을 접견하게 된다. 거기에는 실로 놀라운 작가의 고심이 있고, 눈물이 있고, 양심이 있으며, 때로는 불쾌한 기만과, 허구와, 소멸된 양심의 형해形骸를 발견한다. 그들은 하등 생활의 보장을 이 문필에서 받을 수 없음에도 불구하고, 꾸준한 노력을 지속하는 작가들임을 우리는 잘 안다. 더군다나 작년 9월 후에는 많은 속성적速成的 비평가들의 붓끝에서 깎이고, 할퀴고, 원하지 않는 찬부贊否와 타매와 주문 속에서, 때로는 동지라는 명예로운 칭호를 듣기도 하고, 또 때로는 반동이라는, 속물이라는 죄 없는 만매慢罵를 만신창이로 받아가면서, 그래도 그 붓대를 꺾어버리지 않는, 그 무언의 인내와, 침묵과, 굴종에, 연민이라는 동정에 넘치는 감격까지도 가지게 된다. 물론 이 죄는 작가에게도 있는 것이요, 평론가에게도 다 같이 있는 것이다. 그러면 작가에게 그 무엇이 필요하였던가? 또 그 무엇이 잘못이었던가? 나는 솔직히 말하거니와, 일반으로 문학적 교양이 부족하지 않았던가 하는 것이다. 작가라는 것은 결코 작품만 써내는 것은 아니다. 그가 노력하는 작가일수록, 또 위대한 작가일수록, 그의 교양이 그의 인생에 대한, 사상에 대한 체험이 풍부한 것이다. 우리는 감히 미켈란젤로의 예술 전 분야에 관한 탁월한 창조적 식견이라든가, 괴테의 철학적, 생물학적, 미학적 고견이라든가, 또는 위고와 같은 다방면의 활동과, 톨스토이의 위대한 인생관, 종교관, 예술관은 그만둔다고 하더라도 작가에게 일개의 문학인으로서의 상식만은 더욱 필요하다는 것을 안다.

그뿐 아니라, 그러한 문학적 상식에서 한 걸음 더 나아가 자기 자신이 항상 배울 수 있는 한 사람의 위대하고 친절한, 사숙私淑할 작가, 또 사상가를 가져야 한다는 것이다. 이렇게 말하면 "너는 조선 작가를 모두 외국 작가화하려느냐."고 힐난할 것이다. 참 감사한 말이다. 나는 오히려 조선 작가가 그리되기를 마음으로 기원하는 것이다. 정말 조선 작가가 인간으로 양심이 있거든, 또 그에게 문학에 대한 부단의 순정한 야심이 있거든, 모름지기 외국 작가를 모방하라.

나는 생각한다.—조선의 작가가 얼마나 이데올로기와 "현실을 알라."는 말에, 그들의 머리와 심장 전체가 중압당하고 위축되고 있는가를. 물론 이것은 좋은 일이다. 우리가 한 개의 작품 속에, 그 어떤 이데올로기를 반영하며, 또 우리가 평상시에 흔히 지나치기 쉬운 이 모진 현실에 대한 철저한 분석과, 종합과, 그의 힘찬 표현이 있기를 얼마나 우리는 갈망하고 있는가? 그러나 그것은 하루 이틀의 주문만으로, 또 관심만으로는 실로 실현되지 않는 것이다. 저렇듯 한 제정 러시아의 그 험악한 분위기 속에서, 그들은 얼마나 그 악착한 현실을 그들의 작품 속에 반영시켰던가. 우리는 그 반대의 무서운 고민과 절망과 허무를 발견하지 않았는가? 왜 조선 사람은 항상 운위하면서, 가상의 현실과 가정의 이상만을 논란하는가? 생각건대, 조선의 작가는 자기가 가진 그 어느 한계의 테마를 표현하기에 벅찬 표현어의 부족과, 그 구상의 곤란에, 또는 평가의 귀찮은 주문 등에서 고민하는 것이 눈에 보이는 것 같다. 그리고, 그 위에 작가 자신이 부단히 위압당하는 초조와, 생활의 불안 때문에, 또는 자기 신변에 일어나는 온갖 고통과 고민, 이리하여 그들은 한 개의 극히 보잘것없는 작품을 조마조마하면서 내어놓는 것이다. 그것은 상품으로는 너무나 헐벗은 미숙이 있고, 그렇다고 그것을 불살라 버리기에는 몇 날 동안의 고심이 허무로 돌아가는 것이다. 만일 이리하는 가운데, 작가 자신이 조금이라도 자기 향상이라는 것을 발견할 수 있으며, 또 작가로서의 충분한 자신을 가진다면, 심히 조선문학을 위해 경하할 만한 일인 동시에 더한층 경계를 필요로 하는 인물일 것이다. 조선에서도, 신심리주의 작가로 누차 평론 중에서 포폄褒貶당하는 마르셀 프루스트는 40에 『잃어버린 시간을 찾아서』를 발표하여, 그 문단적 성공을 보지도 못 하고 영면하였다. 그렇거든, 벌써 조선이 축복될 일일 것이다. 그러므로 현재 조선 작가로서는, 일시적 이데올로기 작가라는 미명하에서 활개를 친다거나, 반동적 신변작가라는 레테르에 겁낼 것도 없이, 꾸준히 작가로서의 노력을, 교양을 쌓아갈 것이 있겠느냐고 묻는다면 그도 옳은 말이다. 그 말에 조선 사회는, 언론 기관은, 또 조선 문화는 대답할 무슨 말이 있는가. 동시에 그러면 왜 당신들은 그런 밥도 생기지 않는, 소위 문학인지 무학武學인지를 간판으로 하느냐 하는 노골적 야유도 있을 법하다. 그리고, 그다음으로 당면한 작가 자신의 문제도 어떻게 귀결되어야 할 것인가?

나는 이것을 두 가지로 보려고 한다. 한 가지는 작가 신변의 모든 사실에 대해서, 작가 자신이 체험하는 무한정한 고민과 불안을, 또는 그의 절망적 명인鳴咽을 여실히 반영하는 문학의 대두이다. 이러한 일을 시험하는 작가도 있는 줄 아나, 가장 통절히 이 부면을—이것은 조선의 현실이기도 하다—다만 부르주아지의 몰락상으로만 일별해버릴 것인가? 여기에는 심리적 섬세한 묘사와 표현을 심요心要로 할는지도 모른다. 아니, 때로는 대담하고 용감한 거친 묘사를 요구할 것이다. 거기에는 무한한 회색의, 때로는 암묵의 절망도 있으려니와, 또는 타오르는 정열의 부르짖음도 있는 것이다. 또는 델리킷한 암시적 수법도 있을 것이다. 그러나 대체로 조선 작가의 최근 경향의 하나는, 너무도 쇄말적인 표현 기교에 사로잡혀서, 문장의 미화 · 유려에만 세련되려 하고, 좀 더 담대한 표현을, 즉 무기교의 기교를 경시, 또는 회피하려는 현저한 사실이다. 다음으로는 소위 객관적 리얼리즘에 관한 것인데 여기에서 배울 것은 발자크, 스탕달, 도스토예프스키, 졸라 등의 충분한 교양에서부터 출발해야 할 것이다. 동시에 현실에 대한 역사적 · 사회적 인식과 통찰을 필요로 한다. 이러한 작가로서의 소질은, 실로 문학에의 헌신적 희생 없이는 도저히 불가능하다. 참으로 조선 작가는 이러한 위대한 포부와 정세와 근기根氣를 가졌는가? 그렇다면 구구한 평가評家의 언설에 일호一毫의 마음의 동요도 없이, 문학이라는 피안에 자신의 생명선을 저어 가려는 필사의 결심이 있어야 할 것이다.

나는 얼마 전, 일본의 낭만주의를 대표한 평론가 다카야마 초규〔高山樗牛〕의 평론집을 엽독獵讀하였다. 거기에 실린 씨의 명치 34년대의 일본 문단에 대한 가지가지의 술회는 적지 아니한 새로운 감회를 내 작은 가슴 속에 파동시켰다. 그는 당시 일본 문단이 신흥적 기분에 따라, 수다한 문학청년이 조성된 것과, 또는 달마다 발표되는 보잘것없는 작품에 대해서, 그 역 속성된 월평가月評家들이 각 신문 · 잡지에 작품보다도 오히려 더 긴 용만冗漫하고도 황당한 조선의 번거로운 문예월평을 생각지 않을 수 없었고, 그렇게 생각하자, 지금 조선 문단은 33, 4년 전의 일본 문단의 밟은 바 그 길을 밟고 있지나 않는가? 이렇게 또한 단언할 수도 있을까? 실질로 보아서 외국 문단이 조선 독자에 미친 영향이라든지, 문예사상의 수입에 있어서는 명치 34, 5년의 일본 문단과는 현수懸殊한 차이가 있을 것도 같다. 그러나 좀 더 깊이 생각한다면, 그 질에 있어서는 작가들의 작품을 보거나 평가들의 태도로 보거나, 그와 근사近似한 점을 다분히 발견할 수 있다. 그가 당시 일본문단에서 인정한 작가 및 평론가는, 츠보우치 쇼요〔坪內逍遙〕, 모리 오가이〔森鷗外〕, 시마무라 호게츠〔島村抱月〕, 오마치 게이게츠〔大町桂月〕, 토쿠토미 소호〔德富蘇峯〕 형제 등이었다. 과연 현재 조선이 이들에 비견할 작가와 평론가를 가졌는가? 혹자는 사상적으로나 모든 점에서 그들보다 우리는 진보적이요, 더 현대적이요, 더 국제적이라고 반박하는 이도 있을 것이다. 그러나 그 사람에게 무엇으로써 어떠한 점으로써, 그들보다 우리가 우월하다는 무슨 물적 자료를 가지고 있는가? 우리가 맑스주의 문학을 운위하게 되었다고, 그 점으로써 우리는 우수하다고 볼 것인가? 그러나 진정한 맑스주의 문학이 조선에 와서 엄연한 한 개의 자체에 소화된 그 무엇을 가졌는가? 조선의 평가評家 가운데는, 덮어놓고 '카프 작가의 우월성'을 논하려고 덤비는 분이 있고, 단연 카프가 우세하다는 맹목적 · 추종적 기염을 토하는 분들도 있다. 설사 그 기염은 장하다 하거니와, 그 결과가 가져온 것은 그들이 얼마만한 입장에서, 교양에서, 이렇게 호언방어豪言放語하는지는 심히 의아스럽다. 이러므로 조선 문단은 일본 독자의 문단이라는 심혹深酷한 비평까지 받고 있지 않은가? 나는 이렇게 생각한다. 조선 문단이 이대로 나간다면, 일본 독자 문단의 형세는 더욱 치성熾盛하여질 것을 단언하고 싶다. 언제나 그렇지 않았으랴마는, 조선의 문화가 언론 기관을 통하는 기회가 많으면 많을수록, 조선에는 이러한 경향이 농후할 것이다. 그전 같으면, 1년이나 내지 반개년半個年을 두고 뒤떨어져 문제 삼던 것이, 차차 초속도超速度로 반개월半個月 내지 일주일 이내로 조선에 직수입될 염려가 미상불 있다고 생각한다. 그러나 나는 결코 이 경향을 전적으로 반대하는 자는 아니다. 항상 문화가 뒤떨어지는 사회에서 선진 사회의 문화를 수입하는 것은 극히 지당한 일이요, 또 그리되는 것이 자연스러운 일이다. 다만 문제는, 그러한 평론가 자신인 우리에게로 귀착되는 것이다. 환언하면 평가 자신의 교양 문제 및 그 양심 문제이다. 조선 문단에 있어서, 가장 불유쾌한 사실은 덮어놓고 천편일률적 나열과 무양심적 절취 행동이다. 한 개의 문예 조류에 대한, 사상적 또는 구체적(작품을 통한) 비판과 섭취가 없이, 막연한 소주관세계小主觀世界의 횡포로써, 그 조류를 감히 농락하고 있다는 것이다. 이 불유쾌가 크면 클수록, 조선 문단 폐업을 선언하거나, 욕소필석欲燒筆碩의 통절한 비장을 느낄 것이다. 이 점에 있어서 조선의 언론 기관의 학예란의 새로운 임무와, 그가 범한 문화적 범죄에 대해서 통절한 반성과 혁신이 있어야 할 것이다. 그리고 일면 문예비평에 있어서, 비평적 정신의 근본적 교양이 없이, 그것이 단편적으로 행사되는 월평에 있어서는 마치 고명한 법관인 것같이 포폄을 함부로 하며, 또는 이데올로기의 척도로써 등급을 매기거나, 심하면 표현 기교의 결점이나 장점을 적발함으로써, 장壯한 기세를 보인다. 그뿐이랴, 심하면 이러한 무미한 반복에 실증이 난 듯이, 새삼스럽게 문예비평의 새로운 원리나 발견한 것처럼, 비평의 척도와 감상비평을 운운하며, 또 기준비평을 첩첩喋

喋한다. 실로 이러한 것은 극히 초보적 문예비평의 A · B · C이다. 이것을 새삼스럽게 조선의 평론가에게 한 개의 지식으로서 교여敎與할 필요는 없을 것이나, 평자 자신의 문예비평에 대한 무지도 그 폭로의 정도程度가 있어야 할 것이다. 더욱 조선 문학 내지 문단의 극히 유치한 시기에 있어서 조선 문단과 세계 문단과의 상호작용인 사조의 교류를 지적하려는 것은, 그만큼 그 노력에는 탄복할 일이나, 그러면 반문하거니와, 현재에만 비상시적 문학과 불안과 고민의 문학이었던가? 이러한 문학은 문학사상에서, 그 시대 그 시대에서 얼마든지 찾아볼 수 있는 사실임에도 불구하고, 조선에 비로소 처음 이러한 불안과 고민의 문학이 발아 과정에서, 어떻게 그러한 숫자의 과정과 계단을 지낸 구주 문단과의 접촉을 논할 수 있는가? 나는 차라리 이를 한 개의 무모로밖에 볼 수 없다. 우리가 그러면 소학생의 작품과, 또는 중학생 작품과, 어느 정도까지 신임받는 작가의 작품을 동일한 선상에 놓고서, 그 관련과 그 평가를 운위할 수 있을 것인가? 거기에서는 가능의 최소와 불가능의 최대밖에는 발견 못 할 것이다. 설사, 조선에 있어서 평가의 수준이 작가의 수준보다 더 높을지는 모르겠으나, 이 모두가 미성未成의 생장 과정에 있다고 평가할 수밖에 없음을 어쩌랴? 우리에게는 좀 더 총명한, 좀 더 지속적인 상호의 격려와 교양과 노력 이외에는 아무 바랄 것이 없다. 거기에서 새로운 문학이 건설되고 안 되는 것은, 그들의 소질과 노력에 정비례할 것이다. 여기 대하여, 문화 기관이 문필자의 생활과 교양에 대한 보장과, 성의를 책임지고 가져야 함은 물론이다. 행복을 잃어버린 사람으로서, 생의 권리를 박탈당한 사람으로서, 애써 찾으려는 미지의 암흑 속에 잠겨진 그 세계가, 아니 영원히 폐쇄된 그 문호가, 우리의 힘으로 우리의 지성으로, 또 우리의 눈물과 피로써 획득될 수 있다면, 우리는 우리 서로의 얼굴을 쳐다보기 전에 우리 손이 어둠 속에서 더듬어 잡히는 그 손길을 놓치지 말고, 굳세게 굳세게 꽉 붙잡아야 한다. 물러서거나, 나가거나, 일어서고 앉을 때에도, 놓치지 말아야 할 그 손, 그 손에서 우리는 문학이라는 작은 등불을 켜 들려는 것이다. 한 개의 실로 작은 등불을! 그러나 꺼지지 않는…… 이 것이 새해를 맞는 나 자신의 가장 가난한 기원이다.

—《동아일보》, 1934. 1. 1.

출판계에 대한 제언

—국외의 일 학도로서

조선 출판 문화의 사적史的 변천을 운위하지 아니하더라도 나의 기억에 남아 있는 몇 개의 사실을 추출한다면, 한때 3·1 운동 직후의 신문화 수립을 위한 영웅청년적 출판 경향과 10여 년 전후한 사회주의 서적의 팽배라는 두 가지 사실이 최근 20년 이후의 출판 주류로 보여질 것이다. 즉 전자에 있어서는 위대 전기류—멀리 희랍의 『데모스테네스』로부터 『한니발』, 『루소』, 『가리발디』, 『잔 다르크』, 『세계명부전世界名婦傳』 등의 간행이 그를 뚜렷이 명시하는 바이요, 후자에 있어서는 소위 팸플릿적 사회주의 선언 강령 발췌 또는 축소물의 왕성이었다. 물론 이외에 민족 운동—애란愛蘭을 비롯한—중에서도 약소민족에 관한 한두 개의 출판물도 있기는 하였으나, 그 시대 문화를 가장 잘 반영하는 신문, 잡지의 저널리즘의 저수貯水가 되고, 주간이 되며, 정수가 되어야 할 출판 문화, 이 사회의 서재인 출판 문화의 걸어온 사적史績을 더듬음으로써 반성되는 바 흔적이란 그 무엇인가?

실로 세계대전 이후의 급격한 사회 사조는 빈약한 신흥적 영아嬰兒인 조선의 소무대小舞臺 위에서도 쉬지 않고 유과流過하여왔다. 지적으로 단순할 뿐만 아니라, 생활상으로도 기형인 나에게 이 사조의 풍미는 나로 하여금 세계인과 함께 호흡할 수 있고 전망할 수 있으며, 또 사고할 수도 있다는 천행의 혜택을 힘입었음에도 불구하고, 우리가 남겨 가진 바 문화적 유산이란, 극히 부끄러움에 치值할 그 피상과 형해形骸를 잔존시켰다는 사실을 수긍하기에 우리의 양심적 해석이 곤혹을 느끼지 않을 정도에 이르렀다. 그렇다고 우리는 실로 새로운 사조와 문화에 대하여 충실한, 불타는 야심과 욕망을 가진 일 학도로의 출마에 서슴지 않는 기사적 기질을 가져왔음도 결코 몰각할 수는 없다.

출판 문화란 그 사회의 가장 훌륭한 영양소라는 데 그 근본 의의를 가지고 있다. 누구나 다 같이 그 사회의 일원으로서 생활하는 자에게 이 영양소는 공통으로 공급되어야 할 것이다. 그러나 우리의 출판 현상이란 실로 우리의 심신에 가장 적절한 영양을 공급하여왔던가? 일찍이 러시아 혁명을 성공시킨 레닌은 이런 말을 하였다. "우리의 급무는 억만 대중 속에서 1만이라는 제한된 자에게 이해되는 바 문학 예술보다도 이 억만 대중이 함께 향수할 수 있는 계몽적 문화운동에 총역량을 경주하여야 된다."고. 사실 이 지도적 경구에 대하여서는 내가 사고할 바 중대한 문제가 내포되어 있다.

조선과 같이 7할 이상의 문맹을 소유한 이 사회에 일—의 지적 토대를 축성함에는 그 문제가 매우 거대하며, 또 급박함으로써 그 운동의 필요에 대한 인식과 제창은 거의 유행성을 띠어 왕성하지마는 그의 구체적 실천에 있어서는 아직도 창창한 감이 없지 않다.

위선 교육시설의 미비라는 사실에까지 논급하려고는 않거니와, 현재 자녀를 가진 각 가정에서 그들의 장래를 배태胚胎시키는 정조 교양에 있어서 그들에게 읽혀질 바 서적을 몇 권이나 가졌는가를 상도想到하면 너무나 지나치는 한심을 느끼지 않을 수 없다. 학교로 보내고, 학교의 소정된 교과서를 주야로 만지작거림에서 우리의 의도하는 바 문화가, 또는 새로운 인간이 키워질 수 있다면 문제는 극히 단순차평이單純且平易하다. 그러나 우리가 위대한 예술가와 과학자의 출현을 갈망하는 바 성의는 다 같이 항유恒有하였으려니와 뿌리지 않은 씨에서 아름다운 화과花果를 기원하는 가련한(아니 미련한) 정경도 이대로 진천進遷되어가려 한다. 더 나아가 우리는 근대 서양 문화는 물론, 그 이전의 불교 또는 유교 문화의 사적史的 의의를 구명하는 바 과학적 근저의 확충을 위하여 새 노력은 여하한 성과를 제시하고 있는가? 민족적 편견에서, 또는 자존적 관협管狹에서 시종始終하려는 일부의 고질 된 학자도 있으려니와, 지적 교양의 연천年淺과 생활에서 받은 빈곤의 타격으로 말미암아 의도하는 조선문화사의 집대성이 그 생장 과정에서 준순逡巡한다는 사실도 묵과할 수는 없다. 그러나 오늘의 문화 사업이란 그것이 교육 기관이거나 일一의 소비적 사업이라는 데는 거의 일관된 성질이 부여되었다. 저널리즘이 이에 이반하여 영리적 타산에만 몰두하고, 모든 그 운행이 현상 유지를 위한 타개책에만 시종된다면, 조선과 같이 문화의 보급이 뛰어올라야 할 세기적 단계를 몇 개씩 소유한 사회에서는 일一의 미래적 성과를 약속할 수는 없는 것이다.

조선은 지금 군소의 출판 행위에서 보다 큰 역사적 출판 문화의 획기적 계제에 서 있지 않는가?

현대 조선의 소위 독자층, 또는 지식 계급이 요구하는 바 출판물, 즉 서적이란 그 어떤 부류에 속할 것인가?

여기서 중등학교의 전하는 말에 의하면, 그들 중학생은 《킹》이나 《주부의 벗主婦之友》 등의 잡지를 보는 학생이 그 대다수라는, 다만 상서롭지 못하다는 개탄만에 그칠 수 없는 사실을 발견한다.

그렇다고 우리는 왜 조선문의 잡지나 서적을 읽지 아니하고 일본의 서적, 또는 잡지, 심지어는 신문까지를 읽게 되느냐 하는 근본 문제에 대해서는 충분한 이유도 있고, 그렇게 될 문화적 정세도 있다는 것을 추단推斷하리라.

그러나 그렇다고 하여 일체의 문화적 보급과 전달이 자문자自文字를 통하지 아니하고 이문자異文字로써 대행되는 사실을 방관만 하기에는 그러지 못할 여러 가지 문제를 접하게 된다.

일부 인사는 조선과 같이 문화가 뒤지고, 또 조선과 같이 표현하기에 부족된 어휘와 단순한 언어로써는 도저히 나날이 항상 발전하는 방대한 외래문화를 직접 전달하기에도 시간적으로나 노력으로나 대단한 곤란과 불편과 심지어는 고통까지를 끼친다는 설을 경청할 필요도 있을 것이다.

그리고 또 어떤 인사와 같이 외래문화 일체는 일문 번역으로도 충분하다. 오직 조선어 또는 조선문을 예술적으로 생명 있게 하기 위해서는 창작 이외의 방도가 없다고 하여, 외래 문학의 번역은 일종의 사대사상에서 오는 악폐요, 해독이라는 실로 의분에 넘치는 언설에 대하여서도 심히 염려될 문제이다.

가령 애란愛蘭의 순수한 애란어로써의 문예운동보다는 훨씬 질적 고장故障과 천연遷延을 초래했다는 사실에 대하여 조선과를 잘못 혼란당하는 이가 만일 있다면, 우리는 좀 더 문제의 출처에 대하여, 또 그러한 사고적 행위에 대하여 깊은 토의가 있지 않아서는 안 될 것이다.

일반 민중도 몇만에 불과하다는 사실과 조선과를 비교한다면, 이런 헛된 억측은 다분히 정정당하고 말소당하여야 할 것이다.

그렇다고 조선어의 장래 운명이라는 이 문제를 여기서 충분히 구명하기에는 그 적임도 아닐뿐더러, 이 논제와는 다소 격리되는 바 있으므로, 더 깊게 운위하려 하지 않거니와, 그러면 조선문을 통한 문화적 출판사업, 또는 행동은 그 어떤 범위까지의 규정과 한계를 받아야 될 것인가.

나는 여기 일一의 비근한 예를 든다.

가령 지금 하기휴가를 이용하여 귀향하는 학생에게 일 권의 양서를 추천한다면, 그것이 단순히 교육적인 편협한 의미가 아니고, 깊은 감명을 끌고 갈 수 있는, 또 그들에게 이해될 수 있는 종류의 어떤 책을 지시할 것인가?

여기 대하여 곤혹을 느끼지 않는 교육자가 있다면 우리는 스스로 이런 의문을 가지려는 자신의 유치성을 비웃기도 하려니와, 사실 이것은 교육에 관심하는 일반 인사의 우려되는 바 그 중요한 하나이다.

그러나 내가 여기서 말하려는 명저라는 것은 조선어로써 번역되었거나, 또는 저술된 서적을 지칭함이니, 과연 우리는 그런 양서를 우리 손으로 만들어가지고 있는가?

만일 문예 서적을 수독受讀하는 일 청년에게 우리는 서슴지 않고 사옹沙翁*이나 괴테나 위고나 두옹杜翁**의 어느 저서를 추천하리라.

물론 그러한 문학청년들은 일역日譯된 이들 문호의 명저로써 그들은 그들이 가진 바 사상과 감정의 혼일된 숭엄崇嚴한 새로운 세계를 발견할 것이다.

여기에는 현재 조선인으로서 중등 정도의 교양을 받은 자로서는 가능한 사실이다.

그러나 만일 그(문학청년)에게 그 작품을 읽은 뒤 그 작품에서 감명된 바에 의하여 다시 새로운 창작의 길로 나가려 할 때 그에게 첫째로, 부딪혀지는 난관이란, 또 곤혹이란 무엇이며, 어디 있을 것인가?

니체가 말함과 같이 문학, 또는 문체란 이해시키려는 도구라는 이 일구一句로써 족히 모든 문자로의 사상 내지 감정의 표현이 충분하다는 것은 이미 니체와 같이 역사적으로 풍부한 언어와 사상을 가진 민족이나

* '셰익스피어'를 말한다.
** '톨스토이'를 말한다.

인간에게 있어서는 가능하리라.

그러나 자국의 문자에 의한 표현에 대하여 30년이라는 짧은 시일밖에 가지지 못한 우리로서는, 여기 좀 더 커다란 문제에 부딪히지 않을 수 없다.

항용 조선에서는 표현어의 평이화 민중화, 심지어는 속화까지 이구동성의 조자調子로써 흔히 청각하게 되나, 이러한 견해는 계몽적 문자 보급의 의미에 있어서는 타당할 책임을 띨 것이로되, 더 나아가 조선 어휘의 풍부와 표현어의 확충을 위해서는 새로운 언어와 문자와, 이것이 일면 귀에 거슬리고, 또 난삽 난해의 비난을 받을 것도 당연한바, 그러나 이 과정을 엄연히 가지지 않으면 안 된다는 사실을 조금이라도 조선문학에 관심하는 이로서는 공통히 느끼는 바 일 시대적 사실이 아닐 수 없다.

단순히 향토어 · 민속어의 고유한 언어의 집대성만으로 이를 완성할 수는 없다. 언어란 그 시대성을 거부하지 못하는 생장, 또는 변천의 과정을 가지는 것이다. 그러므로 이미 말한 바 외어外語에 의한 문학적 교섭은 그의 예술적 교양을 위해서는 그렇게 커다란 곤란을 느끼지 않을 정도에까지 우리의 문화생활이 그 길을 밟아왔거니와, 이 사실만을 가지고 우리가 외래, 또는 선진국의 문화를 충분히 향수할 것이냐는 실로 수긍하기에 매우 주저됨을 금할 수 없다.

왜요?

가령 여기 명민한 일 소년에게 외어만으로의 명저를 탐독시킨 뒤 그에게 그것을 자어自語로써, 그 경개梗槪에 대해서나 감상을 요구한다면 그는 거의 불가능의, 그렇지 않으면 치졸한 형식을 밟을 수밖에 없다.

우리의 선배 중에는 한문으로의 중국 문장, 또 시를 암송 암기하는 이를 보거니와, 그러나 그들에게 그것을 완전한 자국어로서의 시화 문장화를 요구해보라.

그때의 그들의 문장과 그 사상의 전달에 지대한 곤혹과 무미로운 나열에 그치는 것이 공통된 사실일 것이다.

이와 같은 의미에서 외어로써 통독한 명저란 자어로 완전히 소화되지 않은 채 독파되는 것이다.

이리하여 나날이 기형적인 조선 문장을 왕왕 접촉하게 되거니와, 그것은 결코 그런 문장을 작성하는 그자에게만 돌릴 문제가 아니요, 그에게 그러한 교양을 가지게 한 그 사회가 지어놓은 기현상적 과오를 인정하지 않을 수 없다.

그러므로 우리는 조선 문화를 (이것을 시인한다는 전제하에서) 건설한다고 하며, 또 그 건설책을 논구한다면, 실로 광범한 외래문화의 수입 내지는 소화에 대한 질적 문제가 당면되지 않을 수 없다.

박대당하고 경멸당하는 조선어로써 모든 문화를 전달하고 이해되는 바 도구로 사용하기 위해서는, 여기 필자가 말하려는 출판 문화의 사적 의의가 그 중요성을 띠지 않을 수 없다.

현재에 이르기와 같이 언론 기관—주로 신문이나 잡지—만이 문화 전달의 부차적 의의까지를 병행하여야 된다는 조선적 객관 사실을 우리는 양찰諒察하지 못함이 아니다.

그러나 우리에게 필요한 것은 세계적 현재 동태의 지식만에서 만족되는 바 그것뿐이 아니요, 더 나아가 인간으로서 반드시 요구되는 유산에 대한 교양이 절대로 필요하다는 사실이다.

이리하여 영국에서는 '에브리맨스라이브러리'(만인문고)의 가지는 바 의의는 결코 저 옥스퍼드나 케임브리지 양 대학의 세계적 자랑에 지지 아니할 것이요, 그 외 세계 각국의 민중 교양에 자資하는 바 출판 문화의 왕성 심화 광화는 물론 가까이 일본의 출판 현상을 보아 민중 교화의 위대한 사명은 결코 모방만이 아니요, 우리 자신을 위하여 다시금 새로이 힘 있게 고조되어야 할 것이다.

이것은 결코 현대 작가의 문학 경로의 단편적 고백에 의하면 그들이 사숙私淑한 바 작가란 거의 다 외국의 문호들이었다.

일부러 이 사실을 거부하려는 대담한 무모를 도圖하려는 자는 아마도 1, 2의 인사人士에 예例하면 '춘사春史'라는 익명인의 치론을 제하고는 불과할 것이다.

이와 같이 오늘의 소설 · 시에 전심하는 소장少壯 작가의 사실만으로도 획기적 출판 문화 · 번역 문화의 의의는 실로 절대의 급선무가 아닐 수 없다.

누군가 어느 지상에서 조선의 중견작가들의 작품을 들어, 그 어휘의 부족을 지적하였고, 더 나아가 현재 시인이 시작詩作에 사용하는 어휘가 불과 수백이라는 숫자적 보고에 경탄 경멸을 고하였다.

나는 어휘의 부족을 가지고 그들 작가의 무능을 비난하려고는 하지 않는다.

오히려 문제는 그들 어휘의 부족보다도 한 개의 작품을 전개시켜가는 소재, 즉 작품이 가질 바 내용 · 사상의 파악과 그 표현에 관한 문학적 교양, 즉 작가 개인의 역량으로 돌리지 않으면 안 될 것이다.

사옹이나 괴테, 위고, 톨스토이나 더욱 조선 작가들 사숙私淑의 조종朝宗이 되다시피 하는 도스토예프스키에 있어서 일전 어느 지상에 유치진 군이 솔직히 언명함과 같이, 군의 희곡 속에는 무수한 오케시의 수법과 그 사상이 숨어 있다고 함과 같은 충실한 사숙과 그들에게서의 감화와 섭취가 있어가지고 그들 작가의 역량을 더 충실히 한다면, 오늘날 조선 작가의 수준은 한층 더 높은 경지로 향하여 진전되어왔을 것이다.

더욱 문장으로의 표현에 있어서 플로베르와 같은 고심은 아니라고 하더라도, 한 개 사건, 한 순간의 인간의 정신 상태, 무관심한 듯한 자연 묘사의 포착, 더 나아가 그 사회의 시대적 분위기의 인식에 지대한 교훈을, 더 적절히 말하자면 모든 문학 창작 · 생산 과정에 있어서의 심적 영양과 준비를 쌓기 위해서 그 역할을 인수하여야 할 출판 문화의 의의를 더욱 고조하지 않을 수 없다.

이상의 서술은 마치 조선에 있어서 번역출판만이 유일한 급선무라고 역설한 듯한 혐의를 받을지도 모르겠다.

물론 번역출판의 필요를 절실히 느끼는 필자라는 것도 솔직히 언명하거니와, 필자는 더 나아가 출판 문화의 취할 바 다른 한 개의 길을 잃어버린 것이 아니다.

즉 조선이 가지고 내려온 문화사적 집대성의 제일보를 가장 헌신적인 용의주도하에서 실천되기를 기망企望하는 바 한 사람임도 감히 말하지 않을 수 없다.

외래 사상의 지배가 가장 강렬하였던 조선의 문화를 가장 과학적인 입장에서 불교 문화를 위시하여 유교 문화에서 서구 문화에 이르기까지의 공정한 비판과 사실적 보도를 겸하여, 그중에 개재한 조선이 일컬어 자랑할 수 있는 기다幾多의 사상가와 위대한 인간의 업적의 집대성과 조선 문화 변천의 전 면모를 방불케 하는 대사업이, 마치 영국이나 불란서가 18세기에 있어서 완성한 역사적 대출판『백과전서』적 대계획이 기도되어야 할 것이다.

이러한 요망이 그 실행될 가능성에 있어서 기다의 기우와 미흡된 바가 없지 않을 것도 상도想到하지 못함은 아니로되, 불란서의『백과전서』가 제1권 출판에서 제10권 완료까지에 실로 15년이란 시일을 요하였음을 볼 때 조급스러운 단시일의 달성보다도 역사적 세기의 사업으로서 이에 착수되어야 할 것이다.

일본에 있어서도 일본 문화의 전적全的 집대성의 완결을 아직 보지 못하고 있는 현재, 조선이 이에 솔선된 현명과 노력이 계속적 성과에까지 이를 것인가를 고려함도 자못 일고一顧에 치値하려니와, 그렇다면 이 대업의 준비 과정에 있어서 한 시대 한 시대씩의 어느 통일된 부면을 천착하여, 이에 전심하는 기운의 촉성促成과 질적 실천의 운행을 도모할 수는 없을까?

이야말로 국외局外 일 학도로서의 섬어譫語에만 그칠 종류의 하나가 아닐까?

출판 문화의 의의가 오로지 외국의 고전 문화 수입과 자국 문화유산의 집대성과 같은 박물관적 역할만에 시종始終한다면, 거기에는 일一의 시대적 생명이 결여되어 있는 것이다.

그러함과 같이 인간 생활은 과거의 추모와 기양棄揚이란 오직 현대 문화의 새로운 활로를 개척하기 위함이라는 것에 그 중대한 의의를 가지는 것이다.

그러므로 조선이란 이 빈곤한 지대에 오늘의 새 문화 건설을 위하여 내부로 더 받아들일 문화의 총결산 종합은 실로 우리의 생명 있는 문화의 광채를 완전한 결실에 이르게 하려는 소이이다.

가령 오늘의 문학계를 일별한다고 하자. 여기 문학에 기대를 가지는 자, 또 직접 문학 생산에 종사하는 자의 공통된 희망이란 좀 더 훌륭한 작품, 작가의 출현에 있는 것이다.

그렇다면 작가의 새로운 출현 내지 그 작품의 침투를 위하여는 어떠한 방도를 꾀하여야 할 것인가?

오늘의 출판 현상으로 보아서 소설을 일례로 들자면, 조선의 소설은 일본의 직접 영향을 입어 신문소설에 우이牛耳를 잡히고 있다. 그러나 또 그 영향은 일면적이어서 다른 출판이 겸행하고, 또 왕성함으로써 독자 기호성의 만족에만 그치지 않고 있는 일본 출판계의 영향과는 별개의 사실로 진행되어왔다.

이렇게 되는 내면에는 조선에서 출판하려고 들면 실로, 무한한 문화 유산의 보고가 있는 데다가, 현대 작가의 작품만을 출판하기에는 이 작품이 저널리즘적 의미로, 족히 신문이나 잡지의 일부를 채우는 정도에 그칠 것이요, 실로 한 개의 출판물로 하기에는 그것이 너무도 낮게 평가된다는 문학적 의미, 또는 상업적 타산에서 결과되는 것도 우리는 인식 못 함이 아니다.

그러나 더 나아가 우리가 출판 사업의 획기적 행동을 요구하는 반면에는 실로 현재 조선 작가의 새로운 활로를 위하여 출판업이 짊어져야 할 문화적 부담이 크다는 것이 있다.

우리는 외국 작가의 등용문이 그 사회의 대표적 출판 기관에서 그 작가의 작품이 인정되어 출판되는 데 있다는 사실을 잘 알고 있거니와, 현재 조선이 이러한 권위와 실력을 가진 출판 기관을 몇 개나 가지고 있는가?

한 개의 역량으로써 문단에 나타나는 것보다도 몇 개 작품의 발표로써 작가가 되는 조선의 문단이란 실로 기이한 존재이다.

이 반면에는 실로 한 개의 역량을 인지하여주지 않음으로써 문단 출세를 못 한다는 그러한 경우도 있으리라.

그러나 실로 조선 문단 내지 조선문학이 새로운 건설의 길을 걷기 위해서는 소설만 하더라도 신문연재소설 이상의 예술 가치를 가진 작품이 높이 평가되고, 또 출판될 기회가 허여된다는 한 개의 엄연한 사실이 실로 중대한 의의를 가지는 것이다.

외국문학이 좀 더 이 지역에 있어서도 당연히 실천되어야 할 것이다.

물론 그 이상으로 콩쿠르상과 같이 30 이전의 작가를 발탁하는 좋은 기회를 만들어주는 환경이 허여될 수 있다면, 또 어느 정도까지 신인의 등장에 대하여 그 소질과 천분을 발견하는 데 지대한 관심을 가진 바 예술의 집단도 동시에 형성되어진다면, 조선 문단이 조선문학에 기여하는 바 공적도 그리 적은 일은 아닐 것이다.

그러한 제 사실을 약간 혼잡하게 관찰하여본다면, 오늘의 조선에 있어서 출판 사업이란 것이 얼마나 커다란 사명을 가질 수 있고 또 시급히 강요되어야 할 것임도 추지推知될 바이다.

제출될 바 기다의 문화적 제 과제에 대하여, 이 방면의 기획이 문예뿐만이 아니라, 사상 내지 과학에 이르기까지 실질적 성과를 위하여 형극荊棘의 길을 걷는 용감성과 행동력이 출현될 바 명일을 약속할 기회는 아직 그 도래가 멀고도 아득한 것일까.

—《조선일보》, 1934. 7. 23~27.

행동 정신의 탐조探照

문제 제시 이전의 일언一言

조선과 같은 사회에 있어서는 모든 인간적 문화 활동의 제 문제가 다 같이 중요한 의의를 가지고, 가장 중대한 과제가 될 수 있는 반면에, 또한 중대한 과제가 되어지지 않는 곳에 조선적 특수성이 있는 것이다. 말하자면 민족문학 건설이라는 과제, 또는 언어적 통일의 운동, 이 이외에 우리의 문화 건설상 필연적으로 답습하여야 할 모든 사조 일체가 실로 절박한 문제이면서, 그것이 정당한 비판적 섭취에 이르지 못하고 항상 피상적 추종기분追從氣分, 또는 편협된 고질적 고집에 그치고 만다.

그리하여 활발히 토론되고, 경하慶賀할 문화 현상을 발견하기 전에, 실로 너무도 협애狹隘한, 그리고도 천색적淺索的인 경향에 떨어지고 마는 비탄한 사실을 발견함에 그치는 사실을 비일비재로 목도한다. 이를 가리켜 탄력을 잃은 고무와 같이 팽창도 수축도 그 도를 벗어난 무감無感 상태라고도 하리라. 실로 좀 더 객관적인 아니 주관적 관조에서 냉정할 수 있는 시간이 허여될 수 있다면, 우리의 발견하는 이 기형적 문화 현상에 조금도 의아할 수 없는 본능적 형태를 찾아내게도 할 것이다.

따라서 자체의 인식이 충분함으로써 자아에 대하여 헛되이 공분과 불쾌를 느끼는 그 도度를 지나, 긍련矜憐할 자신의 기적적 존재에 자못 경탄하는 순간을 경건하게 가짐을 느끼리라.

모든 외부적 활동이 침식된 이때에 발견되는 활자적 문화의 무의미한 번루煩累를 진실로 우려하지 않는 그 어떤 양심적 문화인이 있다면, 우리는 모든 과여課與된 제 문화의 검토 · 탐색 · 추구의 헛된 노력을 경비輕肥할 필요가 없을 것이다. 일찍이 선현이 이른바 이매망량魑魅魍魎의 발호跋扈를 감히 수긍할 용기가 과연 있다면, 가르쳐 입산수도入山修道를 현실도피한現實逃避漢이라고 비웃는 경동輕動을 타매하지 않을 수 없는 것이다. 이것을 가리켜 조선은 지금 실로 이해조차 가지 않는—신임信任은 이미 문구상文句上 번루煩累이다—민중으로 더불어 추탁醜濁한 지경에 자약自若하려는 비굴성, 그것에 이르고 있음을 지적하지 않을 수 없다. 우리는 이러한 난잡한 추상적 어구의 나열에 극히 비통하려는 그런 심경은 감히 가지지 않으려 하며, 또 가질 수 없는 일인一人임에도 불구하고, 혹은 조선의 문화에 있어서 일부러 계몽적 의의를 폄소貶笑하려는 학도學徒의 존재라든가, 또 모든 것을 민족 또는 사회라는 곳에 귀착시키려는 공식적 단일성에 봉사하려는 고루도사固陋道士가 서로 혼선된 오늘에 있어서 실로 문필에 종사할 기회가 혜여惠與된 일인一人으로서 초보적(원시적) 인간감정이 여기 작용되지 않을 수 없는 것이다.

그러므로 무엇을 말하려 하며, 또 무엇을 찾으려는가? 하는 이 과제에 조금이라도 주저 없이 대담히 답변하는 용사가 있다면, 우리는 모두들 그들의 지도에 맡기는 순종적 감미甘美에 도취도 될 것이다. 그러나 우리는 활자의 기계적 전파에 하나의 위력을 감한다고 하더라도 그것이 침투되는 지각地殼이 극히 무의미적 타성을 제시함에 불과함을 엄폐할 수 없음도 수긍해야 한다.

이리하여 문제는 문제 되는 성질을 잃어버리려 하며, 반성은 반성될 탄력을 상실하려는 불상사를 제시하였다. 여기 헛된 영탄이거나 울분이거나가 존재할 가능성을 자조自嘲하여야 함도 무괴無怪한 것이다. 이런 환경에서, 또 이 명백한 사실 앞에 이 펜을 들어야 할 의무도, 책임도 아닌 자동기계적 행위를 생각할 때 이 침통한 분위기의 감진感診에서 느끼는 허무와 공막空漠과 자굴自屈을 어찌 태연시할 수 있을까? 그러나 드디어 채워져야 하며, 전달되어야 하는 한 개의 제공된 그 부면에 오직 충실한 사람의 반응을 찾아 공기公器를 사용하는 외람을, 또한 예상하는 광영光榮에 감격하지 않을 수도 없다.

이리하여 부여된 바 과제 '행동주의의 점묘點描'가 성립되는바, 타당성을 가능하다고 독인獨認하려 한다. 과연 이 황사荒辭는 번루우매煩累愚昧에만 치値하고 말 것인가? 심히 고려를 요한다.

작금 일본 문단의 유산탄적榴散彈的 논제는 소위 '행동주의'니, 또는 '능동정신'이라는 어구이다. '셰스토프적 불안, 또는 허무'라는 암담한 듯한 문예 사조의 뒤를 이어, 너무도 남조濫造되는 이러한 평론의 경향은 아직 그 무엇을 포착하지 못한 군학적群學的 약관弱冠의 감感이 불무하다.

어떤 근신성謹愼性 없는 풍자가의 말을 빌리면, "일본 문단의 제 문제는 반년 또는 3개월 후의 조선 문단에 형식만 전염시킨다."고 야유하였거니와, 이리하여 에세이스트 김진섭 씨가 언젠가 "조선 문단은 일본 문단의 독자층밖에 안 된다."는 신랄한 직언을 던져 스스로 이 말을 감수하기에 너무도 미천하고도 불행한 자신에 대하여 고소苦笑하여왔던 우리들이다.

그러나 나는 이 의미가 조선에서뿐이 아니고, 최근 일본 문단의 경향이 역시 이러한 보무步武를 범하고 있음을 느낀다. 즉 불佛 문단에서 소장 평론가의 '행동적 인간주의'가 최근 불 문예 사조의 가장 참신한 과제의 하나로 제시됨에 일본 문단은 즉시 이것을 과민적過敏的 급속急速으로 수입하여 행동주의를 운위하지 않고는 평가評家의 자격을 가질 수 없게까지 에 이르렀다. 그러나 프롤레타리아 문학이 국제적으로 풍미하던 지난날에 비하여, 이 새로운 사조의 세력은 깊이 민중 전체에까지 침투할 활동성을 갖지 못하고 있다. 그렇다고 나는 이 주의主義가 프롤레타리아 문학 이론보다 그 이론적 근저根底가 박약하다거나, 또 조류의 풍부성이 미흡하다는 것은 아니다.

문학의 계급성을 고조하며 무산대중의 이해利害에 직접 그 기반을 가지려는 청복화靑服化한 이 방대한 프로문학 이론이 실로 실천을 통하여서만 단조鍛造한다는 그 원칙적 주장에 다분히 오류를 시인하게 되어, 최근 문학의 인간화에로 전향하여온 것은, 그 발전의 필연적 현상이라고 할 것이다.

이리하여 프로문학이 투쟁과 선전과의 밀접한 연결 속에서 범하여진 바, 문학 또는 예술의 도구적 취급, 또는 방편적 응용이 광범한 인간성의 구현화의 세계—즉 예술의 세계로 해방되어올 때 이것을 르네상스적 경향이라고까지 속단하여왔다. 또 일면의 평론가는 프롤레타리아 문학의 이론은, 그 발생이 역사적이라고 하더라도, 그 실제에 새로운 예술의 창조에 있어서는 위대한 고전예술의 성문聖門을 거부할 수 없었던 일로 보아, 이론으로는 그들이 이겼으나, 실제(작품)에 있어서는 패배하였다.

그러나 모든 문제는 인간 자체로 돌아오고야 말았다. 이 인간 자체의 모든 문제는 다시 지식 계급의 역사적 존재와 그 의의로 복귀되는 것이다. 소위 인텔리겐치아의 존재와 그 지위는 다양의 해석이 있을 수 있는 것이다. 그러나 프롤레타리아트라고 지칭할 때 그것은 단순한 육신적 노동자층을 말함이 아니요, 정신적으로 의식화된, 또 될 수 있는 노동자 계급을 문제 삼았음과 같이, 오늘의 인텔리겐치아라는 것도 역시 단순히 자각 있는 인텔리겐치아에 국한되는 바 그 성질을 명료히 띠어야 할 것이다.

이 말은 지금 지식 계급이 부르짖는 '능동 정신' 또는 행동주의가 우익화하느냐? 좌익화하느냐? 하는 피상적 관망의 태도를 갖는 사람에게 있어서, 그들이 얼마나 행동주의 자체와 또 이 주의의 그 발생된 역사상적歷史上的 의의에 대하여 무관심한가를 폭로하는 데 불과하다. 즉 새로운 주창에 대하여 철저한 구명 · 비판 · 분석의 평론가적 태도가 극히 애매하여왔다는 것이다.

그러나 조선의 지식 계급은 과연 어떤 새로운 사조의 섭취에서 자체를 한 걸음 더 앞으로 전진시킬 수 있는 계기에 처해 있는가? 또 우리는 이 문제의 해결을 모색하는 데 얼마나 침통에 싸여 있는가? 하는 이런 종류의 반성이 불가항력으로 일어나지 않을 수 없다. 모든 것을 받아들일 수 있다고는 하더라도, 그를 일일이 탐조할 지적 또는 용기에 조상阻喪당할 운명적 환경에 암좌暗坐하여 있는 자아의 환상을 축멸逐滅할 수 없다. 이럴수록 미해결의 제 난관이 우리 앞에 닥치는 것이다. 그러면 행동주의 정신의 탐조는 무의미한 것일까?

불안에서 행동으로

행동적 인간(인본)주의를 선언한 라몽 페르낭데즈의 출현은 결코 그 자신의 뛰어난 독자獨自의 정신적 총명의 소이만은 아니다. 이 주의主義가 1930년대에 제창되기까지는 적어도 세계대전 이후의 10여 년을 경과하는 동안 지식 계급이 부대껴*온 극도의 사상적 혼란과 정신적 불안, 또는

* 원문에는 '부닥여'로 표기되어 있다.

갈등, 항쟁한 침울의 결과 크레미외의 이른바 '불안에서 재건으로의 휴머니즘의 대두'에서 시초된 것이다. 즉 정치적으로 코뮤니즘, 파시즘의 양대 세력 사이에 끼여, 다다이즘, 쉬르리얼리즘, 프로이디즘 등의 혼돈에서 반동 또는 회의 · 도피 · 반항한 그들은 불안문학의 혼신적渾身的 구현자인 마르셀 아를랑으로 하여금—"사상은 행동을 낳는다. 그리고 사상 그것이 아마 행동이다. 자아주의自我主義의 가장 자연스러운 전개는 희생에 달함을 말한다. 즉 자아주의가 의미하는 대상에 달한다고 믿는다." 라고 말하게 했으며, 페르낭데즈는—"이 행동의 견지란 개인을 동시에 그 전체와 그 본래의 실재성에서 관망할 수 있는 유일의 견지"라 하고, 그의 제창의 결론을 맺었다.

그러면 행동과 인본주의(휴머니즘)와의 관계는 어떤 것인가? 또는 더 근본적으로 인간의 행동적 정신이란 어디서 발견되는 것인가? 위선爲先 후자—행동적 정신의 연원을 소구溯究하자. 그러기 위하여는 그와 불가불리不可不離의 '불안'과 '회의'를 구명하지 않으면 안 된다. 이 불안과 회의는 19세기 초 낭만주의 시대의 그 불안과는 전연 그 성질을 달리한다. 이 점을 앙드레 베르쥬는 「근대 문학의 정신」 중에서 가장 총혜聰慧스러운 예증으로 설명하였다.—낭만주의자는 해중海中에 투신하여 해수海水로 용해되어 바다 자신이 되지 못하는 것을 비탄하는 자이지만, 현대인은 파랑波浪에 번롱翻弄되므로 확고한 대지大地를 찾아 한번 붙잡으면 격랑에도 다시 침몰되지 않는 바위를 구하는 자라고. 이 말은 심히 온축을 품은 것으로 재삼 음미를 요한다. 함대훈咸大勳 씨가 일전 이 지상에서 지식 계급의 불안을 논하여 제정 러시아 시대의 셰스토프적 불안과 회의에 대한 평언評言이 있었거니와, 이 불안과 회의의 구극究極이 가져온 바가 행동 그것이다. 이 기나긴 지식 계급의 고민이 드디어 그들의 탐구의 대상을 확대시키어 크레미외가 말한 개인적 · 독창적이라는 세계를 떠나 인간 그 자체를 재발견하려는 것이다. 즉 새로운 고전적 인간—일반적이요. 근저적根底的인 인간—원인을 탐구하려는 경지에까지 이르렀다.

여기에 행동이 그 어떤 새로운 힘을 가지고, 인간의 사상 위에 파동波動되기 시작한다. 즉 '원인'—고전적 인간의 탐구, 여기에 행동적 정신의 전 문제가 포함된 것이다. 그러나 근대의 데모크라시—의 사조의 에피고넨은 드디어 인간—주로 인텔리겐치아로 하여금 극도로 소자아小自我의 장벽 속에 유폐시켜왔다. 그들의 고민과 불안은 현실적 반영의 일 표현이기는 하면서도 그것이 그 어떤 공통된 정신적 분야에서 결합되지 못하여왔다. 즉 그들의 감정은 신장되는 자유성에서 떠나 왜곡된 고질을 가지게 되며, 그들의 이지는 명철한 진취성으로의 활동이 아니고 국부적으로 제한된바, 사측邪測에 미혹되었다. 그리하여 모든 그들의 생활은 습기를 품은 탄약과 같아서 부란腐爛되는 것도 아니요, 폭발되는 것도 아닌 위험성을 띠고 있다. 태양의 광선을 스스로 회피하려 하면서도 음산한 분위기를 극도로 혐오한다. 부정과 무관심과 소영리小怜悧, 불통일不統一된 연락 없는 감정과 의지의 압축—이것이 필리프 수포의 이른바 '불완전한 원, 편편片片의 욕망' 그것이다.

여기에서 지식 계급에 대한 비난이 생기고 그의 무능을 질타하는 도학자道學者가 출현하기도 한다. 그러나 불안—부정적 무심 상태—은 단순한 도피라거나, 더 고칠 수 없는 결정적 태도는 아니다. 그는 언제나 사상적 상극相克, 전인미답의 경지에 침입하려는 감정 상태이다. 시대에 대한 투쟁, 전통에 대한 반항이 이 불안의 실로 그 근원적 · 본질적 구명에서 결과되지 못하였다. 그러나 불안은 이것이 병적에서 탈출하려는 의도에의 이상만이 아니요, 거기 그 존재 이유가 있다는 것이 비로소 불란서의 행동적 인본주의의 제창자에게서 특히 명확하여졌다.

현재에 있어서, 우리의 불안이란 것이 생활상, 또는 정신상 두 방면에서 온다고 하는 상식적 견해의 타당성에서 다시 한 걸음 떠나, 권력과 금력이 지배하는 오늘의 사회적 실제 정세에 대하여, 인간은 기형적 인간의 일면인 그 약점을 노출시키고 있다. 즉 특질적 과잉된 소유—부르주아화의 현상—에 대하여 청렴적 경멸과 긍지를 가지려던 지식인들이 장차 자신이 그 물질의 비정상적 획득을 향하여 맹목적—구치驅馳를 사양하지 않는 보편된 사실을 발견한다.

이리하여 경제적 핍박에서 생활의 기회를 상실한 수많은 인간 즉 민족이 있는 반면에 생활 능력 이상으로 물질적 향유에 전진하려는 현상이 나날이 늘어가는 경향이 일부에 대두되어온다. 즉 부르주아의 안일된 물질의 세계에 대하여 현명하여야 할 인텔리겐치아가 그 지위를 전환시키려는 조급 속에 고민하고 있다.

지식이 지식 된 본령을 떠나게 되고, 인간이 인간 된 의미를 망각하게 될 때, 세기는 불안과 암담 속에 묻히지 않을 수 없다. 기성세력 또는 정형화되려는 지배적 세력이 독자적 위세를 남행濫行하게 되면 될수록, 그 어떤 지지적 당파의 배진背陣을 갖지 못한 인간의 고독이란 실로 비참한 것이다. 이러한 사회적 정세가 정상화되면 될수록, 인간 생활의 정상적 발전은 그 반비례로 역전되지 않을 수 없다.

한 개의 사회가 대립적 세력의 항쟁 속에서 진전된다는 사실을 수긍할 진실성의 일면은 있다고 하더라도, 여기에 부르주아 사회의 타락되어 가는 단애면斷崖面이 너무도 명료하게 드러남을 부인할 수 없다.

이 분위기 속에서 인간—원인原人—의 실재實在 세계를 추구 · 발견하려는 노력이 필연적으로 생기生起하는 것은 그 사회의 생명이 아직도 침식되지 않았다는 증좌이다. 사회의 비인간적—비인격적 일체 시설과 제도를 근본적으로 부인하며, 인간과 사회와의 새로운 재창조에 대한 욕구가 강렬함으로써 행동적 인간주의의 제창자가 출현된 불란서의 사상계는 실로 청춘적 생기가 충일되어 있다고 보겠으며, 그러한 정신적 표현이 있을 수 있는 그들이 행복스러운 풍토의 혜택을 입었다고도 할 것이다.

이리하여 이 복잡한 불안 · 회의의 생활 속에서 새로운 호흡의 외계를 선명宣明하려 하는 가운데는, 더 18세기의 자연인—문명이, 또는 문명인이 위기에 처한 그곳에서—을 탐구하려던 사상적 세기世紀가 금일의 불란서에서 살아 움직이는 인텔리겐치아의 전 면모 속에 재현되어 있다. 그러므로 오늘의 세기는 정확히 평정하여 사상 평론적 시대요, 창작 노력 시대가 아니라는 것이 규결規決되어진다. 즉 오늘의 인텔리겐치아는 오늘의 전 인류를 구출할 대창작大創作의 출현을 기대하기 전에, 전 인류가 이 불안에서 이탈될 사상의 모태를 모색하는 것이다.

여기에 행동성이 사상과 긴밀한 연관 속에서 논위되는 첫째 이유가 존재하는 것이다. 그러면 이 사상이란 무엇을 지칭하는 것인가? 그는 어떤 주의를 그 유일의 세계관으로 하는 것인가? 하는 문제가 제출될 것이다. 이 점은 여기서 충분히 논위할 자유도 없거니와 아직까지의 행동적 인간주의의 제창만으로는 명확히 지적하여 설명되었다고 볼 수도 없다. 다만 나는 앙드레 베르쥬가 현대인의 불안을 설명하여 예증한 다음의 일례를 부연함으로써 이 표명에 대하려 한다.

찰리 채플린의 〈서커스〉란 영화의 일 장면 속에, 채플린이 경찰에게 추적당하여 유리경琉璃鏡으로 된 곽하廓下에 피해 들어온다. 이 속에서 두 인간은 서로 붙잡으려고, 또 붙잡히지 않을 양으로 무수한 영상—그러나 단 하나인 진실적 존재—을 앞두고 경면에 충돌되어 미궁에서 천식하고 있다. 이 단 하나의 무서운, 또 놀라운 그 실재의 포착을 위하여, 아니 이 포착에서 새로운 사상과 불가분리의 행동성을 적극화하기 위하여 불란서의 행동적 인간주의는 선언되었다. 그러면 이 주의의 표면화된 그들의 논술 중에서 약간의 개념이나마 추출하기로 하자.

행동의 한계성

20세기를 대표하는 파시즘과 코뮤니즘과의 양대 정치적 지도 정신의 중간에 개재한 불란서의 공화적共和的 전통에는 기다의 준순逡巡과 동요가 일어났다. 더욱 작년(1934) 2월 소동 이후로 지식 계급의 신념 속에 일대 충격을 가해왔음은 누누이 우리의 청각 속에 침윤된 바가 있거니와, 이 일대 계기에서 그들이 커다란 변동을 일으키기까지에는 우연이 아닌 필요적 심적 용의가 있어왔다.

문예의 분위기 속에 호흡하는 바 지식 계급이란 그들이 어떤 당파적 활동가라는 곳에 그 인격적 존재의 의의가 있지 아니하고, 항상 양심적 행동성에의 관심과 이해에 있는 것이다. 그러므로 문예가의 사명은 정치가적 활동 무대에 있는 것이 아니요, 도리어 정치의 계획적인 운용에 대하여서 인간성의 옹호와 그 주장에 있는 것이다. 그러므로 일부에 있어서, 그들 문예가는 때로 비애국성, 비현실성이라는 비난을 당하기도 할 것이다. 그러나 문예가의 가장 두려워하는 유일의 조건은 인간성에서 배반하는 바 반동, 그것이다. 이 정신, 이 신념만은 모든 고전 문예의 항원恒遠한 생명이 아닐 수 없다.

행동적 인간주의를 선언한 라몽 페르낭데즈의 최근(URF)에 발표한 「정치와 문학」이라는 이 일문一文은 이 점에 있어서 그의 주장을 명료히 하여왔다. 그가 행동주의를 선언한 이후, 그에게 제1차로 그의 사상 속에 동요를 일으킨 것이 앙드레 지드의 코뮤니즘에의 전향이었다. 그는 「지드의 전향에 대하여」라는 일문에 다분히 동정적, 또는 예찬적 선망을 보내면서도 자신을 일개 주의자화하기에는 그의 지적 감성적 태도가 용허容許하지 않았다.

그러던 중 제2차로 페르낭데즈에게 일대 변경을 일으켜놓은 사변이

예의 작년 2월 소동이었다. 그는 여기에서 다시 제2차로 「지드에의 공개장」을 세상에 공표하여, 스스로가 코뮤니즘에까지 전향하지 않으면서도 소련의 작가대회에 출석하는 지경에까지 도달하였다. 이러한 급속적 발전의 경로를 밟아온 그는, 다시 2월 사변 만 1주년인 금월 《URF》를 통하여 정치와 문학과의 관계를 다음과 같이 논설하였다. 그는 말한다. "나(페르낭데즈)는 문학이란 어구를 증오한다…… 차라리 힘과 생활과를 연결시킨 시(포에지)를 취택取擇할 것이다. 마치 사상의 논리와는 다른 사상시(칼라일이나 페기의 시와 같은)가 있음과 같이 정치적 혼용과는 다른 정치적 시란 창조적 노력이 가두街頭와 지간紙間으로 이동시키기를 원하며, 또는 시인이 꿈의 창조만이 아니고, 인간 생활로부터 노동하려는 순간, 공화정체(레퓌블리크)나 유토피아의 순간을 기술하는 것이다." 여기에는 시의 행동성에 추상적이나마 어떤 적극성을 주장하였다. 뿐만 아니라, 더 나아가 "예술은 존재하지 않으려는 현실에 통일성을 부여하는바, 정신(에스프리)을 가진 한 수단이다. 그는 세계를 정신화하는 일-의 형태이다."라고 하여 예술이 공리적 견해의 합리론을 제창하였다.

그러나 시의 행동성과 예술의 공리설을 운위하는 페르낭데즈는 자기의 정치적 입장을 명료히 하여 정치란 절대주관이거나 전제주의거나 관념적 해석에서 이반되는 성질을 가졌으므로, 그는 일상적 실제적 사물로밖에 생각되지 않는다고 한 뒤에, "나는 이 경험에서 실로 선량한 신념—이 신념은 나의 지위를 발견하는 도움이 된다—을 가지게 되므로, 나로 하여금 개개인의 시적 정치를 평가함에 전연 자유로운 정신을 가지게 한다."라고 결론하였다.

이리하여 불란서의 지식 계급연맹의 결성 이후 행동적 인간주의의 가지는 바 행동성이라는 추상적 의미가 분명하여져왔다고 할 것이다. 뿐만 아니라 행동이란 그 어떤 기분우발氣分偶發이 아니고, 현실적 실제주의의 정신에서 출발하려는 구체상이 나타나게 되었다.

페르낭데즈의 정치적 관심에의 전형적 태도는 그것이 단순히 코뮤니즘의 이론에서 출발하였다기보다는 새로운 세기에 능동적 역할을 행사할 지식 계급의 당면 과제에 대한 종합적 귀결이라고 보는 것이 정당할 것이다. 일본 문단과 같이 좌익 작가의 급변적 전향에 반하여 불란서 작가의 총혜로운 문예가와 사상가는 순수예술의 경역境域에서 떠나, 인간 자체의 행동성의 첨예화를 고조하여왔음은 실로 주목될 사실이다.

여기 벵자맹 크레미외의 행동적 신인본주의의 제창의 요지를 말하자—행동하기 위하여 생활의 제 이유를 발견하며, 그를 창조하기 위하여 인식하는 것, 이것이 그 표어일지도 모른다. 즉 생활을 발견하며 창조하기 위하여 새로운 인식을 확립시키려는 것이다. 이리하기 위하여 '프루스트'가 검증한 인격 파괴라거나, 지드가 강조한 자기 전부의 수용에 대하여 신인본주의는 기다의 거부를 도賭하여가며, 또 기다의 희생까지를 도하여 획득한 의지적 건설, 또는 의지적 창조의 관이라는 것이다.

행동적 인간주의가 단순한 감성이라거나, 이지의 범주보다도 의지는 강조에 그 특성을 소유하고 있다. 이 의지는 과학의 가장 새로운 제 사실에 의뢰하여 직관과 정신적 충실의 경역에까지 달하려는 것이다. 그러므로 그들은 기계적 유심론에서 떠나 인간성의 새로운 계시를 위하여 종합적으로 과학적 문명, 정신적 사색을 섭취하려 한다. 그러므로 모든 선여적先與的 한계를 거부하여, 크레미외의 말함과 같이, 아무런 해양으로도 떠나간다. 그들은 아무것도 의탁하지 않는다. 신의 존재까지에도 의존하지 않는다. 그리하여 그들은 일체를 극복하려고 한다. 즉 '창조', 이것이 그 유일의 표어이다.

그러므로 이 주의, 이 정신을 가지고 창작 활동에 참여한 선봉자라고 볼 수 있는 앙드레 말로의 소설 『정복자』나 『왕도王道』와 같은 작품을 극단적 모험성과 성性에 제한되었다고 보며, 장 게에노와 같이 새로운 세력을 가진 도시의 민중을 퇴폐된 부르주아와 대립시켰음에 대하여, 작가는 좀 더 행동 정신의 인간적인 표현 침투에 노력할 것을 역설하였다.

결과적으로 보아 행동적 정신이란 "나는 인간이다."라는 일언을 발견함에서 끝날 것이다. 이 인간이란 말을 크레미외는 극히 광범한 범위에서 정의하였다. 즉 인간의 생리적 제 현상, 그의 혈통 · 환경 · 교육 · 감정 · 사상 · 애愛 · 정치 · 형이상학적 고뇌 · 사死의 관념 · 무변제無邊際한 성공星空 · 소笑 · 루淚 · 순수과학 · 응용과학, 이 일체가 모두 다 인간의 소유라고 본다.

이러한 인간이 소유한 사물 일체에 명명하고 표현해가는 것, 그래서 이 명명이 표현이 어떠한 실재나 괴이에 대하여서도 좌절되지 않는 거기에 예술의 목적이 있다고 본다. 그러나 모든 예술적 표현은 정의定義상으로 본다면 물질을 초탈한 정신적인 것이므로, 예술은 즉 정신화이다. 정신화란 초월이며, 심화요 따라서 우주에 살포되는 바 정신량의 증가가 예술 자체의 현현이다.

이렇게 극히 광범하고도 추상적으로 논위된 크레미외의 행동 정신의 구체론具體論에서 우리는 확실한 그 형상을 파악하기 곤란함을 느낀다. 여기에 행동적 인간주의 이론의 모색상이 있을 것이요, 그 전면적 탐조가 극히 혼돈되기 쉽다는 사실을 발견하게 된다.

예술이 그 어느 시대나 인간이라는 문제를 떠나서 존재하지 않았음은 새삼스럽게 행동주의에서만 발견되는 것은 아니다. 그러나 19세기 이후 실증철학과 과학 사상의 보편화에 따라 인간은 일-의 물질적 · 객관적 · 실험적 존재에 불과하여왔고, 이 사상의 반동으로 인간을 어느 정도로 주관적 자아의식 속에 형이상화하는 잠재의식설이 대두되는 한편, 또 인간을 일-의 사회적 · 계급적 종속체로(물론 단순한 기계적 해석은 아니더라도) 인식되는 경향이 농후하여왔었다.

그러나 인간 자체—20세기의 인간—가 역사적 존재이며, 동시에 현실적 존재인 이 인간으로 하여금 전체적으로 새로운 세기의 생활 영야領野에서 자유스러운 창조적 활력을 부여하려는 근본적 문제가 이 행동인간주의에서 제창되었음은 일-의 현상적 사실만이 아니요, 실로 역사적 진실성이 내포되어 있는 것이다.

과연 우리는 인간 된 인간성의 전 면모를 방불하게 가지고 있는가? 더욱 우리는 이 불안과 회의의 세계에서 인간 된 바 소성素性을 어떠한 곤란과 압박 속에서도 전향시킬 탄력과 견뢰성堅牢性을 가질 수 있는가? 이 문제는 금후에 있어서 더욱 중요하게 탐구되어야 할 것이다. 오랜 동안 사순飼馴된 농중籠中의 금조禽鳥에게는 그 비상성飛翔性을 상실하는 비극적 경우가 불무하다. 이리하여 자체의 생래적 모든 근본의根本義와 그 존재의 실천적 생활력을 좌절배제挫折排除하는 불상不祥을 연출하게까지 된다. 여기서 극복되며, 초극되고, 자명될 인간적 노력의 결정이 있어져야 할 것이 아닐까?

—《조선일보》, 1935. 4. 13~19.

생활과 예술과 향락성

—조선문학의 현 단계적 고찰

현대인의 향락성은 모두 위정자 · 도덕가의 우려와 차탄嗟歎과 의분에도 불구하고 나날이 격렬하여간다. 그러나 그들에게서 이 향락성에 대한 근본적 방도의 적극성을 우리는 기도할 수도 없고, 기대할 일도 없었다. 그보다도 퇴폐에 가까운 이 향락성은 그들 도덕가 · 종교가의 무력無力에서부터 발단되었고, 일반 민중이 사회와 문화적 사명에 대하여 정상적 활약과 의기를 저상沮喪하는 곳에서부터 시작되었다.

모든 원시 예술이 그들 원시 인간에게 제시한 바, 환열歡悅과 경이의 쾌감은 그들의 생활을 윤택케 했고, 그들의 감정을 순미화醇美化하였다. 그들 생활에 대하여 용감한 투쟁과 모험을 감행할 원동력을 키워왔던 것이다. 그들은 하나의 단조로운 노래를 외침으로써 금시로 새로운 기분을 양성할 수 있었고, 그에 따라서 일에 대한 새로운 힘을 만들어내는 것이었다. 원시인들이 무엇을 쪼아 만들고, 또 서로 모여서 뛰놀고 노래하는 가운데, 생생하고도 발자潑溂*한 생활 감정에 파동을 느끼는 바, 사실은

* '발랄潑剌'의 오식으로 보인다.

이 원시예술론의 첫 페이지에서 한 개의 상식으로 숙지해온 바이다.

우리의 인간 생활에서 이 향락성을 말살한다는 것은, 곧 생활의 윤채潤彩를 없애는 것이다. 이 향락성—오락성—쾌감—미감—의 진전되는, 곧 미학의 근원론을 운위하는 것이며, 여기서 그를 구구히 첩첩喋喋할 여유가 없거니와, 예술이 한 개의 고상한 향락성을 인류에게 감염시키지 못하는 때 예술은 그릇 생장했거나, 또는 안조贋造되었음에 틀림없다. 더군다나 예술이 그 시대나 다음 시대에 생활하는 인간에게 일체 하등의 향락적 쾌감—미감—으로의 교섭이 차단되었거나 형성되지 못하였을 때, 예술은 분명히 궁상窮狀에 빠지고 빈혈증에 위고萎枯된 것이다.

이러한 시대의 불구적 문학 내지 예술 형상을 문화사상에서 가끔 발견하거니와, 가령 문학의 일례만을 든다고 해도, 사옹沙翁 이전의 영문학, 괴테 이전의 독문학, 코르네유, 몰리에르 이전의 불문학 등 여러 민족의 문학사가 가졌던 초창기의 치형稚形도 있을 수 있거니와, 또는 정치와 사회의 그릇된 지배 세력과 간섭 때문에 사이비적 기형畸形도 우리는 나폴레옹의 문예 정책과 현재 독이獨伊의 문학 동향의 소식에서 찾아볼 수 있다.

그러나 오늘의 조선문학 내지 예술은 완성의 경역境域을 향하여 발전하려는 초창기에 있으므로, 그는 내포된 생명의 비밀—위대하여질 바—를 간직해야 할 것이 당연한 것이지만 때로는 이것이 치형됨에서 기형화하려는 경향을 보이고 있다. 즉 성장하려는 생명력이 왕성히 자체를 풍요히 할 영양 섭취의 강렬한 욕구를 어느새 내버리고, 스스로 키워지고 점잖아진바, 그러나 이렇다 할 성과를 보여주지 못하는 기형에서 준순혼란逡巡混亂되고 있는 기상畸象을 발견함은 오직 필자 일개인만이 아니요, 현재 오늘의 조선문학에 관심하는 자로서 적이 느끼어질 바의 공통된 울한鬱恨일 것이다.

오늘의 우리는 조선의 문학에서 참다운 향락성을 발견하고 있는가?

거기에 참다운 쾌감을 느끼고 있는가?—의 주옥을 사랑함과 같은 애보심愛寶心이라거나—의 의분을 폭발시키는 정열이라거나, 해학된 지성의 윤채潤彩라거나, 감미한 애정의 순결이라거나, 또는 그 어느 것을 충분히 향수할 수 있는 매혹을 오늘의 문학에서 서슴없이 발견하였다고 가상假想하더라도, 다시 새로이 이 근본 과제에 대하여 용훼容喙할 여지가 있는 것이 아닐까?

오늘의 문학 내지 예술이 대중적 향락성에 있어서 도저히 영화의 세력을 준가浚駕할 수 없을 뿐 아니라, 영화가 예술로서의 완성되는 경역을 향하여 돌진하는 그 위력은, 이때까지의 문학과 예술의 존재를 육박하는 난폭성으로써 제지할 수 없는 불가항력으로, 또는 문화의 필연적 추진력으로 간주하지 않을 수 없게까지 되어왔다. 그러나 이러한 사실로 구미의 제국에서 보는 바 문화 현상—현실—이어니와, 조선 영화와 조선문학 내지 예술과의 관련 아래서는 자못 흥미 없는 과제가 되고 만다. 즉 가장 보편적 오락성을 가진 영화조차가 오늘의 조선 영화에서는 찾아보기 어렵거든, 오늘의 조선문학에서 실로 만족스러운 향락성을 발견할 수 있을 것인가? 이 초보적 의문에 대하여 과연 문학 내지 예술은 향락성만으로 만족할 것인가? 그렇다면 문학은 야담으로 돌아가야 할 것이요, 문학은 저급한 소위 통속문학 · 대중문학으로 만족할 일이지 하필 문학—순수문학 · 정통문학을 논하고, 그를 위하여 갖은 노력을 경주할 필요가 어디 있느냐? 하는 불유쾌한 흥분과 항의가 있을 것이다. 그러나 여기 문제의 초점이 있다.

나는 모두冒頭에서 현대인의 향락성이 점점 농도를 더하여 퇴폐적 경향으로 흐른다고 하였다. 그러나 그는 일면적 관견管見일 뿐이요, 커다란 윤리적 기우에 기인함은 물론 아니다. 오직 문제는 현대인이 생활 감정의 질곡에서 잠시 자유로운 호흡의 순간을 가지려는 그 향락성—쾌감

향수의 방도에 대하여 문학이 가질 바 또는 예술이 가질 바 그 자체의 본질을 다소 구명하려는 것이 이 소론小論의 의도요, 또한 필자 자신의 소견이었다.

"문학은 현실을 표현한다." "문학의 생명은 진실성에 있다." "세기의 문학은 현실과 낭만의 혼일渾一된 사회주의적 리얼리즘의 완성 승리에 있다." 등의 어구가, 오늘 조선 사회에서 문학을 논하고 평하고 주석하는 이들의 상용 문자로 되어 있다. 이에 반하여 문학의 예술적 완성 내지 문학의 예술성 옹호의 의도가 다른 한편에서 주장되어 있다. 이 대립된 현실에서 일반의 독자(이 말은 막연한 대중이 아니라 문학보다도 문단에 관심 있는 이들)는 그 어느 한편에 자신을 가담시켜 적개심도 가지고, 혹은 애매와 의혹 속에서 신경질적 혐오를 느끼기도 하리라. 잠시 이 사미些未적인 무미로운 경지를 떠나, 시야를 새로이 전개시키자. 세계의 길은 로마로 통하였다는 말은 매우 고혹적인 어구이다. 거기에는 로마의 문화적 건설이 놀라울 뿐 아니라, 그 어떤 경이로운 찬란한 예술의 총화가 만인의 미감美感—향락성을 풍부히 함에서 이 말은 그 시대, 또 그다음 시대의 인간에게 진리로서 들렸던 것이다. 그러나 오늘에 와서 세계의 길은 모스크바로 통한다고 할 때, 이 말에 대하여 예언과 같은 신앙 심리의 작용도 일어나려니와, 거기에 대한 일一의 의문도 있을 법하다.

무릇 새로운 인간 사회의 건설에 대하여 그를 동경하고, 그에서 미래의 낙원을 예상하는 것은 어떤 역사적 법칙의 필요성에 있어서 결코 그릇됨이 없다. 그러나 로마의 문화예술을 생각할 때 희랍의 문화예술을 떠나서 그를 상상할 수 없음과 같이, 오늘의 모스크바의 문화와 예술을 생각할 때 서구의 문화예술을 망각할 수 없는 것이다. 그러나 몰락하는 바 서구에 있어서 그 문화의 정당한 계승이 현재 모스크바를 중심하는 모든 문예사상가의 행동에서 발견할 수 있는 공통성이다. 그들 위대한 사상가 · 문학가는 건설 도정의 그 분위기 속에서 새로운 인간성의 힘찬 움직임을 발견하였고, 거기에서 비로소 모든 예술이 새로운 광채를 발휘함을 보았던 것이다. 그리하여 오늘에 있어서 참다운 예술의 향락자, 그리고 예술의 생명과 밀접의 여흥적 향락 전용물로서 국한되었던 역사상의 참다운 예술이, 그 경계선을 돌파하여 신흥하는 집단적 인간 앞에서, 그 항원恒遠하고 심오한 바 감흥을 예술은 인류의 생명으로서 향유되어 있는 것이다.

그리하여 미래의 생명을 감살減殺시키는 것이라고 하여, 일찍이 스탈린은 마테를링크의 『파랑새』에서, 추억이라거나 꿈이라거나 하는 등의 장면을 삭제하여버렸다. 그러나 인간의 내부에 피어오르는 정서와 약동하는 생명을 구차스러운 기형 속에서 키우는 바, 일-의 폭압적 수법은 그 수법을 지배하는 자의 인간적 각성에서, 또는 그 수단이 가져오는 결과의 악영향에서 새로이 재건되지 않으면 안 되는 것이다. 이리하여 스탈린은 『파랑새』를 예술 작품 그대로 살려가기를 용허하지 않을 수 없는 경지에 이르렀던 것이다. 만일 주의, 그것만을 소중히 생각한다면, 모든 부르주아 예술이라고 지칭받는 사옹 이후의 서구 예술을 허여할 수 없는 것이다. 그러나 창조된 그 예술이 서구의 그 어떤 상반되는 바 사회적 · 정치적 · 경제적 기구 아래서 형성되었다고 하더라도, 그 예술이 가진 생명은, 그 제도 그 기구로 더불어 전멸되는 것이 아니요, 다시 새로운 지역에서 새로운 광채를 발하는 것이다. 바야흐로 이 새로운 광채가 오늘의 소련에서 여명의 서광과 같이 새로운 인간 아래서 그 무대를 달리하여 빛나고 있다. 즉 예술은 보편적 정신적 향연—향락—으로서 재생한 것이다.

그러나 생활의 약탈이라는 사실 아래서 자신을 구원할 수 없다는 인간적 취약은, 다만 운명의 박해라는 숙명론만으로 도저히 논리적 정확을 가질 수는 없다. 모든 사회적 현실이란 그 사회에 생존하는 인간의 심리와 행동의 종합적 반영에 불과한 것이다. 그러므로 약탈당하고 박해당한다는 것은, 마치 이스라엘 민족이거나 한 사회가 자신의 운명을 개척하기에 바치는 바 희생적 노력과, 절륜한 탈회奪回의 신념과 행동의 결합의 여하에서 결정되는 것이다.

여기 잠깐 화제를 축소시켜 우리의 예술에 대한 향락적 향응의 정도를 보라. 과연 이 땅에는 세계의 가장 진보적 예술 이론이 만성적으로 횡행하고 있다. 더욱 그것이 예술 이론에서 그 전부적全部的 경향을 발견한다. 왈曰 프롤레타리아 문학의 우위론, 창작 방법의 사회주의적 리얼리즘의 승리의 필연성 등 실로 장황한 혼란이 계속되어 있음은, 이것이 무엇을 의미하는 것인가? 우리는 새로운 인간 사회와 더불어 새로운 문학 예술의 창조를 한 개의 미래적 신념으로써 확언하는 자이다. 그러나 문학 내지 예술은 지금까지 그의 우위설과 승리적 웅변과 논리로써 창조된 사적 사실을 아직 일개의 천박한 문학 수호자인 필자로서 견문한 바가 없다. 헤겔과 맑스 이후로 실로 역사를 비판하는 바 새로운 윤리의 논리가 발견되었다. 그는 사물의 사적史的 발전에 대한 필연의 법칙을 발견함에서, 모든 관념적 · 추상적 논리와 사유를 준열히 비판 시정하였다. 그러나 실천에 대한 과학적 행동성에서 유리遊離된 에피고넨은, 오직 장황한 언설의 난해難解 고삽적苦澁的 유희관념에 중독되어 모든 예술—특히 문학을 번롱하여왔다. 그러한 사실은 실로 조선의 군색窘塞 속에서만 있는 일이다. "얻은 것은 이데올로기이고 잃은 것은 예술이다." 하는 참회적 태도에도 불구하고 문제만을 문제 삼아보려는 왜곡된 심정이라거나 맹목적 미망으로의 기분, 애석의 비열성이 청산되지 못하는 사실에서, 이미 모든 이론은 하나의 발전도, 하나의 진지성도, 또 하나의 노력까지도 운위될 여지가 없게 되었다.

날카로운 이기利器는 좋은 망량魍魎 퇴치의 무기가 되려니와, 무딘 필봉筆鋒은 참斬하여 버릴 자리가 없다. 한 개의 집을 건축하기 전에 모실 바 선조의 사당의 위치를 걱정함과 같은, 실로 사타邪惰스러운 추잡 속에서 어찌하여 문학의 정통적 건설이 정당히 논위될 수 있을 것인가?

만일 우리의 생활을 좀 더 착실히 사고하는 이가 있다면, 우리의 예술이 얼마나 요적寥寂한 속에 유폐되어 있는가? 하는 영탄쯤은 감히 들춰내기가 부끄럽거니와, 좀먹어 가는 자의 비좁은 근시와 난시는 실로 침묵의 웅변으로써 감인堪忍할 수 없을 것이다. 가령 "오리 모가지가 자꾸 간지러워."라고 했다고 해서, 그 한마디에서 느끼는 그렇게 불쾌한 의분으로 말미암아 도끼를 메고 젓가락을 패는 무모가 나올 수 있는 것이며, 한 편의 작품을 추켜세우고 평가하기 위하여 동서東西의 문헌을 들추어 칭양稱揚하지 않으면 안 되는 괴기적 무능이 횡일橫溢될 수 있는 것일까? 문학의 수업은 죽음으로 더불어 끝나는 것인데, 이 문학 수업의 도途가 이 사회 이 지대에 있어서는 그를 영위하는 바 종적이 그리도 막연하고 분성雰星한가? 이 고난의 길에서 양식의 결핍으로 말미암아 좌절되는 실로 현실적 악착에 대하여서는 여기서 췌언贅言을 비費할 경박輕薄이 있을 리 없으려니와, 정신적 노력의 과중으로 말미암아 발길을 돌려 난장 치는 광경까지를 우리가 관대하게 용인한다는 것은 실로 거기 무한한 고통과 절망이 있을 것이다.

만일 일一의 분개와 격정으로써 만족하는 우치愚痴를 가지기에는 다소의 영리伶俐를 가진 자라고 한다면 수립되는 바, 문학의 설계도가 여기에 있지 않으면 안 될 것이다.

그리하여 가령 예술의 세계에서 개인의 정신적 고민이라거나 농촌의 피폐한 정경의 묘사와 표현에 있어서 그것이 한 폭의 그림으로서, 또는 1행의 시로서 나타난다고 하더라도, 완성되는 감명의 도로써 이를 측정하기 이전에 어떻게 소박하나마 그 하나의 표현이 우리의 감정 위에 은

밀한 친화력을 가지고 올 것인가부터 운위되어야 한다. 정히 이는 인상 비평의 가장 초보적인 요구인 동시에 언제나 있어야 하고 가져야 할 근본 문제이다.

예술가가 독자나 관중이나, 또는 청중을 염두에 둔다는 그것이 벌써 비예술적이라고 일언에 타기唾棄하는 기질은 심히 숭고롭게 찬양되어야 할 것이다. 그러나 이것은 실로 그 예술적 기질의 정도 문제이다. 베토벤은 그의 귀먹은 이후 신(음악의 신)의 계시를 받아 창작의 영감을 체득하였다고 하는 것은 유명한 이야기이거니와, 그러나 그의 영감에서 창조해 놓은 그의 명곡은 오직 신의 해조諧調를 신령스러이 여겨내는 것만으로 만족하였을 것인가? 그는 후세에 전달되는 바 이 명곡의 성가聲價에 대하여 일체 무관심하였을 것인가? 그가 일찍이 음악 수업 시대에 그의 애인에게 헌정했던 그 많은 명곡은 그 단 한 사람 때문에 전 심령에서 우러나왔으려니와, 그 단 한 사람에게 바치는 그 심령의 결정이 실로 이 세상의 그 많은 애인의 심령에 바치는 바, 그 순정의 표현이 되었다는 사실을 작곡가 베토벤은 염두에 없었다 하더라도, 베토벤은 이 한 사람의 애인 속에 이 세상의 모든 아름다움과 귀중함과 사랑스러움과 경건함과 순진함과 열정적인 그 종합상綜合相을 발견하였던 것이다. 이 종합된 감정의 열도熱度가 더 높이 더 깊이 순화되고 정화되고 승화되었을 때 그 속에서 우러나온 그 음악만이 가장 영원할 수 있고, 가장 호화로울 수 있고, 또 가장 생명과 사랑의 불꽃에 타는 결정체가 될 수 있었던 것이다.

그러므로 모든 예술은 그 창조자의 천품과 소질과 노력의 삼위일체적 종합에서 비로소 그를 감상하는 자의 심금에 가장 크고 강렬하고 아름다운 '공감'과 미감美感—향락성을 불러일으킬 수 있는 것이다. 언제나 독자나 청중이나 관중은 이 더 높고 더 깊고 아름다운 공감의 향락을 갈망하고 있는 것이요, 기대하고 있는 것이다. 더 나아가 베토벤이 내옹奈翁*의 영웅적이요 위대한 인간적인 대사업에 대하여, 그의 인류적 영광을 찬송하기 위하여 헌정할 바 교향곡을 창조하였다가, 제왕이 되는 내옹의 야심에 분개하여 영웅 심포니라고 제명을 변경하였다는 전설을 빌려가 그의 음악을 논할 때 그의 사회적 관심 유무와 현실, 낭만이라는 척도로써만 포폄褒貶하는 태도가 가장 현명하고 뛰어난 비평의 견해라고 할 것인가? 한 예술가가 한 개의 소재에 대하여 전 심신을 그리로 집중시켜 그를 한 개의 예술품으로 만들어낼 때 그 예술품에서 우리는 그의 기나긴 창작상의 고민과 노력의 과정을 동정하여, 또는 열중되어 그 작품을 이해 감명하는 것보다도 그 완성된 바 한 개의 예술품이 감전感傳시키는 숭엄 · 우아 · 비장 · 전려典麗 등의 미감—향락성의 강약 여하에 좌우되는 것이다.

친화될 수 없고, 공감될 수 없고, 이해될 수 없는 예술품이란 가장 경멸될 존재이다. 그러나 그렇다고 일반 대중이 이해하기 어렵다든가 친화하기 불가능하다는 사실만으로 한 작품의 가치를 매몰시킬 수는 없다. 여기에는 반드시 대중의 교양 문제가 필연적으로 수반되지 않을 수 없다. 일찍이 8할 이상의 문맹을 소유한 러시아가 오늘은 저만큼한 예술뿐만 아니라, 일반 문화에 대한 이해와 공감은 물론, 그들 자신이 직접 그 사업, 그 예술 부문에 참가 활약하는 놀라운 기운을 보여줌에 대하여 오늘의 인도나 중국이나 또는 조선과 같은 문화적 열등자로서의 지지遲遲한 걸음걸이는, 자면赭面하는 비참스러움도 불무하거니와, 이에 대한 운명적 박해성迫害性만을 들추는 양반의 잠꼬대성性도 어지간히 지리支離하여왔다.

모든 인간 교양의 방도에 있어서 예술의 감화력과 같이 절대함이 없다. 그것은 곧 그들에게 정신적 향연인 미감 · 쾌감—향락성의 자발적 공여共與 때문이다. 오늘의 조선 작가와 예술가가 예술의 친화력과 향락

* '나폴레옹'을 가리킨다.

성의 전면적 중요 과제에 대하여, 좀 더 양심적 노력과 수련의 고난을 쌓아왔던들, 즉 대중을 염두에 두지 아니하는 다른 곳에 자신의 온갖 정열과 생명을 내연소內撚燒시켰던들, 그리하여 값싼 경청에 치恥할 자위 자민되지 않았던들, 오늘의 성장은 좀 더 친밀성을 더하여 기나긴 도정途程으로의 가급적인 전진이 있었을 것이다. 더 나아가 편협된 배타적 몽마夢魔의 무지스러운 장애가 없었던들, 관용寬容하여 해외의 모든 예술을 향락할 바 권리의 주장이 더 강렬하였던들, 따라서 이에 따르는 구체적 사업이 형로 위에서도 꾸준하였던들…… 이리하여 자신에 대한 인식과 반성의 능력이 더욱 치성熾盛하는 반면에, 자신의 풍부한 생명적 축적이 심원深遠하였을 것이다.

오늘 조선예술운동(특히 문단에 있어서)의 현상을 가리켜 침체하거나 부진이라거나 하는 정도에 그쳤다면, 그는 부흥시킬 방도의 강구가 있을는지도 모르거니와, 그렇지 아니하고 불안이라거나 절망이라거나 허무라는 어구로써 이를 정확히 단언할 수 있다면, 거기는 자포자기와 은둔 · 염세와 극도의 퇴폐적 경향으로 흐르는 타락상을 예상하지 않을 수 없다. 그러나 자포자기도, 타락적 퇴폐성도 예상할 수가 없는, 거기에는 그 어떤 종류의 현상이 존재할 수 있는가? 만일 생활의 불안에서 오는 특징에 대한 극도의 무절제와 탐욕 또는 사회의 무질서에 따르는 비양심적 횡포 등으로써 혼란만을 더하고 있다면, 여기는 예술운동의 확청廓清보다도 사회적으로 인간다운 인간성의 발양發揚을 위하여 일一의 철저한 제재의 권력도 필요할 것이다. 이러한 비예술적 혼탁에 미망迷妄당하는 소위 제삼자의 무조건적 신뢰가 엄연한 이상, 예술 중에도 문학에 대한 정열이 헛되이 냉각되지 않을 수 없다.

잠시의 위자慰藉를 얻기 위하여 야담을 탐독하거나, 신문소설에 모든 흥미를 폭주하며, 더 나아가 도회인은 영화의 매력에 도취되는 기현상을 제시하고 있는 이때, 모든 예술운동은 한 개의 희망도 활기도 모두 다 상실하고, 오직 저 저널리즘에만 문합吻合되어, 또는 저널리즘을 이용하여 연명되어가는 가련한 정경을 제시할 뿐이 아닌가? 인간의 성스러운 존재도 이렇게 되면 오히려 그 지성과 감정을 소멸시켜야 할 일이다. 울분도, 격노도 이미 식어버리고, 한낱 허황한 무사蕪辭 예어囈語로서 호도되어 있는 사실에 한심이란 그 말이 오히려 아름답다.

음습한 니힐리스트의 폄소貶笑라거나, 소위 제3자유주의의 제창이라거나, 허무에 철저하는 비극적 인간의 냉철을 구태여 현실에 아유阿諛되는 이 절박한 시대에 있어서 기대하지도 않거니와, 모름지기 고독한 시인의 심경만이 가장 높이 숭모崇慕되어야 할 여신의 소상塑像일 것이다. 중세기의 음유시인이 생길 수 없는 것도, 이 시대의 한 비극이요, 불행이며, 아벨라르와 엘로이즈의 로맨스가 난륜亂倫으로서밖에 사유되지 않는 것도 이 사회의 도덕적 타락을 의미하는 것이다. 가령 한 이성의 다른 한 이성에 대하여 지극한 순정과 애모심愛慕心을 갖는다는 것은, 그 자체로 보아서는 조금도 그릇됨이 없을 것이다. 아니 이것은 인간이 그 어떤 아름다움에 황홀하는 바, 지극히 고귀한 감정의 한 표현임에 틀림없다. 그러나 조선의 문학—특히 작품—에 있어서 묘사되는 바, 남녀 이성의 관계란 흔히 추악한, 때로는 난륜이요, 원시적인 무절제성을 폭로함에 그치는 아류亞流적 성욕 묘사 사실주의가 많다. 한 민족, 한 사회가 난륜스러울 때, 거기에는 이 오욕汚辱의 민중을 구원하는 용사—영웅의 출현이 필연적으로 출현하는 것이 모든 역사의 원동적原動的 추진력이었거니와, 인간의 추악醜惡 면에서 인간의 인간다운 본성을 탐색하는 바, 또 그 인간의 본성을 해방시키는 바, 그 노력이 마치 위고가 '장발장'이라는 일 인간에게서 그의 인간적 수성獸性과 인간적 신성神性을 발견함과 같은—모든 생명의 예술이 되어져야 할 것이 아닌가? 로렌스가 성욕 묘사의 극치로서 성의 야성적 · 자연적 해방을 표현한 그의 작품 가운데서, 우리는 일종 신비스럽고 불가사의한 성(肉)의 세계의 찬란과 현황眩恍을 느끼거니와, 이러한 단 하나의 감정일망정 깊이 인간의 심혈에 강압되는 감촉이 샘과 같이, 때로 격류와 같이 흘러나와야 할 것이다.

이러한 가운데서 우리(문학을 직업으로 하거나, 한 독자로서 애호하거나)는 비로소 문학 또는 예술과 친근할 수 있고, 향락할 수 있으며, 인간과의 교섭공감交涉共感이 시작될 것이다. 그러면 어떠한 향락성을 표현해야 하는가 하는 해답을 강요할 때 여기는 강좌적講座的 · 체계적 강의를 필요로 한다고 할 수밖에 없을 만큼 이 문제는 초보적이요 거창하다.

그러므로 예술을 창조하는 자와 예술을 향수하는 자와의 사이에 무형無形하고도 강렬한 접촉면은 이데올로기의 척도와 평형만으로 그 경중과 장단을 재단하는 외부적 · 객관적 수단 이외의 더 근본적인 인생관 · 도덕관 · 사회관이 더 심각히 혼화渾和된 경지—이것을 예술의 독자경獨自境이라고 지칭할까?—가 있어야 하겠고, 이 경지에서 우리는 예술을 감상하여 일상생활의 한 신선한, 때로는 침통한 향락의 원천으로 삼는 것이다. 따라서 예술상 · 미학상의 모든 문제와 논위는 그 시대 그 시대에 있어서 그 시대의 인간에게 가장 고상하고도 가장 인간적 향락성—미감美感의 생명적 유도誘導를 그 유일의 목표로 삼지 않을 수 없다. 그러므로 위대한 평론가는 위대한 예술가와 같이 그 시대의 기성적 도덕관 · 인생관과 항쟁하면서 더 멀고 더 앞선 선험적 · 박해의 운명 앞에 싸우는 일-의 반역자가 되어야 할 것이요, 모든 미망迷妄과 군우群愚에 대하여 준열한 논고論告를 선명宣明할 수도 있는 일-의 인간이 되는 것이다. 그러나 이는 결코 용이히 대망待望될 바가 아니매, 로맹 롤랑의 오늘은, 그의 55년의 항쟁에서 얻은 것이며, 그의 고독은 오늘의 인류의 가장 든든하고도 믿음직한 울타리가 되었던 것이다.

민중으로 더불어 참다운 향락을 함께할 수 있는 바 예술, 여기에 대하여는 좀 더 구체적 논술을 요할 것이나, 다만 문제의 제시와 그에 부수된 대소사적大小事的적 감상의 나열에만 그치게 된 것을 심히 유감스러이 생각하는 바이며, 이에 대하여 따로 기회가 베풀어지기를 아울러 비는 바이다.

—《조선일보》, 1936. 4. 10~15.

말소된 인간성의 발견*

오늘날과 같이 세계적 시대상이 극도의 불안과 초조 속에서 자본주의적 제도의 전통을 지속 지원하기에 혼란을 느끼어, 자민족의 운명을 위기의 전일보前一步 위에 고정시키려는 고민을 어떻게 파악할까 하는 것은 매우 곤란한 사실일 것이다. 문학이라는 존재가 전 인류의 지대한 관심적 의의를 가지지 못하고, 사상 격변—소위 파쇼적 소란 속에서 평정된 인간상이란 완전히 파괴되어 있다. 불문학에서 수년래 주창되는 행동적 인간주의가, 만일 오늘의 문예 사조일진대, 그는 시대적 분위기의 중압 속에 유폐된 인간의 해설이 그 전적全的 중요 과제가 되지 않으면 안 될 것이다. 인간이 이미 인간 된 의의와 본분을 상실당하고, 단순히 정치적 수단과 도구로 퇴화되어 비상시에는 한 개의 폭탄보다도 헐히 평가되는 것은 물론, 일상시에 있어서도 생을 지지해가기에 극히 불활발不活潑하고 모욕될 경우에 이르렀다. 한 사회의 화재火災는 몇 사람의 사상死傷보다도 중요 문서의 그 어느 한 페이지가 훨씬 비싼 존재로, 더욱 그것이

* 이 글은 단행본에 수록되면서 「작가와 평론가」로 개제되었다.

어떤 중요 비밀이라거나 도구일진대, 그것은 전 국민 수백 명의 생령生靈에 해당하는 것이다. 이렇게 인간적 존재가 가장 비참한 현실 속에서 한마디의 반대 때문에 사활死活 문제가 시시각각으로 결정되는 단애斷崖에서, 이 무기도형수無期徒刑囚의 비애와 암담을, 생생하고 핍진한 구현 속에 형상화할 그 무슨 권한이 허여되어 있는가?

신랄한 풍자가 있고, 초연한 은둔이 상호로 교착되어 존재하는 필연성을 구명함도, 냉철한 인간 정신의 현재적 산물일 것이다. 그러나 오늘의 중압을 망각하며, 순간적 안식의 오아시스를 찾아 경쾌한 고무풍선에 매달려 청공青空을 비상할 수 있는 너무도 깨어지기 쉬운 몽상의 공중 레뷰와 영화와 레코드로 삼켜진 이 전 인류의 대부분을 어떻게 구출할 수 있을까? 무딘 사색과 암담 속에 파묻히지 않는 뱃속 빈 명랑적 실소와 무궤도적 행동에 구치驅馳되는 바, 이 사실을 전폭적으로 묘사할 화공을 그 누구라고 지칭해야 될 것인가?

평론이라는 일 분야에 칩복蟄伏한 일 인간을 가정할 때 오늘의 문학이 가령 심리적 잠재의식의 경향이라거나, 사회적 · 계급적 집단성의 주장이라거나, 또는 신인간적 행동론이라거나를 물론하고, 그 속에 표현된 현대적 시대상의 전 면모를 그대로 필연적 구현으로 수긍하여 논위할 수 있을까? 철학적 사색의 모든 형태는 오늘을 충분히 설명하기에 너무도 무력한 추상적 관념성이 호도糊塗되어 있다. 한편 직접적 행동이, 그것이 맹목적이건 의식적이건 가장 높이 평가되는 오늘에 있어서, 그 어떤 급격스러운 이변을 대망하는 바 절실하고도 또 극히 기계적 · 만성적 멸망성滅亡性이 팽창해가는 때 비판이라거나 부르짖음이라는 것은 심히 무의미에 가까워진다. 분산分散에서 체계적 문학이 움직임을 파악하려는 시대적 총아는 그 감성이 극히 지둔遲鈍하여져서, 추호秋毫를 빠뜨리는 일이 없는 듯한 그것이, 실로 여신輿薪을 보지 못하는 색맹에 이르는 비극을 우리는 얼마나 많이 자격刺擊하고 있는 것도 부인할 수는 없다.

우리는 롤랑이나 지드에게서 새로운 금일의 문학을 기대할 수 있을까? 고리키에게서 명일明日의 문학을 바랄 수 있을까? 버나드 쇼나 싱클레어와 같은 오늘의 선험적 노대가老大家의 문학 세계가 과연 이 역사적 계기에 선 유일의 문학전투함이라고 칭호할 것인가. 아니 엘리엇이나 페르낭데즈와 같은 기린아麒麟兒적 평가評家에게, 또는 야심적이요, 정열적인 오늘의 젊은 기다의 작가에게 이 시대적 분위기의 방불彷佛한 작열탄灼熱彈적 문예 작품을 기대할 것인가?

문학은 제작되어 범람하리라. 그러나 노아의 편주片舟는 그 누구일 것인가? 스스로 운명론자적 고백에서 한 걸음도 더 나갈 수 없는 비명민성非明敏性을 새삼스럽게 자랑하려는 이는 극히 적을 것이로되, 반역에서 반동反動에서 준술逡述하고 퇴영하는 바 군상이 하도 딱하다는 비탄도 실로 오늘에 있어서는 역시 무력하기 짝이 없고 몹시도 궁한 듯이 되고 말았다.

그러나 주지적, 또는 영탄적 세계에서 떠나 인간 혁명의 박차拍車가 되기 위하여 인간적 육탄으로의 각오와 인식이 행동화, 실천할 과정으로 심화 · 격화하는 것에 이 중압된 혼탁의 분위기에서 구출될 유일의 방도가 있다는, 상식적이면서도 다시 음미될 바 선험자들의 과제를 제출하는 평범한 용기를 재론하여야 할 것이 아닌가? 문학과 인간과의 교섭이 그 전체적 포괄로 나아가야 하는 이론적 윤곽은 이미 창도唱導되었다 하더라도 인간의 새로운 심리적 · 행동적 약진에 대한 구현은 좀 더 시일을 두고 모든 문학의 새 면모와 더불어 청신淸新한 경이적 환희를 가져올 것이다.

—《조선일보》, 1935. 8. 30.

빈곤한 정신 상태

17년 전 늦은 가을 취운정翠雲亭에서 민중도서관 창설의 성대한 식전이 열리었다. 그때의 나는 청운의 뜻을 품고 상경한 지 얼마 되지 아니하였건만, 시대의 사조의 치열한 갱생 기분이 가두街頭의 민심에 팽창하여, 내가 다니던 중학교에는 멍석자리를 다투어가면서 망건 자국이 아직도 신선한 학자님 생도가 뒤끓어, 부자父子가 한 학교에서 한 책상을 마주 대하는 놀랍고도 진기한 풍경을 연출하던 시대였다. 교육—더 적절히 말하면 신시대적 계몽사상이 극도로 고조되어, 언론 기관이 정비되고, 이어서 이러한 사회교육의 민중 기관이 족출簇出하려는 기운을 보여주었다. 우리의 손으로 우리 문화의 계몽 발전에 자資하자! 라는 것이 이 시대, 이 정세에 대한 평이한 보편적 정의가 되어 있었다.

그러나 이 역사적 문화의 출발을 의미한 민중도서관이, 그 후 어떠한 경로를 밟아 오늘의 인사동 일 분관의 형태에 이르고 말았는가? 하는 데 대하여는, 이 시대의 사회적 분위기를 접촉한 자로서는 누구나 다 생각되는 바가 있을 것이다. 열熱이 있었다. 패기가 있었다. 그 의도는 장하였다. 그러나 그 귀추는 어떻게 되었는가? 이러한 결말을 가져오게 된 동기와 원인은 어디 있었던가? 인재가 없었다. 적절히 말하면 진정한 일꾼이 없었다. 이렇게 일언으로 논단할 수 있을 것인가? 아니다. 도리어 인재와 일꾼은 분명 있으면서도 사업에 대한 구체적 계획과 이를 실천할 경제적 배경이 이에 수응酬應해오지 않았다는 것이 더 큰 원인이었다. 그러던 시대를 지나 오늘에 와서는 그 구체적 계획과 경제적 배경이 상당히 찬란하여졌다 하건만 우리는 몇 개의 빌딩과 호유豪遊의 기분을 전망케 될 뿐, 참된 하나의 문화적 시설을 볼 수 없다. 물론 나는 여기서 수일 전 이 지면을 통하여 반 개월에 긍亘한 《문화공론》의 제가諸家의 탁견의 뒤를 이어서 여기 후일담을 쓰려는 것은 아니다. 오직 문제는 문화에 대하여 가지는 바 우리의 지적 수준과 인간적 교양 자체이다. 스포츠가 왕성하고, 영화의 흡수열吸收熱이 방대해짐에 따라, 건전한 육체와 포만된 감각의 위안이 있을지는 몰라도 공허하여져가고 빈곤하여져가는 정신 상태에 대하여 우리의 타진打診과 우리의 요양법은 하나의 신기로운 처방도 발견도 엿볼 수 없는 오늘이 아닌가? 어디를 가보아도 생활에 곤궁하여지는 시민의 창백한 얼굴뿐이요, 무엇을 헤매 찾고 깊이 생각에 묻히는 바 신비의 형안炯眼과 민활한 행동을 찾을 수 없다. 우리가 우러러본 선배의 행로가 이미 차단되어 있고, 후진이라고 할 학생층, 또는 20대*의 청소년들에게서 참다운 노력과 끓는 열의와 원대한 이상에 대한 포부를 엿볼 수 없다는 것은 얼마나 이 시대의 호흡이 거세되어 있고, 질곡에 빠져 있는가를 차탄하는 바, 불행에 만족해야만 하는 것일까? 교과서 이외에서 진정한 산 교훈을 찾기에 참다운 계단을 밟는 바, 지적 욕망과 노력이 없이 교육이 완전히 좀 더 비싼 상품화의 공리적 의미밖에 가질 수 없을 것인가? 아직 우리는 수만의 장서藏書를 가진 이의 이름은 이 땅에서

* 원문에는 '20년대'라고 표기되어 있다.

듣지 못하였거니와 도서실 하나 완비하지 못한 데다가 설사 할 수 있는 성의로써 가졌다는 도서에 대한 이용이 얼마나 빈약한가를 생각한다면 이 피상적 · 형식적 · 주입적인 지식의 수수授受에 대하여 자못 민망스럽기 짝이 없다.

가정에 서재, 아니 책장이 없고, 학교에 도서실이 없고, 사회에 공개된 도서관이 시설되지 못하였다 하면, 대개 그 사회 그 민중의 교양 정도를 가히 짐작할 일이다. 우선 빵을 달라고 통절히 외치는 것도 절대의 문제거니와, 우리는 헐벗고 굶주린 거지에 대하여 혐오와 연민을 느끼면서도 우리 자신에 대한 마음의 헐벗고 굶주림에 대하여 얼마나한 혐오와 연민을 느끼고 있는가? 불평이 많고 불만이 많고 날마다 잔걱정, 쓸데없는 생각에 여위고 주름 잡히고 맥이 풀리고, 이렇게 살아감으로써 생의 비극을 연장시키고 계속해가려는 자! 벌을 받아야 옳을 일일까?

출판계에 보내는 진언

요새 출판 문화가 왕성하니, 거기 대한 소감을 써보라는 편집자의 청탁이다. 사실 다른 때에 비교하여 전집물이 놀랍게도 네 개나 간행 중이요, 그중에서 세 가지는 현대 작가의 소설을 중심으로 출판되는 현상이다. 이렇게 출판물이 왕성하여짐에 대하여 1년에 2, 3의 소설과 1, 2의 시집 간행정도밖에 볼 수 없던 2, 3년래의 출판(단행본)에 비할 일이랴.

연이然而나 필자는 1, 2년 전 이 지면을 통하여 출판 문화의 필요를 역설할 일이 있었다. 그러나 그때 나의 주장한 바 출판 문화의 의의와 오늘의 출판 경향과를 상조相照해보면, 그 사이에는 적지 아니한 현격이 있음을 느낀다. 그때의 내 의견을 요약한다면

1. 영리적 타산만에 구애되지 않는 소비적이요, 역사적이며, 계획적인 대大출판 행위의 출현.

2. 신문이나 잡지의 저널리즘만에 의하여 생산되는 작품 이외의 실로 참다운 예술적 작품이 단행본으로 출현될 것.

3. 조선 문화의 집대성적 출판, 또는 동서고금 명저名著의 획기적 번역 간행.

이러한 출판물의 필요를 조잡하나마 논위하였다고 보겠다. 그러나 오늘의 출판 경향은 이러한 논점이 정당하다는 처지에서 볼 때 거기에는 운양雲壤의 차差가 있음을 느낀다.

첫째 영리적 성산成算을 전연 생각지 아니한 좀 더 높은 처지에서 출판의 의의를 가지려는 것보다도, 독자층이라는 것을 예상하여 그들이 신문이나 잡지에서 눈 익게 읽고 보고 한 작품을 주로 출판하려는 의도를 가지고 있는 것이다. 물론 조선에서는 작품의 발표가 이러한 언론 기관을 통하지 않고는 거의 불가능하다는 사실을 모름도 아니지만, 그러한 경로를 밟지 않고는 출판 행동이 계속될 수 없다는 조선의 특수성을 생각할 때 잠시 실망하지 않을 수 없다. 그렇다면 이 앞으로 조선의 출판이 오직 한길이 있을 뿐이니, 그것은 해마다 발표되는 작품을 수집蒐集 출판하면 그만일 것이다. 이렇게 해서라도 조선어문에 의한 출판을 계속하지 않으면 안 된다면 거기는 더한층 실망하지 않을 수 없다.

만일 조선어(한글)가 우리 인류의 모든 사상과 감정을 표현하기에 조그마한 구속도 없다고 한다면, 이 한글의 유일한 생명이 존속을 단순한 그때그때의 현상적 작품에만 국한한다는 것은 그 자신의 생명을 신장하는 데 얼마나한 구속이 될 것이며, 더 나아가 한글 스스로를 일 기형화할 것인가를 생각할 필요가 있지 않을까.

잠시 외국(영·불·독·노·미·이 등)의 출판 문화 등을 본다면, 문예에 관한 것만으로도 연 3만 5천에서 1만 이상의 간행물이 있어, 이것을 우리 출판계에 비교하면 어린애 장난과 같은 송구한 감을 금할 수 없거니와, 그 출판 내용에 있어서는 고전과 동서의 명저가 4할에서 7할까지를 점령하고 있거늘, 극히 빈약하나마 성의껏 다한다는 이 출판 현상이 이러한 극히 국한된 범위에 그치고 만다는 것은 실로 한심스러운 일이다.

나는 전회前回에 있어서 우리 손으로 가진 하나의 훌륭한 도서관(민중 일반에게 이용 제공하는)도 없다는 것을 말했거니와, 가까이 일본의 출판 현상을 보더라도, 일본어가 세계의 어떠한 난해의 명서名書를 고저古著까지라도 능히 번역할 수 있게, 한 국어의 생명을 풍부히 구현화하고 발전시켜오지 않았는가? 다시 말하거니와, 출판 행동이 조선적으로 가지는 의의를 다시 생각할 때 이 한글의 생명의 지속이 우리 민족 속에 영원화하려면 우리의 사상감정과 의사 표현이 이것으로써 자유자재로 활용할 경지에까지 이르지 않는다면 그것은 전연 망상이라는 견해를 명확히 하여야 한다. 단순히 현 작가의 작품에만 국한된 현상을 타개하여, 하나의 새로운 역사적인 출판 행위가 출현되지 않는다면, 우리의 출판 행동이 진실로 고식적이요, 퇴영적인 이외의 아무것도 아니다. 이러한 문화에 선험적 관심과 웅도雄圖를 품은 참다운 사업가, 기업가는 대망待望하는 것이 대망하는 그만큼 우리의 실망을 더 크게 할 뿐일 것인가.

시정의 우울과 의상철학衣裳哲學

이삼일 전 어느 날 밤, 동소문에서 종로 5정목丁目 간의 큰길을 걷고 있노라니, 13, 4세의 소년이 자전거를 타고 지나간다. 때마침 그리로 순회하던 경관이 벽력같은 소리를 지른다. 깜짝 놀란 소년은 그냥 달음질쳐 간다. 불행히 그 소년이 탄 자전거에는 등이 켜 있지 않았다. 그냥 도망질치려던 소년은 드디어 붙잡혀 힐난을 당했다.

우리는 이 대도시의 번화 속에 산다는 행운 대신에 교통도덕이라는 것을 반드시 지켜야 할 의무가 있다. 이 도덕의 인식을 위하여 교통도덕 안전 주간이 있고, 교통안전 데이day가 있다 한다. 우리의 일상생활에서 이것은 하나의 습관이 되어야 할 것이다. 그러나 외지에 다녀온 사람의 말을 들으면 경성과 같이 교통 기관—전차가 느릿느릿 다니는 데가 없음에도 불구하고, 교통사고는 경성이 어느 도시보다도 더 많다는 것을 통탄함을 보았다. 무엇 때문인가? 특히 경성 사는 우리들은 근대 문명이 주는 혜택을 그리 감사하게 생각지 않는 까닭인가? 또는 자신의 신변에 어떠한 위험이 닥쳐와도 아까운 것(생명 그것까지도)을 가짐이 없다는 이유로썬가? 그 어느 것도 아닐진대 결함은 길을 걷는 우리에게 있지 않고, 길 그 속에 이 사고事故를 배태시킨 어떤 제삼자가 있는 것일까?

동양의 어느 문학자가 최근 구주를 다녀온 여행기 속에 파리의 한복판 큰길 거리에서 교통순사가 장님 한 사람을 안내하여 안전지대까지 약 1정간町間 그 손을 붙잡아 인도해주고, 그러는 동안 사가四街에서 몰려드는 일체의 자동차, 전차는 모두 스톱을 당하고 말았다. 그래도 파리 시민들은 이에 하등의 불평이 없고, 교통순사는 이러한 친절까지를 여유작작餘裕綽綽하게 보여주면서 시민의 안녕을 위하여 충실한 직책을 하고 있다는 것을 감명 깊게 쓴 것을 읽은 일이 있다.

나는 견문의 세계가 극히 좁으며, 널리 이야기를 끌어올 도리가 없거니와, 서울의 거리를 걸어보면 파출소마다 군중이 2, 30명씩 우 몰려서 있다. 이러한 일이 날마다 계속된다. 그 속에는 우리가 홍소哄笑할 만한 난센스나 유머가 있을 리 만무하다. 이 속에 생기는 대소大小의 사건을 일일이 탐색할 필요도 없이 경성 도시의 우울이 다른 도시에 비하여 얼마나 더 많은가 생각할 일이 아니냐?

거리를 걸으면서 우리는 가로수의 아름다움을 본다든지, 웅대한 건물의 면모를 만지든지, 때로는 꽃 한 송이를 파는 가련한 소녀의 우는 얼굴을 대할 수 있다든지, 걸음 걷기에 지쳐 잠시 다리를 쉴 그늘진 곳에 놓인 벤치 하나, 참신한 분수탑, 그리고 여기가 한 유원지요, 전원이 된 감感을 줄 수 있는 큰 공원이라든지를 이 서울에서 찾으려는 것은 아직은 한 어리석은 자의 잠꼬대일 뿐인 것인가?

비평의 빈약과 화제의 궁핍

우리가 일상생활에 있어 가장 중요한 화제는 무엇일까? 사적私的 생활에 대한 가지가지의 번뇌와 불평과 불만. 이러한 종류를 제외하고, 다시금 사회적인, 즉 공중적이요, 시사적 성질을 띤 화제를 자성해보라. 가령 객실이나 다방이나 주석酒席이거나 물론하고, 우리가 거기서 교환하고 있는 담화 공론이 어떤 종류에 속할 것인가? 선진 제국의 문학 중에서도 특히 19세기나 20세기 초의 러시아의 작품을 대할 때 우리는 그 속에서 제일 많이 느낄 수 있는 사실 중의 하나는 그 어느 작품을 물론하고, 거기는 군인, 정치가, 또는 지식 계급의 고담준론高談峻論이 그들의 교양이나 성격에 따라 그 어떤 이상과 주견主見을 역력히 변설辯說하고 있는 것이다. 이것은 톨스토이나 투르게네프나 알티파세프나 그 어느 누구를 물론하고 그들은 그 시대의 욕구하는 바 새로운 이상에 대한 포부와 희망과 공상과 심지어 절망 · 허무까지를 표현하고 있다.

그러나 우리 작가들의 작품을 통하여 우리는 하나의 새로운 화제와 작품의 인물들이 빚어내는 담화, 회화라는 것이 얼마나 단순하고 또는 유치하며, 소박한가를 발견할 수 있다. 얼마나 작가(뿐 아니라)가 단순하고도 빈곤한 내용—소재—를 가지고 한 작품을 이끌어가는가를 보고, 다시 우리들 일상의 회화, 그 회화의 모티브가 어찌나 무의미하고 빈약한가를 대조하여보고는, 적면赤面하지 않는 이가 없으리라. 2시간 3시간 심지어는 4, 5시간 떠들어댄 담화의 내용을 수집하여 하나의 결론을 지어보라. 물론 사교상의 회화가 흔히 상대자의 감정을 해함이 없이 실로 화기애애한 증證에 끝마치는 것이 사교 도덕의 중요한 일 조건이 되어 있음도 모르는 바 아니지만, 그렇다고 화제의 공급이나 제출이 너무도 빈약하다는 것은 고려할 필요가 있다.

어느 사회, 어느 세상을 물론하고, 일상적 화제의 중요한 내용은 그날그날의 잡지나 신문을 통하여 소위 센세이셔널한 기사가 중심이 되는 것이다. 위선爲先 그 사회의 주의 인물들의 이변적 사생적私生的, 즉 가십이라거나 정계의 동향이라거나 사회면 중 특수 기사라거나 여기다가 각자가 새로이 탐지해온 사회 내면의 기변奇變 등을 첨가하여 무책임한 비평도 하고 악담도 하는 것이 상례이다. 그러나 이렇게 제시되는 바 화제에서 발생하였던 17세기 불란서의 살롱비평을 연상한다면, 우리의 화제와 회화가 비평의 경지에까지 이르지 않으면 안 될 것이 아닌가?

우리는 창조라는 말과 구상(픽션)이라는 말을 함부로 혼동하여 사용하는 폐단이 있거니와, 그 어느 것을 물론하고 그것은 하나의 진실과 하나의 필연성 있게 논위하려고 노력하고 있는 것이라고 할 수 있을까.

행복의 대가와 고난

나의 평범한 생활로써 행복을 논하기는 아직도 고난과 불행과 인생에 대한 경험이 부족하다는 것을 솔직히 느낀다. 그러나 나는 내 주위에서 그것이 현실이거나 어느 문예에 구현된 것이나를 물론하고, 이 행복이라는 세계가 우리 생활과 얼마나 멀리 떨어져 있고, 그렇기 때문에 그 행복을 찾아 일생을 무無로 돌리고 마는 가지가지의 비극을 보고 느끼고 있다. 알랭이라는 사상가는 "행복은 인간이 추구할 것이 아니요, 소유할 것이다. 소유하지 못한다면 그것은 일一의 언어에 불과하다."고 하였다. 그러나 행복이란 우리가 소유해야 할 것이면서 일생 동안 이 추구에만 그친다면, 인생이란 얼마나 비참하고 불행할 것이랴! 더군다나 갖은 고난을 통하여 획득하였던 영광스러운 행복된 순간이 곧 불행이었다면, 그리하여 일체 행복의 추구에도 소유에도 하등 관심을 가지지 아니하고 이르는 바 행복을 포기한 낙오자에 대하여 행복의 의의 가치가 무엇인가?

"행복은 항상 내가 지니고 있어야 하며, 행복을 아는 사람은 이를 추구하는 자가 아니요, 이것을 획득할 가치 있는 사람이다."라는 평범한 논리로는 도저히 현대 인간이 요구하는 바 행복에 대한 절실한 감정을 충분히 설명할 수 없다.

내가 본 최근 영화 중에서 '행복'이라는 말이 너무도 강렬히 반향되고 있었다. 한 젊은이가 수도원을 탈출하여 모든 속세와 절연된 망각의 사막에서 생의 권리, 사랑의 권리, 즉 행복을 추구하여 소유하였었다. 그러나 그것은 실은 순간이요, 그는 다시 그 행복을 버리고 전날의 불행한 그곳(수도원)으로 돌아가 내세에서 그 권리, 행복을 그의 애인과 약속하는 운명에 빠진다.(《사막의 화원》)

현실 사회를 백안시하는 어떤 허무적 예술가가 한 처녀〔女優〕의 출현에서 그의 욕구가 일변하여 그 여자를 죽임으로써 완전히 소유하려던 절박한 행복의 추구가 일단 현실 속에서 꽃 피었을 때, 거기서 다시 불순한 거짓 인간의 일면을 보고는 드디어 하나의 영상 속에 그 행복을 추구 소유하려는(순간의 행복) 것이라거나, 가난한 불우의 인간들이 극도의 빈궁 속에서 천행으로 10만 프랑이라는 큰돈을 얻어 이제부터 그들의 행복된 지상의 낙원을 건설하려던 계획이 실현되는 과정에서 비극과 불행이 연달아 일어나, 그들이 꿈꾸던 행복이 사상沙上의 집과 같이 허물어져가는 도정(우리 동지)을 볼 때, 이것은 단순히 문예 혹은 영화의 한 픽션만이 아니요, 가령 베토벤, 슈베르트의 생애가 그러했거니와, 하루에 14시간의 정력적 창작을 해오던 발자크가 20년간 연모하여 얻은 행복—한스카 부인과의 결혼이 1년도 못 되어 무참히 허물어져가는 것을 볼 때, 행복이라는 것은 결코 시간적으로 10년이나 20년이라는 계속적으로 소유할 수 있는 것이 아니요, 참다운 행복이란 실로 한 찰나요, 어느 한순간일 뿐이라는 것이다.

그리하여 우리가 행복이라고 생각하는 관념을 수정함으로써 우리의 일생 동안의 모든 고난과 불행과 고행에 대하여 인내와 노력과의 긴 도정을 걸어가야 할 것이다. 펠리코의 『옥중기』 속에서 펠리코가 간수에게 몇 살이냐고 물으니까, "일흔네 살입니다. 내 불행이나 남의 불행이나 지긋지긋하게 보아왔지요."라는 일구一句가 있다. 실로 우리 일생이란 자타의 불행을 지긋지긋하게 보아가며 살 운명이다. 펠리코는 다시 10년간 같은 고역에 처한 동지가 한쪽 다리가 썩어서 드디어 절단해내게 되어, 이를 수술해준 의사에게, "당신은 나를 원수로부터 구원해주었습니다. 그런데 저는 아무 사례도 표할 수 없습니다." 그러다가 창가에 꽂힌 장미 한 송이를 보고, 그 꽃송이를 달라고 하여 이것을 외과의에게 주면서, "내 감사한 뜻을 이 꽃 한 송이로 표해드립니다."라고 감격하매, 의사는 이 꽃 한 송이를 받고 울었다고 심혈로써 기록해 있다.

기나긴 생의 여정에서 우리가 진실로 감사하고 감격할 한순간, 장미 한 송이로써 생명의 은인에게 감사한 이 낭만적인, 그러나 절박한 진실감은 단순히 냉소로써만 돌려보낼 일이 아니요, 구차스러운 회피에서 하나의 참다운 생을 찾는 자에게 대한 깊은 감명이 되어야 할 것이 아닐까?

—《조선일보》, 1937. 6. 26.

비평인의 졸변

"왜 일간日間은 비평을 안 쓰오, 휴머니즘이니 문학의 민족적 특수성이니 하고 떠드는 판에, 잠자코만 있으니 웬일이오?" 이런 설문을 최근 와서 몇몇 지인에게서 가끔 듣는다. 그런가 하면 "지상紙上에서는 가끔 대하지만 서로 만날 기회는 참 어렵소!" 이렇게 시골이나 서울에서도 자주 만나지 못하는 친우에게서 인사 겸해 듣는 일이 또한 가끔 있다.

명색이 글을 쓴다고 하면서 무슨 글을 쓰는지, 그저 글 쓰는 사람, 즉 문인들 축에 한몫 끼인다는 영광스러운 지위를 더럽히는 내 자신으로서 이러한 말을 들을 때마다 자신에 대한 회오와 참괴가 심해가는 것을 느낀다. 사실 이 땅의 문단에 있어서 이데올로기의 척도를 활용할 도량과 대담성을 가지거나, 또는 일본 문단에서 발행되는 몇 권의 잡지나 신문을 읽는 공리적 성력誠力만 있다면, 과히 궁하지 않을 정도의 문인 행세쯤은 넉넉히 할 수 있을 법도 하다.

자연도태라는 것이 분명코 사회 진화를 위하여서는 일一의 불가항력적 필연성이라면, 이에 도태되는 자의 비참은 역사의 변증법적 귀추, 간과할 수밖에 없다. 그러나 만일 한군데 정체되어 거의 부식작용의 증상을 정呈하는 사회적 현실에 대하여 약간의 청정수의 관입灌入쯤으로는 그 탁류를 확청廓請하기 곤란하다는 것을 우리는 상식으로 판단할 일이나, 이 상식이 통용되지 못하는 곳에 우리의 비애가 항존한다. 개간 발굴의 공작이 여기 필요하거니와, 그 공작이 때로는 다시 탁류에의 연속이라면, 이 역시 더 곤란할 일이 아닌가? 이리하여 나는 일一의 견유파犬儒派에 불과하다는 폄훼貶毁도 감수하여야 되는 오늘의 기현상의 일면을 우리는 분명히 인식할 수 있다.

평가評家는 냉철한 두뇌를 가져야 한다는 것이 이 땅의 철칙인 듯 인정되어 있는 모양이다. 실로 순수 과학자적 냉철—이것이 비평가에게는 절대 필요하다는 평가評家 조건 중의 하나이리라. 그러나 이 냉철한 두뇌란 대체 어떠한 개념과 내용을 포유包有한 것인가. 풍부한 지성을 구유具有하지 못하고, 또 감정의 정화를 체득하지 못하는 곳에 냉철한 두뇌가 있을 수 없는 것이다. 하건만 이 냉철이란 말은 공정하다는 말과 일맥상통한다고 보는 것이 이 땅의 해석으로는 타당할 줄 믿는다. 얼마나 빈약하고 군색한 소리이냐?

모든 예술이 결국은 자아에서 초자아에의 확대, 비자아非自我에서 순자아純自我에의 탐색이 서로 종합되고 갈등되고, 그러면서 창조되는 것이라면 예술, 아니 문학의 세계, 그 영야領野는 무한히 복잡하고 착종되며, 넓고 깊고 크고 그러면서 또한 먼 것일 것이다. 그렇거늘 이 땅의 문학적 제창은 너무도 그 기치가 단조롭고 분명한 듯하면서 기실은 가장 불명료하고 빈궁하기 짝이 없다. 견인불발堅忍不拔하는 바, 정력을 가상히 하려니와, 확호부동確乎不動의 자세인 듯 태연하려는 용감은 무어라고 해야 할 것인가?

팽배되어야 하고, 성장되어야 할 인간의 사상, 감정이 이렇듯 목판에 붙여놓은 선전 삐라와 같이 떨어질 줄 모르면서도 퇴색되고 벗겨지고 내종乃終에는 그 형체를 전연 상실하고 마는 처참한 꼴을 어떻게 보아야 옳은 것일까? 그 위에 덧붙이고 하는 것이 매양 일반인 똑같은 삐라일진대, 삼척동자도 그 한 장의 크기와 빛깔과 글귀와 그 글자의 획 간 곳까지를 기억하기도 하려니와, 그 반면에 일체 그 삐라를 읽기는커녕 보기조차 거리끼는 사실도 있을 것이 아니냐? 이러한 섬어譫語는 실로 타기할 섬어임에 틀림없거니와, 그러나 오늘의 조선 문단과 같이 비평의 퇴화과정이 절박해진 때는 없을 것이다. 물론 혁혁한 일우一遇의 존재를 무시몰각함은 아니언만, 작가들의 노력에 비하여 이것은 엄청나게도 저하되었음에 틀림없다.

그러면 작품의 수준은 얼마나 향상되었고 성장되었느냐고 묻는 데 대하여는 잠시 냉정하여 참다운 성과의 조사가 필요하리라마는, 시평時評(즉 작품평) 이외의 논문에는 전혀 흥미를 갖지 않은 정도가 아닌 노력된 작품—읽혀지는 작품이 더 많다는 것만은 속일 수 없는 일이다. 그러나 문제는 더 크고 깊은 데 있을 것을 예상하거니와, 질적 향상을 위하여 나는 다음의 어느 총명한 문학자의 실감을 끝으로 첨가하려 한다.

> 6, 70에도 어학 공부를 시작하며, 16, 7세의 소년도 대등하게 존경하고 독립독행獨立獨行하여 연령을 안중에 두지 않는 불란서인의 태도의 기초는, 자신의 연령에서 항상 청춘을 발견하려고 노력함에 있다고 생각한다.

이 일절一節을 재삼 음미할 때, 우리는 같지 않게 청춘을 발견하려는 지적知的 활동이 완전히 저상되어 있는 것을 심절히 느끼지 않는가? 나는 이것이 내 자신의 기우이기를 빌거니와, 우리는 다 같이 더 크고 더 먼 날의 성과를 위하여 다시 새로운 노력과 공부와 정성이 필요하지 않을까? 써 이것이 비평인의 졸변이 되는 바이다.

—《조광》, 1937. 7.

문학의 서사시 정신

신문학운동이 이 땅에 일어나 40여 년을 걸어오는 동안, 밖으로 외국—영·불·노·독 등—의 문학 사조를 질서와 계통도 없이 받아들였고, 안으로는 작품 활동이 적지 아니한 수로 생산하였으나, 가혹한 일제의 식민 정책의 굴레를 벗어날 수 없었던 민족적 숙명으로 말미암아 국민문학 수립이란 역사적 사명과 임무를 수행하지 못하고 말았다. 더군다나 정치적으로만 일제의 탄압을 받은 것이 아니요 문화적으로도 일본의 지배를 받아왔던 관계로, 문예 사조가 저들 일본인의 주장의 번각전재飜刻轉載에 여념이 없었던 감이 불무하여, 이 번각전재에 기민한 일부의 행동에 이 땅의 작품들은 그를 추수했거나 그에서 이탈하는 길밖에 없었다. 계급문화운동에서부터 주지주의 운동에까지 이르는 일로一路는 약간의 예외를 제외하고는 거의 한 저널리즘에 불과하였다는 사실을 솔직히 인식해야 될 것이다. 이제 해방된 이 행복한 민족이 바야흐로—문학 시설을 외치려 들 때 여기 또 하나의 장벽이 있으니, 이르는 바 헤게모니 운동—문학의 정치적·정략적 지반 획득 운동이란 것이다. 그러나 다행히 압박과 시련의 갖은 고난과 억울을 치르고 난 현명한 이 땅의 민족은 진실로 새롭고 위대한 창조와 그에서 오는 향수의 감격을 기울여 마지않는 것이다. 우리는 멀리 더 높이 더 깊이 인류 역사의 광명으로부터 바로 길을 찾아야 될 것이다. 이리하여 희랍은 구미의 예술 발상지인 동시에 동양인에게도 전모를 다시 드러내야 할 것이니, 호머의 작품—그 불멸의 서사시적 정신은 다시 오늘에 와서 새로운 발양發揚이 있어야 할 것이다. 우리의 현실을 보라. '돌아옴', '돌아오지 못함'과의 초조와 대망과 알력이 교착하는 이 사실과 운명 속에서 문학자는 능히 명예스러운 용사가 되어 그 형안炯眼과 지혜를 오로지 조국의 광복 이상 더 높고 거룩한 곳으로 총집결할 것이니, 당연히 현실 속에 뛰어들어 극도에 다다른 과학 문명과 극악에 이르는 인간 정신 상태의 이 분리적 세계의 변전變轉 속에서 오로지 수호할 것, 오로지 탐구 관조할 것, 진정한 자유의 인간성, 자율자활自律自活의 행동성, 이것뿐이니 모든 문학운동은 이곳에서 출발하고 이곳으로 귀추되어야 할 것이다.

—《민주일보》, 1946. 6.*

* 원문 확인 불가로 서지는 『모색의 도정』에서 참고하였다.

자유의 옹호

—자유주의 비판에 대하야

편집자로부터 제여提與되는 논제는 '자유주의 비판'이라고 했으나 나로서는 이 문제를 학구적으로 또는 이론적으로 개관하기에는 여러 가지 미치未治한 바도 있거니와 그만한 □적으로나 적□□를 가질 수 없는 □□에 있다 그러므로 이 일문은 비판이라기보담 자유의 □□ 자유에의 욕구로써 기록되어질 것을 미리 말하여두는 바이다.

명저 『자유론』의 저자 스튜어트 밀은 자유를 논하는 중에서 다음과 같은 요령을 명기해 있다.

> 1. 가장 광범한 의미에 있어서의 양심의 자유 사상 및 감정의 자유, 한가지로 각인各人의 실제적 혹은 사유적, 과학적, 도덕적 혹은 정신적 지론持論 및 지조의 절대적 자유
>
> 2. 취미 및 욕구의 자유, 각자의 품성에 합合하도록 생활 윤곽을 설계하는 자유, 동포에 해를 끼치지 않는 한 어리석고 틀린 생각이라도 저 좋을 대로 행할 수 있는 자유

3. 개인 간의 결합의 자유 즉 타에 가해하지 않을 목적으로 성년 된 자가 강제로거나 기만에 의하지 않는 자의로서의 연합의 자유

적어도 이상의 자유가 존중되지 않는 사회는 집정 양식이 어떠하든 간에 자유가 아닌 것이요, 또 이러한 자유가 절대적으로 무조건으로 존재하지 않을 때는 누구나 완전히 자유로울 수 없다고 단언하였다. 자유주의와 자유라는 것은 혼동해 논해서는 안 될 일이라 치고 나는 이 '자유'라는 의미를 오늘의 우리 각자의 처지에서 생각해보려는 것이다. 밀이 말한 바 자유는 그러한 자유를 향수할 수 있고 또 요구할 수 있는 권위를 갖춘 근대 국가 체제의 사회에서 얘기하는 것이다. 실로 우리는 밀이 생각하고 생활하는 시대보담 전연 비교도 될 수 없는 처참한 환경 속에 놓여 있다는 것은 이 땅의 지식인은 다 같이 느끼고 있는 것이니 밀이 말한 바 "강대한 국가의 발호跋扈"와 "국내적 동요"로써 "부단히 위구危懼를 느끼는 치명적"인 "자유의 건전한 항구적 향수享受를 기대할 수 없는" 바로 그대로의 불행한 민족적 운명인 것이다.

그러나 이러한 운명에 닥칠수록 우리에게는 더 강렬한 자유에의 욕구와 동경과 투쟁이 있어야 할 것이다. 정부가 있어서 인민과 전연 일치된다 하더라도 진정한 민중의 소리에 대해서 압박을 가할 수 없다고 밀은 말했다. 그러면 우선 구미 선진 국가가 논위하고 향수할 수 있었던 그러한 사회적 환경을 가지지 못한 우리들이 어떻게 자유를 비판하고 거기에 대한 적극적 논책論策이 서질 수 있겠는가? 반봉건적인 환경에 처해 있는 자로서 또 근대적 의미의 민주주의 국가 건설의 전야에 있는 자로서 공산 사상을 논하고 사회주의 정책을 세워보고 진정한 의미의 사회민주주의적 언설을 공표하는 바 자유를 가졌다 치더라도 이것은 자유 향수 이전의 태세에 불과한 것이다.

전 민중에게 어느 정도의 생활의 보장이 없고 국가로서 인민 교화의 전적 책무가 실시되지 못한 인구의 반수가 문맹인 조선의 현실을 직시하는 자로써 자유는 우리에게 있어서 이름 좋은 값비싼 진주와 같이 어느 특수 계급에만 한하야 향유되는 바 일개의 사유재산에 불과한 것이다. 현대 문화의 혜택을 입어 우리는 가지가지의 사상과 지식의 어느 면모를 접하여보게 되어 그를 완전히 자기의 것으로 소화했다 하더라도 그를 자유롭게 행사할 기회를 가져보았던가.

사상의 자유, 감정의 자유, 결사의 자유 등등이 어느 정도로 우리에게 허여되어 있는가? 주권이 없고 하나의 독립 국가의 체제를 갖추지 못한 곳에 다시 말하면 약소민족에게 있어서는 반신불수적 자유 이외에 아무것도 허용되어 있지 않는 것이다. 그러므로 약소민족, 피압박민족의 항쟁과 모든 노력은 완전한 자유 획득—노예적 상태, 반노예적 상태에서 이탈하려는 것이니 인도나 중국이나 □□나 그 외의 모든 약소민족은 오로지 자유를 위하여 거족적擧族的인 투쟁을 해왔던 것이요, 그것이 곧 독립 국가로서의 전취戰取를 위하여 피로써 물들어진 비극의 역사를 자아내게 되는 것이다.

그러나 어떠한 사회에나 국가에 있어서도 반동이라는 것이 있다. 역사의 조류를 무시하고 정의와 인도를 유란蹂躪하거나 또한 그를 가장한 채 자신의 이해에만 몰두하는 자가 있으니 이것은 약소민족일수록 더욱 그리되어지는 운명에 놓여 있다. 즉 이것이 외세에 의존하거나 타력他力에 아부하는 바 소위 사대사상이 그것이다. 자유란 원래 비판이 공공연히 허여되지 않는 곳에 있을 수 없는 것이니 이러한 것을 틈타서 이러한 극악의 반동이 발호跋扈하는 것이니 과거 이조당쟁李朝黨爭 4백 년은 그만두고라도 일제 36년간—더 올라가 한말의 풍운에 급하여 국가 존망이 조석에 달렸을 때 신흥하려는 민족적 자각에 대한 기회주의자 민족반역도가 기起한 바 모든 과오는 국가의 주권이 뒤흔들려지고 공정한 여론과 비판이라는 것이 강화될 수 없는 틈을 타서—즉 진정한 자유 획득의 대세가 확립되지 못한 채 개성으로서의 자각 민족으로서 새로운 혁명적 국가 재건의 의욕이 강렬하게 발동되지 못한 틈을 타서 일제의 식민 정책이 주효했던 것이다.

개성의 자각—휴머니즘에의 지향—여기에서는 진정한 자유가 발양發揚하는 것이다. 그러나 자유가 없는 곳 진정한 개성의 발양이 있을 수 없음은 모든 역사가 소소히 명시하는 바이니와 또 이 개성의 자각이 없는 곳에 인간의 창조적 능력이 발휘될 수 없으며 따라서 인류 문화가 정상적으로 발전되지 못한다. 개성의 자각이란 독선적이거나 이기적이거나 하는 개념과는 대척적인 것이다. 진실로 위대한 인격자란—이것은 윤리적 의미만이 아니라—행동의 신축자재성伸縮自在性과 사고와 비판의 무애무장無碍無障에서 오는 것이니 공자가 '從心所慾不踰矩'라는 경지에 이른 것을 말하는 것이요 또 이에 이르러서 모든 자유는 완전히 향수될 수 있는 것이다 이르는 바 대오大悟요 해탈의 경지다. 그러므로 진실로 완전한 자유를 획득하기까지에는 부단한 노력과 고난과 경험과 시간을 거쳐서야만 이루어지는 것이니 천박한 의미의 내 마음대로 내 멋대로가 자유 아님은 두말할 것도 없으나 사실 오늘의 현실은 이러한 의미의 자유 즉 방약무인의 방종만이 횡행되고 있는 것이다. 그리하여 아직도 우리가 우리를 처단하고 비판할 만한 주권을 가지지 못한 틈을 타서 경제를 교란시키는 모리謨利를 자의로 하게 되고 독립을 천연遷延시키는 파쟁과 폭행과 음모와 파괴가 부단히 계획 실행되는 것이요 모든 도덕적 제약에서 그 기반羈絆을 벗어난다는 의미에서 부자, 사제, 남녀, 대타인의 응접이 너는 너, 나는 나라는 당돌한 태도가 일상 행동 위에까지 드러나게 되었다. 자기 자신과 또는 자기 당파의 독선적 번영을 위하여는 독립보단 외세 지배의 연장을 원하고 남을 사대주의라 배격하는 이면에서 자기는 외력 의존의 강력한 지반을 계획하는 등의 무질서 반민족주의적 행동까지도 나타나게 되었다. 이러한 사태를 가리켜 과연 자유가 허용되었다 할 수 있으며 자유주의 융성이라고 할 수 있는 것인가?

질식된 자유 변모된 자유 파행의 자유—총칭하여 우리는 지극히 부자유한 분위기 속에서 혼탁한 그날그날을 지내가고 있는 것이다. 월트 휘트먼의 시의 일절一節 중에서 '자유로이 행동하여 우월자의 존재를 인정하지 않는 이외에 영혼을 만족시키는 무엇이 있을 것이냐'라는 의미의 시구가 있다고 해서 우리는 어떠한 행동에서 구속이 없어야 되는 것이 진정한 자유일까? 창조를 위하여 자유로 행동하는 것—휘트먼의 자유 행동이란 이것을 지칭하는 것이다. 즉 창조를 위한 자유, 그러나 조선은 얼마나 창조를 위한 자유가 행하여지고 있는가. 창조란 말을 건설이라는 말로 대치하여도 좋고 민족적으로는 독립이란 말로 대용하여도 좋을 것이다. 창조란 진실과 진리와 노력의 결정結晶에서 와지는 것이다. 카인의 후예처럼 광명을 등지고 악의 구렁텅이로만 질구疾驅하는 곳에 자유의 신은 질겁하고 실색하여 두꺼비 감투처럼 어느 바위틈에 가서 숨어버리고 마는 것이 아닌가? 아무러한 말을 해도 좋고 아무러한 일을 행해도 좋다 하더라도 진실을 벗어나고 진리에 어그러진 그 말과 그 일이란 문화를 가진 사회에서 용서받을 수는 없다. 그렇거늘 이날 우리들의 견문하는 가운데 얼마나한 진실과 진리의 편영만이라도 엿볼 수 있는가. 아는 듯 모르는 새에 우리들은 거짓을 말하고 모략을 일삼고 허무맹랑한 중상과 음해의 한 조각을 마치 길거리에다가 가래침을 내뱉듯이 징글스럽게 그 사사 행동이 남의 눈살을 찌푸리게 할 뿐 아니라 자기 자신조차 행하고 난 그 뒤에 곧 어쩔 수 없는 자기혐오와 질색을 하게 하는 것이다.

밀은 말하되 자유는 획득하는 것이요 회복하는 것은 아니라고 했다.

그리고 또 평온한 노예보담 위험한 자유를 선택하는 것이 양심 있고 지혜 있는 인간의 하는 일이라는 의미의 말도 했다. 자유에의 의욕이라거나 동경이라거나 지향이라거나 하는 것은 결국 자유의 획득을 위한 것일 것이요 그것이 때로는 위험을 무릅쓰고도 □망되어지는 것이다. 불우와 고독이란 것은 어느 편으로 보든 자유로 향하여 가는 고난의 표징이기도 할 것이다. 그러나 인간은 모두가 다 길고 오래인 고난과 불우와 고독에 견디어내지 못하는 것이다. 그러기에 지조를 파는 인사가 있고 노예로서 무언의 평온을 마러가져도 되고 생을 위하여 굴욕의 부자유 속에 빠져버리기도 한다. 그렇다고 우리는 이러한 범속된 실제에 구애되어 생명과 같이 자유를 사랑하고 그를 위하여 죽음을 두려워 않는 모든 빛나는 큰 고적은 뚜렷한 개성을 가진 군상을 등한시할 수는 없는 것이다. 실로 "자유는 죽음보다 강하다." 하는 것은 인류 역사 위에 영원히 빛날 하나의 금언이요 진리일 것이다. 그 속에 인류의 거룩한 교훈이 숨어 있는 것이다. 휘트먼이 대통령 링컨을 저렇듯 추송追頌하는 장편시를 쓰게 된 것도 그의 진실로 자유를 위한 일생의 투쟁에 대하여서일 것이다. 빅토르 위고가 20년간 고도의 유찬流竄 생활에서 나폴레옹 3세를 '소小보나파르트'라고 비소鼻笑하여 마지않은 것은 진실로 불란서의 자유가 이 소독재왕의 손에서 여지없이 유린되었기 때문이다. 제왕의 권세 앞에도 굴하지 아니하는 정신, 이런 정신을 가진 자유인은 그리 많은 것도 아니다. 실로 역사에 남아 있지도 않은 무명의 민중 속에 또한 허다히 존재해 있다는 것을 우리는 알 수 있는 것이다. 일 재상宰相을 등짐 치는 일 노농老農이 있는 것이나 부질없이 부귀영화에 무관함만이 또한 자유인의 소행은 아니다. 괴테는 범백凡百의 인간 생활 이면에 대하여 그의 정신과 심혼이 가장 자유로이 그 모두를 향수하는 곳에 그 위대성이 있다고도 할 것이다. 불우와 빈곤에 굴하지 아니하고 모든 불행과 고독과 싸우면서 인류에게 최대 최선의 환희를 창조한 베토벤의 정신은 오로지 자연과의 단일에서 더 나아가 영원한 인간혼의 자유를 위한 송가를 남긴 불멸의 희생자였다. 이렇게 자유라는 것이 절대적으로 모든 속되고 고루하고 완도頑逃한 데서 완전히 이탈하여서 빛나는 것이니 불행히도 세계에는 이 자유를 완전히 향유한 국가나 사회가 그리 많은 것은 아니었다 하더라도 찬란한 인류 문화는 비로소 이러한 자유의 세계에서 창조된 것이니 위대한 노력과 천품 개성을 최대한으로 발휘하는 곳에 문화의 정수는 개화되었던 것이다. 희랍이나 로마 문화를 위시하여 고금동서가 자랑하는 문화재는 실로 자유에서의 결과된 수확이라고 해도 과언은 아닐 것이다.

앙드레 지드가 어느 평론 중에서 자유라는 것을 비유해 말하기를 자유라는 것은 연을 날리는 것 같다. 연은 줄을 묘리 있게 잘 조종해 당김으로 해서 더욱더 높이 올라갈 수 있다. 만일 줄을 끊어버리는 때면 연은 더 높이 올라가기는 고사하고 그냥 거꾸로 떨어져 내려오는 것이라고 했다. 이 말은 매우 온축미蘊蓄味 있는 경구다. 절대한 자유일수록 거기에는 연줄과 같은 자유를 생각지 않고 그냥 하늘 높이 올라가는 연만을 연상하는 경우가 많다. 방종과 자유를 구별하는 데는 실로 적절한 비유다. 오늘 조선에 있어서 남조선에는 자유 아닌 방종만이 횡행하는가 하면 38 이북에서는 완전히 자유라는 어구가 말살된 감이 있다. 진정한 민주주의 사회에 있어서 가장 고귀한 것의 자유라는 것일진대 자유가 아니면 죽음을 달라는 것은 결코 한 개의 혁명적 슬로건만이 아니라 민족 전체의 생명 이상의 절실한 요청일 것이다. 자유와 평등이라는 관념도 충분히 해명되어야 하겠으나 이 두 개념은 상반되는 것이 아니라 유기적으로 협조되어야 하는 것이니 자유가 없는 곳에 평등이 있다면 그것은 한 개의 공식적 획일적 기계적 견해에 불과할 것이다. 진실한 자유가 요구되는 곳에서 진실한 균형을 갖춘 평등이 이루어질 것이다. 요컨대 우리에게 남은 유일한 과제는 개인으로서는 개성의 자유 획득으로 약진해야 될 것이요 민족의 일원으로서는 완전한 해방과 독립을 위한 일체의 타협을 거부하는 부단의 열렬한 항쟁과 노력이 있어야 하는 것뿐이다.

—《신천지》, 1948. 1.

민족문학 정신의 재인식

—일—의 문예시감에 대하야

우리는 일제 시대에 그들의 최고 최대 목적인 일선융화 내선일체 또는 동근동조라는 역사에 유사 없는 동화 정책의 채찍 밑에서 소위 문학이라는 불우의 세계를 형성하고 발전시키고 그 수준 향상을 위하야 실로 심혈을 경주하면서 뼈를 깎고 살을 저미는 아픔을 경험하여왔다. 36년이라는 시일을 지내오는 동안 개중에는 일시의 또는 지나친 착각으로 인하야 그들과 협력하고 그들의 목적 달성을 위하야 의식적 또는 무의식적 과오를 범해왔던 것이다. 실로 약소민족으로 피압박민족으로서의 거의 불가항력적 운명이기도 하였던 것이다. 그러나 다만 한 가지 우리가 공통으로 생각해야 할 일은 문학이라는 것은 문자만으로써 이루어지는 것이 아니라는 것이었다. 더욱 약소민족이 가지는 문학은 문자 하나하나가 전 민족의 생명의 일부요 피의 일적一滴이요 고난과 억원抑寃에 찬 사상감정의 폭발이라는 것이다. 그러나 이것은 일본의 문학을 그릇 본받고 선진국의 문학 조류를 무비판적으로 취급하는 데서 온 조급하고도 안이한 문학적 해석으로 인하야 빚어져 나온 우리 문학에 종사한 자의 자체적 오인에서 그리되기도 하였던 것이다. 외국의 어느 평론가가 제1차 대전

직후의 구주 문학을 평하여 "문학은 없고 작가만은 있다."고 혹언한 일이 있거니와 우리들 중에는 문학의 근본정신이 이르는 바 문학의 거룩한 존엄 앞에서 너무나 손쉽게 한 작가 되기에 급급했고 또 그리됨으로써 만족하고 자긍自矜한 이도 없지 아니하였다는 것을 우리는 솔직히 인증하지 않을 수 없다.

필자가 여기서 지극히 상식적인 이 일언을 왜 끄집어내느냐 하면 오늘의 (즉 해방 이후) 조선 문단을 일별할 때 이와 같은 느낌이 강하게 내 의식을 억누르기 때문이다. 즉 오늘의 조선문학의 현실적 또는 역사적 의의를 너무 등한시하거나 또는 무시한 채 작가 행동만으로써 그것이 곧 조선문학에 기여하는 것이 되며 또 그로써 조선문학이 발전되고 창조되어간다는 환상을 일으키고 있다는 사실에 대하여 일종의 불안을 느끼기 때문이다.

작가가 없이 문학이 존재할 수 없는 것은 재론할 것도 없거니와 작가가 있음으로 해서 반드시 문학은 형성되고 발전되는 것이라고 단안을 내릴 수 없는 것이니 우리가 내외 국문학사상에서 이따금 진공된 연대를 발견할 수 있는 것이요 또 우리의 일제 경험으로 해서라도 10년을 지내놓고 다시 그때를 냉정히 비판할 때 실로 군소 작가(잡역문학가)만에 그치고 하나의 본격적 문학을 가지지 못했다는 것으로도 용이하게 간취할 수 있는 것이다. 더군다나 문학 이전에 돌아가 당의 문학, 복무의 문학 등의 시대착오적 문학 제창은 그것이 이념을 달리하는 개별의 문학 행동이라고 해서 평론할 여지도 있거니와 그러지 아니한 문학만을 위한다는 작가층에서 너무나 안이한 문학관으로써 조열대가연早熱大家燃하는 경향도 우리는 솔직히 지적할 수 있다. 우리는 조선문학의 세계적 수준을 위하야 노력 · 분투해야 할 것은 물론이거니와 그에 앞서서 우리는 문학이란 것이 그 어느 다른 예술보담도 한층 더 현실적이요 사실적이요 대중성을 띤 것이라는 것을 인정하는 동시에 문학이 가지는 현실적 제약성과 시대적 생명감이라는 것을 더 깊이 절감하여야 할 일이다.

세계의 예술사상에 있어서 조선의 문화적 지위라는 것을 사적으로 구명할 것도 없이 조선문학이라는 것에 대한 세계인의 인식을 시정하는 중대 사명과 더불어 우리 문학의 자체적 성격과 지위를 먼저 알아야 할 일이다. 정치적으로 조선은 4천 년간 오로지 외세 방위와 자민족 자국토의 수호로 시종하였다고 하여도 과언이 아닌 만큼 이러한 역사를 가진 민족에게서 우러나온 문학의 성격과 그 내용이란 것이 또한 이러한 현실적 제약을 받을 것은 물론 더욱 일제 36년간의 조선문학은 문학 그 자체로서의 의의도 중대하려니와 문화적 입장에서 볼 때 실로 조선민족의 정신—양심—혼을 지키는 유일한 수호의 무기로서의 의의가 훨씬 중차대하다고 아니할 수 없다. 우리의 문학을 그만큼 보급 · 계몽시킨 공로만으로도 조선 문인, 작가의 존재 의의는 절대한 것이라고 하겠다.

그러나 적어도 시, 소설, 평론, 희곡 등 각 방면에서 그 심혈을 경주하는 이에게 이상의 문화적 공적만을 돌림으로써 족한 것일까. 이 점을 해명하기 전에 필자의 협견狹見을 솔직히 피력하거니와 앞으로 조선 현대 문학사를 쓰는 이가 이때까지의 작가와 작품 등을 연대적으로 또는 개괄적으로 총평한다고 치더라도 후대에 전하여질 수 있는 작품 또는 작가를 몇 분이나 열기列記할 수 있는 것이며 실제에 있어서 50년 후나 1백 년 후에까지 전하여져 후세 국민에게 고전으로 전하여질 것이 얼마나 될 것인가를 상도相到할 때 필자는 현대 조선문학은 형성 과정에 있는 것이요—극언한다면 문단적 분위기로서의 일종 저널리즘이 존재하였을 뿐 문학은 없었다는 데까지 이르지 아니할 수 없다. 그렇다고 필자는 오늘까지 40년간의 조선문학으로서의 뛰어난 업적을 남긴 이까지를 무시해서 하는 말이 아님은 물론이다.

그런데 해방 이후의 조선문학은 어찌되었는가. 해방—일제에서—만 되면 그날 그 시로부터 우리의 모든 억압되었던 감정과 유린당하였던 우리의 사념思念과 지성이 실로 광대무변한 자유천지를 만나 끝없이 신장되고 발전되고 앙양되어 세계에 자랑할 문학의 새로운 찬란한 광영이 발굴될 것같이 착각되었었다. 그러나 오늘—3년을 지낸—에 이르기까지 해방 45년 전의 일제 시대와 같은 문단적 분위기라거나 문단적 저널리즘의 편영조차 찾아보기 어려울 정도로 일대 혼란을 일으키고 말았다. 이에 대하여는 구구한 해설을 요하지 않으나 다만 여기에서 한 가지 깊이 기억해두어야 할 일은 문학—다른 예술도 그렇거니와 일시에 봉화처럼 일어나는 것이 아니라는 것과 우리에게 그만큼의 심심深甚한 정신적 준비와 더 나아가서는 그러한 강렬한 의욕과 재능까지도 구비하지 못한 소치가 아니었던가를 각자가 다시 한 번 냉정히 반성, 비판해보아야 하겠다는 것이다.

물론 이 혼란이란 것은 비단 문학뿐이 아니요, 또 조선의 특수 현상만도 아니요 세계가 통틀어 그러한 혼란 속에서 고난과 진통을 맛보고 있는 것이다. 그러나 여기서 또 하나 우리가 절실히 통감하여야 할 일은 지금 문학 내지 문화 일절에 대하여 세계적 교류가 두절된 채 문화적 쇄국을 불가피적으로 당하고 있기 때문에 자기 자체에 대한 자극의 분위기도 상실하였거니와 문화인으로서의 호흡이 극도로 폐색된 채 때로는 치기稚氣와 아희兒戲적인 문학 행동이 그나마 간헐적으로 단속斷續되는 불행을 가지게 된 것이다. 이런 틈을 타서 일부에서는 일본 문단의 동향이라도 알고 싶다는 종래의 관념을 완전히 버리지 못하는 비애마저 맛보게 된 형편이다.

이러한 목전의 현상만을 논위하는 한 조선문학의 구할 길 없는 필생의 길에 대한 대책과 방도는 당분간 절망시될 수밖에 없다. 그러나 역사는 발전되는 것이요 따라서 인간의 활동은 새로운 국면을 지향케 되는 것이다. 여기에서 모름지기 문학인은 자의식의 심화 과정에서 필연적으로 공통될 세계의식—범아 의식에로의 비상飛翔이 있어야 할 것이다. 작품 행동 이전에 치열하고도 가혹한 수련과 노력은 물론 이러한 시기에 항유하기 쉬운 안이한 문단적 출세와 같은 비양심적 사실이 용상되어서는 안 될 일이다. 또한 그릇된 민주주의의 남용에서 기인하는 무질서와 방자 등으로 문학뿐 아니라 문단으로서의 독자적 미풍이 오염되는 등 소극적에 대한 기우杞憂만이 아닌 '진실'과 '겸허'가 요청됨이 오늘과 같이 절실한 때가 없다는 것도 이 혼란기에 있어서는 더한층 강조되어야 할 일이다. 혼탁하고 편파偏頗한 속에서 새로운 행동은 기대될 수 없다. 사상의 빈곤, 표현의 빈곤, 의욕의 빈곤, 이러한 현상을 어떻게 개척해나갈 것인가. 제1차 대전의 서구 지식인에게 있어서 '어떻게 행동할 것인가'의 의혹은 제1차 대전을 치르고 나서 '인간이란 무엇인가, 생이란, 세계란 무엇인가' 하는 극단의 염세관을 팽배시켰으나 다시금 제2차 대전을 치르고 난 그들에게 있어서는 '인간은 어떻게 재생하고 민족, 국가, 사회는 어떻게 재건될 것인가' 하는 진실로 확고부동의 신념하에서 무든 지식층, 문학인은 필사의 노력과 활동을 재개하였다고 한다. 오늘 우리에게 있어서 오로지 필요한 것은 우리가 어떻게 재생되고 우리 민족이 어떻게 재건될 것인가 라는 이 일 점에만 총집결되어야 할 일이다. 우리에게 있어서 정치는 최대 관심사가 아니다. 그러나 민족이 어떻게 다시 살아나갈 수 있느냐 하는 것은 우리의 절대요 절대의 명제다. 민족의 독립이 없는 곳에 문학이 있을 수 없다. 더군다나 세계를 풍미하는 양대 이데올로기에 대한 부동의 비판적 정신을 가지지 아니하는 한 우리의 모든 행동은 실로 그는 문자 나열뿐이요 작가로서의 자기만족은 될지언정 그것은 문학에 대하야 하등의 '플러스'가 되지 못할 뿐 아니라 더군다나 민족 전체에 대한 일대 과오를 범하는 것이 아니라 할 수 없다. 반동, 반역자 등의 구호는 가두에서 집회에서 성명 중에서 □라든지 습득할 수 있으나 문학—특히 약소민족—후진 민족이 가지는 문학이란, 인도, 애란, 파란波蘭 등의 실례를 들 것도 없이 그것은 민족 해방을 위한 가장 성스러운 예언이요 기도祈禱요 계시라는 것이 이 불멸의 진리와 진실에 대하야 감히 어느 누가 자위自胃적 행동을 취할 것이며 또한 그 어떠한 회□과 굴욕엔들 견디어날 수 있을 것인가, 약소민족의 문학은 약소민족으로서의 독자성에 가장 충실하였고 실미實美하여졌을 때 비로소 세계 문학과 비견比肩하야 인류 문화에 불멸의 광망光芒을 더해주는 것이다. 정히 우리는 이 불멸의 광망을 위하여 백년대계가 서야 하겠고 따라서 우리는 이 대계의 달성을 위한 가장 거룩한 노동자로서의 영예를 분담하여야 할 일이 아닐까.

—《백민》, 1948. 3.

문학운동의 성격과 정신

민족문학이란 말과 민족주의 문학이란 말은 왕왕히 혼용되고 있다. 이것은 동의어인 경우도 있기는 하나 엄밀한 의미에서 민족주의는 서구에서 18세기에 제창된 것으로 이는 봉건 제도에서 해방된 이르는 바 국민, 민중, 인민 들의 공동체적 결합을 위한 이론이요 또 실천이었던 것이다. 그러면 오늘 우리가 제창하고 또 실천하려는 문학운동은 민족문학인가, 그렇지 않으면 민족주의 문학인가 하는 데 대한 어떤 해답이 필요한 것이다. 그런데 상식적으로 결론짓는다면 오늘의 우리의 현실은 문학에만 국한된 것이 아니라 전 의식 분야에 있어서 민족을 위한 문학, 민족을 위한 정치, 민족을 위한 경제 등등 이러한 것이 절실히 요구되고 있는 것이다. 이 말은 더 나아가서 민족을 무시하려 들고 민족을 외세에 종속케 하려 들며—더 구체적으로 말하면 공산주의자들의 부르짖는 소연방 위성 국가화하려는 데 반대하는 민족자결과 민족자주의 정신을 고조하려는 정신운동인 것이다.

여기서 단순히 해방 전에 있어서의 문학운동을 요약하여볼 때 소위 한일합병 이후 특히 기미독립운동 이후의 문학운동은 우리가 정치적으로나 경제적으로나 자주권을 가지지 못하였기 때문에 그것은 우리가 할 수 있는 길 하나—즉 일본이 받아들이고 있으며 또 움직이고 있는 모든 문학 활동에 직접 간접 관여하여서 외국문학을 학수學修 연구함으로써 자신의 문학 활동을 전개하였던 것이다. 즉 사상적으로 낭만주의, 자연주의, 상징주의, 심리주의, 신비주의, 허무주의, 초현실주의, 사회주의, 사회주의적 리얼리즘, 행동주의, 인도주의 등등의 영향을 받아 시대적 조류와 더불어 세계적 문학운동의 어느 한 모퉁이에 끼어 지냈던 것이다. 그러한 중에서도 세 갈래의 길을 찾아낼 수 있으니

1. 민족을 위한 문학 활동
2. 예술지상인 문학 행동
3. 민족부정적인 문학 활동

으로 대별할 수 있을 것이다. 1과 2는 다 같이 그 작품 행동에 몇 개의 구별 지을 수 있는 한계가 없는 것은 아니로되 대체로 우리의 민족적 울분과 정의감과 고독과 또는 현란한 감각 등이 모든 작품의 주제가 되었던 것이다. 그리고 동양적—또는 조선적인 것과 서구적인 것이 그들의 정신을 각개로 지배하였던 것이다. 이를 간단히 예시한다면, 시에 있어서 하이네와 바이런과 보들레르와 베를렌과 키츠와 랭보와 릴케 등의 감화가 이 땅의 시인들의 정신적 지축支軸이 되었는가 하면 다른 한편에는 불교나 조선의 전통에서 시영詩詠을 잡아 나오기도 했으나 총괄하여본다면 이들은 모두 민족—압박당하는 민족—이라는 상념을 망각한 일이 없었던 것이다. 그러나 사회주의의 파급으로 인한 계급문학은 민족이란 것보다도 자본가, 지주를 공격하는 것만으로 문학의 주류를 삼으려 들었고 그리하여 일제의 탄압하에서도 민족주의자의 공격에 열중한 나머지 민

족이라는 관념마저 상실하게 되었던 것이다.

이러한 20년의 파란 많고 암담한 역사를 치르고 난 후에 맞아들인 을유乙酉년 8·15 해방은 또다시 우리 민족에게 전연 예상 못 하였던 일대 혼란을 초대하였으니, 그는 38 이북이 소련군에 점령되면서 국토의 양단뿐 아니라 사상적 공산주의 진영으로 흔연히 투항함으로써 민족의 불행을 자초하게 된 것은 물론 민족에 대한 확호한 신념을 가지지 못하였던 2에 속하는 일부 예술 지상의 자유주의자, 사회주의자, 친일 문인 들이 공산 진영의 모략에 빠져 또는 그들의 본성 그대로 자신의 이해에 따라 매명賣名적 자독自瀆 행위를 감행하게 된 것이요, 따라서 그들로 하여금 민족정신은 일대 동요를 일으켜 가지가지의 민족적 불행의 원인이 되었던 것이다.

이러한 민족적 일대 시련 속에서도 민족정기는 뻗어 나와 신생 대한민국을 이루었고, 이 대한민국은 세계만방과 더불어 가장 우수한 자주자립하는 민주주의 국가가 되어야 할 것이다. 국가가 없는 약소민족으로서 피압박민족으로서의 일절의 마경魔境은 최종으로 남북통일 하나를 남기고 역사적 비약 단계에 이르렀으며, 정히 문학은 이 갱생하는 신흥 민족을 위한 정신적 영양소가 되어야 할 일이다.

신흥하는 민족에게는 신흥 민족으로서의 기개와 품도品度와 의용義勇이 있는 것이다. 희랍의 고대 문화가 찬란한 소이연所以然은 무엇이며, 라마羅馬나 불란서의 황금시대의 문화는 얼마나 풍요하였던가? 희랍의 궁전—예술 전당과 그 앞에 서서 약동하는 건전한 단체와 정신을 가진 남녀 군상을 상기하라. 19세기 말엽에서 20세기 초에 이르는 세기말적 모든 이상과 예술은 이제 와서 우리의 정신 측정 위에서 초극되어야 하는 것이다. 무한히 무한히 신장되는 과학 문명에 따르는 우리의 정신도 새로운 역사 창조를 위하여 무한히, 그리고 또 부단히 연마되고 비약하여야 하는 것이다. 우리가 받아온 정신적 육체적인 길고 오랜 고난과 시련 속에서 우리는 다시 또 해탈되고 해방되어 일종의 원시 자연과 같은 방대한 정력으로써 새로운 문예 건설의 역군이 되어야 하는 것이다. 세계가 한가지로 당하고 있는 정신적 위기를 극복할 정신적 거인이 마치 라블레의 『가르강튀아』와 같이 탄생되어야 하는 것이다. 모든 민족적 불행과 난국을 능히 묘파하는 호머의 서사시와 같은 거창한 문학 정신이 발랄하게 준비되고 태동되어야 한다. 모름지기 상아탑이나 거리의 휴식소에서 의연히 뛰쳐나와 시시로 변전變轉하는 민족의 운명 앞에 나서 용감히 그 전 면모를 바로잡아들어 민족이 투쟁하고 고민하는 산 기록을 창작해내야 하는 것이다.

우리에게 필요한 것은 19세기 20세기 문학 유산만은 아니다. 5천 년에 걸친 인류 문화의 정수를 우리는 탐색하여야 하며, 5천 년간 우리 문화의 진실을 정확하게 파악하는 운신運身의 노력이 필요한 것이다. 세계와 더불어 호흡하는 새 시대—전 인류의 갱생(르네상스)을 위한 최후의 격렬하고도 비장한 투쟁이 전개될 것이다. 공산주의자들이 의도하는 바 일체의 전통과 역사와 민족과 국가와 도덕과 종교와 예술을 파괴함으로써 인류의 평화를 가져올 것이냐, 그렇지 않으면 일체의 인류의 문화재를 정당히 계승 재생시킴으로써 전 인류의 영원한 자유와 행복과 평화를 가져올 수 있느냐의 이 시련 앞에서 우리는 어떻게 자기가 타고난 천품에 의한 헌신적 노력을 무의미하게 하지 않느냐를 냉정히 인식할 때가 온 것이다.

우리가 민족을 위한 문학을 제창하는 바는 실로 우리 민족의 운명이 곧 전 인류의 운명을 좌우함에 있어서 이 민족을 위한 정신적 영양인 문학—예술—의 사명이 실로 중차대하기 때문이다. 우리의 민족정신이 역사적으로 외방外邦에 대한 침범이 아니요 자민족의 수호만에 있었다는 문화민족으로서 유례없는 이 정신의 진정한 발로야말로 오늘의 세계 제패 야망을 분쇄하는 가장 훌륭한 원자력이 될 것이다. 우리의 이 정신은 고려 이래 천년 동안 정당히 인식되고 발휘되지 못하였다. 서구의 모든 문화예술이 희랍, 로마의 르네상스에서 발상하듯이 우리는 다시금 삼국시대의 문화예술의 재인식—재생—만에서 우리 민족은 영생할 것이요 세계 인류의 평화도 달성될 것이다. 심혼心魂과 기백氣魄을 자신의 양식으로 섭취하는 강력한 운동이 필요한 것이다. 그리하여 정치에 종속되고 권력에 의하여 행사되고, 가부訶附되는 공산주의의 문예 정책에 대한 준엄한 비판 위에서, 또 자기 일개인의 명성과 영달을 위하여 갖은 술책과 모략도 불사하는 일체의 봉건적 노예근성과 소시민적 영합주의를 완전히 배격함으로써, 명랑하고 윤달潤達한 문화적 분위기가 양성될 것이다.

오늘의 희랍이 저토록 불행한 중에도 서구 문화인의 전적 관심이 이 나라의 중흥에 있는 것은 두말할 것 없이 그들이 모두 다 이 나라의 정신적 국민이요 후예인 까닭이다. 그러나 서구 한 작가의 작품이 가령 불란서나 영미의 것이라면 곧 전 세계에 번역 · 출판되는 이 정신적 세계 제패의 사실 앞에서 다만 이들 작가들이 희랍 문화 후예자들이라는 것만으로 설명은 충족할 수 없는 것이다. 영불 등 선진 제국들이 자민족의 문화예술을 위하여 부단히 노력하여온 그 결과로서 불란서어가 세계를 지배한 다음 영어가 세계 공통어적 지위를 갖게 되는 이 무서운 전파력 앞에서 이 땅의 문학자는 소승적 안일을 벗어나 전 생명을 도賭하는 언어와 문학 활동이 절실히 기대되는 것이다. 문예부흥의 정신은 어느 곳에서 어떻게 배태되어 탄생될 것인가, 정신력을 능가하는 과학은 없을 것이다. 근대 문화가 부단한 과학의 힘으로써 새로운 창세기를 가져왔거니와 이제 이 무섭고 놀라운 쾌속한 과학의 힘이 모든 정신문화—문학—위에도 새로운 변혁을 가져오고야 말 것이다. 뉴턴과 갈릴레오가 결코 문예와 절연되지 않았음과 같이 오늘의 원자의 위력은 새로운 문예운동에 신기원을 가져오게 될 것이라는 것을 우리는 부정할 수 있는가?

때는 왔다. 민족정신을 바로잡아 이 벅찬 세계적인 새로운 문예 전선에 참가하는 광영을 전 민족의 이름으로 전 인류의 이름으로 길이 간직하도록 하자.

—《백민》, 1950. 3.

회고 이상의 긴박성

1. 핵심 아닌 핵심

문화에 대해서 필자로서도 수차 이에 대한 단편적인 견해를 표명하였거니와 요컨대 그 시기 그 사회 그 민족의 약동 생성하는 정신적 움직임의 총화가 곧 오늘 우리가 말하는 문화의 특질일 것이다. 즉 그 시대 그 사회 그 민족의 지성과 감성과 생활이 지향하고 진통하고 몸부림치며 또 때로는 원자탄의 폭발처럼 현란한 걷잡을 수 없는 경이적 형체로써 세기를 뒤흔드는 그러한 내재적인 힘을 가지는 것이 부단히 생동하는 문화의 모습이기도 한 것이다. 필자는 얼마 전 헬싱키에서 열린 올림픽대회의 기록영화를 보는 중에서 몇 개의 감격적인 신에 부닥치게 되었다.

그 하나는 1천 5백 미터 경주에 있어서 일착一着을 한 룩셈부르크의 선수가 월계관을 받는 그 순간까지도 감격을 억제하지 못하고 손등으로 눈물을 씻어가면서 28만밖에 안 되는 인구를 가진 세계지도상에 그야말로 깨알만큼 한구석에 점 찍혀진 모국의 국가를 들으면서 흐느끼는 그 광경이었다.

흔히 우리는 조국의 명예를 위하여라는 말을 범상하게 사용하기도 하지만 이 청년의 흐느끼는 광경 속에서도 그 머리 위 높이 자기 나라의 국기가 하늘 높이 붉끈 솟아오르는 양을 전 심신에 느낄 때 이 청년은 더 한층 흐느끼지 않을 수 없었던 것이다.

세계의 모든 강대국 틈에 끼어서 경기장을 달리는 중에 뒤로 육박하는 이름 날린 선수들을 뒤물리치고 역주에 역주를 거듭하여 28만의 전 국민의 촉망과 정열과 용기를 한 몸에 도사려가지고 실로 영광스러운 조국의 명예를 세계에 선전케 되는 그 순간인 것이다.

지혜와 청명聽明과 노력과 견인堅忍 불발不拔의 정신은 결코 외롭지 않은 것이다.

언제고 노고의 □대한 가□은 그 광망光芒을 □하는 것이다.*

필자는 이 조그마한 그러나 결코 그대로 간과할 수 없는 이 광경에서 나는 내 전 심신을 흐르는 차고도 뜨거운 하나의 전율을 느꼈던 것이다.

우리가 모든 국제 열강의 주시 속에서 또 그들의 부단한 원조와 때로는 감시에 가까운 주목 속에서 우리는 가장 큰 희생의 대가를 치러가며 공산 독재와 싸우고 있는 그 사실인 것이다.

일선에서는 또 어느 후방에서는 저와 같이 젊은 청년들이 가장 용감하고 사생을 초월한 조국애의 정신에서 대상代償 없이 쓰러지는 고귀한 존재처럼 우리에게는 잘 알려지지 않고 있다는 사실이다.

조국과 민족의 영예를 위하여 쓰러지는 무명의 용사를 위하여 우리는 이 땅의 문화인 예술인은 이를 위하여 무엇을 해왔으며, 또 1953년도의 이 땅의 문화인 예술인은 이를 위한 어떠한 행동과 성과를 거두었는가? 또 다음 같은 영화 장면에서 18세(?)인가 되는 오히려 어리다고 할 수 있는 불란서의 수영 선수가 일착을 하자 감격에 넘친 그 아버지가 옷 입은 채 그대로 물속에 뛰어들어 그 아들을 얼싸 껴안고 부자의 혈애血愛

* 이 문장은 『모색의 도정』에 수록되면서 누락되었다.

이상의 뜨거운 키스를 보내는 광경이었다.

룩셈부르크 청년의 흐느낌을 비하여 이것은 또 얼마나 미고소微苦笑에 치値할 화기和氣 태탕駘蕩하는 장경場景인가. 조국의 명예를 위하여 끝까지 싸우는 광영도 광영이려니와 이는 한 세대를 육성하는 뒤에 숨은 이 역시 아무런 대상을 바라지 않는 그 높고 귀한 사랑과 편달과 훈도薰陶와 지극한 정성과 노력이 감추어져 있다는 사실의 한 증좌가 아닌가.

이를 조금 다른 각도에서 생각할 때 우리가 하나의 문화적 용사로 나라 문화계에 봉사하고 있을 때 우리는 과연 문화인으로의 긍지를 자부하기에 충족한 노력을 해왔으며 또 우리 뒤에는 우리를 편달 보호 격려해주고 있는 숨은 어버이의 사랑이 뒤받쳐지고 있는 것인가.

같은 피를 나누었다는 동족으로서 이 나라 이 겨레에는 얼마만한 믿음직스럽고 또 옷깃을 바로 하게 하는 겨레의 어버이, 나라의 어버이의 사랑의 채찍의 손길이 우리 등 뒤에 숨어서 떼밀어 주고 어루만져 주고 북돋워주는 것인가.

과연 1953년에 우리는 이러한 새로운 지지와 원호援護하에서 문화 1년을 회상해도 족할 만큼 되어졌던가.

또 한 가지, 이것은 스크린을 통해서 얻은 감명이 아니라 지난 10월 전국학생작품 전람회 기간 중 행사의 하나로 거행되었던 소국민들의 스케치의 현장에서 얻은 감격이었다.

덕수궁의 넓은 뜰에 40여 명의 이 땅의 꼬마 솔거率居(이 말은 당일 현장에서 만난 윤고종尹鼓鐘 군의 감탄사였지만)가 각각 자기가 선택한 자연과 고적의 한 모멘트를 붙잡고 이와 대좌對坐한 것이다.

이 꼬마들을 선출함에 있어서 이렇다 할 부수적인 입선 입상만을 노리는 그러한 근시안적 부주의가 절대로 없었을 줄 믿거니와 여하간 그러한 당국자의 의도 여하를 불구하고 남녀 꼬마들은 제법 기성 화가를 능가(?)하는 듯한 태연스럽고 자연스러울 뿐만 아니라 또 늠연凜然한 위의, 존엄까지도 갖추어서 그 주위에 와서 득실거리는 구경꾼이 시끄러움도 무시하여 안중에 두지 않고 사생寫生에 전 정력을 경주하고 있는 어찌 보면 밉살스러운 정도로 오만하기도 하고 대담한 그 제작 태도였다.

이에 대한 나의 감격은 과거 일제 시나 해방 후에도 이러한 분위기와 접촉할 기회가 없었음에 기인된 지나친 주관적 소이연인지도 모를 일이다. 그러나, 그러한 사실을 알고 모름을 떠나 이 장경에 부닥친 그 누구나 감개무량하지 않을 수 없었을 것이다.

이 40여 명 꼬마들이 장래에 다 미술가가 될 리도 없고 또 꼭 그리되기를 바라지 않아도 좋을 일이다.

요는 이 어린 세대 속에 싹트는 내일의 광경의 그 모습을 발견하고 그에 접함에서 오는 나의 감상적 흥분이라고만 단정할 수 없는 그 무엇이 있었기 때문이다.

즉 어떠한 불리하고도 곤란한 환경 속에도 거기에 자유를 찾아 누릴 수 있는 조건만 있으면 새로운 싹은 어디까지나 두터운 땅과 모진 돌 틈에서도 뚫고 나오고야 만다는 것이다.

비록 초토가 된 이 대한 위에서도 어리고 새로운 생명은 일체 외부의 불순과 혼탁을 물리치고 또 거기에 관여함이 없이 스스로 피어오르는 강인한 힘을 가지고 있는 것이다.

성인 된 문화인 예술인이 혼란과 혼탁 속에서 저미低迷 국척跼蹐되고 있는 그런 환경에서도 자라나고 커질 것은 자라나고 커가고 있다는 사실을 명기하여야 된다는 것이다.*

* 이 문장은 『모색의 도정』에 수록되는 과정에서 누락되었다.

2. 개괄적인 점철點綴

1935년은 전반前半 후반년後半年으로써 하나의 변모의 과정에 놓여졌음을 지적해야 될 것이다. 그는 두말할 것 없이 피난지 부산에서의 전 반년과 환도 후의 후 반년을 말하는 것이다. 항도港都 부산에서 2년 반의 보따리 곁방살이의 최후를 꾸민 전 반년에 무엇이 있었는가.

"제법 피난살이도 3년이 되니 자리가 잡히는군."이라고 하는 이르는 바 자위自慰적 언사가 기실은 자조임을 무시하는 듯 크게 얘기할 수 있는 착각 속에 놓여져 있었다. 어느 나라 문화가 이러한 모든 조건의 일변 속에서 정상적으로 발전될 수 있었던가?

사람은 얼마든지 환경의 지배 속에 안주할 수 있다는 이기적 관견으로도 용허될 수 없는 노릇이다.

고향도 가재도 경우에 있어서는 다 버리고 이스라엘 백성처럼 얼마든지 유랑 정착한 것이라는 착각은 아니었을 것이다. 피난 초기와 같이 제주도에도 가고 대마도도 가고 일본으로 하와이로 또 미국으로…….

어디든지 알 수 있는 데까지 가서 살아볼 대로 살아보자는 그러한 심리는 일차一旦 해소되어진 1953년이었다.

그러나 앞으로 전국戰局이 어떻게 전개될 것인지 예측할 수 없는 이 마당에 부산에서라도 정식 보따리를 털어서 여기다가 '하꼬방'식 문화의 시장을 공공연히 설치하려 드는 착각이 정상화되고 그것이 점차로 구체화하는 단계에 놓였던 것이다.

물론 그것은 환도라는 사실이 엄연히 목전에 임박하여가는 듯한 객관적 정세에 따른 하나의 준비 태세이기도 하였던 것이다.

그리하여 몇 개의 종합지와 문화지가 창간되어 문화 전반에 하나의 새로운 활기를 넣어보려고 하기도 하였다.

그러나 우리가 내외국의 예에서 보아 잘 아는 일이지만 하나의 종합지건 문화지건 그것이 정상적으로 발전되려면 기업 면과 별개로 편집에 있어서 가장 공정하다고 여론적이며 권위를 가질 수 있는 실력 있는 진영을 갖추어 출발되어야 하는 것인데 우리의 실정으로는 인재의 부족도 있겠으나 그보담도 안이하고 무계획한 소적인 고립주의로 말미암아 애써 시작한 일이 소기의 성과를 거두지 못하게 되는 것이요 그러한 까닭으로 개중에는 창간 수월에 폐간하는 불행을 자초하기도 한 것이다.

이러한 움직임은 우리가 전적으로 찬성 못 한다 하더라도 어떠한 하나의 기여가 반드시 있을 것으로 금후에 기대하려니와 전 반년에 있어서의 가장 기억을 할 사실은 '문화인 등록'이란 문제인 것이다. 이에 대해서는 당시 언론에 어느 정도로 보도되었으며 여론도 환기되었으나 그것이 하나도 올바른 결론을 맺지 못하였음을 일대一大 유감사遺憾事가 아닐 수 없다.

본론이 그들 비판함에 있지 아니하므로 극히 개괄적으로 논평하려 하거니와 문화인 등록령이 발포되어 그 기일이 임박해졌을 때 신문은 일제히 한 사람의 등록자도 없고 또 그 부당성을 논설로 반박하여왔던 것이다. 그러한 일반의 여론이 어찌하여 문총文總의 총회에서 대책위원회를 구성하여 진행한다고 할 때 언론은 거의 오불관언吾不關焉식으로 문총이 그렇게 하려면 그대로 해보게나 하는 식의 지극히 무관심한 듯한 태도로 나오게 되었는가 하는 것이며 또 문총은 장기간의 토의 끝에 이런 예상외의 결론에 도달하고 말았으나 문총 자체로서 문화인 등록령을 정부에서 영포頒布했으니 가급적 이에 추수준행追隨遵行하려는 일방적인 태도만을 가지고 이를 문화인의 입장에서 냉철하고 준열하게 비판 검토하는 성의를 이 땅의 문화인을 위하여 철저히 노력하지 못하는가 하는 석연치 못한 일반의 의疑를 남겨두었으며 다음으로 이 시행령의 주무主務 집행기관인 문교부로서 이 시행령 제정 전에 문화보호법(이 용어부터 논란될 것이지만)이 국회에서 제정되어 회부되었을 때 문화인과의 광범위한 협조적 비판의 기회를 가지려 들지 않았으며 또 가사 국회와의 관계상 이를 실시한다 하더라도 어찌하여 사전에 충분한 협의가 없었던 것이요, 또 그리고 일단 기일을 제정해 실시함에 있어서 문총과의 협조라는 것도 정부의 위신상으로 보아 좀 더 일반이 납득할 수 있는 조치가 있었을 것이 아닌가 하는 이상 몇 가지 점만을 지적함에 그치려 한다. 그리고 항간에는 문화인 등록은 문필가들이 하는 일이지 하는 지극히 냉랭한 세평만이 돌게 된 사실을 그냥 지나쳐버림만이 능能히 아니라는 것을 기억해야 할 일이다.

이러한 유례없는 조치가 취해지는 한편에서 휴전 반대의 □운은 점차로 높아가고 있어* 언론과 방송과 거리는 휴전은 6·25 재침을 의미한다는 북진 통일의 함성이 높아가는 중에서 부산 일우一隅에 남아 있는 고도의 문화 세계를 상양徜徉하는 문화인은 하나의 결정서나 메시지를 형식적으로라도 발표해야 할 책임감 이외에 침묵 일관의 무풍지대이었다. 때늦게 자주적인 행사의 추진보담도 당국의 요청에 호응하는 듯한 휴전 반대는 기실 여러 가지로 애로도 있었을 것이나 무관심할 수 없다는 안타까움과 어떻게 쓱삭해버리려는 안이한 생각의 부조리적 마찰에서 문화인의 호흡과 피는 민중과 더불어 높지도 않았고 끌어나가지도 못했다.

다만 하나의 비애과도 같은 절규가 오로지 단 한 번 문총의 유지 몇 사람의 손에서 이루어졌다는 것은 회고의 범위 밖으로 돌림이 의당할 것이다. 이러한 전 반년을 거쳐 휴전으로 줄달음치는 1월 20일과 더불어 환도의 기운은 점차로 무르녹아 광복절 전후하여 서울은 인파 만파의 훤

* '휴전 반대의 □운은 점차로 높아가고 있어'는 『모색의 도정』에 수록되면서 삭제되었다.

소喧騷가 나날이 높아가고만 있었다.

환도하면 우리 문화계도 재건하자. 이런 신념들을 각기 피란 보따리 속에 불멸의 옥석처럼 단단히 싸가지고 올라왔다. 그러나 현실은 받아들이기 전 약간 뒤물러서 거부하는 태세였다. 우선 안주처를 구하기에 눈부시게(?) 서둘러야 하고…… 오랜만에 서울의 거리를 걷고 가로수와 북악산과 더 높이 맑은 가을 하늘을 쳐다보고 상쾌미도 잠시 지내가고 대부분의 문화인은 대부분의 서울 시민과 똑같이 이 겨울을 어떻게 지내느냐? 하는 무서운 냉혹한 현실 면에 막 부딪혀버리고 말았다.

"날세는 부산의 겨울이 따사로워?"

이런 말이 부지불식간에 한탄처럼 새어나오게 되는 일면의 사실을 어찌할 것인가?

재건하자! 재건하자!

고아처럼 내버려진 문화인의 고독감 불안감은 다시 떠 냉한과 더불어 전 심신 위에 덮어씌워지랴 하고 또 씌워지고 있는 이 순간 문화계의 재건 재생은 어느 누구에게서 시작될 것이며 어디서부터 출발될 것인가. 문화니 문화인이니 이렇게 함부로 불리어지는 오늘, 바람결에서도 수많은 인민의 가쁜 숨결과 애소哀訴와 부르짖음의 여운을 붙잡아 들을 수 있는 진정한 이 땅의 시인은 오늘 어느 곳에서 어느 냉랭한 공간 속에서 질식 아닌 생의 구원자로서의 모습을 갖추어 우리들 앞에 선연히 나타날 것인가.

전반에 걸친 고난의 무서운 그림자 속에서 각자의 작은 생령을 이끌고 분산되고 격리된 소자아의 환영을 부숴버리고 군상이 아니라 집단적인 하나로 지향하는 새로운 움직임을 통하여 절망적이요 퇴영적이요 도생圖生 모리謀利적이요 무감無感 무각無覺의 질곡 속에서 박차고 나오는 제2의 정신적 자아 해방이 폐허 위에서 싹트고 몸부림치는 그런 사실을

1935년의 후반도 다 가는 이날 이 자리에서 공염불처럼 외쳐보는 것은 전혀 무의미한 노릇일까?

3. 국제적 관련성에 일언

인류의 문화는 그 역사가 상호의 교류라는 필연적 운명을 띠고 있는 만큼 동서양의 문화는 정도의 차이는 있을망정 서로 교체되고 전달되어서 어떤 정신적 세계 일우의 경지로 지향하고 있다. 더욱 오늘은 대공산 투쟁의 정신적 노력이 필연적으로 또 집중적으로 강화되어야 하는 역사적 현실적인 불가피적 제약을 받고 있는 사실에 감鑑하여 한국의 문화는 그 독자성을 상실하지 않은 채 세계의 현실적 문화에 기여하고 호응하는 유기적인 태세를 갖추어야 되는 것이다.

작년 처음으로 '유네스코' 회담에 참석하고 돌아온 (5인 중 3인) 이들이 우리에게 좀 더 국제적 실정을 알려주어야 하겠고 또 파리에서 열린 회담에 참석하고 돌아온 백낙준 씨는 우리 문화인에게 더 많은 지식의 공여에 정진하여야 하겠거니와 작년부터 구상 중인 '한국유네스코협회'의 그 발족은 무엇 때문에 이렇듯 난산에 난산을 거듭하게 되는지 실로 문외에 있는 우리들로서 이해하기 곤란한 바 크다.

오늘날 정치라는 이념이 대한민국 정부 수립과 더불어 왕성하여지는 것은 가상할 일이라 하더라도 모든 기구 조직과 인선人選 문제에 있어서이 정실情實적이요 편파적이요 때로는 타방他方적 파벌이라는 불미한 말이 사실 유무보담도 세론에 오르내리는 이 통탄할 폐단의 일소를 위하여서라도 어떤 구체적인 운동이 전개되어야 할 것이 아닐까.

난합 취산만으로 오늘의 현실은 호도되지 않을 것이며 더욱 문화를 모든 무기에 앞서 중요시하는 대공산 투쟁에 있어서이랴.

다음 미국민과의 문화 교류에 있어서 필자에게 수학적 근거가 없으나 군인과 교육자와 유학생의 도미는 상당한 수에 달하고 있으나 어학이라는 하나의 이유 때문만은 아니라 하더라도 한미 문화인의 교환交驩이란 전혀 문제시되지 않는 이 실정의 시정은 내년도의 숙제로 돌리는 데 그쳐야만 될 것인가.

재한 미국 공보원의 알선으로 몇몇 유능한 이가 도미 시찰을 다녀왔고 또 떠나가 있으나 만일 우리들로 하여금 미 국무성에 진언할 기회가 있고 또 한미 친선과 문화 교류에 대한 의견 진술의 필요성이 인정된다면 이는 한국 정부에 대한 우리의 건의와 더불어 충분히 고려될 문제의 하나로서 감히 일언하여두고자 한다.

더욱 오늘의 한국 문화를 해외에 소개하는 사무도 중차대하거니와 또 외국의 문화를 한국에 소개하는 일도 초미의 급急을 고하는 일이다.

전란 중에도 몇 개의 문제 작품이 이 땅에 소개되어졌고 또 시사성을 띠운 해외 논평이 일부 게재되기도 하였으나 아직도 이것만으로는 한우충동의 감이 없지 아니하며 특히 문학 작품에 있어서 오늘의 실정으로는 중역(일어에서)을 용인할 수밖에 없는 과도적 현상이라 하더라도 적어도 외국어에 대한 어느 정도의 교양은 가져야 할 일이요 그중에서도 지명 인명 등 고유명사에 대한 오역이란 머릿살을 찌푸리고도 남음이 있다.

그리고 우리의 어학 실력이 모든 외국 문화를 직수입하기에 기다의 난관이 있으므로 이의 잠정적 해결책으로 일본의 출판물을 수입시킬 수밖에 없는 그런 곤경에 처했다 하여 전혀 무계획적인 수입과 더욱 무질서한 가격 고등高騰으로 인한 혼란을 정부 당국은 시급히 시정해야 할 일이다.

부산에서 다시 서울로 이동된 가두 서점 등에 대한 시급한 대책이 요망되고 있는 것이다.

이 이외에도 문교부에 설치된다는 '번역원'의 사업은 어느 정도로 진보되고 있는 것인지 오늘의 고등학교 학생부터는 일어 해득의 실력을 완전 상실한 이때에 있어서 번역 사업의 국가적 의의도 크거니와 민간 출판업자의 발분이 요청되는 바 절실한 데 채산採算이라는 유일한 이유하에서 함부로 발췌 오식誤植되는 번역출판의 전국적 시정은 어느 때까지 대망待望되어야 할 일일까.

4. 좀 더 절박한 문제

민주주의를 지향하는 싸우는 자유 대한에 있어서 민중의 계몽과 지도는 무엇보담도 중대성을 띠고 있거니와 이 사업의 수행상 제일로 불가결한 3대 요소인 신문과 영화와 방송에 있어서 금년 1년 동안 얼마나한 질적 향상을 꾀하였는가를 일별할 필요가 있다.

신문은 환도 이후 질적으로도 어느 정도의 진전을 보이고 있으나 아직도 지면의 부족과 더불어 싸우는 이 나라의 모든 모습을 엿보기까지에는 요원한 감이 없지 아니하며 전기 사정의 불리로 인한 방송의 대중화는 기약조차 막연하여지고 말았다.

이러한 문화의 후퇴성의 극복은 단시간에 기하기 어렵다 하더라도 보일보 향상되어간다는 그 어떤 당국의 언명도 들어볼 수 없는 안타까운 현상이다. 그리고 20세기의 최대 예술인 영화에 이르러서는 전혀 논의의 대상도 되지 않고 있다.

기록영화나 극영화에 있어서 가장 많은 소재를 가지고 있는 한국에서 이처럼 부진하고 있는 그 원인은 어디서 구명될 것인가.

수공업적인 몇 편의 영화가 제작 도중에 있다고 전해지고는 있으나 최근에 와서 부쩍 늘어가는 미불 등 외국 영화의 시장 개발에 있어서 정부 당국이나 영화에 관심하는 이들의 일대 분기奮起와 시급 적절한 대책이 과단성 있게 추진되어야 할 것이다.

신문이나 방송만으로 우리는 한국에서 일어나는 이 비참하고도 처절한 현실을 대중에게 완전히 이해 파악시킬 수 없다.

더군다나 대공산 투쟁에서 직접적인 희생을 겪지 못하고 있는 모든 민주 우방의 계몽에 있어서 한국 영화는 일체의 형극荊棘의 길을 박차고 그 본래의 사명에 절대한 노력을 경주하여야 할 일이다.

이외에 국민개창운동도 지상으로만 선전될 뿐 아직도 이렇다 할 성과를 거두고 있지 못하다.

요컨대, 환도에까지 이르렀을 뿐 모든 문화운동은 침체와 혼란과 저조에서 진통마저 잊어버린 듯 오로지 분산적이요 단편적인 소강적 명맥만 이어가는 듯한 이 실정에서의 광구匡救를 위하여 문화 전 분야에 걸친 일대 반성과 아울러 새로운 의욕이 불타기 위한 출발의 준비가 금년 내로 정비되어야 할 일이다.

그러기 위하여 여기에까지 이르지 않을 수 없게 된 내적 외적 모든 애로의 제거와 더불어 자유로운 그러나 싸우고 있는 이 세대의 인간으로서의 철저한 새로운 인식이 절대로 필요한 것이다.

일체의 잔재에서 일시의 착각에서 완전히 자아를 해방시키자. 명년을 위하여 명일 뒤에 이 땅의 인류의 새로운 역사 창조를 위하여.

—《신천지》, 1953. 12.

녹화綠化문학의 제창

—푸른 자연으로 돌아가자

문학, 그리고 예술은 그 어떤 불멸의 생명력을 가짐으로써 위대하다는 이 상식론은 오늘에 와서도 부정될 수 없는 것이다. 즉 왕성하고 풍부하고 강인한 생명력을 가진 예술만이 모든 인류의 염원하는 이상적 예술일 것이다. 그러면 이 생명력은 어디서 오는 것인가. 각고刻苦하는 정신, 불굴하는 의욕, 일체의 세속적인 것과 타협하지 않는 불패의 기상, 그리고 만유萬有를 포옹하는 높은 인간애, 이러한 총화 속에서 우리가 말하는 위대한 예술 내지 문학은 제작되고 나아가 새로이 창조되는 것이다. 오늘 우리는 시시로 허망 이외에 아무것도 찾아볼 수 없다는 극도의 불안과 공포와 절망 속에 휩싸이는 것이나, 어디까지 이를 견디어 물리쳐 싸워서 이겨나가는 그러한 강인하고도 골수에 새겨서도 뻗어나가는 정신력, 그 정신력만이 오늘의 우리에게 절대적으로 필요한 것이다. 즉 인간으로서 억누를 수 없는 정의와 더불어 살아가는 생명력을 가져야 한다는 것이다.

이 대전제하에서 다시금 오늘의 현실을 보자. 안이한 생각에서 맞아들인 해방으로 인하여 벌집을 건드린 듯한 일대 혼란이 삼천리 국토 위에서 벌어지는 사이에, 갖은 추악이 노정되었던 것이니, 그야말로 국적國賊이라고 불리는 부류에서부터 인간 양식良識을 좀먹는 이른바 정상배 · 모리배의 발호跋扈는 이루 말할 수 없을 정도여서, 오늘에 와서는 전 국토 위에 지극히 적은 부면…… 마치 6·25 동란, 적의 남침 시에 워커라인으로 저항하던 그만한 지점, 그 적은 지역만큼이나 민족적 양심, 인간적 양식이 남아 있고, 그 여타의 우리 모두가 이 혼란의 와중에서 어찌할 바를 모르고 있다.

뿐만 아니라 이 혼란 속에서만이 사리사욕을 암취暗取하는 호기회가 되어지기도 하여서, 정치 · 경제 · 사회는 물론 문화의 영역마저 이 침해 속에 방치되어가는 듯한 우울의 암색暗色이 점차 짙어가고 있다. 부질없는 울분, 의미 없는 한탄만도 아닌 듯이, 시대와 현실을 정시正視 · 의시疑視 · 직시直視하려는 본연적이요, 필연적인 의욕의 발현이 그 어느 한 지각을 중심하여, 울연鬱然히 버티고 일어서야 할 것이다. 공산 악마가 암흑으로 시뻘겋게 물들이려는 이 남한 국토가 1945년 한 해 겨울을 지난 다음 해 봄은 강산이 바로 자토赭土가 되어서 자연적인 적화赤化가 이루어졌다. 5천 년의 흥망성쇠 중에서 그래도 자랄 것은 자라고 멸할 것은 멸하였을 이른바 금수강산은 빨가벗은 채 몸뚱이를 부끄러운 줄도 모르고 드러내 놓았다. 전화戰禍로써의 초토가 아니라, 말 없고 죄 없는 마른 풀과, 잘고 굵은 모든 수림이 3천만의 육체 보온이라는 미명하에 일체의 징벌을 당하였다. 그러나 이러한 희생은 안중에도 없는 듯 그 육체가 아무런 가림도 없이 날뛰는 정상배 · 모리배 · 형형색색의 식욕 군상群像을 배출하였으니, 실로 벌거벗은 강토 위에서 무서움 없이 함부로 날뛰는 인간난무극人間亂舞劇의 가관이라고 해야 옳을 것이다. 처음에는 알팍한 양심의 편린이 없지도 않았으나, 오늘에 와서는 양심이니 양식良識이란 허울 좋은 도금 수표로 위조되는 문화위폐공사文化僞幣公社 사건이 일어남직도 한 이

때를 타서, 여기 하나의 지극히 가상적인 명제가 불쑥 나에게 제시되었다. 왈曰 '녹화문학의 제창'이란 것이다. 어느 나라 역사나 문화사가 그 국토의 지리적 환경을 무시한 채 성립될 수 없었던 것이니, 애급이나 중국이나 인도의 문화 발상은 그 지리적 환경에 절대한 지배와 영향을 받았다.

인간은 무릇 태고로부터 물과 초목으로써 그 생명을 지탱해왔던 것이니, 푸른 산, 푸른 강은 그것이 하나의 물체나 형색뿐만 아니라, 그 속에 면면히 흐르는 거창한 우주의 생명이 잠재되어 있는 것이다. 그러므로 희랍 신화 중에는 그 허다한 조물주적 정신 속에 수림樹林에 대하여 지극히 함축 있는 얘기를 창조하였다. 그중의 일례로서 '장님 된 로이코스'라는 것이 있다. 드라이어드와 하마드라이어드는 수림의 정령인 선녀였다. 그리하여 수림을 사랑하는 자는 행복을 얻고, 이를 남벌하는 자에게는 신벌神罰을 내리는 것이다. 하루는 로이코스란 청년이 쓰러지는 떡갈나무를 부축하여 이를 일으켜 세웠다. 이에 감심感心한 하마드라이어드 선녀는 로이코스에게 그대의 원이면 무엇이든지 들어준다고 하자 로이코스는 선녀의 사랑을 원한다 했다. 이 말을 들은 선녀는 그를 쾌히 승낙하면서 저녁때에 꿀벌 한 마리를 사자로 보낸다고 약속했다. 그러나 친구와 골패에 열중된 로이코스는 저녁때가 되어 귓가에 와서 윙윙거리는 꿀벌이 온 뜻을 잊어버리고, 그를 손으로 후려쳐 쫓아버렸다. 또 하나, '아귀가 된 에릭시톤'이라는 얘기가 있다. 이자는 여신의 수호목守護木까지 남벌한 자로서, 드디어 그는 한 그루의 풀과 나무도 없고 수확도 없이 기아와 공포와 전율에 떠는 궁지로 추방되었다. 그는 그곳에서 자기의 소위 일체를 다 먹어버린 후 유일한 자기 딸까지 잡아먹을 수밖에 없는 고경苦境에 빠져버렸으나, 신은 그 딸을 구해주는 대신 에릭시톤은 자기 자신의 손, 발까지 잘라 먹다가 죽어버리게 된다는 실로 끔찍스러운 애기가 있다.

이상의 두 가지 신화에서 얼마나 희랍이 수림마저 생명같이 아껴서 이를 애호하였는가를 엿볼 수 있는 것이다.

문화의 척도가 반드시 애림愛林 하나만으로써 계획되는 것은 아니라 하더라도, 문화와 수림의 연관성은 결코 경시할 수 없는 불가분의 관계를 가지고 있는 것이다.

기독基督의 복음 중에 나타나는 가나안 복지福地란, 비록 지형적으로 산옥山獄이 많으나 젖〔乳〕과 꿀이 흐르는 옥토로서 감람橄欖 · 포도 · 무화과 등이 풍요하게 자라나 이른바 항상 푸르른 산야를 가진 곳으로, 이곳에서 기독 문화가 발상되었다는 사실은 여기서 다시 설명할 여지도 없는 것이다. 그런가 하면 '지혜'와 '과학'과 '사랑'을 한가지로 창조한 희랍 문화에 있어서도, 자연이 가진 위치는 높은 것이었으며, 그리하여 플라톤은 "천지와 산들과 많은 하천과 수풀과 또 우주와 그중에 존재하여 움직이는 사물을 어느 정도로라도 묘사하는 예술가에게 만족한다."고 하였던 것이다. 실로 우리의 현실적 생활, 또 더 높은 정신생활 위에 힘이 되고 빛이 되며, 또 그늘이 되고 때로는 생명처럼 숨어드는 자연 속에서 그 어느 하나만을 선택할 수는 없으나, 우리가 대지 위에서 생을 향유하는 이상, 또 우리가 무한한 생의 기쁨을 그리고 젊음—청춘—을 길이 간직하려는 한에 있어서, 우리의 주위에 펼쳐진 푸른 산야와 울창한 수림은 그대로 우리 자신처럼 간직되어져야 할 것이 아닌가. 희랍 철학자들이 소요逍遙하던 균형된 도로와 정원을 생각해보라. 공자가 말씀한 요산요수樂山樂水의 세계를 생각해보라. 영국의 호반시인湖畔詩人들이 즐기던 무한히 푸른 잔디밭을 생각해보라. 민주주의의 상상적 선지자 장 자크 루소가 『고독한 산보자散步者의 몽상』 속에서 독백하는 자연에의 귀의, 특히 식물 일반에 대한 지극한 애착심을 보라. 세계의 공원인 서서瑞西 제네바에서 태어난 고독하고도 정열적인 루소의 마음속에 깊이 인상印象된 아름다운 호수와 그 호반과 대지 위에 기름진 수림과 초원! 천혜의 자연을 복받은 서서瑞西는 티끌 하나도 일지 않는 완전한 푸름으로 덮여지고 쌓여졌던 것이다.

'5월의 마로니에'를 노래하는 파리의 우울을 그 누구보다도 가장 열렬히 노래한 보들레르에 있어서도, 수림으로 덮여진 룩상부르그 공원이나 퐁텐불로의 숲의 역사적 울창을 거부할 수 없었던 것이다. 불행한 순정의 시인 라이너 마리아 릴케마저 로댕에게서 받은 조각의 진실미와 더불어 파리를 덮어 싸고 있는 플라타너스를 비롯한 가로수에서 얻은 인상—

> 아직도 채 깨지 않은 정원의 여기저기엔 동상들이 회색 안개에 싸여 아침 햇볕을 받고 있다. 기다란 큰길에 연沿한 화원의 꽃들이 겨우내 잠이 깬 듯 하나하나씩 깜짝 놀란 목소리로 "분홍!" 하고 외친다…… 그는 다른 것은 거들떠보지도 않고 아침 태양과 나무들을 향하여 미소했다…….

이러한 일절一節을 통하여서 꽃과 더불어 푸르른 수림으로 꾸며진 도시 파리를 연상도 해보거니와 하필 그뿐이랴. 제2차 대전 전 파란의 바르샤바를 다녀온 이의 말에 의하면 이 도회 시민들은 이상하게도 전선주에다가 단壇을 매고 그 위에 화초분들을 얹어놓고 키우더라는 것이다. 아직도 근대 도시의 면모를 갖추기에는 창창滄滄 후일後日의 서울이기는 하나, 새로운 도시 계획과 더불어 녹화 · 미화의 절대성은 여기서만 주장될 일이 아닌 것이다.

다뉴브 강의 푸른 물결은 요한 스트라우스만의 세계는 아닌 것이요, 이 강을 끼고 양안兩岸에 우거진 숲과 더불어 무한인 듯 펼쳐져 있는 푸른 잔디는 세계적이라고 전해지고 있다. 봄이 되면 이 금잔디 위에서 젊음의 윤무輪舞를 상상할 수도 있거니와, 대지에 엎드려 풀 향기를 맡으며 맑은 창공 아래 사랑을 속삭이는 한 폭의 그림은 일찍이 어느 영화의 한 장경으로 아직도 나의 기억 속에 남아 있다.

사람의 수명이 각각이듯이, 수림이나 초화의 생명도 가지가지이거니와, 국가적 보물로 보존받고 있는 성균관 안의 두 그루의 은행나무 옆에서 3년을 지내는 기이한 인연을 얻은 필자로서, 적지 아니한 감회를 가졌던 것이다. 적어도 5백 년을 살아온 이 고목. 또 이 고목을 중심하여 커다란 하나의 문학을 구상하는 이가 반드시 있으리라 믿어지거니와, 또 한국 각지 방방곡곡에서 찾아볼 수 있는 고목들—느릅나무나 느티나무—는 그것이 하나의 나무라기보다도 그 마을 그 동리를 수호하는 무언無言의 역사적 거인이기도 한 것이다.

그러나 이러한 유서 있는 고목만으로 족한 것이 아니다. 진실로 연면連綿하여 대지를 둘러싸는 수림과 초원, 가도 가도 끝없는 푸름으로 뒤덮이는 기름이요, 꿀과 같은 옥토, 금수강산이어야 할 것이다. 자연의 황폐와 대지의 척박하여진 모든 궁극의 원인은 이조李朝 이래의 국가 운명 그대로라고 단언하여서 결코 망언이 아닐 것이다. 기껏해야 죽림을 울타리라고 정전庭前의 화단을 벗 삼을 뿐, 그것으로 문인文人 시객詩客의 퇴영적 · 소극적 · 도피적 안일에의 홍취와 회구懷舊와, 더 나아가 음풍영월吟風詠月의 대상이 되었는지는 몰라도, 그는 오늘 우리가 요망한 바 강인한 생명력과 젊음을 내포한 자연의 태세는 결코 아니었던 것이다.

외국의 허다한 예술가 · 사상가들의 자연관을 살펴볼 때 가령 로마의 수사학자 퀸틸리아누스가 "자연의 미는 해변의 평야와 상냥한 풍경 속에서 찾아볼 수 있다."는 말과 대비하여, 장 자크 루소는 "……평탄한 토지는 아무리 아름다워도 내 눈에는 아름답게 보이지 않는다. 내가 필요로 하는 것은 급류 · 바위 · 교목 · 울울한 삼림 · 연산連山 · 기복 · 철요凸凹한 도로, 무서움에 질리게 하는 절망……."이라고 말하였다.

자연 하나를 두고 예술가나 문학자가 각자의 견해를 달리한다는 것은 고금을 통하여 내려오는 일이거니와, 우리가 현재 당면한 자연에 대한 인식은 이러한 일반론에서보다도 더 절박한 단계에 있는 것이니, 말하자면 우리의 관조 세계에 들어오는 일체의 자연 현상 중에서도 이미 형성된 그 자연이 그 본연의 자세를 상실해가고 있다는 이 엄숙한 사실인 것이다.

비근한 일례를 들거니와 1 · 3 후퇴* 후 삭막한 부산 거리에서 북적거리다가 다시금 환향한 뜻있는 이들의 공통어는 왈 "역시 서울이 좋다. 도로가 넓고 더욱 가로수가 있어서……."이었다. 이것은 부산에 비해서의 소감인 것은 물론이다. 좀 더 자유롭게 활개 펴고 다닐 수 있는 곳이라는 의미일 뿐이다. 그러나 오늘 이때 도로는 갈수록 더 좁아지는 감만을 깊게 하며, 가로수마저 지난날에 비하면 많이 시들어 말라버렸고, 또 그것만으로 자랑도 되지 않는 것이다.

녹화운동이 바야흐로 맹렬히 일어나려는 것도 때늦은, 그러나 시간을 다투는 문제인 것이다. 인간의 마음을 부드럽고 살지고 싱싱하게 하고 기름지게 하는 푸른 잔디와 울창한 나무숲들이 진정코 그리워지고 필요해진 것이다. 물욕, 권세욕에만 날뛰는 이른바 '머리가 돈' 사람들로 하여금 인간 본연의 자세로 불러오기 위하여 "자연으로 돌아가라!"를 더 철저히 하여 "푸른 대지로 돌아가자!"를 외치지 않을 수 없게 된 것이다.

18세기 중엽에 당시의 부패한 귀족 사회를 통매痛罵하면서 『인간 불평등 기원설』과 『민약론民約論』을 쓴 루소가 교육소설 『에밀』의 권두에서

* '1 · 4 후퇴'의 오식으로 보인다.

"자연은 인간을 선량 · 자유 · 행복스럽게 만들었으나, 인간의 수중—사회—에 들어와서 인간을 불행 · 노예 · 사악으로 악화하였다."라는 의미의 일절을 오늘 우리는 더한층 심각하게 음미하여야 하게 된 것이다. 한국은 지리적으로나 역사적으로나 반드시 불행이 약속된 어떤 선민은 아닌 것이다. 세계와 더불어 인류와 더불어 무한히 신장될 수 있는 환경에 놓여지기도 한 것이다. 그러나 오늘의 이 혼란은 어디서 기인하는 것인가. 이를 반드시 정치적 혼란이나 경제적 혼란만으로 돌릴 수는 없는 것이다. 보다도 이는 인간 자체의 본연성에 대한 인식의 결여에서 오는 것이다.

진실로 자연으로 돌아가야 하며, 푸른 대지로 돌아가야 하겠으나, 그 자연 그 푸른 대지의 소지素地가 마련되어 있지 않는 불행 속에 빠져버린 우리들이다. 어떻게 다시 그 본연의 천혜의 자연과 대지로 돌아갈 수 있게 하는가 하는 전 국민의 노력이 이에 집결되어야 하며, 특히 사상가 · 교육가 · 종교가 · 예술가가 이 본연의 품에 안겨지도록 하여야 하는 것이다.

미국의 유명한 사상가요, 시인인 헨리 데이비드 소로는 그의 명저 『월든(林中生活)』에서

> 단 한 번 내린 소리 없는 보슬비도 한층 풀들을 푸르게 한다. 우리의 전도前途도 훌륭한 사상이 흘러 들어옴으로써 빛나는 것이다.
>
> 만일 우리가 행복하게 지내려면 현재에 생활하여 목전에 일어나는 종류의 사실을 이용하는 것은, 마치 풀들이 그 위에 내리는 극히 적은 이슬의 영향도 모두 나타냄과 같다…… 청결한 봄 아침에는 인간의 모든 죄악들이 용허된다. 이런 때는 악덕에 대한 휴전인 것이다. 이렇게 태양이 빛나는 때 어떤 흉폭한 죄인도 선심으로 돌아갈 수 있는 것이다…….

라고 말했다.

솔로몬 왕은 나무와 나무 사이의 거리에 대하여 칙령을 발포했다 하거니와, 오늘 이 국토가 살지고 기름지게 하기 위하여서는 그 어떤 법의 제정도 필요할지 모르나, 그보다도 소로가 어떠한 타인의 경험에 대한 저서보다도 역사·시·신화와 같이 경이에 치値할 유익한 방법이 없다고 한 말의 진의를 알아야 한다.

진실로 우리는 우리의 생을 살지고 기름지게 하며, 우리의 정신과 생명력을 더욱 강인하고 풍요케 하기 위하여 모든 예술가, 특히 시인, 문학가의 분기奮起를 요청하는 바이다.

녹화문화란 역시 이러한 정신의 체득에서만 이루어질 것이다.

바야흐로 세계와 더불어 신록의 5월이 우리 앞에 전개되려 한다.

"연애보다도 금전보다도 명성보다도 나에게 진리를 달라!"고 부르짖은 소로의 정신은 미국민에게뿐만 아니라, 오늘의 우리에게도 절실히 요망되는 절언이요, 금언이 아닐 수 없다. 이 황폐된 조국에게 진리·진선眞善·진미眞美를 돌리기 위한 알고 모르는 많은 지식인·예술가의 각고불휴刻苦不休하는 노력을 기원하여 마지않는 바이다.

—《신천지》, 1954. 5.

새 세기 창조의 인간 정신

—어떤 청년 시인과 대화 중의 일절—節

짓궂은 장마가 걷혀진 듯한 어느 날 오후, 시인적인 형안炯眼과 교양에서 스스로를 풍요화하려는 의욕을 가진 한 청년이, 약간 당돌한 태도로 나에게 몇 개의 테스트를 감행하는 것이었다. 정신적인 피고와도 같은 입장에서 나는 그의 직접적인 질문에 응대하는 수세守勢를 감敢하였다.

청년　오늘의 이 세기적 특징을 과거로 소급하면 어떠한 시대를 연상케 합니까?

주인　그 질문에 응하기 전 나는 상식의 범주에서 떠날 수 없다는 것을 미리 양해하기 바란다.

솔직히 말하여 세계 전체도 그렇게 보여지거니와, 한국 자체로 보더라도 우리는 18세기의 불란서를 연상케 한다. 즉 문예 내지 사상 면에 있어서 광범한 계몽적 혁신운동이 팽배할 시기라고 본다. 가령 법의 정신을 위한 몽테스키외의 『만법정신萬法精神』이라거나 루소의 정치상 원리의 하나로 들 수 있는 『민약론』과, 교육 사상의 경전이라 할 수 있는 『에밀』과 같은 그러한 새로운 움직임이 있어 마땅하리라고 본다.

청년 그건 이미 동양에서도 문명개화라고 하여, 서구 신문명 수입 초기에 한번 다 거쳐온 지 오랜 사실이 아닙니까?

주인 문제가 거기 있지 않을까? 이미 다 받아들인 것 같은데, 그것이 아직도 완전히 우리 자체 내에서 소화되어 영양소로서 섭취되어 있지 않다는 그것이다. 우리들과 같이 신흥하는 민주 국가에서 먼저 법의 정신부터 세워나가지 않으면 민주주의는 발전될 수 없는 것이 아닐까.

그러므로 내가 말하는 18세기적 불란서란 그 당시와 꼭 같은 운동을 우리들에게 이식시킨다는 의미가 아니라, 그와 같은 광범한 운동이 오늘의 이 현실에 적합하도록 일으켜져야 한다는 것이다.

청년 유심론적 합리주의에 대하여 유물론적 경험주의로써 대항해서 이를 극복함으로써 19세기의 모든 사조를 배태시킨 바 그런 의미의 정신운동을 말하는 것입니까?

주인 간단히 말하자면 그런 의미다. 그러나 특히 내가 말하고 싶은 것은 18세기 불란서의 사상 · 과학 · 문예 · 경제 등 전반에 걸쳐서 이 새로운 운동을 일으키기 위하여 당시의 지식인들이 강인한 정신적 항쟁 의식을 가지고 일체를 세속적, 또 봉건 제도나 기성관념과 대치하여 끝까지 싸워나갔다는 그 행동적 과감성을 우리는 다시 한 번 깊이 반성해야 하겠다는 것이다.

그러므로 괴변 학파와 항쟁한 소크라테스적 용기와 행동이 요청된다는 것이다. 일보 전진해서 오늘의 세계적 현실에 있어서, 우리가 당면한, 그리고 우리가 싸워서 인류 문화에 공헌한다는 하나의 테제를 설정하여서, 다방면으로 이에 모든 지적 · 정신적 태세를 집결시켜야 되겠다는 것이다.

청년 그것은 오늘의 한국에서 부르짖는 반공문화전선 결성과 같은 것을 의미하는 것입니까?

주인 물론 그런 의미가 포함되어진다. 일단 세계의 지식인 · 사상가들은 지식의 과잉에 대한 과감한 비판적 초탈이 될 것이다. 이러한 운동은 19세기 말에서 20세기 전반기에 있어서 나로서는 이루 다 알아볼 수 없는 수많은 지식인들이 그러한 지양을 위하여 싸워오기는 했으나, 항상 그들은 학문의 전당 밖으로 뛰어나오는 대담성이 현실적으로 제약받았던 것이다. 말하자면 정치나 경제의 부단한 내정간섭에서 벗어나기가 어려웠던 것이다.
그러나 오늘과 같이 전 세계의 지식인, 더 정확히 말하자면, 인간 전체에 대해서 갖은 방법으로 침윤 · 침략해 오는 공산 사상 즉 일체의 비판을 거부하는 신부神符와도 같은 굴레 씌워진 일종의 합리주의인 이 공산 사상을 근본적으로 분쇄 퇴치하려는 정신적인 태세를 갖춰 가지지 아니한 모든 행위는 하나의 자위적 자살에 불과하다는 이 의식이 얼마나 투철되고 있는가를 말하고 싶다.

청년 현실적으로 그런 태세는 이루어져 있는 것이 아닐까요. 더욱 6·25 전란을 치르고 난 이후에 있어서—

주인 군까지도 그렇게 어리벙벙한 태도를 가질 줄은 몰랐다. 6·25 전란을 통해서 공산주의가 싫다든지 공산주의하에서 살 수 없다는 체험을 얻은 것은 사실이나, 그러나 요는 그러면 어떻게 물리칠 수 있을까 하는 데 대해서 지나치게 무관심해왔다는 것이다. 막연히 무엇이 이를 막아주겠지, 물리쳐주겠지, 하는 그 무서운 이기적 의타심, 이런 것이 송두리째 빠져버리지 않고서는 우리의 생은 한낱 물질적인 생존 이외의 아무것도 아니란 말이다. 모두가 일종의 위험과 같은 그러한 불안에 부딪칠까 보아 가장 영리한 처세술을 쓰고 있는 것이 군이 아닌 나거나, 나도 군도 다 그 속에 들어 있는지도 모른다는 것이다.

그렇지만 일간日間도 보도되는 수류탄 가지고 노는 어린이들과 같은 위험을 알아두어야 할 것이다. 우리들 생활 속에, 우리들 정신 속에 응장凝裝된 수류탄이 예고 없이 여기저기 놓여져 있다는 사실을 알아야 되겠다. 때로는 자기 자신이 자기 자신을 해치는 수류탄을 제조하고 있는지도 모르겠다는 것이다. 즉 위험 자체가 내 몸과 내 마음 속에 있다는 것이다.

청년 비극적인 추상론 같은데요. 좀 더 명확한 말씀이 없으십니까?

주인 군은 시와 또 그 정신을 탐색하는 유능한 청년 중의 하나로 나는 믿고 싶지만, 젊음이란 것이 다만 나라를 지키는 한 병정밖에 안 된다는 그러한 타성적 관념을 여지없이 순수純粹해버리는 용기를 가지라는 것이다. 이 땅에서 나날이 일어나는 혼탁만에 구애되지 말고, 스스로 박차고 나가기 위한 진지한 토의와 의견 교환의 자유와 진실 탐구의 의욕을 발휘시키는 공공연한 모든 자유의사의 행사를 과감히 행동으로 표시해달라는 것이다. 쥐꼬리와 같이 매끄럽기만 하고 박쥐처럼 정체불명한 그런 세속적인 추태를 짓밟고 일어서는 그 용기를 가져달라는 것이다.

(내 자신이 미워서 이 미지근하고 무력한 내 자신이 미워서 견딜 수 없는 그런 울분이 자꾸 치밀어 올라서, 내 얘기는 또 하나의 논리를 가지지 못하고 말았다.)

청년 사실은 비평 정신에 대한 말씀이 듣고 싶었는데요.

주인 진실을 추구하고 자유를 갈망하면서 시대 창조의 한 역군으로서의 신념과 긍지를 가지지 아니한 그러한 황무지 위의 정신은 스스로 깃들일 곳을 찾지 아니할 것이다. '인간은 무엇인가' 하는 이 초보적인 모럴이 아직도 그 본연성을 나타내지 않고 있는 오늘, 차라리 한 떨기 꽃이 더 향기롭고 말없이 우리를 즐겁게 하지 않는가? 허물어진 조국보다도 허물어진 인간 정신의 재건을 위하여 우리들은 좀 더 무명의 전사가 되는 영광을 가져야겠다. 군도 그 전사의 한 사람으로 나에게도 징용되는 성직聖職을 용허해줄 수 있겠는가? 그럼 이번은 내가 군에게 모든 문제를 물어보는 위치에 서고 싶은데, 그 자리와 기회는 군이 마련해주기 바란다.

—《중앙일보》, 1954. 8. 2.

6·25의 문학적 실존성

— 피맺힌 역사적 파도와의 대결

아메리카인들은 아직도 서부개척과 남북전쟁이 끼쳐준 그 커다란 역사적 사실에서 눈을 돌리거나 염증을 느낄 줄 모르고 있는 것 같다. 영화에 있어서 아메리카인이 즐겨 박수치고 환호하여 맞이하는 서부활극에 대한 열광의 도度는 오늘까지도 변함이 없거니와, 아메리카의 세계적 수준에 이른 작품의 테마의 대남북전쟁大南北戰爭의 가지가지 모습인 것이다. 이만큼 서부와 남북전쟁은 그 후의 제1차, 제2차 대전에서 겪은 것 이상의 특이한 매력을 갖고, 아메리카인을 육박하고 있는 것이다.

돌이켜 한국에 있어서 항원恒遠할 수 있는 문학의 영토를 찾는다면 3·1 독립운동일 것이다.

이 운동을 전후한 한국민의 근대인으로서의 자각과 아울러 조국에 대한 충성의 태도는 길이길이 4천 년 역사 위에 빛날 것이어니와 우리 문학은 이를 중심하여 새로운 민족문학의 결정적 방향을 제시하는 작품이 나와야 할 것이다. 그리고 다음으로 우리가 기대할, 또 필연적으로 우리가 망각할 수 없는 문학적 현실은 6·25가 끼쳐준 이 참혹하고도 통절한 민족적이요, 세기적인 비극이다.

우리나라에서도 해방 전 일제 시대 태평양 전쟁을 준비하는 중일전쟁의 발발을 계기로 전쟁문학이라는 한 장르에 대한 논위가 편린적으로 나타났었다.

호머의 『일리아드』를 비롯한 중국의 『삼국지』, 레마르크의 『서부 전선 이상 없다』 등에 이르는 그러한 작품들을 전쟁문학의 일종으로 논하면서 톨스토이의 『전쟁과 평화』에 약간 터치해보는 정도였다. 그리고 전쟁문학은 그 전쟁이 지나간 훨씬 후에 이것을 문학 작품의 소재로 하여 표현한다는 상식적 결론을 가져왔던 것이다.

그러나 오늘의 현실은 이러한 전 세기적 사고방식으로 설명될 수 없는 절박한 전체적인 인류의 운명을 피비린내 나는 제단 위에 공찬貢饌하고 있는 것이다. 6·25 동란은 제3차 대전의 전초전으로서의 성격을 가졌을 뿐 아니라, 인류 역사상 최대의 위기를 촉급시킬 수 있는 위험을 내포한 가열한 전쟁이었던 것이다.

즉 한국인으로서는 처음으로 전 국민이 무서운 전화戰禍 속에 모조리 휩쓸려진 것이다. 임진왜란이 가져온 8년 풍상이 아직 우리들의 기억 속에 남아 있다면, 이 6·25의 이 사실史實은 오늘 10년을 맞이한다는 것으로 우리들 의식 속에서 제거될 수 없는 것이다. 만일 진정한, 그리고 항상 문학 행동의 선봉에 설 수 있는 이들이라면, 한국문학의 가장 구체적이요 역사적인 다음과 같은 한 성격을 생각할 수도 있을 것이다.

한국은 특히 이조 이래 '보학譜學'을 숭상한 나라인 만큼, 이 '보학'의 새로운 해석이 문학상으로도 가능해야 할 것이다. 즉 임진왜란에서 물려받은 충성의 혈통이 3·1 운동에서 계승되고, 그 계승의 재계승으로써 6·25 동란에서 꽃피는 종적인 인물 계보를 통하여 한국의 정신적 산 역사를 구현해본다는 사실이다.

심혈을 경주하여서 6·25를 다만 하나의 현실적·횡적 단면으로 볼 것이 아니라, 이 6·25의 종적 역사적 진실을 추구하는 힘찬 노력이 있어야 할 것이다. 이러한 새로운, 또 진정한 역사의식, 인간의식이 없이는 6·25는 하나의 처절한 골육상쟁의 전투에 지나지 않을 것이다.

우리들은 흔히 우리 민족의 단점·약점만을 근시안적인 신경과민이 되어, 더 크고 더 높은 위치에서 우리 민족적, 또는 인간적 성격의 독자성, 주체성을 구명하지 못하고 있는 것이다. 우리의 4천 년 역사가 숫자적 나열에 불과하고, 우리 선조들의 모든 일이 자학자멸自虐自滅의 길로만 줄달음친 것 같은, 또 그리되었던 이러한 사실史實에 대하여, 이를 준열히 비판하고 투시하는 뿌리 깊은 노력이 없다면 3천만이 한가지로 비극 속에 빠져버린 이 6·25도 역사가의 한 기록으로만 남을 것이다.

한국인은 풍토적 영향이 그 주되는 이유라고도 하겠으나 내면적 깊이에의 노력보다 외형적인 시현示現에 기울어져 모든 것이 순간적인 한 포즈로 순간순간에서 명멸되고 마는 것이다.

기억을 오래하지 아니하며, 주어진 그 어떤 시기에 있어서 자신의 영예를 떨쳐 주위를 어둠으로 덮어버림으로써 자기의 빛을 자랑하려는 귀엽지 못한 습성에 젖어지기도 하는 것이다. 이러한 부조리성이 6·25를 그 역사적 현실에서 맞받아들이지 못하고, 이를 피하거나 거기에서 멀어져 마치 파도 소리와 여울에서만 국척跼蹐되어, 바다의 무한한 세계에서 스스로 눈을 돌리려 하고 있음과 같은 것이다.

6·25는 저 바다의 끊임없는 노도怒濤와도 같은데, 한국의 일부 문학은 여울에 앉아 물장난하는 어린이의 천진한 세계, 바닷가로 밀려 나오는 갖은 부착물浮着物 속에서 변질된 이상異常 작용 부착물의 생태만을 추구하는 착각에 사로잡혀지고 있는 것이다. 이 노도와 맞서서 이 노도를 극복하려는 그러한 강인한 생명력 없이 부대浮袋를 타고 바닷가에서 부유함과 같은 사태를 연출하고 있다.

그러나 이 6·25와 맞서야 되겠고, 또 맞서 나아가는 젊은 시인과 작가의 출현을 작금에 발견케 된 것은 지극히 다행한 일이다. 최근 발표된 『비극은 없다』, 『일식』 등의 작품에는 아직 미숙하고 미흡한 여지가 없는 것이 아니지만, '6·25'라는 역사적 현실에 정면적으로 부닥친 가장 주목할 만한 사실인 것이다.

실로 한국문학은 3·1 독립운동의 역사성과 아울러 '6·25'의 실존성을 올바르게 파악, 인식할 계단에 놓여져 있는 것이다.

문학은 그 시대를 증언하고 기록하고 구현하는 것이라 할진대, 종래의 전쟁문학관과 같은 착각과 혼미에서 깨어나 우리들만이 '6·25'를 증언하고 기록할 수 있는 것이며, 또 우리들이 6·25를 기록하고 구현함으로써 '6·25'는 하나의 지나간 역사적 한 순간이 아니라, 우리의 민족사는 물론 세계사를 꾸미는 엄숙한 사실史實이라는 의의가 천명되는 것이며, 이러한 견실한 각고의 노력만이 한국의 소극적·외식外飾적 이상과 감정을 일소하고, 진정한 정신적 변혁을 가져와서, 우리 한국문학의 세계성이 새 기원으로 출발케 될 것이다.

—《서울신문》, 1959. 6. 25.

주체 완성의 시련기

—문학 49년의 측면적 소묘

구름은 무시로 무한한 변화를 일으키면서 푸른 하늘을 완전히 덮어 버리고 또 가리기도 한다. 그러나 그 구름은 영원이라고 부를 수 있는 그러한 긴 시간을 통하여 푸른 하늘을 독점 내지 엄폐할 수는 없는 것이다.

한국의 역사는 우리가 아는 한 4천여 년간 여러 가지 형태로 이 지리상 이 풍토상 또 이 땅에 그 거주하는 수많은 인간들 위에 나타나 보였던 것이다. 그러나 그 모든 형태 내지 제도 습성들은 완전히 한국이라는 한 지역 위에서 이루어지는 그 근원적인 것, 본질적인 것을 전적으로 변용시킬 수는 없었던 것이다. 이른바 한국이 가진 불멸의 한 정신이 다양의 역사적 추이 속에서 더 풍부해지고, 또 더 위축되기도 하였으나, 마치 우리에게서 우리 고유의 언어를 박탈해 갈 수 없음과 같이 한국 그 자체를 다른 그 무엇으로 바꾸어놓지는 못하는 것이다.

한국현대문학이 그 역사를 반세기라고도 부를 수 있으며, 또 40년이라고도 상정할 수 있다. 그러나 그리 길지 않은 이 40년은 확실히 한국문학의 커다란 혁신적 변용기變容期라는 사실을 그 누구도 부정하기 어려울 것이다.

이 혁신적 변용을 가져오게 한 가장 큰 그리고 근간적인 힘이 3·1 혁명에서 용솟음쳐 나왔다는 것도 또한 한가지로 수긍되는 바인 것이다. 이 3·1 정신은 여러 가지 면에서 추구되고, 또 논위되기도 하겠거니와, 문예 사조상으로 볼 때 이는 근대—서구의 르네상스가 가져온—가 결정적으로 한국 위에 구현되어왔다는 사실이다. '실사구시實事求是'라는 이조 말엽의 그 맹아萌芽가 갑오경장을 거쳐 기미년己未年에 와서 강인하고도 의연한 자태로 그 모습을 나타내게 되었다는 것이다. 즉 우리의 하늘이 비로소 그 본연의 푸르름으로 우리에게 인식되고, 또 우리 품 안에 안겨 들어왔다는 것이다. 인간의 자유, 인간의 본성, 인간의 자각, 개성의 발견, 그리고 민족으로서의 자주독립의 의미, 이러한 것들이 3·1 혁명을 통하여 한국의 전역에 넘치고 퍼져나가게 된 것이다. 이른바 '인류적 양심의 발로에 기인한 세계 개조의 대기운大機運에 순응병진順應倂進'하여가는 한국민의 근대적 자각인 것이다. 즉 후진성과 독립성을 극복하여 새로운 세대의 호흡 속으로 우리 한국인 각자를 자유해방시키는 움직임이었던 것이다. 비록 한일합병의 국치적國恥的 사실이 우리들 한국인 각자에게 충격衝擊·의분義憤·분발奮發의 절대한 기회가 되었음과 같이, 3·1 혁명이 뿌린 씨에서 곧 열매를 거둬들이지 못하기는 했으나, 그 뿌린 씨는 결코 헛되지 않았던 것이다. 실로 3·1 혁명은 우리의 젊은 세대, 그 모두의 마음속에 근대적 자각, 자기 자신의 발견 그리고 더 큰 것을 형성 창조해나가려는 억누를 수 없는 의욕과 용기와 행동성을 부여해주었던 것이다.

이러한 역사적이요 현실적인 기운 속에 한국의 현대문학은 발상되었던 것이다. 새로운 문학의 씨가 우수憂愁와 침체와 고식姑息에서 황폐되어 가는 이 나라 문학의 영토 위에 뿌려졌던 것이다. 돌멩이를 골라내고 잡초를 일일이 제거하는 근본적인 정리整理 공작이 이루어질 그러한 시간적 여유가 없이 이 씨는 뿌려졌던 것이다. 바람에 의하여 파종 번식되는 포개영蒲介英의 그러한 아무 데도 떨어져 싹트는 씨가 아니라, 뒤늦게나마 이 영토 위에는 반드시 이종移種되어야 할 정신적 주식물主食物의 씨로서 파종된 것이다. 혹시 이를 '자기 전통에 대한 반동과 자기 힘에 의한 출발'이 아니라는 이유를 들 수도 있을 것이나, 그러한 순차적이요 합법적인 양상은 동양과 같은 오랜 봉건적, 또 광대한 자연 속에 은식隱息하는 환경에서는 서구적인 논리와 윤리에 따라 생성 출발할 수 없는 특이성이 있는 것이다. 그보다도 더욱 중요한 것은 3·1 혁명은 한국의 모든 부면에 걸쳐서 근대 내지 현대에 화응和應해야 된다는 그 필연성과 그 필연성 위에서 우리 자신이 그러한 근대 내지 현대를 창조 형성해갈 수 있다는 가능성을, 또 그 가능성에의 시련을 이겨나갈 어떤 법열法悅을 가져다주었다는 사실인 것이다. 이 점이 그 어느 무엇보다도 3·1 혁명 이후 발발하여진 문학적 신기운新機運은 서구적인 문학 세계에의 동경이었던 것이다. 19세기 후반 1878년경부터 시작된 일본의 근대 문예가 거의 전적으로 서구 문학의 감복感服에서 발상되어진 바와 다름없이 '한국의 근(현)대 문학이 이 서구적인 영향에 반발할 수 없었던 것이다. 일본이 외국 신문예를 받아들이면서 그 규모의 교묘, 그 결구結構의 복리複利, 그 사상의 풍부, 그 취미의 청신淸新, 그 묘사의 여실如實'이라는 다섯 가지 점에서 과거의 일본문학이 따를 수 없었던 새 경지에 감탄하였거니와, 한국은 이러한 논리적인 수용受容의 선을 뛰어넘어서 서구 문학만이 새로운 문학이라는 경도傾倒 내지 모방열중模倣熱中으로 달음질치고 말았던 것이다. 오랫동안 태양과 자연을 등지고 살아온 장기형수長期刑囚인 양 3·1 혁명에서의 해방은 그들 주위에서 접하는 그 모든 것이 새로운 태양이요, 새로운 하늘이며 새로운 호흡이요, 새로운 힘이며 또 빛이 되어졌던 것이다. 서구와 같이 논리적이요 합리적으로 변천된 문학사 내지 사조를 통째로 가능한 능력 이상의 탐닉으로 빠져버리게 된 것이었다. 그러나 문학은 하루아침에 꽃피워질 수는 없는 것이었다. 이 한 그루의 나무, 한 떨기의 꽃을 가꾸는 긴 노고와 시일의 경과가 불가항력적으로 필요하다는 엄숙한 현실에 부닥치지 않을 수 없는 것이었다. 그리하여 새 역사적 현실 속에 뛰어든 문학자들은 미처 준비 못 된 자기류自己流의 용기容器 속에서 시와 소설의 난형難型을 만들어내야 하는 것이었다.

3·1 혁명 이후의 한국문학 40년은 서구 문학의 자체적 소화, 영양 섭취 위에서 무형舞型이 되기도 하고 모방이 되기도 하고 미완성이 되기도 하고, 또 어떤 완성의 가능성을 보여주기도 하였다고 일언으로 간단히 규정지을 수도 있는 것이다. 그러나 이러한 여러 형태의 시련 내지 모색은 한국문학의 새로운 완성을 위한 불가피의 과정이었던 것이다. 그리고 이 과정은 가장 존귀한 경험들의 축적이었으며, 보다 나은, 또 보다 높은 문학의 생산을 위한 성장기이기도 한 것이다.

1920년에서 1924년에 이르는 3·1 정신이 그대로 사라지지 않은 낭만과 젊음과 꿈과 실망과 비애로 찬 계몽적 민족 낭만의 개화기와 1925년에서 1930년에 이르는 문학 자체 속에 분투지처럼 각자의 작은 세계를 수호守護 구축構築하여가던 자학自虐에 찬 순수 의욕의 산화散華 · 응결기凝結期와 1940년에서 1945년 전반에 이르는 의식도착意識倒錯 회고침음懷古沈吟 자의식 상실기까지의 25년간—사반세기—의 문학사는 그대로 한국민의 정신적 측면사側面史이며, 한국의 역사적 운명의 번롱상飜弄相이기도 한 것이다. 환언하면 3·1 혁명에 의하여 뿌려졌던 자유 · 독립 · 자결의 정신적인 씨는 제대로 뿌리박아 자라나고 커질 수 없는 환경에 의해서 많이는 쓰러지고 만 적은 인사人士에 의해서 지켜졌을 뿐, 스스로 그 씨를 뿌린 그들도 그 수확에 대한 자신 내지 신념을 갖지 못한 채 회의 내지 변절의 길을 마치 자석에 끌리는 철물처럼 자신을 변모시키고 말았던 것이다. 어떠한 동정으로도, 또 어떠한 그 발상發祥에의 공로의 인정에서도 우리들은 육당六堂의 훼절과 춘원春園의 변절을 비롯한 대소大小의 사실들은 한국의 문학적 정신사의 슬픈 기록이라고 하지 않을 수 없으며, 담천하曇天下에 살아온 우리들 각자의 자화상 속에서도 비非한국인적인, 또 반反 3·1 정신적인 오점들을 찾아볼 때 참된 자각과 더 큰 반성을 자져오는 것이다. 해방 후 50년간의 문학사는 성실한 개화와 정리된 전포田圃를 갖지 못한 문학 영토 위에서 자유의 미명 아래 오히려 무질서한 범람으로 문학의 본궤도—역사를 기록 구현하는 방향에서 우회준순迂回逡巡되어지는 진통을 보여주고 있는 것이다. 그러므로 3·1 정신과 6·25의 체험이 생생하고 강인하게 그 불굴의 모습으로 문학인 각자의 각고 속에서 키우고 뻗쳐나가 부조浮彫 구현되는 그날까지, 한국의 문학사는 그 가능성의 시련기가 계속되어갈 것이라는 결론에 이르지 않을 수 없는 것이다.

—《조선일보》, 1960. 3. 5.

한국문학의 주체적 특질 소고

한국은 자연적인 조건에 있어서 삼면이 바다로 둘러싸였다는 반도의 성격만으로 규정지을 수 없는 또 하나의 특징을 갖고 있다. 그것은 남북으로 뻗어 내려온 주산맥을 척골脊骨로 하여, 동서남북으로 무한히 착종되는 대소大小 산맥과 산악으로 형성되었다는 사실이다. 서남서북西南西北에 약간의 평야를 가졌을 뿐, 삼천리 전 영역이 기승와복起承臥伏하는 산맥으로 뒤덮여져서, 인간이 서식할 공간이 지극히 좁아져버렸고, 또 서로 끊겨져 있는 것이다. 이 불가항력적인 자연의 위압 속에서 한인韓人은 마치 하늘의 성군星群처럼 점점이 조그마한 한 그룹을 지어 가지거나, 그렇지 않으면 외로이 홀로 그 생명을 유지해야 되는 운명을 갖게 된 것이다. 여기에 '자유적인 고립'이라는 한 현실이 한인 각자에게 주어졌으며, 그 고립은 서로서로를 격리시킨 자연적 조건에 동화시키기도 했지만, 그 서로서로가 호응하고 화응하려는 견인력을 부단히 행위시키기에도 이르렀던 것이다.

뿐만 아니라, '산악의 소자유小自由'로 형성된 한국 국토 위에는 명확한 계절의 변화를 주어서, 이 계절에 대하여 민감성과 순응성을 어느 다른 아시아 국민보다 강하게 소유케 한 것이다. 한어韓語의 '철에 따라', '철 철'이라는 어구는 부호로서의 한 단어이기보다 더 많이 기쁨과 즐거움과 두려움과 괴로움을 그 계절 따라 느끼게 하는 어구인 것이다. 즉 자연—계절—의 변이에 따라 외형적으로 간취되는 색조의 변화와 생성 조락凋落의 교체는, 생활 내지 감정 위에 커다란 작용을 하게 되는 것이다. 희비와 흥취의 다양성이 이 계절의 감촉 위에서 곧 체득되어지는 것이다.

이러한 계절의 변이의 명확성 위에 또 하나의 특성이 있는 것이니, 그는 풍우서한風雨暑寒이라는 일반적인 계절적 현상을 더한층 감지시키는 천후天候의 명랑성인 것이다.

우기가 비교적 짧은 한국에 있어서 무시로 우러러보는 푸르고 맑은 하늘과, 그 푸르고 맑은 하늘에서 무한히 쏟아져 내려오는 밝은 태양빛은, 천혜의 선물이라고도 할 만큼 자연에 대한 친밀감을 갖게 하는 것이다. 그러므로 삼면이 바다로 둘러싸였음에도 불구하고 조석으로 바라보는 '겹겹'이 싸인 산과 산에 의하여 감정은 단절되기도 하고, 그 단절된 상황 속에서 체념적으로 소안小安 상태에 자족하려는 소극성도 갖게 하는 것이다. 꿈은 준령을 뛰어넘어 바다 저편으로 달리기까지의 거리를 갖추어 가지지 못하게 하여, 스스로 자연 속에 귀의되려는 자세를 짓게 하는 것이다. 한국인의 평화 애호와 보수적 성격의 일면은 이러한 환경의 지배 속에서 스스로 영위되었다고도 할 것이다.

비교적 긴 겨울과 짧은 봄이기는 하나 건조한 기후가 오래 지속되어 있는 한국의 풍토 위에서, 더욱 화성암으로 이루어진 아아峨峨한 산악과 도처에서 볼 수 있는 보드랍고 흰 모래로 뒤덮여진 해변과 하천의 모든 유역은 마음 깊이 젖어드는 우수라거나 암영을 깃들이기에 거북스러워지는 심리적 결과를 가져오기도 하는 것이다. 따라서 굴곡과 기복 많은 착잡한 감정적 갈등보다 단조로우며 평정된 안일하는 성정性情을 한 단면으로 갖게 되는 것이다. 환언하면 허구와 과장과 가작보다 단순과 솔직과 평명平明을 그 본성으로 하는 한국인인 것이다.

이러한 자연적 · 계절적, 또는 풍토적인 특유한 조건에 반하여, 대륙과 인접한 또 하나의 이유 때문에 인국隣國—중국—과의 교섭과 마찰과 충돌은 불가피적인 것이었으며, 더욱 문화 내지 예술에 있어서 불교 · 유교 · 도교의 전래에 따르는 한민족과 고유의 문화 · 사상 위에는 일대 변혁을 가져오지 않을 수 없었다. 그러나 '보다 나은 것', '보다 새로운 것'을 받아들이기에 인색한 것이 아니었다. 그렇다고 조급하여 서두르는 성급함도 아니었으며, 한국인으로서의 자주성 내지 독창성을 소홀히 하려 함도 아니었다.

그러나 부단한 인국과의 접촉은 문화적인 면에서만이 아니라, 무력적인 침략이 대규모적으로(특히 수 · 당 · 원 · 청 · 일의 장기적이요 빈번한 내침) 수행됨에 따르는 한국인의 정신적 · 경제적 · 정치적 타격은 지대한 것으로서, 여기에서 자국을 수호하려는 강인성 · 인내성, 그리고 비극적인 보수성까지를 갖게 하는 일면과 달리, 외세의 침윤에 본의 아닌 협력과 아부에서 오는 의존 · 의타적인 사대사상이 파생되지 않을 수 없이 되었다. 좁은 지역과 적은 국민으로써 강대국에 대항하는 데서 오는 불행이 한국 역사를 어두움으로 덮어버리게 하였던 것이다. 이러한 현실적인 상황이 자연적인 명랑성과 이율배반적인 결과를 가져와서, 한국 민족으로서의 주체성 위에 동요와 불안을 가져오게 되었고, 이것은 불교나 유교나 도교의 영향을 받으면서도 여기에 일관하여 은둔성과 한차恨嗟와 감상과 도피의 소극적 불안 의식이 배태되어지지 않을 수 없었던 것이다. 이 사실은 중국이나 다른 나라의 내란 내지 내전과는 비할 바 없는 거센 민족적 비극상을 연출시킨 것이었다.

불교가 삼국 시대로부터 고려조에 걸쳐서 한때 찬란한 문화를 형성하기는 하였으나, 그 근저를 흐르고 있는 불안은 완전히 불식된 것이 아니었으며, 이조의 유교 문화가 제도와 규모에 있어서 엄격한 절조와 인내의 미덕을 강력히 추장실천推奬實踐시켰음에도 불구하고, 국민의 정신적 내지 심리적 밑바닥을 흐르고 있는 허망의 의식을 극복할 수 없었던 것이다.

권력에 의한 당화黨禍가 필연적으로 국민을 도탄에 몰아넣고 파벌심을 조장시켰으며, 부절한 사화士禍와 간신배의 도량으로 인한 학정과 가렴주구가 횡행하지 않을 수 없는 암담한 분위기 속에서 문학 정신은 더 한층 영탄과 안빈安貧과 은일적인 처사處士적 소극면消極面으로만 치달리는 일면을 갖지 않을 수 없었던 것이다. 신라의 화랑정신은 이미 상실되었고, 삼강오륜에 의한 충효정렬忠孝貞烈의 도덕률도 위정자 · 집권자의 정치적 도구 이외의 아무것도 아니었던 것이다.

여기 또 한 가지 한국적인 역사적 성격의 하나로서 단절성을 특기해야 할 일이다. 부단히 반복되고 전복되어가는 국내외의 정치적 변혁은 종적인 전통의 계승을 불가능케 했다는 사실이다. 즉 삼국 이래의 허다한 문화재가 전화戰禍로 인하여 소진 · 소실되어갔으며, 국시國是의 한 전통이 자국 내에서 형성되지 못한 채 위정자에 의하여 강국—중국—의 문물제도의 모방 도입은 불가피적으로 하면서 자국의 역사적 전통—자주정신—을 안으로부터 육성 · 보존 · 발양發揚하는 방향으로 나가지 못했던 것이다. 그러므로 문화예술 내지 문학마저도 정상적인 자국 문학, 자국 예술의 독창적 세계를 완성시키기 어려웠으며, 비록 기개인幾個人의 뛰어난 문화 내지 예술적 생산도 그 어느 기간으로써 그 빛을 잃어버린 채 하나의 지층으로 사장되어졌고, 그 뒤에 또 다른 예술 행동이나 문학 활동이 그 어떤 구체적 결실을 가져왔어도, 이는 그 전前 시대나 전 개척자적인 비약을 그 특징으로 하는 것이다. 대체로 동양인의 사고방식이 논리성을 결여하고, 직관적 몰입으로 유동하고 있기는 하나, 한국처럼 뛰어나게 엄청난 비약성 즉 불연속성—단층성 · 고립성은 찾아보기 어려운 것이다.

"천재는 하나의 창조자요 보존자는 아니다."라는 하나의 명제를 가정할 수 있다면, 한국의 문학 예술은 하나의 천재적 소산으로만 그쳤을 뿐, 서구나 일본의 근대와 같이 보존 계승을 자랑삼는 행위는 근면한 범인들이 할 일이라는 하나의 역설이 성립될 가능성도 있는 것이다. 국토를 넓히고 국력을 부강케 하려는 강한 이기적 침략 행위를 역사적으로 고찰할 때 한국은 그 국토와 지리가 지닌 천혜의 조건—불합리적인 것으로 말미암아 보존 계승을 초월하여 순간적인 어떤 짧은 생의 정수享受를 그 지상의 불행한 이념으로 삼게도 되었던 것이다.

'철학'이 변하는 계절의 아름다움과 '겹겹'이 쌓인 외적 이변의 상호 모순이 한국적인 특이한 한 성격을 이상以上의 개관에서 보여짐과 같이 한국적인 착종성錯綜性이 다양으로 형성되었으며, 이러한 전변무한轉變無限 속에서 이루어진 것이 풍류요, '멋'이란 어떤 질서와 규율에 사로잡히지 않는 자율성 자기 해탈 위에서 이루어지는 것이다. 어떤 기성관념에 종속되는 것도 아니며, 또 어떤 시간적 공약 속에서 내지 공간적 제한 속에서 이루어지는 것도 아닌 것이다. 어느 순간 어느 장소에서든지 지극히 작고 좁은 데서부터 크고 넓은 데까지 유유히 자적하여 하나의 품격을 갖추어 가지는 형태인 것이다. 윤리의 구속을 받지 않으면서 윤리를 완전히 무시하는 것이 아니요, 논리를 거부하는 것이 아니면서도 논리성을 뛰어넘는 무애성無碍性을 지니는 것이다. 선천적인 한 소질이 환경의 지배 속에서 자율적으로 발양되는 그 행위, 그 모습이 바로 '멋'인 것이다.

이 '멋'은 또 다른 면에서 볼 때 특히 이조의 유교적 질서와 도덕률에 질식할 것 같은 그 분위기에서 자신을 한순간 그 질곡을 초탈시키는 듯 흘러가는 듯 남으며 사라지는 듯 멈추어지고 놓쳐지는 듯 붙잡혀지는 그러한 자세이기도 한 것이다. 이러한 '멋'이 한국문학—특히 이조—의 한 특성을 갖게 된 것이요, 또 이 '멋'은 비단 문학만이 아니라 한국예술의 고유한 이것만이 생생生生하여 스스로 전승된 유일한 정신이기도 한 것이다.

그러나 한국문학이 젖어졌으며, 또 받아들여진 불佛·유儒·선仙의 세 사상의 영향은 그 사상 자체로서의 의미 이상으로 중국문학이 유전되어 투입된 관련성을 무시할 수 없는 것이다. 신라 시대의 이두吏讀가 갖는 역사적 의의를 무시하지는 않는다 하더라도, 1446년 훈민정음이 제정 반포되기 전의 문학이 갖는 바 그 자체의 생명은 한국인에 의한 사상감정을 외래 문자로 표시했다는 이 사실은 전적으로 부정할 수 없는 것이며, 또 '한글'이 제정된 이후라 하더라도 너무도 오랫동안 침전된 한문 사용의 폐습은 손쉽게 가시지 않았던 것이다. 그러므로 엄밀한 의미에서 한국문학을 논할 때 중국문학 내지—한문의 크고도 뿌리 깊은 영향을 냉철히 식별 분석하지 않고서는 그 정체의 파악은 곤란하게 되는 것이다. 더욱 '한글'로 이루어진 시가詩歌를 다시 한역漢譯 공용共用함으로써 자랑같이 알아온 사실의 의미를 그냥 간과할 수만은 없는 것이다. 뿐만 아니라 '한글' 제정 5백여 년 중 이 '한글'이 우리의 생활·사상·감정·사회·풍습을 반영하고 기록하며, 더 나아가 완전한 표현으로까지 이끌어 간 완벽이라고 할 수 있는 고전은 헤아릴 수 있는 정도라고 아니할 수 없는 것이다. 즉 한문의 영향 내지 영역에서 완전히 이탈할 수 없는 환경 속에서 '한글'만이 우리의 진정한 문자라는 의식으로까지 발전된 것은 19세기 말엽 이후의 일인 것이다. 더욱 한문 문자 사용에 있어서의 저렇듯 정밀하고 엄격한 용문조율用文措律의 노고에 비하여 '한글'은 일상적 언어 표현의 평이한 한 도구로서 손쉽게 다루었다는 점은 서구 각국의 르네상스 이후의 '자아 발견'이라는 놀라운 혁신적 사상과 행위가 드디어 자국의 문자와 언어의 진지한 가치와 의의를 인식했다는 사실에 비할 때 한국적 내지 동양적인 이질을 발견할 수 있는 것이다. 이것은 동양의 르네상스가 19세기 중엽 전후의 일이며, 한국에 있어서도 뒤늦게 '자아 발견'에서 오는 자기의식—국가 민족에 대한—을 더듬어 찾았다는 것을 기억해야 할 일이다.

이리하여 '은사隱士의 나라' 한국이 근대적인 자각과 더불어 문학 내지 예술이 근대적 각광을 받게 된 것이며, 특히 1849년 이후 한국은 비약적으로 근대를 뛰어넘어 현대 속으로 달려들지 않을 수 없었으며, 이 급急 템포는 역사적인 발전을 올바로 답습할 수 없는 부조리 내지 후진성을 내포하지 않을 수 없었던 것이다.

더욱 20세기에 들어서 민주 자유 사상이 밀물처럼 휩쓸려 오는 격동 중에서 진정한 한국문학이 발상되었다고 할 것이며, 비로소 자신의 위치, 국가와 국민의 교호交互 관계, 자국 언어와 문학의 존중은 비록 한문적 술어를 완전 탈각은 못 했다 하더라도, 1896년 창설 발간된 《독립신문》이 신문 제호에서부터 기사 내용 전반에 걸쳐 '한글'을 전용했다는 이 사실은 한국문학사상 특기할 사실인 것이다. 이로부터 '한글'은 부녀자나 상민의 수중에서 그 명맥을 유지하던 그 위치가, 전 한국민의 마음과 가슴과 머릿속에 빛나는 존재 가치를 갖기 시작한 것이다.

문학사가文學史家가 정확히 한국문학을 대별한다면, 이두에서 시작되어 한문 전용의 이조 초기까지를 그 제1기로 하고, '한글' 제정 이후 갑오경장 전후를 제2기로 할 것이며, 20세기에 들어서부터 제3기가 시작된다고 해야 옳을 것이다. 이 3기야말로 진정한 한국문학의 현대적 남상濫觴이라고 하지 않을 수 없는 것이다.

1910년 일한합병日韓合併을 전후한 한국의 비운은 여명과 황혼을 동시에 맞아들임과 같은 혼돈을 가져왔으며, 봉건적 퇴폐 사상과 자유 독립의 신사상新思想의 교체도 필연적으로 명확한 윤곽을 그려보지 못한 채 더 큰 민족적 수난으로 휩쓸려든 것이었다. 문학은 소년 적 꿈을 안고 새 출발을 하려 드는데, 사회는 노예적인 굴욕으로 이끌어져 들어가는 노쇠 상황을 연출시켰던 것이다. 그러나 자유에의 동경, 독립 정신에 고무된 젊은 문학의 맹아는 비록 환경의 불리에도 불구하고 뻗어가기를 멈추지 않았다. 시와 소설에 있어서 계몽적 의미를 완전히 탈곡하지는 못했으나, 근대적 의의는 급격히 젊은 세대를 장악해버렸던 것이다. 이리하여 1919년의 민족독립운동은 비록 그것이 사실대로의 독립을 가져오지는 못했으나, 신사조 신세대에 대한 불길처럼 일어난 신흥 기세는 모든 젊은이의 가슴에 새로운 꿈을 이상과 행동을 진작시켰던 것이다. 문학상 작품—특히 시가에 있어서 일종의 퇴폐적 절망이 나타나 있다는 사실을, 마치 민족혁명에서 실망한 소이所以로 돌리려는 근시안적 관찰은 정곡을 얻었다고는 보기 어려운 것이다. 이것은 당시 일본의 문학 내지 문단에서의 직접 간접적 영향을 받지 않을 수 없었던 입지적 조건을 고려해서 논위되어야 하는 것이다. 즉 당시의 일본은 한국과 같은 신흥적 혁신기가 아니라, 구미의 자연주의 · 상징주의를 받아들여, 이의 전성기였던 그러한 정세가 일시一時 한국 문단 위에 잠시의 기현상을 이루게 되었던 것이다.

3·1 민족운동은 단순히 국민적 · 정치적 혁명운동만이 아니라, 약소민족이 가져야 할 정신적 지표를 밝혀준 것으로서, '비폭력 무저항'에 의한 '최후의 일각', '최후의 일인'까지의 총집결 총궐기를 의미한 것이다. 이는 1789년 이후 다시 일으킨 1848년 제1차 대전의 종식과 더불어 다시 새로운 해방을 갖게 한 정신과 공통되는 것이다. 불란서 혁명이 근대

사회를 한 세기 다가서 가져왔다면*, 3·1 민족혁명은 한국으로 하여금 두 세기를 한꺼번에 가져왔다고도 확언할 수 있는 것이다. 이 의미는 한국사상에서뿐 아니라, 한국문학사상에서도 높이 인식되어져야 하는 것이다.

이리하여 오늘의 한국문학은 그 오래인 역사의 전통을 온갖 고난 위에서 계속시켜가면서 일체의 후진성을 극복하고 한국적이면서 세계성에 일관되는 문학 세계를 형성하기에 이른 것이다. 그것은 어디까지나 자연에 귀의 순응하는 한 자세를 갖추어 가진 채 천재적인 미완성의 섬광처럼 묵묵히 문학사를 엮어 내려온 것이며, 불우와 역경의 순간에서도 해학을 저버리지 않는 여유를 갖고 현실 속에 투영되어 내려온 흰빛과 밝음과 맑음으로 수놓아진 '멋'의 뒷받침이 그 저류가 되어 있으며, 따라서 심각과 암흑보다 선명한 윤곽을 그리면서 그 문학적인 생명을 지속해왔다고 할 것이다.

—《이화》, 1961. 5.

* 문맥상 '다가서게 하였다면' 정도의 의미로 파악된다.

현대 지식인의 저항 의식

현대의 우리나라의 인텔리겐치아는 방 안에서 호랑이 잡는 불평의 요설가는 될지언정, 격동하는 현실에 대하여 행동력을 상실한 기회주의자, 또는 도피자의 비방을 면하기는 어려울 것이다. 역사적인 혁신기나 개척기에 있어서는 항상 진정한 인텔리겐치아가 영웅적인 지도 역할을 하였던 것이다. 모든 불의의 사회악과 싸우는 데 비겁하거나 시류적인 권력 앞에 정절을 파는 것은 구할 수 없는 치욕이다.

오늘날의 일체의 비민주성, 특히 공산주의 악류惡流에 저항하는 맑은 물줄기가 되려는 결사적 행동 기백이야말로 지성인의 명예로운 의무이다. 세계 제2차 대전 종료 후 '항거'라는 용어가 전면적으로 광범하게 사용되어오고 있다. 이는 주로 나치 독일에 항거하여 싸워온 불란서의 지식예술인들의 결사적 항쟁을 의미한다.

그러나 이 항거—저항—란 것은 제2차 대전 때에만 있었던 새로운 사실은 아니었던 것이니, 진리를 위하여, 또 신념을 위하여, 그리고 정의나 충의나 정절을 위하여 항거한 사실은 거의 그 수를 헤아릴 수 없을 만큼 동서고금의 역사 속에 기록되어 있다.

일찍이 소크라테스나 예수나 더 가까이 와서 루터나 갈릴레오와 같은 생명을 도賭한 저항운동의 선구자를 들 수 있을 것이다. 우리는 역사를 통하여 그 속에 기록된 이른바 위대한 인간에 대하여 끝없는 존경을 바치는 이유는, 그들이 오로지 '올바른 사실', '올바른 신념'에 대하여 무엇이—가령 탄압이나 극형이 내린다 하더라도 그 소신을 굽히지 아니하는 강인한 정신의 존엄성 때문인 것이다.

환언하면 위대한 인간—역사의 정의를 체득 선험함으로써 대의를 지켜나가는 불굴의 개성에 대하여 우리는 그를 추모하게 되는 것이다. 그가 처한 그 시대 그 사회 그 국가가 주어진 어떤 영화의 자리에 머물기만을 능能으로 삼지 않고, 오로지 인간 본질, 정신에 사는 그 높은 예지와 총명과 용기에 대하여 경건한 외복畏服의 마음조차 가지게 되는 것이다. 뿐 아니라 그들이 처한 세대가 아무리 험악하고 폭허暴虛하고 역사적 현실이 무시 내지 모멸당하는 중에서도 의연히 스스로를 알고, 스스로의 사명에 촌호寸毫의 차질과 배반이 없이 행위하는 일종 무상無償의 행동 정신을 찬양하게 되는 것이다. 민중은 현명하다고 하나, 또한 무지하다는 사실을 부정할 수 없는 것이다. 순풍에 의하여 물결칠 수도 있으나, 역풍에 한가지로 휩쓸려버리는 운명을 받아들이지 않을 수 없다.

그러나 이 민중이 가지는 단순히 수량만이 아닌 그 군집 속에 싹트는 인간 본연의 본능적 충동 내지 감정마저를 완전히 유린하거나 말살할 수는 없는 것이요, 또 그 속에 엉키는 하나의 숨은 힘을 보는 혜안을 가지는 자만이 민중 속에 있거나 민중 밖에 있거나 정의와 자유를 위하여 싸우는 항거 의식이 빛나게 되는 것이다. 대서양을 정복하여 신대륙을 발견한 콜럼버스의 행동과 그 정신 속에서 우리는 무엇을 찾아볼 수 있는가. 노도광랑怒濤狂浪 속에서 부하 선원의 절망적인 그 발악을 제지하고, 이를 채찍질하여나간 일종 무자비할 만큼 강력한 그의 용기에 대하여 단순한 감탄을 뛰어넘는 더 높은 인간 의식—저항 의식을 우리는 심심한 관심으로 규명하여야 하는 것이다.

이러한 선험자적 저항 정신의 일면을 통하여 볼 때, 오늘 우리가 20세기 현대 지성인으로서 주장하고 논위하는 저항 의식이란 어떤 위치에 놓여져 있는가. 이에 선행되어 현대인의 감정 행동에 대하여 일별할 필요가 있다. 현대인이란 막연한 개념 속에 그 하나의 특징을 든다면, 한번은 일체를 부정해보려는 것, 기성관념 내지 윤리에 반발해보려는 것과 같은 적극적인 일면이 있는가 하면, 자기 이외의 일체에 무관심 즉 자기중심의 집착만이 시종하려는 소극적인 일면이 있다. 이것은 때로 지속적인 노력과 각고 내지 생활 속에서 부정이 긍정되고 긍정이 부정되는 듯한 불연속성을 노출시키는 것이다. 말하자면 권리와 의무의 권외에 서식하는 바 외부와 단절된 어떤 동굴이나 진공 속에 부유함과 같은 분위기 속에 자신을 내맡겨두는 것이다.

그러므로 그 생존 내지 생활은 진실과 본연의 자세에서 멀어진 왜곡성을 스스로 부정하면서 이를 긍정하는 곳으로 표류되어지고 있다. 비근한 일례로 남녀의 애정 문제에 있어서도 사랑을 줍기도 하고 내버리기도 하며, 그에 탐닉되는가 하면 스스로가 다른 이성에게로 전신轉身함과 같은 부정확한 위치에 서기도 한다. 그렇다고 이것은 고의적인, 또는 의식적인 것이 아닌 어떤 미묘하고도 착종된 심리에서 그리되어지는 것이다. 이러한 것이 현대인 내지 지식인 전체에 걸친 공통된 부면이라고는 하기 어려우나, 이러한 특징이 그들 위에 작용되어 있다는 것은 부정할 수 없을 것이다. 말하자면 현실 속에 스스로를 강하게 뚜렷이 인印 찍어 나아가는 행동성 용감성 앞에 주춤거리고 있다는 것이다.

이러한 소극적인 특징이 때로는 적극화될 때 어떤 극단적 소아병에 걸리는 결과를 가져오기도 하는 것이니, 즉 관념적인 맹목적 정열은 현실적인 일체 권력이나 세력, 즉 지배적인 힘에 대한 반발 의식으로 응고되어 서재 속의 공산주의 이론에 열중 내지 추종하는 결과를 가져오기도 하였다. 현재 자유 진영 속에도 적지 아니한 청년 학도들이 이 공산주의 이념의 마장魔杖에 현혹되는 착각에 사로잡혀지기도 하는 것이다.

즉 그것이 가장 진보적 사상인 듯한 매력을 가지고 혈기 왕성한 청소년들을 몽유병자화하기도 했던 것이다. 말하자면 감미로운, 그리고 교묘한 이론으로 가장된 양의 탈을 쓴 늑대, 그대로의 횡행천하橫行天下하려는 그 위세와 패기와 조직적 행동 속에 일종 통쾌감을 느끼면서 이에 유발되어 뇌동雷同되어지기도 했던 것이다. 말하자면 오늘의 자유세계에 있어서 이 운동에의 가맹만이 가장 진보적이요, 혁명적이요, 열정적이요, 그리고 인간 의식의 옹호를 위한 새로운 저항운동으로까지 착각으로까지 착각되기도 하였던 것이다.

그러나 현실은 드디어 그 정체를 명시하였다. 즉 그는 한국에서 벌어진 6·25 전란이다. 1950년은 20세기 전반기의 최종년最終年일 뿐 아니라, 20세기 후반기의 문을 열어준 중요한 해였다. 그러나 그 문은 실로 허다한 비극과 처참의 피와 살로써 물들여진 희생의 제단 그대로 우리 앞에 제시한 문이었다. 20세기를 가져온 19세기 말적 불안은 전혀 비유도 되지 않은 비절悲絶 그것이었다. 말하자면 일체의 감정 · 상상 · 지식 등을 말도抹塗시켜버린 채 그 붉은 이빨과 괴물의 검은 발자국을 아낌없이 드러내 보였던 것이다. 양심이고 양식이고, 선이고 악이고 일체 그 앞에 빛을 잃은 듯도 했다.

전율과 공포! 지옥 그대로의 추악상이 벌어졌다. 서로가 서로를 고발하고, 심판하고, 학살하고, 그럼으로써 더한층 충성을 느끼는 듯한 나락으로 줄달음치는 경쟁이 벌어졌던 것이다. 수라장 그대로였다. 태양의 광명이 오히려 두렵고 무서운가 하면, 밤을 타 엄습하는 공포 · 불안 · 죽음으로 연달은 발악 앞에 24시간의 그 어느 1분 1초도 안심할 수 없는 그 속에서 광무狂舞하는 인간 군상! 살기 위하여, 죽지 않기 위하여 무엇이든지 감행해야 되고, 한술 더 떠서 아부해야 되고, 고자질해야 되었던 이때까지의 교양과 지식과 신의를 일조일석一朝一夕에 징그러운 지네나 뱀처럼 떨어내 버리고 발광하기도 했다.

생명! 이 생명이란 것이 무엇인가를 6·25는 가르쳐주었다. 일제 말기에 있어서 저들의 최후 발악 앞에 충성을 다하여, 또 충성을 가장하면서도 굴욕의 예종隸從을 외면으로라도 흔연히 받아들여야 되던 그러한 태세를 갖추면서도, 스스로 자기를 감출 수 있는 자리가 완전히 박탈된 것은 아니었다.

이렇게 기구한 대로 지탱하여온 그 하찮고 값없는 생명이 또 한 번이라기보다 인간의 여하한 지혜로도 상정할 수 없는 단말마 앞에 폭로되었다. 생명을 위하여 우리는 무엇을 해야 하는가? 생명의 지속을 위하여 인간의 존재 가치는 어떻게 규정되는 것인가? 아니 그보다 인간을 동물과 구별시키는 유일한 척도는 무엇인가? 한국에 생을 받은 모든 생령들 위에 신은 그 무슨 자비의 손을 뻗치었던가!

신의 선택에서 제외된 인민들이 바로 우리들 한국인이었던가! 생의 의의와 가치가 어디 있다는 이 점이 명확하지 않은 곳에 저항 의식이 논위될 수 없는 것이다. 동물적인 생, 본능적인 생, 과연 생은 측정할 수 없는 불가침의 존귀성과 가치를 가졌다고 하자. 그러나 그 생이 객관적으로 인류의 역사와 현실 위에서 단순한 명멸만이 아닌 뱀이 제 꼬리를 잘라 먹는 것과 같은 자학성 · 잔인성에까지 떨어졌을 때 과연 그 '생'은 무엇인가. 현재 소련 치하에 억류 · 신음 · 혹사되는 수백만의 노동도형수勞動徒刑囚를 비롯한 공산 세력권 내의 모든 인민들은 운명에 대하여 오늘의 현대 지성인의 감각과 의식의 회피나 마비로써 바꾸어진다면, 이에서 더 큰 허망과 불행은 없을 것이다. 저항은 문자 그대로 감정적이거나 기분적인 것은 아니다. 이번에는 반드시 오래인 인고와 항쟁이 전제되어야 하며, 어떠한 경우에 있어서도 중단이나 유화宥和와 같은 안이의 길을 걷지 아니하는 강인성을 가져야 하는 것이다.

그렇다면 오늘의 소위 현대 지성인은 이 인고와 항쟁에 견디어낼 시간적인 지속력과 정신적인 강인성을 가지고 있는가가 문제 되지 않을 수 없다. 생에 대한 지나친 집착을 가지고서는 진정한 의미의 저항은 있을 수 없는 것이다. 더군다나 자아의 안일만을 위주하는 그러한 시대착오요, 반역적인 태도로써 저항은 있을 수 없는 것이다. 유다와 같은 배반 · 배신 · 배리 · 배교의 정신으로써 저항은 논위될 수 없는 것이다.

그러나 자기 자신을 소중히 하지 아니하고, 또 자기 자신에 대한 철저한 인식이 없이 진정한 저항은 있을 수 없다. 부단히 자기 자신을 채찍질하면서 자기 자신의 운명과 더불어 싸울 수 있는 자기비판 정신 위에서 저항 의식은 일층 공고해지는 것이다.

인류를 멸망의 길로 인도하려는 공산 세력에 대하여 준열한 비판과 더불어 그 과오를 지적하는 일에 오늘의 자유세계의 모든 지식인 · 예술가들까지 이에 동원되었다.

그러나 이것으로써 공산주의는 멸망했는가. 이로써 공산 세력은 조지阻止되어져 있는가를 다시 한 번 반성해보아야 한다. "아는 것이 힘이다."라는 것만으로 만사는 해결되는 것이 아니다. 근일에 와서 공산주의, 또는 반공 운운하는 이에 대하여 그것은 벌써 지나간 상식론이라고 한다. 그러면 그러한 것을 논위하지 않을 만큼 우리의 대공對共 정신 무장은 완비되었다는 것인가. 필자는 항상 이에 의아심을 금치 못하는 바가 있다. 조직의 힘과 사상의 무기와 더불어 인간의 생명쯤은 초개와 같이 아는 공산침략주의에 대해서 우리의 모든 감정 · 사상 · 지식으로써 이에 대한 대비가 완전하다는 것인가. 이에 대하여 다음과 같은 문제가 반드시 제기된다.

즉 공산주의를 막아내는 유일한 것은 민주주의의 완전 실천에 있으며, 비민주적 모든 세력과 항거하여 이를 철저히 분쇄해야 된다고—이 일반론에 대하여 하등의 이의를 가질 수 없는 것이다. 인간의 기본 권리와 자유를 유린하는 일체의 비민주성에 대하여 우리가 항쟁하는 것은 재언할 여지조차 없는 것이다. 그러나 요는 외적에 대비하면서 내부의 강화를 꾀하여야 된다는 이 상식론이 하나의 지상공론에만 그치는 현상에 대하여 지극한 불평과 불만을 가지는 자다. 뿐 아니라, 현실적으로 파벌 의식과 당쟁 사상이 은연중, 또는 현연중現然中의 범일汎溢로 인하여, 환언하면 정치만이 모든 것을 해결할 수 있다는 편향성이 오늘의 지성인의 행동과 사상을 구속하는 바가 적지 아니하다는 것을 통감하게 하는 한국의 오늘날 현실이다. 올바른 정치에서 올바른 민주주의가 발전된다는 정도의 초보적 견해는 지성인만이 아닌 국민 각자가 지실知悉하고 있는 바라 할 것이다. 이러한 것을 가리켜 저항 의식이라고까지 명명할 수는 없는 노릇이다.

적어도 우리가 생각하는 저항은 비근한 일례로 사회 현상으로 일어난 조그마한 부정한 사실 하나에 대하여 이를 끝까지 추구하여서 그 부정을 밝힘으로써 뒤에 오는 더 큰 부정을 막을 수 있다는 그와 같은 부단한 노력과 세심한 관찰과 적극적인 행동인 것이다.

필자가 수차에 걸쳐 논위한 바 에밀 졸라가 일개 유태계 장교 일명一名에 내려진 당시 불佛 정부의 무모한 부정 판결에 대한 항쟁으로 인하여 전 세계를 진동케 하였으며, 일부에서는 비국민非國民이라는 비난도 받아가면서까지 항쟁한바 졸라의 그 높은 인간성, 한 인간의 자유와 생명과 명예를 위하여 끊임없이 항쟁할 이러한 정신만이 진정한 저항 의식일 것이다. 2차 대전 중 불란서의 지식인 · 예술인이 4년간 계속한 저항운동은 졸라의 인간성 옹호 위에 조국의 수호라는 더 큰 성스러운 과제를 가지고 그들은 불굴의 항쟁을 성공적으로 지속할 수 있었던 것이다.

일찍이 로맹 롤랑이 부르짖은 바 신영웅주의—인류의 문화 내지 예술을 위하여 스스로 자기 일체를 바쳐서 싸워나가는 인간—이 그대로 전 불란서인의 심금을 고동시켜 조국과 더불어 자유를 전취戰取케 한 것이다. 오늘 조국이란 말은 인류라는 말과 모순됨이 없이 표리일체가 되어지고 있다. 어느 장래에 만방일가萬邦一家의 세계 국가가 형성된다 하더라도, 민족과의 장벽을 쳐부수는 공동운명체로서의 인식이 철저해지는 날까지 역사의 진전은 이론적인 비약만을 거듭할 수는 없을 것이다.

그러므로 오늘의 지성인은 그 각자가 처해 있는 그 환경에서 조국을 수호하는 명예와 더불어 일체의 불의 · 부정과 싸우면서, 그리고 더 큰 인류의 공동적인 공산주의에 대하여 실질적인 무장과 더불어 과감한 행동성을 견지해나가는 것이다.

작가 생텍쥐페리가 조국(불란서)을 수호하는 공중전에서 백합처럼 향기 높은 애국정신으로 승화하여 전 불란서 국민의 가슴을 울렸던 것이다. 조국의 명예와 자유를 위하여 적어도 20세기에 들어서 단 한 번도 크게 싸워보지 못한(3 · 1 항쟁은 물론 높이 평가되지만) 우리들로서, 진정한 자유와 그 자유가 깃들이는 조국의 강토를 위하여 우리의 정열은 얼마나 불타고 있으며, 그 의식은 언제까지 지속될 수 있을 것인가. 조국을 좀먹는 허다한 마장魔障 중에서 자기만의 안일에 도피하려 드는 비겁한 자살행위에 대하여 의연히 일어나 싸울 수 있는 젊은 기백이 오늘의 우리에게는 절실히 요청되는 바이다.

일찍이 키케로는 말하였다. "찬의贊意를 표하는 습관마저 한가지로 위험한 것과 같다."고, 이것은 비판 정신을 고조하는 금언으로 해석할 수 있거니와, 공격이 비난과 비판 정신이 혼동되어 있는 오늘의 우리 현실에 있어서 무조건 찬성, 무조건 비난의 시정을 위하여서도 공정한 정의에 입각한 저항 의식은 필요한 것이다. "변경하지 못하는 결심은 나쁜 결심."이라고 한 고대 희랍 철인의 일구一句는 그대로 오늘 이 땅의 한국 지성인에 대하여 '저항할 줄 모르는 의식은 나쁜 의식'이라고 감히 환언하여보려는 필자의 당돌성은 천치千恥에 직直할 것인가. "허언은 노예의 일이요, 진실을 말함은 자유민의 일이다."라는 서양의 격언을 빌려 자유민으로서의 발언이 필자에게, 그리고 우리들 모두 위에 활발하여지기를 빌면서 미정고未定稿와 같은 이 일문을 초抄하는 바이다.

―『모색의 도정』, 1962.

제2부 해외문학론

18세기 불란서의 계몽운동

—특히 문예사상가들의 혁신운동

1. 서언

인류 문화에 있어서 불란서 18세기의 존재는 봉건 제도의 붕괴와 귀족 계급의 몰락을 초치招致하는 일방 근대 자본주의 국가와 개인적 자유 민주주의의 대두를 예상시키는 중간적 매개 작용과 그 과정을 여실히 명시하여준 가장 중요한 에포크이다. 예언하면 이 세기말에 이러한 불란서 대혁명을 준비시킨 중대한 역할을 이 18세기가 감행하여왔다는 것이다.

무릇 한 사회 한 계급이 몰락해가는 최대의 원인은 그 사회 그 계급을 구성하고 있던 모든 사회문물제도와 경제 상태가 더 그 이상 그 사회 그 계급을 지배하며 지지해갈 수 없는 역사의 필연성에 의한 자체의 파탄에서 생기는 것은 갱론할 여지도 없거니와 그 반면에 그 사회, 그 국가를 딴 새로운 사회를 건설하려는 과정에 있어서는 어떤 미지의 그러나 엄연한 신흥 세력이 가지고 일어나는 혁명적 계몽운동이 치열해지는 것이다.

그러나 불란서 18세기의 계몽적 혁명운동, 중에도 특히 우리가 논위하려는 문예사상가의 혁신운동은 전반으로 총괄해본다면 봉건 시대의 유심론적 합리주의에 대한 유물론적 경험주의와의 항쟁이 그 수립으로 환언하면 18세기의 불 문예 사조는 봉건 제도 밑에 완성된 고전주의를 타파하여 근대적 자본주의 사회를 형성하는 바 제 문예 사조의 기반과 그 원천을 확립시키겠다는 것이다. 우리는 그 혁신운동의 윤곽만을 서술하려 한다.

2. 살롱과 문학

불란서 문예사상의 황금시대요, 봉건 국가의 전성시대인 17세기에 있어서는 제후와 귀족과 문인들은 루이 14세의 절대 권세와 전제하에 순양과 같이 복종하여왔으나 루이 15세부터는 전제군주의 통제력과 권위가 타락되기 시작하였다. 따라서 제왕의 총애와 그의 위력에 굴종하던 귀족 부인 영양은 벌써 절대군주에 대한 아첨의 필요를 느끼지 못하게 되어 각각 자기의 화려한 살롱(응접실)을 일급 남자의 교제사교장으로 제공하게 되었으며 카페의 수가 증대되어 귀족과 문학가의 향락이 자유롭게 되었다. 중에도 이 살롱은 신흥 귀족 양성소가 되고 말았다. 그러므로 몽테스키외가 "궁정에서나 파리에서나 지방에서나 적어도 그 사회에 중요한 지위를 차지하려면 누구나 다 부인의 손을 거쳐 모든 은총은 내려온다. 때로는 부정까지 할 수 있다."라고 말함과 같이 당시의 입신출세는 반드시 귀족 부인을 자기의 편에 끌어넣으려 했으며 그 여인들의 사랑을 받아야 하고 그러기 위해서는 온갖 아미阿媚와 기다의 모험을 하지 않아서는 안 되게 되었다.

이렇게 부인의 세력이 확장되고 팽대되는 반면에 당시의 국제적 상업무역이 왕성하여 근대 상업자본주의의 탄생과 발달을 보게 되어 지방이나 중앙에 있어서 실권의 소유자는 봉건적 무능한 고착된 귀족 계급으로부터 과거에 있어서 가장 천시당하던 시민 계급 부르주아지에게로 이전하는 현상을 제시하여 중앙 지대인 파리의 살롱에도 이러한 신흥 야인의 침입을 보게 되어 여기 일종 계급 혼돈과 전도 상태를 정시呈示하게 되었다.

이와 같이 상류 교제 사회가 과거의 봉건적 권력의 파지자把持者로부터 황금 소유자에게 독점되게 될 때 여기 출입하는 문학자들은 부인의 총애를 향수하기 위하여는 그의 전 재능을 발휘하여 부인의 과민한 감수성에 호소하지 않을 수 없게 되었다. 그 일례로는 마리보의 수십 편의 창작과 볼테르의 『자이르』, 『알지로』와 같은 극작도 모두가 부인의 지위를 존중하며 그 여성을 감동시킬 섬세한 미교美巧를 다하였던 것이다. 그러나 그 여성을 감동시키는 것만으로도 부족하였다. 즉 그 여성들을 애상에 흐느껴 울게 하여야 한다. 그 대표적 소설가로는 『마농레스코』의 작자 프레보였다. 그는 가장 섬약한 감성적 인간이어서 그의 소설에는 일대 원천이요 매력인 감상성이 충만하였으며 가장 남에게 전달하기에 신속하고도 강렬한 감동력을 가지고 있었다. 그의 상상은 자기 자신조차 망각하여 드디어 감격에 넘쳐 울게 하였다. 그는 가장 잘 우는 명인名人이었다. 따라서 당시의 부녀의 그의 독자는 그와 함께 울었다. 그렇다, 18세기는 그자체가 '우는 세기', '눈물의 세기'였다. 몰락당해가는 귀족은 자기 자신의 운명에 울었으며, 빈천한 농민들은 살길이 업어 기한飢寒에 울었다. 이 울음은 일종 무력한 무이유無理由의 감격과 감읍이다. 그러나 그 실은 어떤 커다란 귀의처를 잃어버리는 도정을 밟는 귀족 계급이 이러한 자기 향락 자기만족의 감상에서 찰나의 몽유병적 탐닉에 빠져서 우는 울음 몰락자 패멸의 눈물의 울음이었다.

이렇게 살롱의 세력—부녀자들의 권세—하에서 많은 문학자들은 그네의 학설과 역량을 만들어왔으며 때로는 무익한 패러독스의 항쟁이 격렬도 하였으나 중에도 디드로의 앙시크로페디스트(백과전서가百科全書家) 들의 새로운 철학과 과학의 신장은 이 살롱 제諸 부인의 협찬과 지지의 힘이 컸었던 것이다. 그 밖에도 몽테스키외, 볼테르 역시 이 살롱에서 왕성하게 자기의 학설과 철학을 논의하였으며 그네들의 송찬을 받았다. 그러나 루소만은 그러한 큰 옹호자를 가지지 못하였다. 오히려 루소는 당시의 볼테르와 디드로의 옹호자인 살롱에서 일종 이단자와 같이 취급을 당했고 때로는 모욕까지 당하였다.

상술과 같이 당시의 계몽운동은 이 살롱을 중심으로 살롱을 그 근거지로 하여 출발하였으며 신장되어갔던 것이다. 환언하면 미지의 매력을 가진 옹호자의 연애와 획득으로 인하여 계몽운동은 발전되어갔으며 새로운 세기를 창조하는 역을 결과시킨 것이다. 이를 더 적확하게 단언한다면 당시의 역사의 조류는 민중의 절대한 지지와 요구에서 그네의 계몽운동을 전개시키지 못하고 모든 부르주아 혁명이 그러함과 같이 자본주의의 신흥 세력 즉 시민 계급의 자계급의 해방을 위한 적극적 반항에서 더 나아가지 못했던 것이다. 즉 살롱 자체가 귀족 권세하에 있지 않고 신흥 자본 계급의 옹호하에서 유지되어갔으며 따라서 이 신흥 계급을 위한 모든 문학자 사상가의 새로운 학설과 이론이 거기에서 생장 발전했던 것이다.

3. 사회적 관찰과 과학 사상의 발달

1) 몽테스키외 등의 사회적 관찰

당시 신흥 세력의 혁명적 건설을 위하여 전개되는 소위 계몽운동에 대하여 심대한 영향을 가지고 있는 것은 곧 영국이었다. 당시의 영국은 봉건주의를 타파한 후 입헌 제도의 근대 국가를 형성하였다. 따라서 영국의 신흥 국가의 모든 제도와 문화는 최후의 운명에 고질이 된 불란서 봉건 제도의 타파에는 유일의 전철前轍이요 명감明鑑이었다. 그리하여 영국의 입헌국법은 몽테스키외의 『만법정신萬法精神』의 유일의 성전이 되었고 철학사상가에게는 흄이나 로크의 경제 철학과 공리 사상이 모범이 되었으며 뉴턴의 과학 사상은 그네들 계몽운동가에게 진보적 관념을 고취시키고 문학에 있어서 볼테르가 근대 낭만극의 한 시조인 사옹沙翁 극을 모방하여 고전극에 대립시켰으며 포프, 에디슨, 스위프트, 리처드슨의 문예 작품과 사조가 그네들에게 지대한 변화를 주었다.

이러한 영국의 진보자유주의 사조는 필연적으로 당시의 불란서의 계몽사상을 사회적 관념과 진보적 과학 사상으로 유도하였다. 즉 17세기 문예 사상의 이상특징理想特徵인 심리적 도덕적 관찰에 대하여 사회적 관찰을 그 주안主眼으로 했다. 그러므로 문예사상가의 고심은 인간 내면적 동기 그보담도 사회인으로서의 일반적 보통론에서 출발한 것이다. 환언하면 영인英人, 불인佛人, 독인獨人의 구별 없는 보편적 인간의 관념—양성樣性—그것이었다.

『만법정신』의 저자 몽테스키외의 사상도 결국은 이에 불과하다. 그는 이 일 저著를 완성하기 위하여 20년을 허비하였다. 이 『만법정신』이 일본의 명치유신운동 당시의 자유사상가의 유일의 경전이었음은 우리의 기억에 아직도 새롭거니와 그 주요한 내용은 전제정치의 비非를 논박하여 노예 상태의 비참에 격분한 논의였다. 그 사상 체계는 영국의 입헌 제도가 주간主幹이 되어 있음은 이미 상술한 바이어니와 그는 이 명저를 일반 사회인—상류 부인, 특수 지식군—에게 흥미 있게 청독聽讀시키기 위하여 모든 암시와 기상이며 때로는 캘커타, 보르네오 토인의 기이한 습속 일화 신기한 보고도 적만適滿된 웅변적 언사로 저술하였다. 그리하여 이

것이 당시 신흥 계급과 그의 동반적 귀족 상류 계급이며 지식군에게 새로운 입법 정신을 이해시키며 따라서 법률상 용어를 용이히 양해시킴에 다대한 편익이 되었으며 부패된 기성 사회 제도에 대한 공분을 느끼게 하는 반면 그의 감격에 넘치는 웅변 언사로 논파한 새로운 사회 제도에 대하여 신앙에 가까운 감사의 의까지를 표하게 되었던 것이다.

즉 몽테스키외는 인간이란 사회생활에 적응하는 데만 의의가 있다고 보았다. 사회적 공리성만이 제법諸法의 성질과 가치를 결정할 뿐 아니라 도덕상 선악 진리까지 결정한다고 역설하였다. 그의 사상의 배경에는 물론 영국의 로크의 공리주의가 다분히 영향되어 있었다. 요컨대 『만법정신』을 일관한 사상은 과거의 전제적 제 법률 제도에 대하여 새로운 사회의 제법은 필연적으로 사회 행복을 최대의 이유로 제정함에 있다는 사회적 내지 공리적 관찰이었다.

이 사회적 관찰은 다만 몽테스키외에만 국한되지 않고 당대의 모든 문예가 사상가의 중심 조류의 하나이어서 이것이 사회문학까지를 형성함에 이르렀다.

몽테스키외와 같은 처지에서 『인간 심리 연구의 계급』의 저자 보브나르그는 이렇게 논하였다.

> 한 사건이 전 사회에 대하여 선이라고 인정되기 위하여서는 그것이 전 사회의 이익을 목표로 할 것을 필요로 한다. 그것이 악이라고 보아질 때에는 그것이 그 사회의 파괴 목적으로 함일 것이다. 이것이 도덕적 선악의 대특질이다. 어찌 일개인이 자기 일인 때문에 다른 다수한 개인을 희생으로 해서 좋을 이유가 있으며 사회가 한 사람을 죽여서 공중의 복지를 회복해서 나쁠 이유가 있으랴.

이와 같이 사회 전체와 일 대복지를 위하여는 개인적 향락의 절대적 희생을 강요하였다.

2) 진보적 과학 사상의 보급

이 사회적 관찰은 그 필요적 소치로 진보 사상에까지 발달하였다. 당시의 유물론적 견해는 과학 사상의 보급을 전제로 하였다. 즉 형이상학적 이상론은 데카르트로부터 제창되어 근대 철학의 시조가 되었으나 18세기에 와서는 모든 전통의 파기로부터 또한 이 유심론에 반기를 들어 장 메리에, 라 메트리, 콩디야크 등의 다수한 유물론적 철학가가 배출되었다. 이 진보사상가의 일인으로서 경제학자 튀르고를 들지 않을 수 없다. 그는 그의 논설집에서—

> 우리는 제 사회가 형성되고 제 국민이 형성됨을 보았다. 그 어느 것은 타 국민을 종속시키고 혹은 이에 굴종하여왔다…… 이기심, 야심 공허한 영예는 부절不絶히 세계의 무대를 변환시키며 지상을 선혈로 물들였다. 그러나 그네들 복거망동 중에 인지는 밝아지고 인심은 완화되어 할거된 국민은 서로 접근하여 상업과 정치는 지구의 각부를 규합한다. 그리하여 인류라고 하는 전 집단은 정밀靜謐과 소요騷擾와 선과 악의 교대하는 사이를 그 보조步調는 더디나마 항상 더 큰 완전을 향하여 걷고 있는 것이다.

라고 논하였다. 이러한 진보적 사조는 19세기의 영원불변성을 주장한 절대자요, 유심론자의 합리주의에 대하여 커다란 타격이며 또한 과감한 제창이었다.

볼테르는 이렇게 말하였다.—“인간은 결코 제군이 생각하는 것과 같이 그 해석에 흥미를 느낄 어떤 수수께끼가 아니다. 인간에게는 자연계의 타 부분 이상 명확한 모순이란 없는 것이다…… 일 물질의 약간의 개성을 알 뿐으로 절망하는 위인은 그 누구인가?"라고 하여 17세기의 기독교 철학자 파스칼의 유신론을 정면으로 반박하여 인간과 자연과의 형이상학적 차별을 무시하고 비난하여 "우리는 원인류에 속하는 것인바 그것(인간)은 횡폭하게 걸을 수도 있고, 또는 이성으로 걸을 수도 있는 것이다."라고 하여 어디까지든지 유물론적 처지에서 인생을 논하여 그의 철학적 근저가 되어 있는 과학 사상을 표명하였다.

다음 디드로 역시 "모든 실제 사물은 상호 순환하는 것이다. 만유는 한 영원한 유전流轉에 불과하다. 동물은 인간에 유사하며 광물은 식물에 유사할 수 있고, 동식물은 동물에 유사할 수 있는 것이다. 우주에는 오직 한 가지 개체가 있을 수 있으니 그는 곧 전체이다. 출생 생장 유과流過이다. 그는 곧 형태의 변변變邊이다."라고 하여 볼테르에서 더 나아가 급진적 유물론 무신론을 제창하였다. 이러한 진보 사상과 과학 사상의 발달은 뉴턴 철학이 심대하였으며 동시에 일반 문예사상가에 한 새로운 특질을 부여한 것이다. 그리하여 문예사상가 자신이 또한 학자였다. 즉 몽테스키외는 『신장선腎臟腺의 직능』, 『물체 중량의 원인』, 볼테르는 『화火의 성질론』을 저술하였으며 자연과학자요, 문학자인 뷔퐁은 핼스의 『식물태학植物態學』, 뉴턴의 『미분계수법』을 번역하는 동시에 『박물지』를 저작하였고, 루소는 『자연 해석에 관한 사고』와 『악보 기재법』 등을 써내었다. 이와 접종接踵하여 만유 과학을 종합한 『백과전서』가 디드로, 달랑베르 등 16명의 공동 편찬자의 손으로 세상에 나타난 때가 1750년이었다.

3) 유물학적 『백과전서』의 정신

이 『백과전서』는 당시 대법관 다게소*를 비롯하여 대신大臣 군부경軍部

* Henri Francois D'aguesseau(1668~1751).

卿의 보호와 살롱 귀부인의 지지하에서 편찬되었다. 그러나 그는 그렇게 용이하게 완성되지 못하였다.

거기에는 다대한 물질적 곤란과 여러 가지 복잡한 난관과 직면하였다. 물론 이 『백과전서』는 한 순수한 문학 작품으로 취급하기에는 브린티에르의 지적과 같이 비상히 비문학적 소산이다. 그러나 이 백과전서 운동 그는 요컨대 18세기 문학의 가장 특징인 평론적 계몽적 과학적 운동과 사상의 구체적 발현에 불과하다. 이 편집의 총책임자 디드로 자신이 역시 총명한 박학한 급진적 유물론자 무신론자였으며 따라서 영국 사상의 영향을 많이 받은 경험론자였다. 이 전서가 체임버스의 『사이클로피디아』의 번역만에 그치지 않고 다대한 시일, 20년과 경비의 곤란과 싸워가면서 감행한 것은 오로지 봉건주의 고전주의 정신의 전통을 철저히 파괴하려는 것이며, 그 목적을 수행하기 위하여는 새로운 학설과 이론적 체계의 수립에 있음을 절실히 인식하였기 때문이다. 즉 전통은 일종 미신적 장애물이었으며 사고의 진출까지도 저해하는 것이라고 주장하였다. 그러므로 당시의 철학가 엘베시우스는 이렇게 말하였다.

> 제諸 국민의 고대의 법률 습관에 대한 우열愚劣한 숭앙을 멸약滅弱시키는 데서 비로소 우리는 군주로 하여금 지상의 모든 죄악을 정화시키며 또한 제 제국의 존속을 확보할 수 있는 것이다…….

일 국민의 악폐는 항시 그 법제의 근저에 횡재橫在한다. 고로 악의 근원을 가장 잘 굴출제거掘出除去하지 않아서는 안 된다.

또 디드로는 『달랑베르의 몽상』에서 "인간은 선인가? 그렇다. 그는 진실로 선한 것이다. 물, 공기, 대지, 불 모두가 자연 속에 있을 때는 선한 것이다…… 인간을 해독하는 것은 참혹한 제 인습 제도요, 우리는 결코 인간 자체를 비난할 것이 아니다."라고 하여 재래의 인습, 도덕에 대한 항전과 그의 파기를 역설하였으며 이성으로 지배하려는 봉건사상에 반항하여 인간의 자연성을 탐구 계발하려는 것이 당시 『백과전서』의 전 정신이었다. 그러므로 그는 자연 인간 자체를 어떤 제도하에 절충되어 그대로 두고 그의 면밀한 심리적 내지 도덕적 관찰 연구를 하려 함이 아니요, 인간과 인간과의 관계 내지 인간과 사회 제도와의 외부적 연결만을 추구하였다. 이 점을 관념론자들은 18세기 사상의 실체와 실질과 생명을 결여하였다고 비난하는 바이다.

그러나 어떤 고정된 기형체 내에서 고갈된 이론적 분석과 관찰과 내지 천착은 다만 그 사회를 질식시키고 그 사회의 인간을 질곡케 할 뿐이다. 17세기부터 18세기에 이르러 모든 정치와 경제 상태는 내부의 필연적 질적 변동으로 인하여 어떤 새로운 사회 형태의 출현을 예상시켰으며 이러한 사회의식을 반영하는 사상가 문학가의 사조가 또한 이러한 모든 전통과 파기와 어떤 새로운 사회의 도래를 위한 이론과 제창과 행동이 필연적으로 용출함은 역사의 발전 계급에 있어서 불가피의 엄연한 일대 사실이다. 그러므로 18세기 문예 사상의 계몽적 혁신운동은 문예 자체 또는 사상 자체를 위한 운동이 아니요, 인간 사회 전체—그는 결국 시민계급을 위한 것이었으나—의 행복을 초래하여 그네의 새로운 이상 사회를 건설하려는 계몽운동이었으며 구사회와 신사회와의 교차 구문화에서 신문화로 변전하는 과도에 있어서 특히 영국의 입법 자유 제도의 영향을 받아 신국가와 신문화가 18세기 후반기에 일어날 불란서 대혁명을 위한 기반과 그 준비를 18세기 전반기에 있어서 간단없이 결정적으로 지속해 왔던 것이다.

4. 루소의 개인적 자유민주주의 사조

18세기 전반기를 통해서 생장해온 몽테스키외, 볼테르, 디드로 등 사회적 관찰 관념 유물론적 사조가 다시 루소에 이르러 개인적 자유민주주의를 구현시켜 드디어 불란서 대혁명의 봉화를 켜 들게 하였다.

이러한 발전은 결코 전자 등의 사조와 전연 배치되는 이로異路를 밟은 것이 아니요, 이는 그 사조를 한 걸음 더 전진시킴에 불과하다. 왜요? 전자의 제창은 곧 봉건 제도의 특권 계급을 파기하기 위하여의 계몽운동 즉 특권 계급의 모든 문화와 제도를 타도하기 위하여는 그와 전연 반대되는 새로운 운동을 전개하지 않으면 안 될 필연적 계기에 임하였다. 그러므로 그네의 심리적 관찰에 대하여는 사회적 관찰, 고정적 영원불변적 유심론에 대하여는 진보적 유심론을 제창했으며 유신론에는 무신론, 합리주의에 대해서는 공리설을 대치시켰다.

그러나 이러한 계몽적 적극적 혁신운동은 필연적으로 신흥 부르주아지의 득세에 따라 자기 자신의 완비될 어떤 구체적 이데올로기를 구성할 계단에까지 이르렀다. 그의 가장 현명한 대변자가 장 자크 루소였으며 그의 표어가 '자유, 평등, 박애'임은 새삼스러이 부언할 것도 없이 일반이 주지하는 일종 진부한 상투어이다. 그러나 이 표어—슬로건—은 그 완성된 그날에 있어서는 개인적 자유민주주의 그 자체였다. 우리는 여기서 간단하게 루소의 사상 체계의 '아웃라인'만을 규시窺視하기로 하자.

루소는 그의 명저 『에밀』의 권두에서 "조물주의 손에서 나올 때 만유는 선이었으나 일단 인간의 수중에 들어왔을 때 모든 것은 악화한다."라고 하였다. 이 조물주란 자연을 가리킨다. 이 자연은 즉 광의로 문명과 대립하는 것이다. 그러면 자연이란 무엇인가! 그는 이렇게 대답했다.

> 우리는 다 감성적으로 태어났다. 우리는 소위 우리의 감각을 의식할 때 우리는 어떠한 산출을 혹은 구하며 혹은 기피하려 한다. 이러한 의향은 확대되며 강고해진다…… 그러나 우리는 습관에 구속되어 그것은 다소 변질한다. 이 변질을 생生하기 이전의 의향이 여余의 지칭하는 바 우리의 자연이다.

그러므로 루소의 교육의 이상 목적을 논한『에밀』전체의 주창은 우리의 자연 그대로의 발달을 조지阻止하는 바 온갖 편(주: 개성의 인습도덕—문명)에서 우리를 해방하려는 데 있다. 다시 그는

> 자연적 질서에 있어서 우리는 모두 다 평등이요 그리고 그 공통된 천부天賦는 인간적 상태이다…… 우리의 손에서 나올 때 그네들 생도(유소년)는 법관도 아니요 병사도 승려도 아닐 것이다. 그는 무엇보담 먼저 인간일 것이다.

이와 같이 먼저 모든 제도와 문물에 질곡된 그 속에서 참다운 생래적 인간을 찾아내려 하였다. 이 인간이란 무엇인가? 우리는 이를 더 구체적으로 설명함은 본고의 주지가 아니기에 생략하거니와 인간이란 속에 루소의 개인주의적 인생관의 제일성第一聲을 들 수 있으며 따라서 장구한 봉건적 부란腐爛된 질곡 속에서 신음하던 근대 신흥 부르주아지가 자기의 자유로운 인간성을 찾아내려는 절규의 가장 적절한 대변을 찾아낼 수 있다. 그러므로 이 점이 다만 인간을 사회적 관계 밑에서만 관찰하려는 몽테스키외나 볼테르의 설보다는 개인의 자유와 해방을 찾으려는 시민 계급에게는 더 자기의 심흉을 관파貫破한 듯이 감동되었다.

루소는 더 나아가 자연과 인간과의 관계를 논하여 자연은 원인이요

인간은 그 성과다. 그러므로 우리는 자연에 대하야 전연 종속되어야 하며 따라서 우리 자신을 이해하기 위하여는 우리를 자연과 연결된 복잡한 관계에서만 파악할 수 있다고 했다. 그러므로 진실한 행복 심령心靈 속에 충만시키지 않으면 안 되리라고 느껴지는 하등 공허 없는 행복은 오직 자연이 우리에게 부여하는 것이다. 그러므로 우리는 자연을 극복할 것이 아니요 자연 그 속에 침투되며 그 속에 자신을 맡길 것이라고 논위하였다.

즉 루소는 이리하여 개인을 사회 희생의 압제에서 해방하여 동시에 감수성으로써 지성의 권리를 계승시키며 인간은 자연을 기준으로 하여 표출시킬 것이라는 원리를 수립하였다.

다음 불란서 혁명의 경전이라고까지 이르는 『사회계약론』(민약론)에 있어서는 무엇을 논하였는가, 그는 다음과 같이 요약할 수 있다—

> 국가를 한 단체로 하는 것은 국가의 조합원들의 협동체에 있다. 그리고 그 협동체는 그들을 결합하는 의무다. 이 의무의 근저는 무엇인가. 그는 물리적 위력이라거나 신권神權, 부권父權, 예속권隷屬權에 따르는 의무는 아니다. 그는 습속 그만이 법률적 전권 위의 기초가 되는 것이다. 그러므로 문명사회의 진실한 기초는 '계약'이다. 이 때문에 조합이 형성되고 이것이 공공적 전 세력으로써 개인 및 각원의 재산을 방어하며 보호하는 것이다. 그리고 협동에 의해서 각자가 전체와 연결되면서 다만 자기에게 복종하며 종전과 같이 자유로워지는 것이다. 각자는 자기의 전 기능을 일반적 동향의 가장 필요한 방면에다가 공통 공유로부터 거기서 정신적 집합적 일 개 단체가 구성되는 것이다. 이러한 정치적 단체가 즉 국가, 또는 주권자이며 이러한 단체인의 인원들이 집합적으로 볼 때 민중이란 명칭을 가지게 된다. 그리고 법률은 일반적 의향의 표현이다. 일반적 의향만이 진실로의 주권자다. 따라서 지상권은 국민 속에 있는 것이다. 그리고

자기의 자유를 포기하는 것은 곧 인간의 특성 인간성의 권리를 다시 더 그 의무까지 방기하는 것이다. 동시에 최대 행복의 2대 필요한 요소는 자유와 평등에 있다.

이러한 내용을 가진 『민약론』 중에는 기다의 모순과 의문이 불소하나 원래 루소 자신이 모두에서 "나는 이렇게 상상하노라."라는 말로 시작함과 같이 그는 "『민약론』을 충분히 이해했다고 자긍하는 사람은 내 이상 현명한 사람이다."라 함과 같이 자기 자신 의문과 불안을 가지고 이 저술에 착수하였다. 이러한 『민약론』 중에서 후일 혁명 제1년 1789년의 인권 선언—"인간은 자유요 평등이다. 지상권의 원리는 국민 중에 있다. 법률은 일반적 의향의 표현이다."—이 발표되었으며 혁명당수의 한 명 마라가 "인간은 자유로 태어났으나 도처에 철책에 포로捕虜되고 있다."라는 권두의 금언을 산보하면서 반복하였다 한다. 또한 『민약론』은 혁명가들의 '복음'이라고 지칭함도 결코 과장은 아니다. 그러나 우리는 루소의 옹호하고 주장하는 민중이란 무엇인가를 구명하는 데서 루소의 근대 부르주아지의 대변자임을 다시 지적할 수 있다. 그는 부르주아지(시민 계급)라고 하는 공화국의 가장 건전한 부분을 잡연雜然하게 위집渭集한바 자유보담도 빵을 구애하는 하천한 어리석은 하층민과 대항시켰다. 즉 그에게는 하층민 노동자 농민은 일종 타기唾棄한 폭민暴民과 같이 취급하였다. 이 점은 특히 루소에 있어서만 그러하다는 것은 아니다. 그러나 혁명의 아버지라고까지 칭앙稱仰하는 루소 역시 당시의 사회 정세를 초월해서 어떤 미지의 내세기來世紀의 신흥 세력을 예견 못 하였던 것이다. 환원하면 근대 자본주의의 즉 신흥 부르주아지의 혁명적 열렬한 대변자였다는 것만으로도 루소의 지위는 크다.

5. 위정자와 문예사상가

이상에서 계몽운동 사조의 제 양상을 약론하였다. 그러나 당시의 제왕 위정자와 문예사상가의 관계는 어떠하였는가. 그의 예로 1762년 일어난 '카라스' 사건을 일별하자. 이는 볼테르가 주로 당시의 사법 기관과의 격렬한 항쟁이고 이 사건으로 인하여 볼테르는 그의 명성이 한 문학자의 지위에서 역사적 인물로 등장하게 된 것이다. 이 '카라스' 사건이란 지방재판소에서 장 카라스란 한 신교도가 그 자식이 가톨릭교로 개종하려는 것을 교살하였다는 고소를 경신輕信하고 진중한 조사도 없이 그 원죄자冤罪者를 사형에 처한 사건이다. 이것을 볼테르는 평소부터 사법 기관의 조□과 불공평에 대하여 분개하고 있던 차에 크게 여론을 일으켜 감연히 정부 당국과 항쟁하였다. 먼저 그는 세인의 여론을 환기하기 위하여 『관용론寬容論』을 출판하였다. 이를 본 파리 최고재판소는 즉시 볼테르의 『철학 사전』의 소각을 단행하였다. 그러나 볼테르의 여론과 변호는 당시 상류 사회에 심대한 충동을 환기시켰으며 또한 볼테르의 이 과감한 행동은 봉건적 승려적 사법권에 정괴碇壞적 타격을 내렸던 것이다. 이 사건은 19세기 말에 일어난 에밀 졸라의 희생적 두쟁斗爭으로 성공한 '드레퓌스 사건'과 비교하여 가장 흥미 있는 획기적 대사건이다.

다음은 1766년에 '아브빌' 시중市中 어느 교상橋上의 십자가가 도괴倒壞된 것을 본 그 지방 검사는 그 전 종교 행렬 시에 불손한 행위가 있던 자를 혐의자로 붙잡아 분형焚刑에 처한 '라바르 처형 사건'에 이르러서는 당시의 사상가를 극도로 흥분시키어 '카라스 사건'에서 그 성직자의 지배적 권위를 여지없이 박탈한 그네들 사상가는 다시 재판관까지 이기게 되었다. 즉 당시의 특권 계급의 지배적 권위는 차차로 몰락의 □운에서 얼마 안 남은 잔명을 지장支掌하고 있었을 뿐이다.

또 당시 문예사상가의 저서에 대한 탄압과 처분은 극히 □□하였다. 루소의 『에밀』이 발매되자 이 서적은 만유를 자연숭배교로 인도하며 불경□와 예절에 상반되는 사실로 충만되었다는 이유로 이 서적의 소각과 루소에게는 구인 영장을 내렸었으나 루소는 하등 위험이 없이 공공연하게 국경 탈출을 묵인받을 만치 당시의 정부는 무력하였다. 그 외에도 다수한 처분에 대한 볼테르 등의 반박과 항쟁으로 후자가 승리하는 경향이 더 많아졌다.

그러나 그네들은 이제 새로운 혁명이 도래할 것을 확실히 인식치 못했다. 1758년 문학자 그림은 "혁명은 불가피적으로 급박한 사태에 이르렀다."고 예언하였으나 1770년에 와서는 그 같은 그림이 "일찍, 금일과 같은 정밀靜謐한 시대는 없었다."고 혁명의 내습을 부인하였다. 그리하여 1771년 대법관 모푸의 지방재판소에 내리운 대부월大斧鉞에서 문학자는 새로운 권력의 지지자가 되었으며 1774년 루이 16세 등극 당시 백과전서가와 경제학자들은 "튀르크가의 변절과 그들의 지배 계급 속에 해소됨에도 불구하고 이미 싹터가는 혁명의 맹아는 바야흐로 일대 봉화로 변하여 폭발할 시기를 기다리고 있었다.

일반 사회와 경제 상태의 나날이 참혹군궁慘酷窘窮함은 물론이요, 1748년 국왕과 검열관의 재판을 용하게 회피하여 궁중인과 살롱의 기묘한 연락連絡에서 상연된 희극 《보마르 쉐》와 《피가로의 결혼》은 봉건 귀족 계급에 일대 치명적 위협을 격여擊與하였다. 이의 쟁투전을 연출하여 결국 종복從僕의 승리에 귀歸한다는 희극이었으나 이를 본 신흥 부르주아지는 만□의 광열狂悅을 느끼는 반면에 특권 계급은 자기들의 무능과 권세의 추락에 극도의 공포를 느끼었다.

그리하여 이 극의 종막 때 홍분된 군중은 그냥 대열을 작성하여 궁전 앞까지 일대 시위를 감행하였으며 이 민중의 광열적 환규喚叫에 루이 16

세는 왕비의 어깨에 매달려 마치 불원에 국체를 전복할 대혁명의 습래襲來를 예상하는 듯 전율하였다.

6. 결언

상술과 같이 불란서의 18세기는 봉건 사회 타파의 준비기였으며 그 목적을 수행하기 위한 계몽기였다. 따라서 일반 문예사상가 내지 철학가 과학자는 총체적으로 또는 적극적으로 봉건 제도의 일절 상 구조인 정치 법률, 예술, 종교에 대한 항쟁을 위하여 새로운 이론과 학설을 창조 제창하였으며 전반기의 순수한 학술적 이론이 후반기에 와서는 점차로 구체화하여 일방으로는 루소와 같이 신흥 부르주아지의 가장 정당한 요구의 선구적 대변가가 되며 볼테르와 같이 직접 봉건 제도 그 자체와 투쟁하는 실천가도 되었다. 또한 완전히 한 계급의 몰락을 홍소 풍자하는 희곡이 일반 신흥 부르주아지의 요구로 상연되었다. 여기에서 우리는 이 17세기 전반기에 있어서 울음 울고 비탄하는 귀족 계급의 욕망하는 애상적 문학이 후반기에 와서는 홍소 야유하는 신흥 계급의 희극으로 변모된 것을 발견할 수 있다. 따라서 문예사상가는 궁정이 아니었고 살롱을 중심으로 한 논의와 세평世評과 정론을 위주로 하는 자유로운 사회인이었다. 즉 궁정과 대립하여 넉넉히 새로운 계몽적 운동을 전개시킬 수 있는 분위기에서 생활하였다. 그리고 그네들이 출입하는 살롱은 당시의 신흥 자본가와 금으로써 지지되었고 따라서 문예사상가들은 거기에 의존하여 생활의 자량資糧을 얻었으며 혹은 그네들 자신이 신흥 자본가의 주인이었다. 환원하면 계몽운동의 주부적 인물들은 귀족 사회의 치일馳逸에서 반기를 든 새로운 귀족과 또는 시민 계급에서 대두해 나온 신흥 부르주아지와의 결합과 협력하에서 18세기의 계몽운동을 전개하여 혁명 전까지에 이르러왔으며 그네의 배후에는 점차로 팽대해가는 부르주아지의 옹호와 지지가 있었으며 외부적으로는 영국의 선배적 근대 국가의 법 문화가 지대한 영향을 가졌다는 것이다. 이 영국이 또한 일본 메이지 유신의 모범이었으며 조선의 갑오년 후의 혁신운동에 이 일본의 영향이 많았음은 역사의 그 어느 공통성을 우리에게 명시하는 증거이다. 따라서 조선의 불란서 혁명이란 동학난 당시와 또는 근대 국가를 건설하기 전의 계몽운동 신흥 사상의 보급과 이 불란서의 계몽운동과의 비교 연구는 가장 흥미 있는 문제의 하나이겠으나 그것은 현명한 사학가의 임무로 돌리고 필자는 다만 불 문예사상가의 계몽운동의 진전된 경로의 일단을 소개함에 그치고 이 고稿를 마치려 한다. 이 소론이 정연한 이론을 밟지 못하였음을 필자 자신으로 심히 공□히 생각하나 아무쪼록 그 요지만을 적기摘記하려는 의도가 장황한 설명으로 많은 지면을 허비하지 말자는 견제심과 합치되어 이렇게 되었음을 아울러 부기하는 바이다.

—《동아일보》, 1931. 9. 18~29.

비상시 세계 문단의 신동향

(이 거대한 과제에 대한 야심을 가지기에는 자기 자신의 능력과 욕망과 균형을 발견하지 않고는, 이지적 주저와 양심적 불안을 느끼는 것이 인간으로서 상정일 것이다. 그러나 한 개의 '세계 문단'에 관심하는 일 학도로서 이 문제에 대해서 소감을 시험하려는 것도 야혹也或 용서될 조선적 사정이 있을까 싶어 감히 이 붓을 들게 된 것이다.)

세계적 경제 공황이라든가 국제적 정치의 위기라든가 하는 상용어는 1933년에 와서 비상시라는 새로운 언어로써 더 절박한 의미를 부가하였다. 이 비상시를 맞이한 세계 문단은 어떻게 움직이고 있는가? 지나간 1년 동안 우리의 이목에 '전달된 바' 몇 개의 사실을 듦으로써 이 문제의 해답은 족할 것 같다. 즉 파쇼 문학 내지 나치스의 문화 탄압이라든가 신심리주의 문학의 융성이라든가 고전적 정신에의 복귀라든가 불안 고민 문학의 전성이라든가, 사회주의적 사실에 대해서 다시 논조를 진전시키고자 한다.

정치적 문예운동

세계대전 이후 공화국으로 새로운 국체를 변혁한 독일에 있어서 과거 10여 년의 파란 많은 정당적 세력의 대립과 항쟁은 드디어 히틀러의 나치스 운동의 완전한 승리를 이루어놓았고, 드디어 국수적 독재정치는 공산운동에 대한 절대적 탄압과 비게르만인인 유태인 계통의 사상가·과학자의 대량적 구축을 단행한 후, 모든 단체의 행동 일체를 나치화化에 집중시켰다. 따라서 이때까지 철학과 음악의 전통적 독일 국민의 긍지는 한 개의 갈색 깃발 아래 칩복퇴멸蟄伏退滅을 당한 감이 있다. 이러한 경향은 이미 이태리의 무솔리니가 그 열렬한 선험자로서 그 모범을 보인 지 여러 해가 되었다.

그러면 이태리 다음에 다시 독일에 대두된 파쇼 문학, 또는 나치스 문학—환언하면 이 정책적 문예운동이란 어떠한 의미와 생명을 가지고 있는가?

이 당면한 문제를 논위하기 전 필자는 불란서 혁명 이후 새로이 생긴 나폴레옹의 제1제정 시대의 정책적 예술운동을 일별하려 한다.

나폴레옹의 제1제정 시대(1800~1815)에 있어서 구주歐洲에 웅거한 이 낭만적 제왕은 내란외정內亂外征의 성공을 기회로 그는 거만巨萬의 상금과 연금과 명예상名譽賞으로써 널리 국내의 문필가를 격려, 고무하였다.

그러나 혁명 이후의 새로운 건설이 완성되지 못한 불안한 당시에 있어서 결코 이 제왕은 자기가 요구하는 문예가와 사상가와, 또 그들의 작품을 구할 수 없었다. 불란서의 정신, 나폴레옹을 예찬하며, 이 제정帝政을 무상의 영광으로 추대하는 그러한 문예는 마치 주문된 작품과 같이 생산되었다. 그러나 그것은 그때 일시적 나폴레옹에게 만족한, 또 아유된 작품인지는 모르나, 문예사상 위에 커다란 족적을 남긴 문예는 한 개도 제작되지 못하였다. 물론 여기에는 나폴레옹 내지 그 아래서 활약하는 자의 예술적 두뇌의 부족도 있었겠으나, 그러나 주문에 의해서는 예술품이라는 정신적 생산은 도저히 기대할 수 없었던 것이다. 헛되이 무수한 상금과 찬란한 월계관이 소모되었을 뿐이었다. 게다가 엄중한 사상의 취체取締는 물론 검열 제도의 가혹은 완전히 이 15년 동안 모든 문화적 생산을 봉쇄하고 말았다.

현재의 무솔리니와 히틀러가 이 나폴레옹과 같은 독재적 제왕으로서 그와 같은 정책을 행사하고 있는 이 사실이 실로 그 자국의 문화를 통해서 또 세계의 문화를 위해서 얼마만한 공과가 있을까는 한 개의 상식적 판단에서 떠나 심히 우려할 문제이다. 이 비상시를 위한 정책이란 물론 역사에 남는 어떤 위대한 사상과 문예를 생산시키자는 데 있는 것이 아니다. 다만 비상시적 전 국민의 각오와 경성警醒을 위한 한 개의 수단이요, 방도에 불과하다.

만일 이 비상시적 정책이 어떠한 새로운 세계관의 입각에서 미래를 가진 운동이라면, 거기에는 한 개의 피 묻은 문화적 맹아를 기대할 수도 있으나, 그러나 이것이 단순히 자국을 위기에서 구출하려는 비상시적 행위밖에 아니 될 때, 또 비상시적 위기의 단말마적 도피 행동의 최후의 발악이라면, 이것은 문화 자체의 고질이요, 고식이요, 멸망이 아니랄 수 없다.

이태리에서는 이 국수적 문예의 영향을 받을 아무것도 없다는 것이다. 이것이 독일에 있어서는 유태인계의 문예가를 국외로 추축한 후 실시되는 정책은 새로운 국가의 건설을 위하여 신과 같은 표준을 젊은 국가에 바치기 위한 문예의 수립을 목표로 한다. 그러므로 거기에는 일체의 자유주의적 문예 행동은 존재할 수 없는 것이요, 시인은 모름지기 국민의 운명을 체험함으로써 사명을 삼아야 되는 것이다. 따라서 그 문예란 명상적 · 정적 · 개적個的이란 입장을 완전히 상실하고 오직 집단적 군중의 규호 · 환성 · 돌진, 그리고 거의 맹목적으로 열중된 자국의 승리를 예상하는 광희, 이리하여 거기에는 숭엄한 영웅적 행동을 찬미하게 된다.

이 정신이 그들의 시가와 무대와 모든 심장을 지배한다. 그리하여 대전 후의 독일 문단을 지배하던 표현주의와 그다음 일어난 신즉물주의의 편영은 이 비상시국적 나치스 문화라는 광란된 와중에 삼켜지고 말았다. 그리하여 나치스 문화 내지 예술을 지지하는 일파는 "나치스 운동은 본질적으로는 예술적이며 종교적이다. 이 운동이 정치적인 것은 일시적 우연이다." 하고 하여, 이 운동이 결코 비상시적 돌발이 아니고, 독일적 예술이 가지는 결정적 시대정신을 표현하는 영원한 생명이라고 보는 것이다. 그렇다면 세계에 자랑하는 레마르크, 토마스 만 형제, 톨러 등 작가를 잃어버린 독일에 과연 히틀러가 주문하고 요구하는 바의 예술 내지 문학이 창조될 것인가. 그들의 이러한 이론은 나폴레옹의 막연한 문예가 출현의 기대와 같이 실망에 귀착되는 전철을 밟지 않을까? 또 과연 그들은 소비에트 러시아와 같은 실천적 문예 정책의 수립을 위한 확연한 이론을 체계화하였는가?

"히틀러의 연설은 난센스요, 경제 계획은 우매하다." 하는 어떤 미국 문학자의 풍자와 같이 그의 문예 정책 아니 정책적 문예는 더욱더 난센스요, 우매가 아닐까?

그러나 히틀러에게 있어서는 독일 국민은 탄압과 치욕에서 구출하는 것이 그 전적 목적임에, 문예 작품의 자유로운 생명이 국민적, 또는 정체적 정열에 파괴되지 않는 예술 작품 옹호가 있을 수 없는 것은 명약관화의 사실이다. 그렇다면 일찍이 철학자요, 사상가인 피히테가 나폴레옹에게 유린당하는 독일 국민의 치욕과 그 복수를 위하여 '조국에 고함'이라는 심혈의 절규와 같이 이 나치스 운동은 새로운 독일의 구출을 위한 유일의 불사신이요, 독일혼의 권화權化일까? 따라서 이러한 비분의 문예가 창작된다면, 독일 청년의 자유혼을 애국혼으로 불러일으킬 수 있을까? 이에 대한 비판은 오직 시일을 두고 인류 역사에 나타난 한 개의 혹성적惑星的 출현으로 관망할밖에 없고, 그 이상의 자유는 우리에게 허여되지 않았다.

순수문예의 제 양상

필자는 현재 구미 문학 중 인텔리겐치아—그들의 문예운동을 편의상 순수문예라고 명명한다. 이것이 한편으로는 부르주아 문학이라고 지칭되며, 반동적 인텔리겐치아—의 문예라고도 불려온다. 또는 신심리주의 문학, 주지주의 문학, 신낭만주의 문학, 신고전주의 문학 등의 명사로도 대용될 것이다.

이러한 유파에 속하는 작가들의 문예 행동에 있어서 특별히 1933년적 비상시의 신동향이라는 것을 명확히 지적할 수는 없다. 이 문예 활동은 물론 사회적 · 정치적 관심에서 '전연 초월'하여 독자적 세계에서만 고민 · 동요 · 발전하는 것은 아니다. 그러나 이러한 외부적 세계의 변전變轉에서 그 외기外氣의 압축만에 머물지 않고, 인생 생활의 더 깊고 더 높고 더 자유로운 인생 본질의 형자形姿를 그 문예 가운데 탐색하려는 것이므로, 적어도 이 문예는 지속적으로 인류 생활의 제諸 단면과 제 내부에 침윤되어야 그것이 이 세기의 혼연한 양상을 파지把持하려는 고민과 노력의 결정이라 할 수 있을 것이다.

그러면 이 문예운동의 작금에 나타난 중요한 몇 개의 동향을 극히 평범한 관찰로써 서술하기로 하자.

먼저 영국 문단의 전체의 동향을 본다면, 장편소설이 1933년에 특히 많이 나왔고, 그 대부분이 역사적 제재를, 혹은 과거, 혹은 미래 10년간이라는 시대 구분으로 취급한 사실 이외에 신심리주의 내지 주지주의 문학이 역시 여전한 새로운 동향이라고 할 것이다.

이 주지주의 문학 이론은 T. S. 엘리엇에서 그 대표적 이론을 찾아볼 것이다. 미국에서 태어나 파리 소르본 대학을 거쳐 영국 옥스퍼드 문학을 마친, 아직 50 미만의 문예평론가인 그는, 문예에 있어서 무엇보다 전통을 존중한다. 전통을 존중한다는 말은 역사적 의식을 문학의 세계에 확대시킨다는 것이다. 즉 우리는 자기가 생장한 그 시대, 그 민족만의 문화 영야領野에서 호흡하고 생활하는 것이 아니요, 호머 이래 구주 문학 전체를 통과한 그 전통, 그 전통이 동시에 자국의 전 문학 가운데 동시적 존재로 보전되며, 또 동시적 질서를 형성하는 감정을 우리에게 강요한다는 것이다.

그러므로 엘리엇에 있어서는 개성을 초탈, 또는 개성의 소멸을 논하여 '독자성'을 부인한다. 그렇다고 개성의 사멸을 논하는 것이 아니요, '자기 고유적인 것이 비개인적인, 일반적인 가운데서 혼융 완성되어 더욱 풍부 · 확대 · 진전되며, 더욱더 비고유적이면서 더욱더 고유적인' 그러한 개성의 소멸, 또는 개성 초월을 논하였다.

이러한 전통의 존중과 개성 초탈에서 고전주의의 전통 존경과 인간적 · 보편적이라는 관념과의 접근을 발견할 수 있다. 즉 고전주의의 희라希羅* 문학 전통의 존중과 인간의 보편적 감정, 자발적 이성을 질서로써 규율하는 '그 문학의' 방도를 엘리엇은 더 한 걸음 현대적 입장에서 논위하였다. 그러므로 그는 자기 자신을 고전주의자라고 자칭한 것이다.

* 헬레니즘.

이 점은 이미 불란서의 폴 발레리의 시론에 있어서 천래적天來的 영감(인스피레이션)을 절대로 부인하고, 오직 시의 정신을 과학 중에도 수학적 정확과 이지적 명상에서 발견한 그와 공통되는 바가 있다. 요컨대 현대 영불의 주류 되는 문학적 동향은 인간의 지성을 존중 · 부활하려는 데 있고, 이 인간의 지성은 오직 대전적大典的 전통의 새로운 인식에서 출발하려는 것이다. 그러므로 사회적 현실이라는 '외부 세계'의 명멸하는 동태에 대한 관심보다도 위대한 예술의 세계를 지나간 역사적 작품에서 구하려 하며, 또 그의 정당한 계승에서 새로운 위대한 작품이 나온다는 것이다. 이것이 고전적 정신에서 지성의 발견과 동시에 문학 이론이 주관적 경향으로 흐르게 된 것이다.

1933년에 있어서 전향 작가라고 세계의 여론에 한 개의 파문을 일으킨 앙드레 지드 역시 그의 문학에 대한 태도는 불란서의 전통적 형식에 애착을 가지고, 불란서 17세기의 고전주의 작가에 대하여 무한한 감동과 존경을 가져, 이성적, 또는 지성적 정신을 옹호하는 자이다. 그러므로 그의 문학 창작에 있어서 특히 문장에 대한 통제와 균형과 엄격한 형식미를 정신을 옹호하는 자이다. 그러므로 그의 문학 창작에 있어서라는 것은 일편一便 고전 정신—전통의—존중과 다른 일편으로는 무한한 감정의 폭발과 개성의 혼란을 제어하는 지성의 중대를 고조하는 것이요, 따라서 '현실 생활'에 대하여 이 지성으로써 그를 관찰하고 통제하고 분석하고, 또는 종합하여, 한 개의 문학을 창조하자는 것이다. 이것이 인간으로 하여금 현실에의 추종, 몰입에서 구출하여 냉철하려는 주지론이요, 지식 존중이다. 즉 항상 유전하는 이 외계의 외실外實에 반하여 지성의 항원성恒遠性을 주장하는 것이다. 인류의 역사가 무한한 변천을 겪어왔으나, 인류의 문화란 오직 그 지성의 승리에서 발달된 것이다. 역사의 과정 위에 문화의 축적이란, 곧 이 지성의 축적이요, 발달이라고 주장한다. 이 지성

(이지)이 '문예 사조'의 가장 중요한 지위를 차지하게 된 것은 불 문단의 총아 마르셀 아를랑의 "지知는 예술 작품에 필요한 조건의 하나이다. 이지는 예감하는 이상의 더 숭고한 현실의 상징이 된다. 그 이지는 우주 조화의 반영이다. 그 각각의 보조는 결과로 반드시 다음 새로운 보조를 내딛게 한다. 그는 정신의 고뇌를 제거하지는 못한다. 그 정신을 정화하고 더 열렬한 화염을 불타게 하는 것이다."라는 데서도 발견할 수 있다.

그러나 이러한 문예 사조가 사상적으로는 니체의 연구를 다시 왕성하게 하고 특히 불란서와 같은 사회에서는 니체의 연구뿐 아니라, 도스토예프스키의 작가적 연구가 다시 새로운 활기를 띠고 있다. 이 경향이 세계대전 전의 문예 사조에 복귀되는 감을 느끼는 것은, 이 가운데 역시 암암리에 비상시를 앞둔 문예사상가—즉 인텔리겐치아—의 사상적 또는 예술적 모색의 동일한 고민상苦悶相을 발견케 되는 이유가 아닐까? 연이然而 비교적 자유주의가 왕성한 불란서, 그들의 '공화 정신'은 이태리의 파쇼화와도 달리, 또 독일의 나치스화와도 달리, 사상적 자유의 고민 중에서 이 비상시의 분위기 속에서 생활하는 것이다. 그러므로 가지가지의 사상적 제 유파가 정치적 관용하에서 총립하고 있어, 1933년의 문예사조 위에는 특히 주목할 두 가지 기억할 만한 사실이 일어났다. 그 하나는 앙드레 지드의 전향이다. 그의 이 전향은 정치적 관심에서 나온바 이 사회 제도, 부인否認의 적극적 태도는 물론 아니다. 그보다는 그 자신의 정신적 진전이 '지배 계급'의 종교와 자본주의의 결탁에 대한 증오를 느끼게 하여, 드디어 소비에트 러시아를 새로운 인간 창조의 이상 사회로 인식케 된 것이다.

그다음 불 문단의 문예 사상의 노대가老大家로 인정받는 줄리앙 방다가 1933년 6월 『구라파 국민에 고함』이라는 평론집을 발행하여, 상당한 여론을 일으키고 있다. 이 저서에서 방다는 사상적으로 맑스와 헤겔과 베르그송 등을 논란하여, 플라톤의 형이상학을 지지하며, 정치 형태로는 공산적 정체晶體와 파쇼국과 민족주의를 배격하는 구라파의 연합된 한 '성제국聖帝國'의 건설을 예언하였다. 그리하여 마치 중세기 이후의 구라파를 신성로마제국이 통일함과 같이 구라파는 다시 통일될 것이요, 또 이 세계에 신이 재림하는 시기가 올 것이라고 말하였다. 그리고 또 "그 미래의 구라파란 문학적이라기보다는 과학적이요, 예술적이라기보다는 이지적이요, 회화적이라기보다는 철학적이다."라고 말하였다. 인방隣邦의 독일에서는 나치스의 국수적 운동이 치열함에 반하여, 불란서에서는 이러한 자유사상가의 종종상種種相을 발견함은 하나의 기현상이라고 아니할 수 없다. 그러나 이 비상시적 기분이 더욱 험악화한다면, 즉 공화적 자유국인 불란서가 국가적 위기에 조우된다면, 어떠한 문예 정책 내지 문예 사조가 발생할 것인가? 이런 점에서 불란서나 영국에서는 비상시적 기분이 문단 내지 사상 전체에 근본적 동요와 붕괴에까지 이르고 있다고 보는 것은 일면의 진리가 있지 않을까?

이러한 문예 사조를 배경으로 하고, 생산되는 문예 작품은, 그 주되는 경향이 소위 신심리주의 문학이라는 것이다. 조선에서도 여기에 대한, 2, 3의 소박한 평론이 게재된 일이 있거니와, 요컨대 이 경향은 일언으로 하면, 현실의 기성된 도덕 · 법률 · 종교에 대한 소극적 해탈과 반항과 허무를 심혹深酷한 또 섬세한 때로는 분방한 필치로써 그려내는 것이다. 제임스 조이스의 『율리시즈』가 희랍 문예 모태인 호머의 『오디세이아』에서 취재함과 같이, 신화적 세계에 대한 현실적 · 심리적 해부에로 그 분방한—그리하여 영국에서는 여러 번 출판 금지까지 받은—거의 웅대할 수 있다고 하는 20세기의 경이적 작품이라거나, 마르셀 프루스트의 『잃어버린 시간을 찾아서』라는 작품 역시, 당시 불란서에서는 그렇게 문제시하지 않던 것이 1919년 콩쿠르상을 받으면서 이 작자의 면모는 더욱 광채를 발하였다. 이러한 작품 중에서 성도덕과 인간 심리에 대한 새로운 반항과 해설과 그 혼현渾玄한 심리의 현대 인간에의 부식은 실로 현대 작가에 새로운 심리 세계를 제공하였다. 그러나 여기 주목할 것은 20세기의 불란서가 가진 2대 작가인 앙드레 지드와 마르셀 프루스트에게 있어서, 전자는 니체의 강렬한 자아의 사상을 계승한 자요, 후자는 베르그송의 생명철학인 반주지주의적 직관을 소설 위에 구현하였다는 사실이다. 그리고 조이스가 새로운 표현 형식의 창조로써 인생의 내부 외부의 생활 해부에서 일一의 허무 혼돈을 그리는 것이라든지, 로렌스의 피와 육肉을 신앙으로 하는 도덕적 허무와 헉슬리의 사색의 무위라든지, 이 모두가 카자민 교수가 말한 바 "의식적으로 모든 이론적 속박을 파괴하고, 이성에 대한 감정 본능의 우월"을 주장하여, 이지의 도해보다 감각의 존중으로 흐르는 커다란 조류라고 볼 것이다. 아메리카의 유태인 혈통을 가진 대표적 작가 프랑크가 그 작품에서 생명의 신비를 논하며 인간 경험의 전적 파악을 주장하여, 반성내관反省內觀에서 철저한 심리 분석에 관심하는 것이 역시 이와 공통된 사조의 공명이라 보겠다. 이상의 혼돈한, 또 조잡한 논술을 종합한다면, 이것은 두 가지로 구분되는 내외 양면이면서, 실은 일一의 전체를 표명한 것이라고 할 것이다. 즉 하나는 고전적 정신—주지적 경향으로 흐르는 냉철한 이지적 조류요, 다른 일면은 현대 문명에서 이탈하여 인간 심리의 분방하는 원시적 감각 세계로 돌아가려는 감각적 · 반주지적 유동철학의 반영되는 신심리적 조류이다. 이 조류의 하나는 거슬러 올라가 찬란한 고전의 전당에서 새로운 문화를 찾으려는 것이요, 다른 하나는 원시적 황폐로 흘러가 발자潑剌하고 강렬한 해방된 인간 생활을 찾으려는 것이다. 그러나 이 두 가지가 다 같이 현대 비상시 전야의 영 · 불 · 미 등의 제 국민의, 즉 그 국민의 일부를 구성하는 인텔리겐치아의 형자形姿이다. 여기에서 어떠한 새로운 문예가 다음의 역사적 변혁 위에서 창생될는지, 이 모두가 극히 혼돈된 세계적 정세가 다시 새로운 인류 문화의 창조를 앞둔 다양의 구현이라고 볼 수밖에 없으며 이런 순수문학의 발생과 왕성은 플레하노프가 말한바, 그 사회의 모든 기구가 부조화되고 불균형인 때에 이런 경향이 생긴다는 것은 다시 새삼스럽게 우리의 주의를 집중시키는 절언이라고 아니할 수 없다.

소련의 발전적 예술 정책*

제차 15개년을 감행해간 소비에트 노서아에서 그 계획의 하나로 새로운 문예 정책의 수립을 위한 전 연방 프롤레타리아 작가대회의 결의는 1928년 5월에 거행되었다. 그 정책의 주안점은 막연한 선전적, 선동적 또는 요식적인 비문예적 행동에서 떠나 '산 인간을 그리자'는 슬로건을 하나의 철칙으로 세웠었다. 이러한 산 인간을 그림에 있어서 무엇보다 주의할 것은 재래의 '개인주의'적 심리 묘사와는 달리하여 사회적 환경의 영향하에 형성되고 발전되는 인간의 내적 본질 위에 기초를 둔다는 것이다. 그러나 이 경향은 드디어 개인 심리의 탐구와 묘사를 주로 하게 되고 가장 필요한 사회적 집단이 심리 묘사를 경시하게 되어 이 심리적 리얼리즘에 대한 비판은 이러한 슬로건은 관념론적 개인주의적 경향으로 흘러가 사회생활이나 계급 투쟁에서 이반된다는 것으로 논단되었다.

그리고 또 한편에는 '주제의 적극성'이라는 주장으로 말미암아 ××적 낭만주의의 요구와 그를 대표하는 작품도 나왔었다. 그러나 이 주의

* 이 부분은 단행본에 게재되는 과정에서 누락되었다.

로서의 주관의 강조는 또한 실현의 객관적 명확한 표현과 반영을 완전히 할 수 없다는 새로운 결함을 발견하게 되었다.

이상은 그 문예 정책의 원칙론이거니와 다른 한편에 있어서는 소위 나프(노서아 프롤레타리아 작가동맹)를 지도하는 간부幹部의 관료적 독점적 경향이 일반 새로운 노종자, 농민층에서 나오는 작가 또는 동반적 인텔리 작가의 진로를 저해한다는 의미에서 이 나프의 해소된 사실(1932년 4월)은 세간이 주지하는 바이다.

이러한 경로를 가진 소련에서는 1933년 2월 다시 새로운 대중적 '문학 단체'의 재조직을 위한 조직위원회가 고리키를 위원장으로 확대 총회가 개최되어 문학 창작 방법 기타의 조직 문제까지 진중히 토의되어 이 작가들의 의견의 종합 통일에서 소위 '사회주의적 리얼리즘'이 그 창작 방법으로 결정되었다.

원래 혁명적 사회주의 자신이 그러함과 같이 새로운 사회의 새로운 문학의 건설을 위하여 항상 발전적 새로운 방도의 개척은 그는 일–의 원칙적 발현인 것이다.

그러나 소련 문예 정책이 이러한 제다의 과오를 범하여온 것은 문예 본질과 정책적 수단화와의 미묘한 관련을 급속히 공식화하려는 데 있었던 것이다. 그것이 때로는 브루주아지의 개인 심리 묘사와 달리한다는 것이 도로 그들의 의도에 반하는 재래의 심리주의에 추락하여버렸고 또 한편으로 낭만주의를 배격하다가는 도로 혁명적 소위 적색 낭만주의를 문학의 한 형식으로도 채용하였다. 그뿐더러 소위 유물변증법적 창작 방법 때문에 기다의 불구 된 도식화의 작품의 출현을 보게 된 것이다.

더군다나 조선과 같이 이 공식 도입에 여념이 없던 프로문학이 금후 어떻게 발전될까는 한 개의 의문이거니와, 그러면 소련의 주장하는 '사회주의적 리얼리즘'이란 무엇이던가? 그 대요大要를 간기簡記하면 '사회주의 리얼리즘은 무엇보다도 먼저 현대 사회 여러 관계의 소산이요, 또 타방他方으로는 모든 선행적 문화적 발전의 결과다. 이 주의는 작가의 개성과 경향에 가장 광범한 자유를 주어 모든 방법을 허여하고 종래의 독립적으로 생각하던 바 리얼리즘과 로맨티시즘의 초보적 구별을 폐지한 종합적 스타일이다.'

소련에 있어서 이 문예의 원칙을 현대 사회의 제諸 현실을 중요시하면서 또 일방으로는 인류의 문화가 정당한 또 어느 점으로는 일보 진보된 그 유산에 대하여 그 발전의 결과를 하등 편견적 구속 없이 문학 가운데 집어 놓으려는 것이다. 여기에서 프롤레타리아 문학에서 많이 범하여 오던 부르주아 문화 배격의 오류가 완전히 청산되리라는 것이다. 또한 작가의 개성과 경향에 대한 공식적 주문이 비로소 자유를 가지게 되어 그 창작 방법의 임의성을 용서한 모양이다.

여기에 레닌의 말한 바 문학자에게는 자유를 주어서 그리하여 그 문학으로 하여금 사회 〔약略〕*의 일 박차가 되게 하라는 현명한 또 가장 상식적인 진리가 비로소 구체적으로 이해하게 된 것이요, 그리고 또 레닌의 말한 바 "인류의 일절의 발달에 의하여 창조된 문화의 정확한 지식을 가져야만 그 문화의 개조를 프롤레타리아 문화를 건설할 수 있다는 이 명료한 이해가 없다면 우리는 이 문제를 해결할 수 없는 것이다." 하는 이 문화유산에 대한 견해가 정당화하여 '사회주의적 리얼리즘'에 있어서 발자크와 스탕달과 톨스토이와 도스토예프스키의 창작적 방법과 그 정신을 충분히 섭취하려는 데 이르렀다. 여기에서 차차로 소위 이데올로기 선전으로만 창작의 제 일의적 의의를 찾던 그 과오가 청산되고 이 조직위원회에서 결의한 바 하루의 선동적 의의만 가지고 명일에는 그 의의를

* 원문에서 생략되었다.

상실하는 일시적 생명만 가진 작품을 쓰지 말고 가장 예술적인 영원한 생명을 가진 작품을 써야 한다는 의의가 충분히 해명되었다.

그러나 이러한 새로운 창작상 내지 비평상의 근본적 문학에 대한 견해는 '문학 이해'의 좀 더 높은 수준에서 사회주의적 리얼리즘의 문학은 사회주의적 현실을 그리(묘사)고 그리함으로써 독자를 사회주의 정신으로써 교육하는바 대중적 교육적인 진실한 문학을 창작케 하는 것이다. 여기에 소련국의 문예 정책이 있는 것이다. 이 문예는 물론 다분히 우수한 창작가 비평의 소질에 맡긴다 하더라도 그것은 결국에 가서 문학적 가치로의 작품 결정이 아니고 그 작품을 통해서 대중을 사회주의 정신으로 교양시킨다는 정책적 의의가 있다. 즉 환언하면 그 작품이 가지는 바 또 작가에 부여된 □□라는 것도 사회적 집단적 현실의 묘사를 제일로 하고 개개인간은 일반적 '산 인간'으로가 아니다.

'계급적'으로 규정된 그룹의 대표자로서 그 사상감정을 그리게 될 것이라 한다. 물론 이 '사회주의적 리얼리즘'에 대한 결정적 의견은 금년 5월의 작가동맹의 대회에서 귀결되리라 하나 이러한 한계만은 문예에 대한 더 큰 정치적 의의를 부여하기 위하여 가지지 않을 수 없는 사실이라고 하겠다. 그러나 이 문예 정책이 15년이 지난 오늘에까지 확립되지 못한 것이 사실이라면 그동안의 작품이라는 것은 그것이 과□적 산물로서는 의의가 있을 것이나 진실로 위대한 사회주의 문예로서는 참다운 문학 작품이 될 수 없을 것이다. 더군다나 마르셀 아를랑의 말한 바 "정치는 문학에 이중의 위험을 강요한다. 당파의 내부에서 공리적으로 작품을 비판한다면 필연적으로 범용凡庸한 작품을 우수한 작품보다도 더 높이 평가할 위험이 있다. 다음은 작가는 정치적 관심 때문에 별다른 면에 있는 두 개의 현실성을 혼동하거나 다른 선전 때문에 예술성을 희생하게 된다든지 한다."는 이러한 □□을 완전히 청산할 수 있을까? 하는 의문을 가지게 된다. 즉 소련에서 정책으로의 문예를 요구하지 않고 문예로의 가치를 가진 작품을 통하여 사회적 교육적 효과를 내자는 이 주장이 어떻게 해결될 것인가? 만일 이 효과적 의의(문학에 대한 사회주의적 제한)가 금후에 있어서도 중대성을 띤다면 이 '사회주의적 리얼리즘'의 창작 방도에서 과연 위대한 문예로서의 작품이 출현될 것인가? 또 이 '사회주의적 리얼리즘'이 소련에 있어서 최후로의 문예에 대한 견해見解 또는 정책일까? 나날이 발전하는 현실—사회적 또는 국제적 정세에 있어서 문예 방법론의 가장 타당한 확립은 시간적으로 단속적이 될 수 있을까? 만일 이 구체적 방도의 확립이 없다면 작가는 이 정치적 또는 정책적 관심 때문에 그 창작의 자유성과 그 방법의 임의성에 대한 혼란을 느낄 것이 아닌가?

이러한 점에서 이 리얼리즘의 작가동맹에 부여된 의의가 크며 동시에 이러한 논의가 1933년에 착수되었다는 것은 한 개의 중요한 역사적 사실이 아닐 수 없다. 그리고 우리의 지지하는 바 소련 건설 이후의 참다운 창작도 금후에 나올 것이다. 여기서 다시 말하거니와 나폴레옹의 문예 정책이 실패당하고 그 후 작가에 대한 자유로운 사상 내지 감정의 발표에서 비로소 불란서의 위대한 낭만주의의 전성을 보게 된 것을 비교상도比較想到함에 소련이 작가에게 작가로서의 개성에 자유를 주고 그 방법과 태도에 임의성을 주었다는 것은 문예와 정치와의 관련에 있어서 문예 자체로 보거나 장치 자체로 보거나 가장 의의 있는 일이다.

여기에서 우리는 다른 모든 의미에서 떠난다고 하더라도 독일 나치스의 정책에서 참다운 문예 작품을 기대하기 어렵거니와 소련의 금후에 있어서 참다운 기대할 수 있다는 것은 '단독 필자'의 일시적 맹랑한 □안만이 아닐 줄 안다. (1933. 12. 27. 밤.)

※부기—이 소론을 씀에 있어서 여러 가지로 자료를 제공해준 박용철, 함대훈, 김광섭 삼우三友에게 감사한다.

—《조선일보》, 1934. 1. 1.

인형의 집— '노라'는 어떤 여성인가*

노라! 이 두 자의 음향 속에는 현대 기억만幾億萬 여성의 모든 인간적 고민과 비애와 순종과 최후의 결정적 의지의 부르짖음이 있다. 이 이름은 '카추샤'나 '춘희'와 같이 19세기가 창조한 세계적 여성의 종합적 한 명칭이다. 그러나 '노라'라는 이름은 그 명칭 자체가 카추샤나 춘희와는 전연 다른 개별의 의미를 가지고 인류의 애정과 이지 위에 날카로운 충격과 반향을 보여주고 있다. 카추샤와 춘희는 가정을 이룰 수 없고 행복을 가질 수 없는 불우의 환경 속에서 갖은 모욕과 멸시를 당한 여성들이다. 이 두 전형적 여성은 무지한 남성의 애욕 속에서 자기의 생명과 싸워가며 남성을 저주하거나 사회를 원망함으로써 일생을 마친 가련한 존재다.

그러나 노라는 가정을 가진 여성이다. 그뿐만 아니라 귀여운 자식이 셋씩이나 되는 양처요 현모였다. 노라는 어찌 보면 평범한 남편의 사랑에 또는 가정이라는 울타리 속에서 그렇다 할 고통과 반항과 불만이 없이 결혼 생활을 지속해왔다. 그들에게는 소위 결혼 생활의 위기도 없었

* 이 글은 《동아일보》에 「극연 제6회 공연 극본 '인형의 집' 해설」이라는 제목으로 게재되었다. 이 제목은 『모색의 도정』에 실릴 때 개제된 것이다.

고 지나치는 생활난이라는 것도 모르고 지내왔다. 남편에게서는 '우리 집 종달새'라느니 '우리 집 다람쥐'라느니 하는 애칭과 위무 속에서 때로는 또 노래를 불러가며 가정생활의 행복에 도취되었다.

노라는 이 너무도 19세기 후반의 난숙爛熟된 자본주의 사회의 중류 가정을 대표한 여성이다. 그리고 얼마든지 생활을 호화롭게 꾸밀 수 있는 정도의 상식적 여성이다.

그래서 노라는 귀족 사회의 교양 있는 사교에서 살고 때로는 지나친 안일에서 생활하는 그러한 귀족적 부인과는 전연 다른 성격의 소유자다. 그야말로 근대 신흥 자본주의 사회의 모든 문화를 배태시킨 장 자크 루소가 그의 명저 『에밀』에서 여자는 남편에게 순종하도록 교육시켜야 하며 어려서는 인형을 안고 인형과 함께 놀며 커서는 인형과 같이 남자의 귀여움을 받아야 한다는 이 교육소설의 여주인공 소피와도 같은 여성이다.

그뿐이랴? 노라는 남편 헬머에게 희생적 순정을 다 바쳐왔다. 남편의 병약을 위하여 노라는 남편 몰래 이태리 등지 요양의 자금을 준비하였다. 이 순정과 애정을 위하여 그는 역시 빈사의 중병에 있는 친부를 심려시킬까 보아 보증인 위서僞書를 아무 죄로도 생각지 아니하고 그를 감행한 여성이다. 모든 것을 바치자 이것이 여성이 남성에 대한 가장 고귀한 정심임을 깊이 깨달은 노라였다. 사회는 이미 귀족적 제도상에서 신흥 부르주아지의 데모크라시에까지 발전하였건만 여성은 어떠한 사회적 도덕적 또는 법률적 가책 속에서 가장 길 잘 들은 유순한 양이요, 비둘기요, 다람쥐였다.

이 평범한 또는 전형적인 노라가 무엇 때문에 이 가장 행복스러운 감몽酣夢이 쏟아지는 가정을 버리고 뛰어나오게 되었는가? 여기에 노라의 자각한 여성으로서의 문제가 제기되는 것이다. 따라서 이 작품이 춘희나 카추샤와 다른 근대적 의의가 있는 즉 노라의 중심에 잠재해왔던 인간성이 머리를 들고 일어났다. 그 인간성이란 곧 근대 여성의 부르짖는 바의 외치는 바, 아니 깨달은 바 새로운 세계다. 이를 가리켜 여성해방운동의 가장 구체적 종합 표현이라고 한다. 그러면 19세기 후반에 일어난 전 여성의 인간적 해방이라는 새로운 인간 역사의 페이지가 어떻게 수천 년이라는 오랜 시일의 화석 된 그 습관과 그 함책檻柵을 잊어버릴 수 있었던가?

노라는 왜 인형의 집을 나왔는가?

노라가 인형의 집을 뛰어나오게 된 커다란 내면적 반역은 어디서부터 비롯하였는가? 이 문제는 수많은 사상가, 평론가의 붓끝에서 논의되었다. 뿐만 아니라 완고한 종교가 도덕가의 폄훼貶毁와 물의物議가 실로 자자하였다.

여기서 노라의 남편 헬머의 전형적 남성을 설명하지 않으면 노라의 나간 이유를 설명할 수 없다. 헬머 그는 분명히 자본주의 사회에서 생활하는 한 남편이다. 그러므로 이러한 사회의 남편이 공유하는 바 개인주의적 또는 이기주의적 명예심, 사회적 지위에 대한 애착이 어느 정도까지 맹목적 정열로 잠재해 있다. 즉 인류 역사 위에서 항상 그 어느 권력과 지배적 처지에 있는 자의 공통된 그 심리를 여실히 가져왔다. 헬머는 자기의 지위가 은행 두취頭取에까지 이르러 바야흐로 입신출세의 여명 속에 서 있다. 이러한 지위에 있는 자로는 항상 자기의 지위와 명예에 대한 추호의 오손汚損도 남기기를 무서워하고 또 절대로 그를 배격하려 한다. 그러므로 자기의 애처에게서 자기의 일단 결정한 의사에 대해서 설복되는 것을 무엇보담도 치욕으로 안다. 즉 아내라는 것은 남편의 의견에 참견할 아무 권리와 자격이 없는 것이요 오직 순종과 굴복이 있을 뿐이다.

노라는 여기에 대한 남자의 전형적 성격에 대한 이해가 부족했다. 그래서 노라는 자기가 남편의 건강을 위해서 헌신적으로 자기로서 할 수 있는 최대의 노력을 해왔고 그로 말미암아 남편의 건강이 회복되고 사회적 지위가 순조로이 되는 것을 마음으로 기뻐하였고 또 자기 일신의 무한한 자랑으로 알아왔다. 그러나 헬머는 노라를 위해서 모든 것을 희생할 만한 성의를 가지지 않았다. 아내의 범한 과거의 행위에서 그 행위가 비록 자신을 위한 것이라 하더라도 그로 말미암아 자기의 지위와 명예에 관계될 때 그는 아내의 고심과 애정을 오히려 비난하게 되어 위선자라고 부르짖으며 법률상의 범죄자, 종교도 도덕도 의무심도 없는 행복의 파괴자라고 매도한다. 그러나 노라의 생각한 바, 또는 노라가 믿는 바 헬머는 오히려 이때까지 8년 동안 사랑해온 그 사랑의 기적이 자기의 이러한 애정과 지극한 희생적 사랑 위에 나타나리라고 예기하고 그 기쁨에 노라는 마음속으로 작약雀躍하였다. 즉 만일 아내의 잘못이 세상에 발표된다고 하더라도 그 잘못이 자기 사랑하는 아내의 소위라면 남편은 당연히 그것을 자기 한 몸에 인수하여 당당히 싸워나가는 실로 진정한 의미의 아내의 비호자인 용감한 인간이기를 바랐던 것이다. 그러나 이러한 아내 노라의 기대는 전연 여지없이 전복되었다.

헬머 나는 당신을 위해서는 밤낮으로 즐겁게 하고 아무런 행복과 빈궁이라도 견뎌가겠소. 그렇지마는 세상에 자기의 사랑하는 여자를 위해서 자기 명예를 희생하는 사람은 없을 것이오.

노라 수없는 여자는 그렇게 해왔습니다.

이 대화 가운데 사회적 지위를 가진 남편과 가정을 위해서 희생하는 아내와의 별다른 세계가 있는 것이다. 사랑하는 사람을 위해서는 아니

가정의 행복을 위해서는 자기의 생명과 지위라도 대담하게 희생하려는 것이 이때까지의 여성의 전적 생활이었다. 그러나 일단 사회적 명예를 가진 남성은 그 명예까지 희생해가면서 한 여자에게 모든 것을 바치기에까지 이르지 못했다. 여기에 남성의 잘못이 있다고 하자! 그러나 그들은 그보담도 더 무서운 더 힘센 현실적 사회의 세력하에 칩거하는 것이다. 노라의 바라는 바 사랑의 기적이 여지없이 깨어졌을 때 거기에서 깨달은 바 노라는 부권夫權이란 결코 정당한 것이 아니라는 것과 여자가 왜 남자를 구조한 권리가 없느냐? 하는 것이다. 이 생각은 한 걸음 더 나아가 노라는 자기가—모든 이때까지의 여성이—아버지 손에서 남자의 손으로 팔려 다니는 한 개의 생활을 위한 거지, 즉 남자에게 재롱을 피우고 생활해가는 한 개의 인형 이외의 아무것도 아니라고 깨달았다. 그리고 이러한 자기로서는 벌써 남편을 사랑하고 자녀를 교육할 신성한 의무까지를 상실한 것임을 알았다.

헬머 당신은 무엇보담도 먼저 아내요, 어머니요.

노라 나는 그렇게 생각하지 않습니다. 나는 무엇보담도 먼저 사람이에요. 당신과 똑같은 사람입니다.

노라는 이때까지의 오랜 생활에서 비로소 자기 자신을 발견하였다. 자기의 의무는 인제 자기 자신을 한 개의 인간으로 교육하는 데 있고 이때까지의 생활은 허영의 남자들이 마음대로 꾸며놓은 아름답지 못한 인형의 집이었다. 자기 자신이 한 개의 인형임을 확실히 깨달았을 때 더 그 생활 속에 남아 있을 수 없었던 것이다. 이리하여 노라는 '인형의 집'을 뛰어나왔다. 그러나 우리의 해석은 이 사실의 수긍에만 그칠 수 없다.

입센은 어떤 작가인가?

『인형의 집』 작자 헨리크 입센은 청교도적 비타협성과 개인주의적 강렬한 자아의 정신을 소유한 19세기가 가진 예술가 중의 하나의 위대한 사상가다. 뿐만 아니라 그는 그의 극예술에서 해방된 인간의 절대성을 발견하려고 모색하고 실험한 하나의 관찰자다. 그러므로 그의 작품이 문제극이요, 사회극이라는 평범한 지칭을 받지마는 그는 사회와 민중의 현실적 관계에까지 자신의 흥미를 첨부할 필요를 느끼지 않았다.

즉 그는 자기의 예술 세계에 한 개의 문제—테마—를 파악하여 그를 천색穿索하며 람찰覽察하며 실험하는 것임에 그의 예술적 행동은 민중을 위하여 수행되는 교리적巧利的 처지가 아니요, 오히려 민중과 대립하여 또는 그 권에 고립하여 인간의 일상적 현상 이외의 심각한 인간 생활 정신적 현실의 천착穿鑿과 파악에 그의 예술적 전 재능과 노력을 바쳐왔다. 이것이 입센으로 하여금 일시적 당대의 종교와 도덕에 추종하는 인기 작가가 아니요, 세계 예술사상에 위대한 사색적 극작품의 각인을 남기게 한 것이며 동시에 입센은 근대 사회주의 사상의 실천적 구현 작가가 아니라는 비난을 받게 되는 소이다.

일부 사회적 평론가가 노라는 인형의 집이라는 가정에만 치중하고 그 가정 이외에 있는 험악하고도 냉혹한 사회의 현실에 대한 이해가 전연 결여하였다는 비난을 받는다는 사실! 즉 노라가 나감으로 인해서 가정에 있는 부부의 인격적 문제라든지 여성으로서의 인간적 해방이 실현되는 것이 아니라는 것이다. 물론 이러한 비판은 심히 정당한 일면을 가졌다고 보겠다. 한 개의 예술 작품에서 이데올로기의 구현을 찾고 사회사상의 적극적 또는 노골적 표현을 찾는 한에 있어서 이 작품에 불만을 가지는 것은 무리가 아니다. 그리고 또 다른 일면에 있어서 재래의 도덕가 법률가 윤리학자들은 노라의 출가를 비도덕적 이기적 망상적 평화한 가정 파괴의 불법 행동이라고 지탄하는 것도 당연할 것이다.

그러나 이런 점에서 이 작품은 문제의 극이라고 비판을 내리는 졸렬한 감상가는 없을 것이다. 실로 이 작품이 가지는 예술적 또는 인간적 문제는 이러한 좌우의 비난 억측에서 떠난 제3세계에 있다. 그러면 이 작품의 예술적 또는 사회적 진가는 어디 있는가?

이 작품에는 항원한 인간적 문제가 있다. 우리는 인간의 현실 생활에서 얼마나 많은 이기적 죄악과 행동과 불미의 명예와 지위를 위한 갖은 죄악이 연출되며 또 얼마나 많은 무지의 추종과 희생과 유린과 굴욕이 더욱 여성에 있어서 일어나는 것을 잘 알고 있다. 그러므로 입센의 의도는 실로 이 작품에서 가정이라는 것에 또 아내라는 것이 어떠한 인격적 또는 인간적 모독에서 부식腐蝕되는가를 심각히 또 정밀하게 분석하고 해부하고 비판하고 탄핵彈劾하여 드디어 인간 심리의 본연성에 복귀하는바 영혼의 심연에 철저하려는 것이다. 이것이 입센의 전 극작에 대한 인간적 태도요, 또 예술적 양심이다. 이 인간적 태도와 예술적 양심이 드디어 노라로 하여금 출가케 하는 것이다.

그러므로 입센에 있어서는 이 출가는 작품이 가져온 하나의 행동 표현이요, 전부는 아니다. 왜냐하면 입센은 다시 이러한 노라가 출가하지 아니한다면 그 가정과 그 여성은 어떻게 될 것인가 이 문제에 대한 입센의 관찰은 다시 유령을 통하여 이 문제를 더 심각히 더 정밀히 전개시켰다.

그러므로 입센의 예술은 이 인간성—개성을 떠나서 그 본질의 생명을 파악할 수 없다. 가령 그의 습작 시대의 대표작인 『연애의 희극』을 보든지 더욱 입센의 『파우스트』라는 3대 비극 중의 하나인 『브랜드』를 읽든지 거기에는 이상을 위하여 현실 생활의 죄악과 싸우는 강렬한 개아의 세계를 발견한다. 즉 『연애의 희극』에서 도취된 열렬한 연애에서 다시 결혼 생활이 보여주는 환멸의 고통을 범하는 우매를 깨닫고 그 사랑을 영원히 동경과 욕망에서 해방하여 추억의 세계에서 생명을 갖게 하려 하며, 또는 『브랜드』에서는 인간의 이상 실현은 온갖 허위의 자선과 교회적 시설과 우매한 민중 위정자를 용감히 버리고 '일체냐 또는 무냐?'의 인간 의지의 강철과 같은 신념 아래 주검을 찾음에서 구할 수 있다는 초인적 철학의 산해産解를 가져야 한다.

그러나 입센의 작품을 일관하는 사상은 그 어떤 명확한 체계를 가진 것은 아니다. 다만 그의 강렬한 인간성의 발로와 개성 탐구가 혹은 추상적으로 혹은 현실적으로 나타날 뿐이다. 그러나 그것은 항상 비타협적이며 항상 청교도적 정신이라는 것은 이미 말한 바이다.

『인형의 집』은 가장 현실적으로 가장 중대한 여성 문제를 취급하여 이 개성의 탐구를 놀라운 예술적 수법으로써 표현하여 아서 시먼스가 말한바 "『인형의 집』은 입센의 인형적 조종사操縱絲(즉 사상적 배경 또는 철학적 견해)가 보이지 않은 최초의 극"이다.

—《동아일보》, 1934. 4. 15~18.

앙드레 지드의 인간적 방랑

나에게 인기 작가로서의 앙드레 지드를 써달라는 요청이 왔다. 나는 이 인기라는 말에 한 개의 미소와 한 개의 경계를 가지지 않을 수 없다. 흔히 인기 작가라는 말은, 당대의 영화롭고 찬란한 그 어떤 저널리즘에 가장 문합하는바, 아유적阿諛的 의미로 해석되는 작가이기 때문이다. 가까운 예를 들면, 기쿠치간〔菊池寛〕이나 구메 마사오〔久米正雄〕와 같은 작가들이다. 그러나 만일 불란서에서 동양적 조선인이 상상하는 바 통속적 인기 작가라면 금년 정월에 다녀간 모리스 데코브라라든가, 폴 모랑이나, 막 오를랑과 같은 작가들인 것이다. 허나 지금 세계 문단의 우이牛耳를 잡고 있는 구미의 효장驍將—막심 고리키, 버나드 쇼나 앱튼 싱클레어나 하우프트만이나 로맹 롤랑—이러한 대작가 속에 앙드레 지드도 첨가하는바 혁혁한 인물이건만 어쩐지 이상의 다른 작가에게는 이 인기라는 말이 그들의 모독인 것도 같고, 평가의 탈선 같기도 하지만, 앙드레 지드에게 한하여만 이 인기 작가라는 말이 통용된 것같이 생각된다. 이러면 무엇 때문에 앙드레 지드는 세계적 대작가의 일인이면서 역시 인기 작가라는 경쾌 칭호를 받게 되는가? 나는 이러한 점에 대해서 가장 평범한 기술을 시試하여 작가로서의 앙드레 지드를 소개하려 한다.

앙드레 지드는 1869년 파리에서 탄생하였다. 지드가 우익 작가인 모리스 바레스와의 유명한 논전에서 말함과 같이 그는 으젠느 출생의 아버지와 노르망디 출생의 어머니 사이에서 태어났다. 그리고 그는 이러한 부모 사이에서 부모의 고향을 떠나 파리에서 탄생한 자기의 정주지定住地는 어디냐고 할 만큼 그는 불란서 그 어느 곳에서나 자기의 고향을 가지지 않는 하나의 보헤미안이다.

그의 아버지는 신교도였으나, 그의 어머니는 가톨릭교도*였다. 지드의 인생과 종교에 대한 회의는 서로 반대되는 신앙을 가진 부모 사이에서 태어난 데서 시작된다. 나는 지드가 얼마나 이 신앙 때문에 불안과 회의 속에서 지냈는가를 그의 유명한 일기의 일절一節을 인용함으로써 설명에 대하려 한다.

> 이때까지 나는 기독基督의 도덕, 혹은 적어도 기독의 도덕으로써 나에게 교도된 그 어떤 청교주의와 같은 것을 승인하였다. 나는 거기에 복종하려고 노력하였으나, 다만 내 전 생명에 깊은 혼란밖에 얻은 것이 없다…….

이렇게 그는 자기의 정신적 불안에서, 드디어 기나긴 가족의 유전적 신앙으로부터 떠나, 신에 대한 불신을 부르짖게 되었다. 그는 또 이렇게 말했다.

> 우리는 우리의 불안, 그 어느 것이나 내버릴 수 없다. 불안의 원인은

* 원문에는 '加特力敎徒'라고 표기되어 있다.

> 우리의 내부에 있는 것이요, 결코 외부에 있는 것은 아니다. 우리의 정신은 모든 사물에 의해서 동요되게 생겼다. 그러므로 고독 속에 있어서 비로소 정신은 기다의 평정을 발견할 수 있는 것이다. 그러니까 정신을 불안케 하는 것은 신이라고 말할 수 있다. 우리가 예술 작품을 사랑하는 것은 예술 작품이 침착을 가지고 있기 때문이다. 그 누구나 우리들 이상으로 휴식을 요구하며, 또 불안을 사랑하는 자는 없을 것이다.

그는 드디어 이렇게 기독교적 신앙에 대한 불안과 고민에서 자체 생명의 해탈을 얻기 위하여 무수히 번뇌하였다. 이것이 가장 심한 때는, 그가 25세 때인 1893년경이다. 그리하여 그는 다시 벗어날 수 없는 신에 대한 다음과 같은 애원을 하게 되었다.

> 오, 나의 신이여, 이 너무도 협애한 모럴(도덕)이 허물어지도록 해주소서. 그리고 내가 충실한 생을 향수할 수 있도록 해주소서. 아무 두려움도 없이, 또 자기가 더욱 죄의 깊은 함정 속에 빠져간다는 의식을 가짐이 없이, 그러한 생을 누릴 수 있는 힘을 저에게 주소서!

지드는 이리하여 형이상학적 우울과 불안에서 자기 자신을 구출하여, 충실한 생의 균형을 찾으려고 1893년 10월 아프리카 여행을 떠났던 것이다.

이러한 종교적 불안과 회의 속에서 그는 가정의 기반을 벗어나려 하였다. 지드에게 이러한 신앙적 불안과 고민이 있는 반면에, 그에게는 그 자신의 심령 깊이 가장 순정적 사랑의 회의에서, 또는 거기에서 느끼는 바 실망으로 말미암아 생겨진 상흔이 있었던 것이다. 지드의 자서전인

『한 알의 밀이 죽지 않는다면』을 읽어보면, 그보다 열두 해 위인 종자從姉 임마누엘에게, 강렬한 사랑을 느끼면서 그는 그녀에게 조금도 자기의 심정을 고백하지 않았다. 그는 오직 마음에 불타는 남모르는 변모에 열중되었다. 그러는 동안 임마누엘은 딴 사람에게 출가하여 얼마 안 되어 이 세상을 떠나고 말았다. 이 작품 중에는 주인공 앙드레의 절망과 고민에 가득 찬 기원의 일절만을 여기 역기譯記하자.

이 작품은 괴테의 『젊은 베르테르의 슬픔』과 공통되는바 순정 연애의 고백이다. 그러나 후자는 주인공의 자살로써 종결되었지만, 전자는 반대로 상대 여주인공의 죽음으로써 고연苦戀의 영탄은 무궁해지고 있다. 지드의 괴테에서 받은 바 감화와 영향, 또는 두 사람의 청년 시대의 연애에서 예술적 창조, 더욱 지드의 23세 때의 이 작품은 괴테의 24세작과 연대적 공통점을 발견함도 단순한 우연만은 아니다.

이러한 작품과 또 그의 생활에서 체험한 상흔은 신앙에 대한 회의와 더불어 지드로 하여금 원시적 대자연의 아프리카 여행을 떠나게 한 것이다. 그의 이 여행은 여행 중의 발병으로 객고를 당함에도 불구하고, 그는 그 후 여러 번 이 지방을 여행하였다. 그는 특히 남부 알제리 지방에 무한한 애착을 가졌다. 그리하여 그는 그의 귀국 후의 작품 『배덕자背德者』에 아프리카를 무대로 한 젊은 부부 생활의 무한한 파노라마를 전개시켰다. 여기에는 강렬한 무無의 자유를 찾아 병과 건강과 정욕의 혼돈에서 개성의 강화로 인하여 행복을 찾으려는 니체주의(주의적) 주인공의 얘기를 짜 넣었다. (대개 지드의 작품관 내지 그의 사상 속에는 니체의 초인적 개아 강조의 철학이 깊은 감격의 원천을 형성하였다. 그러나 여기서 니체와 지드를 평론할 지면이 없음을 유감으로 생각한다.)

나는 지드가 얼마나 현대 문명의 병폐에 대해서 인간적 불복不服과 그 반동으로 자연에의 복귀를 고조하였는가는 이상에서 간단히 말한바, 무수한 아프리카 여행의 지속 등에서 규지窺知되려니와, 그가 처음 이 여행을 떠나는 전날의 일기에서 이 사실은 더욱 명료하다.

> 행복스러운 생을 영위하기 위해서는 아마 자연대로 생활해가는 것이 가장 좋다고 나는 생각한다. 이것은 내가 이미 희원希願하던 바가 아닐까? 나는 노를 버리고 흘러가는 대로 떠가는 수부水夫와 같다. 나는 그리함으로써 호반을 도망할 여유를 갖는 것이다.
>
> 노를 저을 동안 나는 아무것도 볼 수 없다. 그렇게도 부단히 긴장되었던 내 의지는, 지금 무료하게 이완되었다. 나도 처음은 숨이 막히는 것 같았다. 그러나 그런 기분은 곧 사라지고, 오직 산다는 것, 아무래도 관계없으니 살려는 무한한 매력 속에 나는 용해되었다. 이건 오랜 열병 후의 휴식이다. 이때까지의 내 불안은 이해할 수 없게 되었다. 나는 자연이 이렇게도 아름다움에 경이의 눈을 감았다. 그리고 나는 모든 것을 자연이라고 불렀다.

지드의 인간 정신의 위대성은 그가 그의 주위의 고질된 상태에 대하여 부단의 해방과 자유를 찾아 모색하고, 거기에서 그는 행동으로, 또 작품으로 그를 구현함에 있었다. 이상과 같은 청년 시대를 가진 그가, 다시 최근(1934)에 와서 전 세계적 주목의 초점이 되게 된 것은, 소위 그의 사상적 전향이었다. 물론 그의 작품과 그의 사상이 현대 불란서 문단에 일–의 효장임에 틀림없으나, 그렇다고 그는 현재 불란서 유일의 대작가이라고까지는 논할 수 없다. 허나 지드는 그 누구보다도 강렬한 해설적인 자유를 소지한 자이다. 그래서 그는 그 어떤 정체되거나 고정된 바 하나의 사상 체계를 표명하지 않았다. 그는 항상 가장 왕성한 정열로 유동함으로써 그 자체의 생명을 풍부히 하는 자이다.

그러나 나는 여기 지드의 전향에 대하여 충분한 소개와 비판을 감행할 자유를 가지지 못했다. 작금양년에 있어서 우리는 세계의 위대한 작가들의 사상과 행동 자체에 기분의 비상시적 출현을 보아왔다. 가령 나치스의 독일에 있어서만 보더라도, 수다數多한 예술가가 억압적 정책하에 국경을 추방당하는 비운에 빠졌음에도 불구하고, 그들의 세계적으로 자랑할 게르하르트 하웁트만의 나치스에 침묵적 추종을 감행함도 일반 세계인의 경이驚異한 바의 한 가지이어니와, 최근에 와서 또한 업턴 싱클레어가 캘리포니아 지사*로 출마하였다는 데 있어서, 역시 세인의 주목을 종용시켰다. 싱클레어의 지사知事에서 과연 우리가 그의 문예 사조에 내포된 바 그 이상주의가 실천되리라고는 누구든지 판정할 수 없을 것이다. 그러나 앙드레 지드는 어떠하였던가? 지드에게는 두 개의 커다란 불안과 고민이 있었던 것이다. 그 하나는 그의 기독교회에 대한 반감이었다. 이 점에 있어서는 이미 약간의 논술을 시試하였거니와 지드는 그의 작품 『전원교향악』에서 "사랑이 없는 복종과 같이 인간을 행복에서 멀게 하는 것은 없다."고 하여, 모든 복음 간의 계율에서 떠나, 오직 기독의 말씀은 사랑에서 비로소 이해된다는 성서에 대한 자유 해석을 주창하였고, 또 그의 명저 『좁은 문』이라는 소설에 있어서 아리사라는 신교독신新教督信의 처녀가 마음으로 사랑하는 자기 애인에게 자기 친매親妹 줄리엣과의 결혼을 묵인하면서 아리사는 자기를 희생함에서 또 자기와 자기의 모든 욕망을 극복하는 곳에 최고의 행복이 있으리라는 굳은 종교적 신념을 준수함에서 생기는 인생의 비극을 표현하였다. 작자는 또 이 작품을 통하여 신교 교리의 모순을 통렬히 말하여 기독교회에 대한 반감으로 지드는 차차 기독교가 자본주의와의 악수, 즉 지배 계급과의 제휴의 노골화에

* 원문에는 '加州知事'로 표기되어 있다.

분개하였던 것이다.

지드는 성서에 쓰인 바 "네 모든 재산을 팔아서 가난한 자에게 주라!"의 이 교리의 엄청난 모순, 즉 현재 사회 제도는 이에 역행함에 불구하고 기독교(구교나 신교)는 도리어 세상의 행복—지배자의 행복은 실로 지상의 가사적假思的—몽현夢現이요, 천국의 행복—피압박자의 사후의 행복만이 최대 최선의 행복이라는 교활한 교리의 선전으로써 지배 계급에 아유阿諛함을 통매하였다.

그러나 지드의 이 반항은 기독교회의 현재적 죄과에 대한 것이요, 기독교회 그 자체에 대한 것은 아니었다. 그러므로 지드는 이렇게 생각했다. 코뮤니즘(공산주의)이 발생한 것은 필경 기독교가 기독의 언행과 정신에서 이반되었기 때문이다. 만일 기독의 정신을 완전히 부활시켜 기독교가 오늘과 같이 반동되지 않으면 코뮤니즘은 존재 이유를 망실할 것이다—라는 회고적 영탄을 진지하게 역설하고 있다. 즉 지드의 코뮤니즘에의 전향은 이러한 기독교회에 가지는 바 생래적 장구한 감정과 사유의 최후적 · 결정적 발로라고 볼 것이다.

그다음으로 지드의 전향의 최대 원인은 개인주의적 도덕에 대한 새로운 견해에서 결정되었다는 것이다. 즉 지드는 이미 말한 바와 같이 니체의 사상적 영향이 극히 강렬하였다. 그래서 가령 그의 대표작인 『사전私錢꾼들』에 나오는 에두아르의 사상 "생활의 이유는 자기 자신 속에서 발견해야 한다. 그리고 자기의 발전을 목표로 하지 않으면 안 된다…… 자기의 경향을 쫓을 것이다. 그것이 만일 향상의 방향을 취하기만 했다면……." 이렇게 지드는 완전한 개인주의적 도덕에 그 원칙성을 두었다. 그러므로 인간은 외부적 제약보다 내부적 제약에 의종依從해야 한다고 그는 신념해왔다. 그러나 그는 차차 이 개인주의적 도덕의 실현성에 있어서 한 개의 새로운 방향을 발견하게 되었다. 즉 "참으로 이해된 바 개인주의는 공산주의에 봉사할 것이다."라고 그는 말했다. 지드는 이 코뮤니즘에 대하여, 그는 그의 '단편'에서 또는 '일기'에서 소비에트에 대한 지지적 해석과 또는 노동자 농민에 대한 옹호에 가장 그의 인간적 정열을 경주하였다. 그러나 여기에 대해서 일일이 그의 소회를 피력할 수 없다.

그리고 여기에서 일언하지 않으면 안 될 것은, 지금 앙드레 지드는 66세의 노구라는 것이다. 일반의 인간적 생리상 · 정신상 상태를 보면, 이 연령에 이르면 인생은 죽음에 대한 새로운 공포와 괴구傀懼에서 명상적 신비적 사색경思索境에 이르기 쉬운 것이다. 그러나 지드는 항상 청년적 정열과 이상과 사색을 가져왔다. 저 유명한 로맹 롤랑의 의기가 근년에는 다소 인도적 열반 사상의 삼매경에 침몰한 듯하지만 여전히 그 이상과 새 사회에 대한 지지의 투철한 행동을 버리지 아니함과 함께, 우리의 감정과 의지 위에 한 개의 경외를 가지게 한다.

이미 제정된 페이지를 초과하였음에 끝으로 일리아 엘렘브르그의 지드에 대한 적절한 단평을 첨기함으로써 이 소론을 마치려고 한다.

> 그는 다만 소설을 썼을 뿐 아니라 생각했었다. 이 점에서 불란서 작가군 중에 처한 그의 경탄할 고독을 설명할 수 있다. 그는 상아탑 속에 도피하거나, 참회를 듣고 마음이 풀리는 것이 아니고, 실로 인생 한가운데서 그는 생각한다.—그는 다른 사람들이 안전眼前에 심연을 보았다고 자신하여, 거기에 멈추어 있을 때도 그는 돌진한다. 그는 몇 번이고 절망했으나, 그 대담, 그 정직은 드디어 그를 자유의 곳으로 데려온 것이다. 그러므로 그의 '개종'은 사실 결코 돌발적이 아니라, 개인주의자 지드는 인간을 찾아 구하여, 드디어 집단주의로 도달한 것이다…….

—《신동아》, 1934. 10. 7.

이상 인간의 창조자 로맹 롤랑에게

위대하신 롤랑!

나에게 좀 더 큰 정성과 열의가 있었던들 위대한 당신에게 보내는 서한이 결코 한두 번이 아니었을 것을 미리 말씀해두어야 하겠습니다. 그러나 동양을 상상할 수 있고, 또는 동양에서도 인도에 대하여 지극한 정신적 양식을 강구하던 당신이, 과연 태평양상 대륙의 일첨단一尖端밖에 안 되는 이 조선이라는 지명에 대하여 가지는 바 당신의 인식이 얼마나 되는가를 나는 미리 질문하고 싶습니다. 전 인류의 평화를 위하여 70 일생을 바친 당신이 신흥 아시아를 운위함이 없음은 아니지만, 정말 당신은 조선의 민중에까지 당신의 그 '인류의 소리'를 전해주려고 하였을 것입니까? 심히 당돌한 질문이오나, 실로 이러한 전제부터 갖추지 않으면 안 되게 되는 그 이유의 하나를 여기 말씀드리려고 하는 것입니다.

문명이 후진한 자로서 선진 제국에 대해서 반드시 가져야 할 예의가 있어야 한다면, 위선 나는 당신에게 그 예의를 베풀지 않을 수 없습니다. 한 민족이나 한 사회가 감사하여야 할 국가나 사회는 전적으로 있기 어려운 것입니다. 그러나 한 사회나 한 민족이 그 어느 개인에게 대해서는 국민을 대표하여, 또는 한 사회를 대표하여 넉넉히 이를 보낼 수도 있을까 합니다. 더욱 한 개인이 그 어느 위대한 개인에 대하여, 베푸는 감사와 예의는 결코 적지 아니할 것입니다. 나는 지금 후진의 사회에 있어서 이 민족 전체가 감사하여야 할 당신에게 감히 나 개인으로서 그 감사의 뜻을 표할 기회를 가졌다는 데 대해서는 감사에 넘치는 충정을 금할 수 없는 것입니다. 실로 이렇기 때문에 나는 위선 당신의 조선에 대한 인식을 반문했던 것입니다.

만일 은택이라는 것이 있다면, 그것은 반드시 베푸는 자의 의도대로만 나타나지는 것은 아닐 것입니다. 더구나 위대한 사상과 예술로써 표현된 은택의 빛이 있다면, 그것이 비록 제한된 한 국어로써 되었다고 하더라도, 그는 곧 세계의 모든 언어로써 전달되고야 말 것이며, 이때까지의 모든 위대한 사상과 예술이 그리되어왔던 것입니다. 그러한 은택 때문에 실로 나와 같은 미지의 일 청년이 당신의 사상과 예술에 경도된 지 어느덧 10여 년이라는 시일이 흐르고 말았습니다. 나는 이 편지를 쓰면서 언제나 내 머릿속에서 떠나지 않는 당신에 대한 이상한 기억을 말씀드리지 않을 수 없습니다. 그것은 다른 것이 아니요, 당신이 22세 되던 해, 아직 고등사범학교의 일 학도로서 톨스토이에 경도되어가지고 일 백면의 청년으로서 세계적 대문호인 당년 60세인 이 두옹杜翁에게 용감하게, 그러면서 극히 절박한 심신의 고민 속에서 보냈다는 그 편지의 유명한 사건입니다.

내 머리에는 언제나 이 사실이 뿌리 깊이 박혀 있었습니다. 내가 사상의 고민이라는 것을 느끼고, 예술에 대한 회의를 가졌을 때, 그뿐만 아니라, 현실 생활에서 느끼는 가지가지의 고통과 직면할 때마다, 나는 당신의 그때의 그 심경을 충분히 이해할 것도 같고, 또는 당신이 대담하게 써낸 그 편지에 대한 두옹의 친절한 회답, 실로 성의와 충정을 다한 격려요, 계몽으로 말미암아 당신은 그때의 고뇌에서 새로운 광명을 찾게 된 행복한 처지에 있는 당신을 한껏 부러워하고 있습니다. 지금 이 펜을 잡을 때 나는 당신의 그 심경을 눈앞에 그려보면서 이 글이 당신의 손에까지 미치지 못할 것과, 이제 새삼스럽게 당신의 참된 격려와 계시를 받기에는 내 자신이 너무도 청년적 정열을 상실한 듯한 회오를 금할 수 없습니다.

나는 당신이 어려서부터 지극한 신경질적 억병자臆病者요, 몽상자였다는 것을 당신의 전기에서, 또는 당신의 심혈을 경주한 『장 크리스토프』의 올리비에와 때로는 크리스토프에게서 발견했습니다. 그러한 성격을 가진 당신이었기 때문에 일생을 고독 · 추방 속에서 생활하면서 당신의 심령은 언제나 인류와 더불어 살고 있다는 그 거룩한 교훈과 생의 철학을 위하여 싸우고, 또 가장 잘 이해한 것 같았습니다. 나는 당신의 밤 호수와 같은 형안을 생각할 때마다, 그 가운데는 언제나 미래의 광명을 꿰뚫어 보려고 하는 고뇌와 동경의 불타는 섬광을 찾아냅니다. 당신은 영원한 이상주의자였습니다. 그리고 인류를 위하여 사색하고 행동하는 하나의 정신적 투사였습니다.

이 사실에 대해서는 당신도 지난 1월 29일 당신의 탄생 70주년 기념일, 세계 인류를 향하여 서서瑞西에서 방송하였을 때의 그 강연 속에서도 이를 절실히, 또는 명백히 고백하였습니다. 그러나 나는 당신의 그 지나치고 강렬한 이상의 고조를 위하여 극도로 흥분되고 격동되는 그 심정에 일종의 공포를 느끼기도 합니다. 말하자면 당신은 어두운 밤, 끝없이 크고도 깊숙한 삼림 속에서도 당신의 이상을 위하여 피나도록 부르짖고야 마는 그 격월성激越性에 대하여 생리적으로나 정신적으로나 취약한 나와 같은 인간으로서는 하나의 삼엄한 몸서리침을 느끼는 것도 무리가 아닐 것입니다. 그러나 당신은 일생을 통하여 타협이라거나 현실에 뇌동雷同한다는, 편협에 치우친다는 현실 인간의 비난도 받았고, 따라서 오직 인류의 살길을 단 하나로만 본다는 사상적 협애성이 물의를 일으키기도 하였던 것입니다. 말하자면 당신의 부르짖음은 인류의 이상적 절대경絶對境을 위한 정신적 용사로서의 고립된 경지였던 것입니다. 그러나 조금도 굴하지 아니하고, 조금도 양보함이 없이 인류의 위대한 영웅적 영혼만을 지상으로 알아온 당신이 쌓아놓은 사상적 실적은 실로 절대라고 보지 않을 수 없습니다. 이 정신이 당신으로 하여금 베토벤, 미켈란젤로, 톨스토이, 단테, 간디 등 인류의 사상적 영웅의 전기를 쓰게 했던 것이요, 더 나아가 이러한 역사적 인물만에 그치지 아니하고, 이 시대의 세기가 가질 바 영원한 대표적 영웅, 인간을 창조하기 위하여 『장 크리스토프』를 썼던 것입니다. 당신이 이 역사적 대작을 쓸 때, 또는 『베토벤전』의 서문에서 말함과 같이, 세계가 바야흐로 암흑 속에서 진동하려 할 때, 이 속에서 전 인류의 비참을 구출하기 위하여 위선 위대한 인간적 정신을 발양發揚 창조하여야 되겠다는 그 결의와 용단과 행동이 실로 오늘의 세계적 현실에 비추어 다시 또 절실히 느껴집니다.

인류의 이상이 파괴되고, 인간의 정신이 자유로운 계발을 꾀할 수 없는 이 암담 속에서, 멀리 당신의 그 위용을 사모하는 것은 결코 헛된 어린애 같은 작희作戱가 아닐 것입니다. 더욱 당신이 『과거와의 결별』을 쓰고, 또는 강렬한 이상주의적 개인주의의 정신을 버리고, 인류의 좀 더 총체적이요, 현실적인 더 큰 역사적 실천의 발전에의 정진에 대하여 멀리 동방소역東方小域의 청년인 나로 하여금 새로운 감격과 새로운 사고를 가지게 합니다.

더욱이 소아적 이데올로기의 고집 때문에 더 큰 인류애적, 또는 인간적 정신의 포옹과 더 큰 실천에의 규합을 문학적 유희로 농弄하고 있는 가증하고도 탐탁한 분위기 속에서 호흡하고, 간신히 생을 지탱해가는 자로서는, 절망에 가까운 허무와 공막空漠을 느끼지 않을 수 없습니다. 과연 당신은 인간이 어느 정도까지 현실적 강압에 굴종될 수 있으며, 또 모든 인간적 사고가 상실한 분위기에서 얼마만큼 개성과 감정과 의지를 견디어 죽일 수 있는가를 상상할 수 있을까요? 다시 여기서 반복하거니와, 당신이 소르본의 교정에서 사상적 · 예술적, 또는 사회적 · 인간적인 침통한 고뇌를 겪었다는 그 고뇌가 실로 오늘의 우리들의 이 무언의 체밀諦謐에 비하여 얼마만한 심각의 강약이 있었을까를 의심하지 않을 수 없습니다. 인간 최대의 불행과 비극이라는 그 말이 그 사회의 문화 정도와 모든 제도 시설의 여하에 따라서 반드시 현실적으로 측정할 수 없는 현격한 차이가 생길 것입니다. 그러나 인간이 자신에 대한 예의와 자기가 소속된 사회의 체면을 위하여 우리는 흔히 자기 자신을 가장 불행하다고도 하며, 가장 비참하다고 개탄하다가도, 때로는 가능한 한도에서 자신의 불행과 약점을 일부러 남에게 드러내지 않으려고도 합니다. 여기에 대외적 사교와 기정된 사회생활의 예의가 존재하는 것입니다. 그 때문에 우리는 자기 자신을 위장해야 할* 방편적 생활 방도를 가지자고 하는 것입니다. 따라서 내가 당신에게 실로 모든 자신의, 또는 사회의 불만과 결함에 대하여 지나치는(아니 있는 그대로의) 고백을 써내지 않으려는 예절을 지키려고도 해보는 것입니다. 그리고 반드시 당신에게 전해주어야 할 절박한 그 사실도, 하나의 추상론에 그치고 마는 모순도 범하게 되는 것입니다.

당신은 지금 정신적 동지인 막심 고리키의 부음을 접하고, 가지가지의 감격에 사로잡혀 있으리라고 생각합니다. 인생의 어느 누구에게나 반드시 있을 바 '죽음'에 대하여 당신 자신이 생각하는 바도 있으려니와,

* 원문에는 '카므플라쥬해야 할'로 표기되어 있다.

생의 소멸과 사상의 불멸에 대한 새로운 신념, 더 나아가 당래한 인류 사회에 남겨 놓을 바, 또는 기대될 바 한 개의 커다란 실재의 광명에 대하여 당신의 심흉에는 『장 크리스토프』의 최후의 광경을 새로이 연상치 않을 수 없을까 합니다. 만일 인간의 수명이란 한 개의 불가피적 생리 현상이라 할진대, 당신과 나와의 사이에 가로막힌 40년이라는 시간적 차이가 나로 하여금 틀림없이 당신의 위대하고도 성스러운 최후까지를 이 이방의 일우一隅에서 감격과 비통으로 더불어 전문傳聞케 할 것입니다. 그러나 구태여 왜 하필 이러한 불상의 미래까지를 당신에게 통고해야 할 필요가 어디 있겠습니까? 하지만 한 번은 당하고야 마는 그 필연적 사실, 그 사실에 이르기까지 제한된 이 육신에 일어나는 가지가지의 무한한 충격에 대하여 취할 바 생활의 굳센 신조가 있어야 할 것이 아닙니까? 이 신조, 이 신념에 대하여 위대한 교훈을 끼치는 자는 그 사회의 커다란 변혁과 현실의 육박도 있으려니와 그보다도 더 큰 정신적 지지자, 선험자를 가진다는 것이 더 직접적인 힘이요, 빛이 될 수 있을 것이라 믿어집니다.

이리하여 우리는 문학상文學上, 또는 사상상思想上 많은 참된 교훈의 광명을 이끌어 자신 속에 체득하려는 것입니다. 이러함으로써 한 개인이 사회에, 또는 자신에 대하여 얼마나 실천과 행동을 감행할까? 하는 것은 각자의 성격과 하나의 운명에 맡기지 않을 수 없을 것입니다. 가장 약한 자, 가장 겁 많은 자가 가장 강하고, 가장 반역적인 과감한 행동을, (이것은 실제에 있어서나 사색에 있어서나) 취할지도 모릅니다.

이 점에서 니체가 생리적 · 정신적 취약에 반하여, 가장 강렬한 반역적 사상을 창조하였던 것이요, 또한 당신 역시 그러한 자 중의 일인이었던 것입니다. 이런 점에서 본다면, 당신과 고리키와의 사이에는 한가지로 인류의 미래를 위하여 싸운 현대의 용사이면서도 이때까지의 인생 행로에서 타고난 성격과 사회의 환경에 따라 그 길을 달리하였던 것이 아니었으리까?

그러나 이러한 구구한 당신의 사상적 진전에 대한 추궁을 떠나, 실로 당신에게 최후로 질문하는 것은, 이미 70 고령인 당신이 전 인류에 향하여 과거와의 결별을 선언한 이상, 당신에게는 한 개의 새로운 신념이 생겼거니와, 그 신념을 위하여 당신은 다시 어떠한 인생을 위한 투쟁을 감행할 것인가 하는 것에 관한 것입니다. 이것은 실로 양심 있는 세계의 지식인이 다 같이 고민하고 다 같이 사유하는 바, 최대의 인생 과제인 동시, 역사의 운행은 여기에 그 무엇을 현현시킬 것인가? 당신이 『장 크리스토프』의 최종의 일구一句, "나는 이제부터 태어날 시대입니다." 하는 그 태어날 시대, 아니 이미 태어나고 있는 이 시대, 당신은 실로 그를 예언함으로써 당신이 인류에 대한 사명과 그 임무를 끝내라는 것입니까? 이에 대한 최상이요 최후인 답변이 반드시 있으리라고 예상하거니와 이 예상에 대한 더 큰 계시를 촉망하는 것은 실로 너무나 시대의 생명에 둔감하고 맹목적인 치자痴者의 변이라고만 하리까? 자신에 대하여, 또는 이 자신이 이 앞으로 생을 지속하는 동안에 모든 문제에 대하여 여기 한 개의 신념을 붙잡으려 하며, 붙잡아질 그 신념 속에 살 바 너무도 악착스러운 현실과의 갈등 때문에 인류의 최대의 고민과 불행을 체행體行한다는 자부를 가질 수 있는 하나의 비약한 몽상자, 억병자로서 여기 수선스러운 다변과 착상을 감히 내 마음의 위대한 스승인 로맹 롤랑 당신에게 바치는 충정을 이해하시라. 그리고 당신의 건강과 더 크고 빛날 바 심령적 결정을 기대한다는 형식 아닌 진정을 갖추어 함께 베푸는 것입니다.

—《사해공론》, 1936. 8.

불문학과 자유

19세기는 자유를 위한 대항의 세기였다. 동시에 자유가 승리를 얻은 해탈의 세기였다. 그것은 부르주아지의 승리한 신흥 세력의 그 어느 극치였다. 그리하여 '자유'란 어구는 실로 가장 신성하고도 항원한 생명을 내포한 심령의 표식이었다. 영국의 산업혁명 이후 18세기 말의 불란서 대정변은 구미 제국으로 하여금, 특히 19세기의 대발견인 아메리카에 '자유의 여신상'이 흘립屹立하여 근대의 '마리아'로 화신하기까지 자유의 의미는 정치적으로 경제적으로 지배적 광영을 가지게 되었다.

일면 문학계에 있어서는 독일의 '슈트룸 운트 드랑크'와 같은 대선풍권大旋風圈을 비롯하여 전 구주에 낭만주의 사조를 팽장膨張시켰다. 그리하여 자유의 사도는 새로운 봉화를 켜 들고 자유의 완전한 승리 앞에 자아의 희생을 감히 사양하지 않았다. 괴테와 실러와 워즈워스와 샤토브리앙과 스탈 부인은 완전한 자기의 해방—자유—를 준봉遵奉한 혁혁한 선구적 사도였다. 더 나아가 우리의 기억은 바이런이 희랍을 위하여 기독과 같은 최후를 마친 숭엄한 사실을 가르쳐준다.

그러나 이러한 대문호들이 현 생활에 있어서 또는 문예 생활에 있어서 감투敢鬪한 이 혼신적 활동은 결코 자유주의의 신봉에서 출발된 것은 아니었다. 자유를 위한 투쟁, 그 승리를 위한 노력 그것뿐이었다. 루소와 볼테르의 부르짖은 근대적 인간의 완전한 해방, 일체의 봉건적 고루된 이지의 추종에서 감정—더 정확히 말하면 루소의 이른바 "정열은 덕성이다."—이 정열의 자유를 위한 신도적 태도였다. 환언하면 자유주의를 배태한 그 근본적 사상 형태다. 그러므로 낭만주의는 자유주의의 어머니요. 그 전신이다.

그러나 '자유'란 말은 한 개의 반도덕적 의미로 해석되어진다. 우리가 일상생활에서 체험함과 같은 종류의 자유라든가 하는 평범한 의미의 자유도 적확히, 더 엄밀히 대항하면 자유가 그렇게 용이하게 체득됨이 아니라는 것을 곧 이해하게 된다. 즉 한 편의 물체가 자유로 낙하한다든가 한 마리의 금조禽鳥가 자유로 비상한다는 것은 일견 자유이요, 또는 절대에 가까운 자유같이도 보여지나 그 실은 완전한 순수 자유라고 볼 수 없는 것이다. 여기 '의지의 자유'를 논한 철학자 빈델반트의 일언으로써 그를 선명鮮明하자. 그는 말한다—"자유낙하에 있어서는 물체는 다른 개개의 물체에서 영향받지 않을 때 움직이지 않으면 안 되는 것과 같이 움직인다. 이 경우에 물체가 지구에 대한 관계는 물체의 외부로부터 가하여지는 것이 아니고 당연히 물체의 본질에 관한 성질로 간주된다……." 이 말을 다시 음미한다면 이러한 결론을 얻는다. 즉 생물이나 사물이거나를 물론하고 자기의 성질의 욕구되는 바 그대로 하등의 속박을 받지 않는 상태 그것을 가리켜 자유라고 말하는 것이다.

그러므로 자유란 그것이 우리의 의지에서거나 또는 행동에서거나 다른 주위의 사물 또는 사회 환경에서 절대로 구속됨을 요하지 않는 의식적 상태여야 할 것이다. 그러나 이러한 자유는 도저히 있을 수 없다. 여기에는 그 자유를 획득하기 위한 다수의 간섭과 환경과 싸우지 않으면 안 된다. 좀 더 예를 비근하게 들자. 우리가 '연애의 자유'를 부르짖는다. 또 그 연애의 자유가 실행되고 있다. 그러나 이 연애의 자유에는 얼마나 한 기다의 곤란과 위험이 있는 것을 우리는 우리의 주위에서 또는 문예의 여러 작품에서 무수히 보았다. 설사 '연애 자유'라는 한 개의 개념이 사회적으로 허용되었다고 하더라도 그것이 행동으로 실천화함에는 실로 많은 곤란을 예기하지 않을 수 없다. 더욱 연애의 자유란 것을 절대로 죄악시된 시대나 사회에서 이 자유의 획득을 위하여 행동한 인간은 그 선구적 고투의 영예를 가져야 할 것이다.

여기 연애라는 일례를 들었거니와 실로 근대 유사類史에 잔존되는 바 모든 문제는 이 자유를 위한 투쟁을 싸고도는 여러 문제다. 그러나 오늘에 와서 이 '자유'란 말은 빈혈에 가까운 혼도昏倒 상태에까지 역전되고 있다. 자유의 개념이 우리의 행동과 생활면에 구현되지 않는다면 그 '자유'를 유일의 신조로 하는 자유주의가 완전한 성립은 고사하고 그 존재의 명멸성까지 의심되는 한심에 이르는 것은 필연적 사실이다. 그러면 우리는 자유를 더 강렬하게 욕구하여야 할 것이며 또 우리는 자유주의를 절대로 옹호 발전시켜야 할 것인가. 전락되었다고도 하며 전멸되어간다고도 하는 이 '자유'의 편영을 우리는 다시 여기서 재인식, 재음미할 필요를 절실히 느낀다.

19세기 이후 오늘까지의 세계문학사—소련을 제하고—는 부르주아지의 문학이라고 지칭되어왔다. 그리고 이 문학은 낭만주의, 현실주의, 자연주의, 상징주의, 국제주의, 심리주의, 표현주의, 초현실주의의 문학사조로써 상반 상합하여 한 개의 문학사를 형성하였다.

이러한 여러 가지 유파와 주의가 문학의 실제(작품 또는 문사의 행동 생활)에 있어서 무엇으로부터 인간 생활과 현실과의 교섭을 가져왔는가? 특히 이 중에서도 불란서 문학은 어떠한 자유의 과정을 밟아왔는가?

1. 낭만주의와 자유

자유라는 의미가 낭만주의에서와 같이 격렬하게 고조된 때는 없었다. 그들은 우선 감정, 정열의 완전한 해방을 위한 자유, 이것이 그 전적 과제였다. 그리하여 이 문제는 드디어 연애의 자유라는 테마의 일면과 접촉하게 되었다. 봉건 시대와 같이 모든 문화와 생활이 계급적으로 제정되고 구속받을 때 당연히 이 문제는 봉건적 사상에 대하여 한 개의 거탄巨彈이 되지 않을 수 없었다. 따라서 연애소설이라는 것이 단순한 감미와 감상에서 떠나 한 개의 문학상 새 정신(에스프리)을 형성하였다. 또 대학에 있어서 이 계통의 소설은 장 자크 루소의 『신엘로이즈』에서 시작되었다. 이 명칭이 독일에 건너가 더 완성되고 탁마된바 괴테의 『베르테르의 비애』를 낳았고 바이런의 『차일드 하티드』의 돈주앙이 되어 다시 이 두 개의 작품이 불란서 낭만주의의 성서가 되었던 것이다. 이 작품의 영향을 받아 또는 그와 전후하여 세낭쿠르의 『오베르망』과 벵자맹 콩스탕의 『아돌프』와 샤토브리앙의 『르네』, 알프레드 비니의 『차터튼』, 알프레드 뮈세의 『세기아의 고백』 등이 그 대표작이다. 이 작품에서는 연애의 이상경—자유로운 순결성—형이상학적 연애상이 현실과 접촉하여 야기되는 가지가지의 비극을 그려내었다.

이 연애의 자유성은 아직도 잔존한 봉건적 가족 제도와의 상극 반항의 제諸 비극상에서 청년 남녀의 자유로운 생활의 안정과 그 실현을 위한 고민과 그러한 현실 밑에서 생기生起하는 제 양상이 굴기屈起되고 전개되어 있다. 즉 청년의 이상과 현실의 중압 사이에서 그들은 (불란서 낭만파) 바이런의 자아적 정열을 보았고 낭만적, 정열적 영웅인 나폴레옹을 숭배함에서다. 다분히 비현실적 몽상 세계 자아를 완전히 해방하는 데 희생시키려는 순정殉情에서 생활하여왔던 것이다. 그들은 나폴레옹의 영웅적

이상과 더불어 문예운동을 잡게 하였다. 그러나 나옹奈翁*의 파란 많은 일생과 같이 그들이 인생에서 찾은 바 해방된 자유는 역시 기다의 파란을 겪어왔다. 이와 동시에 현실은 역전되어 왕정복고라는 정치적 구형태를 재현시켰다. 이에 공분한 낭만주의자들은 차차로 공상적 감상적 사회주의 경향을 띠어왔다. 그러나 위대한 이상은 그 실현까지의 가지가지의 험난과 조우하게 되었던 것이다.

2. 현실주의와 자유

1840~70년대의 불란서는 정치적으로 나폴레옹 3세의 쿠데타와 더불어 제2제정이 실시되고 경제적으로는 근대 자본주의의 산업적 발달이 전성기에 이르렀다. 여기에 있어서 인간은 사상적 자유 행동의 자유와 같은 대혁명 시대의 자유정신은 완전히 현실 앞에 억압되고 말았다. 이러한 모순 가운데서 지식 계급은 공상적 이론에서 떠나 이 기계 문명의 제諸 모순상을 검토, 비판하려는 과학적 사회사상이 배태되는 시대를 짓게 되었고 또 다른 일면에 있어서는 물질—금전—의 인간 생활 위에 여지없이 횡포의 도를 더해가는 현실 앞에 닥치게 되었다. 순정純情적 이상에 대하여 또는 순정殉情적 연애의 몽상에 대하여 품어오던 낭만주의자의 정신은 무서운 암흑 속에 철읍啜泣하게 되었다. 사람은 정신적 이상에 대하여보다도 목전의 현실 문제—즉 애욕의 갈등, 금전을 싸고도는 금전적 평화의 착란, 모든 기만적 사회 정책, 새로운 임금 제도의 계약 밑에 다시 노예화하는 인간 군상을 보았다. 그러나 그들은 여기에서 의식적으

* 나폴레옹.

로 각성되는 계급에까지는 도달하지 못했다. 그래서 이때에 불문학은 잠시 자유의 부르짖음에서 떠나 반영되는 바 사회 현실을 객관적으로 묘사하는 데 이르렀다. 이리하여 발자크의 뒤를 이어 플로베르의 제諸 작품과 소小뒤마, 오지에, 사르두 같은 부르주아 희곡이 창작되었다. 현실의 냉혹에 대하여 자유를 잃은 인간들의 소극적 여실한 풍자와 표현에서 시종하려는 것 같았다. 말하자면 이 시대는 19세기 이후의 불란서에 있어서 실로 모독되고 역전된바 무언의 탄압 시대, 자유를 박탈당한 시대이다. 빅토르 위고의 국외 추방도 이때의 일이요, 감상적 사회주의 작품을 쓰던 조르주 상드 부인도 낙향하는바 은둔으로 돌아감도 이때였다. 문학자는 오직 문학의 세련과 또는 사건의 흥미만에 통속화 저급화하려는 경향까지 보여지게 되었으니 전자는 플로베르에서 찾아볼 수 있고 후자는 당시의 극작가 중에서 발견할 수 있다. 그러나 세기의 정당한 발전이 인위적으로 위축된 반면에 폭발되려는 새로운 세력이 암축暗蓄되어지는 사실을 어찌 묵과할 수 있을 것이랴?

3. 자연주의와 자유

1871~1900년, 이 시기가 불란서에는 에밀 졸라를 위시한 자연주의 문학의 전성기였다. 실로 1789년 대혁명을 거친 지 한 세기를 지나서 비로소 불란서의 부르주아지가 완전한 승리를 전취하였다. 즉 혁명 이후의 불란서는 왕정복고와 제정 등의 역전적 정치 형태를 답습해왔고 보불전쟁의 참패와 파리코뮌을 거치고 나서 공화정치는 완전한 실시에 이르렀다.

제3공화정치가 실시되어(1871) 10년간은 잔존한 왕당과 봉건 귀족들의 세력을 압두壓頭하기에 갖은 파란을 겪었다. 뿐만 아니라 왕□과 결탁하여 일대 세력을 형성하려는 반동적 종교—가톨릭교와의 항쟁도 사실에 있어서 이때에 와서 비로소 완전한 분리를 얻게 되어 일반 정치 기관과 문화 기관에 봉직하는 자를 일체 부르주아지로 하여금 이에 종업케 하였다. 그리고 의무 교육의 실시가 1881년부터였고 교육에 종사하는 자도 역시 비종교적인 소위 평민 계급으로 제정하였다. 이로써 데모크라시의 완전한 승리 즉 자유주의의 전성시대를 연출하였다. 이 반면에 사회주의의 세력이 나날이 팽장되어 국제적인 인터내셔널이 구미의 노동자로 하여금 계급적 단결을 강대화시켜왔다. 이리하여 지배 계급인 부르주아지와 피지배 계급인 프롤레타리아와의 대립이 명료화하였다.

이러한 사회적 정세에서 문학운동은 낭만적 형이상학적 또는 공상적 세계에서 일대 전환을 하여 콩트의 '실증철학'과 클로드 베르나르의 '실험의학론'의 영향—즉 과학 문명의 문학에의 적용 정신이 문학 사조의 중심이 되었다. 그래서 졸라와 모파상, 콩쿠르 형제, 알퐁스 도데와 같은 작가는 모든 인간 활동의 제諸 양상을 경험과 실험과 분석과 해부로써 인생 생활의 내면에 잠재한 모든 죄악, 본능 유전의 여러 사실을 마치 의사의 해부와 같이 일일이 정확한 또 심혹深酷한 해부를 감행하였다.

이리하여 문학자의 창작적 활동 세계는 부르주아지의 지배하에 호흡하는 일반 노동자 농민, 소부르주아, 대부르주아 생활의 자유로운 표현과 묘사의 권한을 가졌다. 즉 언론과 출판에 대한 자유의 여실한 활용이 여기 완전히 제시되었다. 그러나 이 작가들의 자신이 하나의 자유주의적 부르주아지라는 인식에서 해방되지는 못하였다. 그들은 부르주아지의 지배적 세력인 자본주의의 발전이 가져오는 종종種種의 비극과 증오할 상태에 대하여 하나의 실험적 보고와 묘사에만 그쳤을 뿐이다. 이것은 이상 열기한 여러 작가의 작품이 여실히 그를 증명한다.

그러나 이 19세기 말에 일어난 드레퓌스 사건을 적출함에서 우리는 이 부르주아지의 공화정체가 이 난관에서 그 자신의 정체를 어떻게 폭로하였는가를 규지窺知할 것이다. 이 드레퓌스 사건이란 여기 그 내용을 상기할 지면과 필요까지를 인지하지 않으나 요컨대 일 유태 계통인 일 대령이 군기의 극비 문서를 당시 적국시되는 독일에 간첩으로 넘겼다는 혐의에서 생긴 것이다. 이 문제는 처음은 하나의 정치적 문제에 그쳤으나 그것이 차차로 확대되어 유태 계통이요, 독일 혈통이라는 이유로 무고한 인간이 유형에 처한다는 것은 너무도 인간적 자유, 즉 인권을 무시한다고 하여 이 사건에 전 심혈을 경주하여 맹렬히 싸운 자 중에 에밀 졸라가 있고 졸라를 옹호하는 자에 정통적 공산주의자 클레망소와 사회주의자 장 조레스 등, 그 외 문인에는 아나톨 프랑스, 로맹 롤랑 등이 있었다. 그러나 이 반면에는 이러한 사건의 옹호는 불란서의 국욕이요 매국적 행동이라고 하여 우익적 부르주아지와 구교도들의 한 세력 결성이 생기게 되었다.

여기에서 불란서는 비로소 공화정치가 국민주의적 보수 세력에 대하여 급진적 인도적 공화론자 사회주의자와의 대립을 노골화하여 한편에는 우익으로 결성인《악시옹 프렝세스》의 순국수적 문화 행동과《루마니테》(오늘의 코뮤니즘 기관지)의 창간을 보게 되었다. 이 양대 대립에 자유주의를 표방하는 지식 계급은 급진적 인도주의로 전향하거나 아니면 중간적 고뇌에 빠질 수밖에 없다.

세기말적 정신—데카당적 경향은 이러한 시대에 있어서 더욱 성행하지 않을 수밖에 없었다. 불란서 혁명이 결과한 인권의 자유, 평등의 정신은 그 어떤 적극적 혁신으로 옮아가거나 그렇지 않으면 하나의 개념적 형태에만 그치는 불행을 초치招致하게 되었다.

20세기로 들어온 이후의 불문학은 사상적 배경의 여러 영야에 따라 3대 경역으로 구분되고 말았다.

그 하나는 가톨릭적 우익의 국수적 문학—그는 주로 모리스 바레스, 샤를 모라스, 레옹 도데 등으로 대표되는 일군이요, 그다음은 아나톨 프랑스, 로맹 롤랑, 샤를 페기와 줄 로맹, 듀아멜 등의 공화 정신에서 발전된 사회주의 또는 인도주의, 전인주의의 경향이요, 다른 하나는 상징주의를 계승한 시인, 작가 앙리 드 레니에, 앙드레 지드, 폴 발레리라고 할 것이다.

제1차 세계대전을 앞둔 비상시적 문학의 정신세계적 고민 그것이었다. 그들 문학인이 사회주의 또는 코뮤니즘에 관한 불관심을 물론하고 이 혼탁된 분위기에서 해방되려는 초조는 하나의 공통성이 아닐 수 없었다.

이러한 중에서 로맹 롤랑은 톨스토이의 감화에서 더 나아가 모든 인류의 명일을 위한 희생적 정열적 위대한, 그러면서도 인간적 영웅의 출현을 그의 걸작 『장 크리스토프』와 기타의 '혁명극'에서 이를 고조하였다. 즉 그는 불란서 공화혁명을 더 한 걸음 발전시켜 한 개의 코스모폴리티즘*을 제시하려 하였다. 즉 국민과 민족과의 갈등, 자본 대 인간의 관계에서 초월한 인류 사회의 건설을 부르짖었다.

그 반면 프루스트와 같이 외계의 모든 사회 현상을 객관적으로 묘사하는 태도에서 떠나 오직 잠재된 의식의 기억을 더듬어 작가의 주관적 사념(이데)으로써 인간 생활을 내면적으로 분석하는 문학 사상의 새로운 경지를 개척하였다. 즉 사회의 현실적 표현, 그에 대한 개혁이 아니요, 분리된 자아의식 중에서 마치 우주의 성운이 냉각하여 징명澄明해지는 것과 같은 태도를 취하였다. 이것은 인간 의식의 무제한적인 해방과 자유의 극치다.

또는 앙드레 지드와 같이 불란서의 모든 전통—종교와 가정, 사회제

* 코스모폴리타니즘.

도의 구속에서 인간성을 찾아 자아를 해방하려는 순수 의욕의 국가적 태도도 이 시대의 대표적 조류였다.

자유를 찾는 바 세기의 지혜를 가진 모든 작품이나 사상가는 이미 고형화되는 자본주의적 여러 문명에 대하여 안주된 생활 지대를 발견할 수 없었다. 여기 고금의 위대한 문예가의 가지는 공통적 고민상이 제시된 것이다.

이런 암흑과 고뇌 속에서 세계대전을 치르고 난 불문학은 전쟁의 비참에서 체험한 바 시급히 망각하여야 할 이 전율 때문에 초현실적인, 특히 순간적이요 특히 맹렬적인 분위기에서 일체의 현실 부정의 도피를 감행하려고 헤매었다. 문학은 인간 전체의 절대한 고민에서 갱생할 사상적 섬광으로 달음질칠 한 혜안을 잠시 은폐하여버리고 말았다.

모든 것을 부정하고 모든 것에서 도피하는 이외에 인생의 참다운 생활을 위한 계속적 행동을 구속할 수 없었던 것이다. 이리하여 다다이즘이 생기고 초현실주의가 그 뒤를 이어서 왕성하였다. 이성의 통제, 의지의 균형, 감정의 조화, 그리고 객관성이라는 그 영자影姿를 감추어버렸다.

그러나 시간의 경과는 그들로 하여금 다시 새로운 인간 생활의 현실 속에 자아를 복귀시켜 이 과학 문명의 모든 공과에 대한 인간적 탐조를 강요하게 되었다. 작금과 같이 국제적 전 인류의 소위 위기적 비상시에 있어서 문학의 자유성은 다시 기다의 희생을 겪어왔다. 이것이 이르는 바 문예의 정책화라는 현상이다. 소련이 비로소 작금에 와서야 이 과오에서 청산되려 하며, 독일과 이태리는 잠정적일는지도 모르나 아직도 이 정책에 권화權化가 되어 있고 그 밖의 열국에도 이 현상이 나날이 농후해 가려 한다.

이미 인간은 하나의 자유로운 인간 되는 영예를 박탈당하였고, 이 인간이 사유되는 모든 신념과 사상과 감정의 자유로운 발견은 차차 조지阻

止되려는 선풍旋風이 야기되어 있다.

문학상의 자유란 결국 그것이 인간성 발견을 위한 항쟁, 고민 그 이외의 아무것도 아니다. 즉 역사적인 휴머니즘에 연하여 그의 전 심령을 균열시키고 결합시킴에 자유의 여신상적 항원성이 존재한다. 그러나 우리와 같이 우리들 생활의 태반을 자유라는 그 생명천이 갈망된 자로서 인류의 자유를 논위하는 것은 하나의 또 절대의 비극이 아닐 수 없다.

그러나 자유주의의 면모와 그 생래적 의미가 어떻게 질식된다고 하더라도 인간 생활 위에 가능한 세계의 창조를 최후의 망상望想으로 하는 문학의 가질 바 자유는 우리의 의식적 예측이 타당한 한에 있어서 길이 불멸할 것이다. 이 점에 있어서 불문학이 걸어온 그 전통적 총혜와 그 정신은 그 어느 다른 민족의 문학 이상으로 전 인류적 자유를 위한 항쟁의 역사에 있다는 것을 우리는 다시 인식하여야 할 것이다.

―《조선일보》, 1937. 5. 9.

불란서 문화의 근대적 성격

불란서 문화가 형성돼가고 있으며, 또 형성해온 역사적 과정을 종합하기는 가장 쉽고도 어려운 일일 것이다. 앙드레 지드가 말한 것같이, 불란서 문학—예술—처럼 빈혈증이요, 또 기교적이며 부절히 그 방향으로 빠져가고 있는 문학은 구라파에서는 으뜸갈 것이라는 의미대로, 불란서 문화를 해석한다면 더욱 나의 협견狹見으로써는 더 어찌할 도리가 없다. 적어도 불란서의 문화 내지 예술은 너무나 불란서어의 정교와 형식에의 과중한 탐닉으로 말미암아, 풍부한 생명, 신선한 혈액을 제공하지 못한다는 일면을 간과할 수 없을 것이다.

그러나, 불란서 문학 내지 예술은 어떤 개개인의 고립된 세계에서 형성되는 것이 아니라 커다란 사회성—즉 그룹적 내지 집단적 움직임 속에서 상호 분리되면서 형성되어왔다는 하나의 특성은 무시할 수 없을 것이다. 또 여기에 불란서적인 한 성격이 수립되어졌던 것이다. 그런 의미에서 우리가 근대 문화를 논위할 때, 불란서의 18세기를 관심하지 않을 수 없는 것이다. 비록 볼테르나 몽테스키외 같은 천재적 인물이요, 동시에 귀족적인 인간의 활약과 그 공적이 현저함에도 불구하고, 불란서의

18세기 계몽 사조 내지 그 운동은 장 자크 루소와 디드로의 힘과 움직임에서 이루어졌던 것이다. 이 두 사람의 행동은 불란서 대혁명을 일으키게 한 것이었다. 당시의 귀족 사회에서 그들은 뚜렷한 배경 밑에서 위의威儀를 갖추어, 모든 운동을 전개한 것이 아니었으나, 도리어 지나친 기성사회에의 추종이나 보호가 없는 곳에서 건전하고도 성실한 새로운 세대의 준비자로서 등장되었으며, 구애됨이 없는 자유로운 발언에서 새 세대의 도래를 촉구케 했던 것이다.

디드로의 백과사전운동은 직접 영국에서의 자극과 수입에 힘입은 바 적지 아니하며, 루소의 사상 속에 영국의 경험철학의 영향을 무시할 수 없으나, 그러나 이 두 사람에 의한 부단한 노력의 성과는 사회적으로, 또 역사적으로 커다란 새 문화 창조에의 원동력이 되었고, 근대 사회, 근대 국가의 탄생을 예언했던 것이다. 정치적으로 문화적으로 전 구라파에 저렇듯 커다란 변혁과 충격을 주었다는 이 사실은 단순한 기교적 과거의 문화적 전통에 대한 투쟁이요, 항거였던 것이다.

그러므로 불란서 문학의 기본적 성격은 사회적인 행동성과 부단한 과거에의 항거—이것은 전통의 무시는 아니다—에서 생성 · 발전 · 창조되어갔다고 할 수 있을 것이다. 극단적으로 이기적이요, 타산적인 현실적인 일면을 갖고 있는 불란서 국민에게는, 또 하나의 다른 이상적이요, 정열적인 '무상無償의 행위'가 엄존해 있다는 사실이다.

이것의 가장 구체적인 것이 불란서의 낭만주의 운동일 것이다. 이 역사적 문학—예술—문화—운동 속에는 영국의 바이런 경의 정신을 행동적으로 확대시켜놓은 일면—정치적—이 있는가 하면, 나폴레옹의 정열을 문학적으로 축소시킨 일면도 갖고 있는 것이다. 그리하여 혼돈된, 어찌 보면 앳된 정열이 불규칙적으로 과거에 대결하고 반항하는 방종적 무궤도성도 띠고 있으나, 그러면서도 그것이 한 집단을 형성하며 시대에 어필한 그 위력 속에는 다만 흘러 지나가거나 불시에 솟구쳐 나온 한 현상으로만 볼 수 없는 커다란 사회성—영향력—을 간취할 수 있는 것이다. 뿐만 아니라 그들은 오히려 문학—문화—운동을 스스로 제반 사회적 현실—정치 · 경제 · 법률 · 윤리—위에 높이 설 수 있다는 관념에서 뿐 아니라, 실제적인 힘을 갖고 있었던 것이다. 문학—문화—이 사회적 현실을 지도할 수 있는 실력을 장악하고, 그 위에 군림한다는 일면 영웅적 심리가 움직여지기도 했던 것이다. 말하자면 문학—문화—운동이란 이 움직임이 엄연한 실존으로서 사회 위에 작용되었던 것이다.

그러므로 앙드레 지드는 다만 이 낭만주의 운동만이 아니라, 자연주의를 창도唱導하고, 또 완성시켜간 실험소설가 에밀 졸라에게까지 그의 과학적 실험 방법 속에도 형식적인 면에서는 적어도 낭만주의와 결합되어 있다는 단언을 하기에 이르는 것이다.

그러나 달이 지구를 싸고돌며, 지구가 다시 태양을 중심으로 돌아가는 것과 같이, 인간 사회의 모든 운동에도 하나의 궤도가 있으며, 그와는 달리 팽이가 아무리 회전운동을 한다 하더라도 거기에 하나의 중추—중심점이 있듯이, 불란서 문학 내지 문화가 그 어느 민족이나 사회보다도 사회성 · 집단성을 기지고 행동한다 하더라도, 거기에는 하나의 궤도와 더불어 또 하나의 중추적 존재가 있는 것이다. 시운동에 있어서 묘성파昴星派—칠인시인七人詩人—그룹이 있었으나, 거기에는 롱사르라는 중추적한 인물을 생각하지 않을 수 없음과 같이, 낭만주의 운동에도 하나의 중추적 인물을 생각하지 않을 수 없는 것이다. 그 인물이 바로 빅토르 위고인 것이다. 우리는 상식적으로 빅토르 위고를 시인이요, 보다 더 소설가로 알고 있으나, 그보다도 불란서 정신을 문학 내지 문화 속에 강인하게 살려나간 인간으로서의 위고의 가치는 소홀히 하고 있는 것 같다. 물론,

위고가 그의 한평생—85세—를 바쳐서 부단히 싸워온 그 끊임없는 행동성이 때로는 정치적으로 움직였기 때문에, 괴테나 셰익스피어처럼 문호로서의 칭호를 받기에 다소 손색이 있다고도 보겠으며, 때로는 지나치게 정치적 인물이라는 비난을 들을 수도 있다. 그러나 이러한 문학이라는 하나의 테두리 속에서만 사고할 수 없는 오늘에 있어서, 불란서 근대 문화 창조에 기여한 위고의 정신적 가치는 다시 한 번 올바르게 논위되어야 할 것이다. 위고는 현실 속에 우뚝 선 하나의 생각하는 거목이었다. 그 무서운, 거칠고 힘찬 현실적 광풍 · 노도 속에서도 그는 불굴하는 정신을 가졌던 것이다. 일시 왕당파이기도 하였으나, 1850년의 쿠데타에 항거하여 20년간의 고도孤島 추방을 당하면서도, 조국의 자유를 위하여서뿐 아니라, 이태리의 통일당 설립 운동에 대하여 그 고도에서도 열렬한 지원을 아끼지 아니한 그 정신은, 자유수호사상自由守護史上에서 문학인이라는 점에서뿐 아니라, 한 인간으로서도 높이 칭양해야 할 것이다. 이 정신은 그 후의 톨스토이, 에밀 졸라, 로맹 롤랑, 앙드레 지드 등에게 직접으로 영향을 주었으며, 불란서의 저항운동이라는 그런 정신의 유래를 위고에게서 찾는다는 것은 결코 견강부회는 아닐 것이다.

20년간의 유찬流竄 생활에서 귀국한 위고에 대한 전 국민—특히 파리 시민의 환영을 시인 위고뿐으로만이 아니라, 조국의 자유 수호의 화신이요, 구세주로서 맞아들였던 것이다. 가장 불란서적인 것이 곧 가장 세계적이라는 이 말은 불란서인 자신들의 자화자찬만이 아닌 하나의 객관적 의미를 갖고 있는 것이다. 이미 70 고령으로 돌아온, 전 국민의 추앙 속에 의연히 서 있는, 이 생각하고 저항하는 거목은, 불란서 정신의 나갈 바를 스스로 제시하였을 뿐만 아니라, 세계인의 나아갈 바에 대한 더 큰 이상을 내버릴 수 없었던 것이다.

1878년 6월 파리에서 국제작가회의가 열렸다. 제3공화국으로서의 불란서가 새로운 의욕으로 모든 문화 방면에 진정한 민주 정신과 자유 의식을 강고히 또 활발히 하기 위하여 조야朝野가 궐기하고 있을 때, 이러한 국제회의가 열렸던 것이다. 77세의 고령인 빅토르 위고가 대회를 대표하는 의장이 되었고, 부의장 중에는 불란서 문단과 가장 오랜 관계성을 갖고 있는 투르게네프도 기꺼이 그 자리에 참석하여 일장의 연설을 하였다. 위고는 이미 그 전부터 세계 공화국이라는 것까지는 생각지 않았으나, '구라파 공화국'이라는 것을 몽상해왔던 것이다. 적어도 우선 구라파만이라도 민족 간의 이해 관념을 초월하여 상호의 친선과 우애와 평화와 자유를 수호해나가야 하겠다는 것이었다. 고매한 문학 정신은 더 큰 인류 전체의 자유와 행복으로 집결되어야 한다는 것이다. 『제諸 세기의 전설』과 같은 역사적 대서사시를 집필하면서 거기에서 예견되는 하나의 새로운 세기, 새로운 세계, 그것이 위고의 최대의, 그리고 최후의 이상이었다. 물론 정치와 문화가 균형을 갖추고 보조를 맞출 수 없는 것을 모르는 바 아니나, 시정신—인간 의식은 일체의 시간적 공간적 제약을 비상하여 미래로 달릴 수 있는 것이다. 불란서의 문화가 갖고 있는 세계성은 바로 위고와 같은 기다의 시인—문화인—의 심흉 속에서 배태되어 그것이 하나의 현실로서 분만되고 생장 발전되어나갔다고 할 것이다.

불란서 정신 속에는 자유와 더불어 정의에 대한 치열한 의욕을 갖고 있으며, 이것이 모든 과학 · 사상 · 정치 · 예술 등 각 분야에 그 올바른 모습을 드러내고 있는 것이다. 불란서 문화 속에 이 정의에 대한 항쟁으로서 지켜져 나오고 발전되어나간 사실史實들은 그 한둘이 아닐 것이다. 그런 중에서도 그 대표적인 사실을 회상해보기로 하자.

불란서 문학인 중 모두가 다 그러하다고는 할 수 없으나, 그들에게는 사상과 현실과 행동을 분리해서 사고하거나 이념하는 경향이 박약한 것이다. 상아탑 속에서, 또 서재에서 위대한 문학 내지 문화를 창조하는 이가 없지도 않으나, 그 대부분은 현실의 한가운데서 사고하고 행동하는 것이다. 더욱 18세기 이후의 경향은 더한층 왕성했던 것이다.

1870년 보불전쟁에서 치욕적인 굴복을 한 불란서 국민 속에는 독일에 대한 증오감 · 적개심이 그 극에 달하고 있었다. 불란서를 부강하게 하여 독일에서 받은 치욕을 씻어버리자는 이 일념은 불란서 국민 전체의 가슴속에서 생생하게 힘차게 뻗어나가고 있었던 것이다. 비록 루이 나폴레옹이 물러나고 제3공화국이 탄생하기는 하였으나, 일방 군국주의적인 사상이 팽배해가고 있었던 것이다. 이런 중에서 1894년 여름 불란서 군사정보국에 기괴한 한 투서에 의하여, 군기 누설이라는 의외의 사실이 적발되었고. 그 혐의자로서 당시 참모본부에 근무하는 유태계의 드레퓌스 대위가 지목받게 되었던 것이다. 이 한 장의 밀고에 의한 사건의 전개는 5년이라는 시일을 두고도 해결을 못 본 채 군 내부에서뿐 아니라, 국민 전체와 행정 당국에서도 지대한 여론을 환기시켜왔으나, 드디어 드레퓌스를 독일계의 스파이로 단죄되는 결과를 초래하고 말았다. 이렇게 된 1898년 1월 12일 '공화국이 군국적 무정부로 전락되어갔다는 민주 정신의 패배'를 어찌할 수 없는 이 순간 소설가 에밀 졸라가 저 유명한 「나는 탄핵한다!I accuse!」는 장문의 대통령에게 보내는 공개서한을 갖고, 당시 유일한 민주신문인 《오로올》사 편집국에 나타난 것이다. 이 신문은 이후 너무도 유명해진 조르주 클레망소가 창간 발행하는 신문사이다. 1만 부 정도의 발행 부수를 가진, 그리고 드레퓌스 대위의 무죄를 확신하고 있는 이 신문사로 돌연히 출현하여 제시한 이 논리 정연하고 진실로 자유와 애국심에 불타는 이 일문으로 인하여, 이 신문은 30만 부를 돌파했다고 기록되어 있다.

그러면 졸라는 무엇을 믿었고, 무엇을 주장했는가. 우선 구체적인 사실을 정연히 서술한 후

……파리에는 진리가 피로하거나 패배하는 일 없이 걸음을 계속하고 있습니다…… 우리가 열렬히 갈구했던 이 정의와 진리가 바야흐로 만신창이가 되어 그전보다 더 심한 학대를 받고 있다는…… 인류의 은인은 오래된 일이요, 행복에의 권리를 갖는 것입니다. 나는 전 인류의 이름으로 광명을 열망합니다. 이 힘찬 항의는 나 영혼의 외침입니다. 저들이 나를 법정에 세우려거든, 그리해서 심리를 청천 백일하에서 행하도록 하십시오…….

그 후 우중愚衆의 졸라에 대한 폭행 · 잠시 런던으로 망명한 사실 등은 여기서 상기할 필요가 없으나, 한 사람의 부당한 인권 모욕과 처형에 대하여 이렇듯 조야朝野가 일대 혼란을 야기한 예는 세계사상에도 찾아보기 어려울 것이다. 알랭은 이 사실을 평하여 "재판의 오심에 대한 반항"에서 "수긍을 원치 않는 거오倨傲한 권력에 대한 반항"이 되고, "노예 전쟁의 일 경우"가 되도록 한 공적은 오로지 에밀 졸라의 힘이라고 격찬했거니와, 이처럼 인간의 존엄성을 위하여 정의의 붓을 들어 청사靑史에 남기게 한 이러한 사실은 그 정신이 바로 불란서의 올바른 문화—민족—정신이라고 보아야 할 것이다. 자유와 평등과 박애를 건국 이념으로 한 근대 불란서 정신은 이렇게 현실적으로 살아 움직이는 것이었다. 『여우女優 나나』 등의 소설을 쓰는 일개 문인이 아니라, 올바른 불란서 정신을 계승한 한 정의인正義人으로서의 발언이었다. 일찍이 고향을 떠나 파리로 유학 오는 졸라의 머릿속에는 "나는 위고와 같은 대시인大詩人이 되련다!"라는 그 결심이 졸라로 하여금 위대한 시인이 되게는 못 했지만, 그 위고의 정신을 받들어 그는 19세기 후반기의 불란서를 대표하는 역사적 정의인이 되었던 것이다. 그 정신은 적어도 20세기 후반기의 불란서 자유인에 의하여 계승되었다고 해야 할 것이다.

20세기의 사상적 혼란기에 있어서 불란서 지성인들은 이 혼란기를 극복하는 바 새로운 문화 창조에 진정한 참획자參劃者되기를 심원했던 것이다. 그것은 문학상 · 사상상 기다의 주의 주장에 따른 가지가지의 실천을 보게 되었다. 가령 제1차 대전을 계기한 로맹 롤랑의 인류의 자유, 평화에 대한 반전사상은 톨스토이의 인도 사상에 영향된 바도 적지 않으나, 그보다도 불란서와 더불어 공존할 인류에 대한 정의감—일찍이 위고가 이상했던 '구라파 공화국'의 이념을 더한층 확충시킨 것이라고도 볼 수 있는 것이다.

그러나 1차 세계대전 후의 혼란은 그 누구의 힘으로도 구제할 수 없었던 것이다. 낡은 세대에 대체할 새로운 세계를 탐구 · 모색한 나머지, 그들은 그러한 세계를 소련에서 희구해보기도 했던 것이다. 그리하여 1937년 6월 파리에서 열린 '문화 옹호를 위한 국제작가회의' 같은 것은 그 하나의 호례好例로서 소련만이 새 세대를 창설할 것이라고 공산주의에 동조하는 이 회의가 앙드레 지드 등을 중심으로 일어나 보기도 했다. 이 회의석상에서 오늘의 국제 P · E · N 클럽 의장인 앙드레 샹송과 같은 38세의 청년도, 또 현재 불란서 대표 작가인 당시 37세의 앙드레 말로도 일루의 희망을 공산주의 실현의 사회에 걸어도 보았으나, 그리고 장 폴 사르트르도 친소적 노선에 서보기도 했건만, 이것은 그들의 허망한 관념유희에 지나지 않았다는 것을 현실적으로 인식하게 되었고, 또 인식하지 않을 수 없게 되었던 것이다. 여기서 20세기 불란서 문화 내지 예술의 취약성 · 위축성을 지적할 수도 있는 것이다. 일루의 희망에서가 아닌 불란서의 새로운 문화를 현실적으로 조망할 때 다음과 같은 단편적인 사견을 가질 수도 있을 것이다.

불란서는 '인간의 존엄성'을 위하여 싸워온 수세기收稅紀의 전통 위에서 진정한 자유와 정의와 평화를 기반으로 한 문화의 재발굴이 더한층 정확하고 견인堅忍하게 지속되어야 할 것이다. 근대 불란서의 유일한 상징인 판테온의 천장에는, 네 여신이 그려져 있고, 거기에는 '조국 · 자유 · 정의 · 죽음'이 각각 표시되어 있었다. 또 파리의 명물 개선문 안에 있는 2차 대전의 무명용사를 기념하는 표어로 "무엇보다 먼저 불란서를!"이라고 씌어 있었다. 즉 불란서 자신을 구함으로써 세계를 구할 수 있다는 그 신념이 모태가 되어 있는 새로운 불란서 문화를 기대할 수 있을 것이다. 전쟁에서 받은 무서운 상처에서 오는 일체의 부조리가 극복되어서 앙드레 말로가 말함과 같이 "위대한 개인적 창조가 그가 매몰된 과거의 세기에서 다시 떠오를 때 그와 더불어 잠자고 있던 위대를 재생시키지 않을 수 없다. 이리하여 유산은 상속되는 것이 아니라, 정복되어지는 것이다."의 의미가 재반성되어 낡은 불란서가 다시금 새로운 불란서로 그 위대성을 재생시켜야 할 것이다.

18세기 이래 전승된 사회성 · 사상성을 현실적으로 행동화하는 그 불굴의 정신의 재발굴 위에서만 불란서 문화는 새로운 역사 창조를 위한 가열한 각고가 결실되어질 것이다.

—《자유공론》, 1959. 3.

제3부 작가 · 작품론

소조蕭條한 1935년의 평단

1년간의 역사—여러 가지의 현상과 현실에 대한 재인식과 재비판은 그것이 단순히 지내온 바 행정을 반성 · 회고한다는 습관성의 소치만에 그치지 아니하고 그 위에, 또는 그 속에서 탐색되고 그 의의를 구명하는 바 일 개의 새로운 사실을 추출하는 곳에 그 전全 의미가 있는 것이다.

항상 선진 문명국의 온갖 문화 현상이라거나 사적史的 사건을 한 개의 보고나, 보도만으로 간과하여올 뿐이요 그 정당한 비판적 섭취라거나, 또는 자신에 대한 적극적 의지의 표출이 없는 우리들이므로 해서, 1년을 지내놓고 보아도 이렇다 할 커다란 문화적 족적을 찾을 수 없는 것이 우리의 현재 처지요, 형편이다. 가령 한 가정, 한 개인의 생활을 들여다본다고 하더라도, 그들에게서 그 어떤 발전된, 또는 실천된 생활 의욕의 투쟁이라거나 격렬한 비참, 또는 탄열歎悅을 찾아볼 수 없다. 말하자면 그렇게 자랑될 바도 아닌 청빈이라거나 지조라는 특수적 미명美名의 껍데기도 오늘에 와서는 그를 지키고만 앉았기에는 주위의 현격한 큰 세력 때문에 머리를 숙이고 몰래 엿보는 정도로 타락될 뿐이다. 우리는 우리 생활에 큰 빚(차금)을 지지 아니하고, 큰 고통, 큰 모욕을 당하지만 말고 지내보려는 노력도 아니요, 꾀도 아닌 그러나 이를 감당하기에는 무상한 인내와 뱃심을 가지는—그런 정체 상태에 빠져버리고 말았다.

만일 이것이 세계대전 전의 구라파 제국이라거나, 혁명 이전의 러시아였다면, 이 무언의 위압 속에서 거의 광적 상태라고 할 만한 퇴폐적 경향, 염세적 경향, 혼돈된 착란이 때로는 셰스토프를 찾고, 키르케고르에 안기며, 니체의 격정이라거나 베르그송의 비약하는 생명을 더듬지 않고는 못 견딜 폭풍우적 현상을 제시할 것이다. 그러나 얼마나 적멸하는 조선의 문화이며 평론계인가? 하이데거를 논하는 이 있고, 행동주의를 운위하며 낭만과 리얼 문제, 외국의 국민문학 건설 도정, 또는 세계적 문호의 죽음을 경도敬悼하는 사실이 있었다고 하더라도 그것은 실로 우리 문단—더 나아가 일반 문화—일 문예에 관심을 갖고 주목하는 바 민중 속에 얼마만한 계시를 제공하였는가를 반성해보라. 모두가 우리의 마음에서, 즉 일 인간의 심장을 통해서 그 호흡과 그 혈행血行과 그 감정을 다른 제삼자에게 여실히 감염시키고 충격시키는 그런 약동하는 바 생명의 분류奔流까지는 문제라고 하더라도, 그 진상의 충실한 제여提與가 있었는가가 자못 의문이 아닐 수 없다. 공명이 없는 사회, 반향을 들을 수 없는 지역, 순간순간에서 소리 없이 남의 시야를 스치지 못하고 소멸하거나 기껏 한다는 것이 너무도 그 초라함과 이르는 바 엉터리 때문에 시선을 돌리게 하는, 정시正視할 수 없는 삭막한 상태의 연속이다.

이러한 막연한 언사를 첩첩喋喋하는 것조차 싱겁다는 폄소貶笑를 자신이 느끼면서 필자는 실로 문제 될 바 다소의 시사示唆 있는 그 무엇을 이외에 더 췌가贅加할 수 있을까? 이 1년간이란 무위의 1년이 아니요, 난위亂爲의 1년이며, 선행의 1년이랄 수 없는 반면에 악덕의 1년이라고 불리울 것이다. 외부 신장伸長에의 1년이 아니요, 내부 편파偏頗의 1년이며, 과제 제시의 1년이라기보다는 잡설 횡행의 1년이었다. 이러한 억단臆斷의 나열이 단순한 필자의 무지에서 오는 죄악만이 아니요, 불충분한 일 독자로서, 그러나마 언제나 그 동향에 관심하는 일 학도로서 때로는 태만하게 때로는 열심히 주시하여온 나머지 이러한 일문을 초抄하게 된 것이다.

그러므로 자상한 통계적 축조逐條열기列記는 그 방대한 소재의 정리가 곤란할 뿐 아니라, 그 사말些末에 흐르는 매너리즘을 피하려는 의도에서 가급적 기피하려 한다. 어느 시인이 말함과 같이 "지금 내 몸엔 번뇌가 없다. 태양의 언덕에서 들리는 몹시도 낮은 물결의 재잘거림"이 아니요, "내 꿈은 바람이 와서 윙윙 우는 낮은 하늘, 갈 곳은 광야의 거칠은 작은 언덕" 그리로 지둔遲鈍한 감각의 암중 행로일 따름이다.

티보데의 언설을 빌릴 것도 없이, 우리는 모든 비평가 · 평론가에게 대하여 동일한 주류하에서 통일된 사상의 표현을 기대하지 않는다. 그러나 오늘에 있어서 우리가 주장하고 의욕하는 바 그 어떤 비평의 세계를 상상할 수 있다. 가령 행동주의적 문학 이론이라든가, 문학의 우연성이라든가, 또는 신자유주의, 휴머니즘, 현대적 니힐리즘이라는 등의 활기 띤 논봉論鋒이 좀 더 현대인의 이지와 감정과 생활 위에 던져지는 충격이 있어야 할 것이다. 그러나 지내온 1년을 회고할 때 우리는 거기에서 이러한 활발한 활동을 발견하기 곤란하다. 신문 학예면이 나날이 몇 개의 논설을 실어오고, 또 대소大少 잡지의 지면 위에서 평문을 찾아보는 현상은 오히려 금년에 있어서 상당히 우수한 수량을 보여주었다고 할 것이로되, 그 질적 향상에 있어서는 다소의 의문을 갖지 않을 수 없다. 필자는 여기서 적지 아니한 비평가들의 활동을 일일이 그 내부에까지 천착해갈 바 시간과 지면과 또 그러한 능력조차 가지지 못했으나, 우선 문학 자체—평론 자체에 대한 몇 개의 평론을 극히 조홀하게나마 찾아보기로 하자. 이 문학 자체—평론 자체라는 말은 문학의 정상성正常性, 즉 문학의 걸어갈 길, 또는 문학을 이러한 길로 인도하려는, 또는 그를 암시하려는 비평가의 노력을 말하는 것이다.

금년에 있어서 최재서 씨는 상당히 활약한 평론가의 일인이다. 그는 작가 연구(D. H. 로렌스 등) 이외에 풍자문학론과 티보데의 『비평의 생리학』을 간결히 소개하는 임무를 이행하였다. 우리가 오늘의 현실에 있어서 문학 활동이 정상적 흥분과 감격을 작품 속에 용해할 수 없는 이상, 그것이 측면적 표현 상태로 나타나야 한다는 것은 마치 정면의 비상선非常線을 회피하기 위여 남모르는 지름길을 더듬는다는 변법變法일 것이다. 그러나 최 씨는 결론적으로, 아니 그 논설의 주조를 자기 풍자에까지 가져왔다. 자기 풍자란 무엇인가? 씨는 "작가가 자기 자신을 해부하고 비평하고 조롱하고 욕설하는 것"이라고 하여, 이는 실로 새로운 문학 형식이어서 이러한 작가로 씨는 조이스와 엘리엇과 헉슬리를 들었다. 그런데 과연 이 3대 작가가 그 자기 풍자의 대표적 작가이냐 하는 문제는 이 작가를 전공하는 연구가에게 일임할 것이어니와, 우리가 문제 삼을 것은 이 풍자문학이 현대 조선인의 생활 감정을 표현하기에 가장 적절한 유일의 방도이냐고 하는 그 실천성 내지 적응성에 있는 것이다. 우리는 왕왕 문학 사상의 새로운 사실을 발견하는 총혜를 가져야 하거니와, 오늘과 같은 조선적 문화 수준에 있어서는 그의 계몽성 · 특수성의 충분한 고찰 위에서 좀 더 강렬히 고조하는 바 의욕이 있어야 할 것이다. 그러므로 씨의 풍자론은 일반적 당위성의 개념을 서술하는 학구적 정도에 그쳤을 뿐이요, 조선 문단 위기 타개책과 그 실현 가능성으로서의 일 거탄巨彈이 되지 못하였다.

현영섭 씨의 『개성옹호론』 역시 문제를 제시한바, 일 논제이면서 그 주장의 적극성이 너무나 페단틱*한 희박스러운 내용의 범람으로써, 일

* pedantic. 현학적.

학도로서의 논조는 갖추었다고 할지라도 씨가 조선 문단 내지 민족성을 적확히 관찰한 후에 조선 문단에 보내는 한 역설逆說이요, 역설力說이요, 의욕적인 표현이라고는 볼 수 없다.

이렇게 말하면 씨에게 저널리스트로서의 입장을 더 명확히 하라 함과 같이 생각될지 모르나, 그러나 필자로서의 관견, 또는 의욕이라면 오늘날 조선 평단에는 새로운 의욕을 가진 투쟁(?)적 야심 있는 용사를 접하고 싶다는 의미도 여기 첨가되거니와, 실로 최근에 와서는 이르는 바 온건하고도 진지한 연구적 학도 이외의 발자潑剌한 비평 활동을 찾아보기 힘들다는 사실의 긍정에서 나오는 말이다. 이 점은 일본의 평론계와는 천양지차로 판이한 조선적 특수상이라고 할 것인가?

평단이 활발하지 못한 그 근본적 원인의 소구에 있어서는 여러 가지의 이유와 정세와 사정이 있을 것이다. 이를 요약하여 비상시 풍경이라거나, 의존자적 정세라고 하는 항용어恒用語로써 대표한다 하더라도, 이미 존재해왔고, 또 생활하려는 자에게 한 개의 비통이거나 한 개의 부정이거나 한 개의 파멸이 우리들의 심흉에서 왜곡되고 위압되는 속에서도 발현되어야 할 것이다. 이것은 무엇보다도 문예 작품 속에 구현화하여야 한다. 그러나 오늘의 정세가 작품 행동에까지 그 전 면모를 방불히 할 수 없는 난관에 부딪쳐 있다는 것을 우리의 일상적 견문이 사실로 그를 증명한다. 그러면 국한된 우리 문학 행동은 어떠한 방도로 나아가야 할 것인가? 김진섭 씨의 설과 같이, 일一의 문학수호자에 불과한 우리들이 문학 자체를 위하여 또는 그의 발전을 위하여, 아니 오늘의 시대 또는 다음 올 수 있는 시대에 대하여 우리가 남길 바 문학의 생산은 그 무엇이어야 하느냐. 이원조 씨가 「오늘의 문학과 문학의 오늘」에서 말한 바, '이때', '여기'에의 문학의 생명은 어떻게 될 것인가? 이에 대하여 금년도에 있어서 두 개의 논제를 들 수 있다. 그 하나는 김두용 씨의 《동아》지에 발표한 문학 창작에 있어서의 사회주의적 리얼리즘의 이론이요, 다른 하나는 함대훈 씨가 말한 「지식 계급의 불안과 조선문학의 장래성」이다.

그러나 오늘에 있어서 '사회주의적 리얼리즘'의 창작 방법이란 어느 정도까지 창작의 실제에 있어서 적용 없는 문제이다. 그만큼 이 문제는 신흥 러시아의 문예 정책이요, 문예 사조의 전반이라고 볼 수 있다. 그러나 우리는 러시아가 자랑할 수 있는 세계적 소련 지지자 앙드레 지드의 『문화의 옹호』를 재삼 번역할 필요가 있다. 그가 "새로운 인간을 획득하는 것이 위선 긴요하다(이 고뇌는 서구에 있어서는 아직도 전도요원한 희망이지만). 우리는 아직 투쟁의 시대에 있다……. 우리는 전투원이기보다 개척자이다."라고 말하면서, 그는 러시아의 현재 문예가 "우리가 기대하는 새로운 인간이 일 형상으로 표현된 작품은 아직 보지 못했다."고 말하였으며, 이어서 소위 영속하는 문예 작품이 단순히 어느 계급에나 어느 시대의 일시적 요구에 응하는 것보다도 더 많은, 더 훌륭한 내용을 가진 것이라고 논단하였다. 그렇다면 우리의 이 시대의 이 분위기에서 창조되는 작품이 오직 사회주의적 리얼리즘을 충분히 실천하며, 구현할 수 있는 그 개척의 도정으로 보아야 할 것인가? 결국 문예는 창작되어야 하는 것이고, 강요되는 것은 아니다. 그러므로 지드는 사상적 동감을 가지면서 새로운 문예를 창작 못 하고 있다. 시대에 민감하고 총혜로운 자라면, 그가 쌓은 바 인생의 체험과, 그가 가진 바 문예적 소질에서 스탕달이 말한 바 자기의 사후 30년에 인정되는 그러한 역작을 써야 하는 것이다.

김 씨의 문예 창작에 대한 적극적 · 구체적으로 제창하는 그것이 이 이론을 받아들일까, 또는 그를 활용할 작가를 만나지 못하는 한 이론은 이론대로 또 새해를 거듭거듭 맞아갈 것이다. 이에 반하여 함 씨는 이 시대의 호흡과 고민과 온갖 절망적 상태를 여실히 그려내자는 제창을 하였다. 이것이 현실적으로는 더 우리 신변 가까이 느낄 수 있는 제언이라고 할 것이다. 그러나 시대적 고민, 세기적 비극의 표현이란 반드시 혁명 이전의 러시아와 동일하게 우리 사회에도 이식될 것인가는 좀 더 신중히 고려될 문제이다. 왜 그러냐 하면 동일한 세기적 고민이란 것이 그 사회, 그 민족성, 그 민중의 교양 여하에 따라 그 표현 형식을 달리하는 까닭이다. 물론 문학이 국제성을 띠어, 그 선험적 사상 표현이 다른 사회에 유파流播돼야 세계적으로 거대한 파문을 일으키는 것은 우리가 낭만주의 이후의 근대 문예 사조 전반에서 발견할 수 있는 사실이나, 그러나 오직 문제는 양적 변환과 질적 변혁의 사회적 내지 국민적 차이의 가장 현명한 작량酌量만이 그 사회의 가장 훌륭한 문예 창조의 길을 개척할 것이다.

금년(1935) 6월 파리에서 개최된 '문화 옹호 국제작가회의'는 소위 비상시적 세계의 문화전선에 향하여 일一의 충격을 일으키었다. 오늘에 있어 정치와 경제의 모든 부문이 새로운 국가주의의 파시즘으로 전향하고 있다는 사실은 우리의 상식이 이를 인식하고 있는 바이어니와, 이러한 시기에 있어서 문학자를 중심하여야 새로운 세기의 인간 정신을 옹호하는 국제적 운동이 발흥하였다는 것은, 실로 우리로 하여금 최대 관심과 감격을 가지게 한다. 그러나 다시 우리 자신이 이에 대하여 가진 바 내부적 감수 의욕이 얼마나 지둔遲鈍하게 작용되어왔는가를 회상할 때, 실로 적막한 심경을 금할 수 없다. 갈수록 사상 활동의 주력이 자유로운 신장을 못 하게 되고, 우리가 가지는 국제적 관심이란 비상적 폭발, 전쟁의 정도에 준순逡巡하고 있다는 것을 생각할 때, 또는 문예 작품이 사상적 고민, 시대적 불안을 반영하기보다도 현실적 병폐와 빈곤과 비참을 묘사하는 경향으로 흐르는 동시, 문예 내용이 가질 바 사상적 또는 인간적 영원한 고민상苦悶相보다도 환경을, 그리고 표현될 바 문초도文草道—형식 내지 수법에 충실하려는 작가풍이 왕성해지려는 것을 미루어볼 때, 우리는 조선문학을 창작한다는 독자성에 모든 문학 행동의 전반을 의종시키려는 경향이 농후해진다는 것을 더 깊이 느끼게 된다. 환언하면 조선적인 문학, 즉 조선 냄새가 나는 문학을 만들어내려는 길로 작가들의 노력은 집중되었다. 이것은 금년도의 창작을 주목한다면, 누구나 이 특징을 발견할 것이다. 그러면 평론가의 활동도 이와 동시에 우리가 창작하고 있는 작품 비평에만 그 영야를 집중 협소화하려고 노력해왔던가? 필자는 그렇다고 수긍하기도 어렵거니와, 그러면 평론가의 관심은 국제적, 또는 인간적 사상의 동향에 치중되었던가? 하면 이 역 그렇다고 수긍할 수 없다. 우리는 금년 1년간 문예면을 통하여 '빅토르 위고의 사후 50년'과 '발뷰스의 죽음'과 '톨스토이 25년제'의 시사적 관심이 있어왔고, 자유주의 문학의 행로와 국민문학 건설의 도정을 선진 제국의 사적史的 발전을 통하여 논위하여왔다. 그러나 현재 조선문학을 규정지을 바 최대 과제가 국민문학이냐 또는 세계적으로 공통되려는 휴머니즘이냐? 하는 문학이 가질 바 사상적 영역에 대하여서는 적확한, 또는 결정적 제창이 없어왔다. 그 반면에 'D. H. 로렌스론'이 《동아》·《조선》 지상에 발표되어왔으나, 그렇다면 현대 조선의 작가에게 로렌스의 형이하학적 문학 세계가 가장 절실히 욕구되었던가? 하면, 이에 대하여도 평가評家뿐 아니라 작가의 노력은 더욱 등한하였다. 우리는 평론가나 작가의 작품이나 새로운 상상적 원천에 대하여 무지에 가까우리만큼 등한한 사실도 다른 문화 사회에서는 발견할 수 없을 것이다. 정인섭 씨가 월전月前 《문예시평》에서 기다의 국제적 관심에 대하여 장황한 논설이 있었으나 이 일문이 아직까지는 항의적 결과만 초래하였을 뿐이요, 좀 더 조선과 관련시켜서 우리의 현실을 동찰하려는 행동성에까지 이르지 못한 것은 무슨 이유일까.

20세기 이후로 더욱 작금과 같이 사상적 반동 우又는 혼란기에 있어서 우리의 국제적 관심은 어느 정도까지 가져야 되고 또 우리의 자아 발견에 대해서는 어떻게 노력해야 할까?

진지한 과제가 좀 더 활발하게 또는 심각하게 당연히 필연적으로 출현되어야 할 것이 아닌가?

문학으로의 완성이라는 것이 인간성—사상 · 감정—의 완성이라는 것을 의미한다면, 우리는 좀 더 널리, 또는 좀 더 깊이 자아—개성—인간—사회—의 발견으로 나아가야 할 것이요, 문학이 새로운 인간성 발견을 위한 반항 · 부정 · 투쟁이라면, 우리는 절실히 이 반항 · 부정 · 투쟁의 예술적 표현을 위한 인간으로의 새로운 노력과 교양과 사색과 행동이 있어야 할 것이 아닐까.

문단의 확청廓淸 기타

문단이 권위를 가져야 하고 또 가졌다는 말이 있다. 그러나 조선의 문단, 평론이나 소설이나 시나 희곡의 전 영야를 일괄해본다면 우리는 거기에서 실로 불유쾌한 더 심하면 어느 분의 말과 같이 나를 붙들지 않음을 자랑으로 생각한다는 충동까지 느끼게 하는 몇 개의 사실을 발견하게 된다.

금년에 있어서 이런 사실의 추악한 죄상의 하나로 장혁주 씨의 「문단 페스트균」이라는 실로 공포에 치値할 악균이 문단적 권위를 가지지 못했다는 공극空隙를 타서 침습해 왔다. 이에 대해서 신문 지상으로 또는 잡지에 여러 개의 반박이 게재되어 여기서 다시 그를 수토洙討하는 바 잔혹을 감히 범하려고는 하지 않는다. 그러나 무엇 때문에 이러한 악행이 공공연하게 횡행하게 되느냐는 근본 문제를 신중히 생각할 필요가 있지 않을까?

일찍이 투르게네프가 『연기』를 발표하자 당시 러시아에 대한 인식 부족을 들어 극도로 비난 공격하였다.

이에 격분한 작자 투르게네프는 드디어 "나는 독일인이다!"라는 실로 놀라운 역습과 항쟁을 감행하였다는 것은 유명한 이야기다.

그러나 장 씨의 조선 문단 무시론은 실로 이와 같은 격분에서 나온 것인가? 과연 우리가 문단적 권위와 관심이 더 컸더라면 「개조」의 당선만을 가지고 소위 대신문大新聞에서 그에게 장편소설을 요구한다는 것이 다소의 무리가 있었거늘 그럼에도 불구하고 이러한 기회를 통하여 일약 대가가 된 장 씨가 무슨 뱃심을 가지고 이런 대담 무적한 폭언을 함부로 하였는가?

실로 투르게네프의 격분과 장 씨의 폭언을 비교한다면 여기 천양지차라는 온순한 언어로써는 도저히 그를 표현할 수 없을 것이다. 그뿐이랴? 조선에 있어서 이러한 허위적 무모란 그 정도의 차는 있을지언정 점두點頭에 내놓은 잡지면 또는 신문 지상에서도 발견할 수 있는 것임을 어찌랴?

장 씨는 폭언으로써 그 죄를 범하였거니와 그렇지 아니하고 혹자는 작가의 미명으로써 이를 범한다. 말하자면 당당한 논격을 갖추어 시론, 또는 평론을 쓰면서 하등의 양심적 가책이 없이 문자의 황당한 나열을 감행한다.

가령 일례를 들어서 말한다면 최근까지 논전의 추악한 삼각형을 그려오는 김두용金斗鎔, 안사암安舍岩, 조효朝曉 3씨의 무반성적 혼전이다. 그리고 가끔 온갖 잡지 혹은 신문 지상에 나타나는 홍효민, 민내징閔內徵, 박승극朴勝極 씨 등의 평론을 습독拾讀한다면 우리는 그들의 부단한 노력에 대한 경의를 표하는 독자적 예의 이외에 얼마나 그들은 맹랑에 치할 만큼 논문을 날조해간다는 불쾌를 더 많이 느낄 것이다.

필자는 여기서 일일이 논증할 지면을 가지지 못했거니와 이러한 악풍惡風 상태에 단연 분개하여 마치 두옹杜翁이 「나는 침묵할 수 없다」라는 일문을 세상에 공표함과 같은 공분이 금년에 있어서는 김환태 씨의 평문 가운데 발견되었다는 것은 그의 양심적 항쟁에 대하여 모름지기 그 노勞를 가상하여야 할 것이다.

이와 동시에 잡지라는 미명을 가지고 그 페이지를 헐하게 채우려는 초조와 상략商略 때문에 범하여 오는 그릇된 문화적 악덕에 대하여는 우리의 관심이 더욱 커야 할 것이다.

신인의 출현이 대망되어야 함과 같이 동일하게 문단의 확청 작용도 당연히 있어야 할 것이 아닌가?

그리하는 날 필자와 같은 삼문三文에 치値할 문학애호가도 좀 더 경건한 연마의 길을 택할 것이다.

이상에서 필자는 1년간 잡다한 평론계의 표면을 조략粗略하게 섭렵해 왔다.

이 일문을 끝마침에 제하여 필자는 안톤 체호프가 "나는 누구 때문에 또는 무엇 때문에 쓰는가? 민중 때문인가? 나는 민중을 보지도 못했고 집에 붙은 귀신보다도 그를 신용치 않는다." 한 말을 생각하거니와 동시에 폴 발레리가 말한바 "나의 시는 행동이라고 하기보다는 수련이요, 해탈이라고 하기보다는 오히려 탐구이며, 공중에 목표를 둔 예언이라기보다는 내 자신의 조작이다……." 한 말을 생각할 때 헛되이 이 일문이 무엇 때문에 쓰여졌고 얼마만한 탐구와 조작의 결과인지를 송구하게 생각하면서 감히 많은 평론가의 노력을 평감評感됨이 없었을까 스스로 두려워한다.

—《조선일보》, 1935. 12. 1~7.

극히 몽롱한 인상뿐*

—1937년도 문단 총관

한 해를 맞이할 때마다 그해의 한 미지수이면서도 기적에 가까운 꿈의 실현을 예상하면서, 모든 인간은 출발을 시작한다. 우리는 이미 희망이라거나 이상이라거나 성과라는 것을 염두에 두지 않은 해탈된 심경에 있는 자와 더불어 이야기하려고 하지 않는다(사실은 그 사람들의 심경과 이야기에 더 큰 진리와 사실이 있기도 하지만). 더군다나 이 글을 쓰는, 또 글을 쓰게 하는 편집의 의도는 문단 1년의 총결산적 회고에 있음이랴!

벌써 또 1년이 갔구나, 하는 시간에 대한 정열 없는 회오를 가지고 이 붓을 들매 창졸히 마음에 남은 문단 1년의 인상이라는 것도 지극히 몽롱하다. 이상, 김유정 두 작가의 죽음이라든가, 휴머니즘론이라든가 고발의 정신이라든가, 장기(3, 4년)적 리얼리즘론이라든가 하는 공허한 명사가 떠오를 뿐 금년 1년간의 문제라는 새로운 개념이 생각나지 않는다.

금년도에 있어서는 휴머니즘론이 성행하리라 하는 것이 문단 기상관측이었다. 그러나 이 관측은 휴머니즘론의 장본인인 백철 씨가 미처

* 이 글은 단행본에 실리면서 「정체된 분위기」로 개제되었다.

준비되지 못한 생경한 지식으로써 조선풍류론에까지 구상화의 전략을 보여줌에서 애매해졌고, 뒤이어 다시 평론계를 점령하고 배수의 진을 친 사회주의적 리얼리즘론이 임화, 한식, 안함광, 이규섭, 김용제 씨 등으로 더불어, 때로는 동시에, 때로는 접종接踵하여 항적抗敵 없는 공습으로써 장기전을 베풀어오고 있다. 이 지역에서 문학이라거나 문단에 관심하는 이가 이 리얼리즘이 무엇을 논하려 하며, 그 의도와 그 논위의 중심이 어디 있는 것쯤은 해명하고 있을 터지만, 무슨 까닭으로 이 리얼리즘론이 모든 잡지, 모든 신문의 제1면에서 활약하여, 그 수무족도手舞足蹈의 소란을 수습할 바를 모르는가? 문학에 있어서 정치주의의 승리, 계급 사상의 고취, 유물론의 우월을 논하고, 이를 지지하는 정신은 그 시비를 떠나 하나의 세계적 상식이 되어 있거니와, 실로 이 이론의 천편일률적 공상은 주의의 선전에서인가, 그렇지 않으면 '번견番犬과 같이 진충수호'(10월 14일 본지 연금기鍊金期)하려는 데 있는 것인가? 그것은 사회과학을 존숭하는 학도의 논구적 체계를 갖춘 것도 아니요, 조선의 현실적 특수성과 지식계급에 대한 충격적 경고문의 내용도 구비 못 하고 있다.

일찍이 1885년경의 불 문단은 자연주의의 전성기로서 에밀 졸라를 효장으로 한 이 주의의 문학을 이론으로, 작품으로 세계 문단의 사조를 풍미하고도 남는 세력을 가지고 있었다. 그러나 이 사조도 20년을 가지 못하여 수난 몰락의 가을을 맞게 되어, 드디어 1896년 자연주의는 살아 있는가? 앞으로도 더 발전할 수 있는가? 아니면 자연주의는 사멸할 것인가? 하는 과제로 당시 문화인에게 질의한 바 있었다. 이때 마침 졸라는 여행 중 이 의외의 질의를 받고 황겁히 전보로써 "자연주의는 결코 사멸할 것이 아니다. 이 앞으로 더욱더욱 발전한다."는 호어豪語를 통전하였다. 그러나 때는 이미 늦어서, 불문학은 아니 세계 문학 사조는 세기말의 고민 · 불안의 상징주의와 데카당티즘으로 새로운 출발과 융성을 보게 된 것이다. 필자가 여기서 이 일례를 추출하는 것은 오늘의 사회주의적 리얼리즘이 살 것이냐, 죽을 것이냐가 아니요, 적어도 조선적인 조선에서 논위되는 바 리얼리즘은 여기서 일단락을 고하는 바 용단과 숙정肅正의 필요가 절실히 목첩目睫에 박도迫到해 있지 않는가 하는 데 있는 것이다.

그러면 조선에 있어서 어떠한 문학 이론이 수립되어야 하는가 하는 문제는 필자가 여기서 논급할 성질의 것이 아니요, 오로지 조선문학의 발전을 위한 새로운 문제로서 토의될 것뿐이다. 문학 이론, 더욱 창작 방법으로서의 운운하는 성질인 리얼리즘론이 전연 작가와는 하등의 실제적 · 구체적 관계성을 가지지 못하고, 한갓 지상 논란에만 그치게 된 이 과오에 대하여, 조선의 리얼리스트는 무엇으로써 변명하고 보상하려는가? 오늘과 같이 세계를 지배하는 2대 정치적 · 사상적 사조의 대치기에 있어서, 소위 세계의 진보적 문학인 내지 예술인은 결코 조선의 리얼리즘과 같은 진부한 휴지를 뒤지는 데 있지 않다는 더 큰 현실적 추세를 이 땅의 논객은 아는가? 모르는가? 다행으로 조선적 현실 특수성이라는 호신술 속에 자존자대의 태를 다함에서 안일하려는 요량인가? 실로 이러한 언사를 농하여 평론 1년의 회고를 쓰게 되는 범용 불행은 결코 필자에 자신에만 국한된 것일까?

금년에 들어서 유진오 씨는 지드의 「소련 여행기」에 대해서 전일前日에 있어서는 지드를 인간성으로 해석하려 했으며, 지드를 모든 세계 좌익인들과 같이 격분과 수매睡罵에까지 이르지 않는 일종 양심인 지드 옹호에 치우친 감이 있었다.

그러나 그 후 지드의 「기행수정紀行修正」에서 보면, 지드의 소련 증오, 스탈린 정책 만매慢罵가 극도에 이르렀다. 그러나 이 땅의 지식인은 이에 대해서 그를 수긍하는 것인가, 무관심인가의 하등 반영도 나타내지 않았다. 이렇게까지 조선적 지식 계급은 사상적 조류 · 혼란 중에서 세계의 호흡과 변전에 대하여 침묵함으로써 무미한 자족을 삼아왔다. 그렇다고 목전에 일어난 여러 가지 문제 중 가령 조선어 한문 과정에 대한 지식인의 무관심, 아니 관심을 가지면서도 이에 논급하기를 기피하는 경향, 즉 오늘날 조선 지식인의 소극적 안일이 점점 허망에 이르기까지 침묵의 성첩城疊을 고수하려고 한다(이 조선어 한문 과정에 대해서는 함대훈 씨의 《조일朝日》*에 실린 논문이 있었을 뿐이다).

김남천은 「고발정신의 문학」이라는 제창으로써 수회에 걸친 논위가 있어왔다. 여기 대해서는 몇 편의 평론도 있었고, 필자도 1, 2의 경언警言을 시試한 일이 있거니와, 결국 이 일론一論은 리얼리즘 문학에 있어서 이러한 정신적 불안, 사회적 불안이 점차로 팽배해가는 시대에 있어서는, 일면으로 풍자문학이 있을 수 있다는 것과 마찬가지로 무자비하게 시대의 모든 양상을 정면으로 고발하는 문학 정신을 고양하자는 일면론一面論밖에 안 되는 감이 있다. 탐색하고 번뇌하고, 절망적 불안에 싸여서 그 무엇 때문에 이러한 정신적 고통, 육체적 압박을 받게 되느냐? 에 대한 그 내재적, 또는 외재적 제 원인에 육박하려는 문학적 태도이나, 이렇게 되면 될수록 신랄한 풍자적 수법과 천품이 없이는 도저히 문학적 완성을 기할 수 없다. 그러므로 이 평론은 오직 금년에 있어서 주목된 하나의 문학 창작의 시론試論으로서 평가될 것이다.

최재서 씨는 「빈곤과 문학」, 「센티멘털리즘론」 등 논문을 남겼다. 전자에 있어서 앉은뱅이 문학이라는 명사를 만들어내어 조선문학의 빈곤상을 말하여, 자체의 무지 무능, 즉 에스프리를 결여함으로써 조선문학은 앉은뱅이가 된다는 말을 했다. 그리고 후자에 있어서는 조선서 악용 오해되다시피 하는 센티멘털의 의의를 천명하였다. 이것은 문학도의 한

* 《조선일보》.

상식이거니와, 이 상식을 다시금 교여交與 해명하여야 될 만큼 문화인의 교양이 천박한 현상이라는 것을 새삼스럽게 느끼지 않을 수 없다.

다음으로 문예시평, 즉 작품월평이 예년에 못지않을 정도로 왕성하였다. 이원조, 김남천, 안회남 등이 그중 많이 활약한 분이고, 백철, 박영희, 엄흥섭 씨도 이에 참여되어 있다. 대체 문예월평의 의의는 아무리 그를 높이 평가한다고 하더라도 저널리즘의 영역을 떠날 수 없는 것만은 사실이다. 일찍이 티보데가 말함과 같이, 문예시평은 읽히기 위하여 쓰는 것이요, 판독하기 위하여 쓰는 것은 태무하다. 즉 이러한 시평은 길어서 수년, 불연이면 수개월로써 다 잊어버려지는, 누구나 다시 읽어보지 않는 정도의 논평이라는 의미의 말을 했다. 그렇다고 필자는 여기서 문예시평의 평가를 하려고 하지 않으나, 금년에 와서 평가評家와 작가와의 문제가 하반기에 들어와서 논란되는 사실로 보아, 극히 상식적인 일언을 첨가하려고 한다. 시평은 그달 그달의 작품 현상과 경향을 분석 논평하는 것으로 논평되어 있다. 그러므로 이러한 논평에서 참다운 비판을 찾으려 들거나(작가론), 또 참다운 비평(완전한)을 시試하려는 것에는 도를 넘는 바 일이라고 할 것이다. 가령 한 작품(단편)을 가지고 아무리 그 내용과 표현, 문장, 이데아에까지 충분히 추구한다고 하여도, 동시대인에 대한 비평은 여러 가지 현실적 조건으로 말미암아 제주制肘되고 구속당하는 것이다. 더군다나 기초 비평만이 옳다거나, 인상 비판은 배격한다는 등의 척도에까지 이르면, 벌써 그는 비판을 위한 비평의 세계로 달아나는 것이요, 작품, 작가에 대한 비평은 제2차, 제3차 문제가 되고 만다. 결국 문예시평이 작가와 작가가 서로 반목하고, 서로 격분하는 데서 멀리 떠날 수 없는 성질의 것이니, 이러는 중에서 참다운 작가의 활동이 왕성해지는 것이요, 비평의 수준이 높아지는 것이다. 다만 딱한 것은, 현상적 문예시평만을 최선의, 또는 최상의 비평으로 아는 작가나 평가가 있다는 사실이다. 이런 근시안적 경향도 금년의 중요한 문단 사실의 하나로 들지 아니할 수 없다.

어떻게 하면 조선문학을 더 잘 발전시킬 수 있을까? 하는 문제, 또는 조선 문화 건설에 대한 토의 등은 연래年來로 시험하는 일이어니와, 금년에 있어서도 이에 대한 논위가 적지 아니하였다. 혹은 선배에게 그 길을 묻고 혹은 문단 이외의 인사에게 의견을 듣기도 하였건만, 이렇다 할 구체안보다도 가능한 방도의 현실을 볼 수 없다고 하는 것이 더 적절하다. 제출된 바 다수의 긴박한 문제가 그대로 방치 묵과된 채 금년 1년이 또 지나간다. 문학은 물론 문학하는 사람이 할 일이지만, 문학의 주위, 문학을 에워싼 환경이라는 것도 결코 등한시 못 할 세계이다. 즉 손쉽게 말하면, 출판 문화라는 것과 문학이 병존하여 정상적으로 발전할 것이냐 하는 문제 같은 것이다. 이 문제가 해결되지 않는 한 조선문학은 일시적 생명을 연장해가는 이외에 별도가 없을 것이다. 물론 장편소설 전집이라거나, 순수 총서와 같은 단행본 출판 경향이 없는 것도 아니나, 이 역시 완전한 성과에까지 이르렀느냐 하는 것은 의문이 아닐 수 없으며, 진정한 문예 잡지 하나가 혹자는 (《조선문학》·《풍림》 등) 없어지고, 혹자는 기획 중 유산되는 등. 오직 신문 학예면만이 문학을 옹호하고, 문학을 반영해오는 조선적 기현상을 제시하여오나, 이나마 저널리즘인 이상 전폭적으로 문학 활동에만 제공되는 경향이 없지 않다.

작가의 교양 문제, 작가의 이데아 문제, 작가의 기능 문제 등 작가 자신에 국한된 문제가 크지 않음도 아니지만, 이 작가를 키우고 북돋워가고, 또 발견하며, 노력 활동케 하는 강렬한 요구와 활동이 없는 한 조선의 문학은 그야말로 앉은뱅이요, 빈혈증이요, 영양부족이요, 때로는 기형적이 아닐 수 없다. 동인지 하나 똑똑히 해를 두고 장성해가는 것이 없는 것으로 보아도, 문학에 대한 정열이라거나 문학에 대한 의도와 실천이 얼마나 희박했다는 것을 알 수 있다. 더욱 금년에 있어서는 이러한 문학 활동이 더욱 고갈된 감이 현저해지는 것은, 점두店頭에 진열된 잡지의 분성雰星으로 보아도 짐작할 일이다.

잡지가 상품이요, 작품도 상품이라는 현실적 제약을 벗어날 수는 없다고 하더라도, 생산이 없는 곳에 상품의 가치는 더욱 무의미하다. 설사 생산하였다고 하더라도, 수요자가 없는 한 작품은 부질없이 서고나 책상 머리에서 썩을 뿐이요, 따라서 문학적 정열이 상실되어짐도 불가피의 엄연한 사실이다. 이러한 점으로 보아 금년에 들어서 문학은 질적 의미에서도 그러하거니와, 양적으로 보아도 하향의 포물선을 그리고 있을 뿐이다.

몇 편의 장편소설이 신문, 혹은 잡지(《조광》)에 실리는 사실이 작금이나 다름없다고 하더라도, 금년에 와서 신문소설은 더욱 흥미 본위, 기술 본위로 오락적 독자의 흥미를 끌어가는 사실이 농후해짐에 따라 '단편소설의 옹호'를 제창하는 사실을 또 한 번 보게 된 것도 금년도 창작계에 있어서의 기우杞憂할 바 현상이었다. 그러면 단편소설은 얼마나 발전을 보였으며, 단편소설에서만 참다운 문학적 · 예술적 분위기를 느낄 수 있게까지 완성되어 있는가? 또 다시 검토할 문제이다.

가령 이기영, 이효석, 김남천, 주요섭, 엄흥섭, 채만식, 안회남, 박태원, 이태준, 강경애, 박화성, 한인택 씨 등의 작품을 읽어서, 다소라도 문학적 감흥을 얻는다고 하더라도, 이 중에는 장편으로 전향한 이도 있고, 또 1, 2의 작품을 발표함에 그치는 정도로 그들이 충분히 문학적 역량을 경주하여 창작에 고심하는 정열이 더욱 강렬해지고 있는 중이냐 하는 반문에 있어서, 이에 곧 수긍하는 작가나 독자가 없을 것이다. 1년에 한 편이라도 예술다운 것을 생산하겠다는 의욕이 어느 정도에서 실현되고 있는가? 조숙 조로하는 것이 조선 작가의 통폐通弊라고 하거니와, 아직 우리에게는 열을 꼽을 정도의 단편집밖에 없는 것도 유감스러운 일이어니와, 작가가 반드시 20대, 즉 삼십 이전에 문명文名을 가져야 되는 등의 지극히 저급한 무지에서 탈겁脫劫하여 3, 40에서 비로소 단편을 쓰기도 하며, 장편을 발표하는 경향이 또한 금후 조선문학의 새로운 기세로 나타나야 할 것이다. 이런 점에서 조선문학은 몇몇 사람의 독점 무대와 같이 되어서, 조선문학의 구원久遠한 생명과 발전을 저해하려는 과오를 일소할 일이지만, 오늘의 현상으로 보아서는 이미 나온 작가의 활동이 축소되어 가는 반면에, 새로운 문학인의 출현도 기대되기 어려운 형편이니, 이리하는 중에서 남는 것은 해를 거듭하는 것뿐이요, 조선문학의 정상적 발전은 점차 피안의 일로 멀어질 것이 아닐까? 이것이 필자 일인의 기우만이 아니라면 얼마나 다행한 일이랴?

금년에 와서는 여러 가지 시집이 출판되었다. 박학수, 이용악, 이곤강, 오장환 씨의 시집은 이미 간행되었고, 노천명 씨 시집도 연내로 나온다고 한다. 그러나 그 대신 《낭만》, 《시원》, 《시인부락》 등의 시지詩誌가 중단되어, 시의 부흥기가 재림할 듯하던 기세가 꺾여지고 만 것은 매우 유감이다. 그리고 또 한 가지는 시집을 간행한 이후의 시인들이 차차 시의 세계에서 멀어지거나, 아주 자취를 감추는 경향도 이 땅의 특수한 현상이니, 가령 주요한 씨가 『아름다운 새벽』 이후 시필을 친자親炙하지 않음은 옛이야기거니와 김기림 씨는 『기상도』 이후 이렇다 할 시의 발표가 없고, 지용 역시 금년에 있어서는 겨우 1, 2의 시를 발표했을 뿐, 모윤숙 여사도 『렌의 애가哀歌』와 같은 산문시(?)적 서간문학집을 발간하고는, 별로 시작詩作을 보여주지 않았다. 영랑 김윤식 씨도 침묵을 지켜오고 있다. 그 외에도 이미 조선 시단을 꾸며오던 시인들의 활약이 시지, 또는 문예지의 중단 등으로 침묵 중에 있으며, 1년에 단 한 편의 시도 발표하지 않는 분이 적지 아니하다. 설사 발표할 기회가 없음으로 해서 시인의 창작 활동(이것은 시인뿐 아니다)이 정체될 수도 있는 일이지만, 그보다도 시인으로서의 모색과 시혼의 작열할 바 이미지를 파악하지 못하는 시인으로서의 고민도 물론 있을 것이다. 세계를 통해서 순수시의 존재 이유가 극히 희박해지고, 문학에 종사하는 사람들이 사상적 · 정치적 외부의 동요 혼란 속에 뛰어드는 비상시적 살풍경한 정기가 뮤즈의 찬란한 전당을 유폐시키고 말았다. 이러한 때 과연 조선의 시인은 이 허망한 진실과 명인嗚咽하는 뮤즈의 수탄愁歎을 가슴 깊이 느끼며, 이를 시로써 엮어내는 시인으로서의 재능을 발휘하고 있는지 자못 의심스럽다.

오늘의 시의 경향에 대한 외모를 붙잡아 모은다면, 수사修辭가 혼란스럽고, 분열된 감각이 조각조각으로 함부로 붙여져 있고, 그 위에 심혼의 허울을 가지가지로 꾸며놓은 수다한 고달프고 우울하고 고적하고 때로 향수를 품은 어구가 널려지고 끊기고 모자라 헤벌어져 있다. 색채도 음향도 주형鑄型도 한데 엉키어 찬란한 시가의 명일보다도 오늘의 귀추를 명확히 함으로써 시의 새로운 조류를 발견할 것이지만, 금년에 이렇다 할 시론을 얻어볼 수 없는 것도 얼마나 적막한 일이냐? (오직 김기림, 이곤강 씨의 논문들이 있었을 뿐) 이리하여 시단은 혼돈되고 암중에서 헤맨다. 이런 중에서 유치환 씨는 여전히 꾸준한 시작을 쌓아오고 김광섭 씨가 고독과 처망處妄의 시야를 홀로 천착하고 있는 것이 눈에 띌 뿐이다.

연래로 조선의 저널리즘 중에 계절을 따라 과제가 제여提與되는 일종 감상문에 가까운 소위 수필이, 금년도 그 예에 빠지지 않았다. 그러나 그 중에서 금년 하반기에 《조광》지를 중심으로 조선 명사의 수필(아직 퍽 간소한 경지를 벗어나지 못하기는 했으나)을 발견하게 되는 것은 새로운 현상이라고 할 것이다. 대체 조선의 선배 명사—문화 기관에서 애쓰는 이들치고 방문 기자에 응수하는 이외, 이때까지 그이들이 친히 붓을 드는 사실을 발견하기 곤란하였다. 고려 이조에 걸쳐 저렇듯 한학 숭상의 여덕餘德으로 오늘의 전집에 유사한 수다한 문집이 있어왔다. 그러나 오늘의 조선의 명사들은 가령 그들이 각기 전문하는 영야가 다르다 하더라도, 인간적 · 일상적 문학에 대한 취미 · 여기餘技가 있어야 할 것이 아닐까? 문학을 좀 더 광의로, 또 계몽적으로 생각할 때 이러한 분들이 직접으로 문필에 친하여 그를 발표하는 기회를 많이 가지게 된다는 것은 조선 문단의 직접적 관계는 없다고 하더라도 간접적 조장助長의 힘은 매우 크리라고 믿는다. 더욱 그이들이 어문일치의 온축 있는 문장을 친자親炙하게 된다면, 실로 그렇게까지 조선 어문이 보편되는 때 비로소 조선문학의 정상적 발전이 있게 될 것이 아닌가? 문화인으로서 하나의 특수한 문장을 갖추지 못했다는 것은 어느 점으로 보나 자랑스러운 일은 못될 것이다.

수필 비슷한 잡문이 아직도 적지 아니한 지면 위에, 이러한 새로운 경지를 개척하여 수필을 문청적 감상에서 구원할 수 있다면, 얼마나 다행할 일이랴? 이러한 경향이 금년에 있어서 그 붕모萠茅를 보게 된 것은 가상할 일이다. 그 반면 우리의 유일한 에세이스트 김진섭 씨의 명문을 접할 기회가 적었음을 유감으로 생각한다.

—《조선일보》, 1937. 11. 18~21.

평단 1년의 회고

1년을 지내놓고 다시 지나간 1년을 회고해본다는 것은 필요한 일인지는 몰라도, 그리 아름다운 사실은 못 되는 것이다. 더군다나 추종하는 것 외에 하등의 능력을 가지지 못하는 한 인간으로서, 더 큰 문화 현상의 한 부면인 평론계의 1년을 돌이켜본다는 것은 매우 쑥스럽고 미련스러운 일이기도 하다. 게다가 그 미련을 알고도 다시 그 미련을 범한다는 것은 분명코 치소癡笑에 가까운 일일 것도 같다.

헛되이 지나간 거대한 정신을 마치 첫 애인인 것처럼 가슴속에서 지워버리지 못하는 그런 마음으로써 걸어와진 평론계의 1년이었다면, 이에 대하여 이것저것 무어라고 횡설수설하는 것이 한껏 처량하기도 하다. 게다가 지금 이 자리에 그 1년을 거두어볼 이렇다 할 자료도 모아놓지 않고 창졸히 붓을 드는 내 태도가 퍽도 어리석은 것이다.

대체 금년 1년의 논제—이렇게 한번 찾아보자. 지성론 · 모럴론 등으로 지내온 작년, 그리고 금년 벽두에 이 땅의 발탁된 평론가들의 회석會席에서 가치론과 휴머니즘을 제창하고서 걸어온 1년을 다시 회고해보아,

우리의 예상이 얼마나 우리의 설정한 테제에 대하여 충실하였나, 이것의 논위에 성의를 표시했던가 하는 의혹이 이 자리에 있을 수 있지 않을까?

현실이란 것에 하나의 예측—과학적(변증법적)으로 추리된—을 가져보는 것, 그것은 인생행로의 한 지표와도 같이 매우 필요하다. 그러나 인생—더 좁게 한 개인의 일생—이란 것이 그 어떠한 주관적 의욕과 희원과 이상에서 반드시 그대로 달성되지 아니하는(그것은 더 잘될 수도 있고, 더 못될 수도 있으나) 그러한 사실을 아는 까닭에, 섣불리 새로운 문학의 지표를 그대로 운용하려는 것은 너무나 안이한 방도일 것이다.

그러나 그렇다 치더라도, 우리의 설정한 테제는 너무나 그 핀트를, 또 그 포인트를 정확히 겨냥하는 데 대하여 미치지 못하는 바가 많았다. 이것은 객관적 현실에 대한 우리의 인식이 부족하다는 것을 철저히 깨달아야 하거니와, 그렇더라도 우리가 한 문화인으로서 하나의 문학적 사업에 대하여 지킬 바 도의가 너무나 희박하고 막연하다는 것을 더한층 반성할 필요가 있을 것이 아닌가?

금년에 있어서 가장 논란되고 기억되어도 좋을 논제라면, 그것은 분명 '신세대론'은 무엇 때문에 설정되었던가? 분명코 우리도 신세대를 욕구한다는 의욕의 소산이었던가? 그는 현실이 가져다준 가장 엄숙한 사실에서의 귀추였던가? 확실히 우리가 금년 1년을 금 그어 하나의 새로운 세대를 예견할 수 있고, 그를 규정짓지 않고는 안 될 그러한 내재적, 또는 외래적 이유를 가졌던가?

금년 연두年頭《조선일보》 좌담회 석상에서 장래 할 평론 1년에 있어서 임화 씨는 인텔리의 전체적 운명에 대한 암시를 말했고, 백철 씨는 모든 사실을 역사적으로 볼 수 없으니까 인간론이란 매우 빈약해진다는 의미의 말을 했고, 최재서 씨는 지성론 · 모럴론 내지 가치론을 내포하는 휴머니즘론을 얘기했다. 그러나 이것이 추상적이고 암시적이라 하더라도, 우리에게 적극적 · 주관적 의욕이 없었다는 것만은 또한 부정 못 할 사실이다. 그 후 이원조 씨에게서 우리 비평의 영도권과 재단성裁斷性 상실에 대한 논위가 있던 것은 결코 이 씨에게서 비로소 지적된 사실은 아니다. 우리가 가령 지성론이나 모럴론을 내걸었을 때 이것의 영도권과 재단성에 대해서 설사 주관적 신념은 있었다고 하더라도, 그것이 문단과의 교섭 내지 이곳 문화와의 교류에 대해서는 심히 막연한 감이 절실하다. 잘못하면 우리가 해마다 하나의 딴 표어를 내건다는 것이 어느 의미에선 비평으로써 영도권을 상실한 소치가 아니었을까?

하나의 유과流過, 이렇게 되어오던 중에 신세대를 내건 것은, 어느 의미에선 비교적 우리 자신의 행방에 대한 하나의 분석이요, 비판이요, 반성이기도 하였다. 그러면 이에 대해서 우리는 무엇을 논하고 무엇을 귀결 지었는가?

유진오 씨가 신인들과는 언어가 불통된다고 한 말로 구세대에 속한 기성 문인과 신세대에 속할 신인과의 거리를 갈라놓았다. 이것은 전적으로 부정될 것만도 아니리라. 이에 대하여 김동리 씨의 반박은 현명하다. 그러나 당연하다. 사실 우리는 우리 전前 세대의 인간을 이해할 수 있다. 그러나 우리 전 세대의 인간은 확실히 다음 세대인을 완전히 이해 못 한다. 이것은 형성되고 변형되는 현실의 뚜렷한 교훈이기도 하거니와, 모든 역사의 가르침도 된다. 이 사이에 알력이 있고, 마찰이 있고, 또 갈등이 있으면서 역사는 발전되는 것이다. 그러므로 어느 의미에선 기성불가외旣成不可畏란 말이 신인불가외新人不可畏보다도 더 진실될 수 있는 것이다. 물론 그렇다고 한 시대에 사는 인간으로서 신인만이 새 시대를 창설한다고 보는 것도 너무나 역사를 무시하는 관견이다. 더 솔직히 말하여 신인에게 기대가 없는 시대라면, 기성에 대해서도 기대를 가질 수 없는 시대일 것이다. 한 시대의 책임을 그 어느 한편에만 부담시킨다는 것은 처세술의 한 방편밖에 안 될 것이 아닐까.

연이然而 신세대론에 있어서 임화 씨는 매우 비관적인, 또 퍽이나 내성적인 입장에서 신인들의 순수적 경향—무이상주의의 지반을 닦고 있다는 것을 우려하였다. 그러나 최재서 씨는 구세대는 신세대에 문화 전달의 책임이 있고, 신세대는 구세대의 전통을 습득할 의무가 있다고 한 후, 산골 물은 가닥진 물을 거부하지 않는다 하였으며, 새것을 섭취하고 자기를 정리할 필요를 역설하였다.

임화 씨에 있어서는 신세대는 도저히 구세대를 완전한 이해로써 계승할 수 없다는 곳에 역점을 두었고, 최 씨는 세대의 교체는 불가피의 사실이요, 이에 대한 상호의 책임과 의무를 게을리 말아야 할 것을 논급하였다고 본다.

하나는 양자를 교류시켜 본 견해인데, 전자는 너무나 지나치게 편파함에 비하여 후자는 너무나 일반론에 떨어진 감이 있다. 물론 양 씨의 논점은 한 가지로 부딪혀지고 있는 것이 아니었을까? 이 시대가 하나의 질적 변이 앞에 놓여져 있는 곳에 상도想到한다면, 이원조 씨의 암시에 그친 '세계사론'이나 '협동체론'이라는 말에 대한 더 새로운 인식이 없이는 신세대론이란 하등의 의미를 가질 수 없다. 실로 신세대란 것에는 우리가 다 같이 당면한 것이요, 어느 일부의 사람만에게 던져진 사실이 아니다. 이에 대하여 최 씨는 너무나 낙관적인 일반론에 흐른 것이 아닌가? 실로 우리가 써야 할 것은 30년 문학(문화)사 이외에 좀 더 우리의 혈관 속을 흘러온 더 큰 사실을 세계 문화에 비추어, 또는 조선의 문화사와 상조하여 정확히 파악하는 데 있지 않을까?

그러므로 일시 고전(고려가사를 발단으로 한, 또 그 전후의) 연구에 대한 그 어떤 경향이 있었다면, 이곳에까지 미쳐야 할 것이나, 우리는 이것을 명명하여 조선의 고전에 돌아갔고, 거기서 무엇을 찾으려는 그러한 일반적 문제에는 전연 도달하지 못한다고 볼 것이다. 이런 것이 있던가, 이런 것이 이렇게 틀려졌는가 하는 일종의 호기심 정도로밖에 사회에 반영되지 않는 고전 문제에 그친 것을 생각하면, 이곳에 우리가 당래할 문제—운명—신세대—에 대한 그 어떠한 창조적 노력의 발현이 있다고 보기에는 너무나 동떨어졌다고 생각된다. 문제를 현실적 당면 사실에 비추어보지 않는다 하더라도, 지금과 같은 고전 문헌에 대한 동향은 하나의 귀중한 문헌의 발굴 · 수정, 거기에만 그치는 것이 아닐까?

대체로 필자의 머리에 떠오르는 몇 개의 금년 평단의 사실을 이렇게 저렇게 캐어보는 데 불과한 이 일문을, 이 이상 더 끌고 나가고 싶지는 않으나, 평단이 지극히 좁게 작은 권내에 유폐되려는 경향이 농후해지는 이때에, 우리가 순문예지(《문장》·《인문평론》) 두 개를 가졌다는 것은 평단의 활약을 위하여 특기하여도 좋을 금년도의 수확이라고 하겠다. 그러나 소여所與된 공기公器의 운용에 있어서 그 원활이 꾀해지지 않는다면, 오히려 하나의 성벽으로 막아버릴 우려도 없지 아니하다. 이것은 필자의 적은 기우에 불과하거니와, 가령 앞으로 평단의 일이 있다면, 그것은 좀 더 구체적인 사실의 파악에 있을 것이고, 비교적 요설饒舌의 영역에서 벗어나지 못한 금년 1년간의 평단이 더욱 창작 월평 등에서 일으킨 몇 개의 사실은, 또한 이 1년 중의 하나의 오점임에 틀림없다. 더 큰 운명에 대하여 우리의 관심이란 것이, 또 그에 대한 문화인적 흉금이란 것이 허망하였다는 것을 부기하고 싶다.

권태란 말에 사로잡히면서 권태보다도 더 큰 어색이란 것이 또한 우리에게 있는 것이 아닌가! (메모 정도로의 부탁을 받기는 했지만, 이 일문이 너무 뒤숭숭한 소감에 그친 것을 심사深謝한다.)

—《문장》, 1939. 12.

파도 없는 수준
—12월 창작 소감

작품 월평을 과대시하는 것이나 또는 경멸시하는 것이나 둘 다 좋은 현상은 아니다. 매월 나오는 작품의 독자가 있는 이상 그에 대한 시사적 감상이 비평의 한 형태로 존재해 있는 것은 그에 대하여 시비를 가릴 필요는 없다. 그러나 조선서 행하여지고 있는 작품 월평(단편들의)이란 것은 너무 과장되어 취급되어 있다. 하나의 작품을 가지고 세계적 작가의 작품과 비견시켜서까지 논한다는 것도 좀 기이하거니와 비평의 태도를 그 월평 속에서 당당히 베풀어놓는다는 것도 역시 도를 넘은 일이다. 좀 더 마음을 너그러이 하고 종용히 생각한다면 월평이란 비평 중에서도 가장 생명을 가지지 못한 부수에 속할 것이니 우선, 그 비평이 살 수 있는 좋은 작품이 있어야 할 것이요 그 좋은 작품이 있음으로써 비평이란 것이 일단 생기를 띨 것이다. 아무리 훈화 주석을 하고 비평의 원리를 갖추어가지고 작품을 채찍질하고 때린다고 하여도 좋은 작품이 나빠질 리도 없고 나쁜 작품이 좋아질 수도 없는 일이다.

요는 어떻게 작가와 비평가가 유기적으로 상호의 기능을 더 잘 발휘하는 계기연契機緣을 만들어주겠느냐에 있는 것일 뿐이다. 우리가 상식으로 비평의 발달을 살펴본다고 하더라도 위대한 비평은 위대한 작품을 통해서만이 나와진 것이요, 또 위대한 비평은 위대한 작품의 창조를 위하여 계몽하는 경우도 있고 찬양하는 경우도 있는데 이 양자가 서로 반동하고 그 사이에 괴리가 있다고 하면 그것은 분명코 작품이나 비평이나 모두가 훌륭해 있지 않다는 것을 여실히 말하는 것 외에 아무것도 아니다. 희랍의 대비극 작가를 찾아내고 그들에게서 하나의 예술적 생명의 원리를 붙잡아낸 아리스토텔레스나 불란서 고전 시대의 몰리에르, 라신을 더한층 계발시킨 브왈로의 관계는 작가와 비평가가 가장 잘 협조하여 위대한 예술을 창조한 역사적 사실이요 또 영광이기도 하다.

그러나 오늘의 조선에 있어서의 비평과 작품과의 관계를 이러한 데 비교할 수 없는 것은 물론 그 대립 그 반리反離라는 사실이 아직도 그대로 지속되는 한, 결국 손해를 입는 것은 평필評筆을 든 사람에게 더 큰 것이다. 하나의 척도로써 강요하거나 또는 그 어느 기준만으로 획일주의를 쓰려고 든다면 거기서 부상不祥스러운 반목이 올 것이요 참다운 문학의 발전은 도모되어지지 않을 것이다. 다시 더 비근하게 생각하여 우리의 목전의 문제는 좋은 작품이 나오지 않는 것이요, 따라서 참다운 계발적인 비평이 살아나갈 수 없다는 데 있는 것이 아닐까.

나와 같이 이러한 작품평에 감히 뛰어들 용기를 가지지 못한 자가 이번 의무적으로 몇 개의 작품을 읽고 생각나는 솔직한 감상은 조선문학은 어느 수준까지에 발전되어와 있는가? 하는 반문을 가지게 된 것이다. 가령 내가 여기서 그 작품들을 가지고 잘되었느니 못되었느니 하고 서투른 적발과 불만을 말한다고 함으로써 일시에 이 작품의 수준이 한 단계 뛰어 올라갈 리도 없는 것이요, 여기서 작가의 역량을 나무라거나 한탄한다고 해서 그들 작가가 금시로 놀라운 발전을 해주리라고 믿어지지 아니한다. 10개년 이상의 작가 생활을 한 이나 23년간 문단에 진출한 이나 그 사이에 이렇다 할 작품으로서의 우열과 문장이나 구성으로서의 호부好否를 똑 찍어서 말할 수 없는 상태에 놓여진 것을 생각할 때 다소 허망한 감이 없는 것도 아니요 또 내가 여기서 무엇이라고 그 작품을 논평한다는 것이 심히 당돌한 듯한 느낌과 자책도 없지 아니하다. 이렇게 된 원인은 깊이 소구遡究할 것도 없이 비평의 원리가 없었다거나 비평으로서의 기능을 다 못 했다는 데에보담 작가의 노력과 재능이 미치지 못한 곳이 아직도 멀리 남아 있다는 것에 돌리고 싶다. 노력하여서 되지 아니하고 근면하여서도 이루어지지 않는 한이 있더라도 지금의 작품 수준이 좀 더 높아지기 위한 근본적 문제를 다시 한 번 생각해야 할 것이라고 본다. 이제 이만큼한 소감을 가지고 미치지 못하는 내 필재로 12월 작품들을 한 번 더듬어보기로 한다.

이기영 씨 작 「귀농」(《조광》 소재)

농민문학에 있어서 가장 뚜렷한 존재요 『고향』에서 씨의 문학은 새로운 경지를 개척하였다. 이래 씨의 작품은 거의 다 농민 생활을 현재顯在로 한 것이다. 그러나 이번 이 「귀농」은 씨의 작품 계열에서도 가장 얕이 평가될 작품이 아닐까.

첫째 이 작품에 있어서 가장 애매한 것은 시대 그것이다. 10여 년 전의 일인 듯도 하고 또 그렇지 아니하고 최근의 사실을 제재로 한 것 같기도 하다. 대개 작품이라는 것이 어느 한 시대의 기록이란 것은 그 작품의 인식을 강조하는 데 좋은 '미디엄'이 된다. 이렇게 시대를 명확히 하라는 것은 결코 소설 작법의 한 조건으로서 말하는 것이 아니고 이 작품에 있어서 그 어느 시대란 것이 없이는 이해하기 곤란하기 때문이다.

가령 '솜털도 안 가신 노랑바라기 어린애'라는 웅백이라는 인물이 열세 살에 장가를 든다는 것으로 보면 적어도 10여 년 전의 일이 아닐 수 없다. 그러면 그런 시대를 배경으로 한 농촌이라고 가정해두자. 그런데 작자가 묘사할 이 작품의 분위기란 너무나 무력하고 인물들의 성격, 또 심리의 묘사, 사건의 처리에 있어서 하나의 박력도 느낄 수 없다. 문장의 평이란 것은 대단히 칭양될 일면도 있지만 그 문장이 지나치게 산만하고 또 표현 어구가 전혀 정돈되지 아니하여 읽는 사람에게 너무나 진부하다는 느낌을 가지게 한다.

인물들의 성격을 보더라도 태수, 관식, 웅백, 상금 할 것 없이 독자에게 이해할 수 있고 납득할 수 있게 그려져 있지 아니하다. 상금과 태수 관계란 것도 너무 야비한 교합인데, 이 상금의 행동에 대해서 작자는 관식의 생각을 빌려서 방탕한 소위라고만 볼 수 없고 본래의 악습인 조혼에서 탈출하여 새로운 사랑을 찾아 태수와 관계를 맺어야 될 것이 아닌가? 이것을 강렬한 생활 의식의 욕구라고 그렇게 보는 작자의 윤리관이란 엄청나게 공식적 관찰이라고밖에 수긍될 수 없다. 그리고 관식이와 태수의 갈등 같은 것도 가소로울 정도요, 더군다나 웅백이가 나중에는 경성에서 학교를 다니게 되면서 새로운 연애를 할 수 있고 중학교 공부도 착실히 할 수 있는 사람을 처음에는 아주 철부지의 바보와 같이 취급하는 것은 작자의 소설적 허구가 빤히 들여다보여서 고소를 불금不禁케 한다.

이 작품을 읽고 작자가 구하기 어려운 정도로 매너리즘에 빠졌다는 것, 즉 작자에게는 작품에 대한 열의가 없고 강렬한 표현의 의욕이 없다는 점은 지적하지 않을 수 없거니와 농민 생활의 무지無知라는 것만도 무력하게 드러났고 농촌이 가질 수 있는 소박한 정경조차 그리지 못하여 몹시 지리한 데다가 구성조차 조홀하야 이 작자에게 단편이란 형식이 전혀 격에 맞지 않는다는 것을 새삼스럽게 느낄 뿐이다.

이무영 작 「어떤 안해」(《문장》 소재)

작자는 어떤 부부의 생활 단면을 그리기에 노력한 모양이다. 그러나 이 작품의 7분지 6까지 읽어오면서 부부의 심리적 괴리란 것이 상이하게도 어긋나서 좀체 그 정체를 붙잡아볼 수가 없었다. 남편 장진수란 사람은 현대 인텔리층의 전형적 청년—아니 문예평론가요 향가에 대한 소장 학자라고 해서 소개되었는데 그렇게 믿고 읽어가노라니 그는 작가라는 것이 드러나고 '셰스토프의 비극'을 찾는 회의적 우유부단의 인물로 변모된다. 돈이라는 것을 경멸하는 사람 그리고 넉넉히 소장 학자라고까지 된 그 위인이 결혼 이후의 행동이란 너무나 모순에 찬 행동으로 설명되어 있다. 물론 작자는 오히려 이렇게 변모되어가는 현대 인텔리의 성격을 묘사하는 데 중점을 둔 모양이나 그러한 현대인의 성격을 그리려면 좀 더 그 심리의 묘사에 더 깊은 노력을 했어야 할 것이다.

이런 점을 회피(?)하기 위해서 안해인 인애의 눈에 비친 남편의 불가능의 행동을 설명해왔는지 모르나, 오히려 작자는 지나치게 이 작품에 있어서 문장에 재치를 부리려고 들었기 때문에, 또 감정의 해설을 너무 자상히 그러나 그것이 지극히 평범하게 증오니 경멸이니 하는 것으로 해석하려고 든 까닭에 작품의 무게를 잃어버리고 말았다.

무영의 작품으로서는 매우 곰상스럽고 재미를 집어넣으려고 부부애의 표현을 가지가지로 그려보고 더욱 인애가 그렇게 믿고 행복하리라던 남편의 심리를 따라가는 복잡한 감정의 표현이 굴곡이 있어 보이는데 어쩐지 그 곰상스러운 것이 재치 있어 보이기보다 발바닥을 간질이는 듯한 등골을 스치는 기묘한 감촉을 느끼게 되는 것은 무슨 까닭인가? 가령 그 한 예로 남편이 안해를 때린 후에 안해에게 변명하는 대로 그려가지고 안해를 친정에 가 돈 얻어 오라고 꾀는 데라든지 또 안해를 때리는 이유 등, 부부 싸움은 권태만 나면 아무런 데서도 올 수 있다는 그 '델리커시'의 표현이 자연스럽게 스무드하게 짜여나가지 못하고 일부러 간사를 부리는 것같이 보여지는 것은 이 작자로서는 어색한 대목이다. 그렇게 꾸며가다가 "대장부다, 대장부! 아니꼬운 것 입만 까가지구…… 얘 네야말루 식자가 우환이다! 아니 더러운 것들!" 또는 "얘, 너 무섭게 신여성이다." 이렇게 남편을 무식한 대구로 안해를 꾸짖게 하는 것은 남자 자신의 폭로로도 볼 수 있으나 고소苦笑하게 하는 말로밖에 안 들린다.

이렇게 이 작품의 결점을 끄집어내놓고 다시 생각해보면 이런 부부란 것은 세상에 항용 많이 있는 것인데 왜 하필 문예평론가요 작가라는 사람으로 남편을 삼지 않으면 안 될 이유는 어디 있는가? 를 반문케 한다. 오히려 이렇게 인물을 소개하기 때문에 아니 별수 없이 이 땅의 문사라는 것도 일개 보편 남자라고 생각한다고 해도 그 사이에 어울리지 않는 하나의 간격—틈이 있다. 그러므로 함부로 인물에게 직업으로써 결정을 지어놓고, 그 직업인으로서의 성격이라거나 생활이 빚어내는 감정과의 사이에 틈이 벌어짐에서 오는 작품의 감명感銘되는 강약이란 것이 매우 중대하다는 것을 말하고 싶다.

정비석 작 「잡어」(《인문평론》 소재)

이 작자는 정질精疾문학이란 레테르로 문단에 통용되고 있는 모양이다. 이 작품에 있어서도 작자는 카페의 여급을 제재로 하여 그들의 내면

생활을 묘사하였다. 문학의 건강 비건강이라는 말을 쓴 이가 있었거니와 작품의 비위생적이라는 비윤리적 견해를 가지고 이 작자를 꾸짖을 수도 있다. 그러나 그러한 비위생적인 인간—잡어 속에도 하나의 현실이 있고 인간의 참된 생활의 일면이 있을 수 있다. 한데 작자는 이 작품에 나오는 쯔바끼니 사나에니 히도미니 사유리니 하는 그런 여성들을 이미 타락되어 그들로서 통용되는 별다른 생활 내면을 가진 것으로 그려졌고 그들은 도저히 이 길에서 헤어날 수 없는 혼잡한 운명의 감과坩堝 속에 집어넣고 있다. 쯔바끼와는 달리 히도미의 사유리라는 여성에게는 참다웁게 인간 생활을 찾아나가려는 그러한 지적 사고의 여성으로 취급하려는 작자의 의도는 드디어 히도미를 불의의 임신에서 '키니네'를 먹으러 가게 하고 '성인군자'요 순정에 사는 애인에게 모든 것을 바쳐가려는 사유리도 드디어는 김태웅이라는 북지北支에서 돈벌이하는 어떤 남자를 따라가게 하고야 만다. 작자가 보여주는 것과 같이 여급이란 세계에 한번 발을 들여놓으면 쯔바끼와 같은 철저한 직업의식을 가지고 그 생활에 도저到底하는 놀라운 유폐頹廢로 이르러야 하는 것인가? 더욱 사나에라는 철없는 소녀까지를 유린시키는 작자의 마조히즘은 상당하다기보담 혀를 차고 얼굴을 돌려야 되게 한다.

물론 잡어인 여급 간에는 정조까지를 미끼로 해서 그것의 보상이 예외로 많으면 한턱 받아먹게까지 추락되는 비인간적 수성을 가진 자가 전혀 없다는 것도 아니지만 이렇게까지 그들을 정질의 세계에 몰아넣고, 농간 부리는 것은 너무나 작자의 인생관의 저열을 꾸짖지 않을 수 없다. 작자는 그들에게 한 가지씩 악을 지어놓게 하고 거기다가 논리적 해석을 붙이는 것이다. 히도미에 대한 것도 그렇고 사유리를 차에 태워놓고 병보를 그리워 울게 하고 순정에 살게 한댔자 그들은 구해질 수가 없는 것이다. 더욱 병보의 인물은 전혀 이해하지 못하게 그냥 문학청년이라기보담 도련님으로 맹그러놓고 사유리도 역시 이런 세계에 빠지게 되는 하나의 암시도 보여주지 아니하였다.

이 작자는 앞으로 좀 더 생활 의식과 인간성에 대한 새로운 해석과 그에 대한 진지한 노력으로 작품을 쓰지 아니하면 그때야말로 그 비위생적이라는 것이 더 한 번 크게 반박될 것이다. 이러한 분위기의 묘사와 취재에 있어서도 오히려 그 혼탁한 생활 가운데 그 암담을 꿰뚫고 나오려는 생의 투쟁, 고민, 알력을 붙잡아 나가야 할 것이 아닌가. 세련된 그 문장이 이런 분위기의 묘사에만 쓰인다는 것은 경계할 일이요 또한 작자를 위하여 애석하다. 구할 수 없으리라고 보는 인간에게서는 우리는 인간성에 눈 뜨는 동경과 갈망과 욕구의 강렬하게 불타는 것을 본다. 그렇건만 이 작자는 "거북한 소리다만 운명을 뒤집어엎을 장산 없나 보드라— 거리의 물을 먹는밖엔, 거리의 풍속을 좇을밖에……."라거나 "어차피 빗나간 궁합이요 어긋난 띠갓을 가지구 뭘 그러냐?……" 등의 대화로 그들의 생활은 이미 정상의 집도를 벗어나 구할 길이 없도록 맹그러놓는다. 현실에 대한 불가항력적 위압이 있다고 치더라도 그들에게서 모든 정상적 윤리와 생활을 알맹이째 빼어버리려는 작자의 심량心量은 너무나 인간성을 짓밟고 있다.

박노갑 작 「방혼芳魂」(《조광》 소재)

원혼이란 것이 있다고 하자, 그것이 바로 저승엘 가지 못하고 이생에 대한 주저呪詛로써 나타난다는 것은 옛날 어려서 철모를 때 겁을 삼켜가며 듣던 이야기다. 이 작자는 한 여자가 무지한 남자들의 농락에 빠져 참된 생활을 하루도 해보지 못한 그 원한이 '나'라는 우연히 만난 사람을 통하여 현실화한다. 그러나 소설 첫머리서 나오는 원혼의 독백이란 소설의 구성으로 보아서 그러한 형식을 능히 갖추어 독자에게 어필할 수 있을까는 매우 생각될 문제다. 아모리 이 작자의 소설을 이해하기로 하고 읽어간다고 해도 꿈과 현실의 부조화와 불선명으로 말미암아 혼란을 느끼지 않을 수 없이 된다. 이러한 작자의 독특한 수법을 좋게 생각한다 하더라도 이 혼란만은 그 필요성을 느낄 수 없다. 그러한 것이 없이도 넉넉히 이 원혼의 존재와 원혼 된 사연을 알 수 있게 되지 않았는가? 그러나 작자의 이야기체란 것은 그대로 내버려 만들 수 없는 소설 문장으로서의 음미되어도 좋은 재료다. 작자는 현대의 체취와 교양을 그 문학 속에 받아들이지 않는 아직도 망건을 쓰고 흰옷을 입고 장죽을 물고 집세기를 신으려는 풍모를 어떻게 해석해야 옳을 것인가? 실로 기이한 감이요 단순한 회고적 의미만도 아닌 동떨어져 남았을 이 문장에서 우리는 이렇다 할 매혹과 박력을 느낄 수 없다. 작자의 이러한 작가적 의도가 애써 가지려는 그 판타지와 생신生新하고도 소박한 감정의 분위기로써 작품을 살려가지 않는 한 이 작가의 작품은 때 묻은 초라한 빈상으로밖에 보여지지 않는다고 하면 너무 지나친 결론일까? 또는 이 작가의 소질을 무시한 착오일까?

이효석 작 「역사」(《문장》 소재)

이 작가의 희곡은 처음 대했다.

「황제」를 쓴 작자가 다시 성서의 한 토막을 모티브로 해가지고 그것을 극적으로 구성해보았다. 대체 희곡이라는 것은 상연을 생명으로 하는 것이지만 중에는 다른 문학 작품과 같이 읽는 데만 그치는 경우도 없지 않다. 모르나르와 같이 레제드라마의 작가도 있기는 하다.

그런데 이 작품은 읽기를 위한 희곡이다. 무대에 올리기에는 사건의 전후의 연락連絡이 없고 또 사건의 전개가 너무 단순하여 예수와 토마스 중 한 사람은 종교고 한 사람은 혁명적 정치로 달아나는 그 어느 것에도 시비를 캘 수 없을 만큼 긍정적 테마의 해설이요 단면적 명시다. 수습할 수 없는 난세에 있어서 인씨人氏를 도탄에서 구하는 길을 둘로 보았다는 것이 작자의 의도인 듯하고 더군다나 토마스라는 인물은 작자의 부기와 같이 전거가 없는 하나의 창정創定이란 것으로 보아도 알 수 있는 일이다.

이 작품의 극적 구성에 있어서 '라사로'의 정열당으로 달아나는 설명과 심리적 변이가 너무나 평범하고, 오히려 토마스의 정열 당원으로서 예수에게 강렬히 육박하는 신념의 표시와 주장이 너무나 미약하다. 토마스의 흥분만으로 우리는 그의 신념을 충분히 이해할 수 없다. 더욱 그가 마리아에 대한 정열이란 것도 매우 미약적이어서 예수와의 관계로 돌리고 돌아서는 태도에 미흡한 감이 없지 않다. 병사 12인의 폭학暴虐이나, 토마스의 말만으로써 당시 로마의 퇴패된 정세를 짐작한다는 것은 조금이라도 역사로나 종교에 대한 상식을 끄집어내 가지고 대조하지 않고는 수긍되어지지 않는다. 다만 작가가 어디까지든지 예수란 인물을 지극히 선량하게 설화說話시키면서 라사로의 행동을 제어하지 않고 "지금에는 내 말도 힘 없나니라. 이상을 가진 젊은이의 마음을 휘어잡을 자 세상에 없나니라."라는 한 말로 예수의 품은 비설교적인 높은 인격을 설명하려 하였고 또 그 속에 예수의 위대한 외로움을 암시시키려고도 하였으나 이에 대한 묘사는 거의 생략되어 있다.

작자가 현명顯名을 '역사'라고 붙인 데는 커다란 이유가 내포되어 있는 것으로도 보아지나 이런 정도의 내용을 희곡의 형식을 빌려서 담아놓은 작자의 주관이란 것이 애매하여 있는 이상 이 희곡은 결국 읽을 수 있는 흠 없는 희곡의 단편이라고밖에 볼 수 없다.

이외에 《문장》지의 추천작으로 곽하신 작 「사공」이 있다. 선자 이태준 씨도 이런 수준은 훨씬 넘었어야 함에도 불구하고 이만큼한 데밖에 이르지 못하였다는 불만을 말하였거니와 이 작자의 다변이란 것은 매우 지지遲遲하다. 심리 묘사라는 것이 이렇게 진전이 없이 캐고 파 들어가 보고 해서 넘겨 뛸 때와 자상할 데의 구별이 없이 처음부터 끝까지 무차별하게 언설을 엮어놓았다. 까닭에 발랄한 재기란 것이 그 속에 살아 있지 못하고 그렇다고 철저하게 주인공의 심경을 묘사하는 신랄성이 있는 것도 아니다. 오히려 인물을 살려가면서 패기 있게 끌어나가지 못했다. 이렇다 할 잘못이 없는 대신 휘몰아나가는 열의의 비약이 부족하다. 좀 더 간결하고 생략의 묘미를 가지었다면 이렇게까지 옹졸하게 사건을 몰아가지는 않았을 것이다. 흘러가는 듯한 가운데 삿대를 머무르고 바라보는 시원한 맛이 이 작자에게는 더한층 요구될 것이다.

고 김유정 씨의 미발표 유고 「애기」는 고인인 까닭에, 그리고 김영수 씨의 희곡 「단층」(《인문평론》 소재)은 전부가 실리지 않았기에 지면도 없고 해서 모다 여기서 할애한다.

—《문장》, 1940. 1.

소파 전집을 읽고

소파 전집이 나왔다. 소파가 세상을 떠난 지 10년 만에 그의 남긴 가지가지의 업적 중에서 문자만을 통한 공든 탑이 이제 아름답고 두툼한 한 권 책으로 나타났다. 조선의 아동문학을 논하는 이나, 아니 더 나아가 조선의 아동 문제를 생각하는 이 가운데에서 소파만큼 선구자의 갖은 고난과 순교자적 헌성獻誠을 다한 이가 없다.

소파는 이론만도 아니었고, 행동만도 아니었다. 이 두 가지를 혼일하여 이 땅의 어린이들에게 새로운 세계를 개척하기에 곱다라니 그 한 몸을 바친 이다. 그렇듯한 정열가요 혈열한이요, 다혈한이요, 정의인인 소파가 33년을 일기로 세상을 떠났다는 것은 오로지 그 한 몸을 조선의 어린이에게 바치는 수고로움이 너무 크고 많았던 관계일 것이리라.

아직도 어른들의 재롱꾼으로서의 귀여움과 업수임을 한 몸에 받아야 하게 된 운명적인 이 땅의 소년소녀에게 '어린이'라는 새로운 세기적 명칭을 들고 나와 어린이만이 신세대를 건설하는 용사요, 일꾼이라는 것을 실천으로써 세상에 보여준 소파의 헌신적 노력은 장하고도 커서 길이 이 땅의 문화사 위에 찬연히 빛날 것이다.

소파는 이렇게 아무도 손대이지 아니한 새로운 세기의 문을 열어놓았다. 그러는 한편 소파는 이 어린이에게 정신적 양식을 베풀어주기 위하여 《어린이》 잡지를 발간하였고, 기회 있는 대로 시간 있는 대로 그는 그의 유□한 붓끝으로 어린이들이 가장 즐기고 좋아하는 동요, 동화의 번역 창작 등에 경주하여왔던 것은 여기서 새삼스럽게 말할 것도 없거니와 이제 이 전집을 감격 속에 펴 들고 맨 첫머리에 「어린이의 찬미」라는 문文중 빛나는 구슬이 생명화된 훌륭한 문장에 접하는 기쁨을 느낄 수 있다.

> 어린이가 잠을 잔다. 내 무릎 안에 편안히 누워서 낮잠을 달게 자고 있다. 볕 좋은 첫여름 조용한 오후이다. 고요하다는 고요한 것을 모두 모아서 그중 고요한 것만을 골라 가진 것이 어린이의 자는 얼굴이다. 평화 중에 그중 훌륭한 평화만을 골라 가진 것이 어린이의 자는 얼굴이다!

이렇게 시작된 이 글 끝에 가서 "어린이는 복되다. 어린이는 복되다. 한이 없는 복을 가진 어린이를 탄미하는 동시에 나는 어린이 나라에 가깝게 있을 수 있는 것을 얼마든지 감사한다."

이 일문 속에 소파의 동심 세계에 바친 바 지성과 감사와 환열을 엿볼 수 있는 것이다. 소파가 『사랑의 선물』에 모아놓은 세계 명작 동화는 번역이라기보다도 오히려 창작이라고 할 만치 그렇게도 곱고 아름답고 힘 있는 한글로 옮겨졌던 것이다. 소파의 어린이를 위하여 쓴 글 하나하나의 고심과 노력이 그 속에 살아서 뛰노는 한글의 생명을 우리는 또한 높이 평가해야 할 일이다.

이 전집 중에는 수록되지 못한 글도 적지, 아니 많은 모양이나 이 한 책만 해도 그중에는 동화, 동요, 미화, 실화, 동화극, 수필 등 두고두고 아껴서 읽고 또 읽어서 항상 마음속에 새로이 솟는 맑은 생명의 샘으로 가득 차 있다. 그리고 이 전집 중에는 이 땅의 남녀 학생에게 보내는 정성스러운 글도 적지 아니하다. 소파가 간 지 10년 후 아직도 소파가 살아서 우리에게 크고 깊은 감명을 일으키는 곳에 우리는 동심의 세계 속에 영주하는 소파의 참된 생명을 깊이 느끼지 않을 수 없다. 감히 이 책을 이 땅의 참된 어머니와 아버지와 또 어린이에게 권장하는 바이다.

—《조선일보》, 1940. 6. 8.

김영랑 평전

—멋에 철撤한 시인

내 마음의 어딘 듯 한편에 끝없는 강물이 흐르네
도처오르는 아침 날빛이 뻔질한 은결을 도도네
가슴엔 듯 눈엔 듯 또 핏줄엔 듯
마음이 도른도른 숨어 있는 곳
내 마음의 어딘 듯 한편에 끝없는 강물이 흐르네

겸허하고 소박하고 호탕한 시인 영랑 김윤식 씨의 심리와 지격持格을 가장 잘 나타내었다고 볼 수 있는 위에 인용한 시를 이해함에서부터 그의 생애를 논하여야 될 것이다. 흔히 '진달래꽃' 시인 소월과 더불어 '모란'의 시인 영랑을 말하는 것이 우리의 습관처럼 되어가고 있다.

그러나 영랑의 마음속을 흐르고 있는 '끝없는 강물'의 여울지고 또 끊임없이 파동쳐 가는 아름답고 수수하며 결코 정지하지 않는 생명의 파동, 정열의 분류를 헤아림에서 비로소 이 시인의 세계에 부닥치는 것이 될 것이다.

영랑은 전남 강진에서 태어났다. 양력으로 치면 1903년 1월 16일이지만 음력으로는 1902년(임인년壬寅年) 12월 18일에 해당한다. 그는 생전에 늘 임인생으로 자처하여 굳이 1902년생을 고집한 것은 입춘 전이라는 것을 염두에 두어 그 나이를 헤아리는 것이었다. 형제도 없이 외로운 환경 속에서 자라난 그는 가정적으로 고독이라는 그늘을 몸에 지녀 가지기는 했으나 상상 이상에 불타는 소년이기도 하였다. 그가 휘문의숙(현 휘문고교 전신)에 다닐 때 바로 위 학년에는 월탄月灘이 있었고 또 월탄의 바로 위 학년에는 석영夕影과 노작露雀 홍사용洪思容이 있었으며 영랑 바로 아래 학년에는 정지용鄭芝溶 이관근李琯根(현 문교부 장관)이 있었고 지용의 그 아래 학년에 지금은 월북하여 생사를 잘 모르는 상허尙虛 이태준李泰俊이 있었다. 그리고 영랑의 같은 반에는 화가인 행인杏仁 이승만李承萬이 동기동창생으로 끝까지 우의를 지켜왔던 것이다. 이러한 학원의 많은 문학청소년들 틈에 끼어 영랑은 문학의 꿈나라를 몽상하기도 했지만 그가 같은 하숙에서 친하게 지내는 한 혁명 청년이 있었으니 그가 바로 유명한 박열朴烈 씨였다. 미래의 시인 영랑과 미래의 혁명가 박열은 3·1 운동을 앞둔 일제의 무단정치하에서 억누를 수 없는 민족적 의분을 느껴왔던 것이다. 그리하여 기미년 3·1 운동이 젊은 남녀 학도의 피 끓는 애국 정열 속에서 폭발되었을 때 이 두 청년이라기보담 17세의 소년인 영랑과 박열은 이 도가니 속에 용감히 휩쓸려 들어 잠시 영어囹圄의 몸이 되기도 하였던 것이다. 영랑의 가슴속에 흐르는 끝없는 강물은 바로 이러한 시기에 그의 감정과 사상 속에 깊이 뿌리 박혀졌던 것이다.

3·1 운동을 치르고 난 그는 휘문을 다 마치지도 못한 채 일본 동경으로 뛰어 건너가 청산학원青山學院 중학부로 해서 인문과로 승진되어 영문학을 전공하게 되었다. 청운의 뜻을 품은 그가 이역에서 '키츠'와 '셸리' 등의 천재적 낭만 시인에 경도하게 된 것은 특기하지 아니하더라도 스스로 그리되어지지 않을 수 없는 정상적인 길이라 하겠으나 여기서 한 가

지 빼놓을 수 없는 사실은 당시의 영랑이 지극히 창백한 포유지질蒲柳之質이었다는 것이니 이리하여 그의 건강은 날로 쇠약해져서 장기간 요양원에서 치료를 받지 않을 수 없게 되었으며 한창 백기 왕성할 20대의 그는 12관도 못 되는 체질을 가지고 역여逆旅의 고통을 뼈에 사무치게 맛보았던 것이다. 유리창을 통하여 들어오는 따스한 5월의 햇빛마저 이 다감한 시인을 슬프게 하였으며 정감스러운 백의의 천사인 이방 여인에게 호젓한 위로의 한 가닥 실마리를 찾는 허무에 지치기도 했던 것이다.

이러한 육체적인 고통을 어느 정도로 극복하기는 했으나 뒤이어 오는 1923년이 동경 대지진 등 천변으로 인하여 영랑은 학업을 완수하지 못한 채 향리로 돌아오게 되었다. 그러나 고향에만 그대로 주저앉을 수 없었던 영랑은 다시 상경하여 당시 팽배하여가는 민족운동과 뒤이은 신흥 사회주의적 분위기 속에 젖어지면서 아직 무명의 청년 시인은 결혼을 앞둔 연애의 과정을 더듬는 필연적 운명에 봉착하였다. 당시 역시 젊은 문사로 알려지기 시작한 지금은 월북한 최승일과 교우 관계를 갖게 되면서 최 씨의 매제인 최승희(월북한 무용가)를 친하게 되었다. 아직 여고 4년에 재학 중인 나이 어린 최 양은 가정 형편도 있었으려니와 이 미지의 시인에게 처음으로의 애정을 느끼게 되어 드디어는 결혼 단계에까지 이르렀으나 서울 출생인 최 양과 전라도 태생인 영랑과의 지리적 문제 등 난관이 연달아 생기게 되매 영랑은 스스로 물러나서 손쉽게 이를 단념해 버렸다.

그 후 영랑은 곧이어 결혼하게 되었고 다시 다사로운 남쪽 고향 강진으로 돌아가

> 언덕에 바로 누어
> 야슬한 푸른 하날 뜻 없이 바래다가 나는 이젓습네

눈물 도는 노래를 그 하날 아슬하야 너무도 아슬하야…….

의 시구와 같이 그는 대숲을 울타리한 고향을 찾아가 다양한 언덕에 드러누워 추억과 더불어 시의 물결은 그의 가슴에 천천히 부풀어 올라 한 가닥 한 가닥 오늘의 서정시인 영랑의 세계를 형성해가는 것이었다.

이렇게 귀한歸韓한 그에게 단 하나의 즐거움은 모란을 키우는 일이었으며 또 이에 못지않게 현금玄琴과 북으로 더불어 벗 삼는 일이었다. 원래 그는 중학 시절부터 바이올린을 즐겨 배웠으며 뿐 아니라 음악에 대하여 상당한 조예를 갖고 있었던 것이다. 수백 그루의 모란을 가꾸어 그 화사하고 호방한 향취에 젖어, 취하기 무섭게 뚝뚝 떨어져 시들어버리는 '찬란한 슬픔의 봄'에 섭섭하게 애탄을 마지아니하면서도 그에게는 그 여운과 더불어 거문고를 가까이하는 높고 맑은 아취에 스스로를 위로하기도 하는 것이었다.

그리고 그에게는 또 하나의 즐거움이 있었으니 이는 용아龍兒 박용철朴龍喆과 더불어 시신詩信을 교환하는 일이었으며 더 나아가 서로의 내왕되는 글발이 영랑으로 하여금 용아를 찾아가게 하는 사자가 되게 하는 것이었다. 서로 멀지 아니한 거리에서 살고 있는 이 두 시인은 밤을 새워 해를 거듭하여 우정을 심화시키는 데서 한 걸음 진전되어 시문학의 새로운 운동을 전개하기까지에 이르른 것이다.

1929년 가을 용아가 서울에 우거寓居하면서부터 우리 신시 사상의 일 시기를 획하는 시문학사의 창립과 더불어 《시문학》의 창간을 추진한 것이다. 용아는 자기 작품보다도 더 많은 영랑의 시고를 애지중지하여 그 여장 속에 이를 고이 간직해가지고 서울을 찾아왔던 것이다. 1930년 드디어 《시문학》이 할 수 있는 호화豪華를 다한 체제를 갖추어 그 위에 우리 말을 옥처럼 가다듬어 빛내는 국내외 시편들을 담아 겸손하게 한국 문단에 고스란히 바쳐드렸던 것이다. 이로써 시인 영랑이 탄생된 것이다.

《시문학》이 3호로 종간되는 그동안 영랑의 시는 20편 가까이 발표되었으리라. 그리고 그 후로는《문예월간》,《시원》,《문학》 등 여러 잡지 위에 영랑의 시는 계속 발표되었다. 용아는 영랑의 시가 그럭저럭 50편에 달하게 되매『영랑 시집』 간행을 꾀하였던 것이다. 그 후 용아는『지용 시집』을 조금 먼저 내기는 했으나, 예정은 영랑을 먼저 하기로 했던 것이요 시 원고도 영랑 것을 먼저 인쇄에 회부시켰으나 다만 영랑이 시골에 있었다는 그런 단순한 이유로써『지용 시집』보담 조금 늦게 나왔을 뿐이다. 뿐 아니라 대부분의 영랑 시를 외우고 있었으며 어느 때 어느 지면에 발표되었다는 것을 손에 잡은 듯 꿰뚫어 기억하고 있는 용아였다.

한국 신시新詩 사상史上 영랑이 끼친 업적은 여기서 일일이 논할 지면을 갖지 못하거니와 다만 한 가지 영랑의 시를 이해함에 있어서 특기할 몇 가지 요점만을 적기摘記한다.

첫째, 지방어 전라어를 영랑 이상으로 정화, 시화해 쓴 시인은 아직까지 없었다는 점.

둘째, 시인으로서 영랑만큼 음악—양악과 특히 국악—에 대한 깊은 이해와 조예와 더불어 시의 언어를 운율화한 이가 없었다는 것.

셋째, 영랑처럼 일관하여 애국적인 열정으로써—특히 해방 후—그 생애와 더불어 시를 창작한 이가 그리 많지 않다는 점 등을 들 수 있겠거니와, 한국의 정서, 우리가 통칭하는 '멋'의 의미를 영랑처럼 완전히 자기 것으로 화하여 가진 이는 내가 아는 범위로서는 아직 우리 시단에는 그 어느 한 사람도 찾아볼 수 없다는 것이다. 영랑은 스스로를 가리켜 나 같은 둔재는 없다고 솔직히 고백하였다. 시를 쓰기 30년 가까운데 전 시작이 70여 편밖에 안 되니 1년에 두 편밖에 못 쓴 셈이 아닌가 하고 자탄하는 것이었다. 그러나 그가 애써 지성적인 표현을 찾지 아니하고 일상

생활 속에서 저렇듯 약동하는 생명을 지닌 언어를 포제捕提하여서 그 하나하나에 음악적인 정기를 불어넣는다는 본법적本法的이요 생래적이며 더 크게 시와 음악을 정법융합淨法融合시켰다는 이 놀라운 노력과 고심에 대하여, 또 그것들이 우리에게 주는 무한한 감명에 대하여 베를렌이 불란서 시단에 기여한 바 그 이상의 공적을 솔직히 인정하지 않을 수 없는 것이다. 오르페우스의 시가가 지닌 전설적인 의미가 영랑의 시 속에서 재생되어진 그 어떤 희열과 황홀마저를 우리는 느껴지는 것이 아닐까. 영랑의 가슴속을 흐르는 강물이 드디어 도른도른 굴러 향응되는 하나의 해조를 이룬 것이 아닌가, 그러면서도 현금의 유현幽玄과 북의 장중이 화응되는 지극한 '멋'에 잠자는 우리의 심금을 깨우쳐

> 접힌 마음 구긴 생각 이제 다 어루만져졌나 보오
> 꾀꼬리는 다시 창공을 흔드오
> 자랑찬 새 하늘을 사치스레 만드오.

라는 이 경지로 이끌어가는 것이 아닌가.

그러나 49세를 일기로 이 영롱한 정열의 시인은 울어 피를 뱉는 두견처럼, 그 많은 한을 읊어 "천길 바다 밑 고기를 놀내이고 하늘ㅅ가 어린 별들 버르르" 떨리게 하며 어느 불멸하는 시의 창궁蒼穹에서 안온하게 쉬어 잠들고 있는가 없는가…….

※부기—이 제한된 지면을 빌려 널리 알려지지 않은 그의 생애의 지극히 작은 일단만을 총총히 쓰게 된 것을 고인 앞에 그리고 독자 여러분에게 깊이 심사心謝한다.

—《자유문학》, 1956. 6.

고 노천명 여사 영전에 서서

한 많은 한 여인을 보내는 이 자리입니다. 고독과 그리움에 지쳐 이슬처럼 사라지는 한 여인을 보내는 이 자리입니다. 숱한 눈물과 설움과 아픔을 삼켜버리고 혼자의 넋을 불사르고 태우다가 꺼져간 한 여인을 보내는 이 자리입니다. 오해도 받았고 때로는 질시의 대상이 되기도 하였던 한 여인을 고별하는 이 자리입니다.

그러길래 온갖 화근이었던 이름 석 자를 갈기갈기 찢어서 바다에 던져버리련다는 비통한 피를 뿜는 두견과도 같은 불여귀不如歸의 원한에 사무쳤던 한 여인을 보내는 이 자리입니다.

대자 한치 오푼 키에 대처럼 꺾어는 질망정 구리 모양 휘어지지 않는 자화상을 안고 드디어는 이름 없는 한 여인이 되어 놋 양푼의 수수엿을 녹여 먹으며 내 좋은 사람과 밤이 늦도록 산골 애기를 하면…… 나는 여왕보다 더 행복하겠다고 하던 그 좋은 사람과 더불어 여왕보다 그 행복을 누려보지도 못한 채, 이렇게 떠나가고 마는 슬픈 한 여인을 보내는 이 자리입니다.

그러나 그렇게 외롭고 박행薄倖했던 "조그마한 거리낌에도 잠 못 자고 괴로워하는 성미로 살이 머물지 못하게 학대"하던 이 여인의 마음속에는 슬픔보다 더 화사하게 피어나는 아름다운 꿈이 5월의 푸름처럼 번지고 터지어 이 땅 위에 오래오래 빛나게 하는 시혼을 가졌던 여인이었습니다. 치렁치렁 삼단 같은 머리에 갑사댕기를 드리고 칠보단장으로 고궁을 거니는 단아하고 청초한 맑고 높은 한국 고유한 전형적 여성의 기품에 사무치는 순수한 한 처녀로서의 서글픈 자랑에 황홀하기도 했던 한 여인을 보내는 이 자리입니다.

10년 전 스물두 살 되는 여조카의 죽음을 "장미 우지끈 꺾이다."라고 피맺힌 슬픔으로 노래하던 이 슬픈 여인은

사랑하던 이들— 아끼던 것들—

다 놓고 빈손으로 혼자 떠나버렸다는 바로 그대로 자는 듯 꿈꾸는 듯 고요히 고요히 너무나 고요히 잠들어 떠나가고 마는 것입니다.

46세를 일기로 그 무서운 슬픔 외로움 그리움 모두 다 거두어 불살라 버리고 찢어지고 피 묻은 날개를 다시금 고이 간직한 천사처럼 훨훨 날아 "자유가 다치지 않는 곳"을 향하여 떠나가는 이 아름다운 여인 앞에 우리 모두들 말없이 고개 숙이고 있습니다. 일찍이 이 여인이 태어난 고향 하늘을 날으기도 할 것이요, 이미 먼저 떠나간 어른들, 친지들의 지극하신 사랑에 넘친 성령 속에 길이 안주하기를 서글프게 심원하면서 우리들은 이렇게 모여 서 있는 것입니다.

별 하나의 탄생, 새로운 별 하나의 탄생으로 말미암아 불멸하는 광채를 길이 우리 마음속에 부어주고 떠나가는 한 여인의 명복을 빌기 위하여 이렇게 많이 이렇게 경건히 합장하여 기도드리는 이 시간을 감사하고 있는 우리들입니다. (1957년 6월 18일)

—《자유문학》, 1957. 8.

고 박용철 형의 편모片貌

—그의 20주기를 회상하며

1938년 5월 12일 용아 박용철 형은 이 세상을 영별永別하였다. 어느덧 20년의 세월이 흘러갔다. 숨 가쁜 20년을 무위의 도생徒生으로 살아서 남아 있는 우인友人의 한 사람으로 이제 고인의 과거를 회상하는 한 순간을 무념무상 속에 부닥치고 있다. 형의 문화사적 위치는 머지않은 시일 내로 바로잡혀지려니와 여기 형의 그 업적에 대한 편린을 더듬어보기로 하자.

첫째, 형은 문학운동가였다. 참다운 한국의 문학 발전을 위하여 형에게 주어진 경제적 조건 정신적 조건을 통틀어서 이에 고스란히 바쳤던 것이다. 우선 한국 신시新時 사상史上에 한 '에폭 메이킹'인 《시문학》지를 1930년 3월에 창간하여 5월에 제2호를 발간하였다. 한국 언어가 갖고 있는 아름다움, 또 시가 지니는 지성적 내지 감성적 '뉘앙스'를 포촉浦促하기에 정력을 기울였던 것이다. 시에 있어서 옥석을 구분하려는 그 노력의 일단이 이 시지時誌를 통하여 표명되었던 것이다.

이어서 1931년 10월 《문예중앙》지를 창간하였다. 이데올로기에 문단 정세에서 문학의 자율성 문학의 자주성 그리고 문학이 갖는 정신적 교류를 의도하여 문학 본래의 모습으로 문단 분위기를 재생시킴에 커다란 공헌을 남긴 문예지였다.

다음 1933년 12월 《문학》이라는 소형의 그러나 극도로 선택된 시와 외국문학 소개와 비평으로서의 순문학지를 발간하였다. 이상 세 가지 문학지들은 대개 4호를 넘기지 못한 출판이기는 했으나 그 하나하나가 갖는 사적史的 가치는 결코 경시할 수 없는 것이다. 이 세 잡지를 내는 중에도 형의 건강은 항상 변조를 가져왔다. 그런 중에서도 1936년에는 다시 《청색파》라는 동인 중심의 문학지를 계획하여 취지문까지 작성 인쇄해 놓고도 형의 신체적 제약이 이를 결실시키지 못한 채 딴 사람에 의하여 계승되었던 것이다.

이 이외에 특기할 것은 영랑, 지용 등 시인의 시집을 간행한 사실도 높이 평가되어야 할 것이다. 뿐 아니라 당시 신극운동을 과감히 추진하고 있던 '극예술연구회'의 일원으로 작품 번역에서부터 경리 면 내지 출연까지를 맡는 등 형은 쉴 새 없이 문예 내지 예술 운동에 헌신하여왔던 것이다.

둘째, 형은 번역 문장에 커다란 기여가 있었던 것이다. 형은 영독 양어兩語에 능통하여 수시로 이 번역에 정진하였다. 그 대부분은 시였고 수편의 희곡 번역도 이었다. 형의 그 후 발간된 유고집에 수록된 것만 하더라도 괴테, 하이네 등 독일 시편이 약 70편, 영미 애란愛蘭 시역이 자그마치 2백여 편에 달하고 있다. 이외에도 『색동저고리』라고 하여 외국 동요 번역이 백여 편에 달한다. 물론 이 중에는 완전 추고推敲되지 않은 것도 있기는 하나 시인으로서의 형, 재사才士로서의 형은 그 한편 한편을 특이한 우리 시어로 옮겨놓았던 것이다.

셋째로, 형은 문예비평가였다. 그 어떤 재단적인 입장을 취하지 않고 창조적 내지 인상적인 자유자재한 경지에서 명시인들의 창작평을 계속해왔으며 이것이 신시운동을 올바른 길로 인도하는 데 커다란 도움이 되었던 것이다. '시적 변용'에 대한 일문과 '기교주의'에 대한 논평은 시를 하나의 이상 선전의 목적이나 도구로 사용하려 드는 몽매한 악류惡流들을 통박하고 계몽한 냉철하고도 논리적이며 시 자체의 옹호를 위한 명인이었던 것이다. 그리고 '효과주의'적 비평적이라는 새로운 제창을 시도해 보기도 했던 것이다.

넷째로, 형은 무엇보다 바로 시인 그 자체였다. 형의 모든 사상과 행동과 생활은 이 시인적 감수성 내지 탈이성脫理性 위에서 이루어진 것이다. 두 친우의 시집을 내면서도 자신의 시집을 가지려고 들지 않은 그 겸허성은 그때나 오늘이나 변함없이 높이 평가될 상찬할 시인적 기백이라 하겠다. 최후의 순간까지 시를 버리지 않은 형은 조그마한 담뱃갑 종이 위에도 알알이 주옥과 같은 말들을 모아놓기도 했다.

하이얀 모래
가이 없고
적은 구름 우에
노래는 숨었다.
아지랑이같이 아른대는
너의 그림자
그리움에
홀로 여위여간다.

와 같은 시는 그가 세상 떠나기 얼마 전 우리들에게 보여준 소곡小曲이었다. 형은 시에 있어서 가급적 한자 사용을 견제해왔다. 우리 한글로써 우리의 감정을 표현하는 것만이 가장 완전한 시라고 생각해온 분이었다.

이 신조에 더 철저한 것은 영랑 김윤식 형이었다. 이 두 분의 끊임없는 엉켜진 우정은 또한 시정신으로서의 상호 연락이기도 했던 것이다. 형에게는 발표된 16편과 미발표된 50편의 시를 갖고 있다. 언제고 형의 시집과 역시집은 각각 출판되어야 할 것이다.

끝으로 인간 박용철 형은 너무도 다정다재한 온객溫客의 군자이면서 불굴하는 민족정신의 수호자였다. 춘원 이광수李光洙 씨가 『일본문학강좌』 속에 조선(당시의 용어)문학을 곁들여 편입시킨 데 반발한 대담한 태도는 누구나 그렇게 용이히 시행되는 일이 아닐 것이다. 한 번도 성내거나 큰소리하는 양을 보지 못한 우리들로서 이 일문을 평할 때에는 여러 날 두고 흥분 끝에 동지들과 그 대책을 논의하고 스스로 그 어마어마한 일제의 동화 정책을 조리를 갖추어 공격한 형이었다. 때때로 우리들이 지나치게 술 마시는 것을 걱정하며 좀 더 문학을 위해 노력하자고 간곡히 환원歡願하는 형은 35세를 일기로 오로지 문학 시 조국 위에 그 한 몸을 바쳤던 것이다.

35년간 총혜 속에서 한 재자才子는 살았고 또 떠나간 것이다.

이는 형의 유종집遺種集 맨 끝의 머리에 형의 편모를 엮으면서 쓴 나의 최후의 한 구절이다. 이 혼란한 건설 도정의 조국 운명 앞에서 시인 용아, 인간 박용철 형을 추모하면서 형과 유명을 달리한 이 20년을 회상하는 이 마음속에 솟구치는 가지가지의 추모와 애석과 그리움이 왈칵 내 전 심신을 덮어 누른다. 그러면서 빙그레 미소하는 형의 그 정다운 모습이 오늘도 선연히 내 눈앞에 떠오른다.

용아!

나두야 가련다
나의 이 젊은 나이를
눈물로야 보낼 거냐
나두야 간다.

형의 이 시를 다시 한 번 애절히 불러보는 이 못난 살아남은 옛 벗을 저버리지 말지어다. (1958년 5월 3일)

—《자유문학》, 1958. 6.

제4부 시·수필·단상

별*

자지구름 흰바다에
풀립배를 띄워놋코
버들비단 곱게짜서
구슬로서 수를노아
힛살에다 돗을달고
나뷔사공 노를저어
술넝술넝 다라날제
난대업는 부엉새가
쏜살가치 날아와서
사공보고 하는말이
돗의구슬 나를주면
금은보배 줄터이니
어서어서 달나햇소

* 등단작이다.

철모르는 나뷔사공
보배준다 깃버하야
구슬쓰더 다주엇소
부엉새는 구슬물고
조와라고 날어가서
하날에다 뿌리엿소
햇살돗대 크게노해
구슬들을 잡으랴니
구슬들은 작고작고
하날위로 올나갓소
그러고서 부엉이는
숩풀속에 잠기엿소
그날밤에 하늘에는
구슬들이 반작엿소
내구슬아 내구슬아
어서밧비 내려오렴
내구슬아 파란별아
어서밧비 오라하고
울며불며 손짓햇소
내구슬은 별이되야
낫동안에 해무섭고
밤에부엉 겁이나서
이리저리 흐터저서
밤엔밤엔 울음으로
설은듯이 반짝엿다

내구슬아 파란별아
어느때나 맛나볼가
파란별아 내구슬아
어서밧비 나려오렴

—《동아일보》, 1923. 5. 25.

겨울밤*

옹긋쫑긋 모아 안자
화로불을 쬘나니
낡은 풍지 쌔르릉
칼바람이 세치네

소리 업시 오시는 눈
열치 열자 싸여라
우리 옥동 고슬고슬
엄마 품에 잠든다

아가 아가 쑴쑤어라
옥 가마에 은방울
딸낭딸낭 뫼고 가자

* '이구李求(이헌구의 당시 필명), 인섭寅燮 합작' 이라고 표기되어 있다.

고개 고개 넘어서
하얀 들에 하얀 집
주인님을 차자가
구들목에 누어서
겨울밤을 새우지

—《어린이》, 1928. 1.

이역의 제야종

1931년! 20년에 가까운 학창 생활도 마지막인 해 설날! 미지의 순결하고도 숭엄한 인생의 향성香城을 찾아 헤매던 온갖 동경의 꿈도 여지없이 깨어지고 시들어진 청춘의 여훈餘薰이 그마저 겨울밤 찬 바람에 날아가 버리고 마는 듯하였다.

방정맞게도 섣달 그믐날 밤 하숙을 옮겨놓고 짐도 정돈하기 전 찾아온 S와 함께 거리에 나섰다. 동경의 거리 밤을 새우는 도시의 훤소喧騷는 모든 세태의 아우성과 울부짖음에 섞이어 더욱 소란하였다. 은좌의 페브먼트를 S와 나란히 걸었다.

네온사인이 특히 퉁명맞게 명멸하고 있다. 오고 가는 시대아時代兒의 발길에 밟히는 그 길 위에는 모든 현대 사회와 인간의 악착한 피 흔적으로 더럽혀지는 것 같다. 그러나 그네들 남녀는 분주히 달음친다.

얼음을 끼얹은 듯한 창공에는 아무도 보지 않는 하현달이 가슴을 찌르는 칠수匕首와 같이 날카롭게 걸려 있다. 밤—지금 막 오려는 새해의 전야—이해 이 지구의 심장을 당장 찢어놓으려는 듯이 거리를 노려보고 있다. 그 달이 마치 내 가슴을 찌르는 듯하다. 섣달 그믐날 밤…… 시간은 거리를 휩쓸어 달아난다.

어느새 나는 어떤 소바집에 들어가 앉았다. 일본 사람은 의례히 소바를 먹어야 나이를 먹는 줄 안다. 시계는 12시를 막 가리키려 할 때 라디오를 통해서 새해를 아뢰는 절의 쇠북 소리가 무섭게 힘차게 울려온다. 새해의 첫 종이다. 내 전 심신의 혈관이 일시에 정지되는 듯했다. 나는 S의 꼭 닫힌 입술과 까만 두 눈을 들여다보았다. 그 가슴에도 알지 못할 커―다란 신비에 가까운 충격을 느끼는 모양이다. 젓가락을 든 채 눈도 깜박이지 않고 그 종소리에 귀를 기울였다. 아니 두 가슴의 피가 한데 엉키어 얼어버리는 것 같다. 그 순간에 내 머리에는 그 안해(1930) 첫날 새벽 상야上野 공원에서 울려오는 종소리에 동무들과 노래를 부르다가 잠자코 귀를 기울이고 앉아 청춘의 험로에 부닥치는 고민의 성낸 파도 소리를 듣는 듯한 엄숙한 위압을 받던 생각이 떠올랐다. 이 앞으로 1년 동안 일어날 온갖 미지의 운명을 이 종소리가 내 심령에 깊이깊이 못 박아주고 또 계시해주는 것이다.

기뻐해야 할 새해에 웃어야 할 이 마음이 여러 천 길의 심연 속으로 내 몸과 함께 빠져 들어가는 듯하다. 옆에 앉은 S가 나를 다시 새로운 길로 이끌어갈 것도 같고 나를 영영 깊은 오뇌의 함정에 빠져 넣을 것도 같다.

이 숭엄하고도 긴장된 이 순간의 직감이 때때로 내 심혼을 깨우치며 한없이 흐늑여 울게 하는 커다란 잠세력潛勢力이 되어 있다.

기쁨을 맛보지 못한 괴로운 마음에 이역의 마지막 울려 전하던 그 종소리가 지금도 새삼스럽게 내 가슴을 찢어준다. (1932년 12월 7일 밤)

―《신여성》, 1933. 1.

조부의 자안慈顔과 소년의 별루別淚

1923년 이른 봄 3월 초하루! 지금부터 약 10년 전이다. 나는 그때 서울서 중병으로 거진 죽었다가 귀향하여 휴양의 1년을 보내었다. 그러는 동안 내 고향에 있는 소학교에서 반년 동안 교편을 잡았다. 그러나 나는 그대로 궁벽한 농촌에 묻혀 있기에는 너무나 어리었다. 아름다운 그러나 어려운 이상의 꿈을 저버릴 수 없었다. 그리하여 새로운 용기와 결심을 가지고 상경의 길을 떠났다.

나는 내 소년 시대를 한없는 자애로 싸주시고 키워주시던 조부 앞에 하직하는 절을 하려고 갔다. 벌써 70이 넘으신 노령! 뜰아래서 나를 보시더니 쌍안에 눈물이 그렁그렁하시면서

"또 서울로 가는구나. 그 잘난 공부 때문에 내 마음이 괴로워 못 살겠다. 그래도 요행 살아나 네 하내비(할아버지의 와칭訛稱) 아래 있을 줄 알았더니…… 네가 가고 난 뒤 네 얼굴이 눈앞에 뵈이고 네 목소리가 들리는 것 같아서…… 이래 늙은 게 그저 너를 그리워하다가 다시 보지도 못하고 죽겠지—"

내 커다란 두 눈에도 눈물이 핑그르르 돌았다. 어릴 때부터 조금만

해도 설워 울던 내가 열여덟인 이때까지도 그 눈물이 말라버리지 않았다.

나는 흐르는 눈물을 씻을 사이도 없이 발을 돌려 거기서 30리나 되는 눈길을 걸어 원산 가는 배 타러 걸어가야 한다. 애정과 눈물과 애석으로 보내주시는 일가 아주머니, 형님, 어린 조카들을 뒤두고 총총히 먼 길을 떠났다. 행길에는 내가 가르치고—보담 늘 따라다니며 함께 놀던—귀엽게 여기던 어린 학생들이 몰려서서 안타까운 듯이 추위에 얼굴을 붉혀가지고 서 있었다. 그중에도 D, K 두 학생은 소 등에다가 내 짐을 싣고 30리를 같이 걸어가려고 나섰다.

멀리 떨어져 있는 북국의 이른 봄 산과 들에는 아직도 눈이 하얗게 덮여 있고 행길에는 오고 가는 사람의 그림자가 퍽도 드물었다. 30리 길을 그렇다 할 이야기도 없이 남겨두고 가는 어린 동무와 앞으로 시작될 서울의 생활을 가슴속에 그리면서 다 와버렸다. 벌써 짧은 겨울 해가 기울어지기 시작한다. 나는 그들에게 점심을 사주고 서운하나마 돌려보냈다. 두 소년은 돌아서며 "선생님, 안녕히……." 그 말은 떨리고 낮았다. 그러나 내 가슴속에 커다란 돌을 던지는 것같이 가슴이 찌르르했다. 그 두 소년의 두 눈에는 눈물이 핑그르 돌아 얼굴을 푹 숙이고 돌아간다. 검은 옷자락이 찬 바람에 휘날린다. 뒤도 돌아보지 않고 빠각빠각 길을 밟으며 소를 몰아가는 그 두 소년의 뒷모양. 그를 바라다보는 내 눈에도 눈물이 돌아. 저녁 해조차 흐릿하게 비추어진다.

10년이 지났다. 할아버지는 다시 학업을 마치고 돌아오는 외손자의 얼굴을 보지 못하고 재작년에 돌아가셨으며 그 두 소년 중 한 소년은 가난에 쫓기어 곧 북간도 만주로 이사 갔고 한 소년은 지금 ×× 사건으로 철창에 영어囹圄되어 있다.

10년! 그리운 그때 다시 못 볼 그리운 그들의 얼굴, 그리운 그 눈길,

그 산천! 모두 다 잊지 못할 추억의 내 마음속의 기념탑이다.

—《신여성》, 1933. 2.

꽃과 더불어

소위 대동아 전쟁이 일어나 이 땅에 가열한 군국 일본의 부자비한 탄압이 '적미영격멸敵米英擊滅' 일로一路로 휘몰아치는 중에서 나의 단 하나의 또 마지막의 안식의 곧 영화관에서까지 나의 꿈은 완전히 빼앗기고 말았다. 어느 그늘에 숨어서 숨도 크게 쉬어보지 못하고 어느 누구 앞에서 소박한 얘기를 주고받을 친우의 분위기마저 상실되었을 때, 내가 종로 네거리에서 어느 향우鄕友와 더불어 또 그 향우의 힘을 빌려 생전에 생각도 꿈도 못 꾸었던 '꽃방'을 차려놓았었다. 그것이 무슨 도연명 류의 은사적 고고孤苦의 취미에서도 아니었을 것이요 또 넓은 정원에 화단을 꾸며놓고 모란이나 작약이나 야지野地의 화초를 가꾸어 애완하는 풍족한 생활을 향수해보았던 경험에서의 결과도 물론 아니었다. 게다가 원래부터 대단한 식물학적 지식이나 있어서 허다히 수입 재배된 서양 우又는 남양南洋이나 열대 이방의 기화요초에 취미를 가졌음도 아니었다. 어쩔 수 없이 말하자면 몸과 마음을 잠시 내버려 맡겨둘 자리를 두루 헤매 찾는 나머지의 소치였을 뿐.

그러나 꽃에 대하여 가져왔던 막연한 열정—그는 마치 미지에 대한 연모와도 같은—의 실마리가 내 가슴속에 오래오래 서리고 또 얽히었던 것이다. 일찍이 「꽃 없는 서울」이라는 글을 쓴 일도 있고 그 후에도 몇 번 꽃에 대한 얘기를 무슨 소학생 작품처럼 적어내기도 했던 것이다. 일본 동경의 학창 시대에 겨울에서 봄 사이에 프리지아니 스위트피니 또는 카네이션이니 또는 장미나 수선 등을 책상머리에 꽂아보던 일종의 여학생 취미와도 같은 그리 높지 못한 생활 풍경이 서울에 완전히 몸을 담고 지내게 된 1931년대의 그때 완전히 이러한 꽃을 구할 길이 없었던 허망한 생각에서 결과된 막연한 연정이 어찌어찌해서 16, 7년이 지난 하잘 수 없는 딱한 그 시절에 나로 하여금 꽃방을 경영하게 된 기구한 운명으로 이끌어 들이기도 했던 것이다.

지우知友들이 또 멀리 압록강 변의 의주에 은거하고 있던 장 형까지 일부러 나의 이 일견 화려한 자리를 원방래遠方來, 찾아와 담소와 격려와 위로를 함께 해주었다. 때마침 6월 초라 신록이 녹음으로 변해가는 계절의 이동에 따라 생생하고 청신한 각종의 화초가 점두에서 발욱發郁하는 훈향薰香과 더불어 오색이 아니라 10색 20색으로 서로 경연하는 것도 볼품이 있었던 것이다.

직업에 따라 이르는 바 직업의식이라는 것이 자연 생겨지는 법이어서 고객에 대한 관심이 날이 갈수록 그 도가 깊어지는 것이었다.

그런데 그에 앞서 소위 개점하기 전에 나는 조그마한 인쇄물을 준비하였던 것이요, 그 도안을 화가 정현웅 씨에게 의촉依囑하여 포켓 속에 넣어가지고 다닐 수 있도록 예쁘장하게 3절로 만들었다. 제1면에 '與善人居 如入芝蘭之室 云云'의 공자가어孔子家語와 '棕櫚花滿院 苔蘚入閑房……'의 당唐의 왕창령王昌齡의 시를 넣고, 다음에는 꽃에 관한 시조 한 수를 고르고 고르다 못해 드디어 이를 실행 못 했으니 때는 일어日語 일색으로 일절 언어와 문자가 단 하나의 그 빈약한 가나모지〔假名文字〕밖에 사용될 수 없는 때라 점방 광고용이라서 이게 용허될 수 없어 고르고 고른 것이 일본 시인 이시카와 타쿠보쿠[石川琢木]의 '그대 주신 빨간 장미를 한 비단에 싸고 또 싸도 그 향기 더욱 높아 풍기는고녀—'라는 의미의 시를 집어넣을 수밖에 없었다.

다음에는 꽃을 가꾸는 법, 꽃을 꽂는 법, 꽃을 증여하는 법 등등을 예저기* 화초재배법 3, 4권을 이리 추리고 저리 추려서 기재하고, 다음 면이 나의 이 적은 인쇄물에 대한 최대 관심사였으니 한 면은 희랍 신화와 외국 전설 중에서 꽃에 관한 로맨스를 주워 모은 것으로 영란鈴蘭, 장미, 아네모네, 구일규句一葵, 히아신스, 물망초, 나르시스 등에 대한 얘기들이요 다른 한 면은 외국에서 오래 전하여지고 있는 꽃에 대한 점언占言 60여 개로 채워보았다.

그리고 이 인쇄물을 가지고 나는 각 여학교 도화 선생과 상급반 담임 선생을 역방歷訪하기도 했고 점두에서 꽃을 이해할 만한 분에게 이것을 분배하기도 했다. 이러는 중 전쟁은 점점 치열해져서 일본은 패전의 미봉책에 벌컥 뒤집혀져 일본이 아니면 들어올 수 없는 양국洋菊, 카네이션, 스위트피의 비행편 운송로는 말할 것도 없고 선편船便으로 해서 가져 오는 것도 길이 막히게 되어 꽃방에도 일대 협위의 바람이 불게 되어 나는 또다시 우수에 잠겨 꽃마저 빼앗기는 슬픔을 맛보지 않을 수 없었다.

'팬'이라고까지 나도 그렇게 믿었고 또 아는 사람도 그리 보아주던 영화의 세계에서도 추방당했고 꽃마저 나에게 잔업으로서는 물론 빛과 향기의 아름다운 분위기를 빼앗아 가고 말았다.

이러한 추억하기에 심히 불쾌하고 우울한 그 기분이 해방 후에도 완전히 가시지 아니한 것은 또 어이한 일인가. 영화의 세계는 얼마만큼 완

* 여기저기.

화되어서 이따금 극장에 가는 습성을 다시 회복하였다마는 아직도 꽃방은 그대로 서리 맞은 채 겨울이면 그 흔하던 수선도 구하기 어렵고, 카네이션, 양국 등의 겨울 꽃들은 그대로 자취를 감추어 서양 영화 중의 어느 장면에서나 이러한 꽃들을 발견하게 됨도 생각하면 또한 허망한 일이기도 하다.

잊어버리고 또 잃어버린 사랑하는 이를 꿈에서나마 찾아 만나보는 심회의 허무에서 해방되어 새로이 사랑하는 이를 어둠 속에 빛나는 별처럼 밤의 정숙 속에서 더듬어 헤매 찾느니보단 차라리 한잔 술에 모든 잘고 바스러진 신경을 마취시켜서 "저놈 미쳤군. 나이깨나 먹어가지고……." 하는 남의 지탄과 비웃음도 아는 척할 것 없이 찬 바람이 이는 밤거리를 고성질호高聲疾呼 목 놓아 노래 부르다가 잘못 걸려들어 차디찬 마루방 신세를 지더라도 그 고달프고 김빠진 육체 위에 영원한 천사가 나타나 부드러운 숨결과 매끈한 손길이 병든 혼을 소생시키는 일도 없지 않을 것이리라. 다시 꽃 없는 서울에서 임 없는 설움을 맛보는 현실 위에 이를 악물고 주먹을 부르쥐고 "나아가자꾸나! 이 겨레의 새날 앞에……." 이렇게 외치는 알고도 모르는 젊고 어리고 건장한 동족의 벅찬 아름답고 씩씩한 구호를 나는 또 오늘 새벽 꿈에서 깨어나 저 멀리 간절히 또 측은히* 그리워도 본다.

—《백민》, 1949. 3.

* 원문에는 '치근히'로 표기되어 있다.

단상斷想

새벽하늘에
쪽처럼 그린 그믐달이
헌듯 동창 밖에 나타나드니
어느 픗시악시 눈매런가
고만 구름 속에 숨어바리네

저 머언 바다야
물결 소리도 숨 걷운 채
이날이 새면
새로운 태양이
뚜렷이 오ㄴ 누리에
차고 또 넘칠 건가

그나마
욱 파고드는 님의 모습이

숨어바린 그믐달 같아야
새날이 동트기까지
이 정성 잠 못 이루고
초연히 앉엇구려

(4283년 9월 9일 새벽 부산에서)

—《문예》 전시판, 1950. 12.

정신적 자기 혁명

1930년대의 찰리 채플린은 자기의 인생철학을 "I stand alone(나는 고립한다)."이라는 회의적이요 비관적인 일구로 대표하였다. 20세기가 가진 유일한 영화예술가요, 현대 의식에 철저한 이 영화인의 일언은 물론 채플린 한 개인의 문제만은 아니요, 서구를 중심한 모든 양식 있는 지식인—예술가 · 사상가—의 공통된 운명적 인생 과제이기도 한 것이다.

스스로 의식함은 아니나 모든 인간의 대열에서 떨어져 버려지기도 하고, 그 대열 속에 끼어 있기는 하나 보조가 맞지를 않아서 행진하는 대열의 질서를 깨뜨리는 결과를 가져오기도 한다는 것이다. 뿐만 아니라 그 대열에 참여하지 않음으로써 이단자시되기도 하고, 백안시되는가 하면, 때로는 그 대열에 끼어야 할 것을 충분히 인식하면서도 그 속에 뛰어들 노력과 의지와 결단성이 없어서 스스로 낙오자가 되기도 한다는 것이다.

이러한 고립의 심리적 상태를 우리는 충분히 이해할 수 있는 것이다. 더욱 그러한 우유부단성이 백일하에 드러나 대중이 보는 자리에서 지탄을 받아 야유를 당할 때 이러한 조소를 받는 자의 절망적인 불안을 우리는 더한층 동정하고도 남음이 있을 것이다. 때로는 그 절망적 불안이 직접적으로 반항 · 폭발되는 허망적 발악도 우리는 양찰諒察할 수 있는 것이다.

문학은 실로 이 대열과 함께 있으며, 그 중인衆人과 더불어 있는 것이 아니라, 일견 지극히 억겁적臆怯的이요, 유약해 보이는 이 한 인간을 그 정신 상태에서, 그 심리적 과정에서 분석하고 통찰하고 이해하고 포용하여서 인간악이 아니라 인간약人間弱의 선善적인 한 성격을 구현하는 데 있는 것이다. 이러한 상식적인 견해는 그대로 새삼스럽게 논위될 바 아니나, 사회 대 개인이라는 견지에서 볼 때 우리는 오늘의 현실에서 새로운 사실을 발견하는 것이다.

사회적 · 전체적 운명에 대한 개인의 운명이 집단 전체의 행동에 대한 개인 행동의 연관성에 대하여 그 주종의 관계 내지 자유라는 개념으로 규정되는 한계에 대해서, 문학인, 그리고 문학은 어떠한 태도를 견지해야 되며, 어떠한 행동으로 구현되어야 할 것인가? 오늘과 같이 한국을 비롯하여 국제적으로 긴장 상태가 절정에 달하여가고 있는 이 순간, 예술이나 정치나 경제나 종교나 과학이 총체적으로 받고 있는 중압 속에서 어떤 안이한 이기적이요, 현상 추수 내지 기피의 그러한 퇴영성의 일시적 · 잠정적 존재만이 허용되어지는 이 엄숙한 사실 앞에서, 바야흐로 1954년은 우리 인간 전체 위에 어떠한 운명을 가져올 것인가? 국제적 정치 회의와 공식 내지 비공식인 회합에서 귀결되리라는 그런 안가安價한 위축 심리에서, 또 그렇게 일임해버리는 것으로 충족하다고 할 수 있는 것인가.

문학은 인간의 운명, 역사의 전환, 문명 내지 문화의 창달이라는 거창한 흐름과 모습을 파악하고 구현하는 것으로 우리에게 전습傳襲되어온 것이다.

그러므로 문학 정신은 시대정신의 더 높은 종합적인 개연성으로 발현됨으로써 모든 인류사상의 더 항원한 기록이 되기도 하는 것이다. 우리가 문학에서 현실성 · 시대성 · 사회성을 강조하는 의미는 필연적으로 그러한 발전 과정을 우리에게 제시하였기 때문이다.

그러므로 1920년 이래 제1차 대전을 치르고, 제2차 대전에 이르기까지 모든 회의와 준순逡巡과 불안과, 또 어떤 몽환은 제2차 대전을 거쳐서 10년을 맞이하려는 오늘에 와서는 그것이 구체적으로 우리에게 육박해와 있기 때문인 것이다. 다시 말하면 3차 대전의 위협이 시시각각으로 긴박해지는 듯한 평화냐 전쟁이냐 하는 이 숨 가쁜 긴장 상태 속에서 문학만이, 또 문학인만이 안일하게 온실 속에서 편한 동면이 계속될 수 있느냐 하는 난관에 부딪혀버릴 것이다.

이르는 바 원자탄전이 실질적으로 회피되지 않을 때의 그 후에 오는 인류란, 그리고 인류가 5천 년간 지녀오고 오늘도 가지고 오는 일절의 문화는 어떻게 될 것인가에 상도想到할 때 우리는 무엇을 해야 되는 것인가? 더 구체적으로 1953년 12월 9일의 세계적인 한 위정가의 연설은 무엇을 의미하는 것인가? 이러한 국제적 전망이나 그 어떤 추세에 대해서 논할 하등의 자격을 갖추어 가지지 못한 나 개인임을 충분히 잘 알고 있거니와, 요는 우리가 1930년대의 그러한 고립이라는 정신으로써 이 가열한 현실과 싸워 이겨서 새로운 문학을 창조할 수 있는가 하는 일 점이다.

우리가 고립할 수 있는 것이며, 또 고립의 정신만을 매만져야 하는 것인가 하는 현실 문제인 것이다. 원자탄 앞에 굴복하지 않으면 안 되는 소련의 공산 제국 침략주의라 하더라도—이 가상은 지극히 위험하나—그들이 1949년 이래 제창해오는 가장된 평화 공세의 또 새로운 선전 공세에서 이겨나갈 강력한 정신 태세가 우리들에게 어떤 형태로 자리 잡고 갖추어져나가고 있느냐 하는 현실 문제인 것이다.

1년 전인 1952년 12월 12일 오대리墺地利*의 수도 윈**에서 열린 세계 제국민평화대회 석상에서 일찍이 반공 작가로 세계에 선전된 장 폴 사르트르를 의장단의 한 사람으로 맞아들여, 그로 하여금 "첫째 서구 제국이 상호 합의하여 점차로 경제적 독립을 발견하는 수단을 검토하여, 대서양 조약의 유대를 완화하는 일이다. 다음 새로 출현된 독립에 의하여 서구 제국이 동구 민주주의 제국과의 우호적인 연대 관계를 재건하여 열列하면 불소佛蘇 조약과 같은 조약을 재건시키는 일이다……."라고 친소적인 전향을 표시하게 한 이러한 침수 공작을 우리는 무엇으로 막아내어 자유의 깃발 아래 우리의 문학 내지 예술의 세계를 유지 · 형성 · 발전시킬 수 있는 것인가?

물론 사르트르는 이 개회사의 연설에서 결론으로, "우리들은 현재는 아직 소수파이지만, 다음 대회에는 적어도 우리 각국의 다수파의 대표가 되고 말 것이다."라는 멋쩍은 희망적 비명을 올리고 말았다.

이와 같이 대척적으로 자유 · 문화 · 예술인의 회합으로

'중위中位의 길은 서구 노예화의 길이요'

'미구美歐의 결합은 역사적 운명이며'

'감옥監獄의 평화는 누구나 원치 않는다.'

'자유와 평화는 불가분이다.'

라는 대전제하에 개최된 이미 3년을 경과한 1950년 6월 26일의 백림伯林***문화회의의 경위와를 비교할 때, 우리들 자유 진영의 제일선에 선 한국 예술인 · 문학인의 책임은 너무나 중차대한 것이었다.

상기 백림회의에서 반공문학의 제일인자인 오토 게슬러의 가열한 이

* 원문에는 '墺大利'로 표기됨. '오스트리아'를 지칭하는 '墺地利'의 오기로 보임.
** 빈Wien.
*** 베를린.

현실에 직면한 서구 지식 계급의 회의적 불철저를 비난한 것이라든지, 80 고령인 세계 학자인 아돌프 위버 교수가 문화적 자유, 정치적 자유와 분리해 생각해온 재래의 독일식 오류를 지적하여, 정치적 자유 없이 문화적 자유가 없다는 강렬한 부르짖음을 생각해볼 때, 문학에 종사하는 이들의 재래식 사고방식에 일대 혁신을 가져와야 할 현실에 직면한 지 오래였어야 할 우리들이다.

만일 한국에 문학이 있는가 하는 이런 질문을 받을 때 감연히 "노."라고 부인할 것이리라.

그러나 6·25 동란 이후 모 외국 문화인이 한국 작가들의 작품 경개梗概를 듣고, 그 천편일률적임에 눈살을 찌푸리더라는 이 사실을 우리가 전적으로 수긍할 필요도 이유도 없다고 하겠으나, 그러나 이것은 오늘의 우리들로서 반성할 하나의 초석이 되는 것임에 틀림없지 않을까.

격동하는 세계와 더불어 살아나갈 뿐 아니라, 앞장서서 싸워야 하는 것이 모든 문학·예술인의 성스러운 임무이기도 한 것이다. 제1차 대전 시 로맹 롤랑의 인도주의적 항쟁과 앙리 바르뷔스와의 논전을 비롯하여, 20세기의 모든 예술가 중 특히 문학인은 사상적으로 행동적으로 또 그 작품으로 가열한 현실을 비판함으로써 인류의 미래를 위하여 싸워왔던 것이요, 또 인류의 정의와 자유와 평화를 위하여 그들은 인도의 전사로서 불멸의 영예를 남겨놓았던 것이다. 오늘의 현실은 괴테나, 셰익스피어가 살았던 그 시대가 아니며, 톨스토이나 도스토예프스키가 살던 시대도 아닌 것이다. "인생은 짧고 예술은 길다."는 금언만으로써 모든 것이 설명되어질 수 없다. 그 어떤 진리에 순殉하는 높은 신념과 각고하는 정신의 뒷받침 없이 이 혼란과 이 고난을 이겨나가기에는 너무나 약한 우리 인간인 것이다.

전쟁은 물질적으로나 생리적으로만 인간을 불행하게 하는 것이 아니라, 우리 정신 속에도 추측할 수 없는 깊은 상처와 파괴를 이루어놓는 것이다. 때로는 정신 위에 받은 타격과 충격은 표면적으로는 이상을 느낄 수 없으나 속 깊이 파고든 상흔은 난치 · 불치 그대로 정신 자체를 변질시키는 것이다.

그러나 그 엄숙하고도 무자비한 전쟁에 대하여 평화와 자유를 사랑하는 우리들로서 이 비참을 눈감고 지나칠 수 없는 것이요, 가사假使 시간적으로도 자신만이 이 비참에서 벗어날 수 있는지는 모르나, 그 비참의 그 어느 편모나 여론이나 때로는 비참 자체가 자신을 덮쳐누르게 되는 것이다. 요행과 같은 그 기적과 같은 그러한 특정된 행운이란 것이 예외없이 있을 수 있을 것인가? 생리적으로 정상적인 건강자에게 이상異常의 맥박과 호흡과 체온을 가져오지는 못한다. 그러나 정신적인 면에 있어서 우리의 사고는 무한히 비약하고 선양되는 일방, 지극히 몽매하고 퇴영적인 면에 굴복된 채 굳어버리기도 하는 것이다. 시대와 더불어, 세대와 더불어, 인류의 양식과 더불어 호흡을 같이하고 보조를 함께한다는 것은 그리 용이한 일이 아닌 것이다. 정신적인 자기 혁명이 없이 오늘의 세대에 존재할 수 있으나, 그 이유를 가질 수는 없다. 그러면 그 정신적 자기 혁명이란 무엇인가? 그것은 고독에 철저하는 정신이다. 즉 신념에 철저하는 정신이다. 일절의 타협을 거부하는 정신이다. 그리고 일절의 위장된 현실에 굴종하지 않는 정신이다. 부단히 자기 자신을 반성 비판함으로써 자의식의 과잉을 제어하여서 인간 의식으로 용진하는 정신이다. 일절의 문학 · 예술 사상을 받아들이는 데 인색하지 않으나, 그를 자체화하는 데 있어 일루一縷의 준순과 회의를 초극하는 정신이다.

우리는 생존하기에 형언할 수 없는 물질적 빈궁 속에 놓여 있으나, 이 빈궁의 말살을 위하여 우리는 더한층 강한 정신력을 가져야 하겠다.

수난자의 영광만을 감수하는 소극성을 배제하고, 현실에 항거하여서 인간 본연의 자유와 평등을 기본적으로 향유하도록 적극적인 노력을 게을리 말아야 하겠다. 민주주의적인 혁신은 완만한 것이라고 하나, 이것은 과거의 한 경험으로 존중할지언정 완만된 그 보조로써 이 위기가 극복될 수 있을 것인가를 생각해보아야 할 오늘의 현실인 것이다.

우리는 고립된 것이 아니라, 많은 선린善隣을 가졌다는 자랑을 말하기 전, 우리 각자의 운명을 개척하기 위하여 우리가 선 자리, 우리의 나갈 길, 그리고 우리의 할 일에 대한 원칙적이요 근본적인, 종합적이며 전체적인 하나의 스크럼을 형성하여야 할 것이다.

문예 전선은 전진한다. 자유와 더불어, 인류의 양식과 더불어, 그리고 더 높고 더 아름다운 여신상을 이 땅 위에 길이 우뚝 세우기 위하여, 그러나 나는 고립하는 것이다. (1953년 12월 10일)

—《문예》, 1954. 1.

제5부 문단 회고·문단사

극예술운동의 현 단계

—실험무대 탄생에 제際하여

조선에 참다운 신극을 수립하기 위하여는 먼저 진정한 의미의 극예술운동을 일으키지 않으면 안 되겠다는 절실한 사회적 충동과 내재적 요구로써 조직된 것이 극예술연구회이다. 현 조선의 문화운동을 일별할 때 우리는 두 가지의 공통된 사실을 발견할 수 있으니 그 하나는 조선의 과거 문화운동에 대한 자체적 비판 내지 청산이요, 그 하나는 이러한 새로운 자아 인식에서 출발하여 새로운 계몽적 건설운동으로 전진하려는 진실한 노력 그것이다. 따라 우리가 극예술운동을 제창하며 신극 수립을 목표로 하는 것도 결국 이러한 전 조선적 귀일歸一된 문화운동의 일익으로서의 출현에 불과하다.

그러나 조선과 같이 하등 극적 전통을 가지지 못하고 그런 데다가 나날이 외국 신문화의 정통보담도 말류末流를 흡취하는 폐해가 오히려 우심尤甚하여 왔던 오늘의 조선 극계의 확청廓清은 실로 중대한 사회적 내지 문화적 의미를 가지게 되는 동시에 그 실천에 있어서 막대한 곤란과 고통을 절감케 된다. 더군다나 모든 예술 부문에 있어서 이 예술과 같이 집단적 행동을 필요로 하는 운동에 있어서는 비상한 노력과 의지적 결합과 경제적 토대를 그 근본 의의로 함이랴?

그러므로 조선에서 신극운동을 재출발하는 의미에서 완전히 수립하기 위하여는 이 운동을 위하여 최후까지 운명을 하려는 극애호가, 극연구가, 극작가와 극장인을 절대 필요로 한다. 가까이 일본의 신극 수립 시대를 보더라도 쓰보우치 쇼요〔坪內逍遙〕나 오사나이 가오루〔小山內薰〕 등이 그네의 모든 것을 희생해가면서 한편으로는 배우학교와 연구회를 열어서 건실한 배우 양성에 노력하는 동시 극연구가, 극애호가, 극작가는 항상 그 주위에서 또는 그 중심에 서서 일치된 공고한 의지적 결합으로써 운동을 지지 옹호하여나갔던 것이다.

그러나 조선에 있어서 과거 극운동이 얼마만한 진정한 극애호가와 극장인, 극연구가를 가져오던가? 이것은 다소라도 극계의 관심을 가지는 어느 누구나 다 이미 잘 알고 있을 줄 안다. 그리하면 이와 같이 전연 진정한 의미의 극예술운동이 전 사회인의 요구로 지지 옹호되어오지 못한 최대의 원인은 어디 있었던가? 우리는 그 최대의 원인을 당시의 조선 사회가 문화운동 중에서도 특히 극예술운동과 같은 '광대놀이'는 그렇게 필요를 느끼지 않았으며 필요를 느꼈다고 하더라도 그 필요 이상으로 극예술을 모욕하는 전통적 인습이 더 컸던 것이다. 환원하면 그네들은 극예술을 이해하지 못했던 것이다. 그만큼 문화 정도가 낮았으며 따라서 편협했던 것이다. 따라서 일반 사회인뿐 아니라 진실로 극예술운동을 최후까지 사수하려는 극장인이 극히 적었던 것이다.

그러나 오늘의 조선은 참다운 극을 절실히 갈망하고 있다. 보다 극장이나 공회당에서 몰려나오는 청년이나 학생이 얼마나 진정한 극을 요구하여 나아가 자기네의 기대를 만족시킬 수 없는 그네들이 제각각 자기의 동지를 모아가지고 학생극운동을 열렬히 일으키고 있지 않는가. 이러한 현실을 목전에 두고도 참다운 극운동이 일어나지 않는다면 그는 사회의 역행이요, 퇴보요, 위축이요, 변태일 것이다.

이리하여 신극 수립 운동의 개시는 곧 조선의 사회인의 절실한 요구의 반영이며 그에 대한 필연적 소산이다. 그러나 여기에 남아 있는 중대한 문제는 금후 어떻게 극운동을 전개시킬 것인가? 에 귀착하게 되었다. 이 문제를 가지고 우리 극예술연구회에서는 4개월이란 시간을 두고 거듭거듭 논의하여왔다. 우리는 먼저 각자의 연구 충실을 기도하는 동시에 그 구체적 방도의 강구에 고심하였다. 그러나 문학과 같이 우리의 재질이나 노력 여하로써만 창작되는 예술이 아니요 적어도 어떤 집단을 요구하여 그 힘으로써 비로소 생기는 종합예술인 만큼 인원으로나 물질으로나 최선의 방법을 발견하지 않으면 안 되는 것이다. 그렇다면 지난 11월 8일 《조선》·《동아》 양 지상에 발표된 '실험무대'란 어떻게 조직되고 어떠한 형태로 출현될 것인가?

'실험무대'는 그 이름이 제시함과 같이 결코 영리적 극단이 아니다. 우리의 최후의 목표 최대의 사명은 오로지 신극 수립에만 있다. 그러므로 우리는 조선과 같은 이 현실에서 어떤 물질적 획득을 전연 문제 삼지 않는다. 그리하여 우리는 오직 재래의 모든 불순하고도 혹은 사도邪道에 흘러가려는 극예술을 어디까지든지 새로운 길로 인도해가려는 것뿐이다.

그러므로 우리는 다만 신극을 생명과 같이 또는 자기의 사회적 내지 또는 예술적 사명과 같이 인식하려는 동지로부터 시작하려는 것뿐이다. 그러므로 '실험무대'는 오락 내지 대중적 흥미에 문합하려는 일체의 추종적 아첨적 경향을 배격한다. 왜 그러냐, 그 이유는 단순하다. 조선은 사회에 있어서 극예술의 가지는 본질적 사명의 분야는 대중을 교도교화教道教化하는 문화운동의 일부분이 되어야 하기 때문이다. 그러므로 우리가 무대를 통하여서 사회에 어필하려는 것은 일반 대중에게 극예술의 본질적 생명을 이해시키며 그를 통하여 관중의 감정을 통일시켜서 무언한 가운데 한 새로운 세계를 발견하려는데 있을 따름이다.

이러한 진실하고도 성의 있고 열이 있는 한 유기체를 운전해가기 위하여는 먼저 이 '실험무대'를 대중 앞에 내어놓을 때까지의 충분한 준비와 노력이 있지 않으면 안 된다. 그리하기 위하여 우리는 적어도 3개월 이상의 실연을 위한 본질적 또는 기술적 훈련과 의지적 종합을 필연적으로 요구하였다. 이것이 이번 연구생을 모집하는 최대 이유다. 참으로 신극 수립을 위하여 생명을 바치려는 미지의 미래의 연극인을 우리는 절실히 요구한다. 기분으로나 야심으로나 허영으로써가 아니요 진실로 극장인으로서의 사명을 철저하게 각오하는 신진 신극 건설자를 문인을 널리 구하려 하며 또 그것이 우리의 최대의 사명이요 이상이다. 그리하여 우리의 신예술운동이 결코 대중적 아첨 부동하려는 것이 아니요, 끝까지 신극의 수립에 있음을 약속하며 그 실천을 위하여 일로매진하려는 것이다.

최후로 '실험무대'가 일반 사회인 특히 극애호가에 대하여 일언하려는 것은 우리는 어디까지나 생명을 도賭하여 이 신극 수립에 노력하기를 각오하고 있으며 더욱 우리 극예술연구회의 내적 충실—의지적 결합—을 공고히 하여 어느 때든지 우리의 근본적 사명과 그 토대의 건설에 조금도 게을리하지 않는다는 것, 따라서 결코 우리의 이 운동이 사회의 유기적 또는 필연적 촉망과 기대에서 벗어나지 아니하고 조선 사회의 운명을 함께하여 신문화 건설 도정의 일 역할을 충실히 하겠다는 것을 공공연히 표시하는 바이다.

환언하면 우리는 독특한 극예술의 분위기에서 향락하려는 것이 아니요, 적어도 이 '실험무대'를 통해서 조선 사회와 굳게 악수하고 밀접한 교섭을 가지려 하며 항상 정당한 사회의 요구와 기대를 더 일층 조직화하고 통일화 구체화할 레퍼토리를 상연하여서 극으로서의 사회적 역할에 충실하려는 것이다. 극예술은 인류 문화의 총화다. 그 목적은 투쟁의 진압이 아니요, 인생을 확대 강대 미화하는 데 있다. 그리고 극장은 운명과 환경으로부터 오는 장애와 싸우는 인간 의지와 감정의 전개를 보여주는 장소에 불과하다.

—《조선일보》, 1931. 11. 5~6.

《해외문학》 창간 전후

학예부의 K 형이 《해외문학》을 창간하시던 전후의 야심적인 시기의 회고를 써달라는 부탁을 받은 지는 벌써 2주일이 지났다. 나는 처음 이 요청의 적임자가 아니라는 것을 곧 K 형에게 전달하였더니 그 회시回示적 명령(?)은 그래도 좋으니 그러면 그런 의미에서 써달라고 한다. 이래서 이 과제가 내 손으로 엮어지게 된 것을 먼저 말해둔다. 즉 이 《해외문학》 창간 당시 나는 직접 그 일에 관계를 가지지 않았었다. 그러나 그때의 그 일이 지금의 나 자신과 밀접하고도 지대한 관계를 가지었으므로 여기 당시의 일 방관자적 감정을 가지고 수감隨感을 적어보려고 한다.

《해외문학》 창간호 준비는 1926년 겨울 때인가 보다. 그리고 남상지濫觴地는 일본 동경! 먼저 나는 여기서 세 가지의 중대한 요건을 여기에 들 필요를 느끼었다. 즉

1926년이라는 시기와

일본 동경이라는 지대와

해외문학파라는 새로운 출현!

이 삼위일체에 대한 고찰을 하는 것이 그 시대를 회상하거나 또 이 《해외문학》 창간을 보게 된 '야심적 시기'의 해석이 될 터이니까—

첫째 1926년이라는 시대는 조선 사회사상사와 문예사상사상에 가장 중대한 '모멘트'였다. 당시의 조선은 사상적 전환기라고 계급적 분야의 대립과 항쟁을 왕성히 전개시키던 때였다. 이때까지 《창조》나 《백조》나 《조선문단》, 《개벽》지 등을 통해서 다소 문예상 이론으로 낭만파 자연주의적 사실파 또는 상징적 악마적 심미적 황의파慌疑派의 정립은 있었을지언정 그들은 한 울타리 안에서 사이좋게 제 살림살이를 해왔었다. 서로 담 너머로 이야기도 했고 서로 구차한 살림을 도와주기도 하여왔으나 1924년 이후 1925년을 비롯하여 계급적 신흥 문학이라는 새로운 기치가 한집안에서 불쑥 힘차게 솟아 나왔다. 처음은 다소 방관적 조소로 맞이하던 그 세력이 점차 확대하게 되었다. 그리하여 드디어 국민주의 문학이라는 것과 사회주의 문학이라는 것이 서로 다른 진영 속에서 서로의 세력을 부식扶植하려 하였다. 그 당시의 문예 잡지인 《문예시대》를 보거나 《조선문단》, 《조선지광》을 보면 《문예시대》와 같이 당시의 전 문단인을 망라하면서 창작에 있어서는 기성 작가들보단 신진으로 사회주의적 색채를 띤 작품(작품으로서의 문예적 가치는 별도로 하더라도)이 거의 전부였고 소위 우익적 결성이라고 볼 《조선문단》에도 신흥 세력을 완전히 '보이콧' 못 하였다. 그리고 더욱 《조선지광》은 사회주의 문예의 본령이어서 이 시대의 '프로' 작품으로 획기적이라고 할 만한 조명희 씨의 「낙동강」도 이 1926년의 소산이다.

이렇게 당시의 조선 문단은 움직이고 있었다. 그러나 이러한 문예운동이 발생하여 지반을 가지기 위하여는 다만 이론만으로 불가능한 것이다. 그보담도 전체적으로 민중 심흉에 젖고 그 사회 그 자신이 좀 더 심원하고도 광범한 문예의 이해와 교양을 부여하는 근본적 운동이 있어야 할 것이다. 환원하면 '프로' 문예와 같이 특수한 시대성을 띤 문예 발생 이전의 준비기로 또 계몽적 의미에서 '이데올로기'만이 아니요 그도 내포하는 외국문학의 충분한 조선적 소화가 필요한 것이다. 따라서 외국문학이 조선에 있어서 독자적 엄연한 지반을 가져야 할 것이다. 이것이 1926년대의 외국문학의 조선적 출현의 중대한 이유였다.

다음 이러한 시기의 동경이란 지대를 간단히 회고하자. 대체 조선문예운동이 동경을 떠나서 그 언제나 독자적 행동을 해왔는가는 극히 의문이다. 최남선 이광수 씨들의 《청춘》을 위시하여 《창조》, 《폐허》, 《백조》 등 잡지를 창간하여 문학운동을 활발하게 하던 그들의 원동력과 문학적 소양과 또 문학 사조의 실천적 행동의 시사示唆와 교훈은 그 거의가 동경—즉 일본—에서부터 배태된 것이었다. 그들은 모두 다 조선적 문단 건설을 위하여 문학청년적 야심과 열정으로써 현해탄을 건너갔고 다시 새로운 포부와 이상을 가지고 한양성을 찾아온 것이다. 그러나 동경은 여전히 조선문학의 제2산모요 온상이었다. 그래서 조선 문예의 위대한 건설을 위하여는 다만 문단적 파쟁만으로 도저히 완기完企키 어렵고 더욱 더 중대한 근본적 문제가 있음으로써 새로운 의도와 기획을 가지고 조선 신사회를 향하여 우리 문학의 온상인 동경에서 그들의 순정과 열의로써 새로운 외국문학 소개 연구의 필요를 부르짖게 된 것이다. 더욱 그들은 이역 학창學窓에서 절대의 조선 문단적 관심하에서 그들의 노력과 열성을 경주하던 나머지에 동경에서 동지들과 손을 맞잡고 《해외문학》을 창간하려 하였고 연구적 클럽을 가졌던 것이다.

그러나 이것만을 가지고는 《해외문학》 창간 당시의 본질적 직접적 원인과 그때의 포부를 완미하게 그 형자를 방불히 할 수 없다. 여기서 나는 《해외문학》 창간의 직접적 원인을 캐어보기로 하자. 가급적 간명하게—

첫째, 조선의 문예운동이 직접으로 또 간접으로 일본문예운동의 영향과 감화를 절대적으로 받아왔다. 그러나 그 일본 문예는 어떠한가? 그는 또 구미 문예의 직접 간접적 영향 가운데서 배태 발전되지 않았는가? 그러면 조선은 새로운 문학 사상의 직접적 유입이 없이 항상 간접적으로 밖에는 유도시킬 수 없게 되었다. 여기서 조선 문예 자체가 연대적으로나 또 실질적으로나 항상 외국 문예 수준에서 뒤떨어진 형태밖에는 못 가지게 된다. 그것이 '프로' 문학이고 고전 문예임을 불구하고 비참하고도 빈약한 서류西流의 흡취밖에 안 됨을 알게 될 때 여기 한 가지 새로운 야심과 필연적 욕구가 생기게 되었으니 직접으로 우리도 외국 문예를 감상하고 소개하기 위하여는 우리는 외국어의 힘을 빌려서 직접 그들의 작품과 사조와 접촉하게 되는 수밖에 없다. 그리하여 필연적으로 외국문학을 전공하는 문학도가 생기게 된 것이다. 이 문학 전공자로서 결성된 회합이 곧 외국문학연구회였다.

둘째로 당시의 조선 문인들은 깊은 문학적 속예速詣가 없이 문학적 표현욕에 구속되고 있었다. 그들이 한 개의 외국 작품의 번역을 읽을 때 곧 그 감정과 그 표현을 처녀지인 조선 문단에 소개하고 싶은 충동을 느꼈을 것이다. 그러나 그 일을 달성하기 위하여는 외국어의 자주적 활용까지의 노력이 없으면 안 된다. 이러한 시일과 곤란을 당하는 것보단 차라리 자국어로써 된 작품을 써내는 것이 훨씬 편의하였고 또 그들 자신으로서는 직접적이요 또 필요적으로까지 생각된 것이다. 그러나 그들의 감정 가운데는 조선적 현실과 감정 이외에 외국 문언文言을 통한 문학 감정이 있었던 것이다. 해외문학 연구하는 자는 이 후자의 감정을 중요시하여 아직 언어로 보나 문학적 전통으로 보나 극히 미약하고 비참한 조선 문단에 군소의 작품을 발표하는 것보단 조선인의 생활 감정을 풍부히 하며 그러한 분위기를 주출鑄出하기 위하여 먼저 조선어로 번역된 외국 작품을 산 그대로 제공하자! 이것이 필연적으로 번역 및 소개를 위한 독자의 기관을 가져야 되겠다는 그 사명 아래 《해외문학》 창간을 감행하게 된 것이다.

셋째로 한 민족 한 사회의 문학이 새로운 건설을 위하여는 풍부한 지반과 소양이 필요하다. 이리하기 위하여는 내부로의 문학 건설의 기운을 승성키 위한 선진 제 국문학의 근본적 이해에서 출발해야 된다. 그렇다고 조선*의 목전 현실이 요구하는 문예를 등한시할 수 없는 것이다. 그러므로 자연 그 연구 소개하는 범위가 광범하면서 또 어떤 도전적 제한을 받게 되는 것이다. 이것이 외국문학의 제 유파의 직접인 소개 그것이다. 그러나 조선과 같은 문학적 전통이 없는 사회에 단 한 가지의 경향이나 세력하에 고정시킨다는 것은 문학이란 세계를 그 어떤 따로운 목적하에 수단화 종속화시키는 이외에 아무것도 아니다. 그러므로 순수한 문학 독자의 세계를 만들어가지고 그것이 유기적으로 사회와 병행적으로 관련 경합되자는 것이었다.

이러한 세 가지의 대별된 목표하에서 사회에 대하여의 한 가지 선언은 다음의 권두언으로써 더욱 명백하다.

> 1. 비참한 과거 미약한 현실보다도 원대한 미래의 거룩한 이상을 위하여 우리는 하루바삐 뜻있는 운동화시키는 것이다.
>
> 2. 우리가 외국문학을 연구함은 결코 외국문학 그것만이 아니요 첫째에 우리 문학의 건설, 둘째 세계 문학의 호모互矛 범위를 넓히는 데 있다⋯⋯ 여기에 배태될 우리 문학의 힘이 있고 빛이 나는 것이 된다면 우리가 일으킨 이 시대의 필연적 사업은 그 목적을 달하게 된다. 동시에 세

* 원문에는 '朝朝'로 표기되어 있으나 오식으로 판단되어 바로잡는다.

계적 견지에서 보는 문학 그것으로도 성공이다. 그만치 우리의 책임은 중대하다.

이런 의미에서 이 잡지는 지상에 흔히 보는 어떤 문학주의하에 모인 그것과는 다르다. 제한된 일부인의 발표를 위주로 하는 문예 잡지 동인지 그것도 아니다. 이 잡지는 어떤 시대를 □하여 우리 문단에 큰 파동을 일으키는 뜻있는 운동 전체의 기관이다. 동시에 주의나 분파를 초월한다는 광범한 그것이 아니면 안 된다.

이상으로써 그때의 《해외문학》이 가지는 바 주장과 태도가 다소 관찰될 줄 안다. 다시 창간호의 내용 목차를 보면

평론에는

표현주의 문학론—김진섭

포를 논하여 외국문학 연구의 필요에 급及하고 《해외문학》 창간호를 축祝함—화장산인花藏山人*

최근 영시단의 추세—김석향

러시아 문학의 창시자 푸시킨의 생애와 그의 예술—이선근

소설로는

적사의 가면(포)—정인섭 역

크랭크삐이으(아나톨 프랑스)—여재비驢再鼻 역

신부의 목□초 외 2편 (동)—이하윤 역

문전의 일보(하인리히 만)—김진섭 역

고기의 서름(에로센코)—이은송 역

* 정인섭이다.

시로는

가을 노래 외 7편(마테를링크 등)—이하윤 역

악마 외 5편(푸시킨)—이선근 역

추억 외 6편(사망 등)—여재비 역

모든 것은 유희였다 외 10편—김진섭 역

나이팅게일 외 2편(브리지드)—김석향 역

그리고 영시인 레몬드 반 토크가 호적胡適의 원시原詩

희곡으로는

구혼(체호프)—김□ 역

월광(마리비치 미래파극)

이외로 포, 베를데느 소전小傳 및 문예한담, 독여록讀餘祿, 번역, 가십 등으로 국판 2백여 매였다. 이 평론과 번역된 시가 소설 희곡에서 그 어떤 종합된 감정을 주출한다면 이 번역 연구가 대개는 19세기 후반기 후의 구주 문단에의 관심이었다는 것이다. 그들은 멀리 역사적 고전으로 올라가지 못했고 또 현대적 대전 이후의 신흥 문학에 미치지 못했다. 그러므로 그들의 웅도雄圖는 이로부터 광범하게 더 진지하게 그 연구와 번역 행동을 발전시키지 않으면 안 될 것이다. 그러나 그들이 아직 학창 시대라는 것과 또 조선문 인쇄가 동경에 있어서는 완전 또 신속히 할 수 없는 관계상 최초의 월간 발행 계획은 격월로 하여 제2호까지 내고 3호를 준비해놓고 출판을 못 했다. 창간호에는 이상 열기한 소수의 필자뿐이었으나 그 후로는 동경 경성을 통하여야만 한 동인 함승업, 이병호 장기제, 김유용, 이정우, 김상용, 요석동, 허보, 김삼교, 이홍종, 김광섭, 이헌구 등이 이 문학운동에 참집參集하였다.

외국문학은 조선 지반에 더 광범한 보급을 보아야 할 것이요 그는 단순히 이 방면 전공자의 사업만이 아니며 조선 문예 수립의 일층 공고화를 위하여 항원적으로 우리에게 요구되어야 할 사회 전체의 실천적 명제다. 그러나 우리는 그 허다한 외국 작품에서 조선말로 이식된 몇 개의 번역 작품을 가졌는가? 《해외문학》 창간을 경과한 지 어느덧 7년! 이 문학적 아근饑饉 상태에서 새로운 영양소의 운반자 공급자는 영원히 조선이라는 항구에 정박하지 않으려는가? 인간은 빵만으로 사는 것이 아니다. 그러나 빵으로도 못 사는 인간이 있다. 한 개의 추회追懷! 명일明日을 가져라!

—《조선일보》, 1933. 9. 29.~10. 1.

조선 연극사상의 극연劇硏의 지위

조선이라는 비예술적 사회에 원시적 재래극 형태에서 일보를 나아가, 소위 일상생활에 사용하는 언어로써 무대 위에 꾸며낸 인정 풍속을 전개시키는 연극운동이 일어나기는 1909년의 이인직 씨의 원각사로써 남상濫觴되었다. 물론 이것으로써 엄정한 의민義民로의 근대극의 창설기라고 하기에는 너무나 치열한 여러 가지 이유가 있다. 선택된 각본에 있어서, 그 배우의 예술적 교양에 있어서, 또 근대극으로의 모든 조건—장치 · 조명 · 효과 · 무대 등의 불비不備로써, 이는 한 개의 극을 형성하려는 하나의 무형적 존재밖에는 안 될 것이다.

더군다나 1910년 이후의 암담한 사회에 있어서, 바야흐로 일어난 봉건적 모든 부유腐儒의 제도를 일소하려는 신흥적 개화 기분이 드디어 소리 없는 울음과 눈물의 세기로 홀변忽變한 그때에 참다운 문명의 발로로 극문화가 성립하기에는 너무나 불리한 시기였다. 즉 안으로 고루固陋된 인습에서 나온 극—광대에 대한 멸시 천대와 그들의 하나의 오락적 도구로 보아 특수 계급적 대우 취급에 대한 항쟁이 있어야 하게 되었다〔3행 삭제됨〕.

연이然而 여기서 나는 편의상 조선극운동을 3기로 논하려 한다.

제1기 1909~1921년

제2기 1922~1930년

제3기 1931년 이후 현재까지

조선의 연극을 논위하는 자는 흔히 신파조와의 두 가지 형식을 취한다. 즉 전자는 제1기에 있어서 임성구 씨 이후로 지금까지의 모든 극 행동—소위 흥행 극단, 기성 극단이 공통적으로 지칭을 받는 일파요, 다른 하나는 원각사 이후 윤백남 씨 이기세 씨 등의 문수성文秀星 유일단唯一團으로부터 토월회土月會의 초창기를 거쳐 오늘날의 극예술연구회에서 새로이 출발된 극운동을 의미한다.

여기서 다시 그 전체 극운동의 진행을 시기적으로 간명簡明하기로 하자.

제1기의 10여 년은 불우의 환경에 있으면서 개화하려는, 즉 신문화 수입의 시기였다. 그러나 그 이면에는 암담한 눈물이었다. 소위 임성구 등 일파의 극운동은 이 눈물과 울음에서 인정 애화의 각종 상을 꾸며낸 비조悲調와 애상과 의리에 순사殉死하는 것으로 시종하려 하는 극운동이었다. 즉 그들은 무대 위에서 가장 잘 욺으로 해서, 또 공허한 의분과 열혈을 보임으로 해서 그들의 연극을 전 생명으로 하려 하는 것이다. 그러므로 거기에는 일정한 선택된 각본과 그 각본의 대사에 대한 충실한 표현은 전연 없었다. 그러므로 오늘날 우리가 말하는 무대 감독이라거나 장치라거나 조명이 없었던 것이다. 그들은 오직 어떤 예제藝題 아래에서 그 분위기만을 각자적各者的으로 통일이 없이 섭취하여 행동을 자아내고 대사를 꾸며대고, 아니 더 잘 울고 소리치라는 격정에 사로잡혔던 것이다. 그들의 무대인은 울음 우는 사람이어야 하는 격정에 순사한 안가安價

한 기능을 가져야 되는 것이다.

그러므로 여기에서 어떤 극적 생명을 찾을 수는 없는 것이요, 극의 본질적 의의를 해명하거나 탐구할 수도 없는 것이다. 오직 일반 민중에게 통속적 울음의 만족을 드림으로써 그들의 사명을 다하는 것이다. 그리고 여기에만 그들의 조선 연극사상에 남긴 공과가 있는 것이다. 그러나 이러한 조선 현실이, 또 조선의 운명이 비극이라는 실로 맹목적 공식극에서 한 걸음 나아가 근대적 신극의 의의를 발견하려는 노력이 대두하는 것은, 조선이 근대 문화의 혜택의 말석에 참가한 자로서 불가피의 필연적 행위이다.

전자의 소위 임성구 등 일파가 조선 내에서 그들 자체의 연극을 만들어내는 반면, 그와 대립하여 선진국의 극문화를 조선에도 이식하자는 운동이 대두한 것이다. 이것이 원각사를 인수한 윤백남, 조중항 제씨의 신극운동의 극히 초보적 초창기이다. 그들은 동경에서 새로운 극운동에 열중하였다. 거기에는 인정이 있고, 눈물이 있고, 웃음이 있으면서도 그것을 일관하는 극의 본질적 의의를 발견하였던 것이다. 이리하여 조선에도 《장한몽》, 《불여귀》, 《부활》 등 낭만극이 상연되게 되었다.

그러나 임성구 일파나 이 일파나 그의 무대상 모든 행동이 다르면서, 또 그 해석이 다르면서, 그 공통되는 일 점은 실로 비극이었다. 즉 울음을 극의 전 생명으로 일관시켰던 것이다. 전자는 덮어놓고 어쨌든 울리고 보자! 하는 무리론적無理論的 실행파요, 후자는 인간 비극의 감격을 그 어떤 연극 작품을 통해서 민중에게 호소하려는 것이었다. 이것이 소위 조선 연극사상 낭만극 정체正體인 동시에, 전자는 사로邪路로써 왕복하려는 것과, 후자는 정로正路로써 전취하려는 양측의 서로 다름*을 보여준 것

* 원문에는 '兩間의 相違'로 표기되어 있다.

이다.

이러한 두 대립 가운데에서 제1기의 극운동은 역사의 한 페이지를 걸어왔다. 그러나 극단에 종사하는 자로서 그 대부분은 그들의 인격적 향상 이전에 생활의 위협과 일시적 인기를 미끼로 하는 타락의 길이 동시에 열려 있었다. 즉 극운동이 갖는 문화생활과의 유기적 교섭에의 관심이 그들 자체에서 극히 빈약했었고, 사회 역시 그러한 이해에까지 이르지 못한 편협된 문명 속에서 지내왔던 것이다. 즉 극은 극대로 항간의 천시 속에서, 그러면서도 오락적 호기심의 만족을 위하여 존재하였던 것이다. 환언하면 극은 제1기에 있어서 문화 수준의 일 부면을 형성하지 못하고, 그대로 비참성을 지닌 채 스스로 타락적인 방향으로 준순한 것이다.

그러나 1919년 이후 조선에는 새로운 기운이 민족적 문화운동 선상에 나타나게 되었다. 즉 여태까지의 침묵 속의 침체에서 새로운 충격과 용약勇躍을 출현시켰다. 희망을 잃은 숙명적 체결에서 그들은 신흥의 명일을 가진 새로운 총체적 각성을 환기하였다. 이때까지 침체되었던 모든 기관은 일시에 새로운 활동을 개시하였다. 그것은 이때까지의 학교교육에만 그치지 아니하고, 사회적 문화 기관과 청년 단체의 궐기로써 새로운 민족적 문화부흥을 초래한 것이다.

원래 극은 언제나 그것이 종합적 예술인 관계상 개개의 예술의 성장을 보지 아니하고는 일시에 천래적天來的으로 일어나지 못한다. 더군다나 문예에 대하여 오늘까지도 경시되는 조선 사회에서 더한층 불리한 각인을 받은 극운동이 동시적으로 순조로이 나타나지는 못했다.

그러나 1921년의 동경 유학생으로 조직된 극예술협회의 하기순연夏期巡演이 끝나고, 1922년에는 경성에서 이들 유학생을 중심으로 한 새로운 극단체 '토월회'를 탄생시켰다. 그들의 출발은 단순한 민중에 문합하려는 기성 극단의 재래적 비조悲調·애상의 낭만극에서 떠나, 적어도 입센 이후의 근대극을 그 목표로 하였던 것이다. 거기에는 연구적 학도로의 순정과 성의와 이론이 있었다. 그리고 현대 자본주의 사회에서 새로운 자유주의적 데모크라시의 정신을 그 이면의 이데올로기로 하려는 사실적 경향을 답습한 것이다. 그것은 각본 선택에 있어서, 연기에 있어서, 장치에 있어서, 또는 조명에 있어서 전에 없었던 신국면을 보여주려 하였다.

하나 당시의 조선 사회는 이러한 새로운 극운동을 이해하려는 식견 있는 자를 가지지 못하였다. 그리고 이때까지 보아온 기성극에 젖은 관중의 대부분을 차지한 학생으로서, 그것을 이해하기에는 너무나 유치한 문화적 수준에 있었던 것이다. 이러한 사회적 불리는 제1기 시대보다는 훨씬 좋아졌다고 보겠으나, 그들이 모든 기성 극단을 압두하고 일약 조선의 유일의 극운동을 전개시키려는 순정적 야심은 다음의 몇 가지로써 그들을 다시 기성 극단과 같은 운명으로 몰아넣어 버렸고, 조선의 극운동은 제2기까지도 이렇다 할 점진적 향상을 보여주지 못하고, 오직 탄생의 고고성에서 좌절되고 말았다.

그들(토월회)은 직업적 극단을 가지려 하였다. 그러나 거기에는 객관적 사회 정세의 통찰의 현명에 인식 부족이 있었던 것이다. 환언하면 극장인에 있어서, 경영에 있어서, 관객층에 있어서, 또는 조선 사회의 이해에 있어서 너무나 직업의식이 일찍이 발달된 것이다. 이 의미를 요약하면 당시의 사회 정세로는 직업 극단을 가진다는 것은 곧 자기 자체의 운명을 흥행 극단의 운명 위에 어쩔 수 없이 합치시키고야 만다는 것이었다.

왜냐하면 첫째로 그들은 근대극에 대한, 또는 극예술 전반에 대한 충분한 교양과 이해에서 훈련된 극장 행동의 쌍전雙全에서 비롯함을 이해하면서도 흔히 이를 망각, 또는 등한시하고, 역시 무대상의 실천 행동에만 성급했던 것이다.

둘째로 문화운동의 일관一貫으로써 조선극운동을 발전시킴에는 조선사회가 너무나 극예술에 이해가 없다는 충분한 인식에서 무대의 각광에 묻히는 조급보다 극문화의 일반적 침투와 보급에 노력할 것을 전연 등한시하였다는 것이다.

셋째로 날마다 관객을 끌기에 충분한 각본 선택과 그들의 낮은 관극안觀劇眼에 호소할 연기의 부족을 염두에 두지 못하였다는 것이다. 설사 두었다 하더라도 그것이 직업화함으로 인해서 일일이 거기에 충당할 충분한 준비의 여유가 없었던 것이다.

다음 넷째로 경영에 있어서 충분한 기금의 준비가, 자기가 있어 소유한 권위 있는(광무대류光武臺類가 아니고) 극장 경영이 없이는 이는 도저히 성산成算이 안 된다는 것이다.

이리하여 1922년 토월회의 극은 제2기에 있어서 제1기의 문수성이나 유일단과 같은 역할 이외에 더욱 더 성장해가야 할 조선의 극운동을 다시 침체시켰고, 탄생 당시의 의의조차 드디어 망실하고 만 것은 실로 유감천만이 아니랄 수 없다.

이렇게 1930년까지 각 극단은 하등 진전이 없이 파란과 곡절을 거듭하여왔다. 즉 기성 극단은 신파조를 천편일률로 사이비 극인 난센스와 촌극과 소극과 비조悲調와 차차로 막간이라는 흥미를 갖추어가면서 극이라는 직업으로서 불미한 생활의 고해苦海 타락되어버렸다. 그리고 문화적 소산으로는 1, 2의 외국산 번역물과 창작극 몇 개를 헤아림으로써* 그쳐버렸다. 그동안 사회의 정세는 기다의 파란을 겪어왔건마는 이러한 현실과는 하등 간섭이 없이 그들은 함부로 지방으로 경성으로 유리 분산 오

* 원문에는 '헤임으로써'로 되어 있다.

합하는 처절한 광경을 제시하였을 뿐이다.

나는 이상에서 1930년대에 이르기까지의 조선연극운동의 일면을 극히 개괄적으로 보아왔다. 다시 1931년에 와서의 흥행 극단과 사회적 문화 기관이 극에 가지는 바 관심을 일고一考하자. 1931년 춘기春期 이후로 각 신문의 학예면에는 어떠한 극적 기사와 보도가 있었던가? 거기에는 오직 경쟁적으로 조취모산朝聚暮散하는 제 흥행 극단의 인기 배우(무엇이 인기인지 모르나)들의 사진을 나열하여놓고는 어떻게 그들을 찬송 구가할까 하는 데 전심력을 경주하였던 사실을 본 우리는, 너무도 구토를 감感하리만큼 영원히 망각하여야 할 기억을 가지고 있다. 소위 조선의 문화를 지도 개발한다고 자처하는 일류 신문이 이렇게 되었으니, 무조건 그러한 취미적 독물讀物에 다분히 흥미를 가진 일반 지식층의 극에 대한 이해는 어떠한 한심할 계단에 이르렀을 것인가? 실로 조선은 극을 경멸 천시하기 짝이 없이 해오면서 이렇게 한사코 그들을 추대하는 심리가 어디서 요망스럽게 출현되었는가?

이러한 사실로 미루어보아 당시의 조선 흥행극계가 난숙한 타락의 절정으로 걸어가는 것만은 속일 수 없는 사실이었다. 그러나 이것은 실로 기성 극단이 차차로 늘어가는 막간이라는 미끼로써 관객을 정리하며, 그리하여 극을 좋아하는 일반 민중에게 이작호狸作虎로서의 요염을 보내는 최후의 사기요 유혹이었다.

역사는 한 개의 타락의 절정에서 다시 새로운 더 힘찬 생명을 발생시키는 것이다. 여기에 역사의 변증법적 발전이 있는 것이다. 이 사악한 분위기에서 질식하지 아니하는 한, 이 분위기의 환기와 확청廓淸 작용이 일어날 수 없다.

극예술연구회가 이런 때에 창설된 것은 실로 이러한 사악한 분위기의 용감한 확청적 작용에서 기인된 것이다.

사도의 맨 밑창에 떨어진 이 극운동의 새로운 타개에 있어서는 결코 일시적 모험 심리라거나 조급된 망동에서 도저히 구출할 수 없는 것이다. 여기서 극연은 그 창립과 동시에 많은 고기를 잡기 위하여 극히 용의주도한 어망을 준비하지 않으면 안 되는 것이었다.

극연으로의 문제는 결코 극단을 하루바삐 조직하는 데 있지 않았다. 오히려 이 극단의 탄생을 보기까지의 기본 공사가 있었던 것이다. 여기에는 먼저 극연 자체가 조선극운동의 새로운 지도에 있어서의 가장 필연적 방도를 강구하는 현명을 가져야 할 것이다.

첫째 극연으로서 당연히 하여야 할 길은, 조선 사회와 같이 극장이 불량배나 부모의 눈을 속여서 출입하는 불량 자제의 타락처로 하는 이 전통적 관념의 파기에 있었던 것이다. 이때까지의 조선극운동은 실로 무대의 행동만에 포로捕虜되었고, 이 극의 수립을 위한 근본적 공작을 등한시하였던 것이다. 그러므로 극연이 조선 연극사상에 남긴 유일의 공적은 극으로 하여금 일반 민중의 생활 속에 가지고 들어갔다는 것이요, 또 그렇게 침투되도록 노력한 데 있다. 즉 극으로 하여금 인류 문화의 가장 필요한 부분으로 인식시키는 데 있었다. 이러한 근본적 공작을 위해서 극연이 취한 바 언론 기관을 통한 적지 아니한 선언과 또 강연을 통한 성명, 그리고 가장 가정과의 밀접한 관계를 가지고 있는 학생층에 하나의 여흥적 여기餘技로만은 아니요, 실로 그들 자체의 학생 생활의 가장 순정적 열성과 숭엄한 우애에서 융결融結되는 바 본격적 극운동을 제창하며 실천하도록 하는 데 있었던 것이다.

그러나 이러한 민중에 대한 극문화 보급에 있어서, 어떠한 방도를 취하여야 할까 하는 이 방도의 선택과 그 선택된 방도에 대한 진정한 부단의 결합된 의지적 실천 여하에 극연의 문화사상, 또는 극연 자신의 운명이 결정되는 것이다.

여기에서 극연은 동서양의 연극의 사적史的 고찰에 최대의 관심을 가져왔다. 구미와 같이, 또는 가까이 일본 민족과 같이 그 나라의 문화가 가장 찬란할 때 그 문화의 최고의 정화요, 최미最美의 꽃이요, 최선의 결실인 극예술의 황금시대를 연구한 나머지 조선의 이 그릇된 기형적이요, 또 추형적趨形的인 조선의 빌려온 문화에서 한 개의 극문화의 하나의 발현도 보지 못한 그 원인의 연구에 이르지 않으면 안 되는 것이었다. 그러나 이때까지의 조선의 극운동이라는 것은 가까이 동경 대판大阪 등지의 견문 이외에 널리 세계에 구할 충분 확고한 심산을 가지지 못해왔었다. 그래서 극연은 더 널리 더 깊이 세계적 연극사의 흔적을 더듬어보아, 그러한 후에 한 개의 극문화운동으로 옮아가지 않으면 안 되었다. 환언하면 극문화는 결코 일인의 천재적 배우라든지, 하나의 탁월한 극작가의 천래적 행운으로써 불시에 성공되는 것이 아니다. 무대라는 국한된 지역에 나가기까지 그들에게 주는 바 예술적 교양과 이 분위기를 구성하는 무대의 모든 조건—장치 · 조명 · 의상 · 효과—의 충실과 또 관객층에 대한 충분한 신임과 감명을 주게 하는 바, 예술적 친화력의 양성이 장구한 시일을 요구하는 것이다. 이 노력이 조선과 같이 하등 극문화의 지반을 가지지 아니한 사회에서는 더욱 지대한 간난과 조우하지 않으면 안 된다.

이르는 바 로마는 하루에 된 것이 아니요, 조선의 가는 길이 네브스카야와 같은 큰 거리가 아닌 이상, 여기에는 절대한 희생적 노력과 분발이 있지 않을 수 없다.

모든 사회적 환경이 불리한 가운데서 이러한 진정한 운동에 당면할 때 제1의 난관은 최후까지의 의지적 결합이요, 제2의 난관은 어떠한 곤란과 고통이라도 싸워 이긴다는 비상한 각오와 창의 그것이다. 아직도 극이라는 것이 조선 민중 생활의 깊이까지 침투 못 된 이상, 이 운동에서 어떤 물질적 풍부한 보수를 기대할 수는 없다. 조선극운동이 실패로 귀한 제1의 이유는, 극운동에서 직업화된 생활의 보장을 구하려는 데서 자타락自墮落에 빠진 것은 이미 상식으로도 관측되는 바거니와 조선은 이 중에서 그 하나를 택하기를 명령하고 있으니, 즉 생활을 위해서 어떤 극이라도 해서 좋다. 그렇지 않거든 생활의 방도를 다른 데서 구해가지고 장구한 분투 가운데서 문제의 해결로 옮아가는 것이다.

극연은 이 후자의 입장을 취하지 않을 수 없다. 그렇지 않는 한에 있어서 결코 조선에서 진정한 극운동을 전개시킬 수 없는 것이다. 여기 극연이 가지는 제1일의 역사적 기획이 있는 것이다.

이러한 꾸준하고도 든든한 마음자리를 잡은 다음에 올 것은 어떠한 극문화와 어떠한 극을 조선에 부식扶植시키고 창조적 발전을 시키겠느냐 하는 문제로 돌아간다. 극연의 창립 당시의 슬로건의 하나는 신극 수립이라는 것이었다. 이것은 당연한 기치이다. 그러나 우리가 극적 유산이 없이 동떨어지게 신극만이 수립될 수 있느냐 하는 과제의 해결을 짓지 아니하면 안 된다. 실로 우리는 신극, 즉 근대극임으로 해서 고전극이니 낭만극을 떠난 자연주의 이후의 극만을 그 유일의 방도로 취한 고집을 가질 이유를 발견하기 어렵다.

우리는 예술을 가지지 못한 사람임으로 해서 감정과 이지는 실로 원시적이요, 처녀지요, 때로는 우매한 경지에 있는 것이다. 이러한 이 경지의 완전한 조화가 없이 함부로 새롭고 고상하고 신기한 외줄기 길로만 달아날 수 없는 것이다. 이것이 한 줄의 시요 한 페이지의 소설이라면 그럴 수도 있을 것이나, 그것이 다수의 민중을 상대로 존재하는 이상 도저히 이러한 고집은 세울 수 없는 것이다. 그러면 어떠한 극예술을 우리는 향수하여야 하는가? 더 적절히 말하면 이 현실은 우리에게 어떠한 극을 보여주려느냐이다. 여기에 한 개의 사고가 필요하다. 극을 요구하는 자의 사고가 필요하다. 조선에서 사고를 거부하는 자와 우리는 함께 이야기할 수 없는 것이다. 동시에 이해가 필요하다. 이해를 하지 않으려는 자와 우리는 헛된 논위를 일삼지 않을 것이다. 사고하려 하며 이해하려 하는 노력에서만 우리는 극을 가질 수 있고, 거기에 극문화가 생성될 것이다. 우리는 길고 오랜 문화사의 조류를 가장 불리한 처지에서 시속히 따라가지 않으면 안 되는 불우의 인간들이다. 언제 그런 옛날 것을, 지나간 것을, 하고 머릿살을 찌푸리기 전에 이러한 길을 하루바삐 걸음으로 해서 우리의 가는 길이 신속하다는 것을 유일의 지표로 하여야 한다.

그러므로 때로는 무한한 동경의 세계로, 때로는 혼란한 격렬의 전야로, 또 때로는 참혹하고 비통한 현실의 운명을 그것이 모두 다 극이라는 예술적 형태에서 배태된 그 세계로 우리는 거치고 그 소에 젖어져야 할 것이다. 즉 갖가지 영양소의 균일한 공급으로써 각자를 풍부히 하려는 이것이 극연이 가지는 바 제2의 불멸할 희원이다. 예술지상주의라고 부르기도 하리라. 그러나 조선은 너무도 조급된 속단에 식체食滞당하고 있다. 문자의 난희亂戲에서 현황하여진 우리의 의식을 다시 명확히 파악하라.

사회의 운명이 지속되는 날까지 극문화도 존속되고 발전되는 것이라면 여기에는 그 어떤 커다란 대계가 서지 않으면 안 된다. 환언하면 외부적으로 일반 생활에 침투되는 일체 문화의 종자를 배태 발육시키는 문화기관—즉 그것이 번역으로, 창작으로, 또는 이론으로 왕성하고 풍만되어야 하며, 또 한편으로는 항상적으로 극예술이 꽃피는 극예술 전당—우리의 극장을 가지지 않으면 안 된다. 우리는 결코 일시의 의약으로 해결될 문제가 아니다. 여기에 적당한 또 필요한 심신상의 풍족한, 양식의 준비와 공급은 실로 지대한 각자의 문제로 돌아간다. 그러므로 이때까지의 극운동이 잠시 민중의 손에나 얼굴에 묻혔던 진구塵垢와 같이 물로 씻거나 떨면 날아버리는 그러한 천박한 인식에서 벗어나서, 극예술을 그들 민중의 호흡과 혈행과 소화의 가지는 제3으로의 절대의 욕구이다.

이러한 극예술사상의 지위를 스스로 가지려는 극연 자체가 한때의 찬란한 불꽃으로 소멸되지 않고, 그 가지는 바 생명의 신비와 그 위대성과 사고적 침전과 감명을 곱게 꾸준히, 그리고 튼튼히 붙잡아 나아가는 동안 수다한 파란과 간난과 차질과 암담과 조우할 것이다. 이러한 가운데서 승리와 패배와의 분기로에 처함은 실로 역사를 만드는 인류 문화의 조류에서 찾을 것이요, 헛되이 오늘의 망설妄說에 귀 기울임이 없을 것이다.

극연의 역사는 다시 조선의 문화사와 함께 무한히 명일의 암흑 속에 던져졌었다. 역사의 바퀴는 돈다. 다시 문제의 새 지름길을 더듬을 무장武裝 속에서 우리는 여기 잠시의 안체安諦가 있어야 하겠다.

—《극예술》, 1934. 4.

조선연극운동에 대한 일 소론

연극은 무대를 통하여서만 사회와 호흡을 함께한다. 이것은 하나의 가정으로서뿐만 아니라, 한 개의 진리로서 수긍되기도 한다. 그러나 오늘과 같이 모든 문화가 정상적 발전을 못 하는 시대에 있어서는, 연극 그 자신도 사회의 비정상적 현상에서 떠나갈 수 없게 되는 운명에 놓였고, 연극 그 자체에 대하여 그 어떤 재인식과 새로운 비평적 행위가 작용하게 되는 것이다.

그러므로 오늘은 확실히 창조—창작—의 시대가 아니요, 비평—새로운 시대의 계몽적 이론이 그 전위적 임무를 행사하게 되는 것이다. 그러나 이것도 문화의 전통과 연극의 자주적 발전의 역사를 가진 사회에 있어서는, 이 이론이 가장 지당한 명제가 될 수 있으나, 조선과 같이 비교적 문화의 발전이 기형된 지대에 있어서는 이 공통적 사실도 발견하기 곤란하다.

조선에서도 소위 신극新劇 내지 사상 운동을 제창하는 시대에 있어서는, 연극 이론이 왕성히 논위되어왔다. 그러나 근래에 와서, 더욱 금년에 들어서서는 이렇다 할 새로운 연극 이론을 발견할 수 없다는 것은 일종

기이한 감을 주게 하면서, 그 실 여기에 개재한 한 개의 근본적 원인을 소구할 수 있음을 감히 일고一考하고자 한다.

필자가 관심하고, 또 교제하는 바 몇몇 지인의 사견, 토론, 혹은 논설을 추출하여 한 개의 관념을 형성하여본다면, 우선 연극을 연극적으로 완성시키자 하는 문제가 가장 크게 작용하고 있음을 본다. 그러면 어떻게 연극으로서의 완성을 꾀할 수 있는가? 여기에는 참다운 연기자(배우), 연출가, 극작가 그리고 이를 경영하며, 이를 상연하는 바 극장이 있어야 하는 것이다. 이 네 가지 조건에서 과연 우리는 그 어느 하나에 대하여 확호한 신념으로써 답변하고 시인할 수 있는가? 우리는 기성 극단인 중에서 놀라운 연기의 소유자를 발견한다. 그러나 그 연기자에게서 우리는 하나의 예藝—기능을 찾아볼 수는 있어도, 그 연기자(배우)에게서 새로운 연극인으로서의 정신—영혼—을 찾아낼 수 없다. 말하자면 한 개의 기술로서, 또는 기교로서는 충분할는지 몰라도, 그들에게서 인간으로의 참다운 예술적 독창성까지를 찾아볼 수 없다는 실망을 느끼게 된다. 이것은 연극적 정신이 예술화 전통화하는 바, 세력을 가지지 못했기 때문이다. 즉 우리가 광대廣大라는 어휘에서 그렇게 멀리 해방되지 못하였다는 사회적 인습과 빈약성에서 오는 것이다.

일례로서 배우를 들어 말하였거니와, 그 밖의 극본 · 극장 등에 있어서도 이러한 난관과 의문을 가지지 않을 수 없다. 그러나 흔히 말하는 바 연극의 수립, 또는 연극 문화를 계발하라는 그 제창이 점점 더 큰 세력으로서 확대되고 생장되지 못하고, 때로는 위기에서 그 현상의 유지에 급급하게 되는 사실을 발견하게 될 때 이것은 단순히 연극운동에 직접 가담한 자의 능솔能率 문제 여하보다도, 그들 위에 파급되는 경제적 · 사회적 빈곤 · 빈약들이 더 큰 장애라는 것도 우리는 이미 잘 알고 있는 바이다.

그러나 이보다도 제일 곤란한 사실은 다시 말하거니와, 조선에 있어서는 연극이 그 사회 문화의 총체적 표현이요, 우리의 심미적 본능 만족의 최대의 수단이라는 인식을 가지기가 불가능하다는 그릇된 기성관념 때문이다. 환언하면 으레 일주일에 한 번쯤은 극장에 갈 줄 알아야 한다는 오락적 윤리관이 확립되어져야 하는 것이다. 비근하게 극연의 공연을 그 일례로서 본다고 하더라도, 그렇게 야단스러운 지상의 선전과 가두 진출의 모험까지 한다 하여도 2, 3일 되는 공연 일자로 최대로 60만 대경성大京城에서 5천 인의 동원을 보게 될 뿐이라는 참담한 현실을 목도하게 된다. 외국과 같이 한 공연 목록을 가지고 보통 3개월 또는 반년이라는 기록을 가지는 때까지 비견할 필요를 인정하지 않는다 하더라도, 이렇게까지 연극에 대한 일반의 관심이 희박한 사회에서 참다운 연극운동의 정상적 발전을 수행할 수 없음은 실로 명약관화라는 진부한 어구에서 진리를 찾을 수밖에 다른 도리가 없는 것이다. 이리하여 극연 5주년간 11회의 공연, 즉 연 2회 평균의 공연을 가지고도 이것을 기록적이라고까지 하게 되는 그 내면에 얼마나 우리의 연극운동이 지지遲遲하고 오히려 형로荊路의 암운 속에서 헤매는가를 눈물겹게 회고하는 바 심경이 짐작되는 것이다. 여기에 극연의 연극운동이 근본적으로 그 취한 방침과 태도에 과오가 있어서, 이러한 결과에 이르렀다는 심히 부당한 비난이 있을 수 있다면, 그는 별개로 계의計議되어야 할 것이어니와, 이때까지의 조선연극운동의 과거를 회상할 때 실로 극연의 걸음은 그렇게 찬란하지는 못하였을망정 점진적 정진이라는 엄연한 사실을 도저히 부정할 수 없는 것이다. 이리하여서 조선의 연극운동은 아직도 기본 공작의 장림기적長霖期的 곤란을 계속하고 있다는 불상不祥한 단안을 내리지 않을 수 없다.

다시 연극 이론의 부진에 대한 소고를 시試하자. 이러한 형태에 있는 연극 운동의 현실에 비추어, 그 이론만이 활발할 수 있는 것이랴? 잠시 외국 연극의 창건 시대—국민극 완성기의 역사를 회고하여보면 그것은 희극과 비극의 양 개 범주 또는 희비극 연극이라는 형태로서 혹은 역사적 또는 전설의 세계에서 연극의 내용을 가취假取하거나, 또는 현실 사회의 제 모순상을 극화하는 바, 예술적 표현의 위대에서 시작되었고, 그러한 연극적 전통이 역사적 발전 도정을 따라 연극은 낭만적 · 고전적 대립에서 19세기 후기의 근대극까지를 배태시켜왔다. 이러한 문화의 정상적 발전에 따라 연극 이론이 항상 새로운 국면을 개척하는 바 사명을 다했던 것이다. 더욱 19세기 이래의 연극운동에서 연극 이론의 그 선험적 역할은 하필 빅토르 위고 파의 항쟁뿐이 아니요, 어느 나라의 연극사에서도 이를 발견할 수 있는 것이다.

그러나 조선에 있어서 막연하고 막호漠糊한 추상적 관념은 이제는 창작극 시대에 이르렀으니, 혹은 번역극 무용론 제창 등의 타매할 바 인식이다. 축지築地 소극장과 같이 무슨 번역극 시기가 있고, 그런 다음 창작극 시기가 있다는 그러한 기계적 해석에서 떠나 실로 새로운 연극의 발전을 위하여서는 연극 세계—전당殿堂의 건설에 필요한 일체 연극 문화의 향수 계승에 대한 추호의 불손도 없어야 하는 것이다. 실로 연극이 관중을 울리고 웃기고 하기 위해서만 존재한다면, 또 될 수 있는 대로 작은 노력으로써 큰 공리를 꾀하려는 사도에 빠지는 연극 행동만에 그친다면, 구태여 연극운동이라거나 연극 문화 하는 언설을 우롱할 필요가 없는 것이다.

인생에 대한 풍부한 체험이 절대로 필요함과 동시에, 이미 축적된 문화 · 예술의 향수가 최대의 노력을 가지는 바, 이 쌍전雙全된 기운 속에서 인류의 문화 또는 예술이 새로운 발전을 달성할 수 있다는 초보적 인식이 확립된 이후, 비로소 우리가 우리의 걸어나갈 바 연극 자체에 대한 새로운 방도와 태도가 결정될 수 있는 것이다.

일방一方 역사극 풍자극 제창이 유치진 군을 비롯하여 제시된 바 있거니와, 이것이 어느 정도까지의 실현 가능성과, 또 조선인으로서의 생리적 · 정신적 조건과 부합되느냐는 좀 더 충분한 연구를 요한다. 풍자극에 있어서는 현실 사회를 풍자화하는 희극 작가의 준열하고도 가장 논리적인 암시가 풍부한 인생 관조를 필요로 하거니와, 이 점은 아직도 30대 내외의 작가적 능력으로써는 너무 지나치는 바가 있을 것이다. 그러나 역사극에 있어서는 내외에 대한 외부적 국한이 생김으로 해서 여러 가지 구애로운 점도 있을 것이나, 입센이 말함과 같이 역사극은 역사를 재표현함이 아니요, 그 시대의 사상을 반영한 것이라고 한 그 정신의 파악에 있는 것이기 때문에 단순한 역사적 사실의 나열(가령 어느 극단에서 상연한《단종애사》)만을 가지고 이를 사극이라고 명명할 수는 없다.

다음으로 조선 고전문학, 또는 전설을 취재로 한 희곡 창작, 각색 등에 대해서는 재래로 『춘향전』, 『심청전』, 『홍길동전』 등을 비롯하여, 여러 번 연극화 · 영화화하였거니와, 이것도 한 개의 사실을 있는 그대로 묘사 · 서술함에 그치고, 새로운 인생관 · 사회관에서 출발한 바 극작가의 독특한 예술적 표현 묘사를 몰각하여온 감이 거의 그 전부였다.

그뿐 아니라 조선의 현실을 취재한 희곡에 있어서는, 일종 기계주의적 매너리즘에 떨어지기 쉬운 위험을 범하려는 사실도 간과할 수 없거니와, 이미 유치진 군이 극작가로서 출발이 중요한 현실에 대한 분석 내면비극內面悲劇의 천착도 지금은 객관적 중압에서 활기를 저상沮喪하여가고 있다.

이러한 다난 중에서 우리가 대망하는 새로운 연극의 활로—발전 생장의 도정이 좀 잘못하면 연극을 상업적 · 흥행적 타락으로 끌어가기 쉬운 이 정세에 비추어 모름지기 극작가는 오직 그 예술이 수완 재능에 따라 유행적 허영 심리에 흐르지 않는 독창성으로써 새로운 경지를 개척함에 있는 것이다.

—《조선일보》, 1936.*

* 《조선일보》에서 원문을 확인할 수 없다. 서지는 『모색의 도정』에 기재된 것을 따랐다.

해방 후 4년간의 문화 동향*

해방 후의 문화계는 정치계와 달리 그 특징은 공산 계열은 그 선전 공작으로 전 문화인을 총망라하여 이들을 그들의 선전 모략 도구로 이용함에 반하여 민족진영에서는 문화인의 이용 가치를 제3위 내지 제3의적으로밖에 그 중요성을 인정하지 못하였다는 사실을 솔직히 또 심절深切히 이를 인식하여야 한다.

이제 다음에 씌여진 이 일문은 이러한 불우의 환경 속에서도 민족의 자주독립을 위하여 알몸뚱이와 빈주먹과, 그러나 불타는 심장과 끓어오르는 애국의 열의로써 싸워온 민족진영 문화인의 투쟁 기록의 단편인 동시에 남한을 혼란의 와중으로 끌어들인 공산 계열의 모략상의 일면도 점철되어지는 것이다.

* 여기에서는 지면 관계상 원문에 직접 인용된 각 단체의 강령과 창립 취지를 생략하였다.

1

해방된 8·15를 맞이하기 무섭게 문화계에 군림하려는 야망으로 임화, 김남천, 이원조, 안회남 등과 《문장》지의 이태준, 정지용 등이 연합하여 '조선문화건설중앙협회'를 결성한 것이 동년 8월 18일이다. 의장에 임화, 서기국장에 김남천이 자진 당선되어 완전히 문단뿐 아니라 전 문화계를 전단專檀하려 들었던 것이다. 임화는 원래 박헌영 지지파로서 정계의 혹성으로서의 박이 가진 그러한 지위를 임은 문화계에서 차지하려 들었으며 '인민공화국'의 문화대신을 노리었던 것이다.

해방 직후 미군이 주둔하게 된 남한에서는 차차로 민족진영과 공산진영과의 대립이 첨예함에도 불구하고 임화 일파는 문화계만은 일치단결해나가자는 가면을 그대로 쓰고 나가려 했던 것이나 이에 먼저 반기를 든 것이 이기영 송욱 윤기정 등을 위시한 온건파로 임화 등의 민족을 내거는 가면 행동을 종파주의라 배격하면서 새로이 '프로예술연맹'을 이해 9월 말에 결성하여 임 일파에 대항하게 되었던 것이다.

이렇게 자기 분란이 일어나는 틈을 타서 민족을 위한 가장 진정한 문화운동이 있어야 할 것을 절감한 김진섭, 박종화, 이하윤, 양주동, 오상돈, 유치진, 김영랑, 오종식, 김광섭, 이헌구 등 20여 인은 우선 대세를 관망하면서 진실을 파악하자는 취지하에서 '중앙문화협회'를 조직하였으니 때는 해방되던 4278년(1945)의 9월 18일이었다.

소위 좌익 문인들이 양 파로 대립을 계속하여 수개월이 지나는 동안 이들은 각종 집합마다 출석하여 자기들의 주장을 선전하기에 혈안이 되었으며 심지어는 경관양성소 졸업식장에까지 나타나 "인민을 위한 경관이 되라."고까지 선동 연설을 감행하였던 것이다. 그뿐 아니라 그들은 청년 학생층에 그 세력을 부식扶植코자 맹활동을 전개하여 '학병동맹'을 위시하여 그들의 조직망 강화에 사력을 다하였다.

그러던 중 '장안파'가 '임헌영 파'에 합류되는 것을 전후하여 4278년(1945) 10월에 임 일파는 '프로연맹'파와 합류하여 '문학가동맹'을 조직하였다. 이러던 중 모스크바 3상 결정이 발표되자 이 신탁통치안은 미국이 제안한 것으로 착각한 '문학가동맹' 계열들은 동년 12월 31일 국제극장 현 시공관에서 '신탁통치 반대 성토 대강연회'를 열었던 것이다. 실로 이러한 외세 추종 기회 편승자들의 당황하는 양은 여기에도 여실히 드러나고야 말았던 것이다.

2

이해(1946)에 들어서 소련연방화를 주장하는 찬탁파 공산당—민전—과 반탁을 결사 주장하는 민족진영과의 투쟁은 맹렬히 전개되기 시작하였으니 1월 3일의 좌익 진영의 반탁에서 찬탁으로 변하는 훌륭한 곡예사적 그러나 너무도 반역사적 비민족적인 비통한 반동은 그들에게 남았던 민족적 양심의 편린마저 거세당한 것이었다. 서울에서 미, 소 공위가 열린다는 것을 알기 무섭게 좌익 문인들은 '조선문화협회'를 조직하였던 것이다.

그뿐 아니라 임화, 김남천, 이원조 등을 위시한 그들은《중앙신문》등 각 지상을 통하여 신탁통치란 말은 노어로 '후견'이라는 말이라고 일견 그럴듯한 그 실實에 있어서는 신탁보다도 더 잔인한 이 용어를 정당화하려 들었던 것이다. 이때부터 좌익 진영에 대한 문화선전 공작비가 상당히 공급되어 해방 후 처음 맞는 3·1절을 기하여 시집을 겸한《문학》이란 기관지를 발행하였던 것이다. 『해방기념시집』은 이미 중앙문화협회에서 간행되었다. 이 3·1절에 앞서 2월 8, 9 양일 '문학가동맹'에서는 '문학가대회'라는 것을 소집하여 상투적인 장황한 문화 정세 보고 각계 축사 각 거의장擧義長(소련을 위시한 유수한 문학자들) 추대 등의 행사가 있었던 것이나 이 대회에 민족진영 문화인은 일절 참가를 거부했고 일부 중간적 기회주의자의 적지 아니한 수가 이 대회에 방청되었던 것이다.

기회 있을 때마다 선전을 최대의 과제로 삼는 그들은 3·1절을 유일한 기회로 하여 각 극장을 빌려 종합예술제전을 개최하여 자가선전에 전력을 다한 것이었다. 그러나 여기서 기억할 것은 임화 일파는 3·1절의 그 의의를 과소평가할 뿐더러 심지어는 이를 전적으로 부정하고 또는 33인에 대한 모독적 작품 행동을 전개하였으며 3·1절은 학생과 노동자 농민의 혁명 정신의 발현이라고까지 견강부회하는 그들이었다.

이해 3월 13일 좌익 계열의 지나친 도양跳梁을 관망할 수 없어서 '중앙문화협회'가 중심이 되어 4백여 명의 문필에 종사하는 민족진영 인사를 총망라하여 종로에서 성대하게 '전조선문필가협회'를 결성하였다.

이때까지 세간에는 전부 좌익으로 간주될 만큼 민족진영 문필가들의 활동은 지극히 소극적이었던 것이 사실이었으나 문학은 정치도구가 아니라는 견지에서 민족정신을 지켜서 이를 작품화하는 것만이 정통적이라는 사상에서 그리되기도 하였던 것이다. 문필가협회 결성에 뒤이어 김동리, 최태응, 곽종원, 조지훈, 조연현 등 소장 문인들이 중심이 되어 동년 4월 4일 역시 같은 장소에서 '조선청년문학가협회'가 탄생하여 민족진영 문학계의 전위 부대적 책무를 맡게 되었다.

그러나 이렇게 조직체를 결성하여놓아도 이를 육성 발전시키려는 진실한 문화의 이해자를 얻지 못하여 정상적인 문학 활동을 전개할 수 없으며 그로 인하여 일단 민족진영에 왔던 중간적 기회주의자들은 좌익의 유혹에 끌려가는 비탄할 사실도 한둘이 아니었다. 김동리 조지훈 등은 좌익의 정치에 종속하는 문학 행동을 통매하면서 '순수문학론'을 제창하여 좌익과의 이론적 투쟁이 상당히 전개되었다.

《상아탑》지를 주재하여 순수문학을 지지하면서 임화론, 이태준론으로 그들을 준열히 비판하던 김동석은 어느새 '문학가동맹'에 참가하여 순수문학을 공격하는 효장이 되어버리는 사실도 이해에 생기生起하였던 것이다. 이해 5월에 열린 '미 · 소 공동위원회'로 말미암아 소련 추종자요 찬탁파인 좌익 문인들은 일단의 활기를 띤 듯하였으나 이의 유회流會로써 그들로서의 커다란 기대는 실패로 돌아갔다. 그러나 8·15 기념의 피비린 충돌과 더불어 9월 말을 지나 10월에는 대구를 위시한 '10월 폭동'이 발생하였으며 '문맹'의 임화 일파는 파업 단속에 들어가 이 폭동의 배후에서 '인민재판'이라는 웃을 수 없는 허수아비적 역할까지를 연출하였으며 이리하여 그들은 '인민항쟁'이라는 이름 아래서 이 민족과 이 나라를 멸망과 파괴의 길로 끌어들이는 주동적 임무에 굴종한 것이었다.

3

혼란과 분열을 거듭하는 중에서 또 새로운 한 해(1947)를 맞이했다. 각 신문이야말로 이때까지 수동적이던 민족진영 문학인과 좌익반동문인과의 결정적 투쟁장이었다. 좌익 문인들은 이해를 소위 '대중화', '계몽화'라는 슬로건을 내걸고 인민 속으로 '당의 문학'을 가지고 들어가려는 것이었다. 이리하여 그들은 기회 있는 대로 선동과 선전의 기회 포착에 열중하여 2월 13일 '문화옹호총궐기대회'를 개최하여 좌익 문화인 탄압에 항쟁한다는 슬로건을 내걸었던 것이다. 그러나 이보담 하루 앞서 2월 12일 민족진영 문화인은 총결속하여 '전국문화단체총연합회'를 결성하여 좌익 문인들의 '조선문화단체총연맹'과 대치하여 민족정신 옹호와 더불어 새로운 민족문화 수립으로 매진할 것을 결의하였다.

실로 정치적—이는 반민족적인—변혁만을 위하여 문학 내지 모든 예술을 종속시키고 그의 앞잡이로서만 문학의 존재 의의를 규정짓는 그들 공산 계열의 문학인들은 이미 문학 그 자체의 세계에서 완전히 떠나 버려 그들의 소설, 평론, 시 등은 모두 다 유형화되고 일률화되어가고 있어 그들의 이용할 수 있는 각 신문이나 잡지에 발표되는 작품은 한 장의 삐라요 선전 포스터였던 것이다. 이것이 더욱 심하여진 것은 이해 5월에 미 · 소 공위가 재개되어 협의대상단체 등록에서 일어난 웃을 수만도 없는 허구적인 단원 수의 위조의 사실이니 '문학가동맹'은 다른 '민전' 산하 단체와 동일하게 단원 명부 위조에 열중이 되어 남녀 중등 전문 대학생들의 명판장을 박아 수만의 문학예술가가 '문련' 산하에 있다는 것이며 그들이 소련 측 대표에게 보고한 모든 허위 재료가 드디어 미 · 소 공위 분열의 중대 원인의 하나가 되었던 것이다. 그뿐 아니라 그들은 소위 '문화공작대'를 조직하여 남한 각지에 파견하여 소련의 의도하는 바를 대변할 문화를 가장한 당의 선전부대가 되려던 것이었다. 그러나 이 기도는 드디어 민족애에 불타는 경향 청년들의 의분을 폭발시켜 이 교묘한 계획은 드디어 좌절되고 말았던 것이다.

이러한 분위기 속에서 민족진영 문인들은 《민중일보》, 《동아일보》, 《백민》, 《문화》지 등의 언론 기관을 통하여 활발한 문학 행동의 전개에 노력하였으나 문화를 제1위적으로 아는 좌익 공산 계열과 문화를 제3위적으로(그나마 명목뿐) 인식하는 민족진영과의 현저한 차이로 인하여 받은 타격은 실로 거창하다고 아니할 수 없다.

이런 중 미 · 소 공위가 다시 결의되고 유엔 총회의 결의가 한국 문제 해결에 일대 서광을 가져오게 된 이해 가을 이에 새로이 용기를 얻은 민족진영의 건국운동과 더불어 문화 진영은 새로운 생기를 얻게 되는 반면 좌익 문화인들의 월북은 나날이 그 수를 더하여가게 되었던 것이다.

4

'군정'에서 '과정過政'으로의 4년째를 맞이하는 동안 우리나라 역사에 다시 없을 고난과 시련을 겪은 이 민족에게 처음으로 민주주의적인 총선거에 의한 독립 정부를 수립하는 회천回天의 기가 이르렀던 것이다. 국가가 없는 곳에 민족의 존영을 바랄 수 없으며 민족의 영달 없이 문화, 문학이 강창降昌할 수 없다는 이 상식론이 또한 가장 거룩한 진리요 또 진실로 우리 문인들의 가슴 위에 새롭고도 커다란 감격의 물결을 파동쳐 파고드는 것이었다. 신흥 민주주의 국가로서의 새 역사가 동터 열려지려는 새해(1948) 새 아침 "이해에는 독립하자!" "한데 뭉쳐 새나라 이룩하자!" 이것이 곧 새해를 맞는 첫 인사요 진정한 축원이었다.

전 민족이 '총선거'라는 새로운 사실 앞에서 '나라 세우는 한 표'를 위하여 민족정기를 발휘하여야 하는 것이었다. 실지 북한의 선거 거부와 '남북 협상'이라는 비현실적 비극이 이루어지는 속에서 5월 10일을 맞이했고 이어서 8월 15일 '독립 정부 선포의 날'을 지나 '대한민국'이 탄생된 것이었다. 이리하여 문학가에게도 새 나라 인민으로서의 재생의 날을 맞이하게 된 것이었다. 그러나 신생 정부라 하더라도 문화 전반에 관한 국가적 시책에 대하여 문인들은 적지 않은 불안과 초조를 느끼지 않을 수 없었으니 실로 문화인 예술가에 대해서는 행정기구로서 문교부의 예술과, 공보처의 출판국과 영화과뿐인 것이었다. 정부의 기구가 이렇다 하더라도 민간에서 이에 대한 협조를 기대할 수 있느냐 하면 이 역시 이때까지의 경험과 실정에 비추어 암담한 바가 없지 아니한 것이다.

이런 중 실로 민족적 최대 불행인 10월 20일의 여순반란사건이 발발된 것이다. 사활의 기로에 선 이 민족에게 사상적 무장이 되어 있지 않는 한 민족의 백년대계는 일대 위기에 봉착할 것이다. 이에 궐기한 전국 문화인은 '민족정신 앙양 전국문화인총궐기대회'를 개최하게 되었던 것이다.

이 대회 취지서의 일 절은 인용한다면

> 대한민국이 수립된 오늘에 이르기까지 이 문화는 어찌되었느냐 정당이거나 단체이거나 할 것 없이 그 위신을 자랑하기 위하여 문화란 말을 잊어버리지는 않았으리마는 문화의 시설은 누구의 손아귀에 들어갔으며 4억에 달하는 화폐발행고 중 문화를 위한 금융은 과연 몇 퍼센트나 되며…… 순천 여수의 반란사건은 해방 후 이북의 악랄한 계획과 이남의 온상에서 교육된 공산도배의 치밀하고도 조직적인 학살 행동이라고 하겠으나 민족의 안전을 보장하고 민족의 영거榮擧를 보전……

케 하기 위하여는 문화인의 총동원과 획기적인 문화 시책을 강조하는 동시에 민족정신 앙양을 위하여 총궐기하는 것이 이 대회의 취지였다.

이 대회를 통하여 남한 각지에 있는 문화예술인의 대對국가 대민족적인 전 의욕은 폭발되었던 것이다. 이 대회를 계기로 오늘에 이르기까지 비록 완만하고 어딘지 모르게 격화괴양隔靴怪痒의 감이 있으나 이로부터 이 민족정신의 개화를 위하여 전면적이요 집중적인 혼일된 운동이 크게 또 넓게 등장되었던 것이다.

민족을 위하여 그는 또 더 나아가 세계의식으로 통하려는 문학인의 열의와 노력은 일반의 더 높은 신념 위에서 팽창되고 고조되는 것이었다.

그러나 저들 공산도배들은 작년 10월 20일의 여순반란사건을 위시한 전면적인 파괴운동이 표면화하자 이들은 분산적으로 국민 파괴 공작의 그늘에 숨어서 소위 문화공작대로 편성되었던 것이다. 그리하여 항상 당의 지령에 맹종하는 그들은 삐라전 모략 선전전의 주동 세력이 되어 반란 도배와 함께 침식을 같이하면서 그들의 사기 진흥에 적극 협력하였던 것이니 저번 지리산 소탕전에서 구포된 청년 시인, 영화인, 음악가 들이 불가항력적인 독재 적색 지령의 앞잡이가 되어 활약한 가지가지 사실이 폭로되고 말았던 것이다. 물론 이것이 민족의식을 망각한 최후의 자멸적 발악이긴 하였으나 항상 조직체를 통한 그들의 결사적 항쟁 의식에는 그를 증오하고도 남는 전율을 가진 것이니 파괴 방화를 최후의 목적으로 하는 반도들에게 그들은 기름을 부어주고 그 불길에 키질하는 역할을 맡아 해왔던 것이다.

이러한 지하운동과 아울러 한편으로 모든 합법적인 기관을 통한 그들의 전술은 또 별개의 방향으로 나타난 것이다. 이는 아직도 좌익 계열에 이용당하여왔던 중간적인 또 기회주의적인 인텔리 층의 사주使嗾에 최대의 관심을 가지게 하였던 것이다. 이들은 첫째 언론 기관과 출판 기관을 상대로 하여 그들의 모략은 마치 무서운 질병처럼 선량한 국민과 인민들을 유혹했던 것이다. 그의 일례를 든다면 금년도 신년호 각 신문 지상에다가 금년이 축년(소해)이라는 것을 유일한 기회로 생각하여 문인, 시인, 화가들에게 지령을 내렸으니 시인 화가들은 소를 예찬하되 소가 가진 우직 근실한 그의 본질을 무시하고 양반아투우兩班牙鬪牛와 같은 뿔로 무엇이든지 치받아버리는 만용을 예찬하여 "뿔로 쏘아라!" "뿔로 받아버려라."라고 외치는 것이었으니 이 쏘라고 하며 받아버리라고 하는 것은 곧 대한민국을 쏘아버리는 것이요 민국 정부를 받아 쓰러뜨리라는 것이다. 이러한 선동적인 시와 글을 씀으로써 그들은 공공연히 이북 공산 괴뢰 정권의 선전적 역할을 대행한 것이다. 그뿐 아니라 그들은 언론 기관 속에 주로 신문기자 '프락치'를 두어서 사건의 기회 있는 대로 정부 공격을 함으로써 이적 행위를 합류화合流化하는 것이었다. 유엔 출입기자단 속에 잠입되어 있던 남로당원의 무모한 대한민국의 국제적 도괴 공작은 그중의 일례로 들 수 있는 것이요 국회의원 내의 남로당 프락치가 항상 신문기자 매수에 혈안이 되었던 것도 상기함으로써 그들 공산 계열의 집요한 모략상의 일면을 지실知悉할 수 있는 것이다.

그뿐 아니라 이북 괴뢰 집단은 남한에서 현 정부에 불평불만을 가지고 있는 문화인에게도 그 손을 뻗치었으니 남한의 민주주의적인 강렬한 발전성에 견디어날 수 없는 소수의 모략 문인들은 그들의 필설로 미국의 정책을 비방하고 남한 시정을 왜곡 비난하는 나머지 '평화통일'과 '남북통일'과 '남북정치지도인협회' 등의 구두선口頭禪으로서 가장 자유주의적이요 자주적이며 애국적인 것을 가장하여왔으나 이 역시 현명한 민중의 하등의 지지와 사회적 반영을 얻지 못한 나머지 구명지책으로 월북하여 스스로 무릎을 꿇어 적색 독재 치하에 굴복한 가련한 20세기의 지식 노예를 산출하는 비극을 연출케까지 되었던 것이다.

그리고 출판물을 통한 그들의 모략의 길도 그 정체가 드러나기 시작하였던 것이다.

5

해방 이후의 민족진영의 독립운동은 그 대부분이 정치가, 청년, 일반 국민으로써 그 진영을 갖추었을 뿐 언론의 필요성을 인지하면서도 문화 방면에 대한 관심과 협조는 지극히 등한시하여 정당한 민족진영으로서의 언론 기관을 육성시키지 못하는 실로 불우한 채 출판물에 있어서도 겨우 회고적이요 완고하며 또 비현대적인 것뿐이었고 청년, 학생, 지식층이 요구하는 잡지나 단행본이 간행되지 못하였다. 이런 중에서 열렬한 몇몇의 문화인들이 민족정기를 사수하여 빈곤 그대로의 눈물겨운 환경 속에서 열과 성으로써 고군분투하여왔다. 몇 권의 시집과 단행본과 잡지가 근근이 발간되는 중에 대한민국이 탄생되고 정부가 수립되자 문화인들은 행정기구로서의 문화부의 독립된 기관과 예술원의 창설을 요청하여왔으나 이 두 가지가 모두 이루어지지 못하는 중 의외에도 여순반란사건과 맞부딪히게 되었던 것이다. 실로 이는 무력으로의 반역이 아닌 것이요 사상적인 책동인 것이다. 정부를 세우고 기구를 장만한다 하더라도 정신과 사상이 구비하지 못한 모든 시정과 정책은 사상누각이란 것을 비로소 더 절실히 깨닫게 된 것이다. 이에 분연히 궐기한 문화인들은 현지답사에 뒤이어 작년 12월 '민족정신 앙양 전국문화인총궐기대회'를 열게 되었던 것이다. 그러나 아직도 근시안적이요 또 자기 구명에 급급한 요행僥倖적인 문화인이 대다수여서 이 대회의 정신을 전 국민에게 완전히 침투시키지 못한 것은 아직도 대한민국이 직면한 모든 봉건적 잔재 일제잔재 착각된 자유주의 이기주의의 폐단 등이 남한 문화 속에 잠재해 있다는 것을 증좌하는 것이라고 하겠다.

그러나 이러한 중에서 남한의 민족진영 문화인들은 각각 자아비판과 자기반성을 거듭하면서 전 인류가 지향하는 새로운 민주주의 노선을 향하여 정신적 무장을 강화하게 되었다. 다수의 언론 기관이 과거의 회색적 중립 의식을 청산하여가는 것도 흔쾌한 일인 동시에 위정 당국에서도 문화에 대한 인식의 도가 차츰 높아가고 있는 사실도 명기할 수 있다. 그러나 아직도 문화 정책이 일원적으로 활발하게 수립되어 있지 아니한 동시에 문화의 지도 육성을 위한 당국과 민간의 이에 대한 협력도 미미한 정도에 그치고 있는 실정도 간과할 수 없는 현실이다.

실로 대한민국의 백년대계는 산업경제 교육과 더불어 문화예술 방면의 창달에 있다는 것을 관민 3천만이 다 같이 인식해야 하는 것이다. 사상의 계몽 선전의 제일선적 존재인 영화 연극 가요의 대중화와 더불어 전력의 정상적 발전에 의한 라디오의 입체적이요 유기적인 활용이 또한 중요성을 가져오는 것이다. 그리고 대중 계몽의 정기적 간행물도 왕성하여져야 할 것이니 이에 과거를 회고하여 우리가 진정으로 건설적인 문화를 자랑할 수 있는 것은 금후에 기대할 수밖에 없는 것이요 모든 모략과 중상을 분쇄하여서 건전 명랑한 문화운동이 금후에 비약적인 양상을 제시하게 되어야 할 것이다. 다시 말하면 좌익 공산 계열의 금법성今法性을 가장하거나 지하적으로 암약하는 면이 전적으로 청소 말살되는 반면에 종합적이요 총체적이며 또는 중□적으로 신생 대한민국의 문화가 민족의 오랜 전통을 계승하여서 새로운 세대에의 문화 창조에도 부단히 전진 또 정진하여야 할 것이다. 로마가 하루에 이루어지지 아니함과 같이 신생 민국의 문화가 하루에 이루어질 수는 없는 것이다. 더군다나 오래 피폐되었고 유린되었고 또 기형적으로 걸어와진 모든 잔재와 분위기의 완전 초극에서 우리의 새로운 문화의 옥토를 이루기에는 상당한 시일을 요함도 사실인 것이다. 잡초를 뽑고 그 조약돌을 골라내고 경사면을 바로잡고 거름을 주어가면서 그 위에 문화의 씨를 뿌려야 할 것이다. 모름지기 이 땅의 문화인은 씨를 뿌리기까지의 갖은 노역, 지극히 성스러운 노역에 복무하는 영광을 가져야 할 것이다. 또 그 영광 앞에 흔연히 또 흔연히 그 한 몸과 그 한 마음을 받쳐 들어야 할 것이다. 과거의 4년은 잡초를 뽑고 조약돌을 골라내는 데 보내어진 해인 것이다. 그리고 그 준비작업이 완전히 끝내진 것도 아니었다. 진실로 씨를 뿌리고 그 씨가 싹터 개화 결실하는 미래—장쾌하고도 숭엄한 그 미래 앞에 문화 전사의 정신적 육체적 훈련, 단련, 인고, 극기의 노력이 절실히 요청되는 것이요 또 이 사실에 대하여 위정 당국과 일반 사회의 맹성猛省과 협조와 정상한 인식을 거듭 기원하는 바이다. 끝으로 해방 후 4년간 민족문화를 위하여 활약한 분을 일별한다면 고의동, 박종화, 이하윤, 김광섭, 김진섭, 유치진, 안석주, 오종식, 모윤숙, 서정주, 김동리, 곽종원, 조지훈, 이해랑, 이광래, 김광주, 최태응, 김송, 박태현, 김생려, 김성태, 박태준, 채동선, 이홍열, 조연현 등 제씨를 들 수 있을 것이다. 그리고 지방에서 분투한 벽창수, 조향, 이경순 씨 등의 노력도 높이 알아 두어야 할 것이다.

(4282년 10월)

※부기—이 글은 '문총' 기관지 《민족문화》 창간호에 실린 「해방 후 4년간의 문화」와 공보처 발행인 《주보》에 실린 정부 수립 후 1년간의 화동태라는 단문을 합쳐서 그 위에 각 단체 창립 당시의 취지, 강령 등 문헌을 삽입하여 《대한소방》지에 전재하였던 것이다.*

—『문화와 자유』, 1952.

* 《대한소방》지를 구할 수 없어 부득이 『문화와 자유』의 원고를 옮겼다.

산주편편散珠片片 1

—1929~1939년

1929년—우리들 일본 유학 시절—일본의 문화계에는 정치 예술 일원론 정치 예술 이원론(?)이랄까 이러한 사조가 치열하게 대치하고 있었다. 이는 주로 맑시즘을 신봉하는 자와 예술의 자주성을 주창하는 양자의 대립이기도 한 것이다.

그리하여 예술의 행동성—정치성—을 주장하는 젊은 이론이 열을 올리고 있어서 이른바 전진적 인텔리겐치아들은 이론적으로는 일원론에 기울어지면서 현실 면에서는 자신이 그 속(혁명적)에 휩쓸릴 수 없는 고민에 사로잡혔던 시대였다. 물론 적지 않은 젊은이들이 행동—조직으로 치달리기도 했지만 사고의 비판을 떠나 살 수 없는 인텔리의 근성은 맹목적인 방향으로 끌려갈 수가 없었다. 그러나 비록 행동 그 자체 속에는 뛰어들지 않더라도 적극적인 전위적 이론 무장만이라도 해야 된다는 당시의 정세였다.

'외국문학연구회'라는 것은 1926년 일본 동경에서 조직되어 젊은 외국문학도가 여기에 모여 있었다. 그리고 그들은 문학의 세계적 호흡을 같이한다는 자부를 갖고 한국적 문학 상황에 불만을 갖거나 또 도외시하는 경향도 없지 않았다. 이러한 대부분의 멤버들—김진섭, 손우성, 정인섭, 이하윤, 장기제, 김한용, 이선근(사학 전공으로 갔으나), 김명엽, 김온, 서항석, 조희순 등이 1928, 29년 두 해 동안 대학을 마치고 모두 귀국하고 말았다.

남아 있는 멤버로는 이홍종, 김삼규, 함대훈, 이동석, 필자 등 몇 명밖에 안 되었고, 이들도 1, 2년 내로 귀국해야 할 사람들이었다.

그런데 동경에 잔류된 1929년대의 세칭 해외문학파 멤버들은 외국문학연구회의 종래의 행동 조류에 대하여 하나의 발전적 비판을 갖는 일면 우리들끼리 새로운 문학 서클을 갖기로 했다. 1929년 5월이라고 기억되며, 회의 명칭도 '신흥문학연구회'라고 고치고 서울에 있는 귀국 멤버들에게도 이 뜻을 전달하였다.

새로운 멤버로 김광섭등 수인이 이에 가담했다. 우리들은 정례적인 회합을 각 동인 숙소로 순례하며 가져왔다. 새로운 예술론의 독서회와 또는 현실적인 문학 활동에 대한 종합비판회도 가졌다. 그러나 회를 거듭하는 중 우리들 자신은 하나의 딜레마에 빠져버리고 말았다.

그것은 민족과 예술, 계급과 예술, 문학 즉 사회주의적 사조에서 오는 강한 침투력에 대한 올바른 객관적 비판이 잘 세워지지 않는 점이었다. 즉 사회주의적 예술 이론을 완강히 거부하는 입장에 선다는 이른바 반동적 사고를 완전히 불식할 수 없는 점이었다.

일본의 예술 활동, 소련의 예술 활동, 그리고 문학적 조류는 어떻게 움직이고 있는가라는 현상의 분석 파악은 어느 정도 가능하다 하더라도, 그러면 한국(당시에는 조선)의 문학은 어떠한 방향으로 가야 하는가 하는 문제에 대한 해답은 얼른 내려지지 않았다. 당시 일부 학생들은 일본의 학생운동 내지 혁명적 운동에 합세해버리는 편법적인 안이성을 취해왔으나, 우리들은 우리가 그 속에 뛰어 들어감으로써 한국의 문학 예술을 정상적으로 발전시킬 수 있느냐 하는 회의에 빠지게 되었다.

그러면서도 우리의 시야는 한국으로 돌아가지 않을 수 없었다. 때때로 한국서 발간되는 주요 신문(《동아》·《조선》·《중외》) 학술면의 논조와 작품 경향 등에 대한 비판으로 옮겨진다. 그러나 우리들을 가장 불쾌하게 하는 것은 그 논조의 태반이 일본에서 2개월 내지 근간에 주장되어온 그 논조의 되풀이라는 데 있었다.

여기서 그 하나하나를 대비할 자료와 지면을 갖지 못했으나, 크게 나누어 말한다면 소위 카프가 한국 문단을 독점하다시피 하여 그들의 이론 투쟁장으로 화한 신문 잡지들, 그리고 춘원을 비롯한 몇몇 민족진영 문인들의 산발적인 고루한 무변無辯들뿐이어서 '한국엔 문단도 문학도 논조도 없다'는 성급한 결론을 내릴 수도 있을 형편이었다.

그러던 중 1929년 11월 국내에서 일어난 광주학생사건이 일본 동경에는 12월 초에야 비로소 보도되었다. 이 사건은 동경 유학생들에게 커다란 충격을 주어 삼엄한 일제의 내선계內鮮係 형사들의 혈안된 경계 속에서도 학생들의 움직임은 초조하게 서둘러졌다. 드디어 12월 24일 밤 일본 내무성 습격(?)이라는 어마어마한 구호 밑에 당야當夜 2백여 명 한인 학생의 검속자를 내었고(필자도 그중의 하나였다), 이를 계기로 해서 나는 처음으로 임화, 김남천이라는 이름을 알게 되었고 이 두 사람이 당시 카프의 헤게모니를 독점한 청년이요, 또 그들이 재일 유학생들과 연락을 가진 것도 알게 되었다.

뿐 아니라 김남천은 당시 동경에 유학 중인 것도 전해 들었다. 그런데 당시 일본 유학하는 한국인 학생 회합에는 대개 3파의 대립이 있었다. 그는 민족주의 그룹, 사회주의 그룹, 무정부주의 그룹이다. 광주학생사건을 계기로 한 항일 투쟁에도 이 세 가지 경향이 있었는데 공작과 조직에 있어서는 사회주의 그룹을 따를 수가 없는 것이 차라리 정상이었다.

이 사건만 하더라도 배후 조정은 사회주의 계열이었던 모양이다. 이 그릇된 헤게모니 전취라는 것이 장차로는 크게 민족을 분열시키고 새로 사대사상으로 몰아넣기도 했다.

이러한 분위기 속에서 나의 대학 생활도 끝나 1931년 귀국을 마련해야 했다.

1930년 가을, 졸업을 앞두고 귀국한 나는 정착할 곳을 마련하기 위해 몇몇 선배를 찾아보았다. 그중 춘원 이광수 씨도 처음 만나게 되었다. 이 온건한 민족적 계몽사상가는 당시의 혼란된 대립의 문단 정경을 민망하게 생각하면서 젊은 분들이 나와서 이를 정리해달라는 지나친 부탁이 있을 뿐, 나의 소망에 대한 해답은 회피하고 말았다.

나는 졸업 후 3개월간 일본 동경에서 낭유浪遊 생활을 했다. 현실적으로 여러 가지 고민에 싸여 갈팡질팡하는 시간들을 가졌다. 그러다가 6월 초 귀국을 결행하기로 했던 것이다. 그동안 《동아일보》 지상에 졸업논문의 서론인 「사회학적 예술비평」의 일문을 기고했었다.

귀국하여 찾아간 곳은 《조선일보》 편집국장인 이선근, 그리고 《동아일보》 학예부장 서항석 양 씨였다(춘원도 물론 만났고). 우선 《조선일보》사 이 형의 청탁으로 프랑스 신흥 문학의 선구 에밀 졸라 연구를 약 2개월 동안에 걸쳐 발표했다. 이것은 나의 졸업논문의 일부로서 고료도 없는 공짜 명예 논문 격이 된 것이다.

그런데 귀국 수일 후 《동아일보》에서는 '극영동호회' 주최로 동사 3층 홀에서 연극영화전이 열리게 되었다. 그 전에 귀국한 일본 축지築地 소극장의 홍해성 씨의 소장품을 중심으로 한 것이었다. 나도 나의 소지품 일부를 전시했다. 이 자료는 내가 1928, 29 양년간 여름방학을 이용하여 첫해는 경남 일대와 서울에서, 다음에는 북간도 용정과 함북 일대 주요

도시에로 순회했던 세계아동예술전람회 중의 일부인 것이다.

여기서 유치진 형을 처음 만났고, 연예계의 몇몇 선배, 윤백남, 안석주 등을 만나기도 했다. 이 전람회를 계기로 하여 이미 예저기 알려져 있는 극예술연구회(12동인—윤백남 · 홍해성 · 허상석 · 유치진 · 장기제 · 김진섭 · 이하윤 · 최정우 · 조희순 · 함대훈 · 정인섭 · 필자)가 7월 8일 종로 어느 한국음식점(대련관?)에서 창립되었다. 이른바 해외문학파 중심의 새로운 극예술 집단이 탄생한 것이다.

그런데 당시는 카프 일파의 운동이 좌절되어가고 있는 중이었고, 민족진영은 고식 상태로 일종의 무풍지대적 현상으로 명맥을 유지하고 있는 그러한 환경에서 문학적인 그룹은 아니지만 젊은 외국문학인들의 움직임(연구)에 사회는 큰 관심을 갖고 이를 주시하고 있었다.

뿐만 아니라 카프 일파의 생경한 예술론인지 또는 정치 논문인지 분간할 수 없는 난삽한 '的' 자의 문구 나열만에 질려버린 당시의 문단에는, 무엇인가 새로운 무드가 암암리 기대되고 있었던 것이다. 그리고 따분한 중압된 현실에서 숨을 돌려 세계로 창을 뚫는 기풍이 활발히 불기 시작했다. 그러한 일의 기수가 된 것이 해외문학파일 수밖에 없었다.

이러한 1931년 11월, 박용철 형 주재의 《문예월간》이 창간되었고, 이해 12월 하순 아서원雅叙園에서 해외문학파의 망년회가 있었다. 상기한 동인들 외에 김상용, 정지용, 이형우 등 여러분이 동석해서 기염을 올렸던 것으로 기억된다. 그런 중에서 문우요, 심우心友로 장기제, 함대훈, 유치진 이렇게 어울리기 시작했다. 박용철이 여기 끼기도 했다.

당시 장 형은 반은 서울서, 반은 고향(의주)에서 지내는 형편이고, 감격파이기도 하고 감상파이기도 한 함대훈은 《조선일보》 기자로서 활약하는가 하면 나와 유치진은 비교적 불우한 환경에서 젊음을 불사르고 있었다. 유는 무정부주의적 색채로, 나는 진보적 세계주의(?)를 표방하여 현실에 대한 중압에 반발하고 있었다. 그리고 이 네 사람의 공통점은 모두 가정을 갖지 못한 사랑의 몽유병자적 일면을 조금씩 품고 있었다는 점일 것이다.

해외문학파 외에 새로이 사귄 문우로 이태준은 내가 당시 교편을 잡고 있는 경성보육학교에 신혼 직후 내외가 모두 시간강사로 나와 있었고, 동경 학생 시절 나보다 1, 2년 전후해서 와세다 대학 고등학원에 들어왔다가 중도 퇴학한 채만식, 이석훈 등과 새로 사귀게 되었다. 그리고 《중앙일보》 학예부에 있던 심훈 형도 원고 관계로 자주 접촉했다. 태준은 당시 기독교 계통에서 발간하는 《신생》의 편집 일을 맡아보고 있어, 나한테 시를 졸라 몇 편 발표하기도 했다.

1932년의 새해가 왔다. 약 반년 동안 나는 너무도 빨리 문명을 날린 듯도 했다. 대단치도 않은 글이 이해 《조선일보》 신년호 학예면 권두 논문으로 실리기도 했던 것이다. 제하여 왈, 「해외문학파의 임무와 장래」라는 것이다. 당시 《조선일보》 학예부장이던 석영 안석주 형이 붙인 것이다.

여기서 장황히 이 글의 내용을 얘기할 용기가 없지만 이 글을 쓴 나의 근본 의도는 다음과 같이 요약할 수 있을 것이다.

"고루한 민족지상주의는 내 구미에 맞지 않는다. 그렇다고 민족을 무시하는 계급문학론에도 찬동할 수 없다. 더욱이 나로서 견딜 수 없는 일은 문학을 정치의 한 도구로 사용하는 일도 절대로 용서할 수 없다. 문화적 내지 예술적 전통과 고전을 올바르게 섭취하여 우리의 새로운 문학 창조에 기여해야 한다. 그러므로 문학 지상, 예술 지상의 상아탑적, 동양적 은둔 취미에도 동조할 수 없다……."
였다.

그런데 이 일문이 발표된 후, 당시 좌익 계열의 대변지인 《조선지광》

에 김철우란 익명으로 「소위 해외문학파의 정체와 의미」란 괴상한 반박문이 실렸다. 신년 벽두부터 개시된 이 논전은 그 후 두 달 가까이 《조선》·《동아》 양 지상에서 전개되었는데 필자도 수편의 항변을 써서 이에 응수했다. 만일 이 글들을 오늘의 독자가 읽어본다면 얼마나 졸렬한가를 새삼 느낄지 모르나, 그중에서도 아직 불쾌하게 남아 있는 사실은 철우란 이름의 필자 자신의 정체인 것이다.

그 글에 보면 "나는 문필가도 아니요, 문학에 특별한 관심을 갖고 있는 것도 아닌데 신병으로 드러누웠다가 심심해서 뒤적거리던 신문 지상에서 이헌구란 사람의 쓴 글을 눈여겨보았더니, 그것이 도무지 돼먹지 않았다……."라는 투로 아주 깔보고 덤벼든 그 치졸한 깡패적 태도였다. 그런데 그 당시 철우라는 필자는 어떤 부면에서도 찾아볼 수 없는 공중에 뜬 인물이었던 것이다. 그런데 그 철우란 이름이 익명이었다는 것은 훨씬 이후인 1937년경에야 논전 당시의 회고(?)인가 하는 《조선일보》 학예면 지상에 본인인 임화가 밝힌 바 있었던 것이다.

그런데 임화는 공교롭게도 나의 중학 동창 임인식이었다는 사실도 1932년 정월호 신문 지상에서 처음 알게 되었다. 당시 문사 가정 탐방란에 임화 부처가 크게 보도됨으로써 나는 깜짝 놀라기도 했던 것이다. 중학 시절의 임인식은 나보다 수년 연하이기도 하고 그 당시는 일종의 연파적軟派的 불량성을 띤 모던보이형이어서 반에서도 좀 놀림을 받고 학교에서도 문제아(?)로 여겼던 사람이었고, 따라서 나와는 그렇게 친교할 상대가 되지 않았던 것이다.

그런데 기연이라고 할까, 임은 익명으로 나를 심판대 위에 올려놓고 갖은 야유를 퍼부었던 것이다. 아마 당시 임의 입장으로서는 고도의 전술을 써서 일필에 당시 발호(?)하는 해외문학파를 타도하려는 심산이었을 것이다.

여기서 더 첨언할 것은 나 자신 당시 해외문학파의 문학적 성분에 대해 일종의 불만과 반발도 갖고 있었던 것이다. 즉 일부 멤버의 지나친 자존망대와 때로는 언어유희로 자기를 호도하려는 태도에는 불만이 있어서 그러한 글을 썼던 것이다. 또 다른 면으로 보면 그러한 이들을 선의로 옹호한 결과도 되었던 것이다. 그런데 이것이 의외의 방면으로 불똥이 튀고야 말았다.

그리고 또 하나 나의 성격상(?) 당파 의식에 휩쓸릴 수도 없었다. 나는 당이나 그룹이나 하는 것보다 한 인간의 자유 · 인권 · 인격을 더 소중이 생각하면서 살아왔다. 그러므로 내가 누구를 비호하거나 대변한다는 정실적 언행은 정말 죽기보다 싫은 일이었다.

뿐 아니라 훼절 · 임기응변 등 기회주의와는 나는 함께 살 수 없는 심정이다. 동시에 내가 어느 파로 몰린다는 것은 정말로 참을 수 없는 불명예로 생각되는 것이었다. 그러한 약한 심정의 나로서는, 동조 아닌 순응에 머뭇거리기도 하는 것이었다.

1932년 봄, 동경서 김광섭 형이 와세다 대학 영문학과를 졸업하고 나보다 1년 늦게 귀국하여 서울에서 함께 기거하게 되었다. 김 형은 모교인 중동에서 시간강사 일을 맡고 있었다. 그런데 5월 어느 날, 춘원이 우리들 하숙으로 찾아왔다. 춘원은 당시 독일에서 싹트고 있는 나치즘—민족사회주의(?)에 대단한 관심을 갖고 있어서 한국도 이러한 방향으로 가야 하지 않겠느냐고 종용하는 것이다. 그는 그대로 해박한 경험을 털어놓으면서 사회주의는 용납될 수 없는 것이고 한국은 한국대로의 민족적 문화운동을 전개할 단계라는 것을 역설하였다.

그러나 나나 김 형이나 이에 얼른 공명될 수 없는 위치에 놓여 있었다. 더욱이 나는 세계와 호흡을 같이하지 않는 국한되고 편협한 민족주의적 사상에는 반발하지 않을 수 없었다. 좀 더 자유롭고 국경을 넘어선 인류 공동의 문학 예술의 필요성을 나대로 주장했던 것이다. 설왕설래 2시간 가까이 의견의 대립이 중화되지 못한 채 우리는 헤어지고 말았다.

그 후 춘원은 개인적으로도 자주 접촉을 가졌으나 상기한 그 문제는 다시 언급되지 않았다. 당시 만주사변을 계기로 한 사상적 감시가 더욱 날카로워진 속에서 문학 활동은 심한 저조를 보여왔다. 실제로 잡지 발간도 제대로 안 되고 카프적 영향으로 씌어졌던 획일적이요, 피상적인 조잡한 소설도 매너리즘에 빠져버렸던 시기였다.

당시 잡지 왕국인 개벽사도 경영난에 허덕이고 김동환 주재인《삼천리》(1929)가 대중성을 띠고 발간되어왔고《동아일보》의《신동아》가 대중적 종합지로 나타나, 제2의 계몽적 역할을 하던 때였다. 그런데《삼천리》지는 가끔 좌담회를 가졌다. 대개 종로의 백합원白合園 2층에서 전골 요리를 먹어가면서 주간인 파인巴人 김동환이 묻는 대로 얘기를 엮어가는 것이다. 나도 이러한 좌담회에 수차 참석했는데, 문학, 특히 외국문학에 대하여 흥미를 갖는 파인은 그의 지식의 주머니를 기울여가며 우리들에게서 이런저런 얘기를 주워 담는 것이었다.

이 좌담회에 나오는 멤버로는 안서 김억, 정지용, 이하윤, 김기림, 나, 그리고 이선희, 최정희, 노천명 등 여류 작가들이 중심이 되어 있었다. 그런데 실로 기이한 일은 파인은 좌담회를 사회하면서도 도무지 기록을 하지 않는 것이다. 기억력에 대단한 자신을 갖고 있는지는 모르지만 이건 너무 심하지 않느냐 하는 감을 누구나 그 자리에서 느끼게 하였다.

그런데 막상 잡지가 나온 것을 보면 정말 기상천외의 일이다. 말하자면 이야기는 파인이 적당히 배급을 주는 것이다. 말 많이 한 사람이나 듣고만 있었던 사람이나 할 것 없이 발언은 공동 분배되는 것이다. 뿐만 아니라 외국 문인의 국적이 함부로 이동되는 것이다.

예를 들면 입센이 프랑스 작가도 되고 17세기 사람이 19세기 사람도 되기 일쑤요, 긍정과 부정의 혼선…… 그리고 더 기막히는 일은 그 자리에서 도무지 발언되지 않았던 얘기가 창작되어 버젓이 기록되어 나오는 데야 그냥 두 손 바짝 들고 파인의 천재(?)적 두뇌에 함성을 올릴 길밖에 없다. 물론 당시는 속기술(한글)이 생겨나지도 않은 때이니만큼 완전한 기록이란 있을 수 없는 일이지만, 이는 파인의 독보《삼천리》라는 편집 요술이라고나 할까.

잡지 얘기가 나온 김에《시문학》(1930)에서《문예월간》(1931)으로 다시《문학》(1933)을 계속 계획 발간한 용아 박용철 형을 생각하게 된다. 박 형과는《문예월간》을 통해서 더한층 가까워졌다. 일종의 문학적 청교도로서, 수학적인 명철한 두뇌로 정밀한 계산하에 이런 잡지들을 발간했다.

시골에서 호부까지는 안 되지만 매월 약 3백 원(?)—오늘의 20만 원 정도일까—의 생활비를 타가지고 그 돈을 요리해서 잡지를 내는 것이다. 크게 소리치고 떠들썩하게 일하기를 꺼리는 성미에다가 좀 잡되고 속된 것과는 잘 타협하지 않는 깔끔한 성미인지라 집필자도 널리 구하지 않고 주로 외국문학과 시와 수필, 이렇게 편집 내용을 한정하는 편이었다.

《문예월간》은 편집 일을 이하윤 형에게 맡기고 시작했다. 1931년 10월 늦은 가을 나의 재동 하숙으로 박, 이 두 형이 찾아왔다. 그래서 이 잡지를 시작하는 동기며 원고 청탁도 하고 갔다. 그런 후로 용아와는 자별나게 친근해졌다. 조용조용한 미소 띤 저음으로 마치 연인 동지 같은 정을 갖고 문학 얘기를 하는 것이었다.

당시 나는 시를 쓰려고도 했고 또 적지 않은 습작들도 했었다. 그런데 용아는 그가《시문학》에서 시도함과 같이 언어의 조탁을 상당히 중요시하여 지용의 감각적인 표현과 영랑의 음악적 서정을 높이 사고 있었다. 그리하여 이 두 시인을 먼저 꼽고 다음 신석정, 허보, 편석촌, 김기림의 산문 등을 골라 싣는 것이었다.

그러면서 어느 겨울날 밤 견지동으로 이사 간 나의 하숙방에서 용아와 시 얘기 끝에 내 시도 좀 보라고 했다. 그랬더니 용아는 내 시에 한자가 너무 많다고 걱정하면서 더 가다듬으라고 충고 비슷한 얘기를 했다. 듣기에 좀 거북스러웠는데 그 때문은 아니지만 그 후 나는 시작詩作에서 상당히 멀어져가고 말았다.

용아는 건강이 시원찮았다. 폐환이라 가끔 재발하고 하여 고향에 내려가 정양하기 여러 번이었다. 《문예월간》도 3호로, 《시문학》도 3호로, 《문학》도 3호로 끝났는데 그렇게 병으로 시달리면서도 잡지에 대한 의욕은 버리지 않았던 사람이다.

《문학》은 불과 60페이지 내외의 얄팍한 동인지 같은 것이었다. 자기 평생 사업으로 자기 건강에 알맞게 취미 겸해서 하나하나 만들어내겠다고 그 결의를 우리들 앞에서 표명하기도 했다. 그러나 그도 그 이듬해(1934) 봄, 병의 재발로 3호 편집이 거의 끝나간 것을 나한테 떠맡기고 하향했던 것이다.

그 후 다시 1936년 용아는 지용, 이동구(가톨릭 시인), 구본웅, 이헌구 등 5인을 편집 동인으로 하여 《청색지》라는 문예지를 계획하여 취지문까지 인쇄 발송하고는 햇볕을 보지 못했고 그 후 이 잡지는 그때 계약되었던 화가 구본웅 씨 인쇄소에서 내용과 편집인도 다른 명의로 몇 호 발간되고 말았다(이미 용아는 고인이 된 뒤였다).

어찌 보면 용아는 지나치게 정교와 정선精選과 고답적이기도 한 예술파이기도 했다. 물론 그의 정신 속에는 강인한 자유 · 독립 의식이 의연히 살아 있어서 일제와의 어떠한 타협도 거부하고 깨끗이 살다 간 선비였다. 그 뚜렷한 예증 하나로 춘원이 일본 개조사 간 『일본문학강좌』 속에 한국(조선)을 그 종속국인 지위에 끼워 넣었던 사실에 대한 용아의 반발이 그것이다.

이 항의문은 당시 1934년 《신동아》 2월호에 발표되었거니와 용아는 나와도 만난 자리에서 상당히 흥분하여 춘원의 민족적 양심을 의심한다고, 별로 얼굴을 붉히지 않던 박 형의 그 어성이 거칠어지기도 했다. 며칠을 두고 곰곰이 생각한 끝에 이 글을 집필했던 것이다.

1935년 5월 조선일보사 학예부에서는 고정 필자를 선정하는 일종의 객원 제도를 실시했다. 이 필자는 다른 신문(《동아》 혹은 《중앙》 등)에는 기고할 수 없는 동시 매월 1회 이상 집필하도록 되어 있다. 어느 정도의 독점적 성격을 띠기도 하는 것인데, 이에 선정된 이로는 김진섭, 최재서, 이헌구 등이었다. 일보 함대훈 형이 생각해낸 아이디어였다. 그리고 조금 한 격 높여서 민세 안재홍, 호암 문일평 두 분도 특별 기고가로 했다.

그런데 이로 인해서 대수롭지 않으면서도 부자유한 첫 케이스가 생겨났다. 1935년 5월 22일은 프랑스 문호 빅토르 위고의 서거 50주년에 해당하는 날이다. 《동아》 · 《조선》 양 지에서 각각 특집을 계획했는데 당시의 실정으로는 소위 불문학 한다는 이가 극히 적어서 나와 손우성 두 사람뿐이었다. 손 형은 당시 지방에 봉직하고 있어 연락이 부자유한 시절이었다.

이 일로 인하여 《동아》의 서항석 형은 상당히 불쾌할 정도로 《조선》의 함대훈 형과 대립하게 되었다. 이 일은 비단 이때만은 아니요, 극예술연구회의 공연의 후원은 《동아》에서 시작했으나 《조선》에서도 한몫 끼어들어서 나중에는 번갈아가며 후원하게까지 되었던 것이다. 어찌 보면 '극연'의 존재 이유가 사회적으로 그만큼 뚜렷하여졌다고 볼 수도 있었다.

당시 '극연'에는 연구부가 있어서 함대훈, 김광섭, 이헌구 3인이 책임지고 있었는데 1934년 4월에 《극예술》을 창간했다. 헨리크 입센의 특집이었고 〈인형의 집〉 공연도 가졌던 것이다. 이때가 극연으로서는 가장 활발한 시기로 사회 · 교육 · 언론 · 문화의 중심인물들은 대개 후원회원이 되어 공연을 위한 정기 의연금을 내기도 했으며 또 많은 연극 애호가들이 회원이 되어왔다(연구생을 거쳐 입회한 이도 상당수였음).

윤태림, 조용만 씨 등은 초기에 들어온 분이요, 이어서 박용철, 최봉칙, 이해남, 윤석중, 모윤숙, 노천명, 김정환, 유형목, 최영수, 이무영, 심재홍, 현정주, 이석훈, 장서언, 김진수, 이진순, 그리고 좀 늦게 이해랑, 김동원, 이광래 등 극계의 중진들이 참가해왔다.

나로서 '극연' 시절에 가장 기억에 남는 일 중의 하나로는 유치진 형의 《토막》을 상연하던 1932년 2월 추운 날 아침, 안국동 네거리에서 삐라를 뿌리던 일이요, 또 하나는 1933년 6월 버나드 쇼의 《무기와 인간》을 장기제 연출로 공연했는데 박용철, 함대훈, 김광섭, 유치진 등 모두가 오리목과 광목통들을 둘러메고 남대문에 있는 회관에서 주야로 세트 만들고, 포스터 붙이고, 입장권을 팔고, 삐라도 뿌리는 등 완전히 노동 극단 멤버처럼 활동하던 일들이다.

6월 공연이라, 문들을 열어젖히고 연습하는데 동리 아이들이 몰려들어 시끄러웠을 뿐 아니라 그 연극 중 여주인공인 캐서린 부인 이름을 아이들이 '재떨이' 부인이라고 와전하여 웃지 못할 난센스가 벌어지기도 했고, 이 극의 주역의 하나를 맡은 유치진 형이 통영(경상도) 사투리로 '초콜렛 병정'이란 말을 '초콜렛 벵정'이라고 불러서 한동안 유형은 '초콜렛 벵정'으로 불리우기도 했다.

이렇게 수고는 했는데 6월 말의 무더위에 손님은 극히 한산, 페시미스트인 장기제 형이 공연 끝난 후 머리를 붙안고 "내가 팔자에 없는 연출을 해서 요꼴."이라고 울상이 되던 인상, 아직도 남아 있다.

나보다 4년인가 연장이요, 동양철학을 전공한 일도一島 오희병이라는 친구를 알게 된 것은 1939년경인가 기억된다. 중학동 개천가 일각대문에 방 둘밖에 없는 얌전한 집 하나를 얻어 홀아비살림을 하는 시인이었다. 소원이 시 잡지 깨끗하게 하나 내고 싶다는 친구였다. 월파 김상용 형과는 리쿄오〔立教〕 대학 동창으로 시 이외의 문학은 문학이 아니라는 생트집을 쓸 만큼 시에 빠져버린 정력가였다.

이 친구와 술도 많이 마신 우리들—김광섭, 조희순, 함대훈 등—은 드디어 《시원》이라는 시지를 1935년 1월 간행하게 되었다. 김기림, 유치환, 김광섭, 모윤숙, 노천명, 김상용, 신석정, 김영랑 등의 정선된 시들을 추려서 그 제1호가 탄생되었던 것이다.

그리하여 적선동에서 사직동으로 옮긴 박용철 형과 중학동의 오희병 형의 집은 이따금 우리들의 젊음을 발산하는 장소이기도 했다. 특히 일도는 상당히 주벽도 심한 사람으로 우리들이 맞서서 당해내기 어려운 고비가 한두 번이 아니었다.

그중에도 일대 걸작은 어느 늦은 가을 달 밝은 밤 이산 김광섭, 일도와 3인이 일행이 되어 노량진에 있는 주점으로 향해 떠난 것은 밤 11시가 가까웠으리라. 그때 오늘의 인도교가 완전히 준공되지 않았으나 몰래 건너갈 수는 있었다. 파출소 순경의 눈을 피해 3인이 엉금엉금 기어서 그 긴 다리를 건너가 주점에 다다른 것은 자정이 가까워서였다.

마침 젊은 주모가 내 고향과 이산 고향까지 갔다 온 대단한 경력을 가지고 있어 술보다도 고향 타령으로 시간은 새벽 2시나 되었을까 달은 여전히 휘영청 밝은데 (그때는 문인들이 단장을 짚는 것이 유행인 때라) 만취한 김에 다리를 다 건너와 쾌재를 부르는 그 기세를 몰아, 나는 동그란 등피로 싸여진 가로등에 매혹되어 그놈을 단장으로 하나 갈겼더니 쨍그렁하는 금속성과 더불어 전등이 탁 꺼지는 것이었다.

이에 묘미를 들인 나와 이산은 양편을 왔다 갔다 하면서 무려 78개 등에 치명적 결정타를 내렸던 것이다. 장난 치고는 악한에 속할지 모르나 지금도 그 금속성과 탁 불 꺼지는 광경이 선연히 나타난다. 다행히 경찰의 눈은 피했지만, 그다음부터 일도 집까지 돌아오는 데 겪은 무용담(?)은 여기서 커트하련다.

이러한 등속의 많은 숨은 얘기가 있거니와 제3호인가는 빅토르 위고 특집호를 내는데 나의 간단한 시론과 역시譯詩 수편이 실리기도 했다. 이 《시원》이 몇 호까지 속간되었는지 지금은 알 길이 없으나 일도도 가끔 시골로 내왕도 하고, 때로는 1년여씩 가 있다가 서울이 그리워 찾아오면 오는 날부터 가는 날까지 친구들과 술을 마시는 것이었다.

취하면 서울 땅을 안 밟는다고 소리 소리 치면서 택시가 아니면 한 발자욱도 옮겨 딛지 않는 성미를 부리기도 했다(그러다 1940년 후에는 완전히 낙향, 해방 후 상경하여 또 시지를 낸다고 서둘러댔지만 그때부터 건강이 상당히 나빠져 1946년 2월 탑골 승방에 있는 조그마한 객사에서 외롭게 숨지고 말았다).

—《사상계》, 1966. 10.

산주편편散珠片片 2

—1936년

해가 바뀔 때마다 희망 같은 것은 가져보지 않는다 하더라도 침울과 불안이 예견되는 것은 유쾌할 수 없는 일이다. 1936년도 이러한 한 해이기도 하였다. 그러면서도 어떤 소강상태의 분위기가 아주 없는 것도 아니었다.

이런 중에도 우리들을 놀라게 한 두 가지 큰 사건이 바깥에서 일어났다. 그 하나는 일본서 2·26이라는 군사 반란이 일어났던 것과 이탈리아의 무솔리니가 에티오피아를 진격 점령한 것이었다.

이것은 동서에서 군국주의적 독재의 가능성을 크게 과시하는 예고이기도 하였다. 아니나 다를까, 한국(당시의 조선) 사회에도 그 여파가 밀려들어왔다. 우선 두 가지 경고가 떨어졌다.

그 하나는 이때까지 자유롭게 써오던 서기 연호를 쓰지 말라는 것이다. 그리고 그 대신 소화昭和(일본 천황) 연호를 대용하라는 것이다. 글을 쓰는 것으로 천직을 삼거나 아니면 취미로 하거나 간에 이건 정말 불쾌한 노릇이었다. 누구나 '소화'라고 반드시 써야 하는 이 굴레를 벗어날 방도는 거의 없었다. 그러나 단 하나의 길만이 열려 있으니 그것은 육갑

연대六甲年代를 대용하는 일이었다. 그중의 한 예가 일도 오희병 형이 주간하던 시원사에서 발간한 1935년도의 시선집은 『올해의 명시선집』이라는 이름으로 1936년 출판되었던 것이다. 그리고 글 말미에 흔히 쓰는 연월일에 병자(1936)년 ×월 ×일이라고 약빠른 그러면서 눈물을 머금은 굴욕의 회피를 꾀하기도 했다.

그다음은 일본이라는 말 대신 내지라고 사용하라는 것이었다. 일용어에 있어서도 '일본 사람'이라고 부르지 말고 '내지인', 또는 '내지 사람'이라고 해야 한다는 것이다. 그러니까 한국 사람은 완전히 예속민으로서의 선인鮮人 반도인으로 전락되어야 하는 것이다. 이것이 얼마나 우리들에게 심한 모욕감이었던가 하는 것은 그 당시를 체험하지 않고는 그 실감을 알 수 없을 것이다. 이미 한일합병 이후 25년—사반세기가 지나간 당시 일본의 위정자들이 우리 한국의 속속들이를 캐어 알아낸 듯 얕잡아보고 억눌러보고 그리고 그들이 꾸미고 있는 대동아 진출의 꿈은 이미 한국쯤은 완전히 자기들 손아귀에 들어온 것으로 속단했으리라.

하여간 일본을 '내지'라고 부르고 문자로써도 그렇게 써야 되는 것이다. 여기에서 어떻게 이 멍에를 벗어낼 수 있느냐(?) 하는 구차스러운, 그러면서도 심각한 문제에 부닥친 것이다. 그리하여 이를 회피하는 한 방도가 있었으니 그것은 일본 문단을 '일본 내지 문단'이라고 '일본' 두 자를 덧붙여 쓰기도 하고 또는 '동경 문단'이라고 부르기도 한 것이다. —뿐 아니라 일본으로 갔다 왔다고 하는 것을 다녀온 지명을 빌려서 동경, 대판 등지를 다녀왔다고 하기도 했던 것이다. 그리하여 일본이라는 말 대신에 '동경'이라는 대칭을 감히 사용했던 것이다.

아마 일본 사람들도 이러한 당시 조선인의 뿌리 깊은 민족 감정의 일단을 모르지는 않았으리라. 그러기에 그때부터 한국의 문화인 · 언론인 · 문인 · 예술가 · 교육자 등에 대한 동향에 점점 더 날카로운 신경을 써가면서 그들의 백년대계(?)를 착착 진행시켰다.

이러한 새로운 침략자의 발톱이 날쌔어가는 중에서 문단은 이해 들어 많은 일들을 치르고 있었다.

가령 출판기념회의 한 예를 들어보더라도 객년客年인 1935년 12월 7일 천향원天香園에서 있었던 『지용 시집』 출판기념회의 일대 성황에 뒤이어 1936년 5월 12일에는 명월관에서 약 30명 내외의 친지들로만 이루어진 『영랑 시집』 출판을 위한 기념 회합이 있었다. 지용에 비하여 영랑은 시골 강진 땅에서 거문고와 북을 이웃하고 지내는 형편이라 서울에 많은 지우가 없었던 것도 사실이지만 이 시집을 간행한 용아 박용철 형의 알뜰한 우정은 영랑의 시의 분위기를 시장 바닥처럼 떠들썩하게 만들고 싶지 않았던 것이다.

뿐만 아니라 용아는 누구보다도 영랑의 시집을 내고 싶었던 것이다. 그 두 사람 사이에는 오랜 우정이 내왕하여 인간적으로 절친한 사이였다. 그리고 용아는 많지 않기는 하나 영랑의 시가 발표된 紙名이나 誌名은 물론 어느 페이지에 실린 것까지 기억하고 있었으며, 『영랑 시집』에는 페이지 수가 기입되어 있지 않고 또 시제도 없이 번호로써만 이를 정리 편집한 것이다.

어찌 보면 지용에게는 문단적 인기를 고려했는지 모르나 영랑에게 대해선 일체를 초월한 우정을 기울여 스스로 자랑하고 싶고 영광으로 알고 이 시집을 냈던 것이다. 그러한 출판 기념이기 때문에 '옥에 티가 섞일세라' 하는 식으로 인선으로 모인 자리였다. 그리고 2차로 자리를 옮긴 백합원의 맥주 파티는 더한층 흥겹고 유쾌를 극한 무아의 경지였다(그렇게 아끼던 우인을 위해 베푼 잔칫날은 이상하게도 2년 후인 1938년 5월 12일 용아 자신이 35세로 운명한 그날이기도 했다. 이는 무슨 숫자의 장난만은 아니리라……).

이해 5월 31일에는 이석훈 씨의 소설집 『황혼의 노래』 출판기념회가 신흥사에서 신록과 더불어 즐거운 하루를 보내게 했다. 그런데 그보다도 더 의의 있는 전 문단적 행사가 하나 있었으니 그것은 춘원 이광수 씨의 문단 생활 30년 축하회였다. 6월 어느 날이라고만 기억되거니와 장소는 역시 신흥사였다. 약 50명 내외의 문단 후배, 지인이 참석하여 성황을 이루었다.

당시의 모습을 일일이 더듬어볼 기억력이 지금의 나에겐 없지만 《조광》지에 춘원은 「다난한 반생의 도정」이라는 회고록을 3회에 걸쳐 연재하였었다. 단 하나 기억나는 것은 소위 카프파에 소속되었던 이른바 좌익계 문인들이 춘원의 민족 사상이 못마땅하고 또 그 때문에 춘원의 작품을 계몽조 설교라고까지 비난하면서 이 자리에 한 사람도 나타나지 않았던 일이다.

이해 5월에 춘원은 일본 동경에 가서 여러 일본 문단 선배들—특히 기독교적인 낭만자연파 시인이요, 수필가인 요시다 겐지로〔吉田絃二郎〕를 만난 감명적인 얘기들을 곁들여 그의 능변으로 답사 겸한 소감을 얘기하기도 했다.

또 하나 기억나는 것은 석촌 김기림의 『기상도』 출판 기념의 일이다. 기림은 나와는 그리 멀지 않은 동향의 사람이라고도 할 수 있고 내가 다니던 보성고보에 한 학년 아래인가(?)에 있다가 중퇴 도일했으며, 일본서 메이쿄〔名教〕 중학이란 데를 다닌다는 것 등을 알고 있었으나 친하게 된 것은 1931년 이후 서울에서였다.

이른바 모더니즘의 기수이기도 한 기림은 낭만주의를 극도로 싫어하는 지성 또는 감각 내지 과학적 용어 등을 쓰기 좋아하는 신문기자요, 시인이었다. 문인 중에 신문기자가 많기도 하지만 파인 김동환과 기림은 그중에도 특이한 존재라 해야 옳을 것이다. 나의 기억이 틀림없다면 기림의 본명은 인손仁孫이었으리라. 이 기념회는 9월 초, 화신 뒤 태화관에서 있었다.

아직도 무더운 잔서가 남아 있어 당시 유행하고 있던 흰 양저洋苧 양복들을 착용하고 참석했던 기억이 난다. 1차가 끝나고 2차 3차 바로 돌아다니면서 맥주를 연거푸 통음했다. 그중에 끝까지 남은 것이 이상과 박태원, 안회남 등 몇몇 사람이었다.

상은 바로 나와 중학의 동기동급생이었다. 내가 장티푸스로 인하여 2년을 쉬고 다시 보성 3년에 들어왔을 때 그 반에 김해경이라는 창백한 소년이 있었다. 나보다 5년 연하였으니까 지금도 기억나지만 몹시도 병약한 조산아 팔삭동과 같은 가련한 일면도 가진 이상아이기도 하였다.

당시에 시를 쓰기도 했지만 원체 어리고 약하고 해서 나와는 그리 큰 친교를 가지기에는 무엇인가 아귀가 맞지 않았다. 3학년 때 가을 경주로 수학여행을 갔는데 상도 동행이었다.

당시 나는 상당히 경제적 곤란을 겪으면서 통학하고 있었기 때문에 정신적 여유도 없었거니와 시간적 여가도 없었고 게다가 같은 반우들은 다 나보다 2년 후배인 관계도 있어서 나는 '혼자' 속에 갇혀 지내던 때였다.

그러다가 나는 4학년을 마치고 도일했다가 1931년 서울로 돌아와 상을 다시 만난 것은 이해 6월이었으리라. 당시 이순석 형이 소공동에다가 '낙랑樂浪 파아라'라는 다방을 새로 내었던 바로 그곳에서였다(여담이지만 이 다방은 한국 다방 사상에 특기할 존재이다).

6, 7년 만에 만난 상은 키는 훌쩍 자랐지만 그 이상아적 체구와 앳된 인상은 그대로였는데 다르다면 검은 수염이 잡스럽게 나 있었고 머리에는 벙거지 맥고모자를 어울리지 않게 얹은 것이라고나 할까. 그 이상이 기림하고는 꽤 가까운 편이었다. 그리고 이날 저녁과 이날 밤을 나는 거

의 상과 더불어 술을 마셨고 많지 않은 대화와 아울러 나에게 기대는 상을 붙안다시피 하면서 돌아다니다가 자정이 다 되어 다시 태화관 문을 두드려 들어갔으나 술도 취했고 마련된 주자酒資도 주머니에 비어 있은 처지라 아까 왔었다는 것을 핑계로 술을 달라고 간청하다가 목적은 달성되지 못한 채 밤 2시 가까이 거리에서 비틀거리며 상과 작별하던 기억이 아직도 새롭다.

출판 기념 이야기가 난 김에 문인 결혼 얘기 몇 토막을 엮어보기로 한다. 날짜와 장소 등은 일일이 기억 못 하나 이해엔 네 쌍의 혼례가 이루어졌다. 그 하나는 노총각으로 알려졌던 효민 형이 정신(?)여고에서 교편을 잡고 있던 여교원과 화촉을 밝히게 되어 모두들 충심으로 경하했었다. 어려운 역경에서 지내온 홍 형에게 늦복이 터졌다는 것이 문단 참새들의 수군거림이었다.

그다음 홍 형과 같이 동아일보사 출판부에 있던 소설가 주요섭 형의 결혼이었다. 주 형의 열렬한 사랑의 꽃이 드디어 결실하게 되어 서울 아닌 서도西道에서 백년가약을 맺게 된다는 소식이 전해지자 모두가 선망의 축복을 보내었다. 그리고 경성제대 재학 시부터 문단에 진출하였고 특히 카프파를 사갈시하던 젊은 소설가요 희곡도 쓰던 조용만 형이 순풍에 돛을 단 듯 스위트홈으로 골인했다(따지고 보니 이 세 분 다 금년 1966년이 결혼 30주년에 해당되는데 문단 생활 30년에 못지않은 인생 생활 30년 반회혼년 축하회는 없는 법인가……).

그리고 그다음 김환태 형의 경우다. 김 형은 1934년 처음 서울에 나타난 것으로 기억된다. 김 형은 일본 교토에 있을 때부터 지용과 친교가 있었고, 중학은 나와 같은 보성으로 3년인가 후배가 되는데 당시 월파 김상용 형이 모교 보성에서 교편을 처음 잡았을 때의 상급반 학생이었다고 알고 있다. 이런 연관을 갖고 나는 김 형과 자별나게 친하게 지내었다.

지용의 소개로 박용철 형과도 가까이 알고 지내면서 평필評筆을 들기 시작했다. 그의 예술 위주의 비평 태도는 자연 카프의 반감을 사게 된 또 하나의 신진 인텔리 평론가이기도 했다.

그런데 김 형은 독신이었다(기실 상처했던 것이다). 이 점을 알게 된 용철 형은 그 매씨 봉자(이전梨專 갓 졸업한) 양과의 교제를 서두르고 있었다. 몇 번 서로 만나보기도 하고 이른바 데이트 같은 것도 하는 사이가 되었다. 이렇게 두 사이가 인간적으로 가까워지자 김 형은 자기는 미혼이 아니고 사실 상처했다는 것을 밝히지 않을 수 없었다. 박 양의 놀라움이 대단했다는 것이다.

그러나 성실을 다하는 김 형의 앞에 박 양도 깊은 이해를 갖고 이해 6월인가 용아 형 집에서 약혼식을 올렸다. 오늘처럼 그러한 형식적인 것은 물론 아니지만 춘원이 주례가 되어 나도 친우로 합석한 자리에서 모두 7, 8명뿐인 소인원으로 간략하게 식을 끝내고 이해 9월 하순 종교 예배당에서 양주삼 목사 주례로 식은 성스럽게 이루어졌다. 당시는 들러리를 으레껏 2, 3명씩 세우기로 되어 있는데 내가 그 제1들러리(퍼스트 들러리라고 불렀다)로 신랑의 옆에 섰다.

이렇게 신혼 가정을 이룬 김환태 형의 비평 활동은 그대로 활발하였다. 이 김 형에게 카프파의 임화가 또 한 번 정식으로 도전해왔다. 당시 스스로 카프파의 주류적 영도자(?)라고 자인하고 나선 임화는 이해(1936) 두 개의 논전을 벌였던 것이다.

그 하나는 좌익적인 박영희 씨의 "잃은 것은 예술이요 얻은 것은 이데올로기."라는 명구(?)로써 그 진영을 1933년 이탈한 후의 평론, 또 다른 하나는 어떤 경향성을 가지면서도 보조를 같이하지 않던 백철 씨가 「인간 탐구론」을 들고 나오자 임은 이론적 반박에 앞서 마치 배반한 동지를 참주斬誅하는 듯한 기세를 부려서 박 · 백 씨에게 도전해왔다.

그리고 다음으로 김환태 씨와의 논전이었다. 이 논쟁은 문예비평의 견해에 대한 것으로 문예 작품의 내용과 형식, 사상과 현실에 대한 일치되면서 상반되는 견해의 모순에서 벌어진 것이다.

김 씨는 어디까지나 문학 작품이 어떤 사상을 가지고 쓰든 간에 그것은 결국 문학—예술적 작품이 되어야 한다는 원칙론에 대하여 임은 그런 견해를 긍정하면서도, 그러나 그것은 소련 등 공산 위성 국가에서 주장하고 있는 사회주의적 리얼리즘 즉 계급적 각도를 통하여 창작되어야 한다는 획일적 기계론을 내들고 나선 것이었다. 다시 말하면 당시의 현실은 분명 그러한 이론적 · 실제적 여건이 성립될 수 없다는 그 사실을 임 자신이 너무나 잘 알고 내심 이에 추종하기도 하면서 겉으로는 여전히 망령의 위패를 들고 나서는 우愚를 고집하는 것이었다.

1935년 늦은 가을이라고 생각되는데 중학동에 있는 시원사에 갔다가 의외의 방문객을 만났다. 얼굴은 시커멓고 키는 작달막한데 안경까지 곁들인 그는 어딘가 시골뜨기 일인日人의 기질과도 같은 것을 느끼게 했다. 통성명하니 왈 김문집이라 한다. 분명 경상도 사투리의 굵직한 음성이었다.

이 친구가 그 후 수년간 한국 문단에서 굉장히 말썽을 일으킨 화돈이라는 아호를 가진 친구다. 그는 나에게 이무영을 만나봤으면 하는 요망이었다. 그때 마침 '극연' 공연이 있어서 그를 데리고 공회당(당시 '극연'의 유일한 실험무대로 제공되었던 장소)으로 함께 가 거기서 무영도 만나게 했다. 자세하지는 않으나 그가 서울 와서 처음 만난 문인이 있다면 내가 그 첫 번째였으리라(이것은 진정 재수가 좋았는지 나빴는지는 모를 일이나). 이 친구가 그 당시 제일 싫어하는 작가가 지금은 일본에 귀화한 장혁주로서 그에 대한 공개적인 반박문이 수편 지상에 발표되기도 했다.

그런데 이 친구가 급속도적으로 문단에 데뷔하여 춘원은 물론이요,

이태준, 유진오 등 중견 작가와 여류 소설가들과도 친근하게 지내면서 이른바 '불도저'식 평필을 휘두르기 시작했다. 이에 피해를 입은 이는 헤아릴 수 없이 많다고 하겠거니와 특히 좌익적 평론가 임 군에게는 맹위를 휘두를 지경이요 다른 여러 작가에 대해서도 좌충우돌, 안하무인 격이기도 했다.

나는 그를 문단 괴인적 존재(1936년 12월호 《조광》)이라고도 했거니와, 그가 1936년 「상반기 창작평」(그 후 그는 그의 유일한 저서 『비평문학』에서 이 글을 '채점비평'이라고 부제했다)이라는 괴상한 일문을 발표했다. 자칭 동경제대 독문과 중퇴라고 하는 이 친구는 50편의 단편소설을 놓고 채점을 하는 것이다.

우선 이 글 모두冒頭에서 일본의 나가이〔永井荷風〕, 이즈미〔泉鏡花〕, 타니자키〔谷崎潤一郎〕, 시가〔志賀直哉〕, 마사무네〔正宗白鳥〕 등 20여 명의 이름을 나열하여 이들은 모두 99점 만점에 86점 이상으로 해놓고 한국 작가(단편)는 아직도 동경 문단의 문청문단 내지 문단예비군이기 때문에 56점 만점으로 채점한다는 것이다.

그러한 핸디캡을 갖고 보더라도, 이태준 「까마귀」 71점, 주요섭 「추물」이 70점으로 최고점에 속하고 다음 65점에서 56점 선에 가는 작품으로 「악마」(박태원), 「결혼」(이석훈), 「분녀」(이효석), 「심청」(김유정), 「촉루」(정인택), 「탁류」(허준), 「무녀도」(김동리), 「지주회시」(이상) 등을 열거하고 나서 그도 양심(?)상 불안을 느꼈던지 예술품에 점수를 매긴다는 것은 경솔한 일이기는 하나 의외에도 가장 간명한 관상 보고의 한 방법일 때 이 경솔은 도리어 불가침의 시그널(기호)이 된다는 등 요는 채점자의 평안評眼에 있다고 군소리를 붙여놓았다.

이러한 무엄하고도 방자한 행동을 하던 그는 얼마 안 가서 김삿갓식으로 괴나리봇짐에 짚신감발 치고 파락호 행세를 가장하여서 서울 장안을 활보하더니 더 나아가 총독부 학무국장을 농간해가지고는 당시 총독(미나미 지로〔南次郎〕)과 단독 회견하는 데까지로 발전했고, 1939년 창씨개명의 선풍이 불자 '오에다쯔〔大江龍無酒之介〕'로 개명했다. 대구에서 태어나 일본 에도(동경의 고명)에서 자랐고, 용산서 지원병 장행을 보고 크게 깨달아 술도 안 마시는 사나이라는 괴상한 창씨개명을 하더니 해방 전 행방이 묘연, 그 후 일본으로 도피해 가 있다는 얘기다.

실로 문단의 불가사리 같은 존재라고나 할까. 그의 추행 · 비행 등 갖은 비어蜚語인지 실화인지가 있기는 하지만 실로 한국 문단 사상 다시 두 번 찾아보기 어려운 인간이요, 괴물이기도 했던 것이다. 이는 일어탁수一魚濁水 정도가 아니라 어딘가 메피스토펠레스적 요소를 다분히 지닌 마인이기도 했다.

밖으로 더 큰 세계적 이변이 짙어져가는 1936년 9월 16일 이미 낙향하여 「상록수」의 일 작作으로 새로운 문학의 기치를 들고 나왔던 심훈 형이 타계하였다. 그의 남성다운 쾌활과 타고난 미모와 원만한 그 성품, 그 음성이 더욱 우리들로 하여금 못내 슬프고 그리웁게 했다. 9월 26일 고인을 추모하는 문단인 추도식이 많은 문인과 친지들이 모인 자리에서 열렸던 것이다.

끝으로 '극연' 관계의 한 토막을 적는다면, 1936년은 상당히 활발한 공연 기록을 가진 해이기도 하여 4월에 전한田漢 작 김광주 역 〈호상湖上의 비〉, 이태준 작 〈어머니〉, 5월에 〈춘향전〉, 8월에 유치진 작 〈소〉(일명 〈풍년기〉), 10월에 김진수 작 〈길〉(극연 희곡 당선작), 그리고 헤이워드 부처 작 〈포기와 베스〉의 공연을 6월에 가졌다. 이 작품에서 검둥이가 부르는 노래를 6 · 25 때 희생된 동요 작곡가 정순철 형이 작곡하여 한동안 우리들은 "검둥이는 왜 이다지 서러워 서러워."를 슬픈 심정으로 부르기도 했다. 마치 그 검둥이가 우리들 자신인 것처럼. 이 작품의 연출은 장기제 형이 맡았었다.

그리고 이해 7월 말에는 유치진, 김광섭, 이헌구 3인 일행이 되어 《동아일보》의 평양 · 신의주 · 선천 3지국의 성원을 얻어 연극 순회강연회를 가졌다. 우리들은 이때 신의주에서 처음으로 양차洋車 인력거를 타고 압록강 철교를 건너 안동현 구경을 했었다. 이것이 나로서는 북지는 고사하고 만주라고는 처음이요 또 마지막 밟아본 땅이기도 했다.

—《사상계》, 1966. 12.

산주편편散珠片片 4

—1938~1939년

1938년은 짙고 검은 장막으로 우리 주변을 짙게 휩싸가기 시작했다. 첫째로 조선어 한문 과정이 오늘의 중고교에서 말살된 것이다. 이 전초적 계엄령이야말로 앞으로 1940년까지의 징병제, 창씨개명, 《동아》·《조선》 양 지 폐간, 일어 상용, 이른바 국민복 착용, 그러고는 드디어 1942년의 징병제·학도병제까지도 저돌해가는 일제 군국주의의 단말마적인 서장이 되었던 것이다.

뿐 아니라 그들은 문화적 집회에 대해서도 지나친 신경을 쓰기 시작했다. 그 첫째 케이스가 노천명의 처녀 시집 『산호림』 출판 기념에서 그 마각을 드러냈다. 날짜는 38년 2월 중순이라고 생각되는데 지금은 퇴계로에 있는 공공 건물로 변했지만 그 당시 경양식을 하는 레스토랑에서 열리기로 되었다.

그런데 집회 허가가 중부서에서 보류되어졌다. 여러 차례 교섭한 결과 일체의 출판 기념에 관한 언사는 불허되는 것이요, 다만 회식만 한다는 조건이면 허락하겠다는 것이다. 정말 어처구니없는 노릇이었다. 특별히 사상적으로 주목을 받는 인물도 아니요, 더군다나 여류 시인을 위한 회합인데 이처럼 지나친 신경과민이 되었다는 것은 하나의 난센스밖에 안 되었다.

50명에 가까운 문인들이 모여들었다. 이러한 사실을 안 모두들의 표정은 어이없다는 쓴웃음밖에 나오지 않았다. 조용히 식사만을 하고 둘러앉은 그 광경은 눈물 어린 하나의 희극 장면이기도 했다. 더욱 날씨는 쌀쌀해서 피부로도 이른 봄의 냉기를 느꼈지만 마음속으로 숨어드는 얼음장 같은 노여움은 쉽게 녹아질 수 없었다.

이해 3월 27일 종로서는 7년을 계속 활동해온 극예술연구회에 대해 해체 명령을 내렸다. 그 이유에 왈, 연극은 행동으로 무대 위에서 하는 것은 무관하나 연구한다는 행위는 재미없고 또 그 필요를 인정치 않는다는 것이다. 극연은 37년 하반기부터 운영상의 난관에 빠졌고 대중적인 극운동으로 방향을 돌리려 하여 회 내부에서 상당한 이견이 대립된 데다가 일제는 이러한 명령을 내린 것이다. 아마도 당시로서 '연구'라는 일종의 학술적 단체에 대하여 제1차로 탄압을 내린 것이 '카프', 다음이 '극연'일 것이요, 이 이후로 이 일제 문화 정책은 1941년 조선어학회 사건까지로 뻗어갔던 것이다.

'극연'은 유치진, 서항석과 연기자 그룹으로 새로이 극연좌劇硏座라는 새로운 흥행 단체를 조직했고, 1931년 7월 8일 결성된 극예술연구회는 7년 동안 19회의 공연과 《극예술》지의 5회 간행, 3백여 명의 찬조회원과 많은 청년 학생층의 지지와 언론 기관의 적극적 성원으로 존명해왔으나 드디어 연구란 두 글자가 못마땅하다 해서 해체를 강행하는 조선총독부였다.

이해 4월 1일 지원병 제도라는 것이 실시를 보게 되는가 하면 북경에는 전해 12월 남경 함락에 뒤이은 괴뢰 임시정부가 서지기도 하고 게다가 전쟁을 완수하기 위한 자원 확보를 위해 텅스텐 등 무수한 재보를 갖추어 가진 금강산 발굴 채광이라는 어마어마한 계획이 발표되어 우리들을 깜짝 놀라게 했다. 이미 대세는 강압 일로로 줄달음치기 시작했지만 천하의 자랑인 금강산까지 희생의 제물이 된다는 것은 참을 수 없는 민족적 통한사였다. 예저기서 반발의 여론이 비등해져서 잠시 이 계획은 일단 잠정적 보류를 보기까지에 이르기는 했다.

그런데 여기 해괴하다고 해야 마땅한 하나의 문단 추문이 일어났다. 그 장본인은 김문집이란 위인이었다. 그는 그 기괴한 풍채에 방자한 언동으로 하여 적지 않이 문단인들의 기탄을 받아온 터인데 당시 무슨 생각이었는지 그는 괴나리봇짐을 짊어지고 마치 김삿갓이나 된 듯이 죽장망혜로 종로 거리를 휘돌아다니기도 했다.

이렇게 스스로를 화제의 인물로 가장하여 다니던 이 위인이 단 하나 기발한 착상을 해낸 것이다. 즉 조선 문단을 옹호 · 육성하기 위해서는 당시 총독인 미나미를 만나 건의해야 하겠다는 궁리가 바로 그것이다. 그는 《조광》 9월호에 「남南총독 회견기」라는 일문을 발표했다. 그 내용을 간추려보면 김문집은 조선어 과정이 중학교에서 폐지되었다는 것을 안 그때부터 총독을 만나야겠다는 결심을 했다는 것이다.

그래서 혼자 왜성 대관저로 단신 갔다가 거기서 비서관을 통해 '민간면회일' 날을 이용해보라는 말을 듣고 나왔다는 것, 그 후 곤도오[近藤]란 비서관을 만나 그런 얘기를 했더니 당시 학무국장인 시오바라[鹽原]를 만나라고 해서 그를 만나 열변을 토했다는 경위, 그리고 얼마 지나 불시에 연락이 와서 7월 15일 하오 2시 제12회 총독면회일에 미나미 총독을 만나 조선 문단 진흥책을 얘기했는데, 그의 말대로 하면 "나의 논법은 너무나 학술적이었다. 군인 출신의 정치가(미나미 총독)가 어렵다고 고개를 쩔쩔 흔들었다."는 것이다.

그리고 "조선문학의 역사적 의의 및 그 사명에 관해 새로운 이해를 요구하였다."고도 했다. 그리고 더욱 걸작인 것은 "우리는 역시 최대 다수의 최대 행복을 기원치 않을 수 없다. 일제의 민족적 불선不善을 버리고 소선小善을 청산하여 대국적大局的인 역사적 동향을 재음미할 오늘날인 것을 알아야 하겠다."라고 결론했다.

나는 이 회견기를 크게 다시금 독자에게 공개할 아무런 고의적인 생각은 없다. 다만 상기한 바와 같이 그러한 분위기 속에서 돈키호테적인 김 군의 거조擧措가 너무나 희화적이었다는 것을 말하고 싶을 뿐이다. 일종의 어릿광대로 그 시류를 타고 좌충우돌식의 영웅 심리가 판을 쳐도 어느 누구 하나 거들떠보지도 않듯 그 담천하曇天下의 어두운 혼미 속에서의 한 서글픈 모습을 터치해보는 것뿐이다.

다만 여기서 하나 특별히 기억해두어야 할 것은 전기한 시오바라라는 인물이 내선일체운동에 있어 얼마나 중요한 역할을 했느냐 하는 것은 당시를 함께 산 오늘의 50대 이상의 사람은 누구나 짐작이 가는 것이다. 창씨개명이나 학도병 문제에 앞장섰던 것은 물론 조선문인협회(1939) 결성에서부터 조선문인보국회(1942)에 이르는 소위 황민화 운동을 총지휘한 원흉이라는 것과 김문집 군이 전기 총독 면회를 계기로 시오바라와 인간적(?) 접촉이 빈번했었고 그것이 드디어 김으로 하여금 '오에다츠무슈노스케'라는 괴이한 창씨개명까지를 관련시켜서 생각한다면 김 군의 정신도착증에 대해서 일말의 동정도 금할 수 없는 바가 있다.

이산 김광섭은 그 첫 시집 『동경憧憬』을 38년 6월(?)에 상재했다. 그 당시만 해도 오늘처럼 그렇게 많은 시인이 배출된 때가 아니었고 시집이 간행되는 것은 연 3, 4권이면 많은 편에 속하던 때다.

나는 여기서 시론을 펴보려는 생각은 추호도 없으나, 당시는 영랑, 지용 등을 중심으로 하는 일종의 순수시—감각적, 주지적, 또는 서정성—에 대한 의욕이 강해진 때라 언어의 조탁과 은유의 묘를 얻어 우리 신시에 생명과 색채를 더해주기도 했다. 기림처럼 모더니즘을 표방하는 일종의 코스모폴리틱하고 스포티한 시풍이 환영되어지기도 했다.

그런데 이산의 시는 상당히 지성이 강하고 추상이 심하여 언어의 요약과 비약이 뛰어나 다분히 난해한 시였다. 그 시 속에는 자아의 고독, 세대에 대한 저항, 인간 정신의 말살에 대한 불굴의 분노, 그리고 한민족의 무력한 굴욕적 타협에의 끊임없는 불만이 뿌리 깊게 용솟음치고 있다. 그러므로 때로는 이산의 시는 체온을 느낄 수 없는 차가운 지성의 섬광이 너무 감도를 높여 우리들에게 전율의 순간을 갖게도 했다. 1932년 이래 5년간 부절히 발표한 이산의 시 한편 한편이 당시 시단에 커다란 비중으로 작용했다. 언어의 마술사로서의 시인의 위치를 뒤집어놓을 만큼 그의 사상성은 의연한 광망光芒을 발했다.

38년 초가 되자 이산은 처녀 시집 출판을 계획했다. 이미 지용, 영랑, 기림 등의 시집이 연달아 나온 뒤라 이산의 시집의 체재, 용지, 활자, 호수에 이르기까지 상당히 신경을 썼다. 말하자면 인쇄물로서는 특이한 참신하고도 중후미를 갖는 책을 내겠다고 생각하는 것이었다. 여러 개의 새로운 체재의 책들을 비교해가면서 연구, 결정했다. 그리고 다음 시집명을 정하는 데도 상당히 망설였다. 동경으로 낙착되기까지는 적어도 대여섯 개의 제명이 조상俎上에 올랐었다. 더군다나 「동경」이란 시가 이 시집을 대표할 만큼 큰 비중을 차지할 작품이 아니었다. 그러나 그렇게 작정되는 데는 제명이 갖는 매력—어찌 보면 선전과 효과를 겸한—을 고려에 넣었던 것이다.

이해 7월 17일엔가, 이 시집 출판기념회가 오늘의 충무로 2가에 있는 당시의 명과 2층에서 열렸다. 꽤 무더운 날씨였다고 기억되는데, 성황을 이룬 회합으로 70여 명이 내회한 것으로 안다. 이산의 은사인 최규동 선생을 비롯한 문우들이었다. 그 자리에서 많은 이들이 축하의 얘기를 했는데 그것을 한마디로 묶는다면 '동경 없는 동경'이란 것이었다.

시 거의가 실의와 고뇌와 고독에 찬 깊은 지성의 오열뿐인데, 실제로 동경과는 너무나 거리가 멀다는 것이다. 사실 그렇기 때문에 강인하게 그런 제명을 택하게 되었던 것이다. 한 가지 우스운 것은 같은 해 2월 천명의 시집 출판기념회 때와는 달리 축사의 자유가 허용되었다는 점일 것이다.

이해 5월 하순경 일보 함대훈, 이산 김광섭 두 벗과 경의전병원에 동우회 사건으로 병보석 입원 중인 춘원 이광수를 찾았다. 그의 건강은 다소 호전되어가고 있었다. 도산 안창호 선생이 이해 3월 10일 경성제대병원에서 원통하게 세상을 떠난 후이라 그의 심경에는 착잡한 변화를 가져왔으리라. 1년여 만에 만난 춘원은 장시간 그의 능란한 구변으로 뼈에 사무치는 얘기들을 들려주었다. 그는 다음과 같은 의미의 말을 했다.

"사람에게 가장 무서운 것은 정신적 고통이다. 육체에 가해지는 고통(옥중에서의 고문 같은 것을 의미함인 듯)은 얼마든지 견딜 수도 있고 또 지나가면 세월이 해결할 수 있을 거야. 그러나 정신에 짊어지어진 고통—죄의식 같은 것은 도리어 단시일, 아니 상당한 노력으로도 이겨내기 힘들어. 어때요, 나는 가끔 이런 생각을 하는데, 나 이 병원에서 나가 건강이 회복되면, 저 삼수갑산 같은 데 가서 살고 싶어요. 아주 신개지를 간척해서 어떤 이상촌 같은 것을 만들어 거기서 양도 기르고 가축도 치면서 무하유향無何有鄕을 건설하고 싶은데 여러분 생각은 어떠시오?"

이렇게 우리들에게 물었다. 우리는 무엇 때문에 이러한 실현 불가능의 공상의 세계를 동경하고 있는지 납득이 가지 않았다. 물론 옥고와 병고를 치른 그 숨 막히는 질곡 속에서 해방되어, 어떤 원시적 자유천지를 동경하는 것이라고 어느 정도 짐작은 가지만 그것은 너무나 지나친 망상 같이도 들리는 것이었다.

물론 이때 춘원은 다음해 《문장》 창간호에 발표한 문제의 『무명』을 탈고했을 무렵이었지만 그의 오래인 기독교적 세계에서 다시 불교의 신앙으로 심리적 일대 전환을 할 때와, 『사랑』과 같은 가상의 웰스 류의 상상소설을 구상하고 있었을 때라고 추측되었지만 그래도 우리들은 그 두 가지 얘기가 다 잘 납득이 가지 않았다.

인텔리의 특성인 육체적 고통—특히 고문과 같은 것을 견디어낼 수 없는 취약성을 느껴본 우리들로서는 그것을 전혀 도외시할까에 수긍이 잘 가지 않는 점이었다. 물론 정신적 어떤 죄의식—일면 민족적 신념에 대한 배신—에서 오는 영원한 카인적 고민이 얼마나 크다는 것을 모르는 바 아닌 우리들이기는 하나 그렇다고 육체적 고통이 두려워 변절이나 배신을 한다는 것은 더욱 더 양심으로 견딜 수 없는 우리였다.

시시로 변전되는 세계적인 일대 고민의 전야에서 지성인의 호흡은 가속도적으로 질식을 향해 가면서 그래도 우리들의 자세를 어느 곳에고 올바로 세워놓지 않을 수 없었던 몸부림이 두 가지의 구체적 움직임으로 나타났다.

그것은 1939년에 창간된 《문장》과 《인문평론》의 두 문예지의 준비가 이루어져가고 있었다는 일이다. 태준, 지용, 용준 중심으로 움직인 《문장》과 재서, 인식, 임화, 조원조 등의 《인문평론》, 전자가 다분히 한국적인 색채를 짙게 하는 데 반해 후자는 T. S. 엘리엇의 「크라이테리온」의 모방만은 아니더라도, 서구적인 주지적 경향을 띠게 되었다.

그러나 불행히도 1년이 다 못 가서 1939년 10월 29일 조선문인협회라는 내선일체, 문장보국을 두 큰 슬로건으로 하는 단체가 이 두 잡지의 중요 멤버도 포함된 어용 단체를 만들게 한 일제 총독정치의 진의를 우리는 십분 이해하기에 너무나 선량했고, 뿐 아니라 1939년 6월에는 동인, 박영희, 임학수 3인의 북지 황군 위문을 보내게 하는 커다란 마의 손이 뻗치고 있었다는 것도 간과할 수는 없다.

민족지로 자타가 공인하는《삼천리》지의 180도 전향과 아울러 거센 정치적 위협이 시시각각으로 가열해져가는 것이었다.

중일전쟁 2주년의 뒤를 이어 1939년 9월 드디어 제2차 세계대전이 발발하는 이 판국 속에서 한국의 문학예술사는 어디로 가는 것인가. 영화, 연극 분야는 벌써부터 친일의 기치가 선명해가고 문인들의 총궐기(?)라는 메가폰이 관제의 파문을 타고 방방곡곡으로 울려가는 소용돌이 속에서

> 인권이 유린되고 자유가 처벌된
> 이 어둠의 보상으로
> 일본아 너는 물러갔느냐
> 나는 너의 나라를 주어도 싫다.
>
> —이산怡山 시구

라고 외치기에는 우리들은 너무나 잔인한 채찍 밑에 벌거벗고 웅크려 서 있었다. 한 사람 한 사람 집게에 잡혀가는 약한 누에처럼 그 귀한 비단실을 품은 채 목을 졸리워야 했다.

—《사상계》, 1968. 7.

색동회와 아동문화운동

―한국 초유의 '세계아동예술전람회'와 경성보육에 쏟은 심혈 1년 반기

발단의 경위

나와 색동회와의 관계를 먼저 얘기할 필요가 있다. 나는 1922년 1년 동안 내 고향에서 양견의숙良見義塾이라는 사립 학원에서 교편을 잡은 일이 있다. 중학 3학년 때 장티푸스로 심한 병고를 겪은 후 귀향하여 1년 쉬고 있는 동안 이 학원에서 주·야간 어린이들을 가르치고 있었다. 그리고 그 이듬해 1923년 3월 상경했다.

상경해서 처음 창간된 《어린이》를 읽게 되었다. 뿐 아니라, 당시는 3·1 운동 직후여서 경향京鄕 간 청년운동·소년운동이 전후하여 활발하던 시기인지라, 나는 내 고향의 17세 이하의 소년으로(당시 나도 17세였다) '영천 소년회'를 조직했다. 그런데 이해 처음으로 어린이날이 제정됨으로 해서 어린이 운동은 일대 신기원을 맞이하게 되었던 것이다.

나는 중학생의 몸으로 개벽사에 드나들게 되었고, 소파 방정환 씨를 만나기도 했으며, 나는 나대로 고향의 소년회에 여러 가지로 새로운 사항을 지시하기에 열심이었다.

그러다가 1925년 일본 동경으로 유학차 떠나갔다. 와세다 대학 제1고등학원에 입학하여 그곳에서 정인섭 형을 만났고 나는 나대로 그 대학

안에 있는 '아동예술연구회'라는 과외 활동 단체에 가입을 했다. 한국인으로서는 단 한 사람 나뿐이어서 여러 가지로 불편한 점도 많았으나 꼭 1년 동안 아동예술에 대한 이론 · 실제 등 착실히 공부한 편이었다.

1928년 학부(대학)로 진학했다. 그때 나는 향우 4, 5인(중에는 김광섭 형도 있었다)과 '백광회白光會'라는 작은 문학 서클을 갖고 있었는데, 5월 어느 날 나는 여름방학을 이용한 계몽 활동을 계획해보자는 지극히 단순한 얘기를 했고, 지역도 내 고향 함북 일대를 예상했던 것이다. 그런 발의를 한 이후 나는 무엇을 해야 할 것인가에 대해 심한 고민에 봉착했다.

당시 유행처럼 되어 있던 것이 유학생 하기 강연회(순회) 아니면 소인극순연素人劇巡演 등에 국한되어 있었다. 나는 그 두 가지 다 부적임이기도 하지만 너무 평범한 것이라는 생각에 마음이 선뜻 내키지 않았다.

이렇게 수주일을 두고 생각하고 또 생각한 끝에 내 머리를 스치고 간 하나의 아이디어가 떠올랐는데 그것은 고향에 있는 어린이들에게 도움이 되는 선물을 마련해 가자는 것이었다. 나는 마음이 부푸는 희망을 갖고 향우들과 이 얘기를 했더니 물론 이의는 없었으나, 단 하나 걱정은 그 자료 수집의 방도였다. 그 자리에서 그것은 내가 책임지고 해보겠다고 했다.

말은 그렇게 해놓았지만 낯선 일본 동경 땅에서 일개 조선인 대학생의 힘으로 얼마만한 성과를 거둘 것인가 자못 두통거리가 아닐 수 없었다. 나는 다시 제2의 고민에 부딪친 것이다. 그래서 이때 시작한 것이 유아(유치원아幼稚園兒) 중심의 그림부터 모으기로 했다.

청산유치원이라는 데를 무턱대고 찾아갔다. 당시 40세쯤 되는 이 원장 선생님은 크리스천이기도 하지만 상당히 한국에 대한 이해와 동정을 갖고 있었다. 실마리가 풀리기 시작한 것이다.

그리고 또 잊을 수 없는 두 분—그중의 한 분은 나의 은사이기도 한,

당시 일본의 인기 절정인 시인이요 동요 작가인 사이조 야소〔西條八十〕 선생과, 일본동화가협회 책임자인 다케이 다케오〔武井武雄〕란 두 분이 고문격으로 모든 소개 · 알선의 일을 맡아 보살펴준 것이다.

이리하여 동화 · 동극 · 인형극 · 아동영화 · 아동독물讀物 · 외국 아이들 작품과 동요 · 동화책 또는 세계적인 음악가의 어린 시절의 초상, 그리고 세계 각국 풍속도, 어린이를 주제로 서구 미술 대가 작품 복사품 등 1천 점에 달하는 자료가 수집되어가고 있었다. 불가피한 강의 외엔 결석했다. 일본의 6월은 우기여서 매일처럼 비 맞으며 미친 듯 돌아다녔던 일은 오늘엔 하나의 눈물겨운 웃음거리 얘기가 될 만도 하다.

당시 나는 정인섭 형과 한방에서 자취하고 있었다. 정 형도 대개는 내가 계획하고 수집하는 모습을 호기심으로 바라보고 있었다. 6월 말이 되었다. 곧 방학이 되고 7월 초엔 귀국해야 하는 것이다.

하루는 정 형께 언제 귀국하겠느냐고 물었더니 졸업논문 관계로 망설이는 중이라고 한다. 그러면서 그 아동전람회를 부산이나 동래 같은 데서부터 시작해보는 것이 어떠냐는 의견을 내었다. 그러나 그곳 역시 나로서는 생소한 고장인데 체류 중의 경비 등이 문제되지 않을 수 없었다. 그랬더니 정 형이, 그건 우리의 물건(자료)이 그만큼 풍부한 데 숙식비야 해결되지 않겠느냐 하면서 어디 함께 같이 동고동행하자는 제의다.

그래서 나의 첫 계획은 일대 비약 변전하여 함북에서 경남(이곳은 정 형의 고향)으로부터라는 작정이 내려지고 일행은 김광섭, 정인섭, 이구(당시 나는 동성동명으로 이헌구란 분이 있어서 이구라고 펜네임처럼 한동안 써왔다) 3인이었다.

경남 일대의 순회 전시

1928년 7월 14일, 우리 일행 3인은 커다란 짐작 3개를 소중히 다루어가지고 동경역을 떠나 16일 부산항에 하륙했다(부산서 고생한 얘기는 다른 기회로 미루기로 한다). 당시 부산은 일본인 도시나 마찬가지였다. 여기서 5일간 제1차 전시회를 갖고 다음은 정 형의 매형 되시는 추 씨가 동래 면장으로 있던 관계로, 제2차 동래, 제3차 양산, 제4차 마산, 제5차 통영, 제6차 진주, 이렇게 각지를 하루도 쉬임 없이 기차와 버스와 기선에 얹혀서 끝내고 나니 8월 16일(?)인가 되었다. 꼬박 1개월 동안 그 무서운 더위를 무릅쓰고 돌아다니는 동안 각지의 《동아》·《조선》 등 신문사 지국과 유치원·소년회 등 간부 외에 지방 유지들의 적극적인 협조와 성원엔 지금도 감사·감격의 마음을 금할 길 없다.

비록 22, 3세의 젊은 나이기는 하지만 건강을 상당히 헤쳐가지고 서울로 향하는 도중 대구에 들러 시인 이상화를 찾았다. 가능하면 대구에서 최종적으로 개최할 심산이었으나 날짜가 너무 촉박했었다. 뿐 아니라, 개인 사정도 있어서 서울로 직행하게 되었다.

그런데 경남을 순회하는 중 정 형이 서울 개벽사 특히 방정환 씨에게 우리들의 일을 알렸고, 또 그것은 《동아》 등 지상을 통해 그 일부가 보도되기도 했던 것이다.

서울에서의 세계아동예술전람회

8월 20일이라고 기억된다. 우리들 3인과 서울에 남아 있는 색동회 동인—방정환·조재호·정순철·진장섭 등—이 회동했다. 말할 것도 없이 오는 10월 2일부터 6일간 서울에서 세계아동예술전람회를 갖는 데 대한 구체적 의견 교환이었다. 우리들은 경남 지방 순회 중 그 지방 어린이들의 작품 약간은 모집해왔지만, 그것만으로는 태부족이기 때문에 전국의 어린이 작품 공모 기간이 적어도 한 달은 필요하다는 것이었다. 그리고 개벽사(주관자) 측에서는 당시 상해에 있는 우리 교포들과 연락하여 그곳에 있는 외국 어린이들의 작품을 모아가지고 있었지만 그것만으로는 세계라는 이름을 붙일 수 없는 형편이었고, 독일 정부에서 이 의도에 찬동하여 약간의 작품을 보내온 것이 공적인 것으로는 그 대표적인 것이었다.

그런데 의외로 일본 동경에 유학 중인 학생 수명의 손에 의해 방대한 자료가 수집되어 서울에 반입되었다는 것은 색동회나 방정환 씨 또 개벽사, 그리고 당시 소년문화운동의 입장에서 보면 굴러들어온 복덩어리였다. 소파의 기쁨은 이루 말할 수도 없었던 것이다.

전람회의 윤곽이 짜여지자 나는 잠시 귀향했다가 9월 20일경 전람회 건으로 일찍 상경했다(김광섭 형 불참). 9월 11일자 《동아일보》 3면에 톱으로, 「중추 서늘한 시절의 세계아동예술전람회」라는 3단 기사가 실렸고, 전 조선 아동 작품 모집이라 하여 자유화(임화臨畵 · 모사화 · 연필화는 사절), 수공품(철제 · 목제 · 자수 · 점토 세공 · 색지 세공품)을 학교별이나 개인 출품이나 관계없이 16세 이하의 어린이에 한한다고 해서 크게 취급됐다.

그리고 9월 14일자 《동아》지(동아일보사 학예부 후원으로 결정되었음)에는 「세계아동예술전의 충실한 내용」이라는 제목하에, 《어린이》지가 3년 전부터 준비했고, 동경 해외문학연구회가 일품逸品을 제공했다는 기사 보도가 나왔다. 여기 그 출품 내용을 당시 보도 그대로 전재한다.

제1부—전 조선 아동 작품

제2부—세계 각국 아동 작품(10수 개국)

제3부—내외국 유치원 아동 작품

제4부—아동극 · 인형극 · 가면극(내외국 사용 실물과 사진)

제5부—내외국 아동영화 사진 · 세계 저명 동화극 사진

제6부—각국 아동잡지 및 과외 독물 및 각국 아동서적

제7부—각국 아동 생활 풍속 사진

제8부—세계 각국 아동 예술가 초상 · 동화 작가 · 동요 작가 기타

제9부—각지 소년소녀회합 포스터 및 프로그램

제10부—내외국 아동 장난감

특별판—일본동화가협회 걸작 원화 · 특작 원화 40점

이상의 내용으로 보아, 이 전람회는 명실공히 한국에서는 처음 보는—어린이 운동을 일으킨 지 5년밖에 안 된다는 사실과 아울러 생각할 때 그 사적 의의는 재삼 논의할 바가 아닐 것이다.

전람일을 일주일 앞둔 9월 25일자 《동아》지에는, 「개회 준비에 대분망」이라는 머리기사에서

> 장차 올 신세기의 트이기 시작한 싹을 모두어 전 인류의 내일 살이를 계시할 세계아동예술전람회가 조선의 서울에서 꽃밭보다 더 찬란히 열릴 날 10월 2일도 이제 겨우 일주일밖에 남지 않았다…… 이제는 그 정리와 진열 등 계획 준비에 들어가게 되어…….

다음과 같은 부서를 작정, 주야를 도와 활동하고 있다고 했으며, 그 준비위원 명단은 대개 다음과 같다.

총무부—방정환, 김기전, 이성환

재무부—신형철, 최경화

정리부—차상찬, 이구(헌구), 이석호

설비부—조재호, 김규택, 손성엽, 홍세환 외

진열부—정인섭, 진장섭, 정순철, 이정호

선전부—이울, 김기진, 유광열, 이익상, 유도순, 이두성, 최의순

9월 26일자 《동아》지에 비로소 후원 사고社告가 게재되었고, 28일에는 머리기사로, 「개회도 전에 대인기인 국제적 대전람회」라고 한 제하에 벌써부터 단체 관람 신청이 답지하고 있으며, 지방 학교에선 수학여행을 이용하기도 한다는 보도가 실렸다. 이 전람회는 당시 천도교당(오늘의 문화관)이었으므로 장내 정리상 대인은 10전, 아동 학생은 5전, 40인 이상 단체 매 1인 3전을 받기로 되었고, 때마침 중추가절이라, 지방 학생의 수학여행 겸 관람의 절호의 기회이기도 했던 것이다.

이러는 동안 드디어 10월 2일 오전 11시 개관의 날이 왔다. 우리들 준비위원은 10월 1일 밤을 꼬박 새워가면서 진열과 심사에 열중했는데, 이것이 끝난 것이 개장 5분 전이어서 입장을 11시 5분에 하지 않을 수 없게 되었던 것이다.

이에 이 전람회의 의의가 어떠한 것인가를 알기 위한 그 일단으로 10월 2일자 《동아일보》의 「세계아동예술전람회」라는 사설을 인용하기로 한다.

> 조선에서 처음 되는 계획인 세계아동예술전람회는 금일부터 열리게 되었다. 이것이 조선의 교육계 및 소년운동 선상에 다대한 참고 내지 자극이 될 것을 우리는 확신한다. 출품국의 수효 20에 달하여 비록 간단한

작품에서라도 각기 색다른 민족의 독특한 기품과 재질을 간취할 수 있음도 흥미 있는 사실이려니와, 일방에 있어 그 공통점을 발견함으로써 천진의 세계를 통하여 세계 일가의 실증을 감득感得함도 이익일 것이다. 더욱이 소년소녀의 자유스러운 상상력으로 하여금 광활한 지구의 저 끝까지 자유롭게 놀게 함으로써 그 안목과 포괄력을 확대케 하는 등 일상 교과 이상의 다대한 효과가 있으리라고 생각한다.

학교교육의 폐가 균일주의 주입주의에 다재한 것은 시평是評이 있는 바다. 물론 다수의 학생을 한 교실에서 가르치기 위하여 어느 정도까지 이러한 주의主義를 써야 할 것은 불가피한 일이라 할지나 균일주의 및 주입식 교육의 결과는 개성의 자유차且 완전한 발휘를 목적으로 하는 교육의 원의에 불급하는 결과를 많이 생기게 한다. 더욱이 작문 · 회화 · 음악 등 소위 예술 교육의 범위에 들 만한 자에 있어서는 주입식 또는 균일식 교수의 결함은 여지없이 폭로된다.

그리하여 심한 예를 들자면, 소동 시대에 이 방면에 천재를 보인 자라도 학교교육을 마치고 나올 때는 그 특수한 재질이 말소되고 평범 또는 평범 이하의 성적을 가지게 된다. 그 반대로 아동으로 하여금 그 천분 또는 기호를 자유자재로 발휘케 할 때는 실로 경탄할 만한 결과를 생케 하는 것을 본다. 〔중략〕 실로 아동의 전유인 천진난만의 세계는 성인 된 자의 감히 규시치 못할 독특한 경지가 있음을 누가 부인할 것이냐. 아동예술전람회에 있어서 교육가 된 자, 일반 소년 지도자로 처하는 자, 또는 부모 된 자—배움을 받을 점이 다대하리라고 생각한다.

더욱이 조선에 있어 일반 가정 또는 사회가 아동에 대하여 비교육적 태도를 가지는 일이 많은 것은 식자가 항상 통탄을 불금하는 바다. 이 까닭에 특히 소년애호운동은 어린이날을 중심으로 하여 점차 진행 중에 있거니와, 금회의 예술전람회가 조선인의 아동에 대한 관념을 세계적 수준에 올리는 데 가장 유효한 한 방법임을 우리는 확신한다. 이것이 재래의 각 학교의 학예회에 비기어 이번의 계획이 더욱 의미 깊은 일이라 하는 바다.

여기에 전개된 자유 천진의 세계는 인류의 진보 또는 발전의 희망을 표상한 세계는 새로운 시대가 우리에게 주는 계시가 그 가운데 포함되어 있을는지 아느냐. 아동이 세계에 놀며 동심을 다시 불러 넣음으로 한번 우리의 심신을 정화할 때에 누구나 희열과 희망의 세계를 발견치 않을 자 있으리오. 20세기는 아동의 세기라고 말한 자 있다. 조선의 아동으로 하여금 그 고유의 권리를 갖게 하자. 그들의 아동예술전람회는 우리에게 이렇게 가르치지 않는가.

이 사설이 지적한 바와 같이, 이 전람회는 자못 중대한 교육적 · 사회적 의미를 띠고 있는 것임을 천명하였다. 그리하여 회기도 2일간 연장하였고 5일부터는 야간 개관을 감행하여 낮 시간에 쪼들리는 어린이나 어른에게까지 관람의 기회를 갖도록 할 만큼 관심은 큰 바 있었다.

한편 《동아일보》에서는 이 전람회를 본 감상을 일반에서 모집하여 많은 공명자를 얻기도 했다. 뿐만 아니라 전람회에 온 많은 어린이들을 위한 특별 여흥 프로를 마련하여 소파 방정환 씨의 유명한 구연동화, 유치원아들의 율동, 배재음악대, 천도교 소년회의 찬조 음악경연도 가졌다. 더욱이 회장 입구와 재동 네거리에 세워진 선전탑은 더한층 이채를 띠게 했다.

끝으로 응모 작품(국내) 중에서 〈촌락의 풍경〉을 출품한 당시 16세의 소년 이인성은 그 후 그 길에 정진하여 한국화단에 가장 이채를 띤 화가가 되었다는 사실을 부기한다.

그리고 입장 관람한 인원의 총계는

단체……65(7,920인)

대인……18,330인

아동……12,956인

누계……39,021인

으로 되어 있다. 오늘로 보면 대단한 숫자가 아닐지 모르나, 당시 36만의 서울 인구로 보면 1할도 넘는 숫자이다. 소파 방정환은「세계아동예술전을 마치고!」라는 보고와 감격의 소감을《동아》지상을 통해 다음과 같이 발표했다.

> 어린 사람들이 성인 되어갈 때에 전적 생활을 잘 파지把持해갈 밑천을 짓기 위해서는 예술 생활에 관한 도야가 그 대부분이라 하여도 좋은 만큼 중대한 것이지마는, 조선에서는 그것을 전혀 모르고(혹은 잊어버려) 왔습니다. 이 점에 심절히 느끼는 것이 있어서 우리는 좋은 참고와 많은 충동을 이바지하기 위하여 이번의 세계아동예술전람회를 계획한 것이었습니다.

다음 해인 1929년 7, 8월에 걸쳐 40일간 나는 김광섭 형과 둘이서 이 전람회 자료를 갖고 북간도 용정을 비롯하여 회령 · 청진 · 나남 · 경성 · 어랑 · 동면 · 길주 · 성진 등을 순회했다.

'색동회'의 꿈을 펴본 경성보육학교의 1년 반

1929~30년, 두 해 여름방학에 나는 서울을 들러 소파 방정환을 만

나 여러 가지 얘기 중 특히 1930년에는 임박한 졸업을 앞두고 일자리 때문에 서로 걱정했으나 만족한 수가 없었다.

드디어 1931년 6월 졸업 후 3개월 동안 동경에 그냥 남았다가 귀국하여 서울에 일시 정착했다. 소파도 공사 간 수차 만났다. 마침 7월 방학 동안 중앙보육학교에서 하기 보모강습회가 있었는데, 당시 소파는 지병이 악화되어 입원하게 되었고 내가 대신은 아니지만 소파가 맡은 강습 과목도 겸해 맡아보게 되었다. 이 기간 중인 7월 23일, 소파는 운명하고야 말았다.

가을이 되었다. 소파가 중앙보육학교에서 맡았던 동화 등 시간이 내게로 넘어왔다. 당시 교장은 박희도 씨였다. 그런데 8월 하순, 당시 중동학교에서 교편을 잡고 있었고 또 색동회 회원이기도 한 최진순 씨가 나와 요담이 있다는 연락이 왔다.

우리 둘은 중국음식점에선가 만났다. 사실 요담 이상의 요담이 오고 갔다. 즉 최 씨는 당시 경영난에 허덕이고 있는 유일선 목사가 설립자 겸 교장인 경성보육학교 인계 문제가 종결 단계에 들어갔는데, 나더러 같이 일해보자는 간곡한 요청이었다.

나는 겨우 중앙보육에 몇 시간 일 외에는 소임이란 아무것도 없는 형편이었다. 그런데 봉급은 30원 정도밖에 낼 수 없는 실정이란 것이다. 당시 하숙비가 독방 쓰면 25원 할 때이다. 담배도 피우지 않은 때니까 식비는 해결된다 하더라도 대학 출신이 최저 60원 내지 70원을 받던 때인지라 그 반값도 되지 않는 데 나는 조금 난색을 보였다.

그런데 그럴 이유로는, 당시 경성보육에는 20명 정도의 학생밖에 없어 이제 2학기에 새로 신입생 · 보결생을 모집해서 적어도 5, 60명의 학생은 될 것이니, 그리되면 그만한 월지급은 할 수 있다는 가상인 것이다. 금전 문제에 있어서는 과욕이라기보다 거의 손쓸 길 없이 지내온 나의 학창 생활인지라, 고학에 가까운 학생 시절은 아직도 끝나지 않았구나 하는 허망감 같은 것을 느꼈다.

그렇다고 무위도식할 수는 없는 일이 아닌가. 또 아동(유아) 교육 방면은 전공은 아니라도 늘 관심이 있었고, 또 나대로의 그 방면에서 애써 왔던 처지라, 이따가는 용빼는 수가 생기더라도 그 일 자체에 마음이 끌려서 수락하는 태도를 보이고야 말았다.

이러한 다음다음 날인가, 새로운 인사 · 학사學事에 대한 문제를 위해 동지끼리의 모임이 벌어졌다. 그 자리에 나타난 이들은 주로 색동회 동인인 조재호, 정순철, 정인섭, 최영주(신복) 등이었다.

이미 소파는 떠나갔지만, 그 정신으로 경성보육을 키워나가자는 비장한 패기 넘치는 분위기였다. 전임으로 최영주 한 사람을 더 추가하고 교원진은 상기 인사들이 최대한으로 시간 출강케 하고, 그 외에 이북 간 이태준 내외(부인은 음악) · 유형목 등으로 하여 교원진을 일신시키었다. 그리고 신입 · 보결생을 모집했다.

당시 보육학교의 실정이란, 학생의 반 이상은 불행한 환경에 있는 여성들이 평생을 유아 교육에 헌신하겠다는 눈물겨운 열의에 찬 나이 든 여성들이었다. 그리고 또 하나는 1929년 광주학생사건을 치르고 복교할 길 없는 학생의 수도 더러 있었다.

이럭저럭 약 30여 명이 새로 들어왔다(당시 보육학교는 2년제였다). 가난한 새 살림이 시작되는 것이다. 당시 가정을 갖지 않고 있던 나는 아침부터 밤까지 학교에서 살다시피 했다. 교감이요, 학생주임이요, 또 사동 노릇까지 조금도 괴로움을 모르고 이에 헌신했다.

그럭저럭하는 동안 동기방학이 되었다. 교원회의를 열고 신년도의 계획을 논의했다. 거기서 두 가지 중요한 안건이 나왔다. 즉, 1) 《보육시대》라는 계간지를 발간할 것, 2) 오는 6월 초 전후하여 전국 유아 작품

전람회를 개최할 것, 등이었다. 물론 짧은 가을 학기지만 서둘러서 금강산 수학여행도 갔고 12월 초에는 '동요 · 동극童劇의 밤'도 가졌다.

우선 《보육시대》를 신학년 초에 발간키로 하고 그 편집에 착수했다. 보육 문제에 대한 좌담회도 가졌고 실제와 이론을 겸한 몇 개의 논문들도 실렸다. 4 · 6배판으로 표지도 없이 16면의 조그마한 팸플릿 형식이었다. 그러나 당시로서 처음 나오는 유아보육의 전문지라는 점에서 그 의의는 자못 큰 바 있었다.

무언가 새롭고 의미 있는 학교를 만들어보자는 젊은 이상적 정열은 대단했다. 이런 점이 신문—특히 《조선일보》—을 통해 사회에 알려지기도 했다. 그리고 유아작품전은 이미 세계아동예술전람회 때의 경험도 살렸지만, 당시 시내 유치원에 실습으로 나가는 학생들을 통해 손쉽게 좋은 작품을 모아들일 수 있었던 것이다.

지방에 가 있는 보모(동창)들의 성원도 적지 않았다. 비록 초라하고 비좁고 교실이 둘밖에 없는 경성보육이지만, 그 존재만은 무시할 수 없는 전진을 계속하고 있었다.

1932년 6월 5일 개최된 제1회 유아작품전의 인기와 여론은 드높았고, 신문 후원은 《동아일보》 학예부가 맡아서 협력해주었다. 당시 《동아》 학예부에는 1928년 세계아동예술전 때부터 이를 취재해온 명여기자 최의순(1965년 작고) 여사의 기꺼이 호응해준 성의도 큰 도움이 되었다.

당시 《삼천리》지 여기자는 이 전람회를 보고 쓴 감상문에서 "이 그림, 이 수공품 하나하나에 모두 큼직한 상패를 달아주고 싶다."고 한 일이 있다. 이것은 이 어린이 작품 중에서 우수상을 선정한 데 대하여 더 큰 감명을 갖고 쓴 글이었다.

그렇듯 어려운 살림 중에서도 1931년 겨울방학 중 최영주 씨를 일본으로 3개월간 일본 유치원 교육 실황 견학 겸 연구차 보내기도 했다. 이리해서 아무쪼록 이 나라 어린이들을 위한 유치원 교육에 대해 좀 더 혁신적인 방법을 모색 · 연구하려고 했던 것이다.

1932년 신학기에는 좀 더 많은 학생들이 모였고, 새로 젊은 선생들도 몇 분 왔다. 그리고《보육시대》제2호는 '유치원 교육의 아버지'라고 불리우는 프리드리히 프뢰벨의 탄생 1백 50주년 기념호로 냈던 것이다(지금 생각하면 부끄러운 일이나, 나 자신 프뢰벨의 교육 사상을 논한 글을 권두에 실었다).

1932년 5월에는《조선일보》가 주최하는 유치원 연합 야유운동회가 지금의 청와대가 있는 효자동 종점 광장에서 열렸고, 여름방학에는 우리가 경성보육을 맡아서 제1차인 하기 보모강습회를 가졌다.

유아전을 끝내기가 무섭게 이 강습회 교재를 위해 나는 서투른 프린트공이 되어버렸고, 젊은 율동 선생은 안무된 교재를 만드는데 그 하나하나의 동작을 설명 붙이기에 진담을 빼기도 했다.

이렇듯 내적인 충실을 위해 전력을 다하는데도 학교의 운영은 여러 가지 난관에 부딪치게 되었다. 그중 중요한 것의 하나가 설립자 유일선 씨(유 목사는 태반 일본에 두유逗留했음) 일가 생활비 지불 건이었다.

원래 월정 얼마씩 드리기로는 했지만, 유 씨 일가는 적어도 당시 서울서는 중류 이상의 생활을 하면서 식료품 관계 집에서 다달이 마이너스가 되어, 그것이 궁하게 되면 그 집안사람을 시켜 적빈의 학교 재정에서 5원, 10원…… 이렇게 무시로 손을 내미는 것이었다. 때로는 나에게 주는 얼마간의 수당도 제때에 나올 수 없는 곤경에 빠지기도 했다.

그런 중에도 가을의 금강산 수학여행과 제2회 '동요 · 동극의 밤'을 갖기도 했다. 뿐 아니라 1932년 겨울방학에는 유아교육자 회의를 경성보육의 주최로 열었는데 이화보육 · 중앙보육 양 교 선생도 참석했다. 이 자리에 유아 교육에 대한 견해의 차이가 생기어 나는《중앙일보》지면을 통하여 8회에 걸쳐 내 나름대로 유아보육 문제에 대한 견해를 피력하기도 했다.

그러나 학교 경영 문제는 이상한 방향으로 번져가더니 경영자가 바뀌어진다는 설이 유포되기 시작했다.

나는 일찍이 30 미만의 청년으로 학교 운영에 대한 하등의 실력도 발휘할 수 없으나 최진순 교장은 여러 가지로 대책을 강구하여 몇 번 유지들과 회담도 가졌는데, 서광이 보이는 듯하다가도 좌절되기 수차 1933년 2월 이후로는 딴 사람의 손으로 학교 운영이 옮겨진다는 설이 점차 양성화해갔고, 이에 따라 색동회 동인들이 수차 회합을 가졌으나 별로 뾰족한 수가 생기지 않았다.

설상가상으로 최 씨 개인 문제가 개재되고 하여 학교는 거의 허공에 떠버리고 학생들의 미묘한 움직임도 있었으나, 3월 10일 졸업식이 끝난 후 사태는 급전직하로 기울어져 3월 24일, 25일경에는 독고선 씨에게 학교 운영권이 넘어갔다. 나에게는 유임해도 좋다는 통고가 오고 재학생들이 유임을 진정하기도 했으나, 나 혼자 남을 수도 없는 실정이고 보니 4월 1일부터 경성보육학교는 우리들이 인계한 지 1년 반 만에 다른 이의 손으로 넘어갔다. 그동안 색동회 동인들의 희생적인 봉사와 노력의 경주도 하루아침 무無로 돌아가고 말았다.

끝으로 경성보육의 더 큰 비운은, 해방 후 모든 학교가 그렇게 큰 진전과 변모를 가져왔음에도 불구하고 경성보육만은 완전히 문을 닫아버렸고, 그 이름마저 기억에서 사라졌다는 사실이다.

—『미명을 가는 길손』, 1973.

제 6 부 기타

천재일우의 때*

용약勇躍 출진한 학도 제군!

제군에게 이제야말로 천재일우의 호기회는 닥쳐왔다. 동아의 숙적 미영米英을 격멸하기 위하여 제군은 궐기하였다. 부디 목숨을 다하여, 충용의 정신으로 선전키 바란다.

제국의 신자臣子 된 자 그 누가 나라를 사랑치 않으리요, 그 누가 충성을 다하지 않으리요만, 제군 학도들이야말로 충천지세로 잘 이 나라 청년의 의기를 보여줄 줄 안다.

적군에는 제군과 같은 학생군이 많이 섞여 있다 한다. 그들과 총검을 겨누거나, 그들과 공중서 만나거나 제군은 능히 일격에 박멸시킬 줄 알지만, 한번 다시 부탁하노니, 출진 학도 제군, 평소에 갈고 닦은 의기와 체력으로 대동아증질서건설大東亞贈秩序建設을 위하여 최선을 다해 감투敢鬪해주기 바란다.

—《조광》, 1943. 12.

* 이 글은 「학병출진훈學兵出陳訓」이라는 제목으로 혜화전문, 보성전문, 연희전문 등 대표적 학교의 교장들의 학도병 출전 격려문을 모은 기획의 일부다. 이헌구는 당시 보성전문학교 교장으로 이 기획에 글을 실었다.

『해방기념시집』을 내며

평화로운 시대에 있어서 시인의 존재는 가장 비싼 문화의 장식일 수도 있는 것이다. 그러나 그 시인이 처하여 있는 국가가 비운에 빠졌거나 통일을 잃었거나 하는 때에 있어서 시인은 그 비싼 문화의 장식에서 떠나 혹은 예언자로 또는 민족혼을 불러일으키는 선구자적 지위에 놓여질 수도 있는 것이다. 그러므로 정부도 군대도 가지지 못하고 제정 러시아의 가혹한 압제하에 있던 파란인에게는 시인의 존재가 오직 국민의 재생을 예언하며 굴욕된 정신생활을 격려하는 크나큰 축도祝禱를 드는 예언자로 생각되었으며 아직도 통일된 국가를 가지지 못하고 이산되어 있는 이태리 사람들에게 시성 단테는 오로지 '유일한 이태리'로 숭모되어 있었고 제1차 대전 독일군의 잔혹한 압제하에 있던 백이의白耳義*인에게 있어서 시인 베르아랭은 조국의 한 신령으로 추앙되었었다.

우리가 과거 40년간 일본 제국주의의 탄압 밑에서 인류가 정당히 가질 수 있는 자유와 의욕과 사색과 행동을 여지없이 박탈당하고 있는 중

* 벨기에.

에서도 오히려 우리의 시가는 문학의 어느 다른 부류에서보다도 훨씬 생기를 띠고 찬란하여 예술의 아름다운 경지를 지켜왔을 뿐 아니라 우리 민족의 아름다운 언어를 풍요하게 하는 높은 문화의 생산자이기도 하였다. 그러니 태평양 전쟁이 일어나기 1, 2년 전부터 저들은 민족문화 말살의 최악한 행동을 전개시키기에 사력을 다하여 조선문학 전멸운동으로 나왔으니 언론 기관은 폐쇄당하고 한글운동을 탄압하고 드디어는 창씨제도라는 인류 역사에 없는 야만 정책을 베풀어서 조선 민족의 문화를 없애버리려고 들었던 것이었다. 이리하여 모든 시인은 붓을 꺾이어지고 아니 불타는 정의의 민족애의 혼은 저들의 칼 밑에서 저주받고 절단되어 버렸고 오직 일부의 반동적인 문학만이 불가항력이라기보담 착각된 의식전意識顚의 민족적 불행의 사실을 연출시킴에 그치고 말았다.

그러나 8월 15일에 이르기까지 약 5년간의 혼란기와 반동기에 있어서 시인들은 오로지 침묵으로써 웅변 이상으로 우리의 시가와 민족의 정신을 지켜온 영광의 전사였다. 이제 우리의 모든 감정과 지혜와 심혼은 해방되었다. 폐쇄되었던 시의 전당의 철비鐵扉는 일격에 깨뜨리고 말았다. 우리의 말이 홍수처럼 밀려져 나오고 우리의 사감思感이 호수처럼 부풀어 오르는 자리에서 시인의 가슴은 미어지는 듯한 흥분 속에서 휩싸여졌다. 그리하여 40년간 저들의 우리에게 억압은 선정이라고 가르쳤으며 약탈은 미덕으로 꾸며냈으며 응징은 충절이라고 깨우치려 들던 그 내락奈落의 낙형烙刑을 잊어버릴 지경이었다. 이제 우리들은 아름답지 못한 과거를 불 질러버리고 우리 혈관 속으로 흘러들던 그 불순한 피의 원소를 모조리 씻어낸 다음 우리의 심경은 일 점의 흐림도 없이 재생하는 조국의 광복만을 비추어볼 것이 아닌가? 파란의 모든 시인처럼 단테나 베르아랭과 같이 우리의 진정한 시혼으로 하여금 해방의 역사 위에 빛나는 시의 기념탑을 세워야 하고 유일한 예언자나 신령처럼 숭앙되어야 할 이 땅의 시인들이 아닌가?

이제 중앙문화협회는 우리 시단에서 촉망받은 시인 여러분의 옥고를 모아 건설 도정의 새로운 시가의 한 지표를 삼고저 하거니와 우리는 금 하나로 말미암아 모든 통신과 연락의 부자유를 가졌고 또 건국 □업에 다망한 관계도 있어 더 많은 작품을 구하지 못하였음을 유감으로 생각하나 우리는 다시 제2, 제3의 시집을 준비하겠으므로 우선 이만한 것이라도 소중히 엮어내는 데 우리의 책무가 있음을 절감하는 바이다. 더욱 이 시집을 위하여 여러 선배께서 특별 기고하여주신 것은 해방의 성전盛典에 한 이채를 더한 것으로 깊이 감사하는 바이다. 바라건대 이 한 권이 우리 시가의 전통과 생명을 전해주는 가장 귀한 미디엄이 되어진다면 이에서 더한 기쁨이 없을까 한다.

끝으로 이 시집의 상재에 있어서 최대의 노력을 아끼지 않은 평화당 인쇄부 여러분께 심사心謝한다.

—『해방기념시집』, 1945.

반공자유세계 문화인 대회를 제창한다

—자의식 혁명에서 세계의식의 길로

1950년으로 마지막 되는 20세기 상반기는 인류 역사에 그 유례를 볼 수 없을 만큼 2차에 걸친 대전화와 더불어 우리의 육체 생명에 대한 일대 위협이었을 뿐 아니라 또한 정신상 사상상에 미친 영향은 절대하였던 것이다. 20세기가 물려가진 세기말적 고뇌와 불안과 절망과 우수와 회의에서 초탈하기 위하여 세계의 현대적 문화인 지식인은 헤아릴 수 없는 실로 하늘에 맞닿고도 남을 만한 편편의 사상과 독백과 감정 유희와 개개의 논리와 예술 행동에서 유리遊離 방황하던 기나긴 미로의 끝은 드디어 이제 새로운 하나의 진리가 불멸의 광망을 발하지 않을 수 없는 오늘에까지 이르게 한 것이다.

두말할 것 없이 오늘의 세계는 선과 악, 정의와 불의, 평화와 전쟁, 자유와 굴욕의 최종적 심판이 내려지는 그날까지에 막 다다르고 만 것이다. 일찍이 예루살렘을 향하여 동원되었던 십자군의 신앙적 구원에 비하여 오늘 모스크바로 향하여 노예의 굴욕을 감수하려는 적색 행렬은 인류의 죽음이 집단적으로 구사驅使되는 메피스토의 최후 발악인 것이다. 노동자와 농민의 몽매하고도 우직한 몰비판적 무자각한 그 약점과 더불어 인간에게 부여된 광신적 조폭성燥暴性이 극도로 상효 교착 광대노현廣大露現되어 북극권의 냉혹한 암흑으로 끌려가는 유일한 불행의 인소因素가 되어진 것이다. 20세기를 신화의 세기라고 함은 정히 이 악마의 정체가 그 모든 죄악상을 노출시킴에도 불구하고 이 말에 외굴畏屈하고야 마는 지성으로써는 도저히 이해할 수 없는 그 상태를 지적하는 것일 것이다.

평화를 옹호한다는 의미에서 국제청년학생대회니 국제부인대회니 세계노동자대회니 과학자대회니 문화인대회니 하는 등등의 대회가 작년(1949)만 하더라도 세계 각지에서 상당히 활발(?)하게 개최되었으나 궁극은 공산주의를 예찬하는 바 모스크바 지령 이외에서 한 걸음도 더 나아가지 못하고 마는 이 허다한 집회에서 인류의 명일과 새로운 이념이 천명되어질 리가 만무한 것이다. 실로 이와 같이 인간이 그 본능의 자유와 개성과 현재와 오성과 신념을 방기해버린 채 더욱 20세기 문화인 지식인의 상당수가 똑같은 구호 밑에서 똑같은 염불을 하기에 이르렀다는 사실 앞에 암연히 인류 문화의 종말을 예견하는 듯한 착각에 사로잡히지 않을 수 없다.

그러나 맑은 가을 하늘과 □량한 가을 기운을 맞아들이기 위하여 계절적으로 태풍과 짓궂은 잔서殘暑의 여독이 있는 것이요 생장하는 한 아가의 발육에 있어서 수다한 병마의 엄습을 당하여야 함과 마찬가지로 진실로 세계 인류 평화를 위하여는 가혹할 만치 치열한 진통과 투쟁과 나아가서는 살육의 무시무시한 시련도 겪어내지 않을 수 없는 것이다.

제2차 대전 후 4년간의 항쟁은 정히 자유와 정의의 승리를 위한 최후의 인내요 시련이었던 것이니 외적으로는 국제연합총회에서 다시 새로운 북대서양 동맹이 체결되고 뒤늦게 반공 자유노동운동이 열리게 되었던 것이다. 이러한 분위기 속에서 금년에 들어 우리가 예견할 수 있는 것은 이러한 정치적 또는 노동 계급만의 세계적인 정신연결운동에서 일단의 비약이 있어 세계 평화 옹호를 위한 반공자유세계 문화인 대회가 반드시 개최되어 국제연합총회의 정치적인 모든 노력의 결실은 오로지 자유와 평화를 사랑하는 전 세계 문화인의 정신적이요 실질적이요 유기적인 결합에서만이 이루어진다는 것을 필연적으로 절감케 되어야 할 것이다.

실로 1950년 이 역사적 출발은 정히 이 대회를 구상하고 이의 실현을 위하여 세계 문화인 지식인이 총궐기하는 데 있는 것이요 우리 한국에 있어서 남북통일이라는 국내적 전 국민의 절대 명제에서 더 나아가 항원한 우리의 자유와 평화를 위하여 세계 문화인과의 호응과 집결을 위한 여론 환기에 총집중되어야 할 것이다.

확실히 예견할 수 있는 이 대회의 성격을 일언으로 요약하면 민족이라는 범주를 깨뜨리지 아니하고 그 범주를 가장 자연스럽고 자유스럽게 뛰어넘어 인간으로서—자유와 평화를 사랑하는—의 더 힘차고 더 굳세게 엉키는 위에서 영원한 인류 문화의 창달을 위하여 마의 장벽을 분쇄하는 바 명예의 문화 전사로서 긍지와 각오를 가짐에 있을 것이다.

국제연합총회의 기구는 당연히 여기까지에 그 시야가 넓혀져야 하는 것이요 그리하지 않고는 저 공산 마장魔障 '크레믈린' 지령을 막아낼 길이 없을 것이다. 이를 위하여 모든 지식인의 상아탑 속에서 인류 정신의 □□가 상승 □□ □화 정화晶化되어야 하는 것이요, 이리함으로써만이 세계 문화를 일관하여 흐르는 저 호머나 라블레나 소크라테스, 플라톤, 세르반테스와 단테 등의 □□하고도 □□히 흐르는 인본주의(민주주의)적 사상과 예술의 정수가 새로이 그 본질의 자태를 재발굴, 재계승케 될 것이다.

이러한 세계적 움직임을 예상하면서 이 땅의 문화인은 자체로서의 어떠한 준비를 갖추어야 할 것인가.

첫째로 오늘에 처한 민족의식, 즉 대한민국으로서의 독자적이요 전통적인 민족의식이 형성되는 과정에 있어서의 이론적이요 정신적인 작업이 체계적으로 활발하게 또 치밀히 논구 천명되어야 하는 것이다. 선진 문화 민족에 있어서는 이미 이 의식 형태는 어느 정도로 논리화되었음에도 불구하고 또 다시 한 번 이를 현대적 세계의식에 비추어 재규명되어지는 이때 우리는 아직도 그 하나의 이념을 추출하지 못하였다는 사실 앞에 강인하고도 지속적인 이론의 전개와 그 귀결을 위한 혼신적인 노력을 기울여야 할 것이다. 이를 위하여서는 국가적으로 하나의 □대한 기구가 설치되어야 마땅할 일이다. 물론 이는 국가사회주의를 표방한 나치즘이나 일제의 황도 실천과 같은 독선적이요 독재적이요 세계 제패적인 망령된 생각에서가 아니라 진실로 민주주의를 골신에 철徹하도록 체득한 위에서 논구 해명되어야 할 일이다.

이러한 이론적 민족의식 문화 의식의 수립은 일조일석에 이루어지는 것이 아니므로 시대를 선견하고 이를 예지하는 모든 유능한 문화인은 각자의 행동과 사색에 있어서 소아적 또는 소주관적 자□책으로서의 문화 예술—행동을 지양하고 커다란 시대적 세계적 조류와 더불어 호흡하고 보□하고 사유하고 감명하는 기개와 노력과 창의를 위한 일대 혁명 정신을 가져야 할 것이다. 그러므로 19세기적 또는 20세기적인 교양과 인식과 사상과 예술의 축적 속에서 새로운 인간 창조 즉 문화와 예술 건설을 위한 자아비판 위에서 무자비한 투쟁 속에 뛰어들어야 하는 것이다.

개언槪言하면 자의식 혁명, 이런 것이 치열함으로써만이 민족의식과 세계의식으로 통하여지는 새 길을 발견할 수 있는 것이다.

둘째로 이러한 혁명 의식이 강력하게 추진되기 위하여서는 현대 과학정신의 실증적 또는 현실적 이념의 파악이 절대로 필요한 것이다. 우리는 현실에 대하여 맹목적일 수 없으며 또 그에서 초월할 수도 없는 것이다. 인간은 그 자체가 타고난 생리적 조건의 여러 제약을 무시하고서 의식 형태만을 구성할 수 없다. 이 생리적 조건의 제약은 무엇인가. 여기서 이를 평론할 여유가 없으므로 다만 이를 간단히 요약한다면 우리의 생리는 역사적으로 자연적으로 지리적으로 또는 혈통적으로 다른 민족이나 다른 세대와 다른 생리적인 한 형태를 갖추었다는 것이다. 이를 무시하고 이를 몰각하고서 진정한 우리의 분화는 발양될 수 없는 것이다. 그러므로 우리는 전 민족이 타고난 이 생리적 조건은 충분히 비판하고 재인식하는 곳에서 허다한 역사적 또는 세계적 문화의 섭취가 가능하여지는 것이요, 또 내부적으로 자발적인 창의성을 띤 문화가 꽃피는 것이다. 더군다나 오늘의 세계는 진정한 생을 향수하기 위한 전체적인 문화의 계몽과 보편화의 시대이며 문화의 유형화가 활발히 진전되는 이때 자체의 생리적 조건에 대한 인식을 망각한다면 우리는 하나의 선진 문화의 추종자요 모방자밖에 되지 아니할 우려가 현실적으로 절박해 있는 것이다.

막연하고 추상적이나마 이러한 근본적인 확호한 신념 위에서 우리는 새해의 모든 문화운동을 현대적으로 과학적으로 실질적으로 또 조직적으로 진행시켜야 하는 것이요, 그의 구체적 방도에 대해서는 사계斯界의 지도층 각자에 맡기기로 하고 다만 끝으로 우리에게는 다시 두 번 체험할 수 없는 치열하고도 비상한 민족적인 대운명에 부딪히려는 4283년—1950년을 맞이하는 각오와 결의가 어느 세계 문화인보다도 더 견강하며 어느 우리 선대의 문화인보다도 더 장엄해야 한다는 것을 절실히 전 심혼에 철하여 느끼고 삭이는 바가 있어야 할 것이라는 것을 부언하는 바이다.

—《신천지》, 1950. 1.

문화전선은 형성되었는가

오늘의 역사적 현실을 주체적으로 이를 체험하고, 또 이 현실을 역사적으로 해명하여서, 오늘에 사는 인간 자체의 나아갈 바를 명시하고, 또 스스로 그 행동 전선에 의욕적으로, 적극적으로 참가하는 사실, 이것이 오늘 우리들에게 주어진 지상의 과제인 것이다.

문화인은 스스로 자기의 위치에 대한 정확한 인식을 가져야 하는 것이다. 동시에 문화인이란 막연한 명칭에 대해서 좀 더 구체적인 주석도 필요하다. 우리가 강물이라는 추상적인 명칭을 가지고 생각할 때 그것은 한강도 되고 낙동강도 되며, 임진강, 대동강, 청천강, 압록강 등 허다한 강수를 통하여 말할 수 있다. 이것은 하나의 역사적, 또는 지리적 제약 속에서 우리에게 인식되어 있는 것이다. 그러나 우리가 전쟁이라는 것을 통하여 강물을 이야기할 때 우리의 머릿속(물론 한국인의)에 떠오르는 것은 청천강인 것이요, 오늘의 현실에 있어서는 낙동강, 북한강 들이 특히 기억되는 것이니, 6·25 즉후에 있어서는 낙동강이 우리 전 민족의 관심사였고, 1·4 후퇴 때에는 북한강이 클로즈업되어 우리의 가슴을 조바심치게 했던 것이다. 이런 비근한 전례를 통하여 볼 때 하나의 지리적 조건이라는 것이 평상시와 달라 이러한 비상시에는 비상한 사실을 염출捻出하는 것이다. 또 한 가지 우리가 일제 말기 태평양 전쟁 시에 허다한 태평양 상의 크고 작은 도서島嶼의 존재를 비로소 알았고, 오랫동안 그 명칭들이 기억에 남아 있었다. 그러나 그러한 기억은 오늘 우리 국토 내에서 벌어진 이 가열한 전투에서는 또 새로운 지리적 · 역사적 사실로서 우리의 전 의식을 긴장시키고 있는 것이니, 지금 교착된 전선에서 피비린내 나는 전투가 벌어지고 있는 허다한 고지—수도首都 지형地形 · 불모 · 백마 등—이런 미지의 적은 고지가 전 민족적 운명의 그 어느 부면을 좌우할 뿐 아니라, 전 세계의 주시의 집점이 되어 클로즈업되어가고 있다.

이러한 일례를 들어서 다시 오늘의 문화인을 생각해보기로 하자. 유구한 역사와 더불어 지키고 내려온 문화적 전통을 계승한 문화인이, 오늘의 이 현실에서 어떻게 주체적 의욕과 행동 상태에 놓여져 있는가. 모든 법과 자유는 인민에 의하여 그리고 인민을 위하여 존재하고 행사된다는 이 초보적이요, 근본적인 하나의 이념을 가장 잘 인식하고 있는 현대 세계적 정신의 대변자인 문화인, 시대적 정신을 창조하고 수호하고 계몽하고, 또 때에 따라 강렬히 항거할 수 있는 의무와 권리가 부여되었을 문화인, 우리에게 주어진 한 인간으로서의 시간적 · 공간적 위치에서 예외 없이 이에서 이탈될 수 없는 일견 운명적이요 냉혈적인 가열한 현실을 가장 잘 파악하고 이해하고 통찰함으로써 스스로 이 현실에 즉하여 사고하고 행동하는 문화인, 이러한 위치에 놓여진 문화인, 오늘 이 땅의 문화인, 우리가 선량이라는 정치적 용어를 문화인에게도 적용한다면 실로 시대적 정신을 대변한 선량한 문화인, 이러한 문화인으로서의 우리는 각자의 행동과 사고에 대하여 충분한, 또 냉철한 자기비판, 자기반성이 있어야 하는 것이다. 문화, 그 자체는 하나의 특권도 아니요, 금단 지역의 과실도 아닌 것이다. 우리의 자기반성과 자기비판은 저들 공산 독재자들이

상용하는 바 그러한 자기비판이나 자기반성은 아닌 것이다. 그것은 두말할 것도 없이 인간을 질식시키고 기계화하는 피와 호흡이 통할 수 없는 당의 노선에 대한 노예적인 종속이 아니라, 실로 인간 정신의 더 높은 발양과 창달을 위한 각고의 노력을 위한 행동인 것이다.

이제 우리는 문화의 영야에 종속하는 개인 개인의 반성과 비판만에 시종할 그러한 단계에 있는 것이 아니다. 때는 바야흐로 우리 문화인 전체로 형성되는 하나의 문화전선인 것이다. 오늘 일선에 펴져 있는 국토방위의 전 전선의 강화라는 것은 희생을 최소한으로 줄이려는 데 있는 것이다. 이와 마찬가지로 우리의 문화전선 역시 이 전선의 강화에서만 우리의 현실적인 고민과 직접적인 희생이 감소되는 것이다. 그뿐 아니라 전선과 같이 우리 문화 선상에도 허다한 애로와 적의 공격의 대상이 될 고지 지반이 산재해 있는 것이다. 그러나 과연 우리는 이 문화전선을 구축하고 있는가, 또 이 구축을 위하여 스스로를 희생하려는 정신적 용사를 가지고 있는가, 아니 그보다도 이 정신적 보루를 구축하기는커녕 이미 구축된 진지를 파괴하려는 행동은 없는가, 더 나아가 이미 무용화된 진지의 고수만으로써 혹은 고수하는 태세만으로써 새로운 전략에 대비하려는 행동을 봉쇄하려고 들지는 않는가. 역사는 그리고 현실은 부단히 지나가는 것이다. 우리는 거센 역사적, 현실적 조류에서 낙오되고 이탈되어서는 안 되는 것이다.

오늘 바야흐로 우리는 점점 더 가열해질 수 있는 현실에 대비하고, 이 현실을 새로운 역사적 창조의 미디엄이 되게 하는 일대 노력과 실천의 총체적 집결의 단계에 놓여져 있는 것이다. 아직도 정비되지 아니하고, 아니 정비한다는 허세만을 가지고는 극도로 침체된 이 문화전선은 형성되고 구축되고 강화되지 않는 것이다.

우리가 반공 · 멸공이라는 공통된 주저항선을 가지고 오늘까지 집중적으로 적극적으로 때로는 소극적으로 산발적으로 싸워오고 노력해온 것은 사실이지만, 또 오늘의 문화적 현실을 냉철히 비판하고 관찰해본다면, 이는 너무나 무기력하고 산만을 극한 감이 깊어만 가고 있는 것이다. 극도의 고립주의와 분열 작용만이 심화되어가는 통한할 현상이라는 것을 우리는 전적으로 부정할 용기를 그 누가 가지고 있는가? 일선에서 싸우는 것은 전선에 배치된 병사만은 아닌 것이다. 포탄을 운반하는 자, 부상병을 치료하는 자, 통신을 담당한 자, 그리고 도로를 정비하는 자, 식량을 운반하는 자, 이들의 일사불란한 협동 정신에서 전투가 이루어지고 전선이 보지保持되는 것이다. 이와 마찬가지로 우리의 문화전선에도 각각 자기 분야의 책임 완수와 협동 정신에서만 이루어질 것이다. 법의 제정만으로 국가는 운영되는 것이 아니요, 이 법에 의한 행정과 이를 수행하는 국민과 협조에서만이 한 국가는 통치되어가는 것이다. 이러한 지극히 평범한 사실이 오늘 이 땅의 문화 전 분야에 잘 침윤되어 움직여지고 있는가? 정부의 무능을 말하고 사회의 냉우冷遇를 통탄함으로써만 만사가 족할 것인가, 오늘 우리는 우리가 당면한 모든 과제 속에서 전후와 완급이 충분히 검토되어 있는가. 유태인이라는 이유만으로써 왜곡된 가혹한 처형을 당하게 된 일 대위 드레퓌스를 위하여 당시의 군부와 정부에 대항하여 한 인간의 정당한 인권과 자유와 개성을 옹호하기 위하여 당연히 일어나 싸워온 에밀 졸라의 기백과 항거의 정신을 높이 평가하는 세계의 문화인들이, 오늘 한국에서 벌어지고 있는 야만적 공산 독재자들의 살육 침략 행위에 대하여 우리는 이미 이 싸움에 지쳐서 주저앉아 버리고 말게 되어 있는 것일까? "전선은 부른다."가 아니라, 전선에서 자유와 독립을 수호하기 위하여 쓰러지는 허다한 젊은 영남英男 자유 전사들의 처절한 항거 정신에 대하여 우리는 귀머거리가 되고 장님이 되어질 수가 있는 것일까? 치졸한 평화의 백일몽으로써 제3세력의 형성으로 인한 3차 대전 방비의 잠꼬대에 현혹되어가는 온상적 존재에 일대 경종을 보내야 할 자는 과연 누구인가, 정치적 파동이라는 이 파동이 민주 우방 나라마다 일어나서 한 국가가 두 갈래 세 갈래로 나누어짐으로써 철의 단결로 강화를 꾀하는 공산 위성 세력에 충분히 대치할 수 있는 것인가. 1차 2차의 대전을 치르는 동안에 완전히 불식되어가는 자본주의의 식민지화에 뒤를 이어, 민족적 편견과 인종적 차별과 종교적 광언이 산발되고, 따라서 인류 공존의 진정한 민주 이념의 팽배와 옹호를 위하여 전 세계 문화인은 총집결되어 하나의 국제적 문화전선을 구축하여가려는 이 과정에서서 한국의 위치는 너무나 중차대한 것이다.

비록 전시라 하여 세계의 이목은 조그마한, 그러나 치열을 극한 우리 일선 고지의 쟁투전에 집중되어 있으나, 이 쟁투전에서 피비린 승리를 거두고 있는 일선 장병의 정신력을 무시하여서는 안 되는 것이다. 진실로 이 정신력이야말로 인류의 자유와 평화와 고립을 지키는 문화적 결정체인 것이니, 오로지 독전대와 총부리 앞에서 죽음과 바꾸는 공산도배의 굴종과 다른 점이 여기에 있는 것이다. 자유와 독립을 위하여 생사를 선택하는 주체적 · 문화적 전투 정신과 당을 위하여 불가항력적으로 죽음의 구렁 앞에 나서는 피동적 · 야만적 굴종 상태와의 대결인 것이다. 오늘 한국의 생을 향수한 문화인의 유일한 지상의 사명은 이 정신을 체득하여 그 정신이 문화 각 분야에 침투 팽배되어 이것이 세계의 모든 민주자유문화 지역에 작열탄灼熱彈으로 섬광을 던져야 하는 데 있는 것이다.

아직 우리가 지키는 데 이 고지—문화적—는 너무나 지나친 무방비 상태에 있다. 그러나 우리는 이 고지 하나하나를 우리 정신력으로 강화해가자. 시야를 달리하라. 국척跼蹐된 자여 그 무기력 저술低述에서 탈각하라. 그대 바로 앞에 천년의 광망光芒을 지닌 진실의 옥석이 묻혀 있나니, 산만과 자기 분열의 껍질을 벗어버리자. 간단없는 것은 적의 포탄만이 아니요, 우리의 무능도연無能徒然을 노리는 전신적 오열의 준동인 것이다. 경계하자. 장비하자. 문화전선에 이상 없는가.

—《전선문학》, 1952. 12.

위기의 극복과 착각의 불식

—반공문화전선의 결성과 참획參劃

오늘 우리가 당면한 현실은 무자비를 극한 만큼 혼란과 착종을 일으키고 있다. 항용 만나는 사람마다 때와 장소를 가리지 않고 "돌았다."라는 말을 무의식적으로 습성적으로 사용하고 있다. 우리가 무심코 그때그때 아무 의미 없는 듯이 한 어구를 사용하고 있지만, 이 말 하나에서 우리는 오늘의 이 착종되고 혼란을 일으킨 모든 현실을 가장 솔직히 무자비하게 표현한 것이라는 사실을 규명해야 할 것이다.

"돌았다!" 이 말은 어떤 인간의 정신 상태를 의미하는 것이다. 동시에 정상적인 사고와 양식과 행위를 일탈한 비정상적인 어떤 상태를 표명하는 말일 것이다. 그러면 무엇 때문에 그렇게 되었느냐 하는 사실을 생각해보라. 여기에는 조금 객관적인 해명이 필요한 것이니, 우선 이 해명을 위해서는 8·15 해방으로 소급하지 않으면 안 된다. 소위 대동아 전쟁이라고 불리워진 일제 침략 전쟁의 말기에 있어서, 정신적으로나 물질적으로나 생활 전반에 걸친 극도의 중압과 궁핍 속에서 우리는 정당한 명일明日에 대한 구체적 희망도 없이 우리 한국민 전체가 완전히 포로 상태에서 질식할 만큼 되어 있었던 것이다. 창씨개명을 비롯하여 한글 사용

금지, 그리고 징병, 징용, 근로봉사 등으로 달달 볶이어 허덕거릴 때, 한편으로 일제에 충성하는 반역 도배가 늘어가는가 하면, '시일是日은 해상害喪고' 하여 일제 패망을 모두 다 저주하고 기원했던 것이요, 무지몽매한 농민에 이르기까지 일제의 승리를 믿은 사람은 그야말로 돈 사람 이외에는 거의 없었던 것이니, 8·15 정오에 일제 유인裕仁의 항복 방송을 믿지 아니한 자는 소위 악질 친일파밖에 없었을 것이다. 이리하여 우리는 해방을 맞이했던 것이요, 이제부터 우리는 독립 국가를 갖게 될 것이며, 자유와 평등을 누리게 되리라고 생각했던 것이다.

그러나 8·15 이후 대한민국 정부가 수립되기까지 우리는 3년간 하루도 안일할 수 없는 반공 투쟁과 군정 연장을 책동하는 사대아부자事大阿附者의 배격으로 일관해왔던 것이다. 이 동안 전 민족이 당한 혼란과 무질서와 방종은 민국 수립 2년간의 노력에서 새로운 질서와 발전의 양상으로써 민주주의적 체계를 잡아가는 도중, 6·25의 적화赤禍를 만났던 것이다. 이 불의의 남침으로 미칠 듯 광열했던 것도 하룻밤의 꿈인 듯 또다시 1·4 후퇴로 인하여 대구·부산을 중심하여 일대 민족의 비극이 연출되었던 것이다. 이러한 거창한 수난 속에서도 우리는 희망을 잃지 않고 UN 제국의 적극적이요 희생적인 협조와 원조하에서 군사적으로 북진 통일이 이루어질 것이요, 정치적으로 남북을 통한 자유 대한의 옛 판도가 광복될 것으로만 믿어져왔다. 그러나 어찌 뜻했으랴. 1951년 6월 23일 '야코프 말리프'의 휴전할 수도 있다는 요언이 일으킨 국제 풍운은 이개성상二個星霜 우리 한반도 요부腰部에다가 피아 철성鐵城과 같은 요새의 만리장호萬里長壕를 격隔하여 허다한 포탄과 피의 제전을 연출하는 참극을 터뜨려놓고야 말았다.

피난하여 반년 이 청천벽력으로 말미암아 국민은 갈팡질팡 행여 정전停戰이 되어 오늘이나 내일이나 내 고향 내 서울로 갈 수 있을까 하는 안타까운 심경에 들뜨는가 하면, 정전이 되면 무엇하나 북한에 고향을 두고 부모를 두고 조상을 모셔둔 동포와 형제는 단장의 슬픔 속에서 기막히는 절망의 울분에 통곡하고도 남음이 있었던 것이다. 이런 중 하루하루가 쌓이고 쌓여 만 2년이 되어가는 동안, 지칠 대로 지치고 시달릴 대로 시달린 불우한 이 민족의 정신 상태는 차츰차츰 정상적인 데서 일탈되기 시작하였으니, 이른 바 "돌았다."의 멀고 가까운 원인의 발생학적 고찰의 일단은 여상如上의 사실史實에서 자명되는 것이다.

많은 동포는 헐벗고 굶주리는데, 외래 식료품 · 화장품 · 피복은 거리에 범람하고, 비만 내리면 발목까지 차 들어오는 진흙 구덩이를 걷는 시민 옆으로 고급 차를 비롯하여 가지각색의 차량이 어느 골목 어느 구석이고 들이밀어 오고, 하꼬방에서 거리에서 죽지 못해 사는 동포들의 주위에는 즐비한 다방과 요정이 제멋대로 번창하고, 그날그날의 신문 지면에 나타나는 허다한 모리배 · 정상배와 오리汚吏들과 윤리를 무시한 악남악녀惡男惡女의 추태와 양공주와 걸아군乞兒群과…… 이루 열거할 수 없는 전쟁에 수반되는 사회악의 온상인 부산을 위주한 이 혼란 속에서 돌지 아니치 못할 현상학적 원인의 일단마저를 여기 기록해보는 것이다.

돌지 아니치 못할 이런 객관적 정세하에서 문화인, 그리고 문화계는 어떻게 되어가고 있는가?

문화인이란 용어를 더 협의적으로 규정하면 시대의 양식을 가진 지식인 내지 예술인을 말하는 것이 될 것이다. 지극히 소극적이요, 회의적일 수 있는 이 지식인 내지 예술인, 또 그렇게만 일반에게 인식되어진 지식인 내지 예술인, 그러나 그들이 교단에서 교편을 잡았거나 또는 출판물을 통하여 어떤 저작 내지 작품을 발표하였거나 하는 이러한 평상적인 작위, 외계의 거칠고 무서운 변동 속에서도 태연자약, 자기의 갈 길만을 걸어가는 그러한 엄숙하고도 진지한 학구적 행동, 창작 활동, 다시 말하면 시대의 분위기에 좌우되어 돌지 아니하는 신념에 사는 인간, 즉 시대정신의 지표로서 일체의 권력과 물욕과 압력에 굴종하거나 변절됨이 없이 끝까지 인간의 본능성—자유와 도의와 진실에 대한 끊임없는 추구와 정진만을 일삼는 그러한 지식인, 예술인만이 진정한 의미의 문화인일 것이다. 오늘 이 땅의 지식인 내지 예술인 각자가 과연 이러한 방향에서만 행동하고 있는가, 또 이들 지식인과 예술인으로 구성된 문화계는 이러한 방향으로만 흘러가고 있는가? 더 적절히 단언하여 문화계는 돌지 않았는가, 환언하여 어떤 위기에 봉착되지 않았는가? 이에 대한 몇 개의 소견을 피력하고자 한다.

1. 거리에 대한 착각—인간은 어떤 문화생활을 영위하기 위해서는 최저한의 공간이 필요한 것이다. 자기 육신이 기거하는 데 필요한 공간, 또 독서 내지 자기의 창작—정신생활을 영위하는 데 필요한 어떤 공간—장소가 있어야 하는 것이다. 그러나 1·4 후퇴 후 대다수의 문화인들은 이러한 공간을 거의 상실했던 것이다. 실로 상상할 수 없는 좁은 공간에서 기거 · 좌와坐臥에 지극한 제한을 받는 수용 생활을 영위하지 아니할 수 없는 곤란에 봉착했던 것이다. 비록 이런 생활의 장기화로 인하여 만성 · 타성이 되었다 하더라도, 같은 공간에 기거하는 친족—가족—지기 간에 반드시 있어야 할 친밀감 · 친이성親利性에 대하여 균열이 생기고, 필요 이상의 마찰과 불화까지를 자아내는 결과를 가져오게 되는 것이다. 공간과 거리의 단축협공短縮挾攻에 따라 생활난이라는 경제적 타격과 더불어 일종의 부조리적 배신 · 반목 · 불화를 양성하게 되는 것이다. 나아가 다방을 중심한 외부 생활 역시 장시간 지리라는 언어를 초월할 만큼 혼탁한 분위기 속에서 거의 무엇이 어떻게 되었는지를 분간할 수 없을 만큼 변설辨說과 접인接人과 흡연 등으로 소일하는 동안, 여기에서도 예상치 않은 불화 · 반목 · 이간 등이 주출鑄出되는바 우울하고도 일면 타기唾

棄할 타성이 조성되어지고 있다. 이것은 피난 생활에서 어찌할 수 없는 실정이기도 하나, 이러한 내외의 비정상적 거리와 공간이 무시된 생활의 연속으로 말미암아 정신 면에 작용되는 가지가지의 악의 독소가 뿌려지기도 하고 그것이 수시로 외부에 발산되기도 하는 것이다. 이런 중에 신문의 보도란 것이 이 공간을 교란시키기도 하고, 경악시키기도 하며, 이에 따라 사회적 · 국내적 또는 국제적 동향에 대한 여론이 비등하여가는 가운데, 보도면 이외의, 또는 그 속에 숨은 추측이 억측과 더불어 전파되어 소연騷然한 광경을 이루어가는 것이다. 이리하여 시국에 대한 비판자가 되고, 참획자가 되고, 어떤 논설 · 작품에 대한 진지한 토의보다도 필요 이상의 인간분류학이 대두되어 때로는 동족이면서도 전혀 친근해질 수 없는 적성인간敵性人間이 되기도 하고, 당자는 알지도 못하고 원치도 않은 지극한 동지로 단정되기도 하는 등등의 여파가 파생되기도 하는 것이다.

일종 절단되고 은차隱遮된 이런 공간과 거리의 소이로 말미암아 왕왕히 우리가 현재 가열하고도 거의 절망적 전쟁을 치르고 있다는 사실을 망각하기 쉬운, 실로 통탄할 경우에 부딪치게 되는 것이다. 오늘의 우리 전쟁은 우리 국토 내에서 벌어지고 있으며, 부산에서 천 리를 좀 더 넘는 20시간 내외면 일선에까지 이를 수 있는 바로 우리의 복부에서 그 처절을 극極하고 있는 것이다. 그럼에도 불구하고 종군 작가 · 화가 등 그러한 조직이 있어 간헐적인 활동이 있기는 하지만, 진지한 조국 통일을 위한 피비린 이 양상은 그 어느 누구의 붓끝으로도 철저히 알려져 있지 않는 것이다. 전선에까지 이르는 이 거리에 대하여 거의 맹목적이며 때로는 혼탁한 부산의 분위기로 말미암아 망각되고 있는 것이다. 죽는 사람은 죽고, 사는 사람은 살자, 죽는 사람은 그냥 아주 값없이 죽어지고, 사는 사람은 어떻게든 갖은 수단과 책략을 다 부려서라도 버젓이 살아보자는 이런 환각 아닌 현실이 오늘 우리 사회의 모든 부면에 확실히 드러나고 있지 않은가? 또 그리고 불행히도 시대의 양식, 민족의 양심과 더불어 살아간다는 이 땅의 지식인—예술인, 그들로 구성된 문화계에도 뚜렷이 노현露現되어 있지는 않는가? 우리에게 소여된 공간과 거리의 착각으로 인하여 우리들은 크게 돌아버리고 만 것이 아닌가, 어떻게 살 것인가, 하는 문제보다도 우리는 무엇을 해야 하는가 하는 문제에 부닥친 것이다. 과연 오늘의 우리는 무엇을 해야 할 것인가?

2. 조직에 대한 착각—지식인 내지 예술인에 있어서 조직 생활이란 것은 특수한 경우를 제하고는 매우 번거로운, 또 지극히 불편한 것이기도 하다. 어떠한 하나의 학설이나 이론, 또 어떤 문학상文學上 · 예술상藝術上 주의나 조류에 대한 논위를 위한 회합 이외의 조직 내지 집단은 이러한 진지한 생활을 영위하는 데 방해를 주기도 하는 것이다. 저들 공산당들과 같이 하나에서 천까지 조직으로만 꾸려가는 독재 전제 방식에 대하여 적어도 자유예술인, 자유지식인은 더 큰 개성과 민족성 · 인류애로서의 창의적 노력과 계양으로써 자발적이요, 능동적이며, 공동적인 인간의식 · 민족의식 · 인류의식의 창달에 기여함으로써 족할 것이다. 그러나 문제는 저들 공산도배가 조직을 통해서 생명을 내걸고 필사적으로 침투하려는 적화를 방어하는 데는 이에 대항할 조직을 필연적으로 또 불가피적으로 강요받게 되는 것이다. 오늘에 있어서 전 세계 민주 우방은 오로지 반공 태세를 철저히 하는 자유 사상으로 무장된 조직만이 필요한 것이다. 공산 적화사상을 막아낼 뿐만 아니라, 그를 이겨나가기 위한 조직, 그 조직은 어떤 개인이나 어떤 특수 계층의 이익을 옹호하기 위한 것은 아닌 것이다. 저들이 슬로건으로 뭉쳐진 것을 우리는 자유 옹호의 정신으로써 분쇄해버려야 하는 것이다. 정치 · 경제는 물론, 철학 · 사상 · 예술 · 종교는 더욱 이를 분쇄하는 가장 큰 위력을 가지고 있는 것이다. 오

늘 한국에 있어서의 지식인 · 예술인으로 구성되는 조직은 이 절대한 목적하에서 혼연일체가 되어 아직도 공산 적화에 대하여 미온적인 회의를 가진 자의 계몽 · 선도는 물론, 우리가 우리의 국토 통일을 위하여 싸우는 이 전쟁은 진실로 세계 민주 진영의 자유를 방위하기 위한 전쟁이라는 모든 구체적인 사실을 세계에 호소하는 절대한 중책을 우리 각자가 또는 우리의 조직을 통하여 헌신적으로 추진되어야 하는 것이다. 우리의 고귀한 생명 재산의 거의 전부를 희생해서 뼈저리게 체득한 새로운 윤리, 새로운 신앙, 새로운 인생관, 또 이것들이 종합되어 구현되는 예술 작품이 창작되어야 하는 것이다. 그러므로 오늘 이 계단에 가지는 이 조직은 이상의 모든 사명과 목적을 달성하기 위해서만이 십이분의 활동을 전개해야 하는 것이다. 어느 나라 어떤 사회가 이런 가혹한 전시에 있어서 값싼 개인적 감흥과 도피와 안일 속에 파묻혀 버리게 되었던가? 임진왜란 같은 거국 항쟁은, 또 옛날 일이요, 오늘은 세계와 더불어 모든 젊음이 전장으로 달리는 이 마당에서, 어떤 제삼국의 정치적 형태와 같은 평상시적 입신양명의 조직체가 어떻게 용허될 수 있는 것인가? 이 싸움을 이기기 위하여 이기는 그날까지 모름지기 모든 예술인 · 지식인은 일선과 후방, 한국과 세계의 정신적 반공 유대를 형성하는 강인한 조직과 결의와 행동으로 실천에 나서야 한다. 솔직히 또 과감히 우리는 전열에 참획해야 한다. 새로운 인간 정신, 새로운 인류 역사의 첫 페이지를 우리 스스로가 써야 할 성스럽고도 과중한 직무에 충실하고 철저하기 위하여 우리는 이 가열한 현실과 더불어 싸우고 그를 우리 몸에 받아들이고, 우리 마음속에 새겨야 할 것이다. 가열한 전선을 보지 못하고 외국으로 가는 한국 인사를 나무라며, "그대는 외국에 가서 한국의 싸우는 모습을 누구의 눈과 입을 빌려서 말하려 하느냐." 하고 강력히 비난하는 우국의 젊은 지식인을 나는 본 일이 있거니와, 이 전쟁이 끝나는 때 일선에서 돌아온 젊은 장병들이 우리에게 "그대들은 이 전쟁에서 무엇을 했는가? 그리고 무엇을 보았는가?"라는 단도직입적인 흉금을 찌르는 준열한 질문에 대하여 무엇이라고 답하려는가? 그보다도 우리는 그러한 낡아빠진 잠꼬대를 하기 전 우리의 할 일을 우리 스스로가 실천해야 한다. 교육자도 종교가도 사상가도 예술인도 한 번은, 그리고 또 할 수 있는 대로 많이 역사에 유례없는 반공 사상의 실전 양상을 관찰 체득하라!

전장은 죽음의 싸움터만은 아닌 것이다. 이것은 또한 영원히 살기 위한 싸움터인 것이다. 불란서의 대사상가 알랭은 그가 제1차 대전 시 오랜 군무에 복역한 후 "가열한 현실(전쟁)에서 진실한 교육을 사상을 발굴하라!"는 의미의 말을 했다.

정正히 우리 문화계는 돌아가려 한다. 위기에 직면하려 한다. 이에서의 광구匡救는 오로지 이 땅의 지식인, 예술인 각자가 그의 전 의식을 통해서 전 노력을 통해서 전 역량을 기울여서 오늘의 이 가열한 현실—반공 전쟁—에서 진실한 사상과 예술의 모태를 발굴하는 데 있는 것이다. 거리의 착각 조직의 착각의 시급한 시정是正과 아울러 민족과 더불어 자유와 더불어 혼연 감투 태세로 반공 전선에 참획하는 그 한길로 용진勇進하자.

모름지기 정부는 특히 국방·문교·공보 3부처는 이에 대한 시속하고도 적극적인 정책 수립에 과감하여야 한다.

—《문화세계》, 1953. 8.

공동 생명 선상에서 최후의 방위 전선

인류 역사상 가장 비참한 환경 속에서 수십 년 내지 수 세기에 걸친 수난의 역사를 가진 모욕과 인종의 버림받은 나라들, 예하면 인도나 타이나 버마나 뉴질랜드나 인도네시아와 인지印支와 필리핀과 중국과 그리고 한국 등, 이러한 근대 자본주의적 형태의 국가를 가질 수 없었던 신화와 전설 속에서 귀족적이요 봉건적 인습에서 퇴영되고 위축되어 미처 깨어나기 전 자본주의적 선진 국가의 경제적 침략에서 정치적 지배와 문화적 예속을 자초하는 결과에 떨어졌던 동구 내지 동남아 여러 민족들, 제1차 대전의 종전 전후를 통하여 윌슨 미국 대통령의 제창에 의한 민족자결주의에서 완전히 해방되지 못하였던 상기한 모든 약소민족들이 비로소 독립 국가를 형성하고 인민의 권리와 의무를 이행하고, 수호함으로써 새로운 민주 국가를 지향하여나가려는 20세기 후반기에 처하여 우리들은 공동적으로 심각하고도 완강하고 그칠 바를 모르는 침략의 악마 공산주의 앞에 자신의 운명과 더불어 싸우지 않을 수 없는 현실에 직면해 있습니다.

물론 이것은 우리들에게만 덮어씌워진 불행만은 아니요, 진실로 전 인류가 다 같이 이 위험 앞에서 공포와 불안과 전율을 느끼게 된 것입니다.

이 악마의 마수는 그 어떤 지역과 인종과 국가와 문화의 정도 여하를 불구하고 국가의 조직이 약하면 약한 대로, 지리적 조건이 불리하면 불리한 대로, 또 문물제도가 해이하면 해이한 대로 그들의 침투성은 더욱 활발하고도 용이하게 이들을 공산주의적으로 노예화할 수 있고 정복해버릴 수 있는 고도의 악랄한 전술을 가진 것입니다.

오늘날 과학 문명이 원자탄과 수소탄을 자랑하는 대신 그들이 과학무기를 무시하고 능가하고도 남는 잔인하고 극악한 파괴력을 가진 것입니다.

이제 이 무서운 시련의 제단 위에 너무나 처절한 희생을 치르고 난 우리 한국의 실례를 정시하면 정시할수록 인류를 암흑과 멸망으로만 밀고 들어가려는 저들 소련 공산 독재의 의도하는 바를 너무나 잘 알고도 남음이 있을 것입니다.

그러나 신은 하나의 기적을 남긴 것이 아니요, 하나의 진실을 계시하였으니 그것은 저들 공산도당의 5, 6년—더 정확히 말하면 40여 년에 걸친 물 샐 틈 없는 치밀하고도 조직적인 파괴 방침에도 불구하고 대한민국은 아직도 의연히 그리고 엄연히 싸우고 또 싸우면서 조국의 통일 앞에 준엄히 버티고 있다는 사실이다.*

우리는 오늘의 세계를 총괄하는 바 높은 국제 정의의 존엄성을 다시 한 번 이 전란을 통하여 체득하였거니와 한 민족이 자기 조국을 수호하려는 그 높은 정기란 아직도 완전한 공산 세포로 형성된 공산 진영이 아닌 이때인 만큼, 그를 능히 막아낼 수도 있었다는 사실입니다.

그러나 국제 정의와 민족정기만으로 그칠 줄 모르는 공산도당의 침

* '사실입니다'의 오식인 듯하다.

략을 막아낼 수 없다는 사실을 우리들은 또 세계는 그리고 특히 한국과 유사한 운명에 놓여져 있는 동남아 여러 민족은 절실히 깨달아가고 있다고 봅니다.

그것은 공산도당의 가장된 모든 선전 공세는 한 국가 한 민족 속에서 자유의 미명 아래 허다한 대립과 분열을 조장하는 일입니다.

아직도 우리들은 완전한 민주 체제를 갖추어 가지지 못한 관계로 국내적으로 허다한 모순을 가지고 있는 것이니 그것은 국가에 따라 다소 차이는 있을 것이나 신앙에 의한 것 봉건적 잔재에 인한 것 지배 국가가 남기고 간 외세 의존과 인종적 편견에 의한 것 등 이러한 약점을 파고드는 것이요 나아가서는 한 국가와 또 다른 한 국가 간에 그 어떤 역사적 또는 현실적 이해관계를 악용하려 드는 일일이 매거枚擧할 수 없는 갖은 책략을 부단히 강력적으로 계획하고 실천에 옮겨서 무자비한 민족 항쟁과 대립과 불화를 불 질러놓으려는 것입니다.

이렇게 일방적으로 공산당의 침략만을 논하는 자리의 결론으로 비관적 어떤 숙명론에 빠지려는 경향과 일종의 정치적 제스처로 자국의 안전을 기도하려는 기회주의적 경향과를 찾아볼 수 있는 것이니 불행하나마 인도를 비롯한 몇몇 나라와 소위 사회주의를 신봉한다는 온실 내의 지식층의 일부에서 이것을 발견할 수 있을 것입니다.

그러나 오늘의 우리들 소위 자유 진영에 속하는 모든 국가나 민족이나 개인이나를 막론하고 우리는 공동 생명 선상에서 재래의 고식적 배타적인 편협한 종교관 인생관 등을 일절 불식하여서 최후의 방위 전선을 형성하지 않을 수 없는 단계에 이른 것입니다.

6·25 전란 발발 직전 동남아시아를 역방歷訪하고 돌아온 미국의 고위에 속하는 모 문화공무원은 아래와 같은 솔직하고도 의미 깊은 소회를 피력하였던 것입니다. 즉

> 동남아시아 제국이 다 공산당의 침해를 받고 있으며 그러므로 그 모든 나라가 공산당을 용인해나갈 수 없다는 것도 잘 알면서 어떻게 해야 공산당을 쳐부술 수 있는가 하는 방법을 모르고 있다.
>
> 이런 것을 보고 가장 과감하게 공산당과 잘 싸워서 완전 승리한 한국의 반공문화전선에서 투쟁한 여러분들이 실지로 동남아 제국을 방문하여 그들에게 공산당과 싸워서 이기는 신념과 방법을 가르쳐주는 것이 얼마나 필요하다는 것을 절실히 느꼈다.

이 말은 들은 필자 외의 여러 반공문화전사들은 그 일이 하루 속히 이루어지도록 노력해달라고 간청하였는데 그 후 두 달이 못 가서 6·25 동란이 벌어진 것입니다.

우리가 지상을 통하여 보도됨에 그치고 있는 '반공민족회의'가 하루 속히 열리기를 갈망하거니와 오늘은 정치인만으로 또 경제인만으로 대공산 투쟁을 승리적으로 귀결 지을 수 없는 것이요, 결국 자유를 수호하는 정신, 조국을 수호하는 정신의 더 높고 굳은 의결이 없이는, 다시 말하면 문화인의 적극적인 참열參列 없이는 이루어질 수 없다는 사실을 강조하면서 '반공민족회의', '반공민족문화회의'의 중요성을 동 회의에 참석하는 동 국가가 충분히 인식하여서 극동 및 동남아 반공 문화인의 정신적 유대를 강화하여야 한다는 의미에서 '반공자유아시아 문화인 회의'가 시급히 개최되기를 애심哀心으로 요망하여 마지않는 바입니다.

—《신천지》, 1954. 2.

항거하는 신념

—인류 참화의 축도縮圖 속에서

민족을 논하고 문화를 논하는 이가 해방 이후 허다하였다. 정치와 경제를 논하는 것보다 문화를 논하기가 편의상 용이하다는 어떤 선입견에서인가는 속단키 어려우나, 민족과 문화란 이 두 가지 용어의 범람에서 진절머리가 날 지경인 때, 국회를 통과한 문화보호법을 실시하기 위한—문화인 예술가와 학자—등록령이 공포됨으로 해서 문화란 말은 비非문화 내지 야만과 대립되는 하나의 정치적 용어로 화하는 불행을 초치招致하고야 말았다.

정당한 국가와 사회에서 일반 인민 대중에게 실시하는 교육이 있고, 또 그 민족과 그 국가가 역사적으로 간직하여온 문화적 유산이 있다면, 이러한 시간적 또는 공간적 혜택 속에서 스스로 체득하는 지식 내지 학문 · 예술 등 일반 정신과학이나 자연과학에 걸쳐 어떠한 문화인으로서의 품격을 갖추게 되는 것이다. 민주주의를 지향하는 자유 국가에서 전 국민은 이러한 문화적 혜택에 균점均霑되는 기본 권리를 가지고 있는 것이다.

그러므로 문화인이란 말은 어떤 특수한 계급에 사용되는 것이 아니라, 현대 문명을 우리의 생활 속에 받아들이는 자에 의하여 공통적으로 광범하게 사영私營되는 용어인 것이다. 적어도 현대적인 교육을 받은 자, 일반을 통칭하여 문화인이라고 할 수 있을 것이다. 그러나 만일 한국과 같은 과도적인 민주 국가에 있어서 일체 봉건적인 잔재에서 완전히 이탈되지 못한 비현대적인 요소를 다분히 가지고 있는 국민에게, 오늘의 문명사회에서 쓰는 문화인이란 용어와는 다소의 구분이 있을 뿐, 이는 절대성을 띤 것은 아닐 것이다. 혹은 오늘의 국제연합이 규정한 유네스코가 의미하는 바 교육 · 과학 · 문화 이 세 가지 중에서 교육과 과학에 종사하는 이외의 부류를 가리켜 문화인이라고 지칭하게 되는가. 그렇더라도 이 범주는 다소 막연하기는 하나, 사상가 · 언론가 · 예술가 등을 포함하는 것이 될 것이다. 그렇다고 이런 부류의 사람만을 가리켜 문화인이라고 할 수도 없는 노릇이다.

그러므로 문화인이란 곧 현대의 과학 문명의 혜택을 받아 스스로 생각할 수도 있고, 비판할 수도 있으며 자기 자신을 알고, 또 자신의 아는 바를 표현할 수 있는 자에 부여되는 광범한 명칭이 되어야 할 것이다.

따라서 과거와 같이 교육이란 것이 특수한 계급에만 허용되어서 많은 무지無知 무학자無學者가 인민의 다대수를 점하던 때에 비하여 확실히 오늘에는 문화의 혜택을 받은 문화인은 그 수가 전 인구의 방대한 범위를 점유하고 있음에 틀림없다. 이렇게 광의적인 문화인의 해석은 가능하고 타당할 것이다. 그러나 오늘의 현실에서 규정받는 문화인이란 어떤 것인가? 오늘의 세계는 어떻게 하여야 모든 인간의 자유와 인권과 독립성—일괄하여 인간의 존엄성을 말살하려 드는 공산 침략자를 이 지구상에서 완전히 구축할 수 있는가에 귀착되고 있는 것이다.

그러므로 오늘날 우리가 규정하고 상정할 수 있는 문화인은, 적어도 이 공산 침략자에 대항하여 그들이 가장한 주문 '유물변증법'을 근본적으로 전이시키는 일방一方, 그들이 부단히 안출案出하는 악마적 살인술인 모든 선전과 투쟁 양식과 그 모든 허위성을 적발 폭로하여 선량한 인민으로 하여금 그들의 사死의 함정에서 구출하기 위한 일체의 노력을 경주하는 임무에 당한 자라야 할 것이다.

우리가 아무리 절대적 선을 부르짖고, 최고 최선의 아름다움을 찬양한다 하더라도, 그것으로써 공산주의는 고스란히 물러나리라고 생각하는 어리석은 이가 오늘의 한국에는 물론, 진정으로 공산주의와 싸우는 모든 자유민 속에는 한 사람도 있을 수 없는 것이다. 지금 휴전이라는 미명하에서 자유 진영은 잠시의 숨길을 돌리는 시간적 여유를 가졌다. 일시적이나마 각자가 적탄敵彈의 위협에서 벗어난 그런 휴식 시간이 주어진 것이다. 학창에서 무슨 방학이나 당한 학생들 모양으로 한때는 즐거운 순간이 있을지도 모른다.

그러나 정말 공부 잘하는 학생은 이 방학 동안에 더 큰 학문의 길로 나아갈 일체의 심신상 준비를 게을리하지 않는 것이다.

듣는 바에 의하면 일선 장병의 훈련은 전시 이상의 것이라고 하거니와, 원체 허둥지둥하여진 이 국민—후방에 남아 있는 우리들은 과연 무엇을 해야 할 것인가? 피란살이의 3년에서 다시 환도하여 새로운 출발을 의도하는 우리들은 무엇을 어떻게 해야 할 것인가? 우리 각자—문화 방면에 종사하는—대다수가 전란과 더불어 온 무서운 생활난에 부딪힌 것이다. 언론계에 종사하건 문필에 종사하건 기타 예술·음악·연예 방면에 관여하건 지극한 생활의 위협 속에 놓여져 있다. 학교에 가는 아이들 두셋만 되어도 그 치다꺼리에 눈코 뜰 새 없을 뿐 아니라, 지쳐서 갈팡질팡해야 한다. 이것은 하필 문화계에 종사하는 인사에게만 국한된 문제는 아니다. 또 문화인으로 비교적 윤택한 생활을 하는 이는 과거에나 오늘에나 그리 많지 않았던 것이 사실이기도 했으나, 오늘의 실정은 너무 급진해지고 있다. 사람은 본능적으로 조금은 여유가 있는, 숨 돌려 쉴 만한 그만한 여유와 또 무엇을 즐겨보려는 충동을 가지고 있는 것이다.

고양이와 같이 하루 종일 따사로운 햇볕을 따라다니거나 또는 따뜻한 아랫목을 찾아 잠만 자는 그런 편한 생활은 근로하는 인간으로서의 본질적인 의미에서도 허용될 수 없으나, 하루하루를 그냥 어떻게 지내가는지도 모르게 쫓기어서 눈코를 바로 못 뜨거나, 자기 자신을 돌볼 사이도 없다는 것은 일대 관심사가 아닐 수 없다.

청빈을 자랑으로 알며, 아무리 궁하더라도 자신의 초라함을 남에게 보이지 않으려는 전래의 미덕을 우리는 전적으로 부정하려 들지 않으나, 오늘의 이 세대는 자기가 서로 주장하고 환기하는 바 공론이 있어야 하는 것이다. 각자의 생활을 위하여 직장을 가지는 것도 좋은 일이요, 그로써 생활 방편을 해결하고 남은 노력과 성의로써 자기의 가장 전심專心하고 싶은 길로 나아가는 이러한 해결책도 있을 수 있는 것이다. 이것은 일제 이래로 대개가 그런 길들을 걸어왔다.

그러나 오늘은 그러한 소극적이요, 이기적인 방편만을 택할 수 없는 것이다. 물론 생존 경쟁의 원칙에 의하여 강한 자는 살고 약한 자는 패퇴할 수밖에 없다는 그러한 진부한 윤리만으로 이것을 판정하기에는 우리의 이지가 좀 지나치게 발달되어졌다. 어찌 보면 공리성과 이기성은 이번 전란을 통하여 더한층 조성된 감이 있어, 자칫하면 물질에 굴하는 비겁성이 탈선적으로 높아지는 불쾌하고도 우려할 실정에 봉착하였다. '살아야지.' 이 본능—인간의 가장 강렬한 이 생존 본능을 부인할 자는 없는 것이다.

그러나 문제는 어떻게 사느냐에 있는 것이다. 일상적인 논리로써도 수긍될 수 없는 그러한 행위를 스스로 범해가면서라도 살아야 된다는 이 점에 대해 오늘의 문화인은 깊은 반성이 있어야 되는 것이다.

'무엇을 할 것이냐.' '어떻게 살 것이냐.' 르네상스 이래 더욱 19세기 말부터 전前 반세기에 이르기까지 이것은 모든 지성인으로서의 최대의 난문이었다. 이 문제의 해답은 얻지 못하고 스스로 자신의 생명을 끊은 이도 있으려니와, 이로 인하여 비극의 철학과 회의의 사상이 세계를 풍미했던 것이다. 다종다양의 사상과 예술 작품이 이에 따라 현란하고, 또 현란하였다.

그러나 오늘은 단순한 회의와 비극 속에서 몸부림침으로써 족하여지지 못하게 된 것이다. 그것은 곧 우리가 이렇게 하는 동안 우리의 생명 그 자체가 위협받고 박해당할 위험성에 놓여져 있는 까닭이다. 자아의식의 과잉과 분열은 바로 공산적共産敵이 자유 진영에 퍼뜨리는 무서운 세균전 이상의 효과를 가져오는 것이다. 각자의 운명을 개개인의 노력으로 개척하려는 원칙적인 정신은 그대로 필요하나 오늘은 개개인이 각자가 하나씩의 운명을 짊어진 그런 고립되고 절연된 상태에 놓여져 있는 것이 아니다. 제2차 대전시까지도 이러한 사상과 그 사상이 실재할 어떤 간극이 있었다. 그러나 오늘은 도저히 이러한 여유가 없어진 것이다. 국제연합을 비롯하여 세계 각국이 부르짖은 집단적 안전보장이라는 이 이념과, 이 이념에 따르는 행동과 실천만이 우리의 유일한 당면 과제인 것이다. 여러 사람의 힘으로 하나의 거룩함을 이루어낸다는 이 사상…… 인류 역사상의 위대한 성현과 철인과 예술가와 종교가가 몇천 년을 두고 부르짖어온 바로 그 모든 사상이 한 덩어리가 되어 그것이 곧 우리의 생명을 불태우는 하나의 영과도 같은, 그러나 결코 신비롭지 않은 실존의 양상으로 나타나야 하는 것이다. 우리가 살고 또 하고자 하는 것은 바로 이것을 어떻게 받아들이고 움직여 나아가야 하는가라는 점에 있는 것이다.

제2차 대전을 계기로 하여 서구에는 실존주의가 새로운 사상과 철학과 예술 작품까지를 가지고 나왔으나, 무신론적 실존주의와 유신론적 실존주의로 나뉘어져서 대치되어오는 동안, 어느새 무신론적 실존주의는 공산주의와 문합하여가는 일부의 움직임을 보여주고 있으니, 한동안 이 나라에도 부분적으로 소개된 장 폴 사르트르는 그 대표적 존재였으나, 최근의 그의 동향은 다분히 공산주의로 전향될 우려성이 있는 것이다.

인생 생활에 있어서 신앙과 윤리와 미에 대한 기호성, 이 세 가지 중 그 어느 것도 부정하거나 배격할 수 없는 것이다. 이른바 진 · 선 · 미의 조화된 생활만이 우리의 이상적, 또는 우리가 지향하는 가장 근본적이요 상식적인 실천 의욕인 것이다. 종래로 극단의 무신론은 그것을 여기서 일일이 역사적으로 부연치 않더라도 그 결과가 어떠했다는 것은 우리가 상식으로 알고 있거니와, 실존주의에 있어서도 무신론은 결국 유물론과 통하게 되는 것이요, 그 유물론은 오늘날의 유물변증법이라는 공산당의 이론으로 기울어지기 쉽다는 그런 상식적인 판단을 내릴 수 있을 것이다. 모든 위대한 자연과학자가 거의 예외 없이 신앙과 신념에 가장 충실하였다는 사실을 보아서도 여기 재론할 여지가 없는 것이다.

그러나 우리는 종교적 편견에 대하여 극도로 이를 배격하는 자이며, 오늘의 세계 평화를 완수하는 데 있어서 이 종교적 편견이 가져오는 갖은 장애와 곤란은 이루 말할 수 없는 것이다.

즉 서구와 동남아시아 및 아랍 제국諸國과의 대치를 비롯하여 허다한 난문제가 개재되어 있는 것이다. 이것은 동시에 정치적 일대 암초를 가져오기도 하는 것이다. 그러나 우리는 여기에서 우리의 민족문화 수립에 있어서 하나의 종교적 신념이 근본적으로 필요하다는 것을 강조하려는 것이다. 이는 어떤 종교적 신앙만을 주장하는 것은 물론 아니다. 그릇된 신앙이 가져오는 모든 폐해를 우리는 잘 알고 있다. 그러나 우리는 5천년 역사 중에서 하나의 국민적 신앙을 가져오지 못했다. 오늘까지 유교

사상이 우리 국민 생활 속에 침투되어왔으며, 또 일부에는 불교적 신앙심이 원시 형태로 잔존해 있기도 하지만, 이것만으로 오늘의 전 국민을 집결시키고 일체화할 수는 없다. 우리가 논하고자 하는 것은 정신우위론이요, 우리의 환경이 이렇게 고난과 도탄 속에 빠져 있을수록 새로운 국민적 도의심에 치하려는 새로운 신념의 필요를 역설하려는 것이다. 이것은 단순한 애국심만을 말하는 것은 아니다. 우리가 해방 이후 오늘까지 9년간 전 민족이 의식적으로 또는 무의식적으로 항쟁하여온 자유와 독립을 수호하려는 이 강인한 정신력에서 우러나오는 하나의 뚜렷한 신념 위에서 우리는 새로운 세대의 문화를 창조해가자는 것이다. 우리가 오늘까지 생명을 걸고 싸워온 것은 단순히 국토를 수호하고 잃었던 주권을 회복함에만 있었던 것이 아니요, 전 세계를 지옥화하고 암흑화하려는 공산악마의 그칠 줄 모르는 야망을 실력으로 분쇄하기 위해서 싸워왔던 것이다. 역사상 최종이 될지도 모르는 이 침략자에 대한 응징응膺懲應으로서 진실로 우리는 전 세계 자유 인민의 평화와 행복과 자유를 수호하려는 것이다. 이것은 자부할 바는 될지언정 자원自願할 수 없는 처절한 희생의 대가가 아닌가.

이런 역사적 사실을 정확하게 인식 못 하는 우방이 있는가 하면, 동족 속에서도 또 같은 문화 진영에서도 이러한 역사성을 충분히 이해하지 못한 일종의 근시안적 민족배신자가 있어, 이 성스러운 과업을 정권이나 정당이나 사리사욕이나 권세를 잡기 위한 수단같이 생각하는 자가 극히 소수라 하더라도 이 땅에 존재해 있다는 불명예는 무엇으로 씻어야 할 것인가. 이에 우리는 이 역사적 현실성에서 하나의 신념을 가지고 적극적이요, 강력한 행동으로 나아가자는 것이다. 이미 허다한 외국인들이 해방 이래, 더욱 동란 이후로 한국의 실정을 널리 세계에 소개 · 호소하였거니와, 그중에도 이 가열한 현실—전란—을 작품화하여 세계의 모든 자유문화인에게 새로운 명제를 제시하였다. 순정한 의미의 예술은 그것이 역사적으로 인간 의식의 갖은 고민 · 투쟁 · 굴욕 · 비통 등의 백면상百面相을 구현하는 데 있었던 것이다. 그리고 일체의 과학 · 종교 · 철학 등 문화는 이를 위한 소재와 대상과 성원을 보내왔던 것이다. 태동하는 새로운 역사 창조의 진통을 우리는 몸소 이를 체험하여 이에서 얻은 그 신념 위에서 우리는 새로운 문화의 꽃을 피워나가야 하겠다는 것이다.

그러므로 19세기가 그 극이요, 20세기 전반기로서 대단원을 이룬 모든 예술 양식—가령 그중에서 일례로 소설을 보더라도, 항다반적恒茶飯的 일상적 · 신변적 · 세속적인 그러한 사말些末에 사로잡히고, 대가에 영합하는 고루한 정신에서 일탈하는 바 과거의 혼탁 속에서 뛰쳐나오는 용기와 총혜를 가진 작가가 절실히 요망된다는 것이다.

시인 역시 새로운 시정신의 체득 · 관조 · 탐색이 있어야 할 것이다. 평면적이요, 기술적이요, 일종의 마취성과 같은, 그리고 과거의 연장과 복사와 모작과 같은 시대적 · 사회적 · 역사적 인식과 감각과 의지를 상실당한 작가의 일대 반성이 필요한 것이다. 문화는, 그리고 예술은 어디까지나 정신적 소산이다. 새로운 세대를 예감하고, 오늘의 현실을 올바로 인식하는 부단의 노력과 자율적 신앙의 뒷받침에서 이루어지는 것이다.

제2차 대전 시 일시 패망의 위기에 부딪쳤던 불란서가 이 민족적 굴욕을 안이하게 정치적으로 자국에 책임을 돌리지 않고 민족 각자의 공통적 과오의 인식을 철저히 하여, 이러한 죄악과 고통이 그들 국민 전체의 소이라는 비분한 회오로 일대 항거운동을 일으켰던 것이다. 그리하여 이 운동에 대부분의 문화인들은 싸우는 지성인으로서 활동을 개시했던 것이다. 이렇게 광분하고 격동되는 세대에 처하여 그들은 이미 사색의 단계를 넘어 행동으로 옮아왔던 것이다. 그리하여 '사회 참여의 문학'이 대두된 것이다. 이러한 불의 지식인 · 예술가들이 그들에게 부여된 역사적 현실성에 대하여 그들이 얼마나 과감하고 행동적이었다는 점을 우리는 깊이 성찰하여야 한다.

우리는 피동적일 수 없으며, 더군다나 추종적일 수는 없는 것이다. 때로는 모든 인간의 전위적 활동으로써 싸우는 지식인—문화인은, 정히 모든 구태에서 뛰어나와 세기적인 작업에의 신념을 올바로 설정하여 새로운 인류 문화의 싹은 우리 한국에서부터라는 자부와 자외自畏로써 역사의 흐름과 운명의 닻줄에서 소호小毫의 차질이 없어야 할 것이다.

—《조선일보》, 1954. 10. 7.

통일을 위한 문화의 자세

—반성 위에 선 환경 조성

우리들은 어떤 한정된 지역에서 정도의 차이는 있을망정 공통된 습성과 제도 밑에서 동일한 언어를 사용하면서 역사적으로 수천 년을 살아왔다.

비록 한국이 신라 · 고구려 · 백제 등 삼분된 국가 체제를 갖고, 정치적인 분할 위에 살아왔으나, 이는 하나의 삼분된 형태일 뿐이요, 이것이 다시 어떤 하나로 합쳐지는 운명에 놓여 있었던 것이다.

그들이 지녀온 문물 형태가 다소의 차이는 있다 치더라도, 그러한 정치적 형태의 가상을 뛰어넘는 본질적인 한 모습을 지녔던 것이다. 신라의 삼국통일이 원교근공遠交近攻의 병법에 의하여서 이루어졌다 하더라도, 그 밑으로 흐르는 하나의 강인한 생명력이 있었던 것이니, 그는 말할 것도 없이 동족이라는, 서로 미워하고 배격하면서도 또 서로 엉켜져야 하는 구심력에 의하여 오랜 수십 세기를 살아왔던 것이다. 이 땅 위에 생을 받았다는 이 사실이 모든 논리를 초월하여 '이 땅에 나서 이 땅에 묻힌다'는 지극히 원시적, 맹목적이면서 끊어버릴 수 없는 본원적인 신념으로 살아왔던 것이다.

그러므로 어떠한 정치 형태라 하더라도 이 강인한 불멸의 생명력을 근절 절멸시킬 수는 없는 일이다. 세계의 영도領圖가 수없는 변모를 가져왔다 하더라도, 그 영도의 하나의 원형을 완전히 말살할 수 없었던 것이다.

이것이 하나의 힘으로나 법으로 일시적인 지배 제압은 있을 수 있어도, 완전하고도 영원한 소멸은 있을 수 없는 것이다. 우리가 생명불멸론을 새삼스레 주장하려는 바 아니라 하더라도, 그 어떤 생명체가 실질적으로 남겨놓은 모습은, 그것이 수천 년 전 선사 시대의 통치자의 무덤으로, 또는 하나의 장신구로 또 어떤 유물로서 남겨졌을 때 거기는 죽어서 썩어져버린 분토 속에서 엄숙한, 또 호기심에 가득 찬 하나의 경이를 찾게 하는 것이다. 고고학자나 역사가들만의 전담된 분야가 아니라, 인류 생존의 한 법칙으로서 우리들 앞에 현전하는 것이다. 인간과 동물이 구별된 시대로부터 다시 오랜 세기를 거쳐 민족과 민족의 분포는 그 어떤 정착할 거점을 설정하게 되고, 그 위에서 하나의 인간적 생활이 영위되기 비롯했던 것이다.

이 생활 위에서 하나의 문화가 형성되어지고 이 원시적이요, 본원적인 문화 형태 속에서 인간의 자의식과 또 공존의식이 차차로 눈떠가게 된 것이다. 공존하는 한 지역에서 이루어지는 문화, 이로써 인류 역사는 시작되었고, 또 계속하여 오늘날 세계 위에서 여러 가지 양상으로 발전 · 정체 · 비약을 거듭해왔던 것이다.

우리들은 민족 통일이라는 과제 앞에 서서 자기 자신의 위치를 생각해본다. 즉 문화에 의한 민족 통일이라는 하나의 역사적 모습을 더듬어보려는 것이다. 8·15 해방 이후 수백만의 동포가 월남해 왔고, 극히 적은 수의 동족이 월북해 갔다. 뿐만 아니라 6·25는 이 동족 사이에서 일대 살육—비극을 연출했던 것이다. 서로가 원수가 되고 적이 되어 일찍이 같은 언어와 문자와 문물제도를 같이한 한 민족이 두 갈래로 나뉘어져 이 강토를 붉은 피로 물들이고 말았다. 삼국통일 이후 2천 년 이래 최대의 비극을 연출했던 것이다. 여기서 잠시 말머리를 돌려 오늘의 세계적 화제가 된 보리스 파스테르나크의 문제의 소설 『지바고 의사』 중의 한 삽화를 제기하기로 하자. 러시아 혁명이 일어나 볼셰비키 혁명군과 빨치산군과의 격렬한 동족상잔의 전투에서 허다한 생명이 희생되고 있는 그 사체 속에서 발견된 한 사실—빨치산군에 소속된 한 젊고 청명聽明한 한 병사의 시체 속에서와, 볼셰비키군에 가담한 한 청년의 시체를 뒤져본 결과, 두 사람의 속옷 주머니 속에 귀하게 지녀 가지고 있는 종잇조각에는 똑같이 구약 시편 19장의 문구가 적혀져 있었다는 얘기이다. 이들이 비록 정치적인 변혁에 의해서 서로 동족 사이에서 이러한 비절한 혈전이 벌어지고 있기는 하나, 그들의 가슴속 그들의 마음속 아니 그들 민족이 오래 지녀온 정신적 신념—유산—으로는 똑같은 것을 신봉하고 있다는 사실인 것이다.

6·25 전란이 막 벌어져서 치열한 전쟁이 전개되고 있을 때 적—북한 괴뢰 등—의 시체 속에서 발견된 것은 "충무공을 받들라."는 의미의 글을 인쇄한 붉은 헝겊을 부적처럼 팔목에 감고 있었던 사실이다. 저들이 공산주의로만 무장시키는 것이 아니라, 어쩔 수 없는 민족적 운명 앞에 머리 숙여 그보다도 민족이라는 이름을 빌려서 너희들만이 이 민족을 구하는 정의군正義軍이라는 것을 가르쳐주지 않고는, 일선으로 내보낼 수 없다는 놀라운 사실인 것이다. 이 나라 이 강토를 공산당의 치하에 몰아넣기 위한 하나의 방편으로써 충무공의 이름을 더럽히지 않을 수 없었다는 이 기막히는 사실인 것이다. 정치 형태로서의 공산주의의 실천을 위하여 민족의 이름을 팔 수밖에 없었던 공산당들인 것이다.

제2차 대전 시 소련이 계급이니 유물론이니를 다 집어치우고 "조국을 구하라."고 외치지 않을 수 없었던 그 방법을 한국 전란에서도 사용하지 않을 수 없었던 것이다. 우리들은 우리가 원하고 원치 않음에도 불구하고 어느 한 지역 위에서 우리의 생을 더한층 뜻있고 참답게 살아가라는 것이다. 문화는 바로 이러한 본질적인 의욕과 노력의 계속 위에서 형성되어진 것이다.

이 민족의 마음, 그 마음의 구현으로 이루어진 문화는 거리의 원근을 초월하여 서로 화응되는 것이다. 이 커다란 힘과 빛은 무한한 견인력을 갖고 우리들 서로를 엉켜지게 하는 것이다. 이 전자력은 그 어떤 파괴의 힘으로도 끊어버릴 수 없는 것이다. 비록 육체가 죽어서도 말할 수 있고, 느낄 수 있는 그러한 힘을 가진 것이 민족 공유의 정신이요, 그 정신의 소산인 문화인 것이다.

오늘 공산주의자들은 이 정신을 파괴 분쇄하려 드는 것이다. 오늘의 후진 국가와 약소민족이 갖고 있는 경제적 · 정신적 · 약점을 붙잡아 하나의 정변政變으로 허다한 생명을 희생시키면서 민족으로서의 자주성 · 자율성을 압살한 위에서 공산위성세계共産衛星世界의 붉은 판도를 현현시키려 드는 것이다. 세계의 비극, 세기의 비극은 바로 이 속에 있다.

그 민족 그 조국, 이러한 의식이 사적士籍으로 발흥된 르네상스 이래 세계의 모든 국가들은 자기가 소속한 그 지역의 새로운 미래를 개척하기 위하여 문화인—예술인들은 헌신해왔다. 영국은 일찍이 그 지리적 유리성도 도움이 되어 허다한 정변을 치르면서도 셰익스피어를 가짐으로써 영국의 정신은 완전한 통일의 길로 이끌어 갔던 것이다.

영어로 하여금 나전어羅典語*에 대체시킬 수 있는 완성된 자국의 언어—문학적인 언어—를 발견하였다. 자국의 언어와 문학이 자유로이,

* 라틴어.

또 문학적으로 형상화되지 않은 곳에 진정한 민족문화는 없었던 것이다. 이는 불란서 17세기가 이를 증명하고도 남음이 있는가 하면, 르네상스를 먼저 일으킨 이태리의 통일이 저렇듯 늦어서 19세기 중엽에 이른 것은 그동안의 외적外敵과 내정의 혼란에서 기인되기도 했으나 마치니와 같은 위대한 문학자이며 구국적 정치가의 탄생을 기다리게까지 만든 제諸 원인이 있었기 때문이다. 단테의 『속어론俗語論』이 단테의 문학 정신이 올바로 이태리의 위정자를 비롯한 당시 문인의 심장 속에서 『신곡』과 더불어 생명의 빛을 이어가지 못한 데 있었다는 것도 부정 못 할 것이다. 더욱 괴테와 같은 전인적全人的 예술가를 가진 독일의 보불전쟁을 계기로 통일되었다는 것은, 그들 독일 위정자들의 무지각에서 온, 즉 문화—예술—의 의미를 등한시한 데 있다는 이론을 망각할 수 없는 것이다.

어느 나라에서나 문화—예술—인은 불타는 자의식과 민족의식 위에서 그 일생을 바쳐 살아온 것이다. 그러나 또 어느 나라에서나 사이비 문화—예술—인들이 사리사욕이나 자기의 명성이나 허영의 포로가 되어서 한때의 이름을 위해 백세의 오욕을 그 나라 그 국민에게 휘뿌려준 사실도 우리는 간과하려는 것이 아니다. 이제 우리들이 한국의 통일 문제를 앞에 놓고 다시 심심한 사려와 분별과 그 어떤 구체적 행위를 위한 몇 개의 제안을 마련할 수 있을 것이다.

첫째 문화 의식—이는 민족의식을 모태로 한다—의 발양을 위한 환경의 조성인 것이다. 우리들은 오늘 쇄국주의 속에 살아갈 수 없는 것이다. 문화인의 시야나 심금을 넓히기 위한 국내 국외적인 환경을 갖추어주어야 하는 것이다. 집단적인 문화예술의 대외적 선전 행사가 무시無時로 실행되어야 할 것은 물론이다. 먼저 우리들이 오랫동안 지녀왔으며 또 지녀가야 할 한국 문화의 재발굴 · 재정비에서 새로운 문화 창조의 원동력을 발양시켜야 하는 것이다. 이것은 그 어떤 정책으로 보호 육성의 필요도 있겠으나, 그러한 일방적 분위기—자유로운—가 조성되어야 한다.

이러한 환경의 조성은 곧 민족정신의 더 높은 발양과 결실로 집결되는 것이요, 이러함으로써 민족정신과 생명의 구체적인 모습에 접촉케 되는 것이며, 이것이 민족의식을 더한층 공고하게 자각시키고 결합시키는 것이 된다. 분산적이 아니라, 유기적으로 상호 격려의 방향으로 이끌어나가야 하는 것이다. 이러한 환경 조성에 필요한 것은 일체의 섹트적 분열 행위의 철저한 분쇄에 있는 것이다. 민족 통일에 앞서 우리 각자의 마음속에서 오랜 파쟁적 · 당쟁적 잔재 의식을 불식하지 않고는 진정한 문화 활동과 창조는 이루어질 수 없는 것이다. 민족의 운명과 장래를 예견하는 높은 정신적 수련 위에서 부단히 각고하는 모습으로 발전되어가야 하는 것이다.

둘째로 정치적 현실과 문화적 현실이 표면적으로나 또 외식적外飾的으로나 결부되는 비非를 배격해야 할 것이다. 오늘 비판 의식의 자유는 극도로 보장되어져야 하지만, 소극적인 보장보다 그에 앞서 문화인 자신의 자주성이 확립되어가야 하는 것이다. 정치를 떠나서가 아니라, 정치의 노선을 올바르게 이끌어나가는 하나의 정신력을 문화인 자신들이 적극적으로 추진시켜야 하는 것이다. 우리들은 허다한 과학자 · 예술가 · 사상가가 조국의 운명을 위하여 활동해온 그 모든 존귀한 사실을 피안의 불처럼 경원할 수 없는 것이다. 참획參劃이라는 말이 2차 대전 후 성행되고 있으나, 이 정신은 이미 모든 과거의 위대한 특정 인물들이 걸어온 것이었다. 그러나 오늘의 이 현실 속에서 이를 고조하는 것은 오늘의 이 현실이 한 개인이나, 또 소수인에게 현실 극복—통일에의—의 짐이 맡겨진 것이 아니라, 우리 각자의 참획에서만 이루어진다는 전 인류적인 공동 운명이기 때문이다. 실은 우리의 통일은 진정 3천만 각자의 마음 여하에 따르는 것이요, 결코 우리들의 권외에서 이루어지는 것이 아니다. 이 현실적 · 역사적 운명에 봉착한 우리들은 다시금 40년 전의 3·1 정신으로 돌아가 '최후의 일인, 최후의 일각'까지 이 조국 수호와 통일을 위한 결의를 더한층 굳세게 해야 하는 것이다. 이 정신을 진작하는 그 사명과 임무가 문화—예술—인에게 공동적으로 부과되어 있는 것이다. 이 문제의 대비가 없이 통일의 정신적 · 실질적 힘은 이루어질 수 없는 것이다.

셋째로 36년간의 일제 치하와 15년째 되는 해방 이후의 반세기간의 시련 속에 갖은 고난을 겪어온 우리들의 정신적 위치를 분석하고 종합하는 자기반성이 필요한 것이다. 어찌 보면 우리들 정신 상태는 비정상적 마비 상태에 놓여 있다. 일체의 견인성이 시시각각으로 마멸되는 데서 귀결된 하나의 불감不感 무각無覺 상태가 노출되어 있는 것이다. 언어의 남비濫費에서 온 자유 · 권리 · 인권 · 인격이란 술어의 홍수 속에서 의무 · 봉사 · 근로라는 이러한 용어는 발붙일 곳이 없어져 있는 것이다. 난국을 극복한다는 모토 아래서 조국과 민족이란 이름만이 공전하고 있는 것이다. 애국 · 동포 · 통일이 수없이 낙엽처럼 거리에 뒹굴어 짓밟히고 있다. 우리 스스로가 십자가에 달리는 수난까지는 바랄 수 없다 하더라도, 진정한 동포애 · 조국애, 통일에의 염원이 어떻게 무엇으로 이루어질 것인가 하는 이 문제 앞에 스스로 머릿속에 자문자답, 부끄러움이 없을 수 있는가 하는 자기반성 · 자기부정 · 자기인식에 철저해야 될 순간에 봉착된 것이다. 스스로의 정신적 자세가 갖추어지고, 또 갖추어져가는 곳에서만 우리들은 희망과 용기를 가질 수 있는 것이다. 주어지는 환경이 아니라 우리가 스스로 설 수 있으며, 이룰 수 있는 의욕으로서의 새로운 환경, 새로운 문화 창조에 참획하는 그 정신을 우리들은 자신에게 몇 번이고 채찍질하며 타이를 수 있다. 그러나 이렇게 방기한 문화에 대한 무관심 · 무기력으로써 통일에의 벅찬 의욕과 행동성을 어느 누가 부여하고 기대할 수 있는가? 통일을 위하여, 통일된 후의 미래를 위하여 분열되지 않는 '하나의 마음'을 형성하고 지도하고 그 위에 생명의 벗을 더하기 위하여 이 땅의 모든 국민은 진정으로 문화의 의미, 민족문화의 의미, 통일을 위한 민족문화의 의미를 국민 전체의 과제로 관심하고 생각하고 협조하는 기운이 1959년을 기하여 팽창해지기를 조용히 소리 죽여 제諸 마음에 타일러보는 것이다.

—《국제평론》, 1959. 3.

해설

주체성과 자유—소천 이헌구의 삶과 문학

_김준현

1. 들어가며

소천 이헌구는 1905년 함경북도에서 태어나 평론가, 시인, 수필가, 학자 및 교육자, 그리고 언론인으로 문학 · 문화계 전반에 걸쳐서 활발한 활동을 보였던 문인이다. 일본 와세다 대학에서 불문학을 전공한 해외문학파 문인으로, 외국문학 연구를 통한 탄탄한 이론적 배경을 기반으로 하여 독자적인 문학관을 확립한 이론가이기도 했다. 그는 자신의 행동반경을 저술 활동에만 국한시키지 않고 다양한 종류의 문학회, 연구회 등을 조직 · 운영하는 문화운동가로서의 면모도 드러내었다.

그의 문학관은 사회주의 문학의 정치적 도구화와 그에 대한 안티테제로서의 순수문학에의 경도를 동시에 배격하는 독자적인 것이었다. 그는 문학의 실천성을 강조하면서도 그것이 당대 조선의 구체적인 상황을 기반에 두고 현실적인 문제를 해결할 수 있는 것이어야 한다고 보았다. 그런 점에서 구체적인 한국 상황에서 도출되지 않은 정치 이념을 실천하려는 프로문학을 경계하였다. 그와 동시에 '순수'가 문학의 중요한 요소임을 인정하면서도 사회적 현실과의 연관성을 잃은 '순수문학'이 현실도피의 위험성을 가지고 있음을 지적하는 것도 잊지 않았다.

기존 연구에서는 이헌구를 '정치성이나 사회성을 배격'하고 '프로문학 이론과 맞선' 순수문학가로 규정하였으나, 이는 당대 문학 담론을 프로문학 대 민족문학으로 나누는 이분법적 시각에서 탈피하지 못한 것이다. 그리고 당대의 '민족문학'이라는 기호를 '순수문학'이라는 기호와 동일시하는 시각에 대해서도 반성이 필요하다. 이러한 관점으로는 이헌구 문학이 갖는 독자적인 특질을 파악하기 어렵다. 이헌구의 문학이 갖는 중요도에도 불구하고 지금까지 본격적으로 논의가 이루어지지 않고 작품의 다수가 정리되지 않은 상태로 남아 있는 것은 이와도 관련이 있다. 이헌구의 비평 텍스트는 이러한 이분법적 관점을 반성할 계기를 마련해준다는 점에서 문학사 · 비평사적으로 중요성이 강조되어야 할 텍스트이다.

이헌구는 해외문학파이면서도 외국문학의 주체적 수용을 무엇보다 강조했다는 점에서 특징적이다. 그는 활동 초기부터 조선어 · 조선문학에 대한 분명한 인식과 열정을 갖고 있었다. 외국문학과 그 조류에 함몰되지 않고 외국문학을 조선문학 발전의 도구로 삼으려는 인식을 일관적으로 보여주었던 것이다. 따라서 그의 외국문학 연구와 도입은 조선 문화를 발전시키려는 분명한 목적의식하에 이루어졌다고 할 수 있다. '극예술연구회'나 '해외문학연구회'의 설립과 운영은 모두 강한 실천성을 전제로 한 것이었다.

이헌구가 일관적으로 보여준 외국문학 도입의 주체성과 문학의 실천성 강조, 이론의 경직성 · 추상성의 배격, 자유주의 옹호 등의 문학관은 그의 외국문학 전공자로서의 경력 및 다양한 문화운동 실천 등과 밀접하게 연관되어 있는 것이다. 따라서 이헌구의 문학 세계는 그의 생애와 문학 활동을 각각의 장으로 나누어 서술하는 것보다 시기순으로 함께 서술하는 것이 더 효과적으로 보인다. 이 글에서는 이헌구의 생애와 문학 세계를 시기별로 나누어 서술하기로 한다.

2. 1905~1920년대

이헌구는 1905년 음력 4월 7일 함경북도 경성군 동면 양견동에서 목은 이색의 20대손으로 태어났다. 외동아들이었던 그는 어려서 한문을 학습하다가 부친이 교감으로 재직 중이던 사립 광진학교에 입학하였다. 1920년 상경하여 중동학교 중등과에 입학하였고, 반년 만에 과정을 마치고 보성고등보통학교 3학년에 편입하였으나 장티푸스로 곧 학업을 중단하였다. 요양과 치료를 위해 귀향하여 반년간 교원 생활을 하다가 1923년 다시 상경하여 학업을 재개하였다. 이때 《동아일보》 창간 1,000호 기념 현상공모에 동요 「별」이 당선되어 문단 활동을 시작하였다.

이 당시 이미 그의 문화운동가로서의 면모가 드러나기 시작했는데, 1922년 고향에서 '영천소년회'를 조직한 것이다. 신병을 치료하기 위해 학업을 그만두고 귀향해서 교편을 잡은 것이 계기가 되어 아동운동에 관심을 쏟기 시작한 이래로 1920년대 말까지 그의 아동운동은 활발하게 지속된다. 1923년 《동아일보》의 1,000호 기념 현상공모에 동요 「별」이 당선되어 공식적으로 문단에 진출한 것도 이런 연관하에서 언급되어야 할 것이다.

동경 유학 중 일본 학생들과 '아동예술연구회' 활동을 하고, 특히 세계 아동예술 자료를 수천 점 모아 초유의 '세계아동예술전람회'를 주도적으로 개최한 것은 그의 아동운동에 대한 관심과 추진력을 동시에 보여준 업적이었다. 이 전람회는 《동아일보》 등 당대 언론의 주목을 한 몸에 받았으며, 방정환과 친교를 맺게 된 계기가 되기도 했다. 이 경력은 후일 보성보육학교에서 봉직하는 계기가 되기도 한다.

1924년 도일을 결심, 1925년 3월 와세다 대학 제1고등학원에 입학하여 본격적인 학업과 연구를 시작한다. 재일 한국인들의 모임인 자강회의 도움을 받아 1926년부터 1931년 대학을 마치기까지 경제적으로 큰 어려움을 겪지 않았다고 한다. 이때에도 그의 추진력과 활동력은 빛을 발하는데 김진섭, 이하윤, 정진섭 등과 함께 1926년 '해외문학연구회'를 조직한 것이 가장 대표적인 예이다. 이 해외문학파의 조직과 활동이 그를 소위 '해외문학파' 문인으로 분류·규정되게 하는 중요한 계기가 된다. 김광섭 등 5인이 주축이 되어 조직한 '백광회', 함대훈 등과 함께한 '신흥문학연구회' 등도 일본 유학 중 이헌구가 조직·활동한 단체들이었다.

1928년 와세다 대학 불문과에 정식으로 소속된 그는 프랑스 혁명이 문학에 끼친 영향에 대한 깊은 관심을 보였다. 이 과정에서 문학과 사회의 관계를 중시하는 그의 문학관이 확립되었다고 할 수 있다. 그가 졸업논문으로 선택한 주제가 「사회학적 예술비평」인 것을 보아도 이런 문학관의 확립 과정을 엿볼 수 있다. 그는 이 논문에서 이상적 사회주의자로 분류되는 에밀 졸라의 작품 중에서도 노사 문제와 민중 봉기를 구체적으로 다룬 『제르미날』을 주된 연구 대상으로 삼았다. 문학의 직무가 사회적 모순을 밝히고 해결하는 것과 무관하지 않다는 그의 문학관은 프랑스 문학 중에서도 에밀 졸라로 대표되는 사회적 텍스트의 영향을 받은 것이었다.

귀국 직후 《동아일보》 지면에 발표한 「사회학적 예술비평의 발전」은 그의 졸업논문 서론을 손본 것이다. 비평가로서의 활동에 첫발을 내디딘 셈인데, 예술의 사회적 성격과 책무에 대한 그의 관심은 여기에서부터 분명하게 드러난 것이다.

1920년대에 보여준 이헌구의 활동은 유학과 연구를 통한 문학관의 정립 정도로 요약할 수 있을 것이다. 그러나 이 시기부터 그의 실천성은 뚜렷이 드러나서 여러 단체를 조직하여 활발한 활동을 보여주었는데, 이는 지식인으로서의 사회적 책무에 대한 뚜렷한 자각과 그에 따른 활동

경험이 대학에서의 연구와 접목되어 그의 문학관과 예술관을 형성한 것이라고 보아야 할 것이다.

3. 1930년대

1930년대는 이헌구의 비평가적 면모가 두드러지는 시기였다. 수많은 평론과 논문을 다양한 지면에 발표했으며, 그 글들은 당시 비평사·논쟁사에서 핵심적인 위치를 차지하는 것이었다. 비평적 논쟁이 드물었던 당대의 문단에서 그의 비평문을 그만큼의 중요성을 지닌 텍스트로 접근해야 하는 이유이다.

1932년 정월《조선일보》에 게재한 「해외문학인의 장래와 임무」는 임화를 비롯한 카프 문인들과 논쟁을 벌이는 결정적인 계기가 되었다. 임화가 김철우라는 필명으로 발표한 「소위 해외문학파의 정체와 장래」는 이헌구의 글을 정면으로 공격하는 것이었다. 임화는 여기에서 이헌구를 비롯한 해외문학연구회 문인들을 소위 '해외문학파'로 규정하고, 이들을 '소부르' 집단이라고 강도 높게 비판한다. 이헌구는 곧 특정한 '주의'로 뭉친 것이 아니라 순수한 연구 집단이었던 '해외문학연구회' 출신 문인들을 '해외문학파'로 규정하는 것에 대해 반발하며 적극적인 반론을 개진한다.

이 논쟁에서 이헌구는 맑시즘 자체를 공격하거나 부정하지 않고, 카프 문인들이 이론적으로 경직되어 맑스의 원전 자체를 이해하지 못하고 있다는 점을 비판하는 세련된 논박을 보여주었다. 김윤식은 「문화유산에 대한 맑스주의자의 견해」를 '임화의 허점을 찌른' 논설로 고평한 바 있다.

그는 '정치적 도구로서의 문학'을 배격하였지만, 그것이 반드시 프롤레타리아 문학에 대한 완전 부정에 기반을 둔 것도 아니었고, 순수문학의 제창을 목적으로 둔 것도 아니었다는 점에서 문제적이다. 오히려 문학의 사회적 역할을 중시했던 이헌구였기에 카프 문인들과의 논쟁에서 전제적 입장의 차이를 보여주지 않고 그들의 전제를 인정하면서 논리적인 반박을 할 수 있었던 것이다.

그는 문학의 사회성을 강조하면서도 한국 사회의 상황적 특수성과 구체성에 맞는 문학을 강조하였다. 그에게는 프롤레타리아 문학 자체가 문제가 아니라, 해외의 프롤레타리아 문학이 강령적으로 조선에 유입되어 당시 조선의 특수성 · 구체성과 이반되는 것이 문제였던 것이다. 그는 프롤레타리아 문학이 특수한 시대성을 띤 것이라고 보았기 때문에, 당대 조선이 가지고 있는 특수성과는 맞지 않는 점이 있다는 것을 지적하였다. '독자적 엄연한 지반'이 갖추어져야 한국문학을 올바르게 구성할 수 있다는 논리다.

> 환언하면 '프로' 문예와 같이 특수한 시대성을 띤 문예 발생 이전의 준비기로 또 계몽적 의미에서 '이데올로기'만이 아니요 그도 내포하는 외국문학의 충분한 조선적 소화가 필요한 것이다. 따라서 외국문학이 조선에 있어서 독자적 엄연한 지반을 가져야 할 것이다.*

인용문에서 볼 수 있는 것처럼 이헌구에게 있어서는 '외국문학의 조선적 소화'가 중요한 과제였으며, 이와 같은 관점에서 볼 때 카프 문학은 외국 문학 조류의 (소화되지 못한) 경직된 도입이었기 때문에 한계를 드러내는 것이었다. 그렇기 때문에 1930년대 이헌구가 보여주었던 문학관

* 이헌구, 「《해외문학》 창간 전후」, 《조선일보》, 1933. 9. 29.

은 '반공주의'나 '순수문학'으로 기억되는 것과는 분명하게 구분되어야 할 필요가 있다. 이 논쟁에서 보여준 이헌구의 논의는 프롤레타리아 문학의 전제를 부정하면서 진행되지 않았기 때문에 반공주의와 구별되며, 문학의 사회성을 중시했기 때문에 '순수문학'과도 구별된다.

또한 이헌구의 1930년대 비평 텍스트는 해외문학 유입에 있어서 주체성을 강조했다는 점에서도 주목될 수 있다. "외국문학의 충분한 조선적 소화"라는 어구는 이와 같은 맥락에서도 눈여겨볼 만하다. 외국문학 전공자이면서도 외국의 조류에 압도되거나 휩쓸리지 않고 항상 그것을 주체적으로 조선문학의 자양으로 삼을 방도에 대해 고민하는 것을 잊지 않았다.

1934년 1월 1일 《동아일보》에 게재하였다가 전문 삭제당한 「조선문학은 어데로」라는 글에서 그는 식민지 시대 외국문학 전공자에 대한 편견을 일소할 수 있을 만큼 조선어와 한글에 대한 주체적 의식과 뚜렷한 애정을 드러낸다. 이 글에서도 확인할 수 있는 것처럼 그의 해외문학 연구와 소개는 '우리 문학의 수준을 향상시키기 위해서'라는 분명한 목적의식을 갖고 있었다. 식민지 시대 외국문학 전공자로서 주체적인 문화관을 가지고 외국 문물을 이용하려 한 것은 그에게 가치 있는 희소성을 부여해주는 것이었다.

또한 그는 일본이라는 중간 단계를 거치지 않고 직접 서구 문학과 접촉하는 것이 서구 문학의 선진 조류를 조선문학에 도입하는 데 가장 효과적인 길이라고 보았다. 해외문학연구회 계열 문인들이 당대 번역가로서 가지는 비교우위는 당대 번역문학의 절대다수를 차지하고 있던 일본어 중역의 차원을 탈피할 수 있는 능력을 가졌던 데 있다. 이헌구는 '원서 번역'이 가지고 있는 장점을 단순히 '번역의 정확도'에서만 구하지 않았다. 오히려 원전 텍스트를 일본이라는 창을 거치지 않고 직접 소개하는 것이 그것을 조선의 구체적 현실에 맞게 '소화'하는 데 더 유리한 일이라고 생각한 것이다.

카프 문인들과의 논쟁에서 해외문학연구회 출신 문인들은 이론을 실천하는 데 대한 자신들의 역량적 한계를 솔직히 인정하기도 했지만, 그것은 앞으로의 활발한 활동을 기약하는 맥락에서 이루어진 것이었다. 해외문학연구회 출신 문인들이 자신들의 이론을 실천적인 활동으로 승화할 수 있었는지에 대해서는 회의적인 시선이 많은 것이 사실이다. 그러나 이헌구가 보여준 1930년대 활동은 이에 대한 논의에 하나의 실마리를 제공해줄 수 있다.

1930년대에도 이헌구의 활동가적 면모는 드러나는데, 가장 대표적인 예가 극예술연구회의 조직과 활동이었다. 극예술연구회는 해외문학연구회 출신 문인이 다수 포함된 단체로, 해외문학 연구의 이론적 실천의 하나의 예가 된다고 볼 수 있다. 해외문학연구회 소속 문인들이 자신들을 '해외문학파'라는 명칭을 이용해 하나로 묶는 것을 거부했던 사실을 염두에 둔다면, 그 이론적 실천은 소위 '해외문학파' 문인 전체의 활동 대신 개개인의 활동을 바탕으로 판단 · 평가되어야 할 것이다.

해외문학파 문인 중 이헌구는 지속적인 극예술 활동과 번역 활동으로 해외문학파 문인들이 가졌던 목표 의식을 가장 높은 수준으로 체현한 예였다. 지금까지 그 목록조차 제대로 완성되지 못했었으나, 1930년대 각종 잡지나 신문 지상을 통해 이루어진 이헌구의 번역 작업은 '왕성하다'는 수식이 전혀 어색하게 느껴지지 않을 정도로 활발한 것이었다.

그의 번역 작업은 극예술연구회에서의 활동과 무관하지 않게 이루어졌다. 그가 번역하는 작품의 범위에는 소설뿐 아니라 시나 희곡도 포함되었다. 「음성」이나 「그들의 가정 평화」와 같은 단편극을 《조광》지를 통해서 발표한 것이 그 좋은 예다. 극예술 연구를 통해 해외 희곡을 번역하는 한편, 상연 활동을 통해 그것을 '조선의 무대'에 실제로 올리기도 한 것이니, 그 예술적 성취도는 별도로 하더라도 외국문학의 조선 도입에 대한 방법론적 고민과 실천이 다각도로 이루어진 예라고 평하는 데에는 무리가 없을 것이다.

일본어 중역의 차원을 탈피하고 원서를 번역하는 것을 강조하였던 것과 관련하여 이헌구의 번역 작업의 대상이 되는 텍스트는 주로 유럽의 작품에 국한되어 있었다. 1930년대 후반에는 프랑스 문예 작품을 소개 · 번역하는 데 있어 활발한 활동을 보였다. 모리스 르블랑의 『명모유죄』, 『제삼자』와 같은 추리소설이나 쥘 르나르의 『홍당무』와 같은 아동의 성장을 소재로 한 작품에 이르기까지 그가 번역한 작품의 범위는 넓고 다양했다.

지금까지 논의한 바와 같이 1930년대 이헌구는 평론가 · 번역가로서 매우 활발한 활동을 보였다. 그는 문학의 사회적 역할을 강조하면서도 그것이 '조선의 구체적 현실'에서 도출되어 그것을 변화시킬 수 있는 힘을 가져야 함을 역설했다. 이 점에서 그의 문학관은 당대의 문단을 양분하던 사회주의 문학론, 민족문학론 양자와 뚜렷하게 구별되는 것이었다. 그는 외국문학 전공자이면서도 외국문학이 조선의 현실에 이용될 수 있어야 한다는 뚜렷한 주체적 의식을 가지고 있었다. 이 사실이 그의 문학관을 이론적으로 탄탄하게 뒷받침해줄 수 있는 중요한 기초를 마련해주었다. 문학의 사회적 역할을 강조하는 것은 곧 실천에의 의지와 고민으로 직결되는 셈인데, 활발한 극예술연구회 활동과 번역 작업이 그 일면을 보여주는 일이었다.

4. 1940년~단독정부 수립기

1940년대가 되어 일본의 전시 체제는 공고해진다. 태평양 전쟁으로 전시 동원이 극심하게 이루어졌던 1943년경 이헌구는《매일신보》와《조광》등의 지면에 이와 관련된 몇 건의 문건을 발표하고 1945년 해방이 되기까지 절필 기간을 가진다. 많은 문인들이 창씨개명을 하고 친일 문건을 마지못해 발표했던 것은 1940년대 초반 우리 문인들이 겪어야 했던 냉혹한 현실이었다. 당시 이헌구는 보성중학교장을 맡고 있었기 때문에 그 격랑에서 벗어나기 쉽지 않았던 것으로 보인다. 해당 문건의 필자 표기에 '보성중학교장'이라는 직급이 병기된 것은 이런 맥락에서 보아야 할 것이다.

해방 이후 비평 조건은 급변한다. 소위 좌익 계열 문인들이 주축이 되어 '조선문화건설중앙협회'가 결성되고, 이어서 우익 계열 문인들이 주축이 된 '중앙문화인협회'와 '청년문학가협회'가 탄생한다. 이헌구는 중앙문화인협회의 창립 회원으로, 해방 이후 문학의 단체 활동이 두드러지는 당대의 문단 조건을 구성하는 데 중요한 역할을 담당하였다.

1940년대에 보여준 이헌구의 문학관도 1930년대의 그것과 크게 변별점을 찾을 수 없는 일관적인 것이었다. 그는 문학의 실천성을 강조하면서 '자유'라는 기호를 전면에 내세웠다. 「자유의 옹호」, 「불문학과 자유」 등의 텍스트를 통해 민족적 주체성을 강조한 실천 의지와 현실 개혁 의지가 '자유'라는 기호와 맞닿아 있음을 강조하였다. 이 시기 이헌구는 사회주의와 그 문학에 대한 한층 더 강도 높은 비판을 보여준다. 이렇게 사회주의 문학과의 거리를 분명히 하면서도 문학이 갖고 있는 사회적 역할에 대한 입장에는 변화가 없었다는 것이 이 시기 이헌구의 비평 텍스트에서 주목해야 할 점이다.

당시 문학 장場이 재편되어 문학 담론이 크게 변화하는 과정에서도 이헌구가 일관된 문학관을 보여주었다는 것은 오히려 문제적이다. 단독정부가 수립되면서 좌파 문인들이 남한 문단에서 대거 일탈하고 우파 문인들의 문학론이 문단을 장악하고 있던 때였다. 당시 우파 문학 담론에서 우위적 위치를 점하고 있던 것이 잡지 《문예》를 중심으로 한 '순수문학론'이었다. 좌파 문인들과 우파 문인들 사이에 벌어졌던 해방기의 담론 투쟁에서 우파=순수, 좌파=정치라는 등식이 성립되어 있던 상태였다. 이때 이헌구를 위시한 자유문학자협회 문인들이 보여준 입장은 '우파 정치 참여 문학'을 강조하는 것이었다는 점에서 둘 사이에 존재하던 이분법적 대립을 반성하게 되는 계기가 된다.

전술한 바와 같이 당대 이헌구의 비평은 좌익 문학에 대한 강도 높은 비판을 포함하고 있었다. 그러나 좌익 문학에 대한 단순한 대타 의식으로 이루어졌던 차원의 순수문학 담론과도 그의 문학적 입장은 분명히 구별되었다.

> 일부에서 '문학의 순수성'을 수호하기에 노력하였으나 이 순수성이라는 것은 문학의 본질적 요소이기도 하나 거창한 역사적 시대적인 현실을 작품화하기에는 너무나 소극적이요 편협한 문학 관견이기도 하였다. 그리하여 좌익 계열의 당을 위한 문학이 횡행하는 일방 강인한 자유정신을 수호할 자체의 교양을 쌓지 못한 일부 문학인들 중에는 현실도피적인, 그리고 현해탄을 건너 밀항해 들어온 패전 일본의 전후파 내체 문학에 침잠하는 바 슬픈 사실이 표면화 확대되어갔던 것이다.*

* 이헌구, 「모색 도정의 문학」, 《조선일보》 1955. 8.

인용문에서 볼 수 있는 바와 같이 이헌구는 자신의 문학관이 순수문학 담론과는 구별되는 것임을 분명히 하고, 그것이 가질 수 있는 위험과 한계를 지적하고 있다. 이를 통해 이헌구의 비평 입장이 갖는 위치를 우파 문학 대 좌파 문학의 이분법적 시각으로 재단해서는 안 된다는 사실을 확인할 수 있다. 이헌구의 좌파 문학 비판에 대한 초점은 문학의 정치적 도구화에 맞춰졌다. 그러나 그것이 순수문학 담론처럼 문학의 정치성을 배제하자는 논리로 흐른 것은 아니었다. 문학의 순수성이 문학의 중요한 요소이기는 하지만, 그것이 전면에 위치할 때 문학이 현실도피적이거나 소극적인 것이 될 수 있는 위험성을 지적하는 것 또한 잊지 않았던 것이다. 우파로 대변되는 순수문학과 좌파로 대변되는 참여문학의 이분법적 대립으로 기억되는 우리 비평사에서, 문학의 실천성을 강조하면서 순수문학과 대립하고, 다시 그러한 전제를 통해 카프 문학과 대결하던 그의 위치는 지금까지 평가되어온 것보다 더 강조되어야 한다.

5. 1950년 이후

한국전쟁 발발 후 그는 당대 상황을 민족의 위기로 규정하고 문인들의 구국운동에의 참여를 강조하며, 「반공자유세계 문화인 대회를 제창한다」, 「문화전선은 형성되었는가」, 「위기의 극복과 착각의 불식—반공문화전선의 결성과 참획參劃」 등의 글을 지속적으로 발표하여 반공정신을 강조한다. 여기에서도 문인들의 현실 참여와 실천을 강조했다는 점에서 그의 문학관은 일관되게 드러났다고 할 수 있다.

1950년대 한국문학은 우파 문단의 양분을 언급하지 않고 접근하기 어렵다. 우파 문단의 양분은 1940년대 후반부터 이미 예고되어 있었지만, 그 대립이 가시화되는 것은 한국전쟁을 거치면서부터였다. 한국전쟁으로 인해 남한 문단은 다시 한 번 급변을 맞게 된다. 잠재되어 있던 우파 문단 내의 대립이 가시화되는 것도 한국전쟁기의 일이었다. 《전선문학》의 지면을 통해 김팔봉을 비롯한 '참여문학'을 주장하는 문인들이 '순수문학'을 현실도피의 문학이라고 정면으로 반박하면서 참여문학과 순수문학 사이의 대립이 가시화된다.

예술원 회원 선거를 둘러싼 갈등이 심화되면서 좌파 문인들의 축출로 외형적 통합을 이루었던 남한 문단은 다시 김동리, 조연현 등 《현대문학》을 활동 지면으로 삼았던 '청문협' 계열 문인들과 《자유문학》을 활동 지면으로 삼았던 '자유문학자협회' 회원들로 양분된다. 이들 사이의 갈등은 격화되어 인신공격과 상호 제명으로 이어졌고, 이를 통해 각 진영 간의 문학적 교류가 최소화되는 사태가 일어난다.

'자유'라는 기호에 유독 애착을 가졌던 이헌구가 '자유문학자협회'의 창립 회원이 된 것은 자연스러운 일일 것이다. '자유문학자협회'의 전신인 '중앙문화인협회'의 창립 회원이었던 이헌구였다. 또한 해방 이전부터 문학의 실천성을 강조했던 그의 문학관은 '청문협 계열' 문인들보다는 '자유문학자협회' 문인들과 친연성을 보이는 것이었다. 자유문학자협회의 기관지인 《자유문학》은 1950년대에 이헌구의 주요 발표 지면이 되었다. 1954년 예술원 회원으로 당선된 이헌구는 《현대문학》 측 문인들과 표면적인 갈등을 빚거나 논쟁을 벌이지는 않았다. 그러나 그도 당시 분열된 우파 문단을 가로지르지는 못했는데, 1950년대에 문단에 큰 영향력을 행사했던 문예지는 《자유문학》 외에도 《현대문학》과 《문학예술》을 꼽을 수 있지만, 이 두 잡지에서 이헌구의 글을 찾는 것은 어려운 일이다.

분단 체제가 완성된 이후 이헌구의 문학 활동은 수필에 치우쳤다. 그와 비례하여 평단의 중심과는 일정한 거리를 유지하고 있었다. 《자유문학》을 중심으로 한 자유문학가협회의 중심 멤버였지만 《자유문학》의 지면에 실은 글은 대개 단상이나 문단 회고에 치우쳐 있었다. 1952년에 『문화와 자유』, 1965년에 『모색의 도정』 등 두 편의 평론집을 간행하였지만, 두 권 모두 지면의 대부분을 한국전쟁 이전에 발표된 평문이 채우고 있다. 1955년 이후 이헌구는 문학 · 비평 담론의 흐름에 직접적으로 참여하지 않고 수필 집필과 수필집 간행에 힘을 쓰게 된다. 『미명을 가는 길손』(1973)으로 해방 이후에 집필한 자신의 수필을 엮어 간행하였고, 수상집 「고독」(1966)과 「정서와 생활」(1973) 등을 편집하여 간행하는 등 수필가로서 활발한 활동을 벌인다.

피난지에서 이화여대생들에게 강의를 한 것이 계기가 되어 휴전 후인 1954년 이화여대 교수로, 같은 해 문리과대 학장으로 취임한다. 해방 이전부터 《신여성》을 통해 여성 독자를 위한 글쓰기를 실천했던 그는 여자대학교에서 교편을 잡으며 「현대 여성의 사고와 행동」, 「여성의 지적 창조」 등의 수필을 통해 여성의 사회 참여에 대한 지속적인 관심과 고민을 드러내었다.

1970년 퇴임, 1983년 영면하였으며, 1988년 이헌구 비평상이 제정되어 지금까지 꾸준히 수상자를 선정 · 배출하고 있다.

6. 나오며

이상 살펴본 바와 같이 이헌구는 문학사 · 문단사적으로 중요한 위치를 점하고 있는 문인이다. 지금까지 논의된 내용을 간단히 정리하면서 마무리를 대신하기로 한다.

우선 외국문학 전공자이면서도 뚜렷한 겨레어(조선어)에 대한 인식과 민족문학 수립의 열망을 기반으로 하여 한국문학의 전통에 대한 부정이나 외국문학에 대한 경도로 빠지지 않은 점을 주목해야 한다. 그는 어디까지나 한국문학의 토양을 두텁게 하는 차원에서 외국문학을 소개 · 번역하였다. 조선문학의 주체성과 자주성을 강조하며 해외문학 유입을 그 밑거름으로 만들려는 노력은 여러 비평문에서 일관되게 나타난다. 그의 뚜렷한 민족문학에의 의식은 당대의 다른 해외문학 전공자들 중에서도 돋보이는 것으로서, 해외문학 유입사에서 그가 차지는 위치는 매우 중요하다고 할 수 있다.

문학비평가로서 좌익 계급문학과 순수문학 중 어느 것과도 뚜렷하게 구별되는 독자적인 문학관을 정립하고 있었다는 점도 그를 문학사에서 중요한 위치에 자리하게 한다. 특히 '좌익문학'과 '민족문학'의 대립으로 일제 강점기 평단을 이분법적으로 재구再構하는 관점에 대한 반성의 계기를 제공해준다.

그는 문학의 사회적 역할을 중시한 문인이었다. 프로문학이 가지고 있는 문학의 정치도구적 측면을 배격하면서도, 동시에 순수문학이 현실에서 도피하여 상아탑에 칩거할 수 있는 위험성을 지적하였다. 보편성과 항구성을 강조하던 순수문인들과 달리 사회적 조건의 특수성을 항상 언급함으로써 문학이 현실적 문제를 해결할 수 있는 중요한 행위가 될 수 있음을 분명히 했다.

시인으로서 등단하였지만 그의 관심사는 매우 다양하였다. 아동문학, 극예술 연구 등 장르를 가리지 않고 다양한 분야에서 두각을 나타내었다. 타고난 활동력으로 여러 단체들을 조직 · 운영하였으며, 그것을 통해 한국 문학 · 문화의 다변화에 이바지하였다.

그의 관심의 다변성은 비단 문학의 다양한 장르 추구로 끝나지 않았다. 그는《신여성》지에 여성을 독자로 한 문건들을 다수 발표했으며, 아동문학가로서의 면모도 보여 《어린이》지에 동시를 발표하기도 하였다. 다양한 독자를 상정하는 글쓰기를 함으로써 글쓰기의 형식을 여러 방면으로 실험하였고, 역시 당시 조선의 글쓰기 형식을 다변화시키는 데 기여하기도 하였다.

| 작가 연보 |

1905년 함경북도 경성군 동면 양견동에서 목은 이색의 20대손으로 출생.

1911년 고향에서 40리 떨어진 동면 광암동으로 이주.

1912년 사립 광진보통학교 입학.

1916년 보통학교 졸업, 귀향.

1917년 한문 하숙에서 수학. 와세다 대학의 중학 강의록으로 2년간 독학.

1918년 임금억과 결혼.

1920년 상경.
중동학교 중등과에 입학.
1학년에 동과를 마치고, 보성고등보통학교 3학년에 편입.
12월에 신병(장티푸스)으로 학업 중단.

1922년 귀향. 1년간 교편 생활. 영천소년회를 조직하여 활동함.

1923년 상경. 보성고등학교 재입학.
5월 25일 《동아일보》 창간 1,000호를 기념하는 현상모집에 처녀작 「별」이 동요 · 동시 부문 1등으로 당선.
가정교사 생활.

1925년 일본 와세다 대학 제1고등학원 문과 입학. 일본 학생들과 아동예술연구회에 가담. 아동문학과 농민문학에 전심.

1926년 해외문학연구회 조직(김진섭 · 손우성 · 이하윤 · 정인섭 등).

1927년 동인회 백광회를 조직(김광섭 등 5인의 동인).

1928년 외국문학연구회에 정식 가입.
와세다 대학 불문과 정식 소속.
세계 아동예술에 관한 수천 점의 자료를 가지고 방학을 이용하여 부산과 서울에서 개벽사와 합력하여 한국 초유의 세계아동예술전람회를 개최.

1929년 신흥문학연구회 조직(함대훈 등).

1931년 와세다 대학 문학부 불문학과 졸업. 재학 중에 프랑스 혁명이 작품에 끼친 영향에 대해 연구하는 한편, 구국의 성녀 잔 다르크에 대한 감동과 애착에 불탔다.

에밀 졸라의 『제르미날』을 주 텍스트로 하여 졸업논문 완성.
귀국.
국내 신문 잡지 등에 평론, 불문학 논문, 수필, 동시 등을 본격적으로 발표.
극영동호회를 조직(홍해성 · 유치진 등).
연극영화전람회를 개최.
7월에 극예술연구회 조직.
11월에 「불란서예술극장」이라는 제목으로 강연.
이후 3년간 보성보육학교에서 봉직.

1932년 《조선일보》 신년호에 발표된 평론 「해외문학과 조선에 있어서 해외문학인의 임무와 장래」가 카프 계열 문인인 임화 등과 5, 6년간 논쟁을 계속하게 된 계기가 되다.

1933년 《신여성》에 「아이의 눈으로 본 세상」 번역 · 연재.

1934년 《동아일보》 신년호에 「조선문학은 어데로」라는 논문 발표('우리가 의식 못 하는 동안에 나날이 없어지려는 운명에 있는 조선말을 중요시해야 한다'고 역설했다가 전문 삭제).

1936년 《조선일보》 학예부 기자.

1937년 조선일보사 간행 《어린이》지에 『빨강 머리』 번역 · 연재.

1940년 《동아일보》와 《조선일보》 폐간에 따른 실직.

1941년 《금강산》에서 앙드레 지드의 『좁은 문』, 『이자벨』 등을 번역. 그러나 출판 불허가 및 원고 분실.
보성중학교장.
조선문인협회 상무간사 역임.

1942년 조선영화주식회사 기획부장 역임.

1943년 조선문인보국회 평의원 역임.
광교에 종로화방 개업.

1944년 종로화랑 개업.
모친 위독으로 귀향.

1945년 중앙문화협회 창립 회원 역임.
《중앙순보》 창간.
『해방기념시집』 간행.

1946년 전조선문필가협회 창립 발기인.
민주일보사 사장 겸 편집국장 역임.

1947년 전국문화단체총연합회 결성. 총무부장으로 피선.

1948년 《민족문화》지 발간.
10월 여순반란사건의 현지조사보고서를 《서울신문》에 일주일간 연재.

1949년 공보처 차장 역임.

1950년 한국전쟁으로 부산으로 피난.

1952년 평론집 『문화와 자유』 출간.
이화여대에서 「문학개론」 강의.

1953년 공보처 차장 사임.

1954년 이화여자대학교 문리과대학 교수로 역임.
문총 대표 최고위원으로 피선.
펜클럽 한국본부 창립 중앙위원 역임.
이화여자대학교 문리대학장으로 취임.

1955년 자유문학자협회 창립 동인으로 부회장직 역임.

1956년 대한민국 예술원 회원으로 피선.
제28차 국제 P.E.N. 클럽 회의에 한국대표로 참석.
《자유문학》 신인 추천 위원 역임.

1957년 제29차 국제 P.E.N. 클럽 회의에 참석.

1965년 평론집 『모색의 도정』 발간.

1966년 편저서 『인생론 전집—고독』 발간.

1967년 이화여대 문리대학장 사임.

1969년 제36차 P.E.N. 클럽 회의에 참석.

1970년 이화여자대학교 교수직에서 정년퇴임.
이화여자대학교 명예교수.
『송수기념논총』 출간.

1973년 수필집 『미명을 가는 길손』 출간.
편저서 『정서와 생활』 출간.

1974년 예술원 공로상 수상.
P.E.N. 클럽 한국본부 고문 역임.

민주회복 국민선언 서명.

1983년 영면.

1988년 이헌구 비평문학상이 제정됨.

| 작품 목록 |

■ 문학 · 예술론

1931년 「사회학적 예술비평의 발전」, 《동아일보》, 3. 29~4. 8.

「극예술운동의 현 단계」, 《조선일보》, 11. 5~6.

「아동문학의 문화적 의의」, 《조선일보》, 12. 8.

1932년 「해외문학과 조선에 있어서 해외문학인의 임무와 장래」, 《조선일보》, 1. 1~13.

「프로문단의 위기」, 《제일선》, 2.

「비인격적 논쟁을 박駁함」, 《조선일보》, 3. 2.

「비과학적 이론」, 《조선일보》, 3. 10~11.

「문학 유산에 대한 맑스주의자의 견해」, 《동아일보》, 3. 10~13.

1933년 「사회가 문학을 건설하는 새로운 분위기에서」, 《조선일보》, 1. 1.

「평론계의 부진과 그 당위」, 《동아일보》, 9. 15~19.

1934년 「조선문학은 어데로」, 《동아일보》, 1. 1.

「문예의 전통적 정신의 탐구」, 《조선문학》, 1.

「조선 영화의 재건 방책」, 《조선일보》, 6. 13~14.

「출판계에 대한 제언」, 《조선일보》, 7. 23~27.

1935년 「행동 정신의 탐조」, 《조선일보》, 4. 13~19.

「흥행극 정화론의 위험」, 《조선일보》, 7. 7.

「작가와 평론가의 의견—말소된 인간성의 발견」, 《조선일보》, 8. 30.

1936년 「생활과 예술과 향락성」, 《조선일보》, 4. 10~15.

「문단 항변」, 《조선일보》, 6. 18~26.

1937년 「문단과 사교」, 《조선문학》, 6.

「빈곤한 정신 상태」, 《조선일보》, 6. 26.

「비평인의 졸변」, 《조광》, 7.

「사상 · 생활에 대한 자성」, 《조선일보》, 8. 20~22.

1938년 「수필문학에 대하여」, 《조선일보》, 1. 1.

1940년 「공수攻守 평론: 조선 영화인에게—소박한 계몽적 수언數言」, 《문장》, 6.

1946년　「문학의 서사시 정신」, 《민주일보》, 6.*
「자아의 심화 과정」, 《경향신문》, 12.*

1947년　「청춘과 문학」, 《한보》, 3.

1948년　「자유의 옹호」, 《신천지》, 1.
「민족문학 정신의 재인식」, 《백민》, 3

1949년　「광명에의 용진」, 《평화일보》, 1. 1.

1950년　「문학운동의 성격과 정신」, 《백민》, 3.

1952년　「작품의 현실과 이상」, 『문화와 자유』.

1953년　「회고 이상의 긴박성」, 《신천지》, 12.

1954년　「녹화문학의 제창」, 《신천지》, 5.
「새 세기 창조의 인간 정신」, 《중앙일보》, 8. 2.

1955년　「모색 도정의 문학」, 《조선일보》, 8. 15~16.

1958년　「문화 행동의 기본적 위치」, 《조선일보》, 8. 15~16.

1959년　「6·25의 문학적 실존성」, 《서울신문》, 6. 25.

1960년　「주체 완성의 시련기」, 《조선일보》, 3. 5.

1961년　「한국문학의 주체적 특질 소고」, 《이화》, 5.

1962년　「현대 지식인의 저항 의식」, 『모색의 도정』.

1969년　「작품의 윤리성」, 《조선일보》, 4. 17.

■ 해외문학론

1931년　「세계적 희극왕 촤플린을 논함」, 《동아일보》, 7. 30.~8. 1.
「18세기 불란서의 계몽운동」, 《동아일보》, 9. 18~29.
「불란서의 2대 여류작가 스타알 부인과 죠르드 상드」, 《조선일보》, 9. 6~22.
「불우의 여시인 데보르 드 빨모르」, 《문예월간》, 10.
「불란서 예술 극장에 대하여」, 《동아일보》, 11. 29.

1932년　「불란서 문단 종횡관」, 《문예》, 2.
「괴테와 나(특집)—형원荊園의 샘」, 《문예월간》, 3.
「불란서 여류작가 군상」, 《신여성》, 10

1933년　「오늘은 불란서 동화 할아버지 페르오가 난 날. 그는 어떠한 사람인가」,

《조선일보》, 1. 12.

「불문학의 현상」, 《조선일보》, 4. 27.~5. 2.

1934년 「비상시 세계 문단의 신동향」, 《조선일보》, 1. 1~12.

「불란서 건설기의 민족문학」, 《동아일보》, 3. 10~13.

「극연 제6회 공연 극본 '인형의 집' 해설」, 《동아일보》, 4. 15~18.

「앙드레 지드의 인간적 방랑」, 《신동아》, 10.

1935년 「프랑스 문단 사조의 동태」, 《조선일보》, 1. 1~4.

「빅톨 유고오의 생애와 예술」, 《조선일보》, 5. 22~26.

1936년 「이상 인간의 창조자 로맹 롤랑에게」, 《사해공론》, 8.

1937년 「불문학과 자유」, 《조선일보》, 5. 9.

「보들레르 사후 70년 기념」, 《조선일보》, 9. 1~3.

1938년 「장 자크 루소의 생애」, 《조광》, 3.

1939년 「불문학, 영화와 조선」, 《조광》, 7.

「빛나는 사랑에 살은 사람들」, 《여성》, 9~11.

「불란서의 애국문학」, 《조광》, 10.

「대전大戰과 불란서문학」, 《조광》, 11.

「영화의 불란서적 성격」, 《인문평론》, 11.

1947년 「활발한 불란서 문단 풍경」, 《백민》, 11.

1958년 「까뮤의 사상과 문학」, 《조선일보》, 5. 24.

1959년 「불란서 문화의 근대적 성격」, 《자유공론》, 3.

■ 작가 · 작품론

1932년 「연전 문우회 제2공연 〈정의〉를 보고」, 《조선일보》, 12. 16~22.

1933년 「배재 연예반 제1회 시연을 봄」, 《조선일보》, 1. 17~19.

「극연 제3회 공연 각본, 〈기념제〉에 대하여」, 《조선일보》, 2. 9.

1935년 「문단 단평—작품의 수준 문제」, 《중앙》, 2.

「소조蕭條한 1935년의 평단」, 《조선일보》, 12. 1~7.

1936년 「극연 13회 공연에 제하여」, 《조선일보》, 12. 22~23.

1937년 「극연상 각본 '풍년기'에 대하여」, 《조선일보》, 2. 25~26.

「극히 몽롱한 인상뿐」, 《조선일보》, 11. 18~21.

「여류 인물평—시인 모윤숙론」, 《여성》, 12.

1938년 「편묘片描 김광섭」, 《삼천리문학》, 4.

「현대조선문학전집 단편집(중)을 읽고」, 《조선일보》, 5. 6.

1939년 「영랑 형에게」, 《여성》, 5.

「문화시감」, 《조선일보》, 6. 26~30.

「평단 1년의 회고」, 《문장》, 12.

「영화 1년 보고서」, 《조선일보》, 12. 19.

「극단 1년 보고서」, 《조선일보》, 12. 20.

1940년 「파도 없는 수준」, 《문장》, 1.

「여성 시평—생활의 균형」, 《여성》, 1.

「딸 삼형제를 읽고」, 《문장》, 3.

「4월 창작평」, 《인문평론》, 5.

「소파 전집을 읽고」, 《조선일보》, 6. 8.

「인상적인 소묘」, 《조광》, 8.

「위축萎縮의 1년(문예소연감—영화)」, 《문장》, 12.

1944년 「'북풍의 정열'을 읽고」, 《조광》, 2.

1954년 「영랑 김윤식 외형畏兄」, 《신천지》, 1.

「김동명 저 시집 '진주만'을 읽고」, 《조선일보》, 10. 8.

1956년 「김영랑 평전」, 《자유문학》, 6.

1957년 「고 노천명 여사 영전에 서서」, 《자유문학》, 8.

1958년 「고 박용철 형의 편모片貌」, 《자유문학》, 6.

1962년 「신춘문예 심사 후감—평론, 견실한 추구」, 《조선일보》, 1. 2.

1963년 「고고孤高의 시인 공초, 그의 인생과 시 세계」, 《조선일보》, 6. 5.

1964년 「신춘문예 평론 심사평—주제 좋으나 논리 빈곤」, 《조선일보》, 1. 1.

1971년 「금강승람, 맑은 정기 돋아줄 345인의 시문」, 《조선일보》, 9. 28.

1973년 「공초 오상돈 선생 영전에」, 『미명을 가는 길손』.

■ 문단 회고 · 문단사

1931년 『극예술운동의 현 단계』, 《조선일보》, 11. 5~6.

1933년 「《해외문학》 창간 전후」, 《조선일보》, 9. 29.~10. 1.

1934년 「조선 연극사상의 극연의 지위」, 《극예술》, 4.

1935년 「김철우 씨의 저돌적 맹격을 받은 기억」, 《조선일보》, 2. 23.

1936년 「조선연극운동에 대한 일 소론」, 《조선일보》.*

1952년 「해방 후 4년간의 문화 동향」, 『문화와 자유』.

1954년 「해방 10년간의 문단 회고」, 《조선일보》, 8. 16.

1965년 「문필가협회의 조직과 활동」, 《현대문학》, 8.

1966년 「산주편편散珠片片 1~5」, 《사상계》, 10.~1968. 8.

1973년 「색동회와 아동문화운동」, 『미명을 가는 길손』

■ 시 · 희곡

1923년 「별」, 《동아일보》, 5. 25.

1926년 「독사」, 《학지광》, 5.(작가 이름이 이헌李軒으로 표기되어 있음. 《학지광》에 희곡을 발표했던 정황으로 미루어볼 때 이헌구 본인일 가능성이 높으나 확실치는 않음.)

1928년 「겨울밤」《어린이》, 1. (정인섭과 합작)

1930년 「제야」, 《신생》. (원문 확인 불가)

「회상곡」, 《신생》. (원문 확인 불가)

「서광曙光」, 《학지광》, 4.

1931년 「세기아의 영탄」, 《신생》. (원문 확인 불가)

1950년 「단상」, 《문예》 전시판, 12.

■ 수필 · 단상

1925년 「야우망상夜雨茫想」, 《조선문단》, 8.

1931년 「3월의 명랑」, 《신여성》, 12.

1932년 「단상편편斷想片片」, 《문예월간》, 1.

1933년 「이역의 제야 종」, 《신여성》, 1.

「조부의 자안慈顔과 소년의 별루別淚」, 《신여성》, 2.

「냉멸하는 봄의 촉수여」, 《조선일보》, 2. 5.

「성소星宵의 밀화密話」, 《신여성》, 8.

「거년금야去年今夜」, 《중앙》, 11.

1934년 「꿈꾸는 여름 산의 기적」, 《중앙》, 7.
「꿈의 수첩에서」, 《중앙》, 9.
「추야의 자아상」, 《중앙》, 11.

1935년 「고독한 아조啞鳥」, 《중앙》, 4.
「기다림」, 《중앙》, 5.
「영역塋域 순례의 꿈」, 《중앙》, 7.
「가을 동물의 신비」, 《조광》, 11.
「애별愛別의 명탄暝彈」, 《조광》, 12.

1936년 「봄의 편상片想」, 《중앙》, 1.
「17세의 마농레스코」, 《조광》, 4.
「마음의 화초」, 《중앙》, 6.
「피서」, 《중앙》, 7.
「이근천반利根川畔의 애상」, 《조광》, 7.
「고독한 피에로의 독백」, 《조광》, 8.
「청선青蟬」, 《중앙》, 8.
「명작상의 가을 풍경—순정의 두 처녀」, 《조광》, 9.
「제야행장기」, 《조광》, 12.
「작년 마조막 날 일기」, 《여성》, 12.

1937년 「불사조의 독백」, 《조광》, 3.
「고궁심춘古宮尋春」, 《조광》, 4.
「문인이 본 여성 팔태八態—여류화가」, 《조광》, 5.
「춘수春愁」, 《여성》, 5.
「송전상찬기松田常讚記」, 《조광》, 8.
「낙엽 군상」, 《조광》, 10.
「의월공회倚月空懷」, 《여성》, 11.
「크리스마스 야화」, 《조광》, 12.

1938년 「해금강」, 《조광》, 5.
「춘소일화春宵一話」, 《여성》, 5.
「스크린의 여왕에게 보내는 편지—미스 시몬느 시몽」, 《조광》, 9.
「서글픈 추억」, 《여성》, 10.

「신비의 밤」, 《여성》, 12.

1939년 「장갑과 봄」, 《여성》, 3.

「백일白日의 항장전港長箭」, 《조광》, 7.

「앵두꽃 피는 집 아주머니」, 《조광》, 5.

「'초원'을 읽고」, 《조광》, 7.

「춘春 · 보步 · 로路」, 《조광》, 8.

1940년 「여우女優의 미」, 《인문평론》, 1.

「개나리」, 《여성》, 5.

「호반에서」, 《문장》, 11.

1942년 「목련과 비」, 《조광》, 9.

1947년 「그리운 손」, 《백민》, 5.

1949년 「꽃과 더불어」, 《백민》, 3.

1954년 「정신적 자기 혁명」, 《문예》, 1.

1958년 「무성격의 도시」, 《자유문학》, 8.

1975년 「망각이라는 자유」, 《조선일보》, 8. 30.

■ 번역

1933년 베그너의 「아기가 본 세상」, 《신여성》, 6.~1934. 4.

앙리 바르뷰스의 「새로운 예술과 새로운 질서」, 《조선문학》, 10.

1934년 로맹 롤랑의 「장 크리스토프」, 《조선일보》, 2. 8.~3. 18.

1935년 앙리 바르뷰스의 「식자 계급에의 선언」, 《조선일보》, 9. 14~28.

1936년 클트리느의 「그들의 가정 평화」, 《조광》, 2.

모리스 르블랑의 「명모유죄」, 《조광》, 5~8.

에브 큐리의 「동생이 본 이레느 큐리—여대신女大臣」, 《여성》, 8.

모리스 르블랑의 「제삼자」, 《조광》, 9.

쥘 르나르의 「빨강 머리」, 《어린이》, 9.~1940. 2.

1937년 빌드락의 「고독한 가정」, 《조광》, 1.

1938년 장 콕토의 「음성音聲」, 《조광》, 4.

1939년 세계 연애시첩, 「소곡小曲」 외 2편, 《조광》, 6.

1941년 카미유 쎄의 「정열의 소년」, 《인문평론》, 1.

■ 기타

1932년 「문인이 본 서울—끝없는 서울」, 《조선일보》, 1. 10.
「제가의 독서론」 중 이헌구, 《신생》, 6.

1934년 「조선박물전람회를 개최함에 대하여」, 《조선일보》, 11. 18~20.

1936년 「생물학상으로 본 결혼 문제」, 《학지광》, 5.
「생활의 여웅女雄인 관북關北 처녀(함경도 편)」, 《여성》, 10.

1937년 「생물학상으로 본 동물의 동면 현상」, 《어린이》, 2. 10~14.
「하기 식물 채집에 대하여」, 《어린이》, 7. 18~22.
「조선팔도 혼인 양식 순례—함경도 편」, 《여성》, 10.

1938년 「영녀서간집令女書簡集—시집간 언니에게」, 《여성》, 7.
「문화 강좌—과학」, 《조광》, 8.

1939년 「세계 여성의 특질—활발과 자유의 미국 여자」, 《여성》, 1.
「중등학교 입학난과 그 대책—위정자의 일고一顧」, 《조광》, 6.
「시골의 괴담 엽기담—인주印朱 맞은 도깨비」, 《조광》, 8.

1940년 「신년의 새 제창—독서에 대한 문제」, 《조광》, 1.

1941년 「각고의 정신」, 《매일신보》, 1. 5~7.
「학생과 시국—부활된 동양적 미풍」, 《조광》, 10.

1943년 「적 학병 격최하라」, 《매일신보》, 11. 23.
「화성돈에 일장기 날리라」, 《춘추》, 12.
「천재일우의 때」, 《조광》, 12.

1945년 「'해방기념시집'을 내며」, 『해방기념시집』.

1949년 「문화 정책의 당면 과제」, 《신천지》, 8.

1950년 「반공자유세계 문화인 대회를 제창한다」, 《신천지》, 1.

1951년 「인류애와 동족애」, 『전시문학독본』.

1952년 「문화전선은 형성되었는가」, 《전선문학》, 12.

1953년 「위기의 극복과 착각의 불식—반공문화전선의 결성과 참획參劃」, 《문화세계》, 8.

1954년 「무엇을 할까」, 《문화세계》, 1.
「공동 생명 선상에서 최후의 방위 전선」, 《신천지》, 2.
「총선거와 문화인」, 《신천지》, 4.

「6·25의 교훈을, 전 자유세계 지식인에 호소한다」, 《조선일보》, 6. 26.
「항거하는 신념」, 《조선일보》, 10. 7.

1959년 「통일을 위한 문화의 자세」, 《국제평론》, 3.
「색채와 결실과 문화와」, 《자유문학》, 10.

1968년 「일사일언一事一言」, 《조선일보》, 6. 4.~8. 27.

1972년 「각고로써 새 역사 창달」, 《조선일보》, 8. 15.

1973년 「노교수와 캠퍼스와 학생—이헌구 편」, 《경향신문》 12. 5~28.

1975년 「의식 속의 일제 잔재 하루 바삐 청산돼야」, 《경향신문》, 8. 11.

■ 저서

1952년 『문화와 자유』, 삼화출판사.

1965년 『모색의 도정』, 정음사.

1966년 『고독』(편저), 박우사.

1973년 『미명을 가는 길손』, 서문당.
『정서와 생활』(편저), 신태양사.

* 이 경우에는 원문 확인이 불가하여 서지는 『모색의 도정』을 참고하였다.

■ 논문 · 평론

고명철, 「해외문학파와 근대성, 그 몇 가지 문제: 이헌구의 '해외문학과 조선에 있어서의 해외문학파의 임무와 장래'를 중심으로」, 《한민족문화연구》 제10집, 2002. 6.

구자황, 「구인회와 근대성—구인회와 주변 단체」, 《상허학보》 제3집, 1996.

김경원, 「이헌구론—민족문학 정립을 위한 외국문학의 수용 문제」, 『한국현대비평가 연구』, 강, 1996.

김광섭, 「이헌구와 그 예술성」, 《삼천리문학》, 1938. 4.

김용직, 「해외문학파의 외국문학 수용 양상」, 《관악어문연구》, 1983.

김윤식, 「소천 이헌구 연구: 한국현대비평가 연구 7」, 《인문사회과학》 제2집, 1970. 2.

김철우(임화), 「소위 해외문학파의 정체와 장래」, 《조선지광》, 1932. 1.

김효중, 「《해외문학》에 관한 비판적 고찰」, 《한민족어문학》, 2000.

박성창, 「한국근대문학과 번역의 문제—해외문학파의 번역론을 중심으로」, 《비교한국학》, 2005.

백 철, 「조선 문단의 전망」, 《혜성》 제2권 1호, 1932.

서은주, 「한국근대문학의 타자와 이질 언어—번역과 문학 장의 내셔널리티—해외문학파를 중심으로」, 《현대문학의 연구》, 2004.

______, 「식민지 시대 문학 장의 역학—1930년대 외국문학 수용의 좌표」, 《민족문학사연구》, 2005.

윤소영, 「이헌구—주로 문학적 측면에서」, 『소천 이헌구 선생 송수 기념 논총』, 1970.

이미원, 「근대극의 정립기—극예술연구회를 중심으로」, 《국어국문학》 제106권, 1991.

이상우, 「극예술연구회에 대한 연구—번역극 레퍼터리에 대한 고찰을 중심으로」, 《한국극예술연구》, 2007. 10.

이승희, 「극예술연구회의 성립」, 《한국극예술연구》, 2007.

이혜령, 「《동아일보》와 외국문학, 해외문학파와 미디어」, 《한국문학연구》, 2008.

조영암, 「이헌구론—소천과 이산의 우정을 주로 하여」, 《백민》, 1950. 3.
조윤정, 「번역가의 과제, 글쓰기의 윤리—임화와 해외문학파의 논쟁적 글쓰기」, 《반교어문연구》 제27집, 2009.

■ 단행본

권영민, 『한국의 문학비평』, 민음사, 1995.
______, 『한국현대문학대사전』, 2004.
김윤식, 『박용철, 이헌구 연구』, 범문사, 1973.
______, 『한국현대문학 비평사』, 서울대학교 출판부, 1982.
김윤식 외, 『한국현대비평가 연구』, 강, 1996.

■ 신문 기사

「김광섭과 이헌구」, 《중앙일보》, 2009. 10. 27.
「예술원 회원 이헌구 씨 별세」, 《조선일보》, 1983. 1. 5.
「이헌구 저, 모색에의 도정」, 《동아일보》, 1965. 11. 27.
「이헌구 저, 미명을 가는 길손」, 《동아일보》, 1974. 1. 17.
「한국비평문학의 선구」, 《동아일보》, 1983. 1. 7.

한국문학의 재발견-작고문인선집

이헌구 선집

지은이 | 이헌구
엮은이 | 김준현
기　획 | 한국문화예술위원회
펴낸이 | 양숙진

초판 1쇄 펴낸날 | 2011년 3월 10일

펴낸곳 | ㈜현대문학
등록번호 | 제1-452호
주소 | 137-905 서울시 서초구 잠원동 41-10
전화 | 516-3770
팩스 | 516-5433
홈페이지 www.hdmh.co.kr

ISBN 978-89-7275-548-7 04810
ISBN 978-89-7275-513-5 (세트)